Em certas passagens, o narrador lembra Balzac pela profusão de histórias; Philip Roth, nas cenas de um jovem descobrindo o desejo; e Machado por suas pílulas irônicas de sabedoria.

Vanessa Ferrari
Editora

*

Conheço pelo menos dois Fernandos. Para o primeiro, viver a liberdade é cruzar fronteiras secas, observar culturas, interagir com desconhecidos e transformar tudo nas histórias que ama contar. Para o segundo, liberdade e linguagem se fundem. Só a palavra escrita dá coerência ao que ele enxerga. Fora delas, tudo se volatiza, nada se salva, o mundo fica à deriva. É só pelas palavras que ele chega a uma primeira versão aceitável de si próprio, espremendo-as até domar o sonho, até achar um rastro confiável no labirinto. Aqui temos um benefício tangível da pandemia. Confinado à mesa de trabalho em Paris durante mais de um ano, Fernando se entregou por inteiro a este livro portentoso e transbordante. Dono de talentos raramente vistos numa só pessoa, tanto ele como o mundo estariam incompletos sem *O Halo Âmbar*.

J. S. Margot
Autora de Mazal Tov

*

Fiz amizade com Fernando Dourado Filho em rede social. Ainda é virtual, mas já é amizade, se não for admiração pelo cronista e comentarista das viagens, da gastronomia e dos costumes (neste caso, não de todos, apenas dos mais surpreendentes). Fernando Dourado Filho guarda histórias e pouco a pouco vai contá-las, como faz agora com essa narrativa que mescla um drama que começa na Europa e desembarca na memória pernambucana. É sempre uma surpresa – eu bem que avisei.

Felipe Fortuna
Diplomata e escritor

Nesse romance de gerações, as mulheres ganham relevo, revelando-se o autor um exímio construtor de perfis femininos: Brenda, Hana, Anita e Nancy formam um quarteto memorável. Seus dramas existenciais – a que não falta, aqui e acolá, uma pitada de humor – se passam, ao longo de mais de meio século, em múltiplos cenários, de Budapeste a São Paulo, de um kibutz à beira do deserto de Negev ao Recife, de Pequim a Nova York; cada lugar tratado em suas especificidades sem cair nunca no exotismo. Numa linguagem cintilante, repleta de observações penetrantes, o autor aborda com profundidade, sem perder a leveza, o drama humano em seu eterno retorno: o amor e a morte, a juventude e a velhice, a aldeia e o mundo, a política e os negócios, a razão do viver. É uma leitura que prende do começo ao fim.

Homero Fonseca
Jornalista e escritor

*

Lendo *O Halo Âmbar*, passamos a conviver intimamente com o casal formado por Szymon Neuman e Brenda Novinsky e com seus descendentes. Com eles, atravessamos gerações à sombra de fatos históricos marcantes que afetam a trajetória de vida de todos e de cada um. Esse livro capturou-me de imediato pelo paralelo que tracei com minha própria família que também teve o destino alterado por conta de acontecimentos históricos. Advirto, porém, que não é preciso ser imigrante ou refugiado de guerra para deleitar-se com essa caudalosa aventura.

Alberto Moghrabi
Escritor

O Halo Âmbar

FERNANDO DOURADO FILHO

O Halo Âmbar

Posfácio de Claudia Costin

1ª edição, São Paulo

Copyright © 2023 by Fernando Dourado Filho

Todos os direitos reservados.

Título original
O Halo Âmbar

Capa Marcelo Girard
Revisão de texto Vania Cavalcanti
Editoração S2 Books

Imagem da capa Lago Balaton, Hungria
Imagens da 4ª capa Ekaterina Polischuk – Vista panorâmica da velha cidade de Eger, Hungria; Ferreira Silva – Rua da Aurora e seu reflexo no Rio Capibaribe, Recife, Brasil.

Direitos exclusivos de publicação somente para o Brasil adquiridos pela AzuCo Publicações.

azuco@azuco.com.br
www.azuco.com.br

Dados Internacionais de Catalogação na Publicação (CIP)
(Câmara Brasileira do Livro, SP, Brasil)

Dourado Filho, Fernando
　　O halo âmbar / Fernando Dourado Filho. -- 1. ed. -- São Paulo : AzuCo Publicações, 2023.

　　ISBN 978-65-85057-19-6

　　1. Judaísmo - Brasil - História 2. Romance brasileiro I. Título.

23-167969　　　　　　　　　　　　　　　　CDD-B869.3

Índices para catálogo sistemático:
1. Romances : Literatura brasileira B869.3
Eliane de Freitas Leite - Bibliotecária - CRB 8/8415

Para SK

Eu vi o mundo... Ele começava no Recife.
Cícero Dias

Sonhos podem ser tão arrebatadores que, ao contrário de pesadelos, quando se concretizam, pensamos estar dormindo e tememos o despertar. Se alguém tivesse uma única chance de ver a neve cair e de deleitar-se com a paz de espírito que a paisagem lhe traz, uma boa ocasião teria sido infiltrar-se naquela tarde de inverno do pós-guerra da Europa Central, em que caminhavam um homem num longo capote cinzento e esvoaçante cachecol vinho e uma menininha que, de tão bem-agasalhada, do rosto só se via o par de olhos amora. Percorrendo a rua Alkotmány, pai e filha, por razões diferentes, desviavam o olhar dos escombros. Ele, por pudor ao sofrimento alheio. Baixar a vista já se tornara, pois, um reflexo condicionado, uma defesa frágil contra os estados de alma sombrios. Ela, porque nunca vira nada de muito diferente. O que havia de especial nos montes de entulho, salvo talvez um ratinho que escapulia, examinava a paisagem, para logo voltar, aturdido, à gaveta de uma cômoda imprestável? A paisagem ainda estava degradada. Exibia muros perfurados à bala e fachadas fuliginosas, parcial ou totalmente destruídas. A caminho do edifício do Parlamento, os primeiros flocos começaram a girar em torno deles. Foi como se a temperatura cortante tivesse subido um par de graus e, depois, mais outro, e, à medida que se aproximavam do Danúbio, a primeira neve tornasse o frio benevolente, quase suportável, e a paisagem mais vívida, mais imprevisível e caprichosa, toda ela à espera de uma surpresa. "Hó", murmurou a garotinha em rara alusão ao mundo externo. "Muito bem, isso mesmo, é neve." Sentindo-se obrigado a rebater o monossílabo, ele complementou, sem saber se ela o entenderia. "Bámulatos, hogy milyen csendessé válik minden, mikor esik a hó", e apontou a esplanada deserta. De fato, era mesmo engraçado como tudo se acalmava quando a neve começava a cair. Uma camada de gelo cobria o rio cujas águas estavam baixas, a ponto de uns poucos barcos jazerem, rendidos, sobre pedregulhos e carcaças metálicas afundadas. Nenhum carro circulava. A certa altura, ele parou para respirar fundo, inalando o ar de lenha verde que chegava de algum lugar. Olhando em direção à ponte Margit, apontou-a. "Olhe só, minha querida, voltou a funcionar nas duas mãos. A vida retoma." Então, o céu, sem pressa nem economia, começou a despejar toda a neve do mundo. Eram flocos gordos e quase mornos, preguiçosos, mas ariscos. Quando chegavam à altura do rosto, e um desavisado achava que se juntariam aos irmãos que salpicavam o chão, cediam com graça a uma lufada e deixavam-se levar pela corrente ascendente em busca de sobrevida. Faziam piruetas graciosas, randômicas, e tentavam a custo subir de volta ao céu, como se tivessem vindo só reconhecer o terreno, imitando uma arremetida de avião. "Dizia um professor que tive que, igual à nossa cidade em beleza, só há mesmo o Rio de Janeiro." Ela ficou calada, mas levantou a mãozinha enluvada, indicando que deveriam se mexer. Em poucos minutos, a neve se adensou a ponto tal que já subia a um palmo nos caminhos do cais hibernado. A cada pisada, ela tinha mais dificuldade em levantar as botinhas acolchoadas. Mas não se queixava. Tampouco chutava a neve com a sola dos sapatos, como seu pai fazia passo após passo. O que parecia diverti-la era o barulho do couro em atrito com os microcristais de gelo. Um desavisado diria que pisavam camundongos enterrados, que guinchavam em súplica. Como a temperatura estava mais branda, por um minuto ele pensou em caminharem na direção da ponte Margit. Era como se um ímã o atraísse até a rua Gogol, que ficava naquelas bandas. Era como se lá chegando, ele pudesse sentir, já à porta de entrada, o cheiro da *chalá* caseira cuja receita a mãe trouxera da Romênia e de que tanto se orgulhava. Era como se ali fosse rever, no rosto acobreado do pai, os mesmos olhos mortiços e, sob o bigode bem-aparado, flagrar o sorriso com que sempre o recebia desde que ele decidira morar só, já pensando em se casar. "Mostre os dedos, filho, deixe eu ver se tem graxa nas unhas. Só acredito no trabalho de quem usa as mãos." O homem fazia ali um esforço imenso para não chorar. Não que a filha fosse se assustar. O que pode, afinal, perturbar uma menininha nascida na guerra? Seriam uns poucos soluços abafados que abalariam uma criaturinha que dormira noites a fio nos braços de uma mulher que nem sequer era sua mãe, e que a levou vezes sem conta ao abrigo antiaéreo? Depois, mesmo que ela o visse chorar, seria fácil disfarçar as lágrimas e atribuí-las à neve que lhe caíra nos olhos esverdeados, acumulando-se nas sobrancelhas que lhe escapavam da *chapka* de abas. Não, ele não chorava porque as raras pessoas que se acercavam, os poucos que sobreviveram, insistiam em repetir-lhe que de nada valia lamentar-se, que a guerra fora ruim para todos por igual, e que o único sentimento aceitável era o de rejubilar-se por estar vivo. Judeus ricos tinham escapado para a Suíça. Judeus hábeis tinham driblado a morte sem nem sequer deixar a cidade. E ele, fizera o certo? Apenas há 3 anos, tanto ainda era possível. Bem ou mal, ia se levando a vida ali. Quantas tardes daquelas ele já não tinha vivido em invernos passados? E, dos tempos de criança, naquela mesma quadra, como não lembrar o passeio da escola em que recitara perante os colegas o poeminha de Lajos Pósa? *Eu sou húngaro, eu nasci assim, Minha babá cantava musiquinhas daqui, Minha mãe me ensinou a rezar em húngaro, E a te amar, minha pátria maravilhosa.* Andaram sem rumo no átrio vazio do Parlamento. O pai ainda fez uma bola de neve e jogou-a para a filha, que não reagiu, como se não tivesse entendido a brincadeira, deixando que ela resvalasse o casaquinho preto e caísse, desfeita. Quem entregara quem aos nazistas? "Esqueça, logo você vai se casar de novo. Agradeça que se safou e que não pegou uma tuberculose óssea, como tantos." Logo a escuridão foi se adensando. Um homem em uniforme apareceu com um cachorro na coleira. "Vamos voltar agora, Hana?" Ela ficou observando fixamente o animal preto, quase de seu tamanho, que parecia olhá-la nos olhos, e que espichava uma enorme língua vermelha, da cor da coleira. "O nome dele é Onyx", disse o homem com um sorriso paralisante, sob o poste de iluminação. Um dente dourado faiscou na sua boca. No caminho de volta, ela apontou o bonde que trafegava quase vazio. "Já estamos chegando, meu bem, não vale a pena." O rangido de qualquer veículo de trilho o abalava. Tudo o que remetesse a trens, estações, entroncamentos, passagens de nível, portas de ferro corrediças ou manivelas o fazia tremer, perder a fala – calar um grito que nunca saíra. À porta de casa, vendo a luz acesa no primeiro piso, enquanto ensinava a filha a bater os pés no capacho com força para soltar a neve, ouviu-a perguntar. "É minha mãe que está lá dentro?" Ele se assustou. De onde ela se saíra com aquilo? Sem saber o que dizer, bateu mais forte os sapatos surrados e, pela primeira vez, perguntou-se com que idade ela saberia que uma viagem à Polônia no ano em que sua mãe se foi não tinha volta. "Vamos entrar rápido, meu doce. Agora voltou a esfriar e tem um *goulash* quentinho à nossa espera, bem do jeito que você gosta." Ela nunca mais tomaria a iniciativa de inquirir o pai sobre a mãe. "Já estava preocupada com vocês nesse frio. Venham para perto do fogão", disse uma mulher ao vê-los entrar. Do rádio, vinha uma música lânguida de ciganos da Transilvânia, convidados ao estúdio. No dia seguinte, a neve era tanta que não conseguiram abrir a porta.

Capítulo I

Eu tinha 14 anos quando, afinal, minha madrasta pôde nos apresentar sua versão do paraíso. "As cores vão te surpreender, Hana." Já entardecia quando chegamos ao Recife para passar as primeiras férias em família, e nem precisamos atracar para que eu lembrasse que já tínhamos feito uma escala ali, na única grande viagem que eu fizera até então. Boris tinha 4 anos, e Brenda ainda estava amamentando Anita, um ritual que me irritava ver, especialmente quando ela o fazia nas poltronas floridas do salão do convés, à vista de quem passasse, inclusive do comandante. Meu pai chegou a insinuar que eu devia chamar Brenda de mamãe, desde quando ela entrou nas nossas vidas, mas nem eu nem ela sentimos essa necessidade tola. Nos dias de navegação, sempre que podia, eu ia até a balaustrada para ver o mar. Lembro-me de ouvir os adultos comentar que passávamos ao largo de Cabo Frio e, depois, por Abrolhos. À noite, sob pretexto de subir até o restaurante para pegar uma maçã para Boris, ou escaldar a chupeta da minha irmã, eu parava para contemplar a escuridão do mar. Uma luzinha na popa iluminava o rastro de espuma branca que deixávamos para trás como um imenso véu aberto naquele negrume ameaçador. Será que ainda vagava por aquelas águas a enorme baleia que eu vira na longa viagem ao Brasil, quando era pequena? E se ela aparecesse, será que abriria a boca e me deixaria entrever, furti-

vamente, a imagem baça que eu enxergara alguns anos antes? Ou teria sido uma ilusão? Sempre me recusei a acreditar nessa hipótese. Ainda no navio, percebi que era provável que meu pai e Brenda optassem por morar no Nordeste mais adiante. Não havia nenhuma evidência concreta da intenção, nenhuma palavra nesse sentido fora dita, mas, hoje eu sei, as crianças nascidas na guerra se acostumam a confiar no sexto sentido, mesmo que só a tenham vivido como bebês. A influência de Brenda sobre meu pai estava prevalecendo, o que não era de todo ruim. Daí eu tinha preparado o que dizer quando eles anunciassem a decisão. De minha parte, ficaria em São Paulo e moraria com a Ruth. Ela foi minha primeira amiga quando cheguei ao Colégio Israelita-Brasileiro, e continuamos a ser íntimas por muitos anos até que as afinidades e o estilo de vida dessem o lugar que fora dela à amiga Clara Ganz – o que só aconteceria décadas depois. É fácil fazer essas distinções quando já se tem 74 anos. Ou seria melhor dizer ainda? É claro que eu me apaixonei pelo Recife e sempre considerei Pernambuco minha segunda terra no Brasil. Mas nada podia se comparar à São Paulo que conheci e que, desde a chegada, aprendi a amar, às vésperas dos festejos do IV Centenário. Seja como for, quando meu pai se mudou em definitivo para o Nordeste, em 1960, eu já tinha planos avançados de ir para a faculdade. Eles lá, e eu no bairro da Mooca, mantive meus vínculos com a Comunidade, embora restritos às pessoas com quem tinha um mínimo de afinidade pessoal, e estas eram bem poucas. Ia à sinagoga dos húngaros em Rosh Hashaná e Yom Kippur, *mas depois preferi comparecer às celebrações menos ritualizadas do Clube, só para observar a tradição, porque alguma coisa dentro de mim dizia que era o certo a fazer. Na ausência de meu pai em São Paulo, perdi pouco a pouco o laço emocional com aquelas famílias com quem ele conversava em húngaro, já que o iídiche não era a língua em que se sentia mais a gosto. A propósito, irritavam-no as insinuações de lituanos e poloneses de que os judeus húngaros pouco diferiam dos* goym. *Uma vez, perguntaram a ele se já providenciara a árvore de Natal para receber Papai Noel, e esta foi das poucas ocasiões que o vi irritado. "O lado ruim de São Paulo é o mesmo de Israel: tem muito judeu", disse a Brenda. Tive uma educação científica e não me arrependo do caminho tomado. A biologia marinha me deu em igual medida rigor e mistério. Tive a sorte de não ter casado com algum dos homens com quem me relacionei. A certa altura, achei que poderia ter ido mais longe com um deles. Pelo menos foi nisso que acreditei durante anos até entender que não fora propriamente um amor. Pelo contrário, teve, sim, componentes emocionais indissociáveis da Segunda Guerra, cujos labirintos custei a percorrer. Ficar pra titia, como se dizia à época, para mim foi um presente, não um castigo. Em dados momentos, foi quase uma missão de vida. É claro que voltei à Budapeste onde nasci, e nada me obcecou tanto até certa época como descobrir quaisquer vestígios de minha mãe, que morreu aos 23 anos. Mas foi só mais tarde, em Israel, que achei um elo concreto dela; este, de carne e osso, na pessoa de um tio chamado László Klein, que estava vivo até dia desses, e que tinha se rebatizado com um daqueles nomes épicos que se adotam nos movimentos juvenis. Ele me perguntou na ocasião por que eu não fazia* Aliá, *e saiu-se com a conversa mofada de que lugar de judeu é em Israel, tese de que discordo cabalmente. Preferia não tê-lo conhecido para não poluir a imagem mental que faço de minha mãe. Uns anos antes de morrer, em 2004, aos 87 anos, meu pai começou a divagar sobre ela. Confesso que não gostei do que ouvi, mas prefiro atribuir as diatribes à senilidade, mescladas a um pouco de culpa. Minha grande preocupação hoje é com Boris, por quem tenho um afeto único, quase ininterrupto. Anita jamais mudou uma vírgula do que sempre foi, salvo quando teve uns surtos de sensatez que nunca me convenceram muito. O bom senso nela é só um álibi. Tão logo nos descuidamos de prestar atenção, ela comete a próxima temeridade. Um pouco mais de estudo e de cobrança materna lhe teriam feito bem. Mas digamos que o Recife dos anos 1970 não deixou que isso acontecesse. E depois, o ativismo a condenou a viver à sombra de uns homens bobos que, por oportunismo, encampavam as bandeiras políticas dela com total insinceridade. A inteligência de um homem sempre foi para mim o maior dos afrodisíacos, embora não o único, na época em que isso condizia mais com minha idade. Hoje são a ternura e a capacidade de despejar carinho com um olhar. Já para minha irmã, a idiotia encerrava todos os atrativos do mundo. Minha história de vida sinaliza que as coisas poderiam ter sido bem piores do que imaginamos. Estou aqui por um triz, por obra e graça de uma confeiteira cristã. Nos meus primeiros anos de vida, fui sua torta de semente de papoula.*

I

Quando Szymon Neuman se casou com Brenda Novinsky, numa tarde de trovoada e vento morno de 1951, ninguém imaginava que eles quisessem ter filhos. Não que ela tivesse passado da idade de concebê-los. Aos 29 anos, no entanto, Brenda parecia a tal ponto devotada aos sobrinhos e às artes plásticas, que poucos em Pernambuco apostavam que ela nem sequer viesse a ter um marido. E muito menos, que este seria um viúvo húngaro, 5 anos mais velho, que dissimulava com um ricto um passado sobre o qual pouco falava, mas de cujas brumas trouxera, como troféu vivo, uma linda filhinha chamada Hana, então com 7 anos, cujos olhos pretos combinavam com os cabelos negros lustrosos, e com um raro sorriso de canto de boca.

Até o fim da vida, pelo menos enquanto esteve lúcido, Szymon gostava de dizer que não fora por ele que Brenda se apaixonara, depois de terem sido apresentados em São Paulo, aonde ela viera visitar parentes.

"Resolvi convidá-la para conhecer meu lugar preferido. E disse que teríamos companhia. A gente passeava diante da Estação da Luz, que me fazia lembrar a de Nyugati, quando ela segurou a mãozinha de Hana. Por uma vez, a pequena não reclamou. Pelo contrário, vi que a apertou, feliz. Para mim, foi o sinal de que nascia uma família. Dali em diante, tudo correu rápido e só não casamos antes porque a mãe dela queria vir do Recife para a cerimônia."

Para os muitos que achavam que a recifense da Boa Vista se ressentiria da falta de sua cidade, os fatos vieram a dar-lhes razão. Nas cartas que escrevia ao irmão gêmeo, nunca faltaram alusões aos serões na calçada da rua Velha, aos corsos de Carnaval, aos colóquios de adolescentes com as irmãs Lispector, e às ruidosas regatas no rio Capibaribe. Brenda costumava dizer que não havia lugar tão abençoado para uma pintora quanto Pernambuco.

"Aqui vejo as pessoas levarem o cavalete para a Serra da Cantareira. Lá a luz invade o quarto por qualquer brecha de cortina, iluminando o ambiente. Vida é luz, é cor. Vida são aqueles dez tons de verde que se veem da janela, minha gente. Garoa só é boa para fazer letra de música", admitia, cedendo à empolgação.

Nessas horas, Szymon lhe afagava a mão com os dedos nodosos, de quem era afeito a torcer porcas e a regular válvulas, e murmurava, com doçura incomum, que nem tudo nesta vida era para sempre. Se ela quisesse muito, poderiam um dia viver no Recife. No português sincopado que aprendera com bastante louvor, à custa de noites em claro e conversas com a clientela, repetia que as coisas eram como podiam ser.

"Eu sei que sua terra é muito bonita, viu? O navio parou lá a caminho de Santos. Ali vi pretos de perto pela primeira vez. Como esquecer? Mas era para São Paulo que eu tinha de vir. Com uma filhinha para criar, o trabalho vinha em primeiro lugar. Mas no futuro, tudo pode acontecer. Antes precisei honrar meu destino e a sorte que tive em ser recebido por essa gente boa. Isso só se faz com suor."

Nas décadas que se seguiriam, Szymon haveria de manter em relação a Brenda o tom quase submisso dos agradecidos, sendo a gratidão um dos nutrientes menos visíveis tanto de amores brandos como dos arrebatados. Ao modo deles, haveriam de conhecer ambos os polos – o do mistério e o da cumplicidade.

II

Quando ela falava, o novo círculo de amigas de Brenda Novinsky se abria num sorriso que não rara vez virava gargalhada. O sotaque melodioso do Nordeste, comumente associado às pessoas mais pobres da cidade de adoção, era um trunfo de simpatia. Pois era naquela entonação cantada que ela narrava as histórias de sua terra e, com um orgulho que não via razão para dissimular, dizia que era lá que pulsava a alma do Brasil. Não sendo um modelo consagrado de beleza, os olhos verdes amendoados e os cabelos ruivos que raramente prendia, davam-lhe o ar oriental das judias da Europa do Leste – mais as do mar Negro do que as do Mediterrâneo.

Esse bairrismo aparente nem sempre agradava. À saída do teatro iídiche certa feita, a amiga Golda Kon foi a voz da discórdia.

"Se é tão bom assim por lá, Brenda, por que tem tanto nordestino aqui? Para nós, judeus, não esqueça, importante é dar aos filhos o amanhã que nos faltou no *shtetl*. Pode ser no Brasil ou na Argentina. Que importa?"

Nessas horas, Brenda arrebitava o nariz cinzelado, mostrava meia-boca de dentes alvos e escapava com altivez.

"Se me dão licença, agora tenho uma pequena de quem cuidar."

O centro da vida do novo casal era Hana. Nascida em Budapeste em plena guerra, apenas meses antes da deportação da mãe, de quem insistia em dizer não ter guardado nenhuma lembrança, ela tinha 5 anos incompletos quando chegou ao Brasil. E fez sete no casamento do pai, a que assistiu compenetrada, vestida numa saia pregueada com cinto de gorgorão branco, de pé, bem ao lado da *chupá*.

Pela manhã, Brenda preparava a lancheira de Hana e levava a enteada à escolinha que ficava ali mesmo na Barra Funda, a poucas quadras de onde moravam. Só então voltava para casa, arrumava-se com o esmero próprio das nordestinas e ia para o ateliê de dona Sara. Lá confeccionava luvas e chapéus, o ofício de sua mãe na Bessarábia, de que ela aprendera os fundamentos durante uma crise pontual, em seguida à morte do pai, e que jamais pensara em abraçar como ganha-pão depois de adulta. Mas foi o que fez tanto para ajudar o marido como para ser produtiva naquela cidade onde o trabalho era tão sagrado, que o verbo *fazer* parecia prevalecer sobre o *ser*. As pessoas pareciam ser aquilo que faziam. Se nada fizessem, eram quase um não-ser, concluía Brenda.

Szymon saía um pouco antes da mulher e da filha para a oficina mecânica onde trabalhou desde que chegou ao Brasil, e da qual se tornaria sócio, a partes iguais, de um patrício de quem era vagamente aparentado. À tarde, Hana ficava aos cuidados da vizinha, e Brenda tratava de chegar a tempo de levá-la para tomar um sorvete no Parque da Luz. Reunidos em torno de um jantar frugal, a normalidade daquela vida assustava Szymon. Até quando reinaria a paz? Quem garantia que um estrondo não derrubaria a porta, e que integrantes raivosos dos *Einsatzgruppen* não viriam tangê-los para o meio da rua, onde outros tantos bons judeus como ele e sua família seriam contados como gado? O que o destino urdia contra ele e os seus?

Sobreviventes de guerra são temperados para antecipar a adversidade e estão sempre à espreita do pior. O fator surpresa, ele não podia esquecer, é tudo. Convinha, pois, estar do lado bom.

III

Corria o final de 1953 e os negócios iam bem. Brenda parecia adaptada à cidade e Hana começava a se destacar aos 9 anos, agora na Escola Israelita-Brasileira Luiz Fleitlich. Dois sobrinhos, filhos de Samuel Novinsky, tinham chegado do Recife e alojaram-se no apartamento espaçoso, o que trouxe ao ambiente a algaravia própria dos infantes. Ora, vida é chamariz de vida. Foi ao acender as velas do terceiro dia de *Chanuká* que Szymon soube pela esposa que ela estava grávida.

No primeiro momento, ainda pálido, disse que só o médico podia ser tão taxativo a respeito. Agia como se tivesse acabado de ouvir um diagnóstico ruim e precisasse de quem o refutasse. Mas ela foi clara.

"Sei do que falo, marido. Já marquei consulta com o Dr. David, mas fique certo de que não é alarme falso."

Naquela noite, Szymon não dormiu. Brenda percebeu que ele lhe segurava a mão com uma força trêmula, como se tomado por uma febre terçã. No dia seguinte, pela primeira vez desde que começara a trabalhar na oficina, ele não apareceu lá. Atordoado e sentindo palpitações, vagou pelo centro da cidade a esmo e estacou diante do Edifício Martinelli como se jamais tivesse estado ali, o que em parte era verdade, visto que nunca tinha parado para contemplá-lo. O desassossego só melhorou quando veio a confirmação do diagnóstico e ele resolveu buscar Brenda à porta da chapelaria para que tivessem uma conversa.

"É claro que estou feliz. Hana também vai ficar, mas tudo vem a seu tempo. Na Hungria, dizemos que a paciência cria rosas", sussurrou com ternura.

Foi só então que Brenda ouviu um relato mais preciso sobre Eva, a primeira esposa.

"Eu tinha alguma amizade com o irmão dela. Éramos como uma só família. Casamos durante a Guerra, em 1943, e todo mundo achava que a vida voltaria logo ao normal. A maioria acreditava no líder da comunidade. Ele tentava nos tranquilizar. Quem tinha uma rotina, tentava ignorar os perigos. Meu pai, coitado, tinha sido convocado para o campo de trabalho de Hános-Szigeti, mas os emissários diziam que estava vivo. No fundo, sendo homem de boa paz, devia estar lutando para vencer o medo. Eu já fazia o que faço hoje, só que na oficina do Exército. Eva abandonou o curso de química porque os tempos estavam mudando para os judeus. Apesar de tudo, tínhamos amigos, especialmente a família Kértesz. Quando o casal se separou, eu levava o filho único para passear no cais."

A leiteria estava quase vazia quando saíram e eles continuaram a conversa caminhando, agora na direção dos Campos Elísios.

"Hana nasceu em 1944 e eu já estava clandestino em Balatonfüred, no lago. Sem mim na capital, pensei que elas estariam mais seguras. Eva era aparentada dos Soros, que eram gente de dinheiro e prestígio. Só voltei para lá de vez perto do fim da Guerra. Hana estava salva, mas eles tinham levado Eva. Acho que você imagina para onde, não preciso dizer. Meus pais estavam mortos. Moravam na rua Gogol, do lado de Peste, onde passei a infância. Mas depois da Guerra, a casa foi ocupada por estranhos. Em 1949, cruzamos a pé a fronteira com a Áustria. O resto você já sabe."

O que teria essa história a ver com a sua gravidez, Brenda nunca entendeu claramente. Seria um temor exagerado pela sorte de um novo ente? Será que para Szymon toda criança estava irremediavelmente fadada ao sofrimento?

IV

Nada foi tão inquietante na gravidez de Brenda quanto o desassossego que acometeu Hana. Tinha horas que ela ansiava por aquele irmão ou irmã. Mas também podia ter estranhas reações em que chorava na escola ou molhava a cama durante a noite, o que a fazia sentir vergonha.

"É normal, meu bem, que bobagem. Vamos botar o colchão no sol amanhã. Venha ficar com a gente."

Um dia ela segredou o temor maior: Brenda sumiria depois que entregasse o bebê ao pai.

Apesar de tudo por que passara, Szymon nunca conseguiu alimentar sentimentos hostis em relação à Hungria, como muitos patrícios tinham *vis-à-vis* a Polônia ou a Ucrânia. Pelo contrário, chegou até a desfraldar a identidade magiar com orgulho quando da Copa do Mundo de 1954, em que meio time do Honvéd, seu clube de coração, deslumbrou a audiência suíça.

"Brenda, qualquer judeu do Leste fala iídiche melhor do que nós. Nossa pátria era a língua húngara, não tínhamos queixa do país. Os nossos não chegaram a tremer com a chegada dos nazistas. Alguns viam até um lado positivo porque admiravam os alemães e cooperaram de boa-fé. Um povo culto só podia trazer o bem."

Era incrível como o nascimento de um bebê revolvia a cabeça de Szymon.

Já nas conversas à porta do teatro da rua Três Rios, corria à boca pequena que a situação política no Rio de Janeiro era insustentável e que um político eminente, desses que pareciam ter uma lâmina na língua, sofrera um atentado à bala na porta de casa. Um major morrera. Se o mandante era ou não o Presidente da República, o futuro logo o diria.

Quando chegaram pelo rádio as notícias dando conta do suicídio de Getúlio Vargas, Brenda Novinsky deu à luz um bebê a quem chamaram de Boris, em homenagem a um dos avós maternos.

Examinando-lhe a fisionomia, Szymon conseguia ver no filho vagos traços de seu próprio pai. Se tinha os olhos da mãe, a testa alta e a boca de flor eram tipicamente dos Neuman. Hana fingia indiferença pela criança diante dos adultos, mas parecia se divertir com o irmãozinho quando Brenda lhe pedia para ficar de olho nele enquanto tomava banho ou se ocupava com o preparo das refeições.

Embora quase não falasse mais o húngaro, nem com o pai, a todos chamava a atenção que Hana embalasse o irmão com doces canções magiares. Ao ouvi-las, Szymon pensava na última vez que vira Eva.

Nunca Szymon haveria de ter alegria maior do que a de saber que Hana estava viva e bem, na casa da família Todt, a salvadora providencial. Os parentes ilustres estavam visados. Quanto a Eva, ao que tudo indicava, morrera apenas uma semana antes da entrada da soldadesca russa pelo Leste – versão que só lhe chegaria mais tarde.

Sem chão depois da Guerra, era difícil seguir o bordão do barbeiro Ferenc, tão franco e simplório na sua exortação.

"Esqueça tudo isso e olhe para frente enquanto é jovem. Faça de conta que a vida está começando agora."

Sem nunca ter sido religioso, Szymon se ressentia dos laços comunitários estilhaçados, dos ódios que grassavam entre irmãos e do desespero dos que, tendo perdido os seus no extermínio programado, não viam mais razão para viver, muito menos para acreditar num Ser Superior. A crença de que Deus morrera nos crematórios estava disseminada. Onde estivera Ele quando bebês eram arremessados na carroceria dos caminhões?

Não fora a companhia do jovem Imre, de um raro conhecido e os deveres que tinha com a filha e sua cuidadora, teria se desesperado na cidade fantasma em que sempre estivera em seu elemento. Era, pois, questão de tempo deixar Budapeste. Ou deveria procurar a sobrevivência lá mesmo?

V

Passadas as Grandes Festas de 1957, mal ouviram o toque do *shofar* na sinagoga da rua Augusta, sob os ecos do Ano Novo, à hora mesma em que ali quebraram o jejum com cubos de torta de ameixa que Brenda trouxera num enorme guardanapo quadriculado, ela segredou ao marido, em tom de quem pede desculpas, que a família Neuman cresceria de novo.

Dessa vez, porém, a reação de Szymon foi inequívoca, quase eufórica. A caminho da ceia na casa do associado e benfeitor, quem visse Hana levando pela mão o irmãozinho de 3 anos à frente do homem calvo e robusto, de braço dado com a mulher de vestido azul-marinho e bastos cabelos ruivos, diria que ali caminhava a família mais feliz da cidade. E é possível que naquele momento não estivesse equivocado.

Incorrendo na imprudência e até na euforia, indiferente ao mau-olhado que poderia trazer à criança que se formava ali, Szymon brindou com vinho e deu a boa nova com espalhafato. Sob as exclamações de *Mazal Tov*, Brenda reprimiu os temores naturais de que seus 36 anos pesassem em desfavor do bebê. Mas o que quer que acontecesse um dia ao feto, nada teria a ver com sua saúde ou sua idade.

Na catarse do triunfo do Brasil na Copa do Mundo da Suécia, Anita quase veio ao mundo no Largo da Pólvora. Foi um peixeiro japonês quem acolheu Brenda entre caixotes de camarões cheirando à maresia e pediu-lhe que respirasse com calma, pois o carro de praça estava a caminho. Golda, de quem se tornara boa amiga, pedira a Brenda que a acompanhasse a um médico oriental para lhe aliviar as dores nas costas, fruto do peso avantajado. A caminho do bonde, Brenda entrou em trabalho de parto.

Anita foi o bebê mais lindo que muita gente já vira até então. À exceção de Boris que, crítico, se queixou do choro da irmã, sob o olhar severo de Hana, agora já uma mocinha de 14 anos.

Como tudo correra bem até ali, Szymon tirou férias da oficina no fim do ano e, ao término do período escolar da filha mais velha, foram ao Recife de navio para visitar os parentes de Brenda, alguns dos quais ela não via desde que se casara. Dos três, Boris era quem mais monopolizava a atenção à volta. Hana não lhe confiou a pequena Anita em nenhum momento, no terraço balouçante do navio que os levou a Pernambuco.

Capítulo 2

Amigo Szymon, saiba que já anoitece aqui, em Berlim, e esta é a hora que dedico a atualizar a correspondência, a me antecipar às iniciativas de meu editor e a correr atrás de compromissos que assumi e que se volatizaram com o tempo. Digo isso porque tinha prometido que tentaria localizar Zsófia Todt, a filha de sua amiga Edith, que você tinha dito estar vivendo aqui, na Alemanha. Como estamos lembrados, embora isso já date de algum tempo, você queria saber mais sobre ela por achar que, eventualmente, poderia ser sua filha. Como tal, você lhe deveria obrigações que, sendo o homem correto que é, gostaria de honrar com alguns gestos, mesmo tendo saído da Hungria há mais de 50 anos. Ora, a paternidade não prescreve no coração dos puros. Por muitos anos, não consegui achá-la. Zsófia não frequentava os círculos húngaros que eram os meus, e logo seu pleito foi caindo no esquecimento, pelo que peço perdão. Os anos 1990 voaram e, em pleno começo do milênio, eis que ganhei o Prêmio – o que desgovernou minha vida tal como eu a tinha levado até então. Fiquei sensibilizado com sua carta de felicitações e com a foto da família. Seu filho lembra seu pai. Uma das meninas, sua amada mãe, que sempre tratou tão amorosamente o garoto solitário que fui. Tenho o retrato aqui ao alcance da vista e, quando chega um jornalista, digo que é minha família do Brasil. Imagine agora a mudança por que passou um homem que escrevia no espaço acanhado de sua cozinha, e cuja obra era considerada fútil pelos leitores de sua própria língua, quando, de repente, se viu alçado a um escritor de referência, por curta que venha a ser a janela da fama, que, como você talvez não imagine, traz mais transtornos do que realizações. Mesmo não sendo um homem de letras, você há de entender que nada gratifica tanto o artesão quanto dedicar-se a seu ofício – a ourivesaria, a relojoaria, a carpintaria –, bem mais do que receber vênias pelas joias, relógios ou cadeiras que faz. Tal o homem, qual seu trabalho – assim dizemos. E trabalhar é coisa que, desde o Prêmio, praticamente não tenho podido fazer, tantos são os encargos protocolares e comerciais a que esses gentis alemães me obrigam. Por enquanto, ainda recebo todos os louros com gratidão. Amanhã, já não sei. Como dizemos, a sarça não faz barulho enquanto o vento está calado. Uma hora, terei de recuar para concluir minha obra, minha missão de vida. Não quero passar os anos que me restam falando de um livro só, e tampouco discutindo a Shoah. *Um passarinho a gente reconhece pelas plumas; um homem pelos amigos. Apesar da distância que nos separa, sinto a chama de seu carinho. Sou o símbolo de uma Budapeste que você amou e que deixou de existir no pós-guerra, especialmente em nossa comunidade. Seu destino era mesmo ir para as Américas. Eu só poderia ter cumprido o meu se ficasse onde estava. Foi o que fiz. Paguei o preço e não me arrependo. Mas vamos à sopa antes que ela talhe. Uma conexão de Kreuzberg me levou à já não tão jovem Zsófia Todt, a filha de Edith, que trabalha na recepção de um hotel em Warschauer Strasse. De fato, sua filha Hana há mesmo de ter pensado que a moça era sua parente, dadas as semelhanças físicas. Efetivamente, caro Szymon, como fiquei sabendo por ela própria, pelas veias de ambas corre o mesmo sangue. Senão o de irmãs, mas o de primas. Zsófia Todt é filha do irmão de Eva, seu ex-cunhado László, que, segundo Zsófia me contou, mora até hoje numa comunidade religiosa em Israel. A relação entre ele e Edith durou até a viagem para a Terra Santa. Ao se mudar para Bnei Brak, deixando para trás a filha pequena, László cortou todo contato com*

Budapeste, até para não ser julgado pelos irmãos de fé, à luz da vida pregressa. Veja, pois, em que mãos estão os anunciadores do Messias! Felizmente eram outras as nossas tribos. Pecadilhos em nosso país podem ser grandes pecados no mundo. Sua sobrinha postiça está muito bem, e senti que se alegrou com a visita que lhe fiz. Negou-se a receber qualquer ajuda que quiséssemos lhe dar – eu estava disposto a assinar um cheque, o que está a meu alcance nos dias de hoje –, mas ela o recusou, tendo ido, sim, ao interior do edifício e de lá voltado com dois livros para que eu os autografasse. Um deles era Sorstalanság. *Gentilmente, disse que era graças a ele que se mantinha em dia com o húngaro. Portanto, a missão está cumprida e você nada deve à jovem, salvo sua homenagem à memória da mãe dela pelo que fez por sua falecida esposa e por Hana. Precisaria de outra carta para esclarecer alguns pontos que ficaram em suspenso quando de nossa conversa, mas agora já me falta tempo. A vida trepidante de Berlim faz com que, mal comparando, eu me sinta de volta àqueles lugares horrendos do fim da Segunda Guerra, visto que as primeiras coisas que os torcionários nos roubam são o tempo e o que fazer com ele. Aqui como lá, não há intervalos de ócio, mas logo você receberá notícias. Imre.*

I

Szymon Neuman já não era tão jovem quando do nascimento de Anita. Mas uma voz interna lhe dizia que se impunha abraçar a vida com fervor, se é que queria ver os filhos crescer. Para quem nascera em 1917, numa capital cujas ruas até pouco amanheciam embandeiradas no dia do aniversário do Imperador, a infância em Budapeste foi um tesouro de alegrias a que recorria sempre que as energias ameaçaram abandoná-lo.

Szymon cresceu num ambiente quase laico. Os pais vinham de Maramures, na Romênia, e até o fim da vida falaram com nostalgia das alegrias de lá, muitas delas embaladas por uma trupe de anões artistas de quem eram vizinhos.

Casados pelo rabino itinerante Shimshon Eizik Ovitz, foi a possibilidade de prosperar na Hungria que os fez deixar o torrão natal. Um laivo de arrependimento sempre lhes perpassava a voz ao evocar a decisão, não importa que lá como cá tivessem vivido as vicissitudes de ser judeus. Mesmo porque a condição humana prevalece sobre todas as demais. E o homem tem tendência a dourar o que não viveu, ou a idealizar um destino melhor em outro sítio – como se esse exercício aplacasse as dores das escolhas tortas.

"Para que serve a capa de chuva depois da tempestade?", costumava resmungar o pai.

Como a vida costuma passar rápido quando tudo vai bem, Szymon tinha dificuldade de rememorar o que vivera até que os rigores da Guerra se tornassem mais evidentes, o que na Hungria só aconteceu perto do fim do conflito, atingindo o pico um ano antes da chegada dos russos – fato que assinalaria o ocaso de um desassossego e o começo de outro.

A paixão pela mecânica poderia tê-lo levado a seguir uma formação superior, mas a vocação precoce o habilitou desde cedo a ganhar um dinheiro decente na oficina militar, e lá teria ficado pelo resto da vida, a depender de sua vontade. O que mais queria? Homem de prazeres simples desde sempre, crescido às margens de um rio generoso, a condição de filho único lhe dava conforto e regalias. O físico de bom nadador valia-lhe o olhar nada discreto das mulheres, inclusive na confeitaria Gerbeaud, e foi com uma das atendentes que teve breve idílio – a mesma que mais adiante lhe salvaria a filha.

Logo que o dinheiro começou a sobrar, alugou para os devidos fins um pequeno apartamento ao pé da ponte Árpád, e de lá saía para longos passeios na ilha Margit, bem à frente. Quando Eva apareceu em sua vida, a guerra ainda não chegara a seu ponto de inflexão, e foi em casa que passaram um simulacro de lua de mel. De presente, deu à esposa um livro de Balzac que comprara do velho Rónai, na livraria da rua Alkotmány. Dela ganhou um isqueiro e deram-se por felizes.

Szymon era um desses homens em cujo olhar dificilmente se via a centelha da malícia. Em tempos de perigo à espreita, ao virar uma simples esquina, não era fácil dissimular o temor da detenção e do arbítrio. Mas, apesar de ter a estrela amarela bordada ao peito, ele não mudava de calçada quando via um soldado alemão. Pelo contrário, seu instinto de sobrevivência podia até sugerir que o abordasse, e que lhe dirigisse uma pergunta em tom obsequioso a respeito de normas e horários, como um cidadão qualquer faria com as autoridades em tempos de paz. Lá no fundo, alguma coisa lhe segredava que era bom método tanto para superar os temores como para não parecer suspeito de estar irregular com a papelada. Os anos de trabalho na oficina do Exército o ajudaram a desdramatizar o uniforme a um ponto quase temerário.

Szymon Neuman, contudo, foi um dos muitos homens daquela época que torceriam um dia para que a felicidade fosse uma dádiva retroativa.

II

A viagem de Santos ao Recife, em 1958, não foi confortável. Brenda estava nauseada e mal saía da cabine para respirar o ar fresco. Em Cabo Frio, Szymon temeu um naufrágio e chegou a levar as crianças para conhecer os escaleres de salvação.

"Se acontecer alguma coisa, temos de sobreviver."

O pequeno Boris olhava o pai com perplexidade e admiração. A primeira por tentar visualizar uma situação que lhe parecia mais divertida do que trágica. A segunda por perceber que Szymon pensava em tudo.

Só depois da curta escala em Salvador, Brenda se animou a ir ao salão de refeições. Sem admiti-lo, Szymon se arrependera de ter comprado passagens baratas, o que lhes valera uma cabine que ficava praticamente à linha da água, vendo a escotilha a todo instante ser borrifada pelos respingos dos vagalhões.

Hana conseguia distrair Boris a contento e reuniu outras crianças numa pequena sala de recreação onde lhes contava histórias de que Szymon só entendia a metade. Orgulhoso, constatava que a filha aprendera bem aquele idioma de canários, todo cheio de simpáticos trinados. Crescido falando húngaro na escola, algum iídiche nas ruas de Peste, então chamada pelos antissemitas de "Judapeste", o romeno caseiro dos pais, e um alemão bastante aceitável, o português fora um desafio inesperado. Mas a necessidade é a mãe do aprendizado e, no fundo, tinha o que se chamava de bom ouvido. Já Hana o falava como se nunca tivesse tido outra língua. O que diria Eva se pudesse ver a cena? Que recordação levara da filhinha que não tinha um ano quando tudo aconteceu?

Um problema operacional os impediu de ancorar no porto do Recife de imediato. Foi assim que passaram a última noite ao lamarão, vendo as luzes da cidade que bruxuleavam a curta distância. Brenda praticamente não dormiu e só se recolhia à cabine para amamentar a pequena Anita, que chorava muito. Loquaz como nunca, associava os pontos luminosos a locais conhecidos e prometeu aos filhos tantos passeios que mais parecia que estavam para desembarcar no éden.

A velha Fanny, a sogra que Szymon conhecera 7 anos antes em São Paulo, continuava falante e acolhedora, mas os anos lhe haviam castigado a beleza.

"Eis aqui o homem que roubou minha filha", disse ao genro. No caminho para casa, as ruas cheiravam a frutas e a uma podridão adocicada que Hana logo acusou.

"O nome dessa frutinha é mangaba. O cheiro é de melaço e combustível, mas logo vocês se acostumam."

No largo da igreja junto à casa da família, havia um açougue kasher, umas tantas movelarias e passantes curiosos para ver os recém-chegados.

Já na cama, Szymon pensava nas maquinações do destino. Tanto nas boas quanto nas tenebrosas.

"Pois é", como aprendeu a dizer – expressão que jamais o deixou.

III

O Recife trazia um elemento novo à vida de Szymon. A cidade amável resgatava por certo alguns elementos dos anos de juventude em Budapeste. Mais do que estes, no entanto, condiziam com as recordações que ouviu dos pais sobre o estilo de vida na Romênia. Seria a latinidade? As pessoas ali pareciam ser mais sociáveis do que os brasileiros do Sul. É provável, contudo, que a percepção dele se devesse simplesmente ao fato de que em São Paulo estivera sempre trabalhando para sustentar a família.

No Recife, por uma vez em anos, estava liberado para sair de casa em casa conhecendo parentes e suas famílias estendidas. A comunidade era menor do que a paulistana, mas era mais homogênea, e quase não havia húngaros ou *litvaks*. Preponderava a imigração da Bessarábia, o que fazia do iídiche que falavam muito próximo ao que ele próprio ouvia em casa, quando o pai se irritava ou a mãe se desesperava. Nos fins da tarde, Szymon ia com o cunhado Samuel à praça Maciel Pinheiro onde proseavam até a hora da ceia com comerciantes e aposentados.

O que era para ser uma temporada de um mês logo se transformou em dois, e a verdade é que Szymon voltou com Hana para São Paulo, desta feita de avião, enquanto Brenda ficou com os dois pequenos.

Diante das primeiras confabulações sobre a possibilidade de morarem em Pernambuco, Hana deixara claro que seu lugar era em São Paulo e que poderia ficar na casa de uma amiga, cujos pais a tinham como uma segunda filha. Falava num tom tal que não deixava lugar à menor dúvida sobre a vontade forte que a acompanharia pela vida.

Quanto a Szymon, a ideia de abrir uma loja de autopeças lhe pareceu tentadora e Samuel apresentou-o a um bem-estabelecido comerciante da rua da Palma.

"Aqui há lugar para todo mundo", disse o anfitrião com um sorriso.

Szymon sairia com algum capital de São Paulo e desocuparia o apartamento da alameda Nothmann. Deixou claro para Brenda que, no futuro, poderiam voltar para o Sul. Se ela lhe dera a alegria dos filhos, era hora de retribuir. Mas um judeu sem rota de escape traçada é, no mínimo, um ingênuo. Ou um *meschugge* que não aprendeu nada com a história de seu povo.

IV

As coisas não seriam tão fáceis quanto Szymon pensou a princípio. Longe de Brenda, de Boris e da pequena Anita, e estando Hana instalada na casa da família amiga no bairro da Mooca, logo percebeu que não sairia da oficina com o capital que julgava justo. Tampouco queria se desentender com o sócio-primo que lhe dera uma mão quando tanto precisou e que se sentia em boa medida traído pela decisão extemporânea do parceiro. Que cisão sobrevive incólume ao ressentimento? Talvez fosse melhor negociar o imóvel para se capitalizar e, assim fazendo, ainda que simbolicamente, queimaria as pontes que o uniam a São Paulo. O que era uma cidade de adoção senão o lugar onde você tem seus entes queridos?

Amigos desaconselhavam-no a dar esse passo. Nas rodas de conversa na rua da Graça, o velho Brekenfeld, que tinha família no Nordeste, era taxativo.

"Terra de negócio é São Paulo. Agora mais ainda com a chegada das indústrias de carro. O que você vai fazer lá? Pele de judeu não combina com o sol quente."

Szymon rebatia.

"E acaso Israel é a Sibéria? Se a gente pode morar lá, deve poder no Recife também."

Mas aquilo o incomodava. Estaria sendo sentimental?

"*Oy vey*", suspiravam os demais.

Tanto não foi fácil que durante dezoito meses Szymon esteve com a família apenas um par de vezes, e só em 1960 chegou ao Nordeste para ficar. Boris já frequentava o colégio e a inauguração da loja aconteceu em semanas, pois o contador vinha arrumando a papelada sob a orientação do cunhado Samuel. Foi este que o tranquilizou.

"Em seu ramo, você não vai poder deixar de ir a São Paulo para visitar seus representados. Nossa sina, talvez desde Moisés, é ter um pé aqui, outro acolá."

Uma vez a família reunida, foram viver na rua Manuel Borba, perto do hotel Central. Brenda recebia cartas de Hana e as lia para os demais. A comunidade era organizada, mas Szymon nunca fora propriamente um dependente desse tipo de laços. Afinal, crescera em Budapeste, uma cidade cosmopolita. Meses depois da chegada, foi convidado para falar sobre os anos da Guerra na Hungria. Então, constrangido, recusou.

"Talvez um dia. Foi difícil virar a página. Não quero voltar a ela."

Não houve insistência.

Szymon gostava de ver o mapa, de imaginar rotas e situações. Bem ou mal, estava praticamente no ponto mais próximo da Europa. Em linha reta, um navio os levaria à África, ao sonoro país de Angola. Se seguissem um pouco mais à esquerda de onde nascia o sol, chegariam a Portugal, uma terra muito próxima ao Brasil, onde se falava a mesma língua, embora ele não a entendesse bem quando ia à padaria. Se o barco imaginário navegasse à direita do horizonte, poderia chegar às latitudes geladas do Polo Sul, onde quase não morava gente, senão pinguins.

Quem diria que um dia ele estaria cercado por pessoas de quem nunca ouvira falar até 10 anos antes, sabendo que elas agora eram as mais importantes que teria por perto até morrer? E quem não desfrutou da primazia de escolher seu destino, mas o teve determinado por quem só pensava no mal? Que violência era ser privado dos mistérios da vida! Teriam os mortos dos campos outra chance numa próxima encarnação? O sol quente mexia com a imaginação de Szymon, que sempre fora mais sóbria na Europa Central.

Na semana seguinte à chegada, amigos levaram-nos a um piquenique ao lado de um forte holandês, numa ilha-presídio. Até o castigo era luminoso naquela terra.

V

Brenda Novinsky era antes de tudo uma mulher de bem com a vida. O marido não tinha os atributos de sedução dos muitos intelectuais com quem conviveu na adolescência pernambucana. Não negava que se sentira fortemente atraída por Aloísio, um jovem e brilhante artista, uns anos mais novo do que ela, por quem teria feito qualquer loucura, como costumava confidenciar à mãe que, enigmática, sorria.

"Por aquele, eu também rasgaria o vestido, minha filha."

Com a chegada de Szymon ao Recife, a vida estava pronta para uma nova largada. Aos 38 anos, no auge da beleza, as fainas de mãe a preenchiam, mas não eram o bastante. Logo se engajou no Movimento de Cultura Popular, sob a batuta de Abelardo da Hora e, até perto do fim da vida, aquela experiência seria a tônica das longas conversas que entreteria com o pintor Zé Cláudio, ao som dos sinos do Mosteiro de São Bento, em Olinda. Apesar de tantos engajamentos em diferentes direções, ainda achava tempo para dar uma olhada na contabilidade da Neuman Autopeças e para cobrir eventuais viagens do marido em visita a clientes da região.

Se Anita era pequenina para acompanhá-la nas idas periódicas à Sloper e aos passeios na rua da Imperatriz, rotina que nunca se consolidaria entre ambas, Boris se revelava um bom parceiro para Szymon. Juntos iam ao estádio dos Aflitos e o menino se tornara ferrenho torcedor do Náutico, para desespero do tio Samuel, todo ele devotado ao Sport.

Em 1964, o Brasil passou por mudanças. Se marido e mulher nem sempre estavam de acordo no terreno político, Szymon não se furtou a dar guarida a um amigo de Brenda quando este precisou de um lugar seguro para escapar de uma perseguição policial, que lembrou a ele outros tempos.

Ao cunhado Samuel, inquieto com as filiações da irmã, Szymon tentou se explicar.

"Sou filho da guerra. Sei como ela é. Venho de um país sofrido. Bastou ficar livre dos nazistas para que entrassem os russos. Toda semana fico sabendo da violência muda dos comunistas que vão arrochando os parafusos devagarzinho. Mas antes de tudo, sou um judeu. Não posso deixar um perseguido dormir na rua, em desespero."

Quanto a demover Brenda de iniciativas perigosas, preferia que ela chegasse às próprias conclusões. Logo a realidade se imporia e ele não queria que as tensões do mundo abalassem os fundamentos de uma vida doméstica harmônica. Casamento era concessão mútua, como se dizia.

Sobre o fascínio pela Rússia, era fácil compreendê-lo, desde que se vivesse a uma prudente distância de Moscou.

"As pessoas aqui em Pernambuco acham que todo russo é Púshkin."

Capítulo 3

Vamos pegar o exemplo de minha casa. Para vocês, que são minhas melhores amigas, posso dizer isso. Meu pai, que D´us o tenha, falava do pogrom *de Kishinev como quem descreve um filme de dentro da tela. "Até hoje tremo, Brendinha", ele repetia. Acho que era um cacoete de quem amava a dramaturgia, de quem fez teatro iídiche assim que chegou aqui, ao Recife. Quando ele contava sobre os cavalos dos cossacos, sobre as carroças cheias de refugiados na travessia da fronteira moldava, a gente ouvia os galopes, os berros em romeno, em russo. Parecia que ele tinha vivido o massacre com todos os gritos e cores, embora ninguém tivesse certeza disso. Por quê? Porque as pessoas vão ouvindo as histórias e começam a botar uma corzinha a mais. A vida real é a vida imaginada, a outra vai no automático. Com ele, então, nem se falava, coitado! O velho Josef, que morreu tão novo, fantasiou até onde pôde. Quando a imaginação se esgotou, quando esbarrou na chatice da realidade, ele achou de se retirar da cena ao modo dele, para tristeza de minha mãe. Era um romântico melancólico, daqueles que fogem com a trupe do circo. Uma figura de Chagall, um homem alado que voa por cima da sinagoga do* shtetl. *Na chegada do Zeppelin ao Recife, ele ficou extasiado, queria embarcar a todo custo, sem saber para onde nem com que dinheiro. Isso era o que menos importava. Deu trabalho rebocá-lo para casa, delirou de febre, quase morreu. Passou muito tempo voltando sozinho ao Campo do Jiquiá, de olho na torre de atracação, como se ela fosse uma espécie de marco do nunca mais. Já mamãe gostava de passar longe do antissemitismo, se recusava a fazer disso bandeira, porque dizia que o assunto a deprimia. Samuel até insinuava de brincadeira que ela tinha uma visão evasiva do passado, quase infantil, como se dessa vida só valesse compartilhar o que era bom. Ela achava que devíamos esquecer as perversidades e talvez eu seja como ela. Já meu mano gêmeo foi bastante engajado nos movimentos juvenis, a gente achou até que ele seria um sionista fervoroso, mas o Sport e Miriam falaram mais alto do que Ben Gurion. Entre nossos coqueiros e a tubulação quente dos canos no deserto, não havia razão para hesitar. Era o mais tropicalizado dos bessarábios. Com meus filhos, se pensar bem, as tendências não fogem muito ao padrão. Toda família se assemelha nas diferenças. Mesmo sendo o rapaz sensível que é por trás daquele jeitão estouvado, nunca vi Boris se estarrecer com o Holocausto. Ele perdeu o sono com coisa muito menor, mas jamais com visões de Auschwitz, que ele até visitou mais tarde e nunca falou a respeito. Eu não teria coragem de entrar ali. Mesmo assim, quando ele voltou de Israel, parecia mais sensível à causa, quase engajado. Mas logo aquele período se confundiu com outras luas e isso foi perdendo importância. Entre salvar Israel e salvá-lo, optamos por ele, vocês estão lembradas. Já Anita vê o genocídio na esquina de casa e recusa-se a recuar décadas na história para achar as marcas da dor de terem tentado nos exterminar como povo, o que é sempre um choque. Para ela, estamos todos no mesmo barco que os negros feitos escravos, os índios e os ciganos. Mesmo assim, por temperamento, tanto pode amanhecer uma sionista militante como uma antissemita branda. A faixa de oscilação dela vai da calçada direto para o mar e vice-versa. Radical que se preza não sabe o que é botar os pés na areia. Hana é de outra linha. Quando ela ainda estava escrevendo o livrinho de viagem, ela disse que, apesar de ter um histórico ligado à Shoah, e dificilmente pode haver um mais doloroso, isso não reforçava o laço de pertencimento. Não que aquela gente que foi bater nas câmaras de gás não fosse a dela, claro que era. Mas ela tinha dificuldade de se ver refletida na catástrofe a ponto de forjar uma identidade judaica. Talvez um especialista diga que é uma característica dos judeus húngaros, não sei. Nunca ousei perguntar a nenhum porque não gosto de ouvir teses nem maldades. Mas vejam que engraçado! Para ela, ser judia era ser aplicada, ser perseverante, destacar-se pela educação, torcer pelos mais desfavorecidos e saber recomeçar. Mas aí ela fez aquela primeira viagem à Hungria, lembram? Faz tempo, foi em 1971, eu acho. Foi daí que ela começou a se interessar pela região. A danada foi bater na Lituânia. Até russo aprendeu. Szymon ficou orgulhoso, mas em algum ponto também um pouco incomodado. Então veio a virada. Foi só quando começou a ver as pessoas olharem um pouco enviesado, torcerem o nariz quando pedia o endereço de um cemitério ou de uma sinagoga, que ela começou a se sentir mais judia. Não tem nada a ver com religião – viu, Teresa? – e aqui está Guita que não me deixa mentir. Aliás, se há uma coisa que conta pouco no judaísmo é a religiosidade. Acho que as piadas nos dão mais unidade como coletividade do que* Adonai *ou* Hashem, *perdoe-me blasfemar, viu Guita? Mas entendo Hana quando ela disse que foi lá pelos cafundós da Romênia e da Ucrânia que começou a sentir certo orgulho de não ser como os outros, de ter um traço de distinção, apesar do sofrimento. Ou até por causa dele. Na nossa viagem, quando vi Szymon parado diante do sobrado da rua Gogol, ou na frente da casa da mulher que cuidou de Hana, atrás daquele prédio do Parlamento, passei a entender certas coisas. Se duvidar, só vão falar quando começarem a morrer muitos sobreviventes e os netos pedirem para que deixem um testemunho. Por enquanto, a gente está a menos de 50 anos da libertação dos campos. Tem muita gente com 60 ou 70 anos. Jovem, portanto. Quando elas estiverem chegando perto dos 90, vocês vão ver o que vai sair da caixa-preta. Teve ex-prisioneiro já em hospital de recuperação que queria ficar ao lado dos doentes com tifo porque a febre irradiava um calor bom, aquecendo a cama. Pois então, minha gente, apesar disso tudo, não tenho notícia de um judeu sequer que tenha querido renegar a religião, converter-se ou mudar sua forma de ser. Pelo contrário, os judeus nunca foram tantos, tão instruídos e tão prósperos quanto hoje. O que não quer dizer que Israel seja o mesmo país de que a gente sentia aquele orgulho nos anos 1950 e 1960. Hoje em dia, para quem tem um pouco de escrúpulo, embrulha o estômago. Eu só não sabia que ia percorrer uma trajetória semelhante a essa de Hana. Porque foi nessa viagem com Szymon que me senti judia de uma forma como nunca tinha me sentido antes. Hana dizia que quando era tratada como judia, respondia como judia. Teve uma noite de sexta-feira em que o amigo de Szymon, que é tradutor, indicou um shul atrás da grande sinagoga. Fomos lá para o* shabat, *o que sempre foi uma raridade em nossas vidas. A gente só fez isso pelas crianças, nas Grandes Festas e olhem lá. Szymon pelo menos jejua no* Yom Kippur. *Eu nem isso. Quer dizer, jejuo, mas vou dar umas bicadinhas na geladeira sem que ninguém veja, hoje eu já posso confessar. Ah, como a idade é libertadora. Só sei que quando entramos lá, senti uma transformação. Todo mundo ali era gente como a gente, pessoas comuns, que talvez não nos chamassem a atenção na rua. Mas de onde vinham aqueles elementos tão familiares? O vestido de uma me lembrou um de mamãe. A calva do* chazan *no cocuruto lembrava a de papai. As pessoas se vestiam de forma simples, mas havia ali uma tentativa de elegância meio pobre e muito digna. Aquilo era tão nosso, pairava tanta empatia no ar. Então virei uma judia de clichê e fui do riso às lágrimas, e depois voltei ao riso de novo. E imaginar que todo mundo logo mais ia sair dali, ia se dispersar, ia se perder na multidão, ia subir no estribo do bonde, ia esconder a quipá por baixo de um chapéu de feltro normal. A coisa que eu mais estranhei foi que Szymon não quis ficar para tomar o vinho depois da cerimônia. Eu disse a ele que a emoção era normal, que ela precisava ser vivida, que um homem não é uma pedra, que a enfrentássemos juntos. Lembro que um senhor veio cumprimentá-lo, uma espécie de líder que, pelo que entendi, já tinha até estado com Hana e sabia quem ele era. Para os padrões locais, era um homem caloroso. Mas Szymon preferiu que a gente saísse à francesa. A alegação dele foi de que eles iam pedir dinheiro, e que para ele era constrangedor negar. Eu disse que de jeito nenhum aquele homem parecia querer* Tsedaká *ou algo parecido. Paciência. Todo santo dia, mesmo durante a grande nevasca que cobriu a cidade, a gente foi até a casa atrás do Parlamento, onde ele morou com Hana e a tal Edith. Ele tem escrúpulos para falar dessa relação que vocês não imaginam. A vontade que me dá de dizer é que ele relaxe, que guerra é assim mesmo. Mas prefiro fazer de conta que entro no jogo, se é assim que ele prefere. Tomo o maior cuidado com esses temas. Um dia, a gente foi até quase a beira do rio, que estava bem cheio e meio esverdeado. Aí ele apontou uma ponte no lado direito, que nem sequer é a mais bonita, pertinho da Ilha Margit, e disse que estava ali com Hana num dia como aquele há mais de 40 anos. Então desembestou a falar de destruição, de desesperança, de desistir. Eu senti uma coisa esquisita quando ele confessou que nunca esteve tão perto de fazer uma besteira quanto naquela ocasião. Que foi salvo pela aparição de um oficial que levava um cachorro preto na coleira vermelha. Ali ele mudou de ideia e resolveu que os dois iam viver. Vamos tomar mais um suquinho de cajá? Vou me servir de outra fatia de bolo de rolo bem fininha.*

I

Xodó do tio Samuel e da avó Fanny, o pequeno Boris aproveitou bem o tempo em que Szymon acertava a vida em São Paulo. Pois como é comum acontecer mesmo aos meninos mais valentes, ele apegou-se à mãe com tal intensidade que era rara a noite em que não dormia com ela, com a cabeça aninhada entre seus seios, chutando de má vontade o bercinho de Anita bem ao lado. Brenda não o encorajava, mas tampouco coibia o mau hábito. Sem se enquadrar nos moldes da mãe judia das caricaturas, ainda assim, jamais se preocuparia em dar limites estritos aos filhos. Se alguém tivesse de fazê-lo, melhor que fosse a vida. Para ela, como gostava de dizer às amigas que tinham filhos, não existe pedagogia mais universal do que a do amor irrestrito.

Na cama, Boris escutava de sua voz quente histórias ambientadas naquele novo mundo que estava descobrindo, todo ele povoado de sobrados colados, de ratos fugidios que apareciam nas calçadas, de morcegos ao anoitecer, do pregão alegre dos ambulantes de doces de tabuleiro, tudo isso acontecendo na paisagem juncada de imensos ônibus elétricos de cor alaranjada cujos cabos saíam de vez em quando do encaixe aéreo, e de guardas de trânsito que orientavam os carros com apitos aleatórios, meramente ornamentais, e que tinham os punhos recobertos de uma garbosa braçadeira de couro branco onde anotavam à caneta as placas dos carros dos motoristas infratores, aqueles que ousaram cruzar um sinal vermelho sem dar bolas à advertência soprada.

Na escola, as crianças do jardim da infância tinham um falar divertido, mas eram implacáveis sempre que Boris pronunciava *arroz* ou *cuscuz* à moda paulista, com os "s" sibilados. O novo amigo Jacques lhe prometera ensinar a andar de patins na calçada da rua Santa Cruz quando crescesse um pouco mais, mas deu-lhe uma bola de gude misteriosa, na qual dormia uma carambola amarela que Boris não sabia como tinha ido parar lá dentro.

Samuel Novinsky era casado com a tia Miriam, uma mulher de olhos violeta meio saltados das órbitas, que tinha o péssimo costume de falar muito de perto, o que impunha o cheiro ruim do seu hálito ao interlocutor. Da vez que Boris tapou o nariz ostensivamente e queixou-se do ar pestilento, Brenda o repreendeu, mas sorriu com cumplicidade quando saíram à rua.

"Se eu pudesse, se não ficasse feio para um adulto, eu faria a mesma coisa." Boris perguntou se aquilo se devia à falta de escovação dos dentes, mas Brenda foi além.

"O problema da minha cunhada é que ela não come, meu filho. Não custava nada comprar pastilha de hortelã, não é?"

Léo e Jairo, os primos, já eram crescidos e usavam calça comprida para ir ao Ginásio Israelita. A tia Miriam fazia aulas de piano com uma senhora de cabelos brancos e voz esganiçada que morava na casa diante do mercado da Boa Vista. O marido dela era um homem grande e paciente. Uma vez ao ano, a tia convidava a família para uma apresentação na sala de visita da professora em que as alunas se revezam ao piano. As janelas ficavam abertas para que os passantes pudessem assistir à função. Certa feita, alguém tocou uma música espanhola e uma mulher de vestido longo como de cigana, todo vermelho, dançou e tocou castanholas invisíveis.

Data daquela cena a primeira vez que Boris intuiu que tanta carne, suor e arrebatamento podiam ser fontes de prazer, a tirar pelo ar de lascívia dos homens à volta, que trocavam olhares de codificada cumplicidade.

II

A infância de Boris poderia ter soçobrado num longo e prazeroso vazio, se não a tivesse vivido numa época privilegiada da humanidade. Mas disso ele só se daria conta muito mais tarde. O período em que Szymon mal apareceu no Recife para ver a família, enquanto tentava se desvencilhar das obrigações em São Paulo da forma mais correta e rentável que lhe fosse possível, investiu Boris de um senso de dever com a mãe que muitas vezes se traduzia em ciúmes ferrenhos. Se estava brincando no quintal da avó Fanny, enrolando no dedo o barbante do peão que arremessava no chão com um volteio, Brenda, se precisasse sair, tinha de dizer ao filho para aonde estava indo.

Não foi por outra razão que o pequeno tratou mal um entalhador que morava no bairro pela forma excessivamente íntima com que se dirigiu à mãe dele. Ato contínuo, o garoto se interpôs no meio de ambos como uma cunha, frustrando o que seria um abraço que lhe pareceu muito prolongado. Quando o artista lhe fez um afago de desagravo, ele ainda lhe estapeou os dedos no ar.

"Esse vai te dar trabalho", disse.

Nessa mesma toada, quando iam à sinagoga da rua Leão Coroado, fazia questão de segurar a mão de Brenda e dirigia olhares dardejantes a qualquer homem que sorrisse para ela. Sendo a avó Fanny viúva, e estando o tio Samuel ocupado com a própria família, sentia que ninguém podia estar à sua altura na defesa de Brenda e da honra dos Neuman, na ausência do dono da casa. A indiferença à irmã Anita, contudo, seria por um bom tempo uma constante. Nas idas frequentes à padaria Santa Cruz, onde comprava dois pães massa pura a pedido da avó, trocava olhares sustentados com Dora Kaufman, cuja mãe era amiga da sua. Seus destinos haveriam de se cruzar ainda na adolescência, bem longe dali.

Quando o pai voltou em definitivo, Boris começou a ir com Brenda até o outro lado da ponte da Boa Vista, de todas, a sua preferida, para lá encontrar Szymon na loja de autopeças onde tudo cheirava a novo. Fosse no balcão, fosse na pequena sala do primeiro andar, onde havia uma mesa sobre a qual deixava um copo de clipes e várias canetas, ele ficava visivelmente feliz de vê-los ali. Uma visita à vizinha loja de brinquedos integrava o pacote na volta.

Ali no Centro, Boris gostava de admirar as pessoas que transitavam pela rua da Imperatriz. Aquele ambiente o fazia estufar o peito de vaidade, como se aquela gente também lhe estivesse prestando vênias por vê-lo ao lado de tão vistosa senhora. Era sua mãe, mas podia não ser. Quando a avó Fanny ganhou a bicicleta premiada numa tampa de refrigerante e, sem hesitar, deu-a de presente a Boris, ignorando os primos mais velhos, ali ele teve a mais genuína prova de amor que recebera até então.

Ademais, os passeios em família à Festa da Mocidade e as idas periódicas ao circo pontuavam alto no lazer dominical. Certa feita, Fanny apontou os três acrobatas que faziam uma pirâmide humana.

"Vovô veio de um lugar pertinho da cidade deles, *bubaleh*".

III

Foi voltando da Cidade Universitária, onde foram ver uma corrida de carros, que Boris escutou uma estranha conversa entre seu pai e um amigo. Fazendo-se de desentendido e fingindo estar totalmente ausente do bate-papo em curso, ele recitava em voz baixa a placa dos carros que via, e lia os grandes painéis de propaganda, uma mania típica de quem descobria a leitura, e propícia para se fazer de bobo enquanto captava uma conversa que não era com ele.

Pois bem, a caminho de casa em marcha lenta, lá pela altura do bairro de Afogados – denominação que sempre lhe pareceu esquisita –, o amigo do pai parecia querer fazer uma advertência inquietante.

"Digo isso para o bem de sua família, Szymon. Brenda é quase uma irmã para mim, nos conhecemos desde crianças. Mas diga a ela que o ambiente está se deteriorando rapidamente e é bom evitar certas companhias. O mundo está em guerra. Os militares não vão tolerar a ameaça comunista. Tempo desses estivemos à beira de uma guerra nuclear, na crise dos mísseis russos em Cuba, lembra? Se Brenda for presa uma vez, que D´us a livre, pode ser a última. O meio artístico é muito poluído pela esquerda e esse pessoal adora descarregar a culpa nos inocentes úteis. Se vocês caem em desgraça, a primeira coisa que eles fazem é prejudicar seu negócio, que vai tão bem. Eles mandam arrochar a fiscalização. Sei do que estou falando."

Szymon ficou mudo. E Boris, intrigado.

Quem eram *eles*? E que história era essa de prender a sua mãe?

O homem que dissera todas essas coisas ao pai tinha uma loja de móveis na rua do Aragão e cheirava ele próprio a verniz e pó de serra. De vez em quando, aparecia com a esposa para uma visita noturna, e passavam horas jogando baralho com seus pais, tomando notas num papel depois de cada rodada. Brenda prometera ensinar Boris a jogar, mas para isso também era cedo.

Sem saber até que ponto a conversa que ouvira tinha influenciado os humores paternos, o fato é que, pela primeira vez, percebeu uma leve exasperação na voz de Szymon. A conversa entre marido e mulher era muito cifrada para que ele entendesse tudo, mas parecia que alguma coisa tinha mudado e todo mundo precisava se comportar de outra maneira.

"Acho que preciso de você na loja. Dizem que Alagoas é uma boa praça para nosso ramo e estou pensando em abrir uma filial em Maceió. Mas só posso fazer isso se tiver alguém me cobrindo na rua da Palma."

Brenda também respondeu num tom acima do habitual.

"Nunca deixei de ir lá quando você me convocou. E assim vai continuar. Mas não quero abandonar nem o ateliê nem o Movimento. Aliás, precisamos uns dos outros mais do que em qualquer outra época. Não pense bobagens, marido."

IV

Janeiro após janeiro, Hana vinha passar as férias no Recife. Agora, os 10 anos que os separavam contavam mais do que nunca em favor de Boris. Hana não somente gostava dele, mas também parecia ter uma boa resposta para tudo, o que devia se explicar por já ter terminado a faculdade e ser professora. De mais a mais, tinha um jeito diferente de responder às perguntas que Boris lançava, e ele sentia que, pelo menos para a meia-irmã, ele não precisava crescer antes de se fazer notar, ao contrário do que lhe exigiam a patinação de Jacques, o carteado de Brenda ou os olhares de Dora.

Hana o tratava quase como adulto embora lhe trouxesse brinquedos do Mappin, embalados em papel verde e branco e usasse expressões divertidas de quando ele ainda era bebê.

"O Brasil é parte do mundo, *ketsaleh*. E o mundo está em guerra. Não é uma guerra como aquela em que nasci. Essa é diferente."

Boris não conseguia entender por que sua mãe e seus amigos corriam riscos.

"Para uns, e isso inclui eu e você, o momento é de estudar. Uma hora essas coisas vão passar. Não se preocupe com a Brenda. Sua mãe sabe onde tem o nariz e não vai se meter em fria. Não esqueça: o maior inimigo do inteligente é o burro. Vamos integrar o time dos bons."

À época do aniversário da avó, um fato vindo de longe sacudiu a vida de Boris.

Israel, aquele país de que tanto se falava na escola e que era também a pátria de seus colegas, logo também a dele, tinha sido atacado por todos os lados. Mas igual a um time que começa perdendo e vira o placar, conseguiu vencer os inimigos, destruindo os aviões deles no chão. O grandão Rosenfeld, que também se preparava para o Bar-Mitzvá, sintetizou o ocorrido.

"Tamanho não é documento, Boris. Você ganha a guerra com a cabeça, rapaz. O fuzil é importante, mas a cuca conta mais."

Se era assim, por que não se resolvia a guerra de que falava Hana? Talvez porque não houvesse muitas cabeças pensantes no mundo. Mas elas não estavam em falta em Israel. Logo, Israel era o país de gente mais esperta que havia. E se ele, Boris Neuman, era parte de Israel, não importa como, ele tinha de se mostrar à altura.

"Hana, quem é a pessoa mais inteligente que existe?"

A irmã sorriu.

"Você, meu *schein kindaleh*. E depois vem Einstein, judeu como nós."

Boris estava gostando do *Robinson Crusoé* ilustrado que a avó lhe dera. Mas será que aquele era um livro para os craques de verdade?

V

Em casa, muito mais na cozinha do que na sala, Terezinha ria das perguntas da pequena Anita. Se Boris era um menino engraçado com aquele cabelo arruivado e o nariz salpicado de sardas, estava longe de ser carinhoso. Já Anita, que tinha os olhos da mãe e o cabelo cor de mel queimado, vinha sempre à copa lhe dar um abraço de bom dia. Se a empregada tirava folga no domingo, a menininha a bombardeava de perguntas no dia seguinte.

"Por que você não traz sua filha para morar aqui com a gente? Como é Igarassu? Como é o nome do pai dela? Onde ela está estudando?"

De tanto vê-la curiosa pela amiga imaginária de quem só vira uma foto de cromo, foi Brenda quem sugeriu a Terezinha que trouxesse a pequena Rita para morar com eles.

"Acho que posso conseguir uma vaga num colégio aqui perto. Se ela não gostar, volta para a casa dos avós. Mas se você quiser trazê-la, vai ser bom para todo mundo."

Ninguém ficou mais feliz com o arranjo do que Anita. Quando Terezinha anunciou que estava considerando a proposta da patroa, Anita insistiu com Szymon para irem buscá-las de carro num domingo.

"Pode deixar que eu ajudo a cuidar dela."

"Mas ela é maior do que você, Anita."

"Então ela cuida de mim."

A princípio tímida e calada, a filha da empregada foi se soltando e, pouco a pouco, ensinou a Anita e a Boris, de quem tinha a mesma idade, as delícias de brincar de esconde-esconde, de cabra-cega e de subir nos galhos mais baixos das árvores pelo simples prazer da escalada. Apesar de ler com dificuldade, Ritinha contava histórias que podiam impressionar até mesmo o menino fanfarrão, que se julgava à prova de medo.

Nada o impressionou tanto como o caso do enterro de uma menina em Goiana que, à última hora, bateu na tampa do caixãozinho branco pelo lado de dentro. Por pouco não fora enterrada viva. Também os marcou a história do goleiro do Santa Cruz que frequentava terreiro de umbanda e que não levava gol há dez partidas.

"Uma vez ele estava deitado e o jogador chutou para fora com o gol vazio."

Será que a umbanda conferia esses poderes? A isso nem Hana soube responder. Rita contava do macaco de Igarassu que roubara o cachimbo da lavadeira, do menino que amarrou o rabo do gato no cano e ligou a torneira a toda potência, e até dos dromedários que cuspiram num domador cruel do circo de Itambé, e fugiram com os filhotes para as dunas potiguares.

Para Boris, na escola, o mundo não era menos surpreendente. Ele ia da história de um bebê que fora colocado num cesto rio abaixo a uma fuga épica do Egito, país onde seus ancestrais tinham sofrido nas mãos do faraó, que certamente os escravizara com o chicote – como fizeram aos negros no Brasil, cujas celas ele vira no Mercado da Ribeira, em Olinda, com a narração emocionada de Guita, uma amiga da mãe.

Vez por outra, alguém lhe falava sobre vilarejos soterrados pela neve onde viveram pessoas que ele conhecera, como sua avó materna, cujas casas eram saqueadas por cavaleiros embriagados que queimavam até os rolos sagrados da Torá. As histórias de Peretz e Scholem Aleichem eram divertidas e tristes ao mesmo tempo. Rosenfeld lhe falara até do sofrimento dos judeus na Segunda Guerra. Com tendência ao exagero, dizia que eles cavavam as próprias sepulturas, onde caíam crivados de balas. Mas havia pior, muito pior.

"Não se impressione com isso, filho. Já passou. Morreram pessoas de muitas religiões. Mas estou vivo, Hana também está e outros tantos se salvaram. Um dia a gente fala mais sobre isso. Sabe quem é cliente da loja? Bita, do Náutico. Que jogador! Que o tio Samuel não ouça essa conversa. Qualquer dia vamos ao estádio de novo. O time é muito bom."

Szymon sabia que uma boa infância dava anticorpos emocionais para o resto da vida.

Capítulo 4

Não me passa pela cabeça deixar minha mulher por causa dela, rapaz. E tenho certeza de que ela também não deixaria o marido para viver comigo. Nem com reza forte, pode escrever. Para acontecer uma ruptura assim, a gente precisa alimentar a lareira com graveto seco, daquele que estala, e ter pouco juízo. Ainda bem que tanto ela como eu temos algum em estoque. Ou, então, o que não se aplica à gente, os casamentos já estão implodidos pela infelicidade, pelo rancor. Aliás, relação de amantes em que só um lado é infeliz dá em encrenca na certa. É pior do que uma relação entre dois lados infelizes. Se ambos estão infelizes, as coisas estão em equilíbrio. No nosso caso, não tem essa de atear fogo à casa, de cegueira romântica. Pelo contrário, passou o tempo. Aliás, amor mesmo eu tenho é pela minha mulher. Quer dizer, é por Emília que tenho aquela mistura de carinho e respeito com um tantinho de compaixão, que é irmã-gêmea da culpa. Já ela, nossa amiga, também fala com a maior admiração do marido. Isso, é claro, nas poucas vezes em que o cara foi assunto. Aliás, é um homem de bem, que eu, lá no fundo, também respeito muito. Não, não ria, é verdade. Acredite se quiser, uma coisa nada tem a ver com a outra, não seja primário, senão não conto mais nada a você. Mas se ela tivesse de jogar um de nós dois pela janela, este seria eu, e não ele, não tenha dúvida. O que não quer dizer que a gente não se goste muito. Não é que tenha sido assim desde o começo. Não mesmo. Joguei a tarrafa pra ver no que dava, depois que senti um olhar persistente num coquetel. Era como se quem estivesse vendo ali não fosse só eu, esse cara que enxergo todo dia quando faço a barba. Não. Ela estava era lendo uma espécie de aura em torno de mim. Quando percebi isso, naquele segundo furtivo, porque essas coisas são muito rápidas, pois é feito um olhar de raposa cruzando a estrada no escuro, me deu uma comichão no lábio, dessas que as pessoas sentem antes de ter um AVC. Ela não estava ali convocando para uma dança perigosa o dermatologista, o médico conhecido, essas coisas. Ela estava vendo em mim uma promessa de aventura, coisa que logo senti. Um dia, bem mais tarde, quando falei isso, ela riu gostoso, com aquele ar de triunfo de mulher quando quer dizer "te peguei direitinho". Deixa estar. Então cumprimam-se algumas etapas da aproximação, dessas que acontecem por cima de pau e pedra quando os dois querem. Dizer que é uma mulher deslumbrante, seria um exagero. Mas gosto daquelas feições de meio russa, de meio eslava, enfim, e de uns detalhes de que não vou falar, nem se assanhe. Não adianta você me olhar com esse ar cafajeste que não vou entrar em intimidades. Só adianto que a gente dá uma escapada até o haras, conversa e namora. Tem vezes que mais, outras menos. O pior, ou o melhor, é que tudo tem de acontecer na maior clandestinidade. E isso é limitante quando se desenvolve algum tipo de sentimento. Porque entre tesão e amor, acontece muita coisa, há vários degraus. No começo, tudo é atração, é curiosidade, muito mais cama do que papo. Mas então você começa a descobrir outro mundo. Você não está com uma libertina qualquer, embora ela seja mais liberal do que a maioria das mulheres que a gente vê em sociedade por aqui. Tem exceções, claro, mas falo da regra. Se é ou não por ser judia, não sei lhe dizer. Não tenho tanto repertório para cruzar estatística. Nesse meio caminho, por reservada que ela seja, horas tantas começou a falar de uma entiada que mora em São Paulo que, pelo jeito, é uma sumidade. É filha do primeiro casamento do marido que perdeu a família toda na guerra, coitado, inclusive a mãe da moça. Depois tem

54

outra, de quem ela só fala rindo, que ela trouxe um dia ao consultório a pretexto de uma escabiose. Uma moça até linda, mas dessas que fazem o diabo para enfear, para se sabotar. Pelo menos, foi a impressão que tive. A dermatologia tem uma liga leve com a psiquiatria, não é? No meio, tem um rapaz que parece que é meio estabanado, mas é evidente que ele é o xodó dela. Parece que já andou meio atrapalhado por aí, mas melhorou. Nessa hora, você percebe que a cama para ela é circunstancial, talvez mais do que para mim. Vamos raciocinar por hipótese. Eu podia, um dia, ficar cheio de Emília, fazer as malas e dizer que ia morar em Gravatá, que ela passasse bem, obrigado, e que os meninos estavam criados. E, aí, viveria com ela, com a outra, e todo ano iria à Europa, levando a vida um pouco mais na valsa, que é o que mereço até porque já ralei o bastante. Afinal, se não é amor, também não é só amizade. Mas para ela, a depender da judia, *como você fala, sei que isso jamais lhe passaria pela cabeça. Quando ela retoca o batom, veste a roupa e a gente pega a estrada de volta, a conversa quase sempre já está regulada para qualquer outro tema, menos para a gente. Eu não, eu ainda fico romantizando um pouquinho, propondo uma escapada a São Paulo, mas ela só faz apertar minha mão e dizer que logo vamos nos ver de novo. E assim a gente toca a vida. Só na paralela. Ela é muito ligada às artes. É também chegada à política e ri quando digo que é um tema de que tenho horror porque trato da sarna do presidiário ou da psoríase do general do mesmo jeito, com a mesma dedicação; que médico, para continuar na profissão, não pode pensar em política. Se quiser ser deputado, que rasgue o diploma. Agora, vendo pelo lado do romantismo, é difícil você não poder comprar um anel, dar um brinco, apresentá-la aos amigos. Nem sequer às segundas mulheres dos amigos, às amigas, às que estão na suplência. Com esse cuidado todo, tenho certeza de que essa história aqui acolá vaza. Sei até de uma sirigaita que vive fazendo perguntas capciosas por aí a nosso respeito. Parece que é por causa de uma birra antiga entre elas. Já Emília, meu compadre, é muito prática, muito cartesiana, a turma de engenharia dela tinha só cinco ou seis* mulheres. Nossa amiga, que só me chama de Homem Sem Nome, se emociona com outras coisas. Dia desses, chorou ouvindo Mahler lá em Gravatá. Mas chorou a um ponto que eu não podia nem abraçá-la. Precisou a música acabar, passar uns dez minutos para que ela aninhasse aquela cabeleira vermelha em mim e parasse de chorar. Cheguei a ficar assustado. Parecia que a música vibrava dentro dela. Outra coisa é que adora arte. Faz um mecenato brabo na praça. Dizem que na casa dela não tem mais parede para tanto quadro e acho que não há um pintor da região que não tenha feito um retrato dela, sem que ela nem sequer precisasse pedir. Ela é uma espécie de coroa-musa, uma mulher rara que sabe ouvir até o fim antes de opinar, que vê o lado bom de todo mundo. Quando morei no Rio, conheci umas assim na zona sul, onde eu morava. Elas tinham uma forma igualitária de tratar todo mundo, de vez em quando soltavam seus putas-que-os-pariu. Com tudo isso, você podia levar ao Real Astoria para jantar e ali você tinha alguém de muita classe, de bom humor, com aquela simplicidade que derrete até barra de aço. Não eram só mulheres direitas, como a gente diz aqui. Eram únicas, muitas vezes lindas, e com um ar, assim, que mais parece que são elas que te estão escolhendo, e não o contrário. Brenda é dessa linhagem. Ela falou que quase foi morar em São Paulo, mais ou menos à época que conheceu o marido. Ainda bem que não ficou lá. Tudo isso para dizer que Emília tem muitos desses elementos, dessa humanidade, mas ao mesmo tempo não tem. É mais áspera, vê frescura em tudo, tem um sotaque duro do interior que a gente aprecia na boca de um cangaceiro, mas que não fica muito bem na de uma mulher. Ela pode até botar a roupa mais linda do mundo, pode usar os brincos de brilhante da África do Sul e o vestido feito à mão pelo costureiro. E olhe que ela ainda fica bonita quando quer. Mas abre a boca, e lá vem aquela voz de lixa, um juízo malcriado, uma rudeza que espanta. É brochante, meu amigo. A outra faz poesia só com o olhar e alguns monossílabos. Se pelo menos a vida estivesse começando! A conclusão a que cheguei é que uma mulher com vocação humanista é mais sensual. Um homem fica piegas se *deixar a humanidade dele transparecer em excesso, não é? Só se estiver bêbado, se for cirurgião plástico ou cronista social. Mas uma mulher precisa disso para realçar. Sei que gosto mais dela do que ela de mim.*

I

A Budapeste da juventude de Szymon era uma cidade de cafés e intelectuais. À medida que a mundana Peste, cada vez mais judaica, ganhava perfil sobre a germânica Buda, aumentavam as pressões para que os jovens judeus crescessem intelectualmente. Em dado momento, Szymon chegou a se ressentir por ser um homem forjado nos valores da vida prática, jamais conseguindo brilhar nos estudos. Penitenciava-se por não ler até o fim os clássicos franceses que lhe recomendava o livreiro Rónai, a quem recorria à procura de luz. Mas não se arrependia de ter abraçado a mecânica.

Tantos anos mais tarde, os negócios iam bem. Szymon viajava regularmente a São Paulo, onde agora ficava num hotel do Largo do Arouche, e lá visitava homens que tinham se transformado em lendas vivas. De todos, o que mais o inspirava era Kasinski, nascido no mesmo ano que ele. Com ele, aprendeu a arte do sorriso demolidor e os truques de uma alma jovem que, aos 50 anos, fazia planos para os próximos cem. Em Dr. José, outro expoente de seu ramo, via a personificação do melhor da tradição judaica, que era a do apego aos livros. Comentava-se que em sua casa havia volumes até na cozinha.

Algo se tensionara nos ares de São Paulo. Mais de um patrício veio lhe dizer que fizera bem em ir para o Nordeste.

"Isso aqui está um paiol. Meu filho chegou ontem sangrando pelo nariz. Diz que passava pela rua Maria Antônia quando levou uma bordoada de um policial só porque tinha barba. Não sabemos em que nem em quem acreditar."

Para Szymon, estava claro que os amigos de São Paulo não tinham real noção do que era o que eles chamavam de "o Norte". Imaginavam que o Recife fosse um lugar bucólico onde as pessoas iam à praia, comiam camarão e dançavam forró em palhoças.

A verdade é que Szymon se preocupava com os rumos que tudo vinha tomando. Se combater o comunismo não lhe parecia de todo descabido, que Brenda não o ouvisse, e se seus filhos estavam bem longe de ser uma ameaça ao regime, Pernambuco parecia ferver de debate político. Sempre que um cliente puxava um dedo de prosa nessa direção e falava do sequestro de diplomatas ou da cassação dos direitos políticos de alguém, Szymon oferecia um café, murmurava algumas generalidades, caprichava no sotaque estrangeiro para arrancar um sorriso no outro e dava um jeito de não desagradar quem quer que fosse.

Os negócios tinham de vir primeiro. Assim sobrevivera à mais sangrenta das guerras. Mas é claro que Brenda era sua maior preocupação. Algo mudara na conduta dela. Às vezes estava sonhadora, outras tantas parecia entediada.

"Não quero uma segunda Eva em minha vida", disse uma vez Szymon, que percebeu que a esposa se assustou com a advertência.

II

"Cuidado, judeu. Evite as más companhias se quiser ter tranquilidade. Ou, então, prepare suas trouxas e vá para Israel, que lá é seu lugar."

Quando abriu o envelope de bordas verdes e amarelas, de cujo verso não constava o remetente, apenas um carimbo de postagem datado de três dias antes, do prédio dos Correios da avenida Guararapes, Szymon empalideceu. Não ligaria para Brenda porque temeu tornar a esposa vulnerável se o telefone estivesse interceptado. Um filme amargo começou a se projetar diante dele como se os bulevares desertos de Budapeste se materializassem por milagre nas artérias sombreadas pelos oitizeiros dos bairros e arraiais do Recife. Quem estava por trás daquilo e o que a ameaça poderia significar? Deveria procurar o Dr. Antunes? Ou, simplesmente, ignorar aquela vileza?

Entre seus clientes, contava um bom número de usinas de açúcar, tanto em Pernambuco como em Alagoas, a quem vendia peças de trator e de caminhões. Sabia que se tratava de um bastião do pensamento conservador, de gente que via comunistas em cada esquina e que abominava umas tais ligas que, diziam, ateavam fogo aos canaviais. Teria sido um deles que lhe enviara ameaças? Ou aquela manifestação seria de um antissemita ordinário como outro qualquer? Há quanto tempo não sabia o que era ser tratado daquela forma? Voltaria um dia a usar uma estrela amarela no peito?

Sempre que passava na avenida Guararapes aos domingos, Szymon comprava a edição bojuda de O Estado de S. Paulo, que, em pouco tempo, começaria a publicar versos no lugar de notícias. Diziam que era para protestar contra a censura. Seu maior interesse era o robusto caderno de classificados, onde se encontravam anúncios para aquisições de ocasião.

Voltando da banca para casa com Brenda, Boris, Anita e Ritinha, agora companheira inseparável da filha caçula, a esposa pediu para que desacelerasse e parasse ao lado de um homem de batina clara que caminhava na calçada da avenida Conde da Boa Vista.

"Podemos lhe oferecer uma carona, Dom Hélder?"

O padre aceitou com um sorriso e sentou-se ao lado de Szymon no banco da frente. Brincou com as crianças, fez elogios rasgados aos judeus, quis saber o nome de cada um ali e disse que ia para a rua das Fronteiras, mas que Szymon o deixasse onde quisesse. Este fez questão de levá-lo até uma portinha verde e, na verdade, emocionou-se com os modos brandos e o sorriso daquele homem de aspecto frágil, mas luminoso e confiante. Nas paredes caiadas diante da casinha, Boris leu uma frase em voz alta: "Brasil, ame-o ou deixe-o".

O padre afagou-o nos cabelos e ele perguntou.

"Por que você usa saia? Sua mulher não acha ruim?"

III

"Agradeço a todos o comparecimento. Temos hoje casa cheia, o que não acontecia há muito tempo. Entendo que cada um de vocês tem uma posição política e não foi para debater isso que os chamei aqui hoje. Não sou ninguém para lhes dizer o que é certo ou o que é errado. Nasci na Ucrânia, ouvindo falar de *pogroms* terríveis. Cheguei ao Brasil e dei duro para conseguir alguma coisa. Exatamente como muitos de vocês aqui. Tenho militado na educação, que é uma área sensível. Nossos jovens estão tendo excelente formação como judeus, brasileiros e sionistas – podem acreditar nisso na ordem que quiserem. O que quero dizer hoje, na condição honorária que ocupo na Comunidade do Recife, é que devemos nos acautelar contra radicais de esquerda ou de direita. O que construímos aqui no Brasil foi fruto do trabalho de gerações de nossos patrícios, de gente que há muito tempo não está mais entre nós, não é mesmo? Acabo de voltar de São Paulo e estive com algumas de nossas maiores lideranças. Sabemos que conter nossos filhos não é fácil porque nossa tradição é libertária e universal, como disse um jovem rabino americano. Mas uma só mancha que respingue em um de nós, trará nódoa a toda a comunidade. Será que fui claro? Os tempos pedem cautela. Alguém quer fazer uso da palavra?"

Que pena que Brenda não tenha vindo, pensou Szymon. Ele nem sempre entendia seus horários. As palavras do patrício eram tudo o que ela precisava ouvir. Uma coisa era ele, o marido, falar, um mero comerciante, quase um *schnorrer*. Outra bem diferente era uma pessoa investida de autoridade, como Salomão, e que tinha contatos em altas esferas. Já há uma semana que Brenda mal saía de casa. O desaparecimento de pessoas próximas a abatia, mas não resultava necessariamente em cautela dobrada. Para tranquilizar o marido, dizia que, quando queriam falar de política, os amigos se reuniam fora da cidade, num endereço seguro na Serra das Russas. A guerra ensinara a Szymon que aquilo era evidentemente um despiste. Restava saber do quê. Tanto melhor que fosse mesmo para enganar a repressão.

Foi Fanny, a sogra, quem certo dia tentou lhe abrir os olhos.

"Tente ser compreensivo, meu genro, mas seja duro se for preciso. Não deixe que ela faça nada que coloque em risco seus filhos. Brenda tem um pouco do pai. Já o Samuel saiu mais a mim. Meu finado marido nunca foi homem de grande juízo. Mal chegou aqui, só queria saber de correr atrás de saias e do teatro iídiche. A mãe dele se suicidou se atirando num poço. Meu Josef só pensava nos outros. Um mau passo nos negócios o deixou tão triste que terminou cedendo à fraqueza. Brenda é forte, mas também pode ser incrivelmente frágil. Proteja minha filha, você é experiente."

IV

E, no entanto, inexplicavelmente, à medida que as crianças cresciam, que os amigos se recolhiam e que as passeatas eram reprimidas à base de cassetetes, a vida íntima de Brenda Novinsky com Szymon Neuman nunca fora tão boa. A partir de certo momento, ir para o quarto toda noite passou a ser a hora mais ansiada, e ele não era o único a querer se esbaldar em longas e intensas sessões de sexo em que ela suspirava, arfava, gemia, cobrava, ordenava e parecia agradecer.

Durante o dia, Szymon chegava a esboçar um sorriso sempre que pensava na noite anterior, e naquela que estava por vir. Já contratara até um pracista para cobrir Maceió e o interior porque a vida no Recife se tornara preciosa. Era como se Brenda tivesse arranjado uma fórmula para evitar que a conversa degenerasse em assuntos sérios e sombrios. Se ele começava a falar sobre D. Hélder que, embora lhe tivesse parecido um *tsadik*, um verdadeiro *mensch*, era uma pessoa a ser evitada em público, ela, de imediato, lhe colava a boca nos lábios e, daí, começava a apalpá-lo, a lhe abrir a calça, a lambê-lo com uma lascívia até então incomum.

Que ela queria levá-lo para águas distantes, isso estava fora de qualquer dúvida. Que o sexo vinha funcionando como um anteparo para que superfícies lisas não sofressem arranhões, parecia claro. Se era uma forma de celebrar o presente diante das incertezas do futuro, como era de regra em Israel, onde Samuel lhe disse que campeava o amor livre, tanto melhor. E, depois, quem disse que para tudo nessa vida tem que haver uma explicação?

De vez em quando, chegavam ao Recife amigos de Brenda que tinham feito *Aliá*. Depois da Guerra dos Seis Dias, recrudesceu o ardor da militância sionista.

"Estamos precisando de gente, oportunidade em Eretz é o que não falta. Mas não há acordo sem a prestação do serviço militar para homens e mulheres. Desse batismo de fogo ninguém pode escapar. Os inimigos estão em todos os lados."

Szymon admirava aqueles homens determinados, mas não lhe escapava que ele tinha quase 50 anos. Hana fazia pós-graduação em biologia em São Paulo, e Boris era um menino que recém fizera seu Bar-Mitzvá. Quanto a Anita, agora a caminho dos dez, ele esperava vê-la crescer para dar por cumprida sua missão.

Nessas horas, Szymon se dava conta de que se casara velho em segundas núpcias e de que fora imprudente trazer ao mundo mais dois filhos. Considerava-se um bom judeu e um bom brasileiro. Mas não se esquecia de que vinha de um mundo vacinado contra as tentações típicas da gente mais jovem. Tudo para ele era a reprise de um filme já visto. Nos anos 1930, em Budapeste, já conhecera muitos que estavam determinados a ir para a Palestina, a começar pelo antigo cunhado. A mensagem de Herzl ressoava forte em sua cidade natal.

Daí que nem quando Boris chegou um dia em casa de olhos arregalados, dizendo que vira no jornal a foto de um padre do Colégio Marista que jazia morto num descampado da Cidade Universitária, ele pensou em ir para um kibutz e virar um *chalutz*. A pátria de um homem é o lugar onde ele ergue a cabeça. E, até prova em contrário, a pátria de Szymon era o Brasil.

V

Em meados de 1968, pouco depois das férias escolares, Szymon levou a família para uma ansiada viagem ao Rio de Janeiro. Hana os esperaria por lá e, depois, iriam juntos a São Paulo para matar as saudades do inverno.

Boris, que chorara de alegria com a campanha do hexacampeonato do Náutico, estava entusiasmado em fazer a primeira viagem de avião. Bem diferente de Anita que, obstinada, disse que preferia não ir se Ritinha não fosse. Precisou Terezinha dizer que a filha prometera passar as férias em Igarassu com os avós para que a pequena se convencesse de que a amiga não estava sendo excluída de um programa de família.

O agente de viagens, um homem corpulento e bem-humorado, recomendou a Szymon se hospedarem no Hotel Castro Alves, no coração de Copacabana, e o filho de um patrício, que fazia bico de guia turístico, os levaria de carro para ver o Rio lá do alto, de onde ele é mais lindo. Boris, que se tornara leitor contumaz das manchetes, tudo queria saber.

"Quem é Darcy Vargas? Sabia que ela morreu?"

O gosto pelo mórbido irritava Brenda.

"Era a esposa do Presidente. O mesmo que se matou no dia em que você nasceu. Está satisfeito?"

Boris às vezes não entendia a mãe.

Depois de uma manhã no Jardim Zoológico, foram à Cinelândia encontrarem-se com Andrea, uma linda pernambucana a quem Brenda fora muito ligada na juventude. Enquanto ralhava com Anita, Boris prestou atenção à conversa e ouviu daquela mulher que estava vivendo de forma clandestina com o documento de outra pessoa. E que não sabia por quanto tempo mais ficaria no país. Szymon parecia com pressa de pagar a conta, mas Boris viu quando a mãe tirou um envelope da bolsa e o deu à amiga que enxugou uma lágrima.

"Não agradeça, Déa", disse Brenda.

Na saída, depois de tirarem uma foto diante do Teatro Municipal, foram engolidos pela multidão. Aos 14 anos, Boris já era espichado o bastante para saber que jamais vira tanta gente junta. Do alto dos prédios, caía papel picado. Brenda sorria, mas Szymon não estava gostando. Muitos anos depois, no divã do Dr. Escoriel, Boris ficaria intrigado ao saber que, na verdade, estivera em plena Passeata dos Cem Mil. Para Brenda, aquele fora um dos pontos altos da vida.

Boris sempre teve uma visão policromática dos fatos.

"A gente saiu do restaurante e, de repente, a rua era outra. Parecia Carnaval, mas não era porque não tinha mela-mela nem música. Não era quermesse porque não tinha barraca de comida nem tiro ao alvo. Não era parque de diversões porque não tinha montanha-russa nem carrossel. Nem futebol porque não tinha jogo. Umas pessoas gritavam, mas a maioria sorria. Muita gente levava faixas e tinha homem de paletó e gravata ao lado de mulher de minissaia. As pessoas pareciam ter um pouco de medo, a começar pelo meu pai. Mas minha mãe apertava minha mão com força, como se não quisesse sair dali."

Já Anita fabularia sobre esses eventos de maneira épica, esquecendo que tinha apenas 10 anos quando se irritou com o empurra-empurra da multidão.

No dia seguinte, logo cedo, seguiram para São Paulo de ônibus. Para aplacar a inquietação do filho, contaram-lhe que veriam o apartamento onde tinham morado. Será que estava lembrado? Anita passou a viagem a conversar com estranhos e a eles fazia as perguntas mais inusitadas: que número calçavam, quanto pesavam, o que comiam?

Capítulo 5

Pensando hoje, acho que deveria ter feito um intercâmbio nos Estados Unidos como queria meu pai. "Você tem a escolha, Boris, pense bem." Teria ficado mais fluente em inglês e não estaria até agora gaguejando à procura das palavras como fiz a vida toda. Teria descoberto o país anos mais cedo e talvez evitado uns probleminhas. Muita gente que podia ir, não ia porque achava que era se curvar ao imperialismo ianque, que era dar prova de mentalidade colonizada – uma rematada tolice. Minha mãe pensava um pouco assim e, se duvidar, minha irmã Anita acredita nisso até hoje. No caso de nós, judeus, a temporada em Israel era uma espécie de rito de passagem. Tinha primazia sobre os outros destinos e quase todas as pessoas que queriam, iam. Até os estudantes cujos pais não tinham condições de bancar, eram ajudados pelas entidades comunitárias. Para mim, a temporada não foi ruim, apesar de ter havido um incidente desagradável quando mal cheguei. Outra hora, eu conto. Havia um lado de que ninguém falava quando voltava de lá para não demonstrar fraqueza nem parecer que estava criticando um país tabu. Como podíamos ter defeitos se éramos o anátema contra Hitler? Primeiro, tudo era meio precário e desconfortável. Não que eu fosse àquela altura um filhinho de mamãe como o meu é até hoje. Quando estive em Israel, já tinha uns 17 anos e era forte o bastante para levantar um móvel, como cheguei a fazer.

Em segundo lugar, tinha alguma coisa na forma como os sabras *nos tratavam que não me descia muito bem, pelo menos no começo. Mesmo os voluntários de São Paulo e de Buenos Aires, em tudo uma gente mais fria do que os nordestinos, se queixavam daqueles gritos abusados, daquela pressão para que levantássemos um cacho de banana enorme ou para que pegássemos com cada mão até quatro frangos vivos para carregar as gaiolas do caminhão. Reinava um sadismo consentido, que era parte do jogo. Não sei se isso vinha do estado de guerra de quem sobrevivera a uma emboscada 4 anos antes, mas aquele não era o feitio de minha alma – como aprendi a dizer mais tarde com Escoriel. Pensei que tudo ficaria melhor quando saíssemos para passear pelo país, mas tinha um elemento desgastante nas verificações de segurança, nas luzes invasivas que os caras botavam na nossa cara para ler um documento. Tudo era muito teatral para meu gosto. A vida militar, hoje eu sei, é toda ela baseada na teatralização. Fora do teatro, ela não existe em tempos de paz. Tudo obedece a uma coreografia parecida com as macaquices do juiz de futebol no meio do gramado, que não se contenta em apitar. Precisa gesticular e atuar para a plateia. Até para que o locutor de rádio saiba o que aconteceu. Em Israel, descobri que eu era, antes de tudo, um daqueles nordestinos da lenda. Forte, certamente, mas sensível a grosserias. Talvez demais. Logo vi também que o flerte com Dora era uma bobagem. Percebi que, no meio de tantas meninas, ela era só mais um rosto bonitinho, quase banal. A raiva que senti foi mais de mim do que dela quando a vi se bandear para os lados de um cara do Paraná que diziam que fumava maconha. Como é que eu podia ter passado tanto tempo fantasiando um namoro com uma menina tão comum? Isso é próprio de comunidades meio fechadas, onde há uma espécie de lei não escrita que diz que fulana um dia vai namorar beltrano porque as famílias já se conhecem e há 200 anos viviam à beira do mesmo rio, lá na Bessarábia. A vida judaica sempre consagrou os casamenteiros profissionais. Até por falta de experiência no mundo aberto, salvo o contato com as prostitutas, um colega de escola descobria uma me-*

nina, terminava achando que a atração juvenil era muito legítima e que o destino do casal que se conheceu no jardim da infância estava escrito nas estrelas. Casavam-se e, depois de uns anos, viam que podiam ser só bons amigos. Que, na verdade, nunca foram muito mais do que isso. Então, a vida de verdade começava com cada um pulando para um lado. Mas voltemos a Israel. Fizemos os programas clássicos ligados à veneração de heróis e passei a ver como obrigação me comportar um pouco como aqueles caras que eu temia e admirava. Era como se os judeus da Diáspora valessem menos do que os sabras. Ou parecia ser isso o que eles queriam dar a entender. Quem de nós era um Trumpeldor? Quem de nós tinha aguentado o cerco de Tel Hai? Não sei até que ponto aquela experiência provocou as sacudidas psicológicas que vieram mais tarde, quando voltei para o Recife. Só sei que as coisas perderam um pouco da cor no retorno, e a motivação sumiu pelo ralo. Era como se eu sentisse que minha obrigação não era só a de ser feliz, como dizia minha mãe, mas também a de ser um pouco herói. Meu pai trazia no coração marcas de que nunca quis falar sobre a época da guerra. O que eu podia fazer para redimi-lo disso? Foram uns tempos confusos e a retomada da vida de antes não foi fácil. Foi, isto sim, impossível. Depois comecei a ter umas cismas. Cismava que minha mãe vivia num universo paralelo, talvez até em outras companhias; que minha família não era tão feliz quanto aparentava e que todos torciam pelo nosso mal. Voltei a Israel depois disso mais para cumprir uma obrigação. Comportar-me como eles era fazer o jogo dos outros e agir como o judeu que alguns imaginavam. Mas, por uns tempos, tentei sim ser um deles. De importante mesmo, só o legado do soldado Shavitt. Ouvi a história dele há quase meio século e nunca a esqueci. Nem podia. Um grandalhão que morava no kibutz vinha toda noite ao nosso alojamento para puxar papo com as voluntárias mais bonitinhas, de preferência as recém-chegadas. Tinha uma voz de alma penada: Erev tov! How are you? Do you want to visit the swimming pool? I can take you there, if you wish. I am a pilot, I belong here, I am just taking a short break to visit my family. Most of times, I see the kibbutz from the sky when I overfly Israel. *Um dia, perguntei a um morador quem era aquele homem de fala meio alesada que caminhava sem sacudir os braços. Então soube que ele fora uma grande promessa nos esportes, nas Forças Armadas, na vida comunitária em geral. Era forte, sorridente, namorador, bom em matemática e em poesia – a essência do sucesso por lá. Em Israel, não vale simplesmente ser gente comum. O sujeito tem de estar por trás de um feito notável. Todo mundo comete versos e calcula trajetórias orbitais. Até velhos com um pé na cova querem ser reconhecidos por feitos notáveis. Até eles acham um jeito de mostrar que você é idiota, inocente útil ou inexperiente. Um dia, ele foi para a Força Aérea com o melhor amigo, chamado Dado Shavitt, um rapaz de Petah Tikva, que também tinha planos de chegar a piloto. Num salto de rotina no Negev, Shavitt pulou a 4 mil metros num paraquedas armado pelo amigo, o cara que eu via toda noite. Só que ele se distraiu e armou errado o equipamento. Quando eles saltaram, Dado desceu como uma pedra em direção à areia quente. No tempo que levou para chegar ao chão, vendo o amigo despencar à velocidade de um míssil, ele entendeu que a vida estava perdida, que seria para sempre um peso morto no kibutz, e que nunca mais teria uma chance nas Forças Armadas – o que, em Israel, é a porta de entrada para tudo. O soldado Shavitt foi enterrado com honras militares. Quando voltei para o Recife, sabendo que eu conhecia seu melhor amigo, Dado passou a fazer contato comigo na Federação Espírita. Mas quando eu contava aos outros o que ele me contara, todos riam. É graças a ele que consigo saber de algumas coisas antes que aconteçam. E não é porque eu seja integrante de um povo de profetas. É porque eu sempre soube um pouco mais, vi um pouco além, mas nem sempre tive paciência para apresentar as comprovações. A maioria das pessoas consegue ser mais herética do que eu. Converso com Dado toda semana aqui, no meu íntimo. Foi ele quem me soprou: como, em sã consciência, o mundo vegetal, animal e até mineral pode aguentar a pre-*

dação, a cobiça e a acumulação? Ah, como ando sensato ultimamente. Será a força dos remédios, a idade da razão ou o medo de ficar impotente?

I

E de repente, semana após semana, era perceptível que Boris estava mudando. No Colégio Israelita, tudo parecia correr normalmente. Mas parecer é o verbo mais ilusório da adolescência – na falta de um que sintetize um galopante vir a ser, comum em outras línguas. Ora, numa classe de alunos aplicados, Boris conseguia se destacar e animava-se com a perspectiva de entrar na faculdade já aos 17 anos, quando 1972 chegasse. Mas entre a viagem ao Rio de Janeiro e a Copa do Mundo, no México, a vida se transformaria, especialmente no último ano em que moraram na casa da rua Manuel Borba, em cujo banheiro ele fez, com sucesso, um experimento revolucionário, apesar do começo acidentado, comum às grandes descobertas.

Isso porque, numa tarde como tantas outras, em que Brenda proseava com a cunhada Miriam na sala de visita, Boris se trancou no banheiro com um exemplar da revista *Manchete* que tirara do tacho da sala. Então, olhando uma fotografia em preto-e-branco, fitou uma mulher vestida só com a parte de baixo do biquíni, com as mãos cruzadas em concha sobre os peitos nus. Com a esquerda, segurava o seio direito. Com a palma da mão direita, de dedos entreabertos, apertava o esquerdo, deixando entrever uma nesga da aréola apenas um pouco mais escura do que a pele bronzeada, por onde escorriam gotas de água do mar. Sob a foto, a legenda: "O *topless* no verão carioca."

Já há algum tempo, Boris vinha percebendo que o pênis duro não estava sempre ligado à vontade de urinar. Pois não era raro que se aliviasse, e o membro permanecesse do mesmo jeito, firme como um espeto, varando a brecha da cueca samba-canção, imaculadamente branca. Uma coisa era certa: não era prudente fazer perguntas a esse respeito a Jacques, muito menos aos primos. Certas coisas um homem tem de esclarecer só, para depois compartilhar a experiência, uma vez ela tornada real.

Boris deixou a revista aberta sobre a coxa direita, fazendo leve pressão com o polegar para que ela não caísse. Com a mão esquerda, a boa, começou a acariciar ritmadamente o pau. Sentiu a boca secar e o coração que disparava. Levou dois dedos à língua, molhou-os com um pouco de saliva e lubrificou-se para evitar a dor da fricção que chegava a queimar. Recomeçou, confiante de que podia dosar a cadência, que talvez não houvesse tanta pressa em chegar ao fim e que alguma coisa resultaria daquilo. Intensificou o sobe e desce, sentiu que os olhos pareciam querer se fechar, mas não podia perder um segundo sequer de contemplação daquela bela fêmea.

Imaginou que ele estava ali na praia, diante dela, e que a ajudava a vestir o sutiã de forma que ninguém visse. Então, atravessariam a rua em direção a um hotel, onde ela faria a mesma cena, mas agora só para ele. Ele, aí, se levantaria da poltrona para abraçá-la e beijá-la. Sem nenhuma reserva, abriria a boca e deixaria que sua saliva se misturasse à dela, e que a saliva dos dois virasse uma só. A boca da mulher devia ter um cheiro de pasta Kolynos e, mesmo que fosse catingosa como a da tia Miriam, não haveria problema. Ele desafivelaria o sutiã e meteria o nariz entre os peitos dela. E ia lambê-los alternadamente, colocando-os na boca como quem tenta engolir uma manga rosa inteira ou uma bola de tênis. Nessa hora, ela baixaria a calcinha e a chutaria para longe.

Quando começou a gemer e sentiu que uma espécie de explosão se armava, bateram à porta com força e a revista lhe caiu nos pés.

"Boris, você está aí, meu filho? Que demora é essa?"

II

Depois das férias de São João, Ritinha não voltou de Igarassu. Alegando que a menina precisava cuidar do avô que não estava bem, Terezinha disse a Brenda que já tinha informado a professora, mas que outras obrigações aguardavam a filha. Abortar planos era natural da pobreza.

Anita ficou devastada. Recém-entrada no ginásio, com desempenho escolar muito aquém da média da turma, faltava às aulas sem motivo aparente, passava a manhã a zanzar pelas bandas do Colégio Nóbrega, onde era menor o risco de ser vista por conhecidos, e uma vez chegou em casa com um mendigo e um cachorro, ambos com lacerações de sarna. O rapaz era negro e cheirava fortemente a álcool. Dizia que o pai era deputado, o que era típico dos delírios da bebida. Brenda dispensou-o com uma cédula graúda e repreendeu Anita por uma conduta que lhe parecia fora de qualquer propósito.

"Na nossa casa, todos são bem-aceitos. Mas deixe para convidar quem você quiser quando tiver a sua própria. O que você tem a fazer agora é estudar. Vai chegar a hora em que vai poder salvar a humanidade. Não vou comentar com seu pai, mas trate de se aprumar. A *morá* Liora me falou que você pode ser a única repetente da turma."

Terezinha gostava daquela família mais do que da sua. Foi por gostar tanto, por conhecer como é a natureza humana sem os amortecedores das três refeições diárias, que impediu a volta da filha. Já há algum tempo, vinha percebendo que ela e Boris driblavam a vigilância obsessiva de Anita e a dela própria, para se esconderem atrás do abacateiro onde trocavam beliscões e carícias a cada dia menos inocentes. Terezinha também tivera os 16 anos da filha e, na verdade, não estava muito longe dessa marca, pois só tinha 34, apesar de aparentar bem mais.

Antes que o inevitável acontecesse e Boris ficasse em apuros diante dos pais, foi Terezinha quem evitou o mal das tentações interditas e dos hormônios em ebulição. Prometeu a Anita que traria Rita para se verem de vez em quando, mas, ao final, Anita é que foi bater em Igarassu atrás da amiga. De tanto pedir a Brenda que a deixasse acompanhar Terezinha na folga do domingo, não restou a Szymon outra opção senão a de levá-las de carro para uma visita sentimental. Dois anos mais tarde, quando deu à luz a Usnavy, uma menininha cujo pai chegara ao Recife a bordo de um navio portentoso e em que zarpara sem direito a despedida, Ritinha chamou Anita para ser madrinha. Mas então a dinâmica da relação mudara e os vetores das projeções também.

III

Boris já não tomava cuidado na hora de se masturbar. Até na sala de espera do dentista, agora folheando revistas alusivas ao Carnaval carioca, não resistiu à comichão de enfiar a mão esquerda na calça, enquanto alternava o olhar nervoso entre a imagem de uma loura seminua, a porta da direita, por onde poderiam entrar os pacientes, e a da esquerda, de onde assomou Dr. Grau no contrapé que, divertido, viu a cena em franca evolução.

Boris tartamudeou que apenas se coçava na virilha. Mas quando estava com a boca aberta, cheia de algodão, e nada podia dizer em sua defesa, o dentista o ajudou. De olhos fechados e bochechas rubras, Boris teve de ouvir um profissional do ramo.

"Faz o seguinte, rapaz. Pede a um primo teu mais velho para te levar a uma casa que pertence a uma amiga minha. Ela se chama Vera. Fica ali perto de vocês. Vê se teu pai te dobra a mesada e deixa de ser um judeu muquirana por um momento para evitar o risco de você pegar uma blenorragia num pinga-pus da vida. Acredite em mim, é uma dor de subir as paredes. Além do mais, você passa dias mijando fogo e tomando antibiótico. Chegue lá com calma, sem afobação, escolha uma mulher que seja de seu agrado que tudo vai correr bem. Mas que secura, hein? Batendo punheta no meu consultório. Ainda bem que a secretária não chegou. Ai, bicho, era certo que ia dizer a dona Brenda. Parabéns, você vai ser dos bons."

Apesar das sábias recomendações que recebeu, Boris perdeu a virgindade na outra margem do rio Capibaribe. Pois tando ajudado a conferir o estoque da loja de autopeças durante as semanas de férias, saiu ao anoitecer pela rua da Palma tencionando pegar a ponte da Boa Vista e rumar para casa. Mas foi então que uma mulher mirrada, de traços meio indígenas, encostada na parede da Mesbla, lhe perguntou se não gostaria de subir. A boca ficou seca. Ele ainda conseguiu articular uma pergunta.

"Quanto é?"

Sem responder, ela pegou-o pelo braço, meneou a cabeça e arrastou-o pelas escadas de madeira, num sobrado que ficava a 100 metros da loja do pai.

"Como é teu nome?" "João", ele respondeu. "Primeira vez?" Boris fingiu indignação. "Isso é um interrogatório, porra?" Ela sorriu.

De dentro do sutiã, tirou uma carteira de Hollywood sem filtro e ficou nua. Boris dispunha de dez minutos e de um catre para usufruir das pernas finas, dos seios flácidos que ela não deixou que ele chupasse, e para aturar os gemidos forçados e os guinchados de molas gastas que vinham da cabine ao lado. Ao pé da cama, jazia uma bacia com um palmo de água turva ao lado de uma toalha de rosto com pingos de sangue.

Boris agiu com rispidez para se mostrar experiente e penetrou-a sem preâmbulos, salvo por uma forçada de língua na dentadura, a que ela não quis reagir. Ejaculou sem realmente gozar, subiu a calça, pagou e saiu feliz, enquanto ela se acocorava sobre a bacia e acendia um cigarro.

A etapa estava cumprida. Agora, sim, tinha o que contar. Léo, o primo, foi o primeiro a saber da novidade.

"É claro que não foi a primeira vez. Foi a segunda ou terceira, já perdi a conta. Ela era da Bahia, menina de família, estava de férias aqui, na casa de uns parentes em Boa Viagem. Tinha uns peitões e me chupou com uma língua de cobra. Disse que doeu, que meu pau era um pouco grande demais, mas gostou. Pena que já voltou para Salvador."

Perguntado onde tudo acontecera, logo se arrependeu da resposta.

"Foi na rua da Palma, perto da loja."

IV

Era da natureza de Szymon acreditar que as coisas se resolviam por si sós e que as pessoas achariam seus caminhos, sem que para tanto precisassem de uma tutela infantilizante. Assim foi com ele, assim haveria de ser com Boris. Aumentou-lhe a mesada, trocou umas piscadelas cúmplices que o filho fez que não percebeu e, como tudo indicava que agora a relação estava mais equilibrada, perguntou-lhe dos planos para o futuro.

Para Szymon, era importante que Boris tivesse acesso a tudo a que ele não tivera. De preferência, que estudasse engenharia, a mãe de todas as matérias. Já Brenda pregava uma espécie de não interferência absoluta, como se obedecesse a cânones pedagógicos sagrados. Fosse como fosse, Szymon se preocupava com o que se chamava de "inglês de colégio" de Boris. Queria que o filho tirasse da cabeça a meta de entrar na faculdade aos 17 anos, e fosse fazer um longo intercâmbio nos Estados Unidos. Para Szymon, um homem deve muito às línguas que fala, segundo o ditado de sua terra de origem. A cada uma delas, uma percepção era ativada. Ele próprio se achava meio engraçado em português; romântico em húngaro; infantil em iídiche; atrapalhado em romeno, quase culto em alemão e um impostor em inglês.

Mas a ideia não vingou. Isso porque Dora Kaufman comentou com Boris que ia passar dois meses em Israel, e que o programa estava aceitando inscrições. Não era bem o que Szymon queria, mas Israel não era uma opção banal. Há quantos séculos um Neuman não botava os pés na Terra Ancestral?

A uma ideia paterna, porém, Brenda não tinha como se opor, por muito protetora que fosse. Para Szymon, Boris deveria fazer faculdade em São Paulo. Hana o tinha convencido de que era uma forma de proporcionar ao filho uma educação mais ampla. E era taxativa quanto aos benefícios indiretos da experiência.

"O problema do Boris não é saber de mais ou de menos. A gente sabe da precocidade dele. O que ele precisa é de uma vida mais independente e responsável. Fazer a cama, preparar o café da manhã, lavar a louça, enxaguar as cuecas, enfim, tudo o que os meninos mimados do Nordeste não fazem. Chega de Terezinha, se é que vocês me entendem."

Hana se prontificou a instalá-lo com ela, levando ambos vidas independentes.

"Sei como fazer isso", disse com autoridade.

Na verdade, o casamento de Ruth com o iraquiano Sol Mizrahi precipitava a mudança de Hana para a Zona Oeste, onde ela sempre quisera morar, até para ficar mais perto da Universidade. Fosse como fosse, era melhor deixar que Boris voltasse de Israel para ver o que resultava da experiência. Ela própria tinha uma viagem importante a fazer, mas nada impedia que se planejasse: era um traço das influências germânicas de sua vida adulta. Por certo, Boris não voltaria de Israel um homem feito ou nem sequer algo próximo a um soldado. Mesmo porque sessenta dias não são 60 anos.

V

O grupo embarcou para Israel em dezembro de 1971. Boris tinha então 17 anos fagueiros. Primeiro, foram para São Paulo e, de lá, para Roma. Esperariam um dia na Cidade Eterna pela conexão e sairiam para passear. Dora Kaufman não desgrudou de um curitibano metido a galã que se dirigiu a ela com ares de quem tudo pode e tudo sabe. Boris podia jurar que os viu de dedinhos entrelaçados no Coliseu. Achou melhor fechar a cara e mostrar-se íntimo de Maura Lipman, uma carioca de fala lenta que ficava a meio caminho entre um transe e um cochilo. A todo instante, repetia já estar com saudades de casa. No avião, ela babou enquanto tinha a cabeça apoiada no ombro de Boris e ele precisou ir ao banheiro para passar água e sabão no jacaré da camisa Lacoste que escolhera para o desembarque.

Uma vez em Israel, viajaram numa espécie de ônibus acoplado a um caminhão para o kibutz Bror Chail, onde muitos eram esperados por familiares. Lá, no íntimo, o que mais lhe chamou a atenção foram os cheiros. O de querosene de aviação, enquanto esperavam a condução. No trajeto, o dos cigarros dos monitores que pareciam se comprazer mais em fazer fumaça do que em tragar de olhos fechados, como fazia o tio Samuel. Chegando à vizinhança, predominavam os aromas de bagaço de fruta estragada e, por fim, a catinga de estrume fresco, que empesteava os ares perto da estrebaria.

No refeitório, gostou de cara do frango assado e da possibilidade de ele mesmo fazer suas omeletes em chapas profissionais, como as que só se viam em lanchonetes. Até grandes espátulas para desgrudar a gordura eles tinham. Mas a imensa máquina lava-pratos da cozinha parecia exalar das entranhas um bafo morno de sabão líquido que o fazia espirrar. Todo mundo cheirava ao mesmo sabonete à hora do jantar, o que não era de todo ruim. Dos pratos servidos, o cheiro da pasta de fígado era o mais enjoativo e tampouco o aspecto agradava.

Boris foi designado depois de três dias para outro kibutz, a 70 quilômetros dali. Esta seria a distância que o separaria de Dora. Era melhor mesmo que ela estivesse se revelando antipática e distante. Na primeira noite, Boris bebeu várias garrafas de cerveja Goldstar e fumou um cigarro Sillon.

"Meu pai não fala disso, mas deve ter matado muito nazista. Até o Exército da Hungria quis lhe dar uma comenda, mas ele se recusou a receber porque tinha muito antissemitismo na cúpula. Uma noite, os SS cercaram o lago Balaton atrás dele. Ele se aguentou a nado lá dentro, boiando numa prancha de madeira na água gelada. Aí os nazistas pegaram meus avós de vingança e levaram para Auschwitz. Tenho uma meia-irmã que mora em São Paulo. Ela está em Budapeste agora. A mãe dela era química e foi deportada no fim da Guerra. Meu pai queria pegá-la na Polônia, mas, aí, a Guerra acabou e já a tinham matado. Hoje, meu pai prefere minha mãe, é lógico, mas ele fez o que pode."

De madrugada, acordou para vomitar e ouviu o gaúcho Kushnir questionar o discurso heróico.

"Patético. Parecia ficção. Bancaste o filho coruja, tchê."

Num jogo de futebol, ainda na primeira semana, Boris quis se mostrar à altura da reputação dos jogadores brasileiros. Teve sorte de principiante já nos primeiros minutos quando, tendo dado um chute sem rumo, a bola entrou na rede adversária. Aclamado como craque, ficou mascarado. Na hora de desarmar Ariel, um argentino que queria para si os holofotes, Boris levou uma entrada de pé chapado tão desleal, que só se ouviu o estalo do osso. Levado à enfermaria e constatada a lesão, o médico engessou a tíbia e disse que ele não poderia se movimentar por um mês. O argentino dramatizou e foi visitá-lo no quarto para lhe pedir desculpas.

Slicha, chaver, disse sem sinceridade.

Enquanto todo mundo estava ocupado na colheita ou nos serviços de lavanderia e ordenha, Boris ouvia Matti Caspi no toca-fitas e se distraía à sua maneira.

Foi Telma Gur, uma judia de Pelotas, que se condoeu dele e trouxe-lhe uma cestinha de frutas do refeitório. Residente em Israel desde criança, era professora de hebraico no programa Ulpan. Vendo-o impossibilitado de se mexer, acariciou-lhe os pelos incipientes do peito e explorou-o com a boca aberta, a língua vermelha e o olhar mais provocante de que ele guardaria lembrança. As visitas passaram a ser diárias e Boris adorou ter quebrado a perna.

À sua maneira, ele era um ferido de guerra. Caíra em combate. Assim, Telma fazia as vezes de enfermeira e, toda manhã, trazia café, pão, queijo, gelatina, leite e mel para seu grato protegido. As demais candidatas a namorada sumiram. Na volta, Léo seria um dos poucos a ouvir alguma coisa divertida da temporada.

"Cada noite era uma mulher diferente, rapaz. Posso dizer que agora tenho uma em cada estado do Sul. Para que namorar? Preferi ficar de galho em galho. A melhor foi uma do Paraná. Dora? Dora parecia uma matutinha lá, coitada."

Capítulo 6

Você é engraçada, Hana. É boa professora, mas fala pouco, vive para dentro, não sei como dizer. Com Brenda, você é mais solta. Comigo, seu pai, você se fecha. É como se eu tivesse feito uma coisa errada. Sua mãe também era calada, mas sorria. Você quase não comentou comigo sua viagem, e fui a São Paulo só para te ouvir. Isso você percebeu, mas nem no Hungaria você soltou a língua. E olhe que a comida estava boa. O que posso fazer? Você viajou com seu dinheiro, não me deixou ajudar. Paciência. Mas você foi a primeira a voltar lá, filha. Então achei que você tinha a obrigação de dizer mais do que disse. Não a obrigação, desculpe, mas o dever. Dizer que sentiu frio é pouco. O que queria se viajou no inverno? Depois você falou umas coisas ruins, outras boas, mas assim é a vida. Acho que estou com saudade de lá, são mais de 20 anos. Não, não ria, não é esse cálice de pálinka que está me deixando holtrészeg. Já aguentei mais do que essas doses. No Exército, a gente bebia muito, mas eu evitava. Você fala como quem pinta, sabia? Vem tudo borrado, depois é que a gente vê a imagem, mas nem sempre. Sua avó tinha um quadro de Joszéf Rippl-Rónai que ela adorava. Deve estar hoje na casa do filho de algum SS. A paisagem era só bruma. O que você disse sobre a sensação de já ter visto tudo é a realidade. Estivemos juntos muitas vezes na ilha Margit. No inverno, eu evitava te levar lá porque o frio apertava. Mas *quando nevava, era perfeito. A neve abafa o frio e você gostava de ver as crianças brincar com o cachorro do jardineiro, que tinha escapado da panela na Guerra. Edith me falava que às vezes você sonhava e acordava dizendo que tinha visto um cachorro preto do dente de ouro. Lembra? Fiquei triste em saber da morte dela. Eu queria um dia poder agradecer o que fez por sua mãe, por você. Se soubesse que você ia conhecer a filha dela, tinha mandado um dinheirinho. Todo mundo vive tão apertado lá. Você tirou alguma fotografia? É pena. Quem sabe numa próxima vez? Se puder fazer alguma coisa pela moça, vou fazer. Pena também que você não tenha visto Imre. Ele conhecia Edith, também era do grupinho. Depois da Guerra, veio uma época difícil para todo mundo, tinha tanto ódio na nossa Comunidade, sabe? Nem Eichmann nos uniu. A retomada da vida foi lenta. Conseguir trabalho para comer, era difícil. Edith disse para eu me organizar, que ela cuidaria de você. E pensar que ela quase não quis aceitar vocês. Quando fui me esconder em Balatonfüred, pedi ajuda. Cheguei lá e mostrei a estrela amarela. Edith achava que, como eu era do Exército, ninguém ia me incomodar. Falei que tinha me casado, que tinha uma filhinha. Pedi ajuda. Disse que o vizinho queria me ver longe para ficar com o apartamento sem botar um* pengö *na mesa. Outro vizinho, que era médico, tinha aparelho de raio-x no consultório. Bastou ser deportado para que dois doutores amigos dele fossem lá para roubar o aparelho, dizendo que era uma viagem sem volta. Falei para Edith que precisava fugir e proteger vocês, escondendo onde ninguém pudesse achar. Do Balaton, fui pouco a Budapeste até o fim da Guerra. Sua mãe, um dia, me disse que gostava de Edith, que foi como uma mãe para ela. Até seu tio László aparecia por lá para pegar doces. Ela recebeu bem vocês. As guerras ensinam que basta uma troca de olhar. Naquela noite, ela fez um goulash e, quando saí, me deu um pacotinho para minha mãe, que foi o último presente que levei. Meu pai, antes de ir para Háros-Szigeti, me contou que um amigo dele tinha visto dois camponeses falar com os SS no Hotel Astoria. Queriam autorização para dar uma surra num judeu.*

O oficial da Gestapo disse que se era judeu, não precisava de papel, que podiam bater, que matar era um favor. Coitado do meu pai. Eu sabia que vocês iam ficar bem, Edith sabia se virar, tinha relações com pessoas influentes. Ela estava colocando a vida em risco, escondendo em casa uma judia e a filha. Eu ainda disse que não se preocupasse com despesas, mas ela nem me deixou terminar. Eu tinha esperança de que meus pais pudessem sobreviver. Eles conheciam gente ligada a Szálasi, isso podia ajudar. Quando fui te pegar, Edith chorou o sumiço de sua mãe como se fosse o de uma irmã. A morte é como uma corda no pescoço de todo vivente, ela disse, e ficou olhando para o chão. É um provérbio nosso. Daí, passamos a viver, ela e eu, um pouco como antes, entende? Mas a Budapeste que eu tinha conhecido não existia mais. Era importante pensar num futuro para você e para mim mesmo, que não era tão velho assim. Uma noite, cheguei com o dinheiro que fiz da venda da prataria de minha mãe, e te peguei embaladinha para irmos para a Áustria. Dormimos com os Klein, primos de Eva, que escaparam de ir para a Polônia ainda na Eslováquia. Os trilhos para lá foram bombardeados; eles foram mandados para um campo de trabalho em Hainburg. Tiveram uma menina pequenininha e você brincou com ela, como se fosse boneca. Quando saímos, você não queria se separar da prima Judith. Você era fechadinha assim, mas naquele dia você se soltou. Então, agora você me diz que a filha de Edith é Zsófia. Que nome bonito. Ela é mais ou menos da sua idade? A Hungria tem coisas engraçadas. Deus é uma esperança que começa quando acaba o desespero, costumava dizer meu pai. Um dia, quero voltar lá e beber mais pálinka. Seja boa com todos os seus irmãos. É o que peço, igual a quando pedia para você se agasalhar e você obedecia. Eu gostava de lá. Fico feliz com sua viagem. Em parte, estive lá com você. Fazia tempo que eu não bebia. Obrigado pelo presente, deixe eu pegar sua mão.

I

Hana Neuman não sabia ao certo quem era. Mas quem sabe dizer bem de si, se passou a vida associando a própria mãe à imagem de um cometa fugidio? Quando terminou o mestrado, tinha 27 anos e uma certeza: seria uma autoridade abalizada em *krill* e na cadeia alimentar dos oceanos. Era fascinada pelas escuridões abissais, pelo silêncio absoluto, pelo ambiente selvagem em que nenhum ser vivo estava imune à predação. Tanto podia comer num minuto como ser engolido no outro.

Muitas vezes, identificava-se com aqueles peixes achatados pelo peso da água, alguns com uma pequena haste à frente dos olhos, de onde pendia uma espécie de lanterna, uma luz ínfima para varar o negrume gelado, hostil e sem fim. Quando menos esperava, a lula que acabava de comer sua ração virava alimento para uma foca, que horas mais tarde sangraria sem protestar entre as arcadas de um tubarão de bote mecânico. Seria dar prova de grande pessimismo comparar a organização da vida humana a um sistema similar? Estaria sendo melancólica, como dizia Ruth, ao vê-la voltar da aula sobraçando livros novos, sem nem ao menos se referir a alguém com quem tivesse se sentado ao lado, no ônibus, como se as pessoas não existissem?

"Não tenho cabeça para isso, Ruthinha. Meu mundo é outro. Pelo menos, por enquanto", dizia.

Chegar a Budapeste no mesmo ano em que Szymon e Brenda completavam 20 anos de casados e à mesma época em que Boris cumpria em Israel sua primeira viagem internacional, remetia Hana a uma nova forma de solidão. Era como se a segunda união do pai tivesse se consolidado em outro patamar e agora planasse acima das turbulências, mesmo que algumas ainda pudessem acontecer. De resto, nunca duvidara que seria com Brenda que Szymon ficaria até o fim. Mais do que isso, o aniversário da boda a emancipava e os descolava – pai e filha – um pouco mais um do outro, daquele homem bondoso e algo atormentado que a trouxera da Hungria pela mão.

Quanto ao irmão, fazia uma viagem iniciática que era de praxe na Comunidade, mas nem por isso menos importante. Ela sabia que, nessa idade, ninguém volta exatamente como foi. E era justamente para vivenciar essas transformações que os adolescentes precisavam viajar. Conhecendo o irmão a fundo, torcia para que a temporada no kibutz fosse, antes de tudo, alegre. Que Boris voltasse mais desenvolto, mais espontâneo, visto que ultimamente perdera um pouco da jovialidade de espírito que, sendo o patrimônio intangível dos adolescentes, eles nem sempre valorizam.

No avião de fabricação russa que a trouxe de Viena, comeu um pedaço de bolo servido em papel de alumínio. A aeromoça era uma matrona de olhar duro cuja última ambição na vida era ser simpática. O distintivo da Malev que trazia no busto de sutiã pontudo fez Hana sorrir. Achava o nome da companhia aérea magiar um prenúncio do que poderia esperá-la – gente malévola, maledicente, *malveillante* –, pensou em francês. Mas nenhum dos prognósticos negativos se confirmou.

No aeroporto, um senhor de enorme nariz vermelho conferiu várias vezes o visto e pediu que ela tirasse os óculos. No balcão que ficava diante da porta de desembarque, fez como uma amiga tinha recomendado e informou-se sobre as possibilidades de hospedagem em casa de família. Por razões sentimentais, disse que gostaria que fosse do lado de Peste, de preferência nas vizinhanças da ilha Margit.

Conseguiu um quarto no quinto andar de um assobradado sem elevador, na rua Victor Hugo. Hana tomaria um ônibus até o Parlamento e, de lá, um táxi. Como disse que não se sentia confiante com seu húngaro, a senhora sorriu e continuou em alemão. *Herzlich Willkommen*. Pela idade, poderia ter sido contemporânea de sua mãe.

"Seu húngaro está bom, mas vai ficar melhor em alguns dias", comentou a atendente com um sorriso que a surpreendeu. Ela não veria muitos mais naquela temporada.

II

Hana nunca passara um inverno tão frio em sua vida. O ar gelado só se comparava àquele da semana que passara em Hamburgo, 2 anos antes, com a família do professor Schulte, um dos maiores especialistas em zooplâncton do mundo, e seu coorientador de tese. Na ocasião, contrariamente ao que pensara, ver a família reunida em torno da mesa convivial não arrefeceu a paixão que sentia pelo mestre. Pelo contrário, era como se sabê-lo feliz e estável reforçasse a sensação de que seriam só amantes ocasionais, o que valia dizer que se encontrariam uma vez na vida e outra na morte, já que ele não ia muito ao Brasil.

Hana teve ali a estranha sensação de que *Frau* Schulte estava a par do envolvimento deles e, mais inquietante ainda, que parecia não se opor. O inverno não fora um figurante banal, senão o protagonista daqueles dias.

Em Budapeste era diferente. Hana já não tinha o corpo de Martin para aquecê-la nem tampouco sua voz paciente para explicar tudo o que os olhos captavam.

Para espanto de Ruth, foi graças a ele que ela aprendeu alemão, língua em que se obstinou, fato que a amiga considerava uma heresia.

"Custo a te entender às vezes, Hany. Como é que se estuda justo essa língua? Desculpe dizer, mas não te passa pela cabeça que foi o último idioma que tua mãe ouviu?"

Hana respondeu.

"Talvez essa seja a razão mais forte. Pelo menos foi no começo da relação acadêmica. Depois, as coisas tomaram outro rumo. O que posso fazer?"

E, então, mudava de assunto.

Hana trocara o equivalente a 100 dólares na chegada. A hospedagem para uma semana, paga antecipadamente, mal perfazia vinte. Estava rica em forints. Só não havia muito com que gastá-los. A dona da casa recebeu-a com um ar tenso e explicou em húngaro didático como funcionava o imenso aquecedor a gás, e a que horas costumava trazer o café da manhã ao quarto. Disse que o marido saía cedo e chegava tarde, e que Hana desculpasse se ele falasse um pouco alto.

Apontando o ouvido, deu a entender que já estava surdo. Hana ansiava por fazer um reconhecimento de terreno, e escurecia quando chegou à ponta da ilha Margit. A neve petrificada dos dias anteriores se acumulava nas calçadas e, segundo lhe disse a senhoria, mais neve cairia nos dias seguintes.

Hana caminhou ao longo do Danúbio, que estava coberto por uma camada de gelo onde galhos secos jaziam ao lado de um pneu, um cano de escapamento e uma lona azul. Nas ruas, quase ninguém. As lojas não tinham nome comercial, apenas um número ou uma denominação genérica. Carne. Laticínios. Pão. Sapatos.

O céu estava baixo e não se distinguia a cúpula do Parlamento. De onde vinha a intrigante familiaridade com o panorama? Seria possível que ainda guardasse na memória sensações que se ativavam à mera visão dos prédios massudos, muitos deles ainda perfurados à bala? Pode uma criança de 4 anos armazenar um repertório de imagens tão rico, ou teriam sido as conversas posteriores com o pai que mantiveram acesa a luz baça de Budapeste?

A voz de Szymon ali soava tão nítida e seu húngaro era tão compreensível. Quem estabelecera uma comparação entre Budapeste e o Rio? Engraçado como ela se lembrava dessa ocasião, quando o pai ainda usava bigode. Será que ele já se decidira pelo Brasil naquela época? Ou simplesmente divagava em voz alta com sua menininha, na falta de não ter mais alguém que o escutasse?

Ao lado de casa, Hana ouviu a música que vinha de um restaurante. Acomodada a uma mesa no centro do recinto, que não pôde evitar, acompanhou à distância o conjunto de ciganos que tocava as *Rapsódias húngaras*, de que tanto gostava Szymon. Pediu truta dos Cárpatos e aceitou o copo de vinho proposto pelo garçom, um homem trajando um colete vermelho e dragonas douradas, como se trabalhasse no circo. Os músicos se aproximaram. O violinista principal resolveu tocar *La vie en rose*, cujas notas a remeteram a Hamburgo. Como adivinharam que era uma de suas músicas favoritas? Acaso a roupa preta levou-os a associá-la a Edith Piaf?

Tirou uma cédula vermelha e gratificou o músico que riu com os dentes que ainda tinha, um deles de prata fosca. De repente, sentiu uma pontada no coração.

Para quem não queria atrair olhares, ela acabara de cometer um pecado capital no Leste daqueles anos: a generosidade.

Quase não tocou na sobremesa, um bolo de nozes que não a convenceu. Era bela a vida. Não sabia o que Budapeste lhe reservava, mas aquele momento já valera a viagem. Como teria sido voltar à cidade com sua mãe? Aos 50 anos, o que lhe diria Eva Klein? Em que poderiam se assemelhar mãe e filha? Certamente teria orgulho de sua trajetória acadêmica, disso estava convicta. Teria sido uma mulher aberta e evoluída, a quem pudesse falar de seu envolvimento com um cientista alemão casado? Ou, pelo contrário, desejaria que aproveitasse a viagem a Budapeste para encontrar um marido judeu e desimpedido com quem pudesse manter os vínculos com as origens?

Hana saiu do restaurante já à hora de fechar, depois de terminar o segundo cálice. O frio era cortante, brusco, quase ameaçador. Encontrou o quarto gelado e o ar condensado lhe saía pelas narinas, como nos invernos de São Paulo. Jurara que evitaria ativar a calefação que lhe pareceu pouco confiável e primitiva. Não voltara a Budapeste para morrer numa bruma invisível de gás. Dessa sina, considerava que escapara. Mas o frio falou mais forte.

Com os reflexos entorpecidos pelo vinho, riscou o primeiro palito de fósforo, mas ele se partiu. E assim foi com o segundo, o terceiro e os seguintes. Indiferente ao gás que escapava, riscou na lixa, resoluta, uns dez palitos de uma só vez e jogou-os nos queimadores do interior. Uma chama quente a assustou, mas a língua de calor que a envolveu restituiu-lhe o sangue às bochechas. Hana se meteu debaixo do edredom meio gasto. Como havia sido a última noite da mãe na cidade? Ela quase podia sentir uma doce presença física no ambiente. Agora tinha a certeza de que Eva a embalara para dormir, entoando uma cantiga de ninar que falava de orelhas de coelho e do ronronar de um gato gordo.

Este van már alkonyul... Aludj te is kisba!

III

Querida Ruthinha, será que o correio daqui funciona? Vamos testá-lo. Ontem reuni coragem bastante para ir até a Andrássy, onde meu pai diz ter visto minha mãe pela última vez. Achei, perto da Ópera, um pequeno café sem muito encanto, como quase tudo nessas bandas, e abri as portas do coração para deixar a melancolia entrar. Mas ela não veio, acredite se quiser. Antes de chegar aqui, pensava que choraria do começo ao fim e que tentaria evocar passo a passo o que teria sido aquela troca de olhar entre eles, dias antes de papai ir para o Balaton, depois de fracassar em obter os Schutzpässe que teriam garantido nossa saída do país. Mas não me deixei abater pelo peso desse passado, e isso me trouxe grande alívio. Pelo contrário, senti certa paz de espírito, como se a dor não resistisse a uma temperatura de −10°. Por insistência de meu pai na sessão de instruções, vou esta tarde à confeitaria Vörösmarty, onde devo perguntar se uma amiga dele ainda trabalha lá. Veremos. Parece que sorrir é proibido por aqui e todo mundo tem uma expressão fechada nos bondes, o que se atribui ao inverno. Agora vejo que tenho a quem puxar. Aguarde mais notícias. Beijo para você, Hany.

Hana chegou à Vörösmarty e foi bem-acolhida. Ocupou sozinha uma mesa para quatro pessoas perto de um grande espelho e pediu um chocolate com a famosa *dobos torte*. Como a casa começou a encher ao escurecer, perguntou ao garçom por Edith Todt. Será que a conhecia? Quem apareceu foi uma moça de sua idade, talvez apenas um pouco mais jovem, com ar surpreendentemente familiar, que enxugava as mãos frias num avental e não escondia um ar assustadiço. Disse que era Zsófia Todt e que Edith, sua mãe, falecera há poucos anos. Em consideração a ela, que vinha do tempo em que a casa se chamava Gerbeaud, aceitaram-na como confeiteira, a profissão da mãe.

Hana se identificou.

Sim, ela tinha vaga lembrança da história, lembrava-se da judia que a mãe abrigou antes de ela nascer. Então ela era Hana, a famosa Hana, o bebê? Não, não sabia o que dizer, mas estava feliz em conhecê-la. Instaurou-se um longo silêncio em que as duas se olharam com rara intensidade para estranhas.

"Quer outra torta? Posso oferecer mais chá?"

Tomada pelo mesmo fascínio de quando espezinhava a neve fofa e dela tirava discretos guinchados, Hana agora se perguntava o que fazia daquela criatura à sua frente um personagem tão próximo? Que idade teria? Talvez 24. Se por um lado, por pouco, escapara de integrar a geração nascida durante a Guerra; por outro, viera ao mundo sob suas injunções.

"Não quero atrapalhá-la, podemos nos ver depois, se quiser."

Mas Zsófia Todt não conseguia se mexer e continuava contemplando a moça que dizia vir de tão longe, com dificuldades de associar o bebê de que a confeiteira falava àquela mulher bem-vestida, de roupa escura e trejeitos burgueses, olhos pretos e um ar oriental que mais lhe parecia estar se olhando no espelho. Então, sentiu o perigo potencial da situação, sob o olhar da caixa que as observava detidamente.

"Não precisa pagar. A casa convida. Obrigada pela visita. Mas não é prudente falar com estrangeiros. Espero que esteja compreendendo o que digo. Fique o tempo que quiser, está fazendo muito frio. Agasalhe-se quando sair. Proteja a cabeça. Se não voltar a vê-la, aproveite a viagem. Minha mãe dizia que a sua foi presa quase à saída de casa, quando ia para as termas Széchenyi, onde ajudava na limpeza. Agora se me dá licença, preciso voltar."

IV

Nevava forte quando Hana foi ao castelo de Buda, onde não sentiu os dedos enregelar, tamanho o fascínio pela paisagem. Na rua Gogol, próximo à casa onde estava hospedada, pensou no pai e sobretudo nos avós, estes últimos supliciados em câmaras de gás, quando o pior parecia ter passado. Fora o líder comunitário Samu Stern quem fizera a aposta estratégica errada. Querendo evitar pânico, omitiu dos judeus da capital que as evacuações que já vinham acontecendo no interior terminavam em campos de concentração, quando não de extermínio. A aposta de Stern era que a progressão do avanço do Exército Vermelho refrearia a neurastenia nazista, especialmente a de Eichmann, encarregado pela evacuação.

A Hungria fora a maior prova de que para os nazistas contava mais exterminar os judeus do que ganhar a guerra.

Enquanto isso, os serviços consulares amigos tratavam de apressar a emissão de passaportes. O judeu George Mantello, lotado na legação de El Salvador, emitia papéis a rodo para facilitar-lhes a saída. O mesmo faziam os diplomatas da Suíça e da Suécia, notadamente Wallenberg. Foi essa sorte que faltou aos protegidos de Szymon, a começar pelos seus pais. E por Eva. Em meados de 1944, quase meio milhão de judeus húngaros foram deportados. Quem diria que Eichmann, um dia, responderia por isso?

Com os cabelos salpicados de flocos gelados, Hana lembrou o dia em que correu, na escola, a história da captura de Eichmann na rua Garibaldi, em Buenos Aires. Do Recife, Szymon parecia mais bem-informado do que os judeus de São Paulo. Ela o ouviria contar a história com certo orgulho, sempre que a ocasião surgia, inclusive depois do Seder de Pessach, ainda à mesa.

"Havia um húngaro como nós na equipe que o pegou. Eichmann foi embriagado e o colocaram num avião da El Al, uniformizado de comandante. Um amigo, que não posso dizer quem é, estava no aeroporto do Recife, caso o avião precisasse fazer escala. O perigo era que a polícia fizesse uma revista e o achasse. Já pensou se desembarcassem, depois de fazer o mais difícil?"

Nessa altura da narrativa, que julgava contar com requintes de bom *causeur*, Szymon tomava um gole de bebida. Esperando que as pessoas o instassem a continuar, ele floreava o silêncio para arrematar com seu bordão favorito.

"Mas já sobrevoando o Sul do Brasil, o engenheiro de bordo disse que havia combustível suficiente para chegar ao Senegal. Que não pegassem vento contrário para não gastar querosene, mas valia a pena tentar! Então chegaram a Dakar. Depois do julgamento de Jerusalém, enforcaram o filho da puta e jogaram as cinzas no mar. Foi Gilad Eliezer quem me contou, pronto! Desculpem falar assim, mas não vejo outra palavra. Pois é."

Que sina, a de Budapeste. Não bastassem os nazistas, depois vieram os russos. Agora, diante das torres da sinagoga da rua Dohány, Hana procurou um café para se sentar e pensar na vida. Sabia que os pais tinham se casado num pequeno

V

Viagens são momentos de encontro consigo mesmo. Quem lesse o livro de reminiscências que escreveria um dia, sabia que Hana consideraria este o capítulo mais nobre da experiência. Logo na abertura de *Rua Gogol, 48* – fadado a se tornar uma referência no gênero, como diziam os aficionados – sintetizou seu credo.

"Turistas viajam para ver monumentos. Para se extasiar diante de fontes iluminadas, esplanadas ajardinadas e vetustas esculturas de ícones da mitologia. Já viajantes viajam essencialmente para se conhecer. A grandeza da paisagem será só um adereço, por certo importante, para que se opere uma ligação em seu íntimo que o aproxime do divino que mora em si. Acaso *religar* não está na raiz de religião?"

Acendendo um cigarro egípcio que comprara em Viena, Hana maturava, indiferente ao sabor de chicória do café. Sabia que voltaria a Budapeste. No *shul* pelas bandas da Kazinczy, mas isso já não vinha muito ao caso. Deveria ser hoje um depósito de bicicletas velhas. Tampouco voltaria à Vörösmarty para conversar o que quer que fosse com Zsófia. Algo a deixara intrigada, mas não a ponto de colocar a vida da moça em risco.

Tentando abstrair-se de seu universo íntimo, eis que estava ali num país socialista. Grandes painéis traziam mensagens políticas dos arautos do regime e estátuas de Lênin e Marx ombreavam com as de próceres locais. Quinze anos antes, quando Hana tinha 12 anos, lembrava as conversas inflamadas de Szymon com os patrícios no Clube Húngaro, quando os russos entraram em Budapeste para esmagar o movimento, o que tinha levado à execução de Nagy. Pouco mais de 10 anos depois, o roteiro voltou a se repetir em Praga, e o eslovaco Dubcek caíra no ostracismo, tendo sido relegado a trabalhos burocráticos numa agência de reflorestamento. As subjetividades da História eram absurdas para sua cabeça cartesiana. Hana acreditava no progresso e na ciência.

Ao se levantar, teve um frêmito ao pensar em Anita, já uma adolescente. O que poderia fazer pela meia-irmã mais nova? Se ela deixasse, entenda-se.

íntimo, processava como relataria a experiência a Szymon, mas não sabia ainda onde jogar a carga dos não-ditos que certamente a acompanhariam tão logo deixasse a Hungria para trás. Seria a psicanálise um bom caminho para ter acesso a certas respostas? Encontraria um bom terapeuta? Precisava mesmo desse tipo de mergulho? Duvidava.

Se ia fazer o doutorado, como propunha Martin, o projeto podia esperar. A pesquisa acadêmica apontava bons caminhos e, como desdobramento, nenhuma profissão lhe parecia tão nobre quanto a de professora. Agora precisava organizar a vida. E isso significava achar tempo para frequentar bons concertos e fazer algo pelos seus.

No Nordeste, tudo parecia correr bem. Szymon era um homem próspero e, aos 54 anos, gozava de aparente boa saúde. Brenda vivia seu mundo e o Recife a preenchia. Ainda recentemente, sem que o marido soubesse a razão, fora a São Paulo para liberar o corpo de uma amiga assassinada na Operação Oban. De forma geral, estava em segurança. Preocupante era que àquela altura o casal tivesse filhos que atravessavam um mundo em franca transformação, numa idade que pedia cuidados.

Boris aos 17 e Anita aos 13 eram também parte de sua responsabilidade, e ela jamais quis se eximir desse encargo. Quando optara por voltar para São Paulo em nome dos estudos, Hana não teve remorsos em deixar ao léu a família. Mas agora podia e queria fazer mais. Convivia com jovens, orientava-os e antevia algumas das armadilhas inerentes às diferentes fases. Ademais, Boris estava longe de ser uma equação resolvida. Talvez até longe disso, muito embora ela não soubesse precisar onde residia o perigo.

Meu querido Boris, te mando este aerograma sem saber ao certo se ele vai chegar a teu kibutz enquanto você ainda estiver em Israel. Como está se sentindo agora? Tenho certeza de que tudo está correndo bem nessa temporada meio acidentada. Brenda me falou do acidente futebolístico. Que azar, não? É nisso que dá ser do país de Pelé e, indiretamente, também do de Puskás, não esqueça. No futuro, coloque Budapeste em seu roteiro porque é uma cidade bonita, cheia de mulheres vistosas. Mas evite vir no inver-

no. Prepare-se para ir viver em São Paulo no próximo ano. Recife ficará para as férias. Tenho certeza de que você vai gostar muito de morar na cidade onde nasceu. E nesse último ano em Pernambuco, seja paciente com Anita, embora isso não seja fácil. Um dia, pretendo ir a Israel, mas tenho mais interesse em visitar o mundo laico do que em testemunhar feitos heróicos. Fiquei velha para tentar o kibutz e gosto da cidade, não do campo. Nesse ponto, sou boa filha de Szymon. Cuidado com viagens de ônibus e não se aventure por onde não for seguro. Já que você escreve tão bem, deixe a preguiça de lado e mande notícias regularmente. No que eu puder, quero te ajudar a ter uma vida feliz. E para isso, os planos têm de ser sólidos. Felicidade não é coisa que se improvise, como pensam os brasileiros. É hora de saber aonde você quer chegar. Muitos beijos, Hany.

Quando Budapeste sumiu na bruma do meio-dia e o avião apontou para Frankfurt, Hana teve a estranha sensação de abandonar sua mãe. Mas fechando os olhos, adormeceu logo, para só acordar no destino. Era como se o corpo registrasse a trepidação emocional do reencontro consigo mesma.

Capítulo 7

Caro Szymon, por muito que tenhamos conversado no nosso encontro em Budapeste, senti que ficou uma porta entreaberta por onde passou um vento frio. Deixe-me, portanto, falar um pouco dele, como sei que é sua vontade, porque nunca sabemos quando uma carta pode ser a última e é justo que tenhamos acesso aos fatos mesmo quando eles já não possam mudar o passado. A dar fé às versões que tomaram corpo na Hungria, no pequeno círculo da Comunidade, uma inconfidência sua a um simpatizante do partido da Cruz Flechada, em Balatonfüred, teria revelado o paradeiro de Eva, a mãe de sua filha. Como dizemos, a maledicência pode acender uma grande fogueira. No jogo de intrigas que se estabeleceu entre nós, era fácil atribuir todo o mal a bebedeiras, imprudências e desvios de caráter, tudo isso para evitar que assumíssemos a culpa por uma situação que obedecia, na verdade, a uma lógica toda própria, e que, no meu entender, força alguma poderia deter. Pagamos alguns de nós por admirar os alemães e por subestimar a dinâmica da história naquele momento. Se você incorreu na ingenuidade de achar que o lado iluminado deles prevaleceria sobre a face obscurantista, não foi o único. Eu também posso ter sido um deles no dia em que desci do ônibus de linha para a ilha de Csepel, a caminho da fábrica, sem jamais imaginar o que viria a reboque daquele controle aparentemente rotineiro. Não me dei conta da gravidade do mo-

mento nem sequer quando, embarcado num vagão de gado e sofrendo de uma sede como jamais imaginei possível, chegamos à fronteira da Hungria com a Polônia. Lá, o guarda propôs que lhe déssemos o último dinheirinho do fundo dos bolsos, sob a alegação de que ele de nada nos serviria dali em diante. Alguns dos nossos até concordaram, desde que o guarda nos desse água. O brutamontes falou que infringiria o regulamento, mas que forneceria água, sim, se lhe déssemos o dinheiro antecipadamente. De húngaro para húngaro, falou. Afinal, o que éramos, senão irmãos? Quando viu que estávamos relutantes e que não acreditávamos em sua boa-fé, chamou-nos de judeus imundos e esbravejou que merecíamos o pior dos destinos. Mesmo assim, eu ainda acreditava que estávamos apenas indo trabalhar sob o comando dos alemães e que nada de muito ruim poderia resultar disso, se você se comportasse de acordo com as normas. O incidente de fronteira não deveria, pois, nos impressionar negativamente. E assim continuei pensando até mesmo quando, chegando a um imenso descampado coalhado de barracas, fomos recebidos por prisioneiros que tartamudeavam frases que eu mal compreendia. Reds di yiddish, reds di yiddish? Willst di arbeiten? Zehtsatin... ferchtaist di? Zehtstain! E depois vinha mais. Yeder arbeiten, nicht ka midé, nicht ka krenk. Foi minha sorte. Tivesse eu dito minha idade de verdade, 14, hoje sei, teria ido direto para os chuveiros de onde não saía água. Poucos minutos depois, ao médico enluvado e de aspecto amigável que me revirou a dobra da pálpebra, disse que tinha 16 anos. Ele sorriu e assentiu, apenas porque eu dera a resposta certa, não porque tivesse acreditado em mim. Então, eu me incorporei ao time dos rapazes que conhecia do comboio. Achei que estava do lado dos vitoriosos, embora não pudesse e, talvez, não quisesse imaginar a sina dos derrotados. Vendo o campo de futebol, pensei que teríamos direito a jogar bola depois do trabalho. E nem sequer quando me rasparam a cabeça, me tosaram nas regiões mais sensíveis e humilhantes e me desinfetaram com um pincel embebido de uma substância purulenta, nem assim achei que tinha algo de fundamentalmente errado ali. E, se *quer saber mais, nem quando eles me deram uma roupa igual à dos presidiários que vagavam pelo* Lager *– palavra nova em meu vocabulário –, nem nessa hora eu queria entender que caíra numa armadilha. Que eles tinham se apropriado de mim e do meu tempo, e que só me restaria agir como um autômato. Excetuados os dois primeiros dias, dos meses seguintes, pouco me ficou além do que lembro ter lhe contado. Mas ainda hoje me assalta a visão à distância de umas faíscas irregulares que crepitavam sobre o horizonte limpo. "Os crematórios...", disse um companheiro. E ali ficamos olhando aquilo com o fascínio de quem presencia uma aurora boreal. Portanto, esteja em paz consigo mesmo. Mas sempre sobra um argueiro no olho e, para isso, servem as cartas. Um homem não pode ver tudo na Terra e desconfio que morrerei sem ter conhecido o Brasil. Está bem. Seja como for, muito mais importante do que ter sobrevivido a dois campos, foi ter desenvolvido meu ofício na Hungria pós-1956. Ali, vi o recrudescimento do regime; ali, percebi quando os sussurros invadiram as tavernas e quando o medo começou a campear no nosso dia a dia. Quando me perguntam sobre o socialismo em minhas palestras, sempre digo que a mera menção à palavra é para mim o que foi um biscoitinho molhado no chá para um gigantesco escritor francês, o único que todo mundo tem vergonha de confessar que não leu. O nosso socialismo goulash de que tanto falaram foi melhor do que os demais, e de longe o preferido dos ocidentais. Mas foi uma forja quente e dolorosa para temperar uma prosa. Ver como adulto o funcionamento de uma ditadura não foi banal. Eu a vi do momento em que começamos a negar nossos ideais àquele em que a esperança virou um instrumento do mal, mesmo porque o regime não tinha a menor intenção de honrar o que prometia. E pouco importa que uns poucos tenham tentado abrir os olhos da Nomenclatura quanto ao fato de que aquela armação era intrinsecamente desonesta e monstruosa. Esses ingênuos arriscavam a vida, pobres diabos, e muitos perderam-na. Melhor ficar como o obeso que ignora o médico e resolve ser feliz até o fim iminente, vivendo com suas limitações e devorando seus guisados. A que ditadura* *estamos fadados a assistir agora? À do consumo desenfreado? É possível. Toda semana vejo na Kurfürstendamm o desfile de muitas compatriotas nossas, para não falar das Iulias de Kiev e das Natashas de Moscou. O que fazem? Laçam quem passa e vão para a cama por uns euros, a nova febre. E, com o dinheiro arrecadado, vão se entregar a um embelezamento que não tem razão de ser, senão a de alimentar uma patologia em formação. Logo vão partir para deformar seus próprios rostos numa desfiguração que é a da própria humanidade. O que isso nos interessa a essa altura, meu caro? Muito pouco. Se tivermos de cair na chamada ditadura do consumo, que seja para comprar os carros que você vende (ainda é esse mesmo seu ramo?), e os livros que escrevo – se me permite esse lapso de cinismo. Nunca esqueça o ditado da guerra: quem fica sentado, não pode cair. Volto à literatura aqui, em Berlim. Ela é e será sempre o primeiro dos exílios. Receba o afeto de coração de seu, Imre.*

I

"Não quero ir esperá-lo, não, mamãe. Vão vocês e me deixem estudar. Não é isso que vocês vivem me pedindo?"

Era mentira. Tudo mentira.

Mal Szymon passou no Aero Willis para levar Brenda para o aeroporto dos Guararapes, onde Boris chegaria num voo da Cruzeiro do Sul, Anita foi à cozinha e pediu a Terezinha que lhe desse os sanduíches de queijo que mandara preparar mais cedo.

"Posso saber para quem vai tudo isso, Anita?" A menina, então, colocou-os numa espécie de sacola a tiracolo de xadrez vermelho e só disse: "Vai para quem precisa, ora."

Agora que estavam vivendo perto da praça do cinema, Anita se tornara frequentadora contumaz da rua onde vivia o arcebispo. Assim, os desvalidos que acorriam a D. Hélder em busca de ajuda tinham na jovem judia uma espécie de

Maria Madalena, pronta para lhes ouvir as queixas da vida e mitigar as fomes do estômago e da alma.

De qualquer forma, aquela ação caritativa talvez não estivesse fadada a durar muito porque fora o próprio religioso que, afagando-lhe a cabeça, disse que ela era uma boa filha de Deus. Mas que até Ele queria que ela estivesse na escola àquela hora.

"Seu nome já é uma benção, minha filha. Anita, a graciosa, a favorecida. Sua presença nos traz luz. Você engrandece o povo de Deus e mostra pela ação que não há barreiras para o que é humano de verdade. Mas tudo vem a seu tempo. Honre o esforço de seus pais e vá atrás de uma boa educação. Será dessa forma que você mais poderá ajudar esse povo tão precisado."

Anita não gostou daquela preleção tão *goy*.

Para ela, talvez fosse a senha para arregimentar seu próprio rebanho de necessitados. A ocasião se apresentou quando, ao alimentar o peixe-boi da praça do Derby, encontrou Firmino, vulgo Barata, um rapaz de idade indefinida, com dedos salpicados de verrugas e de ascendência a toda prova sobre os mendigos que circulavam entre o canal e a Ilha do Retiro. Morador do Coque, Anita viu nele um herói. Envolvente, dotado de uma capacidade única de se fundir em lágrimas para dar veracidade ao que sofrera no internato de Pacas, em Vitória de Santo Antão, eis o amigo providencial que poderia levá-la, por uma mão segura, para submergir nos porões da miséria urbana.

Assim, entraria como amiga nas palafitas dos Coelhos que tanto a fascinavam e circularia sempre que pudesse pelos mocambos esquecidos, onde latejava a vida em estado puro, a virtude de verdade e não o artificialismo dos ambientes alcatifados.

Por dever de coerência, não permitiu que se instalasse ar-condicionado no seu quarto. Quando Brenda disse que ela tinha o direito de não ligá-lo, mas que não admitiria um buraco vazio na parede para acolher morcegos, Anita cedeu. Mas para garantir que jamais o usaria, despejou uma jarra de água na tela do aparelho para inutilizá-lo, o que valeu a Szymon um inesperado choque elétrico num dia em que a casa se engalanava para celebrar Pessach.

II

No Colégio Israelita, as coisas iam de mal a pior. O aproveitamento de Anita nas aulas de hebraico era tão ridículo que Flávio Genes a apelidara de *Alef Bet Gimel*, pois foram as três primeiras letras do alfabeto o único fundamento linguístico que ela conseguiu assimilar. Ao ultraje, ela desafiava-o a explicar outras palavras que vinha aprendendo. Sabia ele por acaso o que significa *pravda*? Pois bem, em russo era *verdade*. Não, ela não tinha medo de falar a língua dos homens livres, a despeito dos tiras do SNI. De resto, de que lhe serviria o hebraico? Para tiranizar os miseráveis palestinos? Alguém se perguntava a sério por que os árabes tinham deflagrado um ataque a Israel em várias frentes? Será que o sionismo era uma bandeira confiável? Não seria justo olhar para o que nos diz respeito mais de perto?

Quando comparecera de cara fechada ao Bat-Mitzvá coletivo, só para atender ao pedido da avó Fanny, achara patéticas aquelas lágrimas de Brenda. Pior foi a alegação.

"Mães judias sempre choram, minha filha. Um dia você vai saber o que é isso."

Preferira a reação de Boris ao vê-la de cabelo armado e vestido branco longo.

"Parece uma assombração. Se chegar à favela desse jeito, vão te receber à bala."

Aos 15 anos, quando ficou insustentável a situação no colégio e Brenda teve de se resignar a tirá-la de lá, apesar de Anita haver aceitado a repetência sem queixa nem contestação, e de a atribuir à mera injustiça do sistema, falou-se num colégio na rua do Hospício, brandamente denominado mais alternativo, um pagou-passou, onde a reprovação fora abolida em caráter pioneiro no Estado.

Mas o sonho de Anita era mesmo o de sair do ensino formal, estudar russo por conta própria e, mais tarde, fazer o supletivo e depois o vestibular para ciências sociais. Além do que, a pessoa não precisava ter um cu de ferro para entrar na faculdade, mesmo porque a oferta de cadeiras era boa.

Queria, sim, viver a vida entre desiguais. Por que gastar tempo em flertes em festinhas dançantes do tipo *assustado* em casa de outros tantos judeus? E que lhe interessavam movimentos como o *Ichud Habonim*, uma linha de montagem para preparar emigrantes para Israel? Por que não fazer *Aliá* para o Sertão e viver em Araripina? Acaso lá não era tão deserto e tão seco quanto o Negev? Por que não montar um kibutz na serra das Russas e organizar os lavradores numa imensa cooperativa? Então aboliriam sapatos, fechaduras e a propriedade privada. Por que Israel?

Barata a ouvia com ar divertido.

"Quem tiver filho, deixa na creche e eles vão ser criados livremente, sem hierarquia. A meta é que cresçam sem ouvir nem sequer uma vez a palavra *não* até os 5 anos. Os pais têm direito a uma visita no fim da tarde, mas todo mundo se trata de *tu*, nada de ser superior, chefes, sem essa. Criança dorme com criança. Todo mundo dá duro na roça de abacaxi. Uma parte do pessoal fica no refeitório para fazer comida, cuidar dos velhos e da escolinha. Às quatro da tarde, acaba tudo. Aí a gente se reúne no terraço, vê as metas para o dia seguinte e separa o que vai vender para carregar o caminhão. À noite, música popular, teatro do oprimido, ar puro, bom papo, muito *love*. No dia seguinte, tudo igual. Qual a meta? Não haver diferença entre domingo e segunda-feira, por exemplo. Não é essa a essência da nobreza? Todo dia, será um prazer contínuo. Quem precisar de uma grana para uma emergência, vai lá na caixa comunitária e se serve à vontade. Quem receber uma herança, doa para a caixinha. Dinheiro só para o mundo externo. As compras de arroz, feijão, batata, pagamos com fruta. E vamos criar vaca para ter leite. Isso é vida, bicho, o resto é figuração."

III

Na volta de Israel, alguns notaram que Boris se tornara um menino arisco. Para dizer o mínimo, já não sorria. E parecia fazer prova de uma atitude não verbal defensiva, que levou a própria Anita a gozar de seus modos.

"Calma, rapaz, tira a mão da cartucheira. Não tem palestino aqui, não. Quem você quer matar?"

Seria só o choque da aclimatação à volta? Como estariam seus colegas de viagem? Teriam as demais mães percebido condutas alteradas?

Guardando para si essas ponderações, Brenda dizia ver no comportamento do filho simples manifestações de uma sensibilidade à flor da pele, ignorando qualquer traço de rispidez.

"Pelo contrário, voltou mais carinhoso do que nunca."

Ora, é sabido que os labirintos do coração de uma mãe judia são ladrilhados de pastilhas de açúcar por onde corre um mel viscoso. Assim sendo, todos faziam de conta que acreditavam em seu diagnóstico.

"Quem viaja se transforma, ora bolas. Tirem por mim. Saí do Recife para ver o IV Centenário de São Paulo. Por lá fiquei, me casei e voltei com uma família. Quem não quiser mudar, que fique em casa."

Na linguagem não verbal, Boris agora juntava os dedos da mão e a levantava para pedir às pessoas que esperassem dizendo *rega, rega, rega*. Passou a dar um abraço tipo de urso, brusco e algo impessoal, que não tinha a ver com a forma envolvente como abraçam os brasileiros. Já não beijava a mãe, a tia Miriam e a avó Fanny como antes. No mais, tratava com uma espécie de desdém as meninas em geral e, para choque do próprio pai, passou a chamá-lo de Szymon enquanto Brenda era *Ima*.

Na nova linguagem do adolescente, o *sim* virou *ken*, o *não* virou *lo*, e Terezinha foi contemplada com um desconcertante *lama*, quando ele poderia simplesmente ter perguntado *por quê?* Brenda disse que aquela adesão a um hebraico meio cosmético era própria da repatriação e que tudo voltaria ao normal quando menos se esperasse.

"E, depois, ele quebrou a perna, coitadinho. Ficou um mês olhando para o teto, com todo mundo se divertindo em volta e ele ali ouvindo rádio."

A sós com o pai, Boris disse-lhe que queria tomar aulas de tiro e ter uma arma.

O que mais chocou Szymon, contudo, foi que o filho tivesse começado a fumar. Embora isso à época fosse mais regra do que exceção, parecia-lhe bobo que o sujeito desenvolvesse um vício de que teria que abdicar uma hora ou outra. Se o ser humano não passa sem uma mania, pois bem, que fosse então namorar, trabalhar ou nadar. Brenda rebateu.

"Acaso você não fumava na idade dele?"

Szymon a olhava crispado.

"Fumava porque era um *schmok*. Até hoje respiro mal por causa disso. Por outro lado, desmontava um tanque de combate no escuro e o remontava, se quer saber."

Boris trouxera de Israel um pôster amarelo de tamanho gigante de sinalização de trânsito, que pendurou na parede. Nele estava escrito em inglês, hebraico e árabe: "Reduza a velocidade". Quando Szymon levou o cunhado Samuel para dar um abraço no sobrinho que não vira desde o regresso, o tio perguntou o que aquilo significava. Boris leu-o nas três línguas como quem diz o óbvio. O bonachão Samuel indagou se agora também ele lia árabe. Boris se levantou da cadeira, fixou o tio nos olhos e, como se já esperasse pela pergunta, colocou o dedo em riste: "Árabe a gente lê, escreve e mata". Szymon suspirou: "Oy vey".

Fechando a porta à chave, Boris continuou, sôfrego.

"Que fique entre nós três, que ninguém nos ouça. Mas sei de boa fonte que outra guerra é inevitável. Pode ser amanhã, pode ser daqui a 5 anos, mas vai acontecer. Pode ser tão brutal quanto foi a dos Seis Dias. Agora anotem aí: não podemos devolver o Golã. Nas reuniões comunitárias daqui, é importante deixar isso claro. Se querem nossa ajuda, nosso dinheiro, nossa força bruta, eles não podem devolver o Golã. Equivale a expor a Galiléia a uma chuva de mísseis. A acabar com os kibutzim e moshavim do Kineret, *beseder*? É isso o que queremos? *Lo lo, lo...* talvez fosse mesmo uma boa ideia fixarmos a fronteira norte no rio Litani, no Líbano. Perdi um *chaver*. Era Dado Shavitt. Mas foi acidente. Temos também que manter o Sinai e nunca, jamais, devolver Jerusalém. Não sou contra os árabes. Mas eles têm de fazer o que a gente determinar. Se eles obedecerem, num instante o nível de vida deles vai ser o melhor do Marrocos à Arábia Saudita. Mas o preço disso é alto, e eles precisam estar dispostos a pagar. O Oriente Médio tem de se reconfigurar."

Szymon olhava atônito, não entendia aquele palavrório todo, mas percebia que algo podia não estar saindo de acordo com a encomenda. Será que deveria sorrir? Samuel acendeu um cigarro no outro. Boris não dava trégua.

"Tem um cara nos Estados Unidos para quem quero escrever a respeito. Desculpem, mas não posso dizer quem é. Agora preciso levantar um pouco de peso, se me dão licença. Manter a forma física é vital. Não digam a ninguém que ouviram isso de mim. *Lehitraot, bye, Shavua Tov, Shalom*."

IV

Anita não via a hora de Boris ir morar em São Paulo. Nos telefonemas a cobrar que fazia para Hana, dizia à irmã que convencesse os pais a forçá-lo a ir embora. No fundo, tinha planos para quando ficasse como filha única em casa. Não somente se desvencilharia da presença opressora do irmão, como também faria aos pais uma proposta que eles não teriam como recusar. Com o quarto de Boris desocupado, proporia que aceitassem ali Firmino, que vivia um momento difícil no Coque, depois que, para se defender, tivera que usar da força de uma arma branca, acarretando feias consequências, como ele lhe relatara com vagueza estudada.

Em troca, já que os pais só concebiam o mundo na base do toma lá dá cá, o Barata poderia cuidar do jardim e limpar a pequena piscina. Afinal, Terezinha estava sobrecarregada, agora que era também avó, e tinha direito de ficar com a neta, afilhada de Anita. Firmino a princípio riu da ideia, mas depois gostou. Tanto achou bom que passou a cobrar dela uma posição e tudo que Anita não queria era decepcionar o amigo, que, agora sabia, já completara 20 anos e nunca trabalhara. Levou-o à sua casa certa tarde em que a família fora ao cemitério do Barro para a descoberta de uma *matzeivá*. Firmino parecia aprovar o que via e Anita se sentiu uma privilegiada em poder ajudar.

Se a decisão de prestar exame vestibular em São Paulo parecia tomada, Boris preferia fazer o preparatório no cursinho do Recife e só apareceria lá para as provas. Hana achou desaconselhável, queria vê-lo exigido ao máximo e São Paulo tinha o melhor pré-vestibular do Brasil. Boris argumentou.

"Bobagem, Hany. Os cursinhos são todos iguais e o dono do melhor daqui é paulista também, além de patrício. Onde está a diferença? *Tov meod, toda rabá, beseder gamur*, balbuciava – para desgosto da irmã que não estava gostando daquilo. Era evidente que ele fazia manobras protelatórias de todo tipo.

"Boris, não coloque a inteligência a serviço da burrice. Você está bem? O que te deu, hein?" Então, ele desligava.

Desde que voltara de viagem, já não saía muito de casa, o que preocupava Brenda. Na mesa de estudos do quarto, pontificava uma bateria de colírios e vaporizadores de ar.

"É por causa da fedentina que vem do quarto de nossa Madre Teresa", disse ele. Boris vinha escondendo embaixo da cama um tubinho onde guardava maconha que conseguia perto do cinema Boa Vista.

Assim, qual não foi a surpresa dele quando um dia viu sobre o travesseiro uma trouxinha de fumo. De onde saíra aquilo? Foi então que Anita lhe confessou: "Trouxe um amigo aqui. Ele viu teu quarto e achou que esse presente te agradaria. Acertei?"

Cego de raiva, Boris deu-lhe um tapa na bochecha. "Eu te odeio", disseram ao mesmo tempo.

Terezinha chegou a tempo de evitar o segundo.

V

Brenda finalmente estava trabalhando em tempo integral na loja. A vida artística da cidade arrefecera e ela não tinha tempo nem isenção de espírito para viver de conspirações. Considerava-se uma mulher solar e as atenções agora precisavam se voltar para a família e tudo aquilo que fosse mais forte do que ela.

Dr. Nahum dissera que a mame Fanny estava com uma obstrução cardíaca de alguma gravidade, e que a idade já não recomendava fazer cirurgia. Szymon estava algo taciturno e nem os bons ventos dos negócios faziam-no sorrir. Evitava festas o mais que podia e estava difícil saber qual dos filhos merecia mais preocupação. Sintomático disso era se perguntar a todo tempo o que havia feito de errado.

Como precisou ir ao prédio dos correios despachar uma correspondência, Brenda tomou a ponte Duarte Coelho para ir à Livraria Imperatriz, onde encomendara ao amigo Berenstein um livro de microbiologia para Boris, cujo interesse agora se concentrava nas bactérias. À mãe, ele dizia em voz baixa que elas tinham uma força transcendente e que um dia paralisariam o mundo, forçando a mudança da humanidade para Marte. Este era seu novo mantra.

Ao pé da ponte, eis que Brenda viu Anita sentada no chão, ao lado de uma linda moça paraplégica, vistosamente maquiada, que tinha diante de si um pano estendido com fileiras de caixinhas amarelas de Mentex.

"Oi, mamãe. Ela é Francineide, uma amiga. Mora em Camaragibe e vem todo dia para cá. Compra uma caixinha dela para ajudar."

Passado o trauma da agressão física, Boris pensou em rever conceitos. Tendo gostado do presente de Firmino, mesmo porque de cavalo dado não se olham os dentes, pediu a Anita que conseguisse mais um pacotinho daquele. Eufórica, ela foi encontrar Barata na mesma tarde junto ao monumento dos seresteiros do Parque 13 de maio. Para ela, o pedido de Boris era uma capitulação, um reconhecimento de que o amado tinha seu lugar na família.

Firmino ouviu o relato, pediu que ela o repetisse para registrar as palavras-chave e só então disse com um sorriso de meia boca para encobrir as brechas de dentição: "Eu sabia, é fumo bom. Quer dizer que meu cunhado quer mais?".

"Cunhado? Você está falando sério?", perguntou Anita quase chorando.

Houve um silêncio.

Daí, esgueiraram-se para o colo da enorme escultura dos trovadores. No lusco-fusco do crepúsculo, Firmino passou o dedo no queixo dela e colocou a ponta do indicador nos lábios finos. Ela beijou-o sem jeito, cautelosa com as verrugas.

"Não é contagioso, não."

Anita sentiu vergonha que ele tivesse percebido seu desconforto e lambeu-as como se tivessem mel. Para compensá-lo a pleno, não resistiu a que ele a pegasse pela nuca e conduzisse a boca até a braguilha. Sem saber bem o que fazer, esperando instruções, ela manteve a boca aberta e os olhos semicerrados.

Foi então que no dia da inauguração da Transamazônica, aos 14 anos, Anita se engasgou com uma gosma branca que lhe varou a garganta, escorreu pelos cantos dos lábios e pregou até as mechas do cabelo, como se fosse goma arábica.

"Você tem futuro", disse ele. E saiu caminhando sozinho na direção do bar Torre de Londres.

Naquela noite, Anita mal dormiu. Pé ante pé, desceu até a sala para falar ao telefone com a amiga Paula Ludmer sobre o sucedido.

"Estou vibrando, é só o começo, mas acho que ele está se chegando. Como definir um cara assim? Não falo só dos olhos esverdeados, da liderança, das marcas de uma vida dura. Falo da vontade de vencer, de buscar um caminho próprio. Enfim, não é um filhinho de papai. Aliás, nem o pai ele conhece. Agora me diga só sim ou não porque acho que a essa aula eu não devia ter faltado: a gente pode engravidar pela boca?"

Capítulo 8

O MEMORIALISMO PODE SER UM GÊNERO DOS MAIS ENFADONHOS, SEMPRE que o autor espere sair engrandecido dos feitos narrados. Subestimar a inteligência do leitor é o erro mais crasso que se pode cometer nesse campo da literatura. A autoficção, portanto, é uma praga que desnuda total indigência na criação artística de qualquer natureza e, na literatura, é seu atestado de falência mais flagrante. Comprar um livro novo passou a ser uma temeridade e isso não é de hoje. Se você concorda com esse diagnóstico e acata as poucas sugestões que este blogueiro ainda ousa dar, antes de ser obrigado a tirar do ar este espaço por falta de quem o patrocine, esqueça todo o acima e compre, sem medo, a reedição de Rua Gogol, 48, *da bióloga e cientista Hana Neuman (Madrepérola, 192 páginas, R$68 ou R$36 em edição digital). Acaso não falo da necessidade de que leiam os clássicos? Pois eis um livro que nasceu com essa vocação, ainda no ocaso da Guerra Fria. Num relato enxuto, sem lugar à lágrima fácil, a mais reconhecida oceanógrafa brasileira deslinda parágrafo após parágrafo uma discreta, mas apaixonada vivência na Europa do Leste, região que vem visitando periodicamente há mais de 40 anos. Nascida em Budapeste durante a Segunda Guerra, sua narrativa não se limita à Hungria. Se esse foi o país onde começaram suas descobertas nos muitos domínios de curiosidade – da gastronomia às artes plásticas –, temos, em* Rua Gogol, 48, *um* relato vívido sobre a antiga República Democrática da Alemanha, país que visitou antes e depois da queda do Muro de Berlim. Sobre a Polônia, que conhece desde quando eclodiram os protestos no estaleiro de Gdańsk — então liderados por Lech Wałęsa —, traz relatos instigantes. Entre eles, os de uma visita ao mais tenebroso dos campos de concentração, mas também às pequenas cidades onde outrora prevalecia o modo de vida judaico. Diz Hana: "Quando cheguei lá, fiquei um bom tempo à porta, sem pressa alguma de entrar. Examinando o mapa, vi que tinha feito, na fase de planejamento, um círculo em caneta vermelha em torno do nome daquela localidade: Oswiecim-Brzezinka. É curioso que a denominação polonesa de Auschwitz-Birkenau me soasse muito mais aterradora do que a germânica. O que buscava? Certamente não uma atenuante para a barbárie alemã. Mas o estigma antissemita da região perto de Cracóvia pesou cruelmente sobre os judeus que sonharam acordados com aquela terra, muito mais do que com a Palestina. Polonia, ou Po lin, em hebraico, era uma alegoria a certo bem viver, aludia a uma noção de paraíso sobre a Terra, a um país onde eles estavam há séculos. Auschwitz-Birkenau era por certo aterradora, mas não deixava de ser uma referência temporária a um entroncamento ferroviário, a serviço de uma logística tenebrosa. Oswiecim-Brzezinka era mais tangível. Sempre estivera ali, e está até hoje, décadas depois do fim da Guerra, sob esse nome tão impronunciável. Foi só quando absorvi tudo aquilo que guardei o mapa na bolsa e passei sob a insígnia dantesca: Arbeit macht frei. Teriam todos os prisioneiros chegado a lê-la? Ou da localidade só conheceram a rampa de triagem e pouco mais? Eram 11 horas quando comecei a visita. Entre duas camadas de creme de arame farpado, um gatinho pardo arregalava os olhos como se quisesse me advertir de que ainda era tempo de recuar. Teimosa, ignorei-o." Conhecedora da Rússia, que explora desde os tempos de Brejnev, primeiro por razões científicas e depois por puro fascínio, estudou o idioma para ler Púshkin no original, como gosta de admitir. Das Repúblicas Bálticas, destaca-se o encanto que exercem as ruas de Vilnius no silêncio *do inverno e a beleza de Riga, terra de Isaiah Berlin, que dá vontade de visitar. Já Tallinn, considera uma "cidade de boneca num país minúsculo e adormecido". Ácida quanto a Praga, de que diz gostar mais à época em que era uma cidade onde "tomava-se um café com Ivan Klima e Milan Kundera, sem saber que Philip Roth os visitava", o livro de Hana não cede um centímetro à tentação de dar dicas previsíveis ou de reduzir a paisagem a clichês com crepúsculos tediosos e castelos de Drácula. Se as editoras soubessem o quanto teriam a ganhar se abrissem as portas a cientistas e a escritores não profissionais, gente que soubesse aplicar o rigor da verificação aos sentimentos reais, ganharíamos todos. Hana Neuman diz, desde então, que esta foi sua primeira, única e última incursão na literatura. Conversando com ela, não há como duvidar dessa senhora bonita e avara de sorrisos. Contrariamente ao que se pensa, a literatura de viagem não é um gênero fácil. Na maioria das vezes, é enfadonha e não passamos da quinta página. Os relatos que ficam, como os dela, são estritamente os muito bem-narrados, que conseguiram nos cativar. Por essa e por outras razões, vale a pena lê-la.*

I

Voltando de Maceió, na altura de Barreiros, Szymon se interrogava: pretendia um dia visitar a Hungria? Talvez, mas não tinha pressa. Já não era menino, tinha 56 anos, mas achava que dava para esperar. Sabe Deus quanto teriam vivido seus pais se não tivessem caído nas mãos dos sicários. O que sabia ao certo é que teve avós em Maramures que viveram boa parte do século anterior e que morreram de velhos. Quem garantia que a sorte não estaria ao seu lado?

Ademais, teria prazer em mostrar a Brenda que havia vida e beleza fora das ladeiras de Olinda onde ela parecia encontrar respostas para todas as buscas. Teresa, Guita e Janete eram referências constantes nas conversas, embora Szymon jamais tivesse visto essas senhoras. Seriam casadas? Provavelmente. Mas o que isso importava? De qualquer maneira, ele não se via saindo com casais que viviam um mundo tão diferente do seu. Do que falariam? O que sabiam de impostos, juros e fiscalizações? Talvez nada. Mas com certeza gostavam de falar de política, que parecia ser o ar que respiravam sob os coqueiros. Não eram capazes de lavar um prato ou desossar um frango. Mas tinham todas as receitas do mundo para redimir da miséria uma gente que só conheciam de livros.

Não que Szymon tivesse alguma coisa contra os intelectuais pernambucanos. Eram simpáticos e tinham enorme curiosidade em saber sobre a vida dele, e inquiriam-no sem trégua. Mas, a depender do diapasão da conversa, impunha-se um pouco de cautela porque depois de algumas doses de bebida, eles podiam pouco a pouco querer lhe dar uma aula sobre o que só conheciam do noticiário.

Havia um lado cômico, sem dúvida. Um deles chegou a insinuar que se Szymon tinha deixado a Hungria, eram grandes as chances de que fosse um reacionário, uma das expressões mais caras àquela gente de índole boa, mas desinformada. Nessas horas, quando se armava uma espécie de linchamento travestido de trote – tudo isso para proteger a reputação dos russos, imagine –, outro se introduzia na conversa e, conciliador, dizia coisas capciosas.

"A gente sabe que desde 1948, graças a um brasileiro ilustre chamado Osvaldo Aranha, os judeus têm um país. Era um lote de terra acanhado, que agora está virando um latifúndio próspero – que o digam os pobres dos árabes. Logo, seu compromisso não era com a Hungria, meu caro Szymon. Como talvez não seja com o Brasil. Seu coração está mesmo é em Israel. Veja, não é uma crítica, são só fatos."

Szymon tinha vontade de dizer que amara a Hungria. Que perdeu os pais e a esposa no turbilhão nazista. Que era feliz no Brasil e não dava a mínima para conhecer Israel. Mas como convencer disso pessoas que já beberam a cota de uma legião cossaca? Para eles, Szymon era, antes de tudo, um judeu. Raramente ele respondia, mas nem sempre conseguia se segurar.

"Israel é um lugar feito para que os judeus se sintam em casa. Para que não tenham de colocar uma estrela amarela no peito feito gado ferrado. Onde as crianças possam ir à escola sem medo. Na Europa, cortaram a barba dos religiosos, coitados. Os nazistas colocavam mulheres numa banheira de água fria no inverno e diziam que era para fazer experimento. Israel tem de existir e resistir. É um símbolo."

Às vezes funcionava, o que lhe valia uma onda de simpatia. Outras, nem tanto.

"Pela veemência do amigo, já se vê de que lado está seu coração. Sem querer defender alemães ou poloneses, tente se colocar por um minuto no lugar deles. Como se sentir diante de um povo que vive em seu território, mas que sequer sua língua fala? Imagine termos imigrantes aqui que nunca tenham aprendido o português. Que o senhor, aliás, está falando muito bem."

"Obrigado, mas cada caso é um caso. Sou judeu, mas tive a sorte de não nascer intelectual. Só posso falar pela minha experiência. Minha língua é o húngaro. É nele que penso e em que faço conta. Em Budapeste, era mais fácil um judeu falar alemão do que iídiche. Hebraico era só para a sinagoga, feito papagaio. Na Alemanha e na Áustria, os judeus falavam alemão melhor do que os locais porque eram professores e pertenciam à elite. Os poloneses queriam distância dos judeus. Judeu só era bom na hora da necessidade. Então, eles viviam em cidadezinhas, sem incomodar ninguém. Se deixassem que eles trabalhassem no governo, na universidade, eles falariam polonês. Como não era permitido, levavam vidinha de gueto, sem ambição. Mas meu país é aqui. Troco Israel por uma semana em Garanhuns com a família. Está vendo como um judeu também pode ser como todo mundo? Israel é mais quente do que o Piauí. Gosto é do frio. E de cuscuz com ovo."

Melhor ficar em casa com os passarinhos, regando as avencas e esperando que Brenda chegasse com um quadro novo. Ele já não sabia onde pendurar tantos.

Mas ele era um resistente. A resistência se manifesta de muitas formas. Um regador nas mãos certas pode equivaler a um fuzil.

II

O ano de 1973 começou e Hana se valeu de todos os argumentos possíveis para que Boris a acompanhasse a São Paulo em janeiro. Szymon disse: "Sabe, aqui parece que ele está marcando passo."

Hana já tinha o histórico escolar em mãos e conseguira uma vaga no Colégio Bandeirantes para ele. Dispensando a ajuda do pai, comprara um apartamento nas Perdizes, e estava feliz com a possibilidade de acolher e orientar o irmão.

"Venha para cá, seu bobo, ou me diga o que há de errado com você. Veja bem, daqui você pega um ônibus na esquina, atravessa a Paulista e chega lá. Logo vai ter amigos novos, gente do mundo todo."

Mas ele parecia ausente ou dizia incongruências que não dava para dissociar daqueles cigarros fedorentos que fumava a três por quatro.

"Estive pensando, Hany. Para que preciso de amigos novos? Meu amigo novo sou eu mesmo. Nosso nome de família é Neuman. Ora, você mesma me ensinou que significa homem novo. Até do lado de *Ima*, o novo acena para mim. Veja só: Novinsky. Parece novíssimo, não é? Achei isso sozinho, Hany, ninguém precisou me dizer. Sei muita coisa. Às vezes acho que sei tudo."

Ela rebatia.

"Talvez certa fumacinha tenha ajudado essa sua semiótica de boteco. Mas nunca duvidei de sua criatividade. Só acho que está faltando garra. Está na hora de você reagir e mostrar que é um rapaz de valor, como todos sempre acreditaram."

Mas Boris divagava.

"Talvez meu lugar seja em *Eretz*, Hany, e não aqui. Vai haver logo outra guerra, foi o que me disse meu *madrich*. Por enquanto, é melhor que eu fique por aqui, o mundo está perigoso. Veja se a porta está travada sempre que for dormir."

Depois de uma pausa continuava.

"Estou cheio de inimigos, sabe? Todo mundo aqui está me olhando atravessado. Fico quietinho no meu canto, ouvindo Rick Wakeman, sem chatear ninguém. Depois estive pensando: do que adianta estudar tanto? Você é bióloga, professora, pesquisadora e tudo o mais. Pergunto: alguma dessas coisas vai trazer sua mãe de volta? Não vai. Veja papai. Szymon hoje é um homem rico. Tem casa aqui, em Itamaracá e já está com três filiais. Poderia até parar de trabalhar. E o que fazia lá na terra de vocês? Mecânico. Se eu falasse que queria ser mecânico aqui, todo mundo me mataria. Mas acho que o que eu quero é uma coisa assim, Hany. Penso só na paz, você me entende? *Shalom. Salam. Peace.* De repente, vou voltar para o kibutz. Fico lá ordenhando as vaquinhas e comendo as voluntárias escandinavas. Por que tenho de ser tudo o que não quero? Depois, as faculdades estão cheias de dedo-duro, de informantes do DOPS. Não fique chateada, Hany. Ainda vou para São Paulo, mas preciso melhorar da cabeça primeiro. Vou dar um cochilo agora. Feche bem a porta quando sair."

Então colocou os fones e foi ouvir Cat Stevens. Hana pensou: é tudo como o fundo do mar, sendo que Boris parecia ter seu predador dentro de si mesmo. Boris não era só um. Era um, porém partido em dois. Ou em mais. Tantos Boris, tantos do mesmo Boris.

III

Anita procurou Firmino nos locais habituais, mas não soube dele por algumas semanas. Teria voltado para o temido instituto correcional de que ele falava tantas barbaridades?

Numa noite de muita chuva e alagamento em várias partes da cidade, Terezinha foi até o quarto de Anita informar, muito a contragosto, que o rapaz estava na porta. Anita se empolgou e mandou-o subir para a varanda. Ainda ensaiou dizer que seria melhor que eles ficassem por lá quando ele a intimou, num tom que não dava margem a contestações, para que fossem até o quarto dela porque tinham um assunto sério a tratar.

Anita chegou a lamentar que tivesse passado pomada no rosto por causa das espinhas, mas agora já não havia como remediar. Se ele tinha tanta urgência, talvez tivesse vindo se declarar. E, esperava ela, se desculpar pelo sumiço prolongado, desde o encontro no colo da estátua dos seresteiros. Afinal, aquilo não era forma de se começar um namoro firme. Mal entraram no quarto, ele acendeu um cigarro e disse que estava precisando de dinheiro. Será que ela estava lembrada daqueles presentinhos para Boris? Pois bem, ele estava devendo grana ao fornecedor. E como algumas coisas tinham dado errado, precisava da ajuda dela. Anita disse que o que tinha mal dava para comprar um lanche para dois, mas que daria o dinheiro de bom grado, já que ele estava precisando tanto. O que era o companheirismo senão isso?

"Não precisa se fazer de otária. Isso aqui que você está dando e nada é a mesma coisa. Falo de dinheiro de verdade. Não dá para pegar emprestado de seu pai, não?"

"É claro que não", disse ela. Talvez com Brenda tivesse melhores chances, mas ela precisava de uma boa desculpa. Firmino falou num tom de voz neutro.

"Fui dar uma olhada com um pessoal a loja de teu pai, na rua da Palma. À noite não tem vigia, só uma porta corrida. Você sabe como é, se alguma coisa some de lá, o seguro paga. É só a gente pegar a chave, fazer um serviço rápido e limpo. Pego só alternador e motor de partida, que é o que dá dinheiro. Então o problema está resolvido. Ninguém perde. E aí eu vou poder te levar ao Encontro de Brotos. Ou a um clube de gafieira em Casa Amarela, o que é melhor ainda. Mas eu não posso me virar sem dinheiro. Depois, é claro, a gente devolve tudo, se o seguro falhar."

Anita ponderou, olhou-o fixamente e percebeu que Firmino tinha olhos que enxergavam longe. No fundo, o que era aquilo? Ora, ele encontrara uma forma indireta, muito astuta, apesar de oblíqua, de se declarar a ela. Era um gesto de carinho, pois era assim que falava o povo. Se ele fosse um burguês de Boa Viagem, não teria sido tão verdadeiro.

"Vou pensar no seu caso, viu. E se der certo, o que eu ganho?"

Firmino sorriu com metade da boca e fez que coçava a cabeça. Executado o toque de charme de telenovela da melhor forma que podia, emendou.

"Você vai ter o que gosta agora."

Com isso, puxou-a para si, ajoelhou-a e a fez engolir o pênis intumescido.

Foi nessa hora que Terezinha abriu a porta.

IV

Desde que viram duas vezes *Aeroporto*, no recém-inaugurado Veneza, Szymon e Brenda prometeram que voltariam mais vezes ao cinema. Naquele sábado, Samuel e Miriam chamaram-nos para assistir a *Uma casa sob as árvores*, que recebera boa resenha no jornal. Szymon estava indisposto e pensou em ficar em casa, mas cedeu. O filme era tenso, e inegavelmente belo. A música encantou Miriam que a traduziu durante o jantar, que se seguiu, na cantina Bella Trieste, no Parque Amorim.

A casa sob as árvores,
Terá somente janelas,
E um telhado,
Talvez...
Onde as andorinhas...

E parou. Parou porque o cunhado levou a mão ao peito.

"Continue, continue..." disse Szymon, pálido como um cadáver, o suor porejando em gostas na testa que começavam a brilhar. Sentindo que a situação saía do controle, ele pedia à concunhada que o distraísse, que o arrastasse daquele pesadelo que começava a tomar forma. Seria aquela pressão no tórax o prenúncio da morte? Quer dizer que perdera os pais e a mulher; que atravessara um mar imenso para colocar a filha a salvo e livrar-se de Hitler e de Stálin; e que agora ia morrer em família, cercado das pessoas que mais amava, no melhor momento da vida, diante de uma mesa posta? Se havia justiça, ele deveria ter uma nova chance. Ou deveria começar a recitar o *Shemá Israel* e obedecer sem resistência aos comandos coreografados do cunhado? E como consolar Brenda, cujo olhar de repente traía tanta dor e inquietação, como se uma culpa imensa a assoberbasse por uma fatalidade de que ela não tinha culpa?

Haviam terminado de comer e ele quase não tocou no prato. Samuel pedira para embalar o galeto e o que restou da farofa. Largaram lá mesmo o pacote.

"Você vem no carro comigo. O seu fica aqui, depois mando pegar."

Então deixou um dinheiro com o garçom que os acompanhou, aturdido, e tocou ao volante de um Corcel para a rua das Creoulas, ali perto, onde havia atendimento para urgências cardiológicas. Na recepção, enquanto preenchia uma ficha cujas letras dançavam sem fazer nenhum sentido, Brenda ligou em vão para o Dr. Nahum. Szymon foi recebido pelo Dr. Gilvan, que tomou todas as providências para evitar um mal maior. Ao que tudo indicava, ele infartara e o médico foi taxativo: fosse como fosse, era internação certa sem previsão de alta, se tudo corresse bem. Miriam traria uma muda de roupa para Brenda e cuidaria das crianças.

Quando Samuel Novinsky estacionou diante da casa de Szymon, percebeu que algo de anormal estava acontecendo. De dedo em riste, Terezinha se dirigia a um rapaz em andrajos e muito mal-encarado, que parecia jurá-la com um olhar de delinquente. Ao ver Samuel, contudo, este teve a impressão de que o rapaz desistiu de brigar e afastou-se da cena, sem correr, com o caminhar enviesado das hienas em retirada.

"Está tudo bem?", perguntou. "Tudo bem, seu Samuel, é que já estava tarde e o amigo de Anita não queria ir embora. Cadê dona Brenda?"

Samuel lhe explicou que Szymon tivera uma indisposição e que dormiria na clínica naquela noite. Anita e Boris poderiam ir com eles para casa. Ao ouvir o que disse o tio, Anita suplicou a Terezinha que ficasse ali aquela noite, queria conversar com ela, não queria ir para a casa dos tios, já não era criança.

A empregada concordou.

"E Boris?" Foi Anita que respondeu: "Boris agora vai todo sábado para a Federação Espírita, titio. Só vai voltar mais tarde".

Enquanto Miriam preparava uma sacola com roupas, Anita perguntou-lhe à queima-roupa se o pai ia morrer.

"Vai sim, como todos nós, minha filha. Só não precisa ser agora, concorda? Vai dar tudo certo, fique tranquila, foi só um susto."

Anita aquiesceu com ar obediente.

"Tio Samuel, quem vai abrir a loja na segunda-feira? Quem ficou com a chave? É verdade que não tem vigia à noite? Quanto custa um alternador?"

Samuel Novinsky se congratulou em silêncio pelos filhos normais que Deus lhe deu.

V

Foi só na tarde de domingo que Boris se sentiu em condições emocionais de ir até a clínica ver com seus próprios olhos o que estava acontecendo com seu pai. Era evidente que escondiam dele alguma coisa, que aquilo ia além de um mal-estar passageiro. Aliás, todo mundo ficava com segredos quando ele dava as costas. Assim, recebera na noite da véspera uma revelação bastante inquietante. O espírito do soldado Shavitt, o herói que morreu num desastre inominável na pira ardente do deserto, apareceu à mesa branca e disse que Boris devia aprender a ler os sinais que vinham de longe. Que estivesse pronto para travar muitas guerras e que sua família precisava dele.

Boris estava convencido de que não devia prestar exame vestibular em São Paulo. Hana rebateu ao telefone o desabafo de que era um lugar hostil a nordestinos como ele.

"Você não pode estar bem. Tenho na universidade tantos colegas nordestinos quantos paulistas. São Paulo é a maior cidade nordestina do Brasil, não se iluda. Temos bairros inteiros na Zona Leste onde pessoas que nunca botaram os pés aí comem carne de sol e falam com sotaque de Caruaru, seu bobo. Não sei quem anda lhe dizendo essas asneiras, francamente."

Ele ficava mudo ao telefone. Mas Hana voltava ao ataque.

"Mesmo quem não é de muito conversar, logo fica amigo de gente do país todo. Para não dizer do mundo. Judeus, armênios, japoneses, italianos, gregos, lituanos, enfim, o que você imaginar tem aqui. E cada um vive como quer, com quem quer, da forma que quer", disse ela, mal sabendo o quanto esses predicados revolviam a cabeça do irmão, angustiando-o mais ainda.

"Preciso desligar, Hany", e batia o telefone antes que ela pudesse dizer mais alguma coisa.

Agora, para piorar, era informado de mais essa notícia ao chegar em casa: o velho Szymon estava no estaleiro. Era a primeira vez pelo que se lembrava. O pai não combinava com doença, pelo contrário, sempre se mostrara tão vigoroso. Seria este mais um sinal de que seu lugar era no Recife? Que seu destino estava em jogo naqueles dias, disso ele não tinha razão para duvidar. Era sobre isso que falara o soldado Shavitt, quando disse que se o destino quiser que se opere uma cura, quer chame-se o médico ou não, você estará curado. O contrário também era verdadeiro. Quem era o Cícero de quem ele falou? Podia ser o padre de Juazeiro do Norte? Se fosse, como Shavitt sabia da existência dele? Não era esta uma prova do seu brilho?

Na noite em que Szymon caiu doente, Boris se recolheu ao quarto e resolveu fumar um cigarro de maconha para relaxar. Bem ali ao lado, Anita berrava com Terezinha, aparentemente chorando, o que o levou a colocar o som numa altura ensurdecedora. Era a vantagem de não terem vizinhos de rua. Subindo na cadeira de rodinhas, e com cuidado para não machucar o joelho que lhe pregara uma peça em Israel, apalpou atrás dos livros e sentiu que o revólver que comprara de um vigia continuava lá.

"Tranquilo, seu Mané Coruja, não vou sair por aí atirando. É só para minha defesa mesmo. Meu povo é caçado como raposa. Voltei recentemente de Israel. Lá até criança brinca com uma metralhadora M-16. Montei guarda à noite como o senhor. Tinha ordens de atirar em quem chegasse sem dizer a senha. Tínhamos um *bunker*. É um lugar onde ficavam os velhos e crianças quando havia perigo. Eu ficava na porta em alerta. Uma noite, vi um vulto. Pedi a senha. Parece que ele nem entendeu minha pergunta. Daí, disparei. Ouvi um grito. No dia seguinte, tinha um rastro de sangue na areia que levava à aldeia árabe. Devia ser um egípcio. Eles quiseram me dar uma medalha, mas aí precisei voltar. Pode me vender tranquilamente, mas não diga onde eu moro."

Fechou a porta à chave, escorou-a com a cadeira e não tardou a adormecer. Precisava mesmo tomar aquela medicação prescrita pelo Dr. Lucena? Fazia isso em consideração a Hana, que o levara a ele.

Foi só depois de comer um bife com ovo, farofa e arroz branco que Boris foi até o hospital. Era uma casa meio acanhada, alva de cal e de janelas verdes, quase na esquina da avenida Rui Barbosa. Boris foi ao pequeno jardim do pátio e dali olhou pela janela o interior de um quarto. Lá estava Szymon adormecido, de pijama azul, cabelo assanhado, e com um tubo no nariz. Pelo braço, recebia o soro que pingava de um vidro grosso, de cabeça emborcada. Brenda tinha o olhar perdido, nem sequer se dava conta de que era observada.

Então era aquilo.

Primeiro, os nazistas. Depois, um país novo e a obrigação de vencer na vida para sustentar a família. Tivera uma filha legal, e outra que era uma negação da superioridade da espécie primata. Tinha ainda Brenda que vivia para sua arte e ele, Boris Neuman, que deveria ser seu orgulho. Deveria, mas que talvez já não fosse. Pelo menos até que não lhe reconhecessem a genialidade.

Agora estava Boris ali, vendo aquilo, sem nada poder fazer. Por que o soldado Shavitt não fora mais concreto nas advertências? Ao se dar conta do quão a vida é frágil, Boris jurou que não ia mais sentir dor ou sofrimento. E que encararia tudo o que tivesse de acontecer como se fosse um filme que não lhe dissesse respeito.

Padecer das agruras da condição humana era para almas pequenas. Ele seria grande. À sua maneira, é claro.

Capítulo 9

Ítalo, sei que você vai achar graça, mas li no Twitter que amanhã a Terra pode colidir com Nibiru, um planeta misterioso. A existência dele parece estar documentada desde os tempos dos sumérios, já pensou? Essa pode ser nossa última conversa. Ria, pode rir, não precisa se segurar. Impressão minha? Que seja. A caminho daqui, vinha pensando: o que uma informação dessa não teria feito de mim em outros tempos? Então, fui vasculhar os sites enquanto esperava na salinha e vi que, apesar das controvérsias, se a colisão acontecer mesmo, o choque significa a destruição de nossa casa, a mais bela do sistema solar. Com o choque, imagine a Terra rolando no espaço como uma bola de bilhar, totalmente sem rumo, puxada pelas órbitas gravitacionais de grandes e pequenos corpos celestes. Imagine ela se dividindo em meteoros de todos os tamanhos, cada um carregando o código genético de gente que viveu aqui há milhares de anos, direto para a superfície de Júpiter, até os anéis de Saturno, quem sabe até tão longe quanto o rebaixado Plutão. E isso, cara, vou confessar, estranhamente me conforta. Porque o pior da morte talvez seja saber que a gente segue solitário na estrada, com os vivos rindo da nossa cara. Agora não vai sobrar ninguém. Ninguém falou a que horas vai acontecer o choque, mas pode ser a qualquer momento. Se for até às dez da manhã, vou estar no aeroporto. Nas horas seguintes, voando entre São Paulo e o Recife. Se não puder pousar, talvez o piloto vá ao limite da autonomia até achar uma superfície plana. Mas vai ser difícil porque o caos vai reinar aqui embaixo e ele não vai achar o horizonte digital no painel da cabine. Então, vamos mergulhar de nariz ou escorregar sobre uma das asas. Já se for entre a tarde e a noite, vou poder ver o fim dos tempos num bar da Boa Vista, talvez na varanda do velho Hotel Central. Ou posso ir até o apartamento que era de meus pais ficar com a alucinada de minha irmã para ver a grande evaporação do mar, a formação de um paredão de água parecido com o do filme Krakatoa, o Inferno de Java. *Ou, ainda, vou sentir os tremores no chão lá naquele Alto onde tentei salvar a humanidade. Em que vou pensar na última hora? Melhor nem dizer. Nada impede que, diante da fatalidade, eu veja o lado bom das coisas. A colisão com Nibiru vai causar a morte mais democrática possível. Imagino Putin sendo levado para um bunker na periferia de Moscou, na tentativa de o protegerem do desastre. Nessa hora, onde estará Meryl Streep? Em quem ela vai pensar quando a televisão noticiar: Colisão em 4 minutos. Posso até ver Trump ajeitando o cabelo para dizer em rede nacional que os americanos precisam rezar e que ogivas nucleares já foram disparadas em direção ao alvo, numa última tentativa de destruí-lo. Vai dizer que é uma triste herança da era Obama, que não tomou as medidas preventivas enquanto era tempo. Já pensou? De minha parte, vou perder coisas boas, a começar pela biblioteca, onde tinha guardados 200 títulos para a velhice. Por que não os li mais cedo? Faça as coisas agora, meu rapaz! Lamento especialmente por* Moby Dick *que Hana falou que é maravilhoso, ela que parece ter uma adoração por baleia. Agora, não fosse isso, eu era capaz de apostar que ainda teria pelo menos mais uns 10 anos de vida pela frente. Sentirei falta de Hany que, aos 73, vai pensar nos festivais de cinema perdidos. Quanto aos meus filhos, prefiro aceitar que não posso fazer nada, por uma vez na vida. A bem da verdade, eu já estava mesmo preparado para o pior, e até que o rescaldo me surpreendeu para melhor. Estela, pelo menos, deixou de lado os cachorros e parece que cansou de tanto limpar bosta de um e de medir a glicemia do outro. Carlinhos vai se esgoelar para que a mãe diga que é tudo mentira, que nada daquilo está acontecendo, que o ombro dele está quebrado, que ele precisa de colo. Quanto a Diana, talvez se esbalde numa orgia num galpão da Barra Funda. Não vou pedir desculpas a ninguém nem vou virar religioso de ocasião porque a cota do meu misticismo está bem-cumprida. Tenha tudo isso o desfecho que tiver, vou aproveitar esse resto de dia para listar as muitas chateações de que vou me ver livre, se tudo acontecer como os videntes estão dizendo. Nunca mais mulher alguma vai me repreender pelas pequenas desordens, por grudar chiclete embaixo da mesa de cabeceira. Nunca mais vou ter de fazer nenhum exame clínico chato. Hoje vou poder comer fruta sem me preocupar em escovar os dentes e vou ficar livre do trânsito do Recife, da expressão cínica do político alagoano na televisão e das cavilações da imigração americana que me faz perguntas fora de propósito toda vez que chego lá. As bombas da Coreia do Norte vão ser reduzidas a um experimento infantil, quase ingênuo. Nas aldeias africanas, as pessoas vão morrer dormindo, alheias à catástrofe. E irão por terra os planos da China de rasgar as tais Rotas da Seda. O lado bom é que todos os religiosos de verdade vão entender que rezavam para uma só divindade e que o castigo supremo está a caminho, indistintamente. Em algum lugar da Califórnia, um grupo de pessoas vai receber Nibiru fumando maconha e vai rir quando os primeiros roncos rasgarem o chão e um paredão de água aparecer no horizonte. O lado frustrante desses exercícios, pelo menos para muita gente que se deixa levar longe demais pela imaginação, é que, caso nada disso aconteça, como não aconteceu até hoje nenhum de todos os Apocalipses anunciados, como será? Ora, vamos continuar expostos a tudo o que nos faz infelizes. Se a Terra continuar girando em torno do próprio eixo no domingo, devo me preparar para chamar a faxineira. E quanto à guarita do edifício de Nancy, lá vai estar o zelador desprezível que é valente com os garis da rua, mas vira um rato diante da síndica. Pode ser que qualquer hora dessas eu precise entrar numa daquelas máquinas de exame em que você não pode se mexer, como se fosse um morto-vivo. Sabe o que digo para mim mesmo? Console-se, Boris, porque ainda poderemos colidir com Nibiru. Logo, nossas chances estão vivas. Então, faço as contas porque sem os números eu não vivo. E concluo que, sendo hoje 22 de setembro, se passaram 11 dias de calendário mensal do 11 de setembro que marcou a escapada a Nova York com Audrey. Entre hoje, 2017, e ontem, 2001, lá se vão 16 anos. Ora, 11 mais 16 fazem 27. Vinte e sete, tirando os 9, dá zero. Já se a colisão for amanhã, 23, e daí resultar o número 1, o da unidade, já vi tudo. Isso não vai, pois, dar em nada e estou condenado a viver.*

I

Nenhuma família lida bem com o momento em que é confrontada com a fragilidade de seus entes queridos. Diante do interesse gentil, muitas vezes sem malícia que lhe hipotecam amigos e conhecidos, pais e parentes enrubescem e tentam sair pela tangente. Ora, bem sabemos que toda família tem direito a fazer suas apostas, a eleger seus cavalos vencedores, e a neles depositar as esperanças de viver grandes dias. Sonha acordada em vê-los realizados, quando não consagrados nos domínios escolhidos. Muitos já os projetam como estadistas, construtores de barragens no percurso de rios caudalosos, neurocirurgiões e até jogadores de futebol – com casa em Ibiza, avião privado e uma legião de asseclas e amigos.

Quando os experimentos vão por água abaixo, e correm à boca pequena os rumores de que algo não vai bem, logo se esvai a espontaneidade do trato, diminuem as palavras e crescem os gestos. O medo de pisar em terreno minado faz todo mundo se comportar com cautela excessiva e, só ao se despedirem, percebe-se o que vinham pensando de fato durante todo o encontro.

"Fique bem, torço muito por você"; ou "Seja forte que Deus zela por todos nós", enquanto apertam a mão uns dos outros com força. Ou ainda: "Continue firme porque só quando estamos bem, podemos ajudar quem precisa. Sei como é isso", e lá vem um abraço, na tentativa de criar um vetor de empatia que dilua constrangimentos e sirva de consolo efetivo. A maioria da humanidade é formada por boas pessoas, mesmo que algumas tenham dificuldade de expor os melhores sentimentos.

Há, evidentemente, aquelas almas indecentes que se comprazem com a desdita alheia da mais odiosa das formas, que é por meio de uma solidariedade de fachada, sádica e cosmética. Brenda jamais esqueceu a mulher de um deputado que teve a desfaçatez de abordá-la com malícia.

"Sei que o Deus de vocês é outro e que vocês levaram o Cristo à cruz, Brenda. Mesmo assim, saiba que lá em casa todos estão orando pelo seu filho desde o sucedido. Tenho certeza de que ele ainda lhe dará grandes alegrias. Aliás, você tem uma pele tão bonita. Você teria um dermatologista de confiança para me recomendar?"

Fosse como fosse, bem a seu ritmo, Boris vinha se recuperando da depressão. E embora as pessoas fossem se lembrar por muitos anos dos fatos que deram publicidade à recidiva de sua enfermidade, nada é irreversível, à exceção da morte. Retomar o bom curso da vida era, contudo, bastante desafiante, e não saía da cabeça de Brenda a imagem de que se valera o marido para explicar a situação.

"Nosso filho ainda vai ser um grande homem. Por enquanto, o que nos resta é viver da melhor forma possível e, devagarzinho, colocar a pasta de dente de volta dentro do tubo. Uns dizem que é impossível. Que motor onde entra água, avariado está. Mas por alguma razão, somos fortes."

Acusado de tentativa de homicídio num dos dias mais fatídicos da história recente do Recife, os Neuman precisariam de recuo e serenidade para absorver o impacto daquele fato isolado. O que fora uma depressão aparentemente superável, podia trazer consequências terríveis para a vida de Boris e eles se condenavam de não ter se antecipado aos acontecimentos. Mas como poderiam?

II

Da parte de Szymon, ele parecia de uma vez por todas determinado a ser feliz, um estado de alma que raramente integra o ideário dos homens de meia-idade, para quem, no geral, as grandes cartas já foram jogadas e todo movimento é meramente inercial, pois só se colhe o que foi plantado e o terreno para o bem ou para o mal já não se presta para replantio.

Mas Szymon vinha, ano após ano, expandindo os negócios e agora estava presente nas principais capitais do Nordeste com grandes lojas de autopeças. Depois do infarto, que o médico dissera ter sido grave, Szymon acatou sem reservas as recomendações para que mudasse de estilo de vida. Foi assim que abraçou a nova oportunidade que o destino lhe dera para investir na saúde.

"Meu corpo é minha casa", começou a dizer. Apesar de seu apego à praça Chora Menino, aceitou o conselho do amigo Leão e mudou-se para Boa Viagem. Toda manhã, quando o sol ainda não aparecera de todo, Szymon já estava na areia da praia a caminhar vigorosamente entre o edifício Jacarandá e a pracinha da igreja.

Foi assim que em pouco tempo os negócios se beneficiaram da mente agora mais arguta, agradecida ao corpo pelo bom trato que lhe era dispensado. Como acontece com todos que sobreviveram a grandes provações depois de sentir de perto o hálito da morte, Szymon se tornara sentencioso.

"Nosso corpo produz todos os medicamentos de que precisamos. Meu amigo Asfora cita um ditado árabe: a solução de todo problema começa com uma caminhada. Vida é movimento."

E emocionava-se com a descoberta da verdade absoluta que jazia por trás dos provérbios singelos, mesmo que patrocinados por beduínos iletrados, filhos do deserto.

O ar iodado e os cheiros da maresia e dos sargaços bombeavam lufadas para os pulmões e sentia, acima de tudo, que investir em si mesmo era uma das poucas variáveis da vida que estava a seu alcance controlar. O que poderia fazer pelos filhos que já não fizera? De que valia lhe rememorar como as coisas poderiam ter sido diferentes em Budapeste? Ao cruzar com o médico José Fernandes, madrugador como ele, colhia de bom grado os elogios de praxe.

"Estou gostando de ver, pensei que fosse Omar Sharif em visita ao Recife."

Isso feito, subia para um banho frio, comia torradas com margarina, um mamãozinho, fatias de queijo branco e chá, e só então saía para o escritório.

Nessas horas, Brenda muitas vezes estava apenas acordando. Abrindo as cortinas, ele comentava: "É mau negócio trocar a noite pelo dia, minha querida. Não sei como você aguenta chegar tão tarde. Suas amigas deviam entender que a revolução de verdade começa pelas nossas vidas, e não pela música de um baiano qualquer." Até nos comentários, Szymon emulava a alma dos pernambucanos.

Depois disso, seguia para o centro da cidade. Quando tinha fornecedores do Sul, ia ao Galo d´Ouro para o almoço e Gaudêncio lhe trazia uma salada de palmitos com peixe grelhado. Sua bebida era água mineral Serra Branca, de Garanhuns, que dizia ser comparável à húngara que se bebia na torneira em Szentkirályi. Szymon tinha preocupações como todo mundo, mas não se desesperava.

Por temperamento, muito empresário não consegue delegar poderes. Sob pretexto de que não podem afrouxar os procedimentos, temendo serem roubados por funcionários, centralizam os controles a ponto de paralisar a autonomia dos gerentes, o que termina desagradando os clientes. Mas desse mal Szymon não padecia. Se não começara no Brasil propriamente por baixo, visto que já chegou para trabalhar numa retífica conceituada, aprendeu, quando ainda mal falava o português, que o segredo do sucesso no Brasil é a simpatia. O brasileiro era um ser humano intrinsecamente bom. Quando bem-tratado, devolvia à altura.

Conversando a respeito com Brenda, a mulher rebatia com sua verve habitual.

"O que você está dizendo é universal, meu querido. Qualquer ser humano vai retribuir um sorriso." Ele não se animava a abrir uma discussão sobre isso mesmo porque talvez lhe faltassem as palavras mais adiante para argumentar. Mais um pouco ele dizia: "Não é assim, Brenda. Pegue o húngaro, por exemplo. Não é um povo que goste muito de estrangeiro de forma geral. E aqui não estou falando de nós, os judeus. Não, é geral. Lá, eles falam uma língua que não se parece com nenhuma outra. Vieram de um lugar que ninguém sabe onde é. Têm hábitos que nenhum outro povo tem. E uma história de guerra que tornou as pessoas meio ariscas. Aqui nosso povo é doce."

Brenda sorria quando ele falava assim, cantarolando as sílabas.

"Sabe do que eu mais gosto? É que quando você fala dos húngaros, você diz *eles*. Isso quer dizer que você se considera daqui."

Ele sorria.

"Mas é claro que sou daqui. Onde está minha família? Onde estão os negócios? Ainda quero trabalhar muito para ajudar essa gente. Eu sempre disse que preciso merecer meu destino. Veja Hana. Estudou numa ótima universidade e nunca pagou um tostão. É um país de gente de ouro."

Na empresa, Szymon pagava bons ordenados, acima da média do setor. Seus funcionários recebiam 14 salários e um bônus que podia valer mais um. Até Leão, amigo e concorrente, brincava com ele.

"Rapaz, todo húngaro que conheço fugiu do comunismo para ganhar dinheiro. Você é o único que fugiu para exportar o comunismo e distribuir a grana. Todo mundo quer ir trabalhar na Neuman. Como é que vou fazer?"

Ele respondia ao amigo na mesma moeda.

"Estou trabalhando para você, na verdade. Logo teremos de fazer negócio e vocês ficarão com tudo. Meus herdeiros não querem saber das lojas. Tiveram pai rico. Já os seus gostam do ramo. O que precisamos fazer é pedir mais prazo aos fornecedores de São Paulo. Temos de dar fôlego para nossos clientes, o ritmo no Nordeste é outro."

Todo homem se regozija com a sensação de pertencimento. Mas quem vem de longe, tangido como rês apedrejada, valoriza, mais do que ninguém, o dia em que se sente membro de uma comunidade. O mundo judaico do Recife dos anos 1970 encerrava todas as maravilhas de um idílio tropical, e Szymon se sentia movido à bateria solar no enfrentamento dos problemas que surgiam, um deles especialmente pungente.

III

Boris não quis sair do bairro da Boa Vista. Alegava que a vizinhança do mar era perigosa, pouco importando que os pais morassem num andar alto. Uma voz abalizada o tinha dito – a do soldado Shavitt, que quase lhe murmurou o alerta ao pé do ouvido.

Brenda se irritou quando Szymon perguntou se o soldado desventurado, cujo espírito atormentava o filho, lhe passara a mensagem em português ou se descrevera o dilúvio em hebraico, já que era *sabra*.

"Não faça ironias com seu filho, isso não combina com você."

Segundo o guia espiritual de Boris, o dia chegaria em que uma verdadeira parede de água assomaria no horizonte e varreria do mapa os edifícios da zona sul da cidade. E elaborava uma tese a que não faltava imaginação.

"Haverá um terremoto nas Canárias, da magnitude daquele que devastou Lisboa. O mar vai recuar 1 quilômetro e os peixes vão ficar saltando na areia. Então, uma onda gigante vai aparecer e derrubar o prédio de vocês como se fosse uma caixa de fósforo."

Szymon balançava a cabeça, mas entrava no jogo.

"Poxa. Os surfistas que ficam na frente da padaria é que vão gostar. O que vai acontecer com os outros bairros da cidade?"

Boris dizia que todos seriam castigados. Os edifícios quebrariam a grande onda e a água se espalharia pelas partes baixas causando estragos. Ainda assim seria um dano menor do que o infligido aos edifícios que receberiam o impacto direto.

"A água sempre esteve presente na história da cidade, papai. Já não falo nem dos rios que nos cortam. Basta ver o nome dos bairros: Água Fria, Afogados, Caixa d'Água, Bomba do Hemetério, Poço Comprido..."

Assim, sendo a casa térrea muito grande e vulnerável, resolveu que alugaria um apartamento na rua Gonçalves Maia, na vizinhança do consulado dos Estados Unidos, a seu ver uma garantia de segurança.

"Se os *marines* vierem resgatar o Cônsul de helicóptero, pego uma carona e termino em Washington."

Szymon coçava o queixo e levantava os olhos em direção ao teto, não encontrando o que dizer.

Foi mais ou menos por essa época que, tendo saído do consultório do terapeuta, que funcionava numa casa bucólica do bairro de Casa Forte, Boris se distraiu e perdeu a entrada que o levaria à farmácia, onde comprava regularmente os remédios de prescrição restrita que o estabilizavam. O Recife tinha sofrido uma enchente terrível na semana anterior e, a duras penas, a cidade retomava a normalidade naquele julho molhado de 1975. Sentindo-se aliviado, e ainda ruminando a conversa com aquele homem amigo que o entendia tão bem, houve por bem ir ao centro da cidade.

Estacionou o carro de segunda mão que Szymon lhe dera.

"Só aceito se for usado, pai. Um novo chama muito a atenção."

Saltando na praça Adolfo Cirne, foi à Livro 7 comprar um livro de Cortázar que vira na estante do médico. Como sempre, aproveitaria para ver as novidades em suas áreas de interesse que eram a informática e o fascinante universo dos microrganismos, sobre o que vinha lendo muito ultimamente, e tema recorrente na voz do soldado Shavitt.

Acharia o remédio ali perto, pensou, e voltaria para casa a ponto de tomar banho, comer alguma coisa e ir para a loja. Três vezes por semana, só começava na parte da tarde, o que lhe dava tempo com sobras para cuidar da vida. Na esquina das ruas Oliveira Lima com Gervásio Pires, Boris já percebera que havia algo estranho.

Então, ao estacionar perto da Faculdade de Direito, aconteceu *aquilo*.

IV

Quando mataram Barata, o que terminou frustrando a planejada tentativa de assaltar a loja de Szymon, Anita chamou para si o papel de viúva. Descobriu que ele fora enterrado numa cova rasa num pequeno cemitério de Olinda. Esteve lá com flores e chegou a lhe dedicar um poema que levou para a irmã dele como última homenagem, junto com um dinheiro que a mãe lhe dera.

Ao levantar o assunto à mesa do jantar, ignorando as advertências da mãe para que poupasse as coronárias de Szymon do assunto desagradável, não hesitou em acusar os pais de cúmplices de um crime hediondo. Afinal, quando Barata jogara ácido nos olhos de Terezinha na parada de ônibus para se vingar da descompostura que levara na noite do infarto do patriarca, fora a própria Brenda quem prestara queixa à polícia, condição inapelável para a elaboração do boletim de ocorrência.

Barata foi preso dias depois e, da cadeia, mandou recados para Anita com votos de amor e pedido de socorro na contratação de um advogado. Por muito que ela gostasse de Terezinha, que agira em sua defesa, ela estava disposta a depor contra a empregada para aliviar a pena do amado.

Morto na prisão, e dono de um extenso prontuário para quem tinha só 21 anos, nada convencia Anita de que ele não era uma vítima.

"Por que ele foi bater numa cova rasa, jogado num caixão barato? Porque o Brasil é um país de merda. Recebe com passarela vermelha quem vem de longe, quem pertence a outros mundos e sobreviveu a outras guerras. Não estou dizendo que isso esteja totalmente errado. Afinal, o mundo é uma coisa só. Se ainda não é, será. Nem que seja por conta de um asteroide que despenque sobre nossas cabeças e tire o planeta do eixo. Nem que seja por causa de um bichinho que a gente transmita uns para os outros e empedre nossos pulmões, como diz Boris. Um dia, seremos um só povo – por bem ou por mal. Mas não é justo que um lascado como Firmino, filho de pai desconhecido e de mãe sifilítica, não tenha direito a uma vida decente. Direito a pelo menos uma igualdade de chance na partida. Por que o Colégio Israelita nunca abriu uma quota para o pessoal dos mocambos? Acaso pardo não consegue aprender hebraico? É por que eles não têm o pinto cortado que não merecem uma oportunidade? Aí vêm para o Recife pessoas de um país que nem existe mais, tipo a tal Bessarábia, que ninguém nem sabe dizer direito onde é - só sabem que fica no cu de três países do sovaco da Europa-, e tomam conta do pedaço. Chegam num porão de navio num ano, vão morar na rua da Glória no seguinte, depois compram uma casa e, quando menos se espera, estão com lojinha na rua do Aragão, um filho na faculdade, uma boa poupança e uma casa em Itamaracá. O cara que lavava o primeiro carro dele vai continuar lavando carro duas gerações adiante, se não for morto pela polícia antes. No Brasil, só se ajuda quem não precisa de ajuda. O jardineiro ganha uma miséria e o carroceiro que junta móvel velho, na praça Maciel Pinheiro, tem a expectativa de vida de um negro de Biafra. Os necessitados de verdade não têm quem fale por eles porque ninguém dá crédito a quem chegue falando errado, com a boca faltando dente ou que tenha cabelo pixaim. E, então, porra, vocês não vão dizer nada?"

Brenda, em seguida, contornava a mesa e ia dar um abraço na filha, que ficava sentada, impávida, de olhar fixo no prato, as lágrimas descendo, pingando sobre o talher.

"Minha filhota, que alma de ouro você tem. Você não é deste mundo."

Szymon que entendia quase tudo do que ela dizia, tinha uma espécie de orgulho da filha. Talvez nunca pudesse admiti-lo de viva voz porque ele sabia que a ideologia é como uma doença autoimune. O organismo faz mal a si mesmo, sob pretexto de combater o inimigo. Mas providenciaria para que nunca lhe faltasse nada.

Com a eclosão do movimento estudantil e a repressão a passeatas que pediam o fim da ditadura, Anita precisava achar sua própria trincheira. Como não era mais estudante havia quase 3 anos, reduzida que fora a mera espectadora das aulas do Carneiro Leão, e ocasional frequentadora da Sociedade Brasil-Estados Unidos, onde faltava duas aulas em cada três, sentiu que sua legitimidade no universo da contestação aos poderosos tinha de tomar outros caminhos.

Namorar um operário, um trabalhador braçal, um comerciário ou um cobrador de ônibus passaria a mensagem inequívoca de que tinha lado. E este lado era o do povo. Já perdera um companheiro nas lides da guerra sem quartel contra a burguesia. Mas agora triunfaria ao lado de um oprimido, cujo sofrimento ela redimiria com a força do fervor revolucionário.

Quando o conferente Valmir viu a filha do patrão se aproximar e pedir que ele a levasse ao tobogã da rua da Aurora, ele disse que não tinha dinheiro para isso. Ela respondeu que aquilo jamais seria um problema e, olhando para os lados, sussurrou que ninguém precisava saber.

Anita conseguia ser linda quando se permitia.

V

Foi na casa da amiga Janete que ela o conheceu. O homem sem nome – como gostava de chamá-lo para não se deixar trair por um ato falho diante das amigas e, Deus a livrasse, sobretudo de estranhos –, era um médico bem-sucedido que se formara no Rio de Janeiro. De volta a Pernambuco, fora dos primeiros a descobrir as delícias de Gravatá, onde tinha uma casa onde ninguém ia durante a semana.

"Nos anos que morei no Rio, eu me acostumei a ir a Correias. Tinha um colega de turma que hoje é pneumologista e que construiu uma casinha lá. Então, fiquei fascinado pela Serra. Eu morava em Copacabana, tinha mais ou menos o que temos aqui. Mas uma casa no frio muda a proposta de lazer."

Falando a respeito do haras a uma decoradora, ele reforçou a intenção de lhe dar uma feição de casa de campo nordestina, e não a de um chalé suíço estilizado. Olhando para Brenda que acompanhava aquele homem desenvolto, de fala fluente, perguntou se ela já fora à cidade serrana.

"Só de passagem, quando ia a Garanhuns com minha mãe. Gravatá, na verdade, não conheço. Para mim, é só a pista da estrada, ladeada por loteamentos."

Cavalheiro, ele disse que teria grande prazer em recebê-la com a família para um passeio a cavalo.

"A casa está sempre aberta aos amigos. E aos amigos dos amigos. Tem espaço para todo mundo." Brenda agradeceu.

"Doutor, tirar meu marido do Recife para um programa de lazer é uma proeza. Já bastam as muitas viagens que tem de fazer a São Paulo a negócios. Mas agradeço pelo convite."

O cavalheiro foi rápido: "Tire esse doutor, por favor, Brenda. E não hesite em ligar se eu puder ser de alguma valia."

A ocasião se apresentou quando Anita apareceu com problemas de pele, o que Brenda chegou a pensar se tratar de acne. Marcou uma consulta à revelia dela e ele constatou que era uma escabiose.

"Por onde anda essa mocinha, que parece saída de uma página da Bíblia?", perguntou.

Prescreveu uma pomada e, à consulta de retorno, Anita não compareceu, o que não era incomum. Surpresa? Nenhuma! Era um típico desleixo dela para consigo e com os outros. Alegou, para justificar, uma prova inadiável. A sós com o médico, aproveitaram o tempo para conversar amigavelmente.

"Há males que vêm para o bem, Brenda." E ficaram se olhando.

Dias mais tarde, ela aceitou um convite para que pegassem a estrada no meio da tarde e fossem a Gravatá ver um cavalo recém-chegado ao haras. Com o coração acelerado, lá se foi ela ouvindo Schubert, sem saber o que dizer. Pior ficou quando ele serviu-a de vinho e, depois de sorrir, disse um indecifrável.

"Agora me diga o que faço com você..."

Dali em diante, os encontros se tornaram periódicos. A relação estava boa assim. Nenhum dos dois falava em romper com os cônjuges para viver um amor. Ele era até muito bem-casado e ela também. Talvez não houvesse homem na Terra que ela admirasse tanto na simplicidade e no feitio da alma, como admirava o seu Szymon. Não sabia se a experiência de um relacionamento extraconjugal era nova para o médico. Era provável que não fosse, mas ela estava feliz e, por um momento, sentia-se exclusiva. Tomava todas as precauções possíveis para que a notícia do namoro não se espalhasse para além de duas confidentes.

A única evidência que tivera de que seu intento fizera água fora quando a mulher do deputado lhe fez o comentário capcioso. Ali percebeu que a relação não estava tão secreta quanto teria desejado.

Mas há estágios em que a confidencialidade preocupa muito pouco os amantes.

Capítulo 10

Vamos entrando, amigo Szymon, vamos entrando, baruch haba, *como dizem os seus, boas-vindas ao que chega. Saiba que este escritório sente-se honrado com sua presença. É uma distinção que só comparo à que me deu o Governador, que se sentou aí mesmo, à procura de luz para a treva que é a cascata tributária deste país. Um dia ainda assistiremos a uma guerra fiscal, a um vale-tudo entre irmãos nordestinos. Mas vamos sentando que Edileusa vai preparar os cafés. O meu com três gotas de adoçante e o seu puro, pois assim prefere, o que, aliás, é a forma certa de se tomar o que se chamava, em meus tempos de menino, de "negra rubiácea". Já vi que não entendeu, mas não se preocupe. São digressões de que não perco o hábito, cacoetes de um velho intelectual que leu Dante aos 8 anos e chorou com Petrarca aos 12. Ou foi o contrário? Já não importa. Saiba que sua visita me restaura o que os franceses chamam de* bons esprits, *aquela alegria de conviver, a* joie de vivre, *de prosear, de ensinar e aprender, que é a base da amizade. Deixe eu começar dizendo por que pedi que você viesse até aqui, e por que não quis responder por telefone, como o amigo sugeriu. Veja, vivemos tempos em que as pessoas estão enxeridas, a ponto de desrespeitar o espaço sagrado das conversas privadas. Quando vi que sua consulta dizia respeito a Boris, e tendo ele sido objeto daquele inquérito militar ridículo, achei que merecíamos uma conversa pessoal.*

Eis Edileusa que nos chega com os cafés e que fará a gentileza de fechar a porta e suspender todas as chamadas, absolutamente todas, nem que o Governador me convoque à linha. Bem, quando do infortúnio de Boris, felizmente já superado no âmbito legal, suponho, tive a honra de lhe indicar um bom advogado na pessoa de Rui. Se meu ramo do Direito não me autoriza a arrolar questões penais, queria que soubesse que tampouco me qualifica para orientá-lo sobre o tema médico. Mas vamos aos fatos. Tenho pouco conhecimento desse domínio. Mas, se entendi bem, o amigo quer saber o que penso da psicanálise que foi recomendada a Boris pelo Dr. Escoriel, pois não? Não entendo dessas enfermidades, se é que podemos chamar assim o transtorno que o acometeu num dia malsinado em que todos nós estivemos num transe, não foi? Sei que o amigo acha, como já me disse, que a experiência dele em Israel não teria sido das mais iluminadas, muito embora eu tenha me extasiado na Terra Santa e sonhe em voltar a Jerusalém. Apesar de ser agnóstico, achei a cidade uma joia só comparável a Cusco, que recomendo ao amigo visitar com dona Brenda. Ora, ora, senão vejamos. O que o Dr. Escoriel propôs é que, de par com um medicamento que apazigue a alma de Boris, que lhe permita dormir bem, alimentar-se com equilíbrio, que ele também tenha sessões da chamada terapia, pois não? Ao que me consta, o que eles fazem nessas ocasiões é o que estamos fazendo aqui: eles conversam. Imagino que Escoriel escute mais do que fale e deixe que Boris dê livre curso ao que lhe ocorrer. O amigo chegou a me perguntar ao telefone se havia uma ordem de assuntos e se faz sentido pagar para prosear. Sei que não indagou por economia. Até porque o amigo é tido e havido como tendo a mão aberta, contrariando o clichê que pesa sobre seu brioso povo. Pois bem, só posso dizer que, tal como você, acho estranho que se pague para conversar, mas parece que só assim as finalidades terapêuticas a que se propõe o tratamento podem frutificar. Na prática, imagino que Boris chegue lá e deite-se num divã. Não é por certo um deitar-se esparramado ou mesmo virado de lado, como alguns de nós costumamos adormecer. Deve ficar de olho no teto onde vê uma cor repousante que o faça sentir-se bem. Talvez até tenha estrelinhas e uma meia-lua pintada para dar o necessário recuo face à transcendência. Tivesse eu tal prática, e não a luta contra a tirania dos impostos, juro que não deixaria o teto nu. Então, o médico pergunta ao paciente como está passando. Ele vai contar como têm sido seus dias até que a consulta bata num ponto de inflexão. É, por exemplo, como se estivéssemos palestrando aqui e o amigo Szymon me falasse a palavra medo *ou* angústia *ou* dor. *Nessas horas, imagino que o bravo Dr. Escoriel peça para que Boris elabore as ditas sensações. Medo, por exemplo... medo do quê? Por quê? Desde quando? Então, Boris dirá que teme dias chuvosos – para pegarmos um trauma que nos afligiu aqui. Ele dirá que chuva é melancolia, e que melancolia o remete ao recolhimento, e o recolhimento trará a lembrança de determinado dia de sua infância em que amanheceu febril e, por hipótese, a mãe tinha saído e o pai estava em São Paulo, e naquele dia ele foi à janela e dali viu uma criança de sua idade passar alegremente de mãos dadas com o pai e a mãe, e isso o fez sentir-se só e abandonado. A que se deveria isso? Talvez a ciúmes, à insegurança, ao histórico da família, e sei lá mais por onde rastrear a meada. Quero dizer, é um jogo que não acaba nunca. Mas ao dizer tudo isso, ao colocar para fora impressões as mais descosturadas, ele se liberta da sensação que ficou represada sei lá por quantos anos. O mais curioso, amigo, é que o pai dessa técnica tão pedestre, tão simples, era um caudatário das mesmas águas em que você se banhou. Tendo vivido em Viena, o Dr. Freud foi uma espécie de vizinho seu, nos compartimentos desse vasto mundo. Confesso-lhe que não entendo que efetividade pode ter uma troca de confidências profissional que uma conversa, como esta nossa, não tenha. Que ingredientes sobram lá e que nos faltam aqui? Teria a disseminação do telefone, do telex, da televisão prejudicado as relações humanas a ponto de não encontrarmos mais prazer em cultivar os amigos pessoalmente? Pode ser. Duvido muito que nos tempos de meu finado pai, no Recife da virada do século, um psiquiatra de ofício se estabelecesse. A técnica, se alguma, por certo ainda não existia, mas mesmo que fosse de uso corrente em outras plagas, aqui não vingaria porque as pessoas conversavam. Lembro-me de meu pai colocar as cadeiras na calçada depois de sua sopa noturna e ficar tomando a fresca na companhia dos amigos por um par de horas. Hoje o cidadão não tem mais direito à privacidade. Se está num bar, eis que o garçom aborda-o no melhor do elã para dizer que alguém quer lhe falar. Do outro lado do mundo, o telex pode despejar, numa tira de papel, um informe de que acabou a Guerra do Vietnã há apenas umas horas. Convenhamos, há um não sei quê de bruxaria nisso tudo. É normal que você almoce vendo o mar de sua casa e, na mesma noite, já esteja vendo as luzes do Viaduto do Chá? Não, não é. Ora, meu caro, com esse esgarçamento de tecido, não me espanta que as pessoas precisem de apoio. O que propôs o Dr. Escoriel, cuja integridade e bravura estão acima de qualquer suspeita, é simples: ele é um amigo de aluguel. Lembra-se das* taxi-girls *que dançavam contra pagamento? Não sei se essa prática era comum nos salões austro-húngaros, mas eram de regra no Rio de Janeiro de meus tempos de estudante. Algumas eram muito prendadas e por ali mesmo ficava a relação. Portanto, console-se, a proposta de Dr. Escoriel é acompanhá-lo no salão de dança da vida. Numa hora será polka; em outra, o chá-chá-chá; depois, rumba; um dia, a valsa ou até o maxixe. Se o bem é questionável, mal não pode fazer, pelo menos para rapazes. Para mulheres, eu não recomendaria porque elas já fabulam o suficiente entre si para precisar de aditivos. A condição feminina passa por uma revolução silenciosa, mas inevitável, goste-se ou não. Mas daí a derramar álcool no fogo, é imprudente porque uma prática dessas fatalmente as desviaria de seus focos de vocação, determinados pela natureza. Quer mais um café? A família do amigo é minha família. Se quiser que eu chame Boris aqui um dia para prosear, vou recebê-lo com gosto. Bem, imagino que os negócios o chamem em algum lugar. Recomende-me a dona Brenda e a seu cunhado, o Dr. Samuel, cujo único defeito, entre nós, é torcer pelo time errado. Agora que conhece o endereço, apareça, homem. Assim pouparemos os emolumentos do psiquiatra. Vou acompanhá-lo ao elevador. Como se diz mesmo* até breve *em húngaro?*

I

"Nessa brincadeira, vou terminar é perdendo o emprego...", pensou Valmir ao descer do ônibus na avenida Guararapes.

O que poderia trazer de bom aquela relação com a moça vistosa, é verdade, quase bela – não fosse a pele pipocada que, aliás, estava cada dia mais lisinha –, com um pretinho pobre, que já fora entregador de gás de cozinha, que não tinha estudos e, de quebra, ainda tinha uma família para ajudar, composta de mãe, três irmãos, sendo que só ele estava ativo e trazia algum dinheiro para casa? O que diria seu chefe, homem de confiança do patrão, que começara como ele havia mais de dez anos, se soubesse que Valmir andava saindo com Anita, e que ela o levava para lugares que, decididamente, não eram para ele? Como permitir que uma mulher lhe pagasse o lanche e, por iniciativa própria, até mesmo a cerveja, que tomavam num beco atrás dos Correios, onde essa criatura saudava todo mendigo que visse pela frente e chegava ao ponto de abraçar umas malucas que exalavam uma fedentina que levitava como uma nuvem na calçada? O que queria dele? Em que momento lhe daria um chute no traseiro e como é que ele se viraria, uma vez privado daquele devaneio que, na verdade, não sabia mais se estava achando ruim ou bom? E que sentido tinha beijá-lo em plena avenida Conde da Boa Vista, quando se armava uma pequena manifestação, em que ela era recebida com um "oi, Anita" entusiasmado dos organizadores?

Naquele passo, não tardaria a que fosse demitido. Mas mal sabia que a tempestade cairia da forma mais inusitada, e não como ele temia. Pois não é que tenham sido flagrados em encontros nas ruas adjacentes. Tampouco trocando olhares na loja, onde ela passava só para vê-lo e debruçava-se sobre o balcão deixando uma folga na camiseta regata, suficientemente cavada para que ele lhe visse os seios em luta contra um sutiã ordinário. Não. Anita abriu o jogo com todas as letras em sua própria casa, ao entrar no pequeno escritório do pai – que conversava em voz baixa com a mãe, provavelmente sobre Boris –, onde irrompeu com um gesto e disse:

"Papai, licença, desculpem a interrupção, mas tenho novidades a informar à ilustre família Neuman. Estou saindo com Valmir. Vendo a situação dele de perto, e obedecendo a um dever de justiça, queria pedir para você aumentar o salário dele."

Bastou que Szymon perguntasse quem era o tal Valmir de quem ela estava falando, para que ouvisse tudo o que os colaboracionistas de Budapeste não tinham chegado a dizer à Gestapo.

"Quem é Valmir? Você ousa me perguntar quem é Valmir? Valmir é simplesmente o homem que mais trabalha na famosa Neuman Autopeças. É pela mão dele que passam as mercadorias que vão para seus clientes, aqueles que você explora com seus sobrepreços e margens de lucro. Agora você que fica no ar-condicionado o dia todo, você que almoça no Galo d'Ouro com ricos industriais paulistas, você que tem direito a seus passeios pela orla da praia como se fosse o dono do mar, você nem sequer se deu ao trabalho de saber quem é o Valmir Santos. Certamente vai me dizer que ele é um só, e que seus funcionários são mais de cem. É nessas horas que digo para quem quiser ouvir: o judaísmo está falido e não pode ser bandeira."

Isso dito, bateu a porta com estrépito. Lá de fora, berrou.

"E eu sei que você paga um salário a Boris para ele não trabalhar. Húngaro nazista!"

Brenda e Szymon trocaram um olhar prolongado e deram a risada mais gostosa de que tinham lembrança. Ah, quem dera seus problemas fossem só essa menina aluada.

II

Boris estava há pelo menos dois anos recluso. Tomando as cautelas devidas, ia à terapia, comprava os remédios, fazia uma comprinha num supermercado da vizinhança e evitava os horários de pico. O pai dissera que um salário lhe seria depositado para efeito de tempo de serviço para uma aposentadoria futura, que ele já era um funcionário, mas que esperasse até 1976 para começar a dar expediente à tarde, se não tivesse algo de mais importante para fazer.

Boris recusava-se terminantemente a ver os amigos do Colégio Israelita, e não adiantava alguém tentar lhe fazer uma visita surpresa porque era sumariamente rechaçado na portaria, onde todo mundo era instruído dia após dia a não transferir chamadas e tampouco a informar se ele estava ou não. A ordem valia também para Anita que estava rompida com os pais e vinha se virando na casa de uma amiga de Olinda. Duas noites por semana, agora que ele não tinha mais aula de inglês, ia à Federação Espírita tentar contato com o soldado Shavitt.

Aquela ida esporádica ao centro da cidade fora, portanto, um passo audacioso, mas de que ele logo se arrependeria por anos, segundo o estado de alma.

Tudo começou quando atravessou a praça e chegou ao ponto de ônibus da rua Riachuelo. Desacostumado à azáfama das ruas movimentadas, já não lembrava o quanto as pessoas viviam ali em outro ritmo. A cena de pessoas que trocavam duas palavras e logo corriam em disparada o fazia pensar num imenso formigueiro onde os códigos de comunicação inescrutáveis governam o regime de bilhões de formigas no mundo.

O que estariam dizendo?

Mas então ele percebeu que algumas pessoas se desesperavam. Era impressão sua ou os ônibus estavam apinhados mais do que o normal? E o que levava uma senhora sexagenária a sair correndo, deixando para trás os sapatos, sem sequer se preocupar em recuperá-los? Boris precisava romper com o isolamento que se impunha. Precisava abordar alguém e entender que brincadeira era aquela. Será que os costumes tinham mudado tanto desde que ele se isolara do mundo e passara a viver quase entocado no apartamento? Quando ia atravessar a rua rumo à livraria, ouviria, então, as três palavrinhas que confirmavam os vaticínios do soldado Shavitt, as teorias de Nostradamus e que, de repente, davam crédito ao troar das trombetas do Apocalipse.

"Acuda, Tapacurá estourou."

III

"Prezados amigos da Comunidade, pais e mães de família, o assunto que eu queria trazer ao conhecimento de vocês hoje e deixar aberto a nosso debate diz respeito às experiências de vida que Israel pode trazer a nossas filhas e a nossos filhos. Cada homem é um mundo, como dizia o sábio. Logo, aqui, neste recinto, temos muitos mundos. Somos todos judeus, é verdade, mas graças a D'us temos aqui os mais religiosos e os menos. As famílias mais assimiladas, e aqui não vai crítica, e aquelas que se mantêm mais fiéis à tradição. Muitos de vocês obedecem a uma orientação política mais conservadora ou a outra mais progressista. Tanto aqui quanto lá. Entre muitos, esse é o lado bom de ser judeu. Somos um povo multiétnico e até no Japão temos comunidades constituídas. Como vocês sabem, muitos dos nossos são negros como a noite e tão ou mais judeus do que todos aqui. Falo dos *falashas* da Etiópia que começam a chegar a Israel. Não tardará e faremos a paz com nossos vizinhos árabes. Levará tempo? Tudo o que é bom leva tempo. Meu amigo Nahum Goldman, uma das maiores personalidades mundiais do sionismo, disse que veremos a paz acontecer em nosso tempo de vida. Mas não é sobre isso que eu queria falar hoje. Minha mensagem é para que pensemos nos benefícios de aproveitar nossos múltiplos programas para enviar nossos jovens a Israel. É uma experiência que só soma e reforça nosso traço identitário. Aqui quem fala é o educador, não o diplomata honorário ou o empresário. Senão, vejamos."

Por uma vez na vida, Szymon não gostou da preleção de Salomão. Não questionava o mérito do que ele dizia, a resistência à mensagem talvez estivesse associada à coincidência nefasta dos fatos. Quando foi para Israel, Boris era um menino de excelente aproveitamento escolar, bastante sociável sem ser dos dez mais simpáticos, curioso com respeito ao mundo e cheio da boa ambição, aquela que leva as pessoas a querer superar as marcas que já encontraram na vida.

"Ai do filho que não quer superar o pai; ai do pai que não é superado pelo filho", costumava dizer Szymon. E como voltara de lá? No começo, arrogante e antissocial. Meses mais tarde, delirante e agressivo. O que mais viria pela frente?

O médico usou uma palavra terrível para definir o que acometia o filho e tanto ele como Brenda nem sequer a pronunciavam. De pouco valera o psiquiatra dizer que os graus da doença variavam tanto quanto as temperaturas de um dia de meia-estação. E que muitos acometidos por ela levavam vida normal, sem que as pessoas em volta se dessem conta.

"Agradeçam todo dia a Dra. Hana, que detectou os sintomas ainda no começo. Terapia e medicamentos são a única combinação possível para atacarmos o problema. Mas, é claro, jamais poderemos dizer que ele está curado. Ele está sendo preparado para saber lidar com a enfermidade, não para erradicá-la."

Era importante não forçar a zona de conforto de Boris e evitar que fatores externos desencadeassem reações, que estas, sim, poderiam ser extremadas. Brenda e Szymon se retiraram mais cedo da reunião.

De mais, iam ao aeroporto pegar Hana que chegava de São Paulo.

IV

Pouco a pouco, o debate político vinha ganhando alento. A família Neuman compartilhava com os amigos os novos fatos. Na visão de Szymon, a vitória do deputado Freire para o Senado dignificava Pernambuco. Como querer que ficasse de fora um homem de falar convincente, sorriso bonito e seguramente corajoso? Szymon tinha certeza de que não se escondia por trás do cabelo bem cuidado um comunista rancoroso, de visão simplória, e que quisesse destruir os frutos do trabalho de quem dera duro. Isso para ele era tudo.

Já Brenda tinha uma visão mais panorâmica desde aquele ano em que a oposição triturou nacionalmente o odioso partido do governo. Até uma prima que morava em Porto Alegre disse que o bairro do Bom Fim votara em peso no jurista Brossard para senador e isso acendera a esperança nos Pampas, terra de generais. Do Rio de Janeiro, comentava-se que Saturnino era um homem equilibrado e competente para desmascarar o tal milagre econômico. Importante era que as urnas em 1974 deixaram clara a mensagem em favor da renovação.

"Sem medo e sem ódio", o slogan que embalou a campanha em Pernambuco não poderia ter sido mais adequado.

Ao chegar ao Recife, Hana ainda tinha em mente as imagens da enorme inundação que praticamente submergira a cidade, em 1966. Quando de sua primeira visita depois do ano fatídico, todo mundo mostrava a marca aonde a água tinha chegado. Desta vez, em julho de 1975, ela ouvira, em São Paulo, o depoimento de famílias que tinham perdido tudo. Um homem morrera eletrocutado na tentativa de salvar uma geladeira ligada na tomada.

Hana sabia que os seus estavam bem. Boris vivia encastelado num andar alto na Boa Vista. Szymon e Brenda não tinham sido atingidos visto que moravam em Boa Viagem. Quem só dava esparsos sinais de vida de telefones públicos era Anita, que se desdobrava na coleta de mantimentos e organizava um posto avançado de apoio aos socorristas em Casa Amarela.

"Agora passou, a vida volta ao normal devagarzinho", disse Brenda. "Seja bem-vinda. Amanhã à tarde vá visitar seu irmão. Você vai se surpreender ao ver como ele está melhorado. A água do mar continua meio suja, mas logo vai ficar bonita de novo. Esteja em casa, meu bem."

E subiram.

V

Hana vinha de uma relação que começara ainda na graduação com Martin Schulte. Aos 31 anos, quase metade da idade dele, o coração não estava necessariamente apaziguado. O que não faltava nos meios acadêmicos de São Paulo eram homens interessados nela. Quantos convites já não recebera para fins de semana em Ibiúna, para sítios em São Roque e feriados prolongados em Itu? Bom para ouvir o sotaque da roça, como dizia um de seus melhores amigos. Nem sempre dizia "não". O amor, porém, não se fazia de quantas vezes se dizia "sim". Fazia-se da intensidade com que alguém se entregava à perspectiva de um reencontro.

Já estivera com Martin e sua família em Hamburgo. Mas era em seu apartamento, nas Perdizes, que eram felizes. O quarto que fora projetado para Boris, e que continuaria aguardando-o pelo tempo que fosse necessário, era transformado em confortável escritório para *Herr Doktor Professor*. Nos fins de semana, eles caminhavam até o parque da Água Branca e lá ficavam a divagar sobre a vida, a biologia marinha, as rápidas mudanças por que passava São Paulo no intervalo das viagens de Martin e o quanto tinha sido reveladora a descoberta que um fazia do outro.

Muitas vezes, iam ao cinema na rua da Consolação no fim da tarde e, na volta, jantavam o pato laqueado do restaurante chinês que ficava bem ao lado do apartamento, onde eram atendidos pela dona.

"Bem-vindo de volta, professor. O pato foi encomendado desde sexta-feira por Hana". Ele␣sorria, genuinamente reconhecido: "Obrigado, dona Bete".

Dormiam cedo no domingo, depois que Martin se divertisse com certa zebrinha que aparecia na televisão e que cantava os resultados da loteria esportiva. Hana ficava fascinada como um homem daquela envergadura podia ter uma reação tão espontânea, quase infantil, diante de uma brincadeira boba em que o bichinho significava que um time grande perdera para um pequeno. Talvez fosse isso que fizesse de Martin ser quem era.

Na segunda-feira, 21 de julho, agora no Recife, ela acordou mais tarde e Brenda vestia uma longa canga. Embora não fosse à caminhada na areia às primeiras horas, ganhara uma cor bonita e havia algo de resplandecente nos olhos.

"Bons cremes, minha filha, não dá para descuidar da pele, muito menos morando na praia. É ela quem entrega a idade. Já passei dos cinquenta, não esqueça."

Hana nunca dissera o quanto era reconhecida à madrasta. Mais do que a esta, na verdade, à amiga.

"Brenda, você não imagina como te acho forte. Um problema como esse de Boris verga qualquer um, divide a família. Ainda bem que você tem sempre uma atitude positiva. Meu pai teve sorte."

Um curto silêncio perpassou o ar. Brenda baixou o volume da televisão. Os olhos brilhavam. Duas lágrimas os inundaram num segundo.

"Dizer que é fácil, seria mentir. Mas Szymon ajuda muito. Você também tem um pai de ouro. O que seria de mim sem a presença dele? Ele tira prazer em tudo o que faz. Seu pai acha que a felicidade cobra um pedágio. Basta pagá-lo e as coisas se resolvem. Todo dia ele me repete que Boris ainda será um grande homem."

Hana não resistiu.

"Se pelo menos a Anita cooperasse mais, não é?" A expressão de Brenda mudou.

"Ela pode ser meio doidivanas, mas não nos atinge. Dia desses chamou Szymon de nazista. Noutro me chamou de burguesa disfarçada, dessas coisas. A gente termina achando graça. Mas se você quer saber, até Boris está melhorando. Não sei se é de tanto ouvir o otimismo de seu pai, mas eu acho que a retomada está próxima, que logo teremos novidades."

Hana falou de Martin num tom que revelava a confiança que ela sentia em Brenda, logo ela que era tão reservada. Contou do quão Ruth a olhava atravessado por conta do sangue germânico do amado. Até do pai, temia a reação. Afinal, os alemães tinham sido os algozes de seus pais e de sua mulher; no caso, também sua mãe.

Brenda, então, deu um longo suspiro e serviu café a ambas.

"Minha querida, não deixe que esse passado seja um peso para você. Não há povo mais atencioso e mais solidário do que o alemão. Estamos só há trinta anos do fim da Guerra. Para a História, não é rigorosamente nada. Aquilo foi um mal-entendido, um momento de insanidade, um acidente, uma alucinação inexplicável de que o povo alemão vai se desculpar pelo resto da existência. Quando eu penso no que aconteceu por lá, no horror dos campos, só me vem à cabeça que o delírio nos acomete a cada um individualmente e, de repente, a todos de uma vez. Mal comparando, é como se todo mundo passasse a pensar como nosso amado Boris, que vê o que não existe, cheira o que ninguém sente e ouve o que ninguém diz."

Como Hana gostava daquela mulher. Nem sempre fora assim, mas é o tempo que mostra o valor de cada um.

"Depois, Hana, não esqueça uma coisa. Você, que é bióloga, sabe que na vida nada se inventa, tudo se transforma. Não terá sido a sua a primeira vez que uma Hana e um Martin se amaram."

Os olhos de Hana brilharam. Como é que nunca lhe ocorrera aquilo? Que terra de gente singular era Pernambuco! Só aquilo já valera a viagem: Hannah Arendt e Martin Heidegger.

Então, o telefone tocou.

"É da casa da família de Boris? Acuda, minha senhora, por favor, acuda aqui urgente. Aqui é da Escola José Bonifácio, no Alto do Mandu. Boris pegou um policial de refém e está ameaçando matá-lo!"

Foi assim que o estouro de Tapacurá chegou ao alto do elegante edifício Jacarandá.

"Ai, Hana..." Foi quando o coração de Brenda perdeu uma batida.

Capítulo 11

AH, ACHO QUE O SENHOR ESCOLHEU MESMO UM BOM TEMA PARA SUA REportagem. *E esse título está ótimo porque, se a gente pensar bem, poucas vezes houve no planeta um boato tão convincente, não foi? Ninguém daqui do Recife pode esquecer o que estava fazendo naquele dia. Não, não precisa nem pedir, é claro que vou contar tudo desde o começo para que o senhor entenda o gesto desse rapaz e por que isso preocupou tanto nossa Comunidade. Pode, sim, pode ligar seu gravador. Vou nos servir de água porque o calor está grande e tenho alergia a ar-condicionado. Passe seu copo, por favor. Aviso logo que antes de ser judia, sou pernambucana, viu? Falo um bocado e adoro contar uma história com todos os detalhes, mesmo que a memória já esteja começando a ratear. É como se estivesse juntando as pedrinhas de um mosaico. Todo mundo diz que o senhor é um jornalista sério. Além de bonito, me permita confessar. Tem certeza de que não é judeu? Ah, isso não quer dizer nada. Pelo contrário. É o sobrenome do primeiro rabino das Américas, ora essa. Quanto a outros particulares, não vou perguntar. Mas todo mundo aqui no Nordeste é um pouco judeu. Vamos deixar isso de lado. Somos brincalhões por natureza, não me leve a mal. Como o povo eleito, também tivemos nossa cota de castigos. Não há bônus sem ônus. Por isso que gostamos de rir. Só peço que você releve tanta miuçalha. Bem, o fato que o trouxe aqui começou bem antes do falso estouro de Tapacurá. Vamos dizer que o 21 de julho de 1975 foi só a gota d'água, com perdão pelo trocadilho. Nunca fui grande amiga de Brenda. Não porque ela seja bem mais velha do que eu. Acho que era mais porque ela vivia uma vida descolada da Comunidade, o que provocava certa reserva e, acho eu, até uma pontinha de inveja. Inveja porque ela era independente, dona do seu nariz, como se diz. E tinha com Fanny não uma relação de filha e mãe, mas de irmãs. De reserva, como disse, porque quando somos poucos, temos de nos apoiar, de estar próximos. Hoje sei que a convivência em comunidade diminui a diversidade da vida, a torna menor, como se morássemos num gueto. Mas é um preço que quem está dentro acha que compensa pagar porque sente mais segurança. Já quando está cercado de uma penca de amigos não judeus, você nunca sabe quando pode ouvir de alguém uma ofensa, uma piada de mau gosto sobre nossa avareza, nossos narizes, nossa esperteza, nossa riqueza. Nem preciso botar as aspas, não é? Tem judeu generoso, de nariz achatado, bastante burro e pobre como um flagelado. Bem a propósito, a morte do pai de Brenda e Samuel foi uma coisa horrível, ninguém gosta nem de pensar. Ele estava desaparecido há três dias até que o corpo foi achado na beira do manguezal, já roído pelos caranguejos. Para qualquer família, isso é um trauma. Mas para judeus, é especialmente duro. Temos a cultura de preparar os corpos para o enterro. De lavá-los. Isso pode parecer besteira, mas é uma das bases de nosso credo. Como o morto vai se apresentar no dia da chegada do Messias? Os poderosos da Comunidade se empenharam até junto ao governador para que não saísse nada no jornal porque alguém poderia atribuir isso a um crime dentro da colônia, o que é tabu. Judeus não matam judeus. Se começarmos a nos matar, os outros vão se sentir livres para fazer a mesma coisa. Era uma época difícil, não queríamos chamar a atenção para nossa gente quando judeus do mundo todo estavam sofrendo uma barbaridade, embora ninguém ainda tivesse noção da escala do horror, especialmente na Polônia. Para todos os efeitos, Josef Novinsky se matou, e, no traçado do cemitério naquela época, pode ver que ele está ao pé do muro, o que é sempre constrangedor para a família e amigos. Quando alguém se suicida, mata muita gente. Fazia sentido porque a mãe de Josef tinha se suicidado na Bessarábia, e a melancolia podia ser hereditária. Um dia correu a história de que, entre outras encrencas, ele também via uma tal Eleonora, lá pelas bandas da Motocolombó. O mantenedor dela era da Paraíba e vinha passando mais tempo lá do que aqui. Um dia soube do namoro e, é claro, não gostou. Era uma mulher linda, que o paraibano tinha tirado do Buraco de Otília, onde era garçonete. Felizmente a notícia não progrediu. Você sabe, judeus têm de tomar uma precaução dupla, não podemos fazer besteira impunemente. Bom, pouco tempo depois, Fanny abriu um atelier de chapéus e luvas finas, e quase tudo era vendido para as boas modistas de São Paulo, onde os Novinsky tinham parentes. De lá, diziam que muita coisa ia até para Buenos Aires, de tão bom que era o acabamento. Ficava ali, na rua das Ninfas, e era frequentado pelas pessoas da sociedade. Até pela família rica daquele casarão na rua do Progresso, que depois fez uma casa em formato de navio em Boa Viagem, lembra? Brenda e Samuel sempre foram muito grudados, embora as cabeças fossem diferentes. Ele era da engenharia e do futebol. Ela é das artes plásticas, do teatro e de certa boemia. O que se falava dela era mais com carinho do que com maldade. Dos namoros, das simpatias e da amizade que tinha com as Lispector, que viviam chamando para que ela fosse morar no Rio. Sempre com apoio de Fanny. Eu era mocinha ainda, mas já conhecia Leão quando soube que ela se casara em São Paulo. Posso dizer o que muita gente achou? Que ela tinha ido para o Sul para ter um filho fora do casamento, ou para tirar a criança, entende? Mas não. Os meus dois mais velhos já tinham nascido quando ela voltou para o Recife, e a gente se encontrou na ponte da Boa Vista. Brenda tinha uma menina de 3 anos que era uma graça, perguntadeira que só ela, e o menino de uns 7 anos, que ficou de olho arregalado para o meu maiorzinho, que podia ter metade da idade dele, se tanto. Esse era Boris. Ela, então, disse que precisávamos apresentar nossos ma-*

ridos, que o dela tinha adorado o Recife. Que foi liquidar os negócios em São Paulo para poder voltar. Então, juntei as peças. E me lembrei que Leão tinha conhecido um patrício romeno ou húngaro, na hora não lembrei bem, que queria se estabelecer no ramo. Leão falou que gostou tanto dele que até sugeriu um imóvel. Disse que, a médio prazo, eles se ajudariam mais do que concorreriam, dentro daquele espírito que ele tinha de pensar grande, de colocar o coração acima de tudo, de achar que sempre cabia mais um. Quando contei a Brenda do fato, ela se despediu com um abraço forte, disse que devíamos nos visitar, que o mundo era mesmo pequeno e que estava feliz por ter voltado à terra. Os anos passaram e a gente continuou a se ver nas Grandes Festas, ou quando vinha um industrial de São Paulo para uma inauguração deles ou de uma loja nossa. Mas por aí ficava. Já Leão e Szymon ficaram amigos. Meu Leão infelizmente faleceu cedo, mas essa é outra história. Na verdade, o mundo dela era mais externo, para fora, e o meu era cuidar de meus quatro filhos, do meu marido, da casa e dos eventos da Comunidade. Nossas vidas nunca confluíram, mas sempre houve muito carinho de parte a parte. O meu menino mais velho, anos depois, ensaiou um namorico com Anita. Mas quem ele não namorou? Minha mais velha dizia que Boris era metido a gostosão, como eles falavam, mas que se derretia por Dorinha Kaufman, e até as pedras do Colégio Israelita sabiam disso. Diziam que ele só se animou a ir para Israel quando ela, que era bem faceira, anunciou que ia. Pelo menos foi isso que me contaram. Como a gente fica sabendo de tudo, correu a notícia de que a temporada de Boris tinha sido meio acidentada lá no kibutz, e Brenda tinha até pensando em mandá-lo voltar mais cedo, depois que ele quebrou a perna de um colega no futebol. Ou foi o contrário? Só sei que em dado momento, esse rapaz começou a se desinteressar pela escola. Os meus ainda eram novos, mas fiquei de orelha em pé depois que soube que ele voltara agressivo, meio ausente, falando grandezas. Pensei em droga, em algum trauma, numa frustração amorosa, sei lá. Podia ser até a depressão dos antepassados, quem há de saber? De re-

pente, aquilo virou um tabu na Comunidade. Szymon estava triste e Brenda não era mais a mesma. Diziam que às vezes ela saía do Recife e ia meditar em Gravatá. Boris não quis ir morar com eles na praia, mas ajeitaram a vida dele de forma a que ficasse na Boa Vista, quando já quase não tinha mais tanto judeu morando lá. Mas que diferença isso fazia? Estou vendo que o senhor está olhando as horas, é melhor eu me apressar. Pois então, acho que era uma segunda-feira, e nossa casa ficava na avenida Beira Rio, o que era preocupante por causa das inundações. Eu tinha amanhecido com uma enxaqueca horrível, que tenho até hoje, mas que naquela época era pior. Deixei o telefone tocar e disparar duas vezes, mas, então, eu me levantei de um pulo porque podia ser algum dos meus meninos. Era Leão que me deu uma bronca por eu ter custado a atender. Antes que eu explicasse, ele contou o que estava acontecendo no Alto naquele momento. Quando a gente vive em coletividade, todo mundo sabe mais ou menos o que fazer nessas horas. É como num estado de guerra. Fui direto para o apartamento de Fanny, a avó, para dar suporte moral enquanto a confusão acontecia. A informação que a gente tinha era que Boris estava de arma em punho, brigando com a polícia. Parecia uma sina de família. Eu sabia que mesmo que aquilo acabasse bem, a reputação dele ia sair mais comprometida do que já estava, e que os coitados dos pais estavam fritos por um bom tempo. Leão ficou com medo por Szymon porque ele já tinha tido um infarto, era um sobrevivente de guerra, desses que não gostavam de falar muito daquela época, o que sempre deixa a gente com a pulga atrás da orelha. Todo mundo associava a sobrevivência à colaboração, o que é uma baixeza. Mas como D'us é grande, uma hora tudo pareceu voltar devagarzinho aos trilhos. Nunca mais seria como antes, é lógico. Mas também não foi como a gente achou que ia ser. Desculpe dizer, mas acho que o senhor se esqueceu de ligar seu gravador. Só não me peça para contar tudo de novo, por favor. O senhor também não tocou na água. Hidrate-se mesmo sem sede.

I

No dia em que a Terra saiu do eixo, no dia em que correu o boato de que a barragem de Tapacurá tinha estourado, provocando um pandemônio no Recife e adjacências, Szymon fora mais cedo para o escritório. Antecipara seus ritos matinais até para permitir que Brenda e Hana, vinda de São Paulo na véspera, tivessem liberdade para atualizar a conversa sem a presença dele. Assim, a filha contaria à esposa o que estava se passando na vida real, sobre a dimensão não acadêmica do dia a dia, especialmente no que dizia respeito a certo senhor alemão, sobre o qual Szymon não tinha o que falar, salvo que ainda padecia de um bloqueio contra aquela nacionalidade que tanto admirou na juventude, e em cuja língua aprendera mecânica de válvulas e pistões em belos manuais ilustrados impressos em Frankfurt.

Enquanto dirigia para o centro da cidade, Szymon se perguntava se falhara tanto assim como pai, a ponto de a filha ir procurar um homem que tinha quase a sua idade. Era uma relação sem futuro e ele esperava que valesse ao menos pelo intercâmbio de ideias, já que essa vertente era tão importante para ela, talvez mais do que ter alguém que lhe ateasse fogo às carnes.

Mesmo assim, perguntava-se se não teria sido mais saudável cultivar um relacionamento com um homem jovem, com quem ainda tivesse a perspectiva de constituir uma família e de lhe fazer companhia quando a velhice chegasse. O que era o casamento senão uma apólice de seguro para o inverno da vida? E ele que jurava que já percebera nela olhares de interesse para rapagões bem apessoados. Enganara-se. O que mais poderia Szymon ter feito que não fez? Teria sido correto deixá-la viver com uma amiga em São Paulo quando ainda era uma adolescente? Szymon tentou a todo custo lhe dar um apartamento, mas até isso a ensimesmada Hana recusara. Não havia dúvida, contudo, que se tratava de uma mulher de fibra.

Quanta diferença havia entre Hana e Anita!

A primeira poupava-o de aborrecimentos e até economizava seu dinheiro, fazendo o bem genuíno e dedicando-se a ensinar, nas poucas horas vagas, o muito que aprendera como voluntária de programas pedagógicos nas periferias de São Paulo. Já Anita só reinava para ideias ocas, amalucadas e quase sempre custosas. Será que o que buscava era afeto e reconhecimento, como fazia quando esvaziava a geladeira de casa e distribuía, indiscriminadamente, salaminhos italianos e fiambres portugueses entre quem estivesse na rua? Anita deveria ter-lhe ódio, isso, sim.

Seguramente era também um pouco desparafusada, só que de uma maneira diferente da de Boris. Nem todo motor engasga pelas mesmas razões. Será que a família de Brenda trazia uma bagagem genética de transtornos de alma? Fanny já lhe dissera que o velho Josef se suicidara. Por consideração, ele nunca lhe perguntara como. Leão também fora evasivo.

"Era um homem todo errado, desculpe dizer. Fraco do juízo."

Oxalá as perturbações de seus filhos fossem de outra natureza e estivessem ligadas a dramas geracionais, e não à química do cérebro. Daí que Szymon precisava se cuidar e recorrer ao que fosse possível para ajudá-los a fazer essa dura travessia. Até rezaria se preciso fosse, mesmo achando que, se havia um Deus, Ele também tinha morrido nos campos da Polônia. Mas, ao avistar o depósito, lembrou-se do dito húngaro: "Na cova dos leões não há ateus."

II

Szymon foi direto ao depósito que mantinha em Afogados.

Acompanhado do gerente, viu que as marcas de água ainda eram visíveis nas paredes e perdera-se muito produto na enchente que durara três longos dias na semana anterior. Desde a sexta-feira, já recebera sinais tranquilizadores de que a seguradora honraria os prejuízos e ele pretendia aproveitar o infortúnio para fazer uma pequena reforma nas instalações, modernizando-as e aumentando a área de atendimento aos clientes.

O mesmo, infelizmente, não podia fazer na matriz. Não tinha ali espaço para replicar o que fizera nas lojas de Maceió e de Natal, que eram sensivelmente maiores do que a da rua da Palma. Mas no Recife, ele estava lotado no centro da cidade desde que chegara ao Nordeste, lá se iam 15 anos, e embora não houvesse meio de crescer por se tratar de uma rua estreita e fadada à decadência, ele gostava de lá. No fim da tarde, costumava sair para uma caminhada até a avenida Guararapes, onde comprava o jornal e muitas vezes tomava um mate gelado. Sempre encontrava alguém para falar das novidades e agradava-lhe o cheiro de maçã argentina que vinha das bancas próximas ao cinema Art Palácio.

Mas naquele dia, os assuntos pessoais dos empregados atingidos pelas enchentes falavam mais alto, e ele tinha de providenciar ajuda para quem estava necessitado, o que valia dizer para a equipe toda. Havia gente que perdera tudo com a inundação.

Szymon não era de fugir à luta. Para Anita, tudo fora fácil. A dor alheia se resolvia com um megafone na mão, meia dúzia de palavras de ordem e um microfurto doméstico para distribuir óbolos. Para ele, só despojamento e coração aberto aplacavam as grandes perdas. De preferência, que os bons gestos ficassem anônimos. Afinal, nunca tivera a pretensão de rivalizar nem com Stálin nem com Jesus Cristo. Não era nem assassino nem jamais almejara ser santo. Era só um ser humano comum, um menino que fora feliz em Budapeste, e essa condição não o desgostava. Como se dizia no velho país, "os homens são carregados por cavalos, alimentados por gado, vestidos por ovelhas, defendidos por cães, imitados por macacos e comidos por vermes."

Mas então, no momento em que se servia de um café, chegou a ele um rumor crescente que vinha da rua. Quando isso acontecia, normalmente espocavam os gritos de "pega ladrão", e a multidão disparava em perseguição ao desventurado. Mas dessa vez, não parecia ser o caso. Szymon se informou no balcão com Valmir, o rapaz cujo olhar agora evitava o dele. "Estão falando que a represa de Tapacurá estourou, seu Simão. Parece que a onda já vem pela Caxangá. É água que não acaba, Deus me defenda. Outros dizem que é só um boato."

E começou a tremer e a chorar.

Tudo aquilo ganhou sentido no minuto seguinte, quando Szymon viu Hana e Brenda estacionarem bem à sua porta. Boris – foi o que pensou Szymon Neuman. Onde estaria seu filho? Brenda trazia na mão um pequeno vidro com uma pílula sublingual que Szymon deveria tomar se tivesse emoções, preocupação desnecessária porque ele sempre levava uma na algibeira, lá se iam muitos anos. Mais do que nunca, acontecesse o que acontecesse, Brenda precisava do marido são e forte.

III

A reação de Boris à situação fora fulminante. Diante do pânico instaurado nas ruas, a voz tranquilizadora do soldado Shavitt, seu confidente do mundo dos espíritos, murmurou-lhe tudo o que precisava saber para conseguir o melhor na adversidade. E, como é de praxe na Tsahal, o Exército de Israel, tudo doravante se resumia a ações cirúrgicas, curtas e pontuais. Boris precisava se deixar guiar pelo instinto, mas sem emoção. Com a respiração no diafragma, obedecendo sempre ao mesmo ritmo, nem que precisasse subir mil degraus, que observasse o binômio contenção e serenidade. Tratava-se, sobretudo, de domar o medo e de criar uma zona de segurança para si e para mais ninguém. Naquela bolha, triunfaria sobre a histeria.

Boris não cogitou em momento algum se encapsular dentro do Fusca para ser tragado pelo Atlântico quando as águas refluíssem e seu corpo desaguar em Dakar, no Senegal, roído pelos tantos peixes de que falava Hana. Mesmo assim, voltou ao carro e tirou de debaixo do banco o revólver. Então, seguiu a pé, contornou a Faculdade de Direito e ainda pensou em se alojar no relógio onde diziam que morava uma coruja albina. Não haveria problema de coabitação, a depender dele. Mas se ela o perturbasse, poderia abatê-la com um tiro.

Nesse exato instante, uma Rural Willys passou diante dele com a porta do bagageiro arriada. Dois rapazes pularam para dentro do veículo rapidamente, juntando-se a outro que os ajudou a se equilibrar.

"Para onde vocês vão?", Boris perguntou.

"Para qualquer alto. Alto do Pascoal, Alto do Mandu, Morro da Conceição. Se quiser vir, suba logo, branquinho."

O motorista era experiente e rápido. O grande problema era que algumas ruas estavam bloqueadas em razão dos carros que haviam sido abandonados. Nessas horas, o piloto não hesitava em subir nas calçadas, cavalgar os prismas de concreto e assar o motor. O que seria perder um pneu, cortar uma roda ou avariar uma suspensão, se era a vida que estava em jogo?

Boris via tudo aquilo e mantinha-se indiferente aos sentimentos das tantas pessoas que já se amontoavam no carro. Um ou outro passante ainda tentava subir. Mas, então, uma vez mais, foi providencial a voz do soldado Shavitt que lhe segredou: tire a arma e aponte-a para quem se aproximar do carro.

E assim ele fez.

Até os mais ousados davam um passo para trás. Quando o trânsito parou na altura da avenida Norte, e populares tentaram desalojar o motorista para assumir o comando, Boris disparou dois tiros para o alto e o caminho se abriu como na cena bíblica.

Ei-lo Moisés.

No Alto do Mandu, mulheres rezavam de joelhos e pediam pelos seus que àquela altura estavam espalhados na cidade condenada. Homens incrédulos olhavam assustados para o horizonte e alguns já viam a chegada iminente das águas do dilúvio, encimadas por uma crista branca de espuma onde se distinguiam casas inteiras, caminhões de rodas para o ar e gado vivo. Quem seria o patriarca que as deteria? Abraçando-se a Boris, um homem com uma touca de meia na cabeça e shorts colados nas nádegas, gritou: "Me acuda, meu senhor, me acuda, eu sofro de histeria, não sei nadar. Socorro, minha mãezinha!", Boris repeliu-o com firmeza, mas sem hostilidade.

"Seja objetivo", soprava o soldado Shavitt.

IV

Os minutos foram passando e já tomavam vulto os primeiros desmentidos. Na rádio, o locutor dizia que falara com a assessoria do Governador e esta lhe garantira que a situação era de normalidade absoluta. Numa pequena igreja evangélica, onde acoplaram o rádio ao microfone, já se atribuía o boato a agitadores de esquerda a mando do Comunismo Internacional, que queriam perturbar a paz da família pernambucana ainda traumatizada pelas enchentes.

Enquanto isso, o soldado Shavitt repetia: "Não acredite em nada. Não acredite em ninguém. Defenda-se, articule-se, fique pequeno, passe despercebido, surpreenda-os."

Foi ali mesmo, dentro do Colégio José Bonifácio, onde as pessoas estavam reunidas, que um militar se esgueirou para um púlpito improvisado no pátio e tentou tranquilizá-las com palavras que a Boris soaram insinceras e regimentais.

"Pessoal, ninguém precisa ir embora agora e continua rezando quem quiser rezar, certo? Mas a situação é de calma absoluta. Não há onda nenhuma. Estamos aqui para ajudar todos vocês. Mas vamos reprimir sem piedade saques às vendas e a mercadinhos, e não toleramos vandalismo ou violência."

Mas então a ordem que Boris captou foi inequívoca.

Achshav, gritou o soldado Shavitt ao seu ouvido.

Se era para agir *agora*, não havia duas alternativas. Boris, então, aplicou no tenente Santos uma chave de braço que aprendera nas aulas de Krav Magá, e derrubou-o com uma habilidade que espantou a assistência. Ato contínuo, tirou do bolso a arma envolvida numa flanela alaranjada e colocou o cano sobre a têmpora do militar mantendo um joelho sobre seu pescoço.

"Quem dá as ordens aqui agora sou eu, entendido? Fique quieto ou puxo o gatilho. Nada de movimento brusco."

Durante longa meia hora, o tenente Santos ficou sob a mira de Boris que não lhe afrouxava a gravata sufocante.

A multidão contemplava o jovem sem saber em que acreditar. O tenente fazia gestos contemporizadores com as mãos. Mas todos se perguntavam: quem seria aquele rapaz arruivado, um pouco gordo, branco como uma vela, e cujos olhos pareciam querer saltar das órbitas para lhes guiar rumo à salvação?

"Vou recitar uma reza e quero que todos façam silêncio. Só ela pode deter as águas da morte. Vocês acreditam na sabedoria do soldado Shavitt? Respondam 'sim' ou 'não.'"

E sem esperar assentimentos, apertando o cano morno do revólver ainda cheirando à pólvora contra a têmpora latejante do tenente, Boris berrou:

Baruch Atá Adonai Eloheinu Melech Haolam...

Escandindo sílaba por sílaba, pedia para o povo incrédulo repetir a oração salvadora.

Foi nessa hora que ouviu um grito familiar.

"Boris, meu filho, largue esse homem. Pelo amor que você tem à sua mãe."

Ali estavam Brenda, Hana e, mais atrás, Szymon, amparado por dois policiais e um pouco ofegante. Um helicóptero sobrevoava o local.

V

"Todos nós temos medo, Boris. É ele que nos mantém vivos. Não há nada de errado em tomar precauções, em se defender, em saber a hora certa de fazer as coisas. A gente não pode deixar que tudo aconteça para, só aí, fazer a hora, entende? Isso te diz alguma coisa? Ora, todo mundo vai entender que este foi um dia diferente dos outros para todo mundo."

Hana esperava que ele tivesse adormecido, mas ele se agitava.

"Quando tudo serenar, vamos visitar o soldado e pedir desculpas a ele e à família. Papai vai com a gente. Ele sabe fazer isso bem. Já temos um bom advogado e não vamos deixar que as pessoas tirem proveito maldoso disso tudo. Nossos amigos passaram o dia telefonando para oferecer ajuda. Depois teremos São Paulo para mais adiante, sempre que você quiser. Mas amanhã, quando o Dr. Escoriel chegar, trate-o bem, por favor. Ele está totalmente do nosso lado. Você hoje foi meio ríspido."

Boris parecia querer adormecer, mas arregalava os olhos e voltava a dizer coisas desconexas.

"Hany, amanhã você vai ver se tem correspondência para mim? Estou esperando uma carta dos Estados Unidos que é superimportante, viu? Desculpe não dizer de quem é, mas um dia te conto. A onda chegou?" Hana apertava a mão dele.

"Não houve onda, Boris. Foi só histeria coletiva. Às vezes, mesmo no fundo do mar, quando o tubarão passa perto do cardume, todo peixe dá um jeito de ir para o meio e nada rapidinho para se esconder. Mesmo que o predador esteja saciado, sem nenhuma fome. Mas quem vai saber? Até as colônias de anêmonas se encolhem diante de uma ameaça. Sua reação foi só de defesa, apesar de um pouco exagerada."

Boris tentava se sentar, mas faltavam-lhe forças.

"Fique quietinho que prometo que só vou para a sala quando você estiver dormindo feito um bebê. Você já me falou desse tal Shavitt. Todo mundo ouve uma vozinha interior. Eu mesma, às vezes, acho que ouço minha mãe. Teve vezes de eu achar que a via nos lugares mais incríveis. São estados de alma que a gente não tem obrigação de explicar a todo mundo. Mas eu queria que você contasse tudo do jeitinho que me contou hoje à tarde, quando conversar com doutor Escoriel."

Boris parecia se animar.

"Dado Shavitt se tornou meu amigo, Hany. Quando cheguei a Israel, ele já tinha se encantado. Mas a gente criou uma ligação forte aqui na Federação. Ele me conta coisas. Ele falou da enchente daqui, da guerra que Israel ia ter e terminou acontecendo, do amigo importante que eu ia fazer nos Estados Unidos e até de minha relação com Dora. Ele é meu conselheiro, Hany, você precisa acreditar. Você ia gostar dele. Ele também gosta de biologia como você. Sendo que o mundo dele é o dos micróbios. Ele disse que o mundo ainda vai parar diante de uma superbactéria. Ninguém vai nem sair à rua, Hany."

"Durma agora, feche os olhinhos. Para que isso tudo acabe bem, diga ao delegado amanhã desde quando você tem aquela arma e onde a comprou. Eles precisam saber porque, às vezes, uma arma pode estar ligada a outros crimes, entendê? Há coisas que nunca foram esclarecidas. Mas isso não é assunto para hoje."

"Hany, quem mais está sabendo do que aconteceu? Dora Kaufman soube? Acho que nunca mais ninguém vai querer casar comigo."

Ela sorriu e contemporizou: "Não seja bobo. Lindo como você é, não vão faltar pretendentes."

A sedação custou a fazer efeito, mas Boris dormiria por quase 24 horas sem sonhar.

Capítulo 12

O COMANDO MILITAR DO IV EXÉRCITO, DA SÉTIMA REGIÃO MILITAR, sediada no Recife, faz saber, por intermédio deste comunicado, que foi debelado, às primeiras horas da tarde da segunda-feira próxima passada, dia 21 de julho de 1975, um levante contrarrevolucionário no Alto do Mandu, zona norte desta capital. E que passa bem o heróico tenente Cosme Santos da Silva, que foi covardemente mantido como refém sob mira de arma de fogo enquanto tentava trazer tranquilidade e ordem ao povo trabalhador do Recife. Embora o Inquérito Policial Militar ainda esteja em curso sob sigilo de justiça, para não prejudicar as averiguações feitas na forma da lei, os serviços de inteligência já concluíram as primeiras diligências. Lamentavelmente, elas levam às seguintes conclusões que este Comando passa a dividir com a sociedade traumatizada: a) o terrorista capturado não tem profissão definida e ocupa uma função de fachada no estabelecimento comercial de propriedade do pai, um natural da República Socialista da Hungria, o que pode constituir um expediente clássico de acobertamento de atividades atentatórias à Segurança Nacional; b) o elemento é cidadão brasileiro nato, mas já confessou estar a serviço de uma potência externa reconhecida por seu grande poder bélico que é Israel. Nesse contexto, sem fazer quaisquer ilações quanto à natureza mandante do País em questão, nossa embaixada em Tel Aviv foi acionada para sabermos mais sobre certo soldado Shavitt que, ao que tudo indica, teria urdido o plano da tomada do Alto, quando não, o de espalhar o boato infame que tanto desassossego nos trouxe; c) isso dito, sendo o réu confesso também de origem israelita, nosso Comando não descarta a possibilidade de que, por fim, tenhamos uma evidência palpável da urdidura do Plano Cohen, tantas vezes desmentido e nunca descartado, que previa a inoculação do bacilo bolchevique no organismo cristão da nação brasileira, como já aventado nos famosos Protocolos dos Sábios do Sião; d) assim sendo, apurou-se que o terrorista tem uma irmã, já devidamente rastreada pelos nossos serviços de informação que, conquanto ainda não tenha completado os 18 anos, já foi vista muitas vezes em redutos de comunistas – mormente num bar da Sé de Olinda, e em certa livraria, localizada na rua Sete de Setembro – onde ingere grandes quantidades de bebida alcoólica, tendo já desnudado as partes pudendas aos olhos de todos e recitado sandices alienígenas à nossa cultura, na língua enganosa dos ardilosos moscovitas, de quem é notória acólita; e) como é comum acontecer em situações similares, a defesa do terrorista, a cargo do Dr. Antunes, vem insistindo no fato de que o indigitado não estava em plena posse de suas faculdades mentais. Contudo, conforme o depoimento do destemido tenente Santos, não era o que indicavam seus reflexos rápidos, ademais do porte ilegal de arma de fogo – o que atesta premeditação. Registrem-se também as profusas orações marxistas que recitou, e que mandou o povo repetir, e a recalcitrância em entregar a pistola de uso pessoal, já subtraída de duas balas no pente, feito só logrado sem violência graças à interferência de uma irmã, também hebreia, que veio de São Paulo, e que tratou com rispidez este Comando quando indagada sobre suas razões para ter chegado a Pernambuco justamente ontem. Por fundamental, à guisa de conclusão preliminar, a Revolução reitera que os judeus serão sempre bem acolhidos no território brasileiro. Mas isso não exime este Comando de alertar os simpatizantes do Movimento Revolucionário de 31 de Março de 1964 que reportem doravante toda atividade israelita que lhes parecer digna de suspeição. Não deixaremos que a Estrela de David prevaleça sobre o sacrossanto símbolo da Cruz que paira sobre nosso Movimento redentor. Isso dito e esclarecido, pode a família pernambucana descansar em paz e retomar sua rotina, na certeza de que os arautos da Revolução de 1964 não descansarão até que estejam erradicados de nosso território todos os focos de beligerância, já conflagrados ou em vias de planejamento, pelos tentáculos soezes e imperialistas do Comunismo Internacional. Tudo pela Pátria. Recife, em 28 de julho de 1975.

I

Foi o jovem Dr. José Marcos Escoriel que, tão logo soube do sucedido, acorreu ao endereço que lhe fora passado pelo escritório de Dr. Rui, de pronto acionado para acompanhar o caso. O psiquiatra fez valer o bom sangue espanhol que lhe corria nas veias e explicou com veemência ao médico do Exército o quadro real do jovem Boris Neuman, seu paciente há mais de dois anos. Dois psiquiatras convidados pelo IV Exército, notoriamente ligados à indústria que Dr. Escoriel mais tarde qualificaria como fábricas de fazer loucos, relutaram em endossar seu diagnóstico.

"Dr. Escoriel, o senhor é muito jovem para ver o que já vi. Saiba que, historicamente, os hebreus podem ser fatores de desagregação às nossas tradições cristãs. Mais concretamente, podem ser o bacilo de destruição das famílias – e advirto que sei do que estou falando. Aliás, nesta cidade tudo se sabe. Os israelitas são notórios internacionalistas. No dia que tiverem poder para tal, não hesitarão em questionar o instituto da propriedade, desde que não seja a deles. Posso lhe dizer em privado de que fonte sei de alguns particulares pouco abonadores para a família. Não vou admiti-los de público, pelo menos por enquanto, para não comprometer a insigne esposa de um parlamentar, insuspeito de ser apoiador da Revolução. Dr. Escoriel, por que o senhor não aparece lá na clínica? É tão jovem, tão capaz. Por que ser o ingênuo do jogo? Ame o Brasil."

Desde que se decidira a fazer psiquiatria, Escoriel não tinha dúvida de que este era um domínio nobre da medicina. Jamais se vira tratando de rins ou intestinos e, a partir do quarto ano, começou a sonhar em ter seu próprio consultório, um lugar onde as pessoas chegassem carregadas de angústias e saíssem um pouco mais aptas para lidar com elas próprias, conhecendo-se mais a fundo.

Por outro lado, convinha assumir uma posição pública contra certos médicos que abraçavam a especialização, siderados pelo poder de controle que ela lhes permitiria exercer. De posse de um talonário de receita, equipamentos de eletrochoque, que ainda eram de regra em alguns endereços, operavam prodígios: incapacitavam os inconformados, enjaulavam os rebeldes e refreavam os ditos revolucionários, os transgressores da ordem. Depois, com as relações certas, montavam clínicas conveniadas onde ministravam psicotrópicos tanto aos desorbitados como a quem tinha vocação para a *baderna* – palavra que sintetizava as reservas do *establishment* para com a rebeldia sem causa.

Diante de representantes dessa ordem, de dois colegas que não escondiam a frequentação a masmorras e cafuas, Dr. Escoriel não pestanejou quando, com um olhar fixo e lacônico, disse aos colegas o que pensava deles. "Se me dão licença..."

Boris recuperava a cor. E a água do dilúvio não chegara. Mas outra represa rompera. O que o obrigaria a encarar um lento recomeço.

II

Tão logo Boris foi liberado das peias do inquérito, Hana pensou que aquela podia ser a chance de levá-lo para São Paulo. Mas o psiquiatra achou temerário fazê-lo naquele estágio, se ele tivesse a opção de não ir.

"As drogas de tratamento estão cada dia melhores. Mas tudo indica que o composto dos sintomas negativos ainda está latente. Temos um caminho para trilhar na terapia. Lançá-lo ao mundo a quente não vai trazer a renovação que se espera. Pelo contrário. Pode provocar o agravamento de ameaças que só ele percebe. A fase do delírio persecutório, da baixa sociabilidade e das alucinações, infelizmente, ainda não está debelada. Se é que estará um dia. É o que eu acho, mas vocês façam como acharem melhor."

Boris custou a retomar as velhas rotinas e levaria muitos meses com atendimento em domicílio, uma deferência que o Dr. Escoriel lhe fazia. Vez por outra, ia à Federação Espírita onde se sentia bem, embora saísse demasiado excitado de lá. Sua fidelidade ao espírito do soldado Shavitt não fora abalada, mas estava hibernada. Terezinha veio por iniciativa própria de Igarassu, procurou Brenda e informou que, apesar do problema com o olho, estava enxergando bem pelo remanescente. E que toparia ficar com Boris durante a semana, organizar a roupa dele, manter o apartamento limpo, cozinhar e, de vez em quando, lhe contar as velhas histórias da infância que o faziam sorrir. Ela era a única pessoa por quem ele se deixava abraçar.

Nenhuma solidariedade tocava mais o coração de Szymon do que a do amigo Leão. Concorrentes no balcão, a sinceridade de sua amizade só era comparável à do cunhado Samuel.

"Tenho quatro filhos, sei bem o que é isso. Importante é que Boris tenha tempo para se recuperar com calma, no ritmo dele. Conte comigo."

Szymon reprimia uma lágrima e apertava-lhe a mão quente.

"Você é um *mensch* dos pés à cabeça, um príncipe."

Assim, a vileza ensaiou os primeiros passos, mas o empenho do Dr. Rui, o advogado, e o inusitado dos fatos, pouco a pouco, desbastavam a maldade, afinavam-lhe o visgo e refreavam a velocidade de circulação. Quem não tinha um caso de parente próximo que cometeu as maiores incongruências diante do ocorrido? Os jornais contavam de um senhor que correu da avenida Guararapes até o bairro de Rio Doce, em Olinda. No vigor da forma física, só abria boca para respirar e dizer: "Corram que Tapacurá estourou".

Brenda tampouco tinha do que se queixar. Já tivera exemplos de que a peçonha humana desconhecia limites e, muitas vezes, podia se manifestar na boca de pessoas tidas em sociedade como exemplos de decência e empatia. De qualquer forma, diante da dor do filho, temia que a vida nunca mais voltasse a ser a mesma. Como contraponto, contava com o braço forte de seu amigo especial.

"Não se preocupe, as coisas cicatrizam com o tempo e Boris ainda vai levar vida normal. Ninguém morreu e tudo está empacotado no delírio coletivo."

Não é em todo porto que um coração de mãe se sente bem acolhido. Lá no fundo, remanesce sempre uma dúvida se fez algo de errado, se ignorou algum sinal importante, se deveria ter encarado os indícios de que alguma coisa não ia bem, especialmente depois da volta do filho de Israel. Isso a deixava meditativa, quase ausente. Nem o ar fresco de Gravatá ou o silêncio das tardes dos dias úteis aplacavam o olhar perdido, meio melancólico. E já nem lhe preocupavam os termos pomposos e ridículos dos que queriam ver no descontrole do filho um indício de militância, como se ele tivesse querido perpetrar um protesto ou algo que o valesse.

"Só oportunistas querem enxergar nos fatos uma conspiração. Quanto àquela mulher que não lhe sai da cabeça, deixe estar, Brenda. É uma infeliz que não vive sem mexerico. O que é nosso, o que nos uniu, é só nosso e pronto. Já o que ela insinuou sobre Boris é torpe. Essa fulana pertence a uma escória ligada ao que temos de pior. Ninguém que a conheça de perto leva a sério o que ela diz, é uma rematada cínica. Não duvide se ela um dia lhe disser que reza todo dia por você", dizia o Homem Sem Nome.

Chegou 1976 e, para o ano seguinte, Szymon resolvera que daria uma festa em abril para comemorar seus 60 anos. Apesar das intercorrências com Boris, era preciso seguir adiante. Quem sabe, uma comemoração não ajudaria a assinalar um capítulo novo de vida? Cada vez mais, tinha convicção de que escolhera o lugar certo. Ali era seu mundo, era àquela terra que pertencia.

"Nenhum homem é tão rico que não precise de vizinhos", dizia a sabedoria magiar.

III

Szymon descobriu, no decurso daqueles eventos, que mesmo as amigas de Brenda, aquelas senhoras que falavam em tom de mistério, mas que gargalhavam com uma boa piada, eram, na verdade, pessoas boas. A maioria tinha simpatias pela esquerda e abominava os militares. Szymon já gostara mais do Exército, pois tinha certeza de que sem ordem o país não cresceria. E sabia por experiência própria que a riqueza não é obra do acaso e da mera enunciação de uma vontade. Sem ela, não haveria progresso, por mais que aquela gente se encantasse com o poder das palavras.

Tinha pessoas com quem ele se encontrava ocasionalmente que pareciam fazer discursos e que se sentiam embriagadas pela própria voz, mesmo em breves conversas a dois, nas escapadas que dava no Centro para esticar as pernas. O Doutor Franca, o advogado, que Szymon tanto admirava, certa vez lhe disse que, para os pernambucanos, a beleza das palavras contava mais do que a ação prometida.

"É por isso que os daqui são os maquinistas do Brasil. A locomotiva, como o amigo sabe, é São Paulo."

Szymon achava que tudo que não pudesse ser explicado de forma simples, era falso. Daí admirar tanto as fórmulas do professor.

Boris retomara certa normalidade de vida. Embora algumas pessoas pudessem associá-lo ao episódio que o tornara tristemente célebre, ele começou a circular em relativa paz pelos lugares. Um dia Szymon o viu rindo de uma conversa que até pouco tempo antes era impossível de ser ventilada, muito menos travada. Foi quando o gerente de assistência técnica lhe arrancou um sorriso tenso com um comentário quase inadequado.

"Eu não fiz pior do que você porque não pude, Boris. Porque se eu tivesse uma pistola na cartucheira, teria sequestrado um caminhão naquele mesmo dia, rapaz. Aquilo foi uma loucura. Ninguém, ninguém mesmo nessa cidade pode dizer que estava tranquilo quando correu o boato. Na guerra é assim, você tem de manter aquele que pode ser seu inimigo na mira, até que a situação se esclareça. Todo mundo te dá razão hoje, sabia?"

Szymon pareceu ver os olhos de Boris brilharem muito embora fosse visível o transtorno que o tema lhe causava. Estaria emocionado? Será que o filho pouco a pouco reatava com sentimentos humanos de um mundo real?

"Vou passar na tua casa qualquer hora dessas para tomar aquele café de Terezinha e comer o pudim que ela faz." Boris não se saiu com argumentos de defesa, como Szymon esperava: "Apareça, papai. Mas vá sem mamãe."

Dessa vez foram os olhos de Szymon que ficaram marejados, embaçando as lentes dos óculos. Efetivamente, a visita aconteceu. Boris recebeu-o bem, com música clássica um pouco alta demais, é verdade, mas Szymon preferiu não pedir para que baixasse o volume.

"Meus colegas de turma estão quase todos formados na faculdade, papai. E eu ainda nem entrei. O tempo voou. Ainda vou empregar muito colega meu recém-formado, tenha certeza. Escrevi para Herman Kahn. Passei para ele minhas próprias previsões. Quem está na frente, já chegou ao ponto futuro mais cedo. Tem gente que nasce atrás de seu tempo, e outros nasceram para entender só os dados da atualidade. Os mais geniais, como eu e Herman, enxergam adiante. A gente pega um atalho e, quando os retardatários chegam, já estamos esperando, sentados e de banho tomado. Gosto muito do banho aqui. O chuveiro é grande e potente. Vivemos num ambiente de muita bactéria. Prefiro me lavar quando acordo, mas é bom também tomar banho à noite. Eu sou foda, vejo longe. Daqui de casa, saindo pouco, consigo enxergar mais longe do que quem passa a vida rodando o mundo. Se quiser saber uma coisa, basta me perguntar."

Szymon disse que fizesse as coisas a seu ritmo. Graças a D'us, os negócios prosperavam. E que ele dissesse se precisasse de contatos e capital. Ficaram conversando como há muito tempo não acontecia, se é que aquilo já ocorrera uma vez na idade adulta. Um só fator quebrou a harmonia, mas estava além do alcance de ambos controlá-lo: o anúncio do acidente que matou Juscelino Kubitschek na Via Dutra, noticiado na televisão. Para Boris, aquilo não poderia ter sido um acaso.

"Não foi acidente, papai. Certamente virão outros. Cuidado com Anita. É melhor você voltar para casa. Feche bem as portas. Fique com Brenda até tudo melhorar. Abasteça a despensa. Uma pessoa tem de ter sempre o armário abarrotado. É melhor."

Meu querido irmão,

Queria te fazer uma proposta. Posso? Um professor alemão de quem sou muito amiga me sugeriu fazer uma viagem de fim de ano aos Estados Unidos, onde ele dará conferências. Ficaremos uns dias em Nova York e depois estaremos livres para viajar pelo país por duas semanas. O papai falou que você está até se correspondendo com um americano, e uma viagem dessas pode ser inspiradora. Estaremos juntos o tempo todo. Topa ir? Estará um pouco frio, mas é aí que mora o encanto. Tem anos que você não sai do Brasil e a gente sabe que o mundo se renova. Converse com Escoriel a respeito e me diga o que pensa. Brenda achou a ideia maravilhosa e por enquanto é melhor não comentar com Anita porque ela pode nos xingar de lacaios do imperialismo até a partida. Beijo, Hany.

No início, Boris ficou muito mal com a proposta da irmã e tratou-a com rispidez quando ela telefonou com o propósito meio camuflado de sondá-lo.

"Deixe que eu viva minha vida em paz, Hana. Todos os problemas que tive aconteceram por conta daquela sua ideia de me rebocar para São Paulo a todo custo. Puta que o pariu, será que não posso ficar quieto no meu canto? Já não bastou Israel? Minha mãe veio falar de irmos para Gravatá. Veio falar de ar puro. Ar puro eu tenho em casa, porra."

Dias depois, ele fez um longo desabafo a Escoriel sobre Nova York.

"Acho que ela quer me deixar lá, só pode. Depois não tenho certeza de que os americanos me deixariam voltar. Eles estão apostando muito em cérebros, pagam caro pelo passe de quem tem cabeça boa para a ciência. Soube que te trancam numa sala com um bocado de professor vestido de preto e você só sai de lá depois de inventar alguma coisa, de preferência para uso militar. Pode ficar muitos dias sem dormir, sabia? Você quer dormir, mas eles jogam um balde de água, te dão uma toalha e recomeça tudo. Parece que botam uma colher pequena de cocaína numa xícara de café e você fica dizendo em voz alta tudo o que lhe passa pela cabeça. Chega a subir um cheiro de queimado. Lá em casa tem muito cheiro de queimado, mas é de quando os carros freiam na rua."

Quando Hana já tinha deixado de lado a ideia da viagem e até se condenado por ter acalentado um plano tão fantasioso, Boris surpreendeu-a. Quem sabe Escoriel não tinha encontrado o jeito certo de vender o projeto?

"Se você não fizer muita pergunta, eu vou, Hany, eu topo ir. Sempre gostei de viajar. E com você, pode ser bom. Mas você tem de me obedecer e prometer que a gente não vai a nenhuma universidade. E nunca vai pegar limusine preta lá, por favor. Vou porque acho também que você precisa de companhia. Se eu mudar de ideia, te digo amanhã. Ainda tenho uma coisinha para ver. Pedi a seu Nogueira, o porteiro, que ache um rato podre aqui no apartamento. Tem um cheiro horrível. Quando achar, aí te aviso. Se a gente for, é melhor não comer no avião. É melhor levar fruta, eu acho. Chegando lá, talvez possa acontecer coisa boa. Mas na volta, você vem até o Recife comigo para não ficar só na sua casa depois de uma viagem grande. Nunca se sabe que micróbios a gente traz."

IV

Hana e Boris embarcaram do Rio de Janeiro na noite de 24 de dezembro de 1976 para Nova York. Durante o jantar de bordo em tom festivo, Hana puxava recordações divertidas embora Boris não tenha tocado na comida, apesar do olho espichado que tinha para seu prato. "Estou sem fome, Hany."

Agora ela já tinha 32 anos.

"Estou mais velha do que a Brenda quando se casou com nosso pai. Ela tinha 29. Agora você é um garotão de 22, já não posso nem te chamar de *bubaleh*. Lembra quando a gente caminhava na Barra Funda, eu toda orgulhosa de meu irmãozinho? Anita nem tinha nascido ainda. E lembra aquela viagem de navio em que eu ia vomitar escondido? Você sabia que eu estava com a cabeça cheia de recordações da primeira travessia, quando Szymon e eu saímos da Itália para chegar ao Brasil? Eu estava tão perdida, Boris. Sonhava em rever uma baleia, acredita? E aquele cheiro do Recife que sua avó Fanny disse que a gente ainda ia achar bom, está lembrado? E não é que ela tinha razão?"

Boris apenas sorria. Às vezes fingia dormir para ver se a irmã ficava em silêncio, mas qualquer alteração no barulho das turbinas o levava a arregalar os olhos. Quando chegou a vez de Hana cochilar, ele passou longos minutos vendo três judeus religiosos que, paramentados de quipá e de *tefilin*, balançavam o corpo enquanto recitavam em voz baixa suas orações. Um deles ensaiou lhe fazer um aceno para que se juntasse a eles, mas Boris olhou para o lado e passou a evitá-lo. Como adivinhou que ele era judeu? Sempre soubera que os voos de feriados cristãos são os favoritos dos patrícios. Era talvez a mesma lógica que se aplicava a ele e à irmã.

Mas ali, a dez mil metros de altura, perguntava-se: o que era ser judeu? Szymon o levara à festa de confraternização de Natal dos funcionários. Um deles, mais exaltado, agradeceu por mais um ano e elogiou os Neuman de uma forma que ele ficara perturbado.

"Trabalhamos para judeus e integramos o rebanho dos que acreditam no Cristo com nosso salvador. Aleluia!"

Precisava ter dito aquilo? Szymon não gostava de falar em público porque tinha medo de se enrolar com as palavras, mas agradeceu, disse que ali o que havia era uma grande família.

"Vamos comer e beber. *Essa* é o que interessa."

Boris não gostava de pensar em temas religiosos. Não podia trazer coisa boa, pelo menos da forma como a religião era encarada pelos que viviam dela. Tinha, sim, uma simpatia por Buda, de quem se sentia próximo, mas preferia não comentar isso com ninguém. Já Israel o distanciara do judaísmo, isso era certo. Acreditava em algumas pessoas. Escoriel, a mãe, Hana, o soldado Shavitt e Teresinha. Mas ser judeu, ele já não sabia dizer se era ruim ou bom. Em Israel, conhecera judeus de quem não gostou nem um pouco.

"Sabe, Hany estive pensando em comprar um livro para Escoriel. Parece que ele se interessa muito por Buda. O que você acha? Será que a livraria vende um livro sobre Buda para um judeu? Tenho medo que meu pai fique doente de novo, Hany. Vi quando ele estava no hospital. Você só viu quando ele voltou para casa, mas eu vi na clínica, naquela cama grande. Brenda não me viu na janela. Ela tinha um olhar triste. Era normal que estivesse preocupada, mas eu não quis sofrer e saí rápido dali. Eu pensava que ela queria que ele morresse, mas ela depois me disse que não, que não queria. Então eu disse que era só brincadeira, mas ela ficou me olhando."

Então, dormiram. Quando Hana despertou, Boris já estava alerta e com uma expressão um pouco mais desanuviada.

"Menos cinco graus em Nova York, Hany. Acho que sempre quis vir aqui. O Herman me escreveu. Disse que mora na Califórnia, mas fica bem longe, como você sabe. É como ir do Recife a Porto Alegre. Preferi não dizer a ele que estava vindo para cá. Quando chegar a hora de pegar as bagagens, pode deixar que carrego as suas."

Na hora de preencher os formulários, Boris perguntou a Hana onde ficariam.

"Coloque 33 West, 55th St. O nome do hotel é Shoreham. Vamos dividir o quarto até a noite do dia 28. Então Martin chega e fico com ele, se você deixar, no mesmo andar que você. Tudo certo, espero."

E deu a Boris U$ 300.

"Foi o papai que pediu para eu te reforçar a mesada. Como ele é discreto, preferiu me fazer de emissária."

A caminho da cidade, Boris ficou em silêncio, contemplando o perfil de prédios de Manhattan. Algo de inexplicável o conectava muito a eles, o rapaz podia sentir. Oxalá não fosse um rebate falso do soldado Shavitt.

V

Para Hana, viajar era antes de tudo um percurso que se fazia para dentro. Os monumentos eram mero adorno à paisagem interior.

"Hany, não esqueça o livro de Escoriel. Se der, compramos hoje ainda. Mas não me ofereça café, é perigoso tomar café aqui nos Estados Unidos."

Na tarde do dia 25, caminharam poucas quadras até o Russian Tea Room. Hana tomou chá e Boris disse que embora estivesse liberado para uma cerveja, preferia esperar Martin para prestigiar um alemão com a bebida nacional. Não gastaria sua cota à-toa.

"Obrigada pela parte que me toca. Você vai gostar dele", ela disse. Tomaram uma sopa de beterraba que lhes lembrou a avó Fanny.

"De vez em quando ela fazia *borscht*." Depois dividiram um estrogonofe e terminaram com uma torta de queijo, também cheia de sotaques domésticos.

"A ligação é clara, Boris. Manhattan e alguns distritos são tão judaicos quanto a Boa Vista ou o Bom Retiro. Só que numa escala gigante."

Boris adorava a história cara à crônica judaica pernambucana de que foram seus judeus, expulsos com os holandeses, que começaram a Comunidade na cidade.

"Não é bom que eles saibam disso por aqui, Hany. Deixa eles pensarem que foram os ianques que fizeram tudo. Melhor pensarem que Pernambuco não está no mapa e que os judeus não existem."

Ela riu. "Peça uma coisa mais fácil. Aqui estão representados judeus do mundo todo."

Caminharam até o Rockefeller Center, onde Boris viu um rinque de patinação pela primeira vez. A árvore de Natal era enorme e ele identificou várias línguas sendo faladas ao redor.

O Shoreham de então era um hotel acanhado, mas bem localizado, a recomendado a Hana por Martin. Equidistante dos pontos nevrálgicos da Ilha – que poderiam ser o Hotel Plaza, bem ali na borda do Central Park, e Times Square, em direção à parte baixa da cidade pela Broadway –, dali Boris haveria de se lembrar muitas vezes no futuro e associar a rua 55 aos momentos em que considerava que voltara a respirar os ares do mundo.

Ele tinha em mente, para todos os efeitos, as palavras de Escoriel.

"A gente é o eixo da roda da bicicleta, bicho. Os aros giram, nos levam para a frente, mas o eixo fica no mesmo lugar. Os prazeres estão para ser curtidos. Mas a serenidade é boa conselheira. Quando ela estiver escapando, você já sabe como chamar o jogo para seu espaço de paz. Pense no centro da roda."

Boris nunca quis lhe dizer que esta era a imagem preferida do soldado Shavitt, quando invocado na Federação Espírita.

Naquela manhã de dezembro de 1976, caminharam em direção ao Central Park e nevava continuamente. Até as buzinas dos táxis amarelos pareciam mudas.

"A neve absorve o som", disse Hana enlaçando-o pelo braço, depois de lhe cobrir as orelhas. A temperatura parecia suportável, como se a paisagem aquecesse o espírito.

"Quando você voltar aqui ao parque para um passeio, cuidado para não ficar muito só. E, por hipótese alguma, esteja aqui quando escurecer. Mesmo rapazes fortes podem levar sustos desagradáveis."

As carruagens desciam vagarosamente a Quinta Avenida e os cavalos se aliviavam das necessidades em pleno movimento, enchendo os sacos acoplados nos fundilhos. O vapor subia e o odor impregnava o ar. Hana desatava a falar e Boris escutava, concentrado, ruminando as palavras e a paisagem.

"Adoro os cavalos de Cracóvia que ficam na praça principal. São garbosos, bem escovados, têm as patas peludas e crinas bem penteadas. Não foi uma cidade fácil para mim, fica ao lado de Auschwitz. Mas esse encantamento está lá também nos lampiões de Budapeste, nas pontes de São Petersburgo, nas escadarias de Kiev. Bem-vindo ao mundo, mocinho. Bem-vindo à vida."

Na altura do Radio City Music Hall, eles pararam e Boris perguntou:

"Você já viu tanta coisa, Hany. O que foi o Recife para você?" Ela nem hesitou: "Uma maravilha. Um porto seguro onde deixei nosso Szymon bem ancorado e em boas mãos. De lá, fui abraçar a liberdade. Ela é tudo o que a gente tem. Eu daria um dedo da mão para que Anita entendesse essa dimensão da liberdade. A de fazer o que precisa ser feito no tempo certo. Mas isso não combina com as descargas hormonais e com a falta de livro. Que Nova York possa ser para você o que o Recife foi para mim. Uma escala de reabastecimento para navegar pelo mundo."

"Hany, para uma cientista, até que você é toda poesia."

"São seus olhos, *bubaleh*."

Capítulo 13

S*afed*, I*srael*, R*osh* H*odesh*, P*rimeiro* D*ia do* M*ês de* S*ivan*, *ano de* 5748 *ou 17 de maio de 1988, Baruch Hashem! Querida Mamãe, mah schlomech? Espero que esteja bem. Assim como meu querido pai, para quem esta filha desterrada parece que deixou de existir. Ele nunca me mandou uma só linha.* Ein davar... *Aliás, a desculpa de dizer que se sente criança ao redigir em português não é justificativa para o silêncio. Ele podia tentar escrever em iídiche que alguém aqui traduziria para mim. Ou mesmo em húngaro, porque tenho uma colega que fala. Aliás, a Torá Sagrada diz que o amor supera as barreiras em qualquer língua, seja esta viva ou morta. Ou foi pelo menos assim que entendi. Na verdade, o interesse de Szymon Neuman, e aqui vem a triste verdade, não é pelo ser humano, como sabemos. Não é prerrogativa dos comerciantes simplesmente amar e se interessarem pelo sentimento do outro. Eles preferem muito mais fazer* gesheft *a se preocupar com a dor do semelhante. A vida dele prova isso. A gramática de Szymon é a do dinheiro, que aqui, em Eretz Israel, chamamos* kessef*. Você bem sabe,* Ima Sheli, *que perguntar sobre as carências dos outros foi uma preocupação recorrente em minha vida, graças a D'us, e, no entanto, acho que nem sempre estive à altura da tradição, o que trouxe inquietação à minha alma e à de vocês. Humildemente peço desculpas, mas aprendi aqui, nas últimas semanas, que confissão de culpa não é* uma virtude judaica e para isso já temos nosso sagrado Yom Kippur, que se volta justamente para os acertos de contas (olha eu aqui falando como Szymon, que Hashem me ilumine). Cometi equívocos? Sim. Deixei-me influenciar pelo mal? Sim, comi até treif com os goym, mas a aproximação daquela época era ditada pelos bons sentimentos e tão só por eles. Você tem amigos gentios, e até a um padre você já deu carona um dia, lembra? Eu me lembro. Szymon também não quer saber do credo alheio na hora de vender peças para tratar. Atende até usineiros sanguinários que encarnam o antipovo e que afogam os desvalidos no melaço quente de suas imensas tinas fumegantes. Mas só de pensar hoje que me fartava com linguiça de porco, me dá vontade de vomitar. Ocorre que eu ainda não tinha, à época, a percepção de que a verdadeira revolução vem de Hashem e que só Ele pode nos conceder a graça da harmonia e nos livrar da perversão. E que a comida kasher não é um capricho de radicais, de fanáticos religiosos que monopolizam o kashrut, e sim o primeiro passo para uma total higienização de vida. Começa pelo corpo e chega à mente. Matar os animais sem que eles sofram deveria ser um mandamento de vida para a humanidade, não só para o judaísmo. Comer peixe de escamas, jamais de couro, também. O peixe de couro come o que vê pela frente, o infeliz. E a lixeira dos rios. E já pensou o quanto é sábia a proibição de comer camarão? Basta pensar no que eles têm na cabeça. Aqui na paz da Galileia, ouvindo cigarras e vendo bosques de pinheiros, não tenho tempo para pensar em bobagem. Somos 60 moças de todo o mundo e sou a mais velha, a única com 30 anos, o que faz de mim uma espécie de mãe substituta para todas elas, Baruch Hashem, nasci ajuizada, o que não significa covarde. É claro que não falo para todo mundo sobre o período em que fiquei "hospedada" no Rio de Janeiro e agradeço todo dia a Adonai por ter me tirado do Talavera Bruce. Lá fiz amizades com guerreiras de valor, que guardarei para a vida, mas agora prefiro estar aqui, apesar de sentir certo tédio de vez em quando. Sei que Szymon deve lhe repetir todo dia o quanto dinheiro gastou com advogados para eu sair de lá, mas não fui eu quem pediu por mim a nosso próspero co-

180

merciante da rua da Palma. Hoje sei que foi Ele, Adonai, *que operou essa graça em minha vida porque tinha outros planos para Anita Neuman. Sim, fui presa, e daí? Vou dizer uma coisa: se estava levando algo ilícito na mala, era para ajudar um amigo a fazer dinheiro, e não me cabia ficar perguntando a ele o que tinha naquele pacote. Mãe, estou aplicando a mim mesma o método Paulo Freire de alfabetização de adultos para assimilar o iídiche que muitas das mais tradicionais falam por aqui, mais até do que o hebraico. Todo dia aprendo duas palavras que tenham significado para mim, entende? É mais fácil de memorizá-las se elas já fazem ou fizeram parte de sua vida. Quer saber as de hoje?* Potz *e* Tuches. *Pau e bunda, já pensou? Acho-as engraçadas. Não me arrependo de ter abandonado o ensino formal. Tenho, sim, a educação que só um coração nobre e muita humildade concedem. Depois, mãezinha, só voltando ao tema tabu, coloque-se no meu lugar. O Chico, que nunca imaginei ser um traficante – e até hoje não acho que seja e, se for, isso não é problema meu –, era um bom amigo e* tinha *pagado minha passagem de avião. Entre nós, ele ia se encontrar comigo depois em Madri. Mas, infelizmente, não rolou. Ele não era uma pessoa qualquer e até vocês teriam gostado dele porque, pelo menos, era branco e escolado. Sei que vocês tinham preconceito contra Firmino (se D'us quiser, Terezinha ainda vai recuperar a visão do olho avariado) e contra Valmir, só porque eram pobres e mulatos. Chico me disse que minha ação estava ligada a uma missão do Partido e que estávamos arrecadando fundos para uma agremiação realmente revolucionária, trabalhadora, de base. Bem, isso agora passou e torço para que ele também saia da cadeia um dia para que voltemos a ser amigos. Na semana retrasada, houve o feriado de Lag Baomer e nossa congregação foi em massa para a* hillula *do rabino Shimon Bar Yochai que teria sido discípulo do rabi Akiva, mais de mil anos antes da descoberta do Brasil, acredita? Em Meron, acendemos uma fogueira, mas eu não quis ir até a tumba de Bar Yochai porque estava indisposta. No dia seguinte, a* rebetsim *Malka me chamou para uma conversa e disse que o que uma de nós faz, todas são obrigadas a fazer porque a isso se chama viver em comunidade. Fiquei caladinha pensando no que diria em outros tempos. Então, respirei fundo e agradeci a D'us por ter me dado uma chance de recomeço sob o signo da virtude e da obediência. Ontem foi Dia de Jerusalém e cantamos* Yerushalaim Shel Zahav. *Fiquei arrepiada de emoção. É uma espécie de* Asa Branca *daqui. É esta a nova Anita que vocês verão se um dia voltar para o Brasil. Na próxima semana, vou ter um* schiduch *com um senhor muito respeitável, dizem que piedoso e delicado, um viúvo a quem fui recomendada. Vamos ver se vai se cumprir a vontade de* Hashem. *Se Ele quiser que venha a ser eu a cuidar dos cinco filhinhos órfãos, assim será.* Shalom velehitraot. *Que* Hashem *possa iluminar seus caminhos. Sua filha, Anita.*

I

Szymon, um dia, despertou com a sensação de que estava sendo observado. A luz solar invadia o quarto espaçoso e as cortinas balançavam ao vento, trazendo a salinidade do Atlântico. Se voasse dali em linha reta, pensava, chegaria à África, de que falava o velho professor de história. Nessas horas, gostava de fechar os olhos e pensar em algum episódio distante que, de preferência, o remetesse à juventude. Sabe-se lá se não era em resposta a algum sonho.

Lembrou que, certa feita, Imre lhe falara dos húngaros que foram povoar a África, na Núbia. Chamados de magiárabes, os sudaneses de Wadi Halfa tinham pele mais clara, olhos pequenos e cabelos arruivados. Como podia? Por que aquilo o enchia de certo orgulho? Às vezes, perguntava-se se, lá no fundo, ainda se sentia húngaro? Teria ficado na Europa Central se tivesse tido a chance? Retomando os espíritos, passou as costas das mãos nos olhos.

"Bom dia, Brenda. O que aconteceu? Por que você me olha como se eu fosse um *dybbuk*?"

Ela apenas sorriu. Segurou-lhe a mão, aninhou a cabeça no ombro do marido e, devagarzinho, como se temesse que alguma coisa quebrasse o encanto, falou com uma voz cálida, cheia de musicalidade.

"Sem você, minha vida teria sido um grande vazio, sabia? Você é um homem correto e gentil. Trouxe para mim um presente que foi Hana, e ainda me deu dois filhos que adoro do jeitinho que são, com todas as imperfeições que possam ter. Você sempre tolerou meu mundo, mesmo ele não sendo bem o seu, e hoje acho que você tinha razão em algumas coisas. Você foi mesmo uma benção na minha vida e tenho orgulho de ver tudo o que fez sem padrinhos, sem influências políticas, só com sua cabeça e esse coração de homem simples, que faz de você tão bonito."

O que estava acontecendo? Por que Brenda resolvera lhe dizer tudo aquilo logo ao amanhecer? Será que andara lendo versos na madrugada? E depois, onde já se vira tanta meiguice ao despertar, por iniciativa própria? Será que a esposa esquecera que seu horário preferido para certas intimidades era antes do jantar, quando chegava do escritório? E o que podia estar na origem daquela torrente de coisas ternas, que brotavam do nada? Na Hungria, dizia-se que um homem deve confiar numa mulher tanto quanto no sol de abril.

"Fico imaginando você em Budapeste, rapazinho, trabalhando na garagem do Exército, viúvo antes da hora, com uma filhinha, sem jamais imaginar que existisse alguém de nome Brenda Novinsky, uma cidade chamada Recife, um país chamado Brasil."

Aonde ela queria chegar? Será que tivera uma daquelas conversas de intelectuais com as amigas? Será que, como todo mundo, elas envelheciam e começavam a descobrir que um homem para ter valor não precisava pintar quadros, escrever versos ou compor música? Que os homens do concreto, os que se preocupam fundamentalmente com sua pequena família, também têm seus méritos?

"E que um dia você ia me levar à *chupá*, e começar uma segunda vida. E que você ainda teria pela frente uma terceira vida, e que deixaria para trás o que já tinha em São Paulo para enfrentar um recomeço. E pensar que você fez tudo isso por mim. Você, sim, é um *mensch*, daqueles de que fala o rabino Beryl. Obrigada."

Szymon brincou: "Olha que o coração aqui está remendado, hein? Não está mais zero quilômetro."

Alguma coisa tinha acontecido. O que quer que fosse, havia sinceridade em cada sílaba dita naquele sotaque melodioso que ele agora já sabia distinguir dos demais, a ponto de dizer que a prosódia do nordestino lembrava a húngara.

Naquela manhã, Szymon contrariou os hábitos e o coração acelerou antes mesmo do café da manhã. Era domingo.

II

Boris voltou dos Estados Unidos.

Sim, fundamentalmente era o mesmo. Na primeira consulta que teve com Escoriel, entrou no consultório com o elã de quem revia um amigo. Mas preferiu não lhe apertar a mão.

"É para o seu bem, estou chegando de outro ambiente viral."

No entanto, o diapasão de confidentes prevaleceu. O terapeuta não era mais o protetor que lhe tirou do quartel com um mandado de segurança e um atestado médico. Então, deu-lhe um livro de presente com intrigantes garatujas concentradas ao pé da página em que se liam: "Para você que sabe (um pouco) quem eu sou, aqui vão pensamentos de alguém que sabe quem somos. Que Sidarta Gautama se mostre como Ele é. Atenciosamente, BN". O psiquiatra fez uma pequena peroração sobre Buda, agradeceu e se dispôs a ouvir as novidades.

"Fui mais para proteger Hana, sabe? Ela ia encontrar um alemão que é biólogo marinho como ela. Um dia vou chamá-la para trabalhar comigo, mas antes preciso colocar em prática umas ideias para as quais as pessoas ainda não estão prontas. Mas você mesmo diz que ter paciência é importante. Ando fazendo de conta que não tenho meu terceiro olho. Acho que a gente podia se ver mais uma vez por semana porque queria te explicar melhor os projetos que vou propor a Herman Kahn. Os pais dele também eram judeus, mas ele me disse que se afastou do judaísmo. A preocupação dele é com a bomba termonuclear, com a possibilidade de ataques atômicos, com os tempos de resposta. Se o mundo não acabar antes, ele acha que a Coreia vai ser uma grande potência. Comprei um livro dele que fala dos próximos 200 anos, mas estou evitando abrir porque fala também da Amazônia. Vou deixar para depois porque moro ao lado do consulado americano. Disse a Herman que o soldado Shavitt morreu com pouco mais de 20 anos, mas que também sabe muita coisa e que ele precisa botar no próximo livro que a chance de extermínio da humanidade vem dos micróbios. Hana disse que vamos ter bactérias resistentes a qualquer medicamento. E há os vírus que vão se esconder na sua mala, entrar no seu organismo pelo seu nariz e matá-lo. Vou à Federação para fazer um contato. Acho que preciso ficar um tempo sem voltar aqui porque tenho coisas para escrever e preciso também preservar minha saúde. Queria também comprar um sapato amarelo. Mas o Recife é bonito, viu? Fique aqui para sempre. Não volte para sua terra. Amanhã vou ao consulado americano para uma verificação. Sei que o remédio que você me dá é para o meu bem. Sei que preciso tomá-lo para evitar aquele buraco. Não tem problema ficar com a boca seca, não me importa. Você já tomou Coca-Cola americana? Eu não quis, mas tomei cerveja. Pouca bebida é bom. Vou falar uma coisa. Às vezes acho que, quando venho aqui, termino falando muita merda. É como se eu achasse que você quer que eu diga merda. Se não disser, você perde seu sustento para comprar ração para seu cachorro. Mas eu, por aí, lá fora, não falo como falo aqui. Sou mais precavido. Diga depois o que achou do livro. Você pode começar a ler agora, se quiser."

Boris foi à festa dos 60 anos do pai, embora tenha sido dos últimos a chegar e dos primeiros a sair. No fim do ano, Escoriel disse a Hana que o via como bastante estabilizado, que São Paulo era, por uma vez em anos, uma opção a ser encarada, desde que seu irmão desse continuidade ao tratamento. Ele poderia sugerir o nome de um colega.

Para Szymon, Boris também abriu o coração. O amigo de Hana com quem tinham estado em Chicago lhe agradara.

"Boa gente, papai. Ele me contou que foi professor dela e que os dois agora são amigos especiais. Ele gosta muito de ciência e vai me ajudar quando eu quiser conhecer outros professores. Ele acha que a faculdade para mim é pouco, é coisa pequena, mas que pode ser que eu goste de um estudo dirigido para o que me interessa. Falei que podia fazer o doutorado direto e ele ficou me olhando.

Acho que estava me avaliando, não é? E aí disse que era possível, que algumas universidades aceitam."

Szymon aceitou a água de coco que Terezinha ofereceu.

"Esteve já com seu amigo médico aqui? Trouxe um perfume para ele?" Boris riu. "Ele não gosta de perfume, papai. Eu acho. Trouxe um livro sobre um pensador. Ele acha que estou bem. Falei que Anita é meio maluca, mas ele pediu que eu fosse tolerante com ela."

Pode ter sido por isso ou não, mas Boris tratou Anita com surpreendente receptividade. O que antes lhe provocava irritação parecia quase diverti-lo. Continuava chamando-a de Madre Teresa e ela o chamava de Dr. Jekyll, alusão de que ele não gostava, mas se segurava.

"Se eu não te chamasse de Madre Teresa, como você queria ser chamada?" "Rosa de Luxemburgo", ela dizia sem pestanejar. "E você, se não fosse Dr. Jekyll?" Ele a olhou e disse: "Albert. De Albert Einstein. Ou Herman, pronto. Herman está bem."

Ela rebatia: "E sua querida Hana, como vai? Cuidado com ela, viu? Li que tinha muito fascista na Hungria. Inclusive entre judeus. E que teve muito *kappo* de campo de concentração que era húngaro. Eles bajulavam os alemães. Aliás, que tal o namorado alemão dela? Será que o velho tem uma suástica tatuada na bunda?"

"Pare de falar merda, Anita, chega. Você bem que queria ter ido aos Estados Unidos. Azar o seu se ela não te chamou."

"Não iria nem morta. Tanto país para ver e ir logo para aquela porcaria."

Samuel Novinsky insistira com Szymon para que ele construísse uma casa perto da dele, na praia de Tamandaré, no Sul de Pernambuco. Mas Szymon achava-a longe da cidade. Ademais, já morava em frente ao mar. Se tivesse que construir uma propriedade, seria na ilha-presídio. De preferência, não longe do Forte, a essência mesma da mitologia dos começos, que quase nunca se desvanece e resiste ao tempo.

"É melhor que a gente tenha uma casa de cada lado do litoral, cunhado. Quando eu quiser ir ao Sul, fico na sua. Quando você quiser ir ao Norte e rodar menos, te espero na minha. Quem tem escolha nessa vida já é rico."

Anita, que vivia de déu em déu, sempre na casa de amigos misteriosos, quando não deliberadamente sumida – como quando ficara amotinada num quartinho com o namorado Valmir –, vinha achando seu espaço em Itamaracá. Da sala de estar envidraçada, via um pequeno roçado de ervas e cogumelos medicinais, longe da entrada. Menos mal, pensava Szymon. No lago Balaton, um patrício lhe dissera que a água apaziguava.

"Se você for acossado pelo destino, é só mergulhar para ter uma morte silenciosa." Mas esse não era um ditado popular húngaro. Fora gestado pelo escapismo universal dos suicidas dos tempos de guerra.

III

Anita começou 1977 indócil. Como fizera a amiga Olga, com quem trocava coreografados beijos de língua como saudação, deixou crescer chumaços de pelos ruivos nas axilas. Quando Brenda perguntou se achava aquela moda realmente bonita, a resposta pegou-a desprevenida: "Depois da morte de Vladimir Herzog, você queria o quê? Nosso luto tem de ir para algum lugar. Mostre onde está o seu que talvez eu mude de ideia."

Brenda rebateu dizendo que o corpo humano não é cartaz ou jornal mural.

"É por isso que estamos nessa bosta", disse Anita.

Alguém lhe sugerira que procurasse a jornalista Cristina Tavares, que seria candidata a deputada. Eis uma mulher inteligente e combativa, que seguramente a acolheria como voluntária no comitê. Ressabiada com a vida escolar que não saía do lugar, pendente do Madureza que não fizera, e sem sequer o certificado de segundo grau aos 19 anos, ela cavou um encontro com a mulher-referência. Tomando um drinque, Cristina a examinou com olho clínico e perguntou sobre suas áreas de interesse.

Excitada, Anita disparou a contar sua vida.

"Meu pai é aquele cara cheio de grana, um judeu húngaro que escapou dos nazistas, mas que deixou que eles levassem o resto da família para o sacrifício. Pelo menos é assim que vejo. Minha mãe era uma mulher livre, uma curiosa do marxismo, mas não resistiu e abriu mão da liberdade para ter filhos e virar madame, dessas que compram um quadro em Olinda toda semana, só para se sentir bem com a consciência pequeno-burguesa."

Cristina franzia o cenho, enquanto tomava mais um drinque.

"Você é filha única?"

Anita parecia estar esperando por essa pergunta.

"Infelizmente, não. Tenho uma meia-irmã que vive em São Paulo, que acha que estudar já é a própria revolução, o que é uma visão ultrapassada. E tenho um irmão que talvez você conheça de reputação por conta de ter botado um revólver na cabeça de um soldado no Alto do Mandu porque ficou apavorado com a ameaça do estouro de Tapacurá. Enfim, minha casa é esse circo e a última coisa que eu queria era ser a princesinha judia que come três vezes ao dia e fica à espera de um *Yekke* de São Paulo. Não aceito isso nem a pau. Para a Comunidade, já sou vista como uma traidora do judaísmo."

Cristina acendeu um cigarro, cruzou as pernas e, com o queixo apoiado na mão, de alguma forma se via na figura daquela moça vivaz e bonita.

"Eu te entendo, minha querida. Só acho que você não pode deixar o estudo em segundo plano. Também sou tida como traidora de minha classe. Mas não é porque temos negócios de família que estamos condenadas à imbecilização. Quem não olha em torno de si, não tem lugar no meu mundo. Já tivemos uma boa revolução de costumes. Está na hora de termos uma transformação social. Mas para isso precisamos de massa cinzenta. E de um pouco de ternura. Com ódio, a gente não chega a lugar nenhum. Mas com covardia, também não."

Anita sentia que renascia.

"Já se foi para mim essa onda de depilação, de peitos no sutiã, de ser mãe, monogâmica, heterossexual, sei lá eu. O que devia pegar as pessoas pelo pescoço era recusar a pobreza como destino. Como se alguns já nascessem com uma vassoura na mão e condenados a comer todo dia um prato de arroz com ovo. Já sofri horrores por conta desse fascismo cultural. Odeio morar no edifício Jacarandá e nunca li *A moreninha*. Já tive um namorado chacinado por conta de uma queixa que minha família fez contra ele e outro muito prejudicado só porque trabalhava na loja de meu pai, que, eu sei, cobra caro, não pratica o preço justo. Essa gente critica o sistema financeiro, os juros, mas termina agindo igual porque repassa tudo. Onde é que a onda estoura? Nem preciso dizer, não é? Para a campanha, te sugiro levantar uma bandeira dentro do hotel de tua família. Instituir participação nos lucros para os empregados podia ser uma boa prática. Em muito lugar da Europa, isso já é praxe."

Por fim, Anita conseguia deixar atrás de si uma porta entreaberta por onde pudesse entrar um dia. No mais, ela achava que 1977 começara amorfo, a sociedade parecia acomodada, e só na música reluzia um lampejo de transformação. Anita escutava até trinta vezes consecutivas *O que será que será?* e deu uma descompostura em Brenda quando ela lhe sugeriu que procurasse o terapeuta de Boris: "Ele não pode te atender, minha filha, mas pelo menos faz um encaminhamento para outro conhecido."

Irritada, ela rebateu: "Não me venha falar de médico aqui, não. Da última vez que fui a um, deixei uma azeitona ensanguentada no vaso. Fiz um aborto, sim senhora. Foi de tanta pressão que o sistema fazia em mim por ter engravidado de um cara que era operário e pardo, ainda por cima. E tem mais: da vez que caí na besteira de ir com você ao médico, quando minha cara estava toda lanhada, você e o dermatologista conversaram como se eu nem estivesse ali. Sei, não. Depois pensei: o que merece um judeu de Budapeste que deixou a mulher ir para um campo de concentração? Tire suas conclusões."

Nem assim, Brenda amaldiçoou a hora em que pariu uma moça tão despudoradamente agressiva. Atribuir a virulência à consciência social, como dizia Teresa, era desservir o socialismo e a fraternidade.

IV

E, então, chegou abril. Szymon não passara um dia do mês sem fazer verificações, dar telefonemas e rever a lista de convidados para ver se não cometera nenhuma omissão de que pudesse se arrepender, e que não ferisse as suscetibilidades daquela gente tão acolhedora, mas tão emocional. De São Paulo, além de Hana, vinha uma dúzia de fornecedores e amigos, e Itamaracá conheceria a festa da década. Passada a ponte, Szymon conseguira colocar placas de sinalização com flechas que indicavam aos convidados o melhor caminho para chegar à sua casa.

Sessenta anos não era uma data banal. Muita gente sucumbia bem antes disso. Ele próprio escapara por pouco da morte. Aquela que o mundo consagraria mais tarde como Zsa Zsa Gabor nascera no mesmo ano que ele, na mesma cidade. Szymon fora amigo de Magda e Eva, suas irmãs, tanto como Brenda fora das irmãs Lispector, que moraram num sobrado de canto da praça Maciel Pinheiro.

Passados os feriados de Pessach, todas as energias se voltariam para a festa à beira-mar. Durante a páscoa judaica, o primeiro *seder* aconteceu na casa de Samuel, como vinha sendo praxe desde a morte de Fanny. Já o segundo *seder*, também alegre, aconteceu no edifício Jacarandá e Brenda ficou especialmente emocionada. Lembrou da mãe, cuja presença lhe iluminara a vida desde sempre. Por muito que tentasse, jamais conseguiria se igualar a ela em empatia, sensibilidade, na capacidade de perceber com um canto de olho o que a maioria não percebia com os olhos arregalados. Que forma encontraria, um dia, de dizer à sua caçula que, não se dando o devido valor, sempre hipotecada ao reconhecimento de terceiros, seu amor era um ativo barato, simples passatempo de muitos, paixão curta de alguns e amor para valer de ninguém? Que falta lhe fazia Fanny.

Anita trouxe duas amigas que se excederam na bebida. Até por isso, ficou preocupada porque sentiu Boris crispado com os risinhos das meninas. Que respeitassem a ocasião.

"Agora vamos dar um tempo no vinho, meninas. Isso é vinho de celebração, sobe rápido à cabeça e aí perdemos o melhor."

Os *gefilte fish* foram feitos com carpas que um amigo de Szymon mandara de São Paulo.

"Disse ele que vieram de Israel. Vamos fazer de conta que acreditamos."

O *yoch* estava como nos tempos de Fanny e, em casa, Szymon presidiu a cerimônia com solenidade e um sorriso de quem pede indulgência porque sabia que não era tão afiado quanto o cunhado, que ali dava a primazia ao anfitrião. Boris não cantou e achou que a tia Miriam estava usando de um tom estridente. Mesmo assim, tentou sorrir e piscou o olho para o tio Samuel.

Ma nishtana halayla haze mikol ha'leilot, entoou Szymon com voz grave, e a quipá lhe fugindo por trás da cabeça. *Mikol ha'leilot? Shebechol ha'lyot ano ochlin chametz u'matzah. Ha'layla Hazeh, Ha'layla Hazeh kulo Matzah*, respondiam os demais enquanto Anita fazia de conta que se distraía com nacos de pão ázimo, com que montava uma espécie de casinha, para deleite das convidadas.

Das celebrações judaicas, aquela que marcava o fim da escravidão dos hebreus no Egito era a que tocava Szymon mais a fundo. Podia rever a sala rústica da família Kertész, onde mais de uma vez celebraram a data. Os cheiros eram muito similares e os sabores idem. O que mudava era o cenário. Como seus antepassados, Szymon fugira para a liberdade. Graças a ela, trabalhou e cresceu.

Hoje estavam ali, naquele belo endereço. Eis uma *passagem* de verdade, na melhor acepção da data. Completando os 60 anos, trilhou um percurso longo entre a garagem do Exército Húngaro, a oficina de São Paulo e o aniversário.

"Prudência, moderação e disciplina física são a chave. A essa altura, as sequelas do infarto já sumiram, acredite. Você não vai morrer do coração, se tomar cuidado", disse o cardiologista.

V

Anita foi para Itamaracá mais cedo. Como teriam casa cheia no sábado, 17, e sob pretexto de ajudar na organização, por lá mesmo ficou com Fátima, uma estudante de sociologia que trancara a matrícula e estava vivendo um semestre em torno de pautas nacionais, a começar pela mobilização em prol da Anistia.

A repressão visava a vida universitária e não eram poucos os estudantes que deixavam a grade curricular em segundo plano porque de pouco valeria apostar no próprio destino se o obscurantismo ameaçava o país e, de certa forma, o mundo.

Ator secundário na Guerra Fria, o Brasil vivia num limbo. Nem era mais uma ditadura sanguinária nos moldes do que se operava no Cone Sul, mas conseguia o prodígio de neutralizar a consciência política do mundo com um arremedo de ordem democrática.

"Eu quero é ver como eles vão reagir quando provarem do próprio veneno", dissera a jornalista Cristina, frase que Anita repetia sempre que o debate se instaurava.

Anita não precisou esperar muito para constatar que ela tinha razão. Na noite da quarta-feira, 13, o governo Geisel decretou o chamado "Pacote de Abril", um passo para trás na agenda nacional, editado para dirimir os efeitos da vitória da oposição em 1974. Assim, em 1978, as próximas eleições seriam realizadas sob a égide das novas regras, inclusive com um terço de senadores eleito indiretamente, ou seja, apontado por Brasília. Era a forma mais descarada de distorcer as regras que, bem ou mal, vinham funcionando. Mas as notícias não chegaram em tempo real ao retiro de Anita em Itamaracá.

Isso porque ela e Fátima passaram quase dois dias fumando os baseados que Anita enrolava entre uma caneca de café e a seguinte. A eles se seguia um sono cataléptico e uma profusa atividade culinária em que faziam bolos na cozinha, deixando as formas soladas de massa caramelizada.

Na noite da sexta-feira, quando Szymon e Brenda chegaram do Recife trazendo os jornais, o estupor se abateu sobre a casa endomingada. Anita sugeriu ao pai o pronto cancelamento da festa. Szymon argumentou que aquilo era um absurdo, que sua vida nada tinha a ver com o calendário político. Nem Brenda conseguia arrefecer o furor de Anita.

"Minha filha, tenha consideração por seu pai e nossos convidados. E depois, não submeta seu irmão a mais tensões. Já foi tão bom ele ter topado vir."

Mas isso tampouco funcionou. A fúria parecia se voltar para Szymon.

"Quarta-feira, assassinaram a democracia, e você não se mexe. Ontem, quinta, foi *Yom HaShoah* e parece que isso também não lhe diz respeito, mesmo tendo perdido a família para os nazistas enquanto pescava no lago. Amanhã, você recebe milionários paulistas que esmagam os trabalhadores. E tudo isso para quê? Para festejar seus 60 anos de inutilidade. Você me dá nojo." E cuspiu aos pés do pai.

Szymon naquela noite tomou um isordil sublingual e pediu a Brenda que a convencesse a ficar de fora da festa. Na noite de 17 para 18 de abril, no auge da comemoração, quando começava o domingo, Anita e Fátima, um pouco trôpegas, derrubaram uma cascata de camarões diante dos convidados. Então, trocando olhares de encorajamento mútuo, tiraram as blusas e mostraram os peitos nus onde cada uma ostentava slogans e gritos de guerra pintados a batom. Em Fátima, *Anistia* figurava no colo. Em Anita, *Abaixo a Ditadura*.

Szymon e Brenda foram consolados por todos os amigos e de alguma forma a festa continuou.

Capítulo 14

DIZ ELE QUE VAI SE CASAR, GUITA, QUEIRA DEUS. ENTRE NÓS, TOMARA QUE não tenha filhos porque fica mais fácil de desatar o nó mais adiante, se não der certo. Nancy parece que é daquelas que tocam a vida pensando no que os outros estão achando dela; faz o tipo daquela paulista certinha que tem horário para tudo. Isso te diz alguma coisa? Pois é, uma yekke das brabas, isso sim. Agora quem disse que isso é ruim? Encontrei por acaso o ex-terapeuta dele na casa de Janete e, discretamente, ele até me deu os parabéns e sorriu com a notícia. Quando falei sobre o jeitão de minha futura nora, ele ficou sério e me tranquilizou, dizendo que pode ser até muito bom porque uma mulher assim pode ajudá-lo a se estruturar, a se sentir mais seguro. Fiquei, então, imaginando uma espécie de enfermeira alemã, mas guardei a piada. Já Szymon curte mais do que eu a perspectiva de ser avô. Ele sempre achou que Hana fazia a coisa certa em ter a vida sentimental dela do jeito que tem. Mas com Boris, é diferente. Talvez porque seja o único filho homem. Seria uma forma meio medieval de passar o nome dos Neuman adiante. Não esqueça, nós judeus somos meio asiáticos, quer se queira, quer não. Seja a razão que for, ele merece. Szymon está para completar 70 anos, Guita, e acho que o húngaro é de ferro, viu? Quando teve aquele infarto, lá se vão já bem 15 anos, foi como se uma luz tivesse baixado sobre ele. Passou a caminhar todo dia, vive bronzeado e não perde o horário dos remédios por nada. Sei que ele queria ter alguém a quem legar os negócios, mas a alternativa vai ser vender a firma, o que é uma pena. Hana não deixaria sua biologia marinha por nada na vida, Boris assume que não tem vocação administrativa. Pode até parecer que implico com Hana, mas não é verdade. Sem ela, Boris teria ido a pique. É graças a ela que ele está mais equilibrado em São Paulo. Ao jeito dele, é claro. Quanto a Anita, você já sabe. A bem da verdade, acho que o período em que estive mais tranquila com ela foi quando morou em Safed, vivendo como frum, igual a freira num convento. Szymon não acreditava que isso fosse durar muito tempo. Naquela época tudo o que importava para ela era a vontade de Hashem. Pensei que iam casá-la com um ortodoxo daqueles de cachinhos, coitado do homem, mas a onda quebrou antes de ficar grande, como diz Boris. Dia desses, estava relendo as cartas dela e dei boas risadas. Nas fotos que mandava, estava sempre de sapato tênis, o cabelo enrolado numa touca e a saia quase no chão. Ah, Anita! Quanto a mim, vou bem, sim. Você sabe, sou mais acomodada do que deveria. Depois do casamento de Boris, acho que Szymon vai querer fazer uma viagem e já o vi conversando com Mote sobre alguns roteiros. Vou ter de encarar e será com prazer. Tenho visto Teresa, que continua naquela placidez, cercada de amigos e lidando como pode com a filha que só apronta o que não presta. Já Janete vive viajando no mundo. Digo sempre a ela que não preciso viajar porque ela já faz isso por mim. Vale mais ouvir um relato dela sobre Veneza do que ficar me equilibrando numa gôndola pelos canais. Já quanto à política, não sei nem o que dizer. É claro que para quem veio de onde a gente veio, a raposa do Tancredo não era nenhuma panaceia. A gente queria ver povo de verdade naquele palácio, não é? Mas quando ele morreu, até Szymon ficou com um nó na garganta. E depois, minha amiga, pegar Sarney pela proa foi dose para matar elefante. Um dia vamos ter, sim, um governo realmente popular, preocupado com desigualdade, dirigentes amigos das artes. Espero ainda estar aqui para viver esse momento. Mas continuo achando que quem faz as revoluções somos nós mesmos, Guita, basta olhar para os la-

dos. De vez em quando, vou a Igarassu ver Terezinha que trabalhou com a gente, aquela que o amigo de Anita quase matou. Terminou perdendo uma vista, mas tem se virado com a outra. Szymon comprou a casinha onde ela morava e agora Ritinha está cuidando dela e de um monte de filho. Chego lá e ela vem me servir bolo e passar café. Eu digo: "Terezinha, mulher de Deus, se for assim, não venho mais. Estou aqui como sua amiga e não como ex-patroa, coisa que nunca me considerei". O acaso também é muito mais importante do que a gente imagina. Diz Boris que ele não existe. Mas veja: quando fui a São Paulo, a pretexto de visitar a família, você sabe de olho em quem eu estava, não é? Mamãe sabia, o que é que a esperta Fanny ignorava? Mas não deu certo. Eu podia ter ficado o resto da vida como estava, meio tico-tico no fubá. Mas aí apareceu Szymon. Com ele, Hana, que era uma menininha tão apaixonante. Foram muito bons aqueles anos que passamos na alameda Nothmann, quando Szymon dava duro na oficina e aprendia português. Lembro da sinagoga da rua Augusta e daquelas rezas dos húngaros, cheias de oioioi, um pouco diferentes das nossas. Depois, veio o reencontro com o Recife e assim vamos levando essa vida que passa tão rápido. Quanto àquele tema que você conhece bem, ficou para trás. Foram anos muito bons, de muita cumplicidade, e ele me ajudou a atravessar uma época difícil da vida. Orientou muito sobre a doença de Boris, esteve ao meu lado quando Szymon infartou e acho que Anita só não foi presa aqui por causa dele. Quando me desesperei daquela vez que ela sumiu e foi morar com o chefe do almoxarifado da loja, quem é que ia descobrir onde estava essa menina? Pois bem, foi ele quem a localizou em Campo Grande, vivendo naquele barraco. Mas depois conversamos com serenidade, disse a ele que o que tínhamos dado um ao outro não ia morrer nunca, mas que era hora de terminar. Ele também foi compreensivo, talvez até demais. Eu disse, entre brincando e séria, já está com uma pretendente, não é? Temos carinho um pelo outro, já nos vimos socialmente, mas com toda cerimônia de quem não é íntimo. Quando chamo ele de doutor, percebo um riso no canto da boca. Era um caso de pele muito forte, você entende.

Quando eu dizia isso, ele brincava: é por isso que sou dermatologista. Um homem, enfim. Não essas coisas unissex que estão saindo hoje da linha de montagem. Bom, ficou para trás. Mas agora queria que você me contasse de você. Tem visto Zé Cláudio? Menina, para mim, não tem pessoa mais divertida. Cada história dele termina sendo uma aula com direito a muita risada. Puxa, estou acelerada hoje, hein.

I

Szymon não era de muito beber. Judeus de forma geral, não o são. A tese dele a esse respeito é que os excessos são maus conselheiros para a vida em família. Ficar embriagado era para cossacos e gentios. Demais, os judeus da *Mitteleuropa* já não viviam em *shtetl*, como no século passado. Ele mesmo crescera numa cidade grande. Mas seus pais falavam da vidinha pobre nos vilarejos em que as famílias se redimiam da penúria do cotidiano no jantar das sextas-feiras, quando todo judeu era um rei na celebração do *Shabat*. Quer fosse ele Rothschild, em seu castelo francês, ou num aguadeiro de Lodz, na Polônia, todos recitavam a mesma *bracha*.

Havia judeus que, como ele, viviam no Recife, mas também sabia de comunidades sólidas em Salvador, Porto Alegre e Curitiba. Até de Belém chegavam notícias dos sefarditas de origem marroquina de nome Azulay, gente que tinha ramificações até os confins da Amazônia, onde a mata era fechada e os índios demoraram a ter contato com os brancos. Era admirável a força diluída de um povo tão pequeno. Era como se levasse oxigênio até os pontos mais remotos do organismo. Em cada um deles, a vontade de dar certo, de construir alguma coisa e de se manter fiel a seu estilo de vida e às suas crenças. Não era surpreendente que os judeus gostassem de ter seus próprios negócios, a despeito dos riscos a que estão sujeitos conforme o país de adoção.

Na verdade, fosse onde fosse, o senso comunitário era o que lhes dava força e identidade. Daí se impunha a moderação na bebida, regra que podia ter exceção para honrar uma festa de família, quando o álcool ajudava a destravar os freios do pudor excessivo e do recato dos que vieram de longe, e ainda tateavam para entender as normas calorosas do mundo que os acolhera.

Ademais, concluía Szymon sobre a bebida, fora tão árdua a vida dos judeus, que era irracional entrar em alguma coisa sabendo de antemão que você perderia. Judeus sempre foram gente de poucos recursos, por mais que os antissemitas digam que nadavam em dinheiro e que matavam as crianças dos gentios para fazer *matzá* com seu sangue. Judeus sempre precisaram fazer mais com menos, daí terem construído alguma coisa, inclusive um país. Szymon pensava em tudo isso enquanto tomava a segunda bebida, à espera de que descessem Brenda e os cunhados Samuel e Miriam.

No lobby do hotel de São Paulo, Szymon se distraía com a dança das águas na fonte luminosa e admirava uma escultura imensa que pendia do teto, a mais de 30 andares. Quanto pesaria? Como a colocaram ali? Era mais fácil estatelar-se no chão do que Brenda e Miriam cumprirem um horário. Isso, sim, era uma característica indissociável dos nordestinos, aquele povo que agora também era o seu. O que Szymon jamais conseguiria era ser impontual daquele jeito. Como podia?

O professor Franca lhe ensinara que a tradição mouro-ibérica de Pernambuco consagra o atraso. Muitos dos ancestrais daquela gente vinham dos desertos onde o sol se levantava cedo e os dias pareciam não ter fim. Que diferença havia entre fazer uma coisa hoje ou amanhã? O tempo não pertencia aos homens. Para que cumprir horários? Não havia um quê de subserviente em marcar um encontro para as dez horas e chegar pontualmente? O professor nem parecia estar falando de sua própria gente.

"O mestre tem de recuar, caro Szymon, tem de dar um passo atrás para não ser tragado pela turba. Isso é ciência e aplica-se ao comportamento também. No fundo, eles, aqui, são uns altivos, acham-se eminências deslocadas do Benim, de Cabinda, do Algarve e da Mancha. Chegar no horário humilha. Não se fazer esperar provoca perda de imagem. Homens de valor chegam tarde e não pedem desculpas. Mulheres pontuais são hetairas e messalinas."

Szymon nem sempre entendia o palavrório do professor, que o chamava de filho de Átila, o huno.

II

Por fim, Brenda apareceu.

"Acho que vou tomar alguma coisa também enquanto os outros não descem." Quando a garçonete chegou, pediu-lhe um kir royal. Como era sofisticada sua mulher. Onde aprendera aqueles caprichos? Judias nunca sabem o que vão beber e sempre fazem pedidos desastrados. Será que o professor Franca teria também uma boa explicação para tanto viço?

"Se nós tivéssemos chegado aqui há sete anos, íamos dormir ao lado de Frank Sinatra. Foi aqui que ele cantou e dormiu." Szymon riu: "Você ficava com ele e eu com a mulher dele". Brenda rebateu: "Boa troca, faríamos um *swing*, como se diz hoje. O problema é sua artrose. Não vale ficar empenado no meio do programa." Brindaram. Iam jantar ali perto, num velho restaurante húngaro que funcionava numa casa grande e onde ouviam música de violino e acordeom. "Foi Abraham que me levou lá. O goulash é *decente*, como vocês dizem."

Já no dia seguinte, tinham compromisso com os pais de Nancy, a noiva de Boris, e no sábado, o casamento, que aconteceria num sítio em Itapecerica da Serra onde tinham armado uma enorme *chupá*. A celebração seria feita pelo rabino da voz de americano e haveria uma banda para animar a meninada.

"É difícil saber se Boris está achando bom ou não. Pela festa, quero dizer. Não sei se ele fica confortável com essa multidão toda. De qualquer maneira, sente-se que está sob controle."

Szymon tentou, mas não conseguiu calar a pergunta.

"Notícias de Israel? Como vai sua Rosa de Luxemburgo?" Brenda suspirou e riu: "Minha não, a nossa, não é? Como ela vai, marido? Ora, mandando bênçãos. Parece uma beata. Mas não sei se esse ciclo ainda dura muito, não. Se Boris não tivesse sido tão radical em proibi-la no casamento, teríamos tido um pretexto bom para trazê-la".

Então Miriam e Samuel chegaram, sem se desculpar. E sumiram na noite da cidade imensa. Eram quatro corações à procura dos prazeres desvairados.

III

"Mas o senhor não fala português como judeu. Seu sotaque é de baiano, isso sim."

Szymon riu da observação daquele homem assumidamente maçante, desses que são afeitos a pequenos detalhes e que não sabem ter uma conversa de latitude, como a do professor Franca.

"Que sotaque eu posso ter? Moro lá há quase trinta anos, não há terra melhor. Mas baiano é da Bahia, nós somos mais de cima."

Elias Bin era o pai da noiva. Fizera bom dinheiro como dono de uma metalúrgica e tinham alguns conhecidos em comum.

"Mas o problema com o Norte é que as pessoas não gostam de trabalhar. Não conheço, é o que ouço."

Szymon sorria quando se irritava.

"Conhecer, você conhece. Aposto que a maioria de seus operários é de lá. E aparentemente o amigo vai bem. Se está bem, é porque tem gente que trabalha. E eles devem ser nordestinos."

O velho Elias Bin não estava nem feliz nem desgostoso com o casamento de Nancy. Poderia estar mais contente, é verdade, se os discretos arranjos que tinha feito no passado tivessem dado certo e a filha tivesse casado com o filho de seu melhor amigo, um rapaz fadado a grandes voos. Mas não houvera muita química entre Nancy e o jovem Benjamin, o que muito o desapontou. Agora aparecera com Boris, um homem de 34 anos, sem casamentos prévios de que se soubesse, às vezes um pouco retraído, às vezes expansivo, enfim, um camarada que lhe podia dar netos e de aparente sucesso no que vinha fazendo.

"Só não quero que seu filho leve minha Nancy para o Norte, por favor. Não digo por mim, falo pela mãe dela que ia ter um grande desgosto."

Szymon não saberia localizar no mapa onde estavam, muito embora o caminho não fosse longe daquele que tomava para ir aos fornecedores na grande São Paulo. A mãe de Nancy era a princípio discreta, mas como comentaria Brenda mais tarde, "ela é meio de estudar a presa para dar o bote". Então, explicou à cunhada de onde tirara essas impressões.

"Fela é danada. Disse que Boris é genial e que seu passado não importa. Mas se saiu com umas perguntas de quem sabe bem o que se passou no episódio de Tapacurá, aquela loucura toda."

Na despedida, enlaçara Brenda e, a pretexto de uma palavrinha final, veio com confidências.

"Seremos uma só família e, pelo que nos restar de tempo de vida, seremos felizes. Vou tratar seu filho como se fosse meu, mas faça o mesmo pela minha filha. Nenhum dos dois é corcunda nem caolho, mas sabemos que já comeram da banda ruim. Minha Nancy estava fadada a voar alto, mas tudo tem de ser do jeitinho dela, e não a condeno. Seu filho precisa de uma mulher que o deixe trabalhar em paz e que lhe dê boa retaguarda. Vamos ficar de olho, já não somos meninas, estamos a caminho dos setenta. Com sorte ainda veremos o casamento de nossos netos, se eles não forem tão lentos como foram os noivos. Amanhã esperamos vocês no sítio. O pessoal do bufê vai chegar cedo lá. Vai ser bonito."

IV

Boris achou que o rabino se estendeu um pouco demais. Talvez se prevalecendo de certo protagonismo nacional que a política lhe dera, exagerou na mensagem e no sotaque americano – de que não conseguia nem queria se desvencilhar. Enquanto o salão fervia de gente animada, Elias Bin levou Szymon de mesa em mesa e, apesar de evitarem tratar de pautas sisudas, era inevitável falar de política e economia. No ramo que afetava Elias direta e Szymon indiretamente, a grande São Paulo era um caldeirão efervescente.

"Esse líder que chamam 'Lula' é lá de sua terra, não é? Não, não da Hungria, você está brincando. Do Recife, quero dizer."

Um jovem industrial falou que passava da hora de se amadurecer um diálogo mais fluido entre trabalho e capital.

"O Brasil é um país meio azarado sob certos aspectos. Vejam a morte de Tancredo. Agora vivemos esse descalabro. Ano passado, morreu aquele jovem Marcos Freire, lá de Pernambuco, um homem de tanto valor. Precisamos reformar muita coisa para sermos competitivos."

Na cabeça de Szymon, o brasileiro gostava de falar de política mais do que a média das pessoas no planeta. Certo é que o mundo estava mudando rapidamente e convinha ficar antenado com o que acontecia. O papa polonês já estava no Vaticano há dez anos. Szymon achava que os ventos poderiam soprar em outra direção em pouco tempo. Para os negócios, era bom que o país estivesse apartado do mundo. Para o país, era péssimo. Uma hora poderia ficar para trás. Mas então, Szymon não pertenceria mais a essa vida.

De resto, Boris era bom leitor de cenários, teria sucesso, e Szymon deixaria para Anita o bastante com que se virar até o fim da vida. Quanto a Hana, sua filha resplandecia. Já tinha 44 anos, mas parecia ter criado um campo magnético em torno de si que não dava espaço para ninguém entrar.

Hana era um caso raro dessas pessoas que resolvem fumar depois dos 40 anos. No casamento de Boris, mal aparentava a idade.

"Não tem mulher mais bonita aqui dentro, acredite", disse Szymon. "As mais jovens, ainda estão muito verdes. As mais velhas se seguram como podem. Você está na flor da idade, o que mais lhe falta para aproveitar a vida? Por que precisou começar a fumar?"

Hana tomava vinho branco e encaixara o cigarro numa piteira: "Só por charme, pai, para fazer uma fumacinha. Sabe por que cigarro relaxa? Porque a gente respira fundo. Mesmo que seja para inalar uma porcaria, a respiração aqui embaixo traz um efeito reparador. Mas é só um de vez em quando e olhe lá."

A festa ia bem, de acordo com o previsto. Sem que ele perguntasse, Hana puxou o tema.

"Boris colocou tantas camadas de Boris sobre Boris, que virou uma *matrioshka*. Abre-se um, e vem outro. Veja bem, não há nenhuma crítica aqui. Pelo contrário, acho que isso é um triunfo da medicina, um show terapêutico. Se não fosse muito o que ele já fez, muito ainda haverá de fazer. Só não me pergunte como ele estará daqui a dez anos porque eu não saberia dizer. Vai ser passo a passo."

Szymon olhou para a pista de dança e lá estava Boris sentado numa cadeira que pairava acima de todas as cabeças, cercado por meninos de camisa branca, muitos de barba e calça preta, que dançavam de forma feérica. Szymon, então, olhou a filha nos olhos e segurou-lhe o braço.

"O negócio é acompanhar sempre que a gente puder e ver como ele se adapta. Na Hungria, a gente diz que até quando o ratinho faz xixi, o mar fica maior. Qualquer gota acrescenta. Vamos ver de perto o que o futuro vai trazer."

À distância, Brenda e Miriam observavam pai e filha. Hana não se preocupava em pintar os primeiros fios brancos de cabelo e tampouco acatara a sugestão da madrasta para que tratasse de usar óculos de armação mais leve. Mas a verdade é que tinha uma constituição invejável, fruto de uma disciplina incomum.

"Ela tem horror a umas gordurinhas a mais. Apesar de estar casada com a ciência, tem uma vaidade de princesa. Uma dobrinha na cintura, e ela já faz jejum. Todo dia chega à USP mais cedo para se exercitar. Até professor de remo tem. Parece que corre 6 quilômetros ao dia já há muitos anos. Lá no Recife, desperta quando tudo ainda está escuro. Diz que o mal da humanidade um dia vai ser a obesidade e o sedentarismo."

As ideias de Hana sempre despertaram muita curiosidade em Brenda e seus amigos. Hana trazia sempre aquele halo de conversa inteligente, dessas que projetam o futuro sem alarde, com a serenidade de quem sabe do que está falando, mesmo quando se trata de temas para os quais ninguém atina. Como a história de que o Recife um dia ainda veria uma série de ataques de tubarão em águas rasas. Daí, explicava o que estudara da cadeia de alimentos do mar de Boa Viagem ao litoral sul do Estado.

"Olhem para Suape e arredores. E depois me cobrem", dizia ela.

Boris e Nancy vieram afagá-la. Hana enlaçou-os pela nuca como se os estivesse forçando a um beijo e foram se juntar à enorme roda que se formava ao som da música colorida e vivaz.

Ve'f al pi sheyitmahmehah
Im kol zeh achakeh lo, achakeh lo bechol yom sheyavo
Moshiach moshiach moshiach, oyoyoyoyoy...

V

Minha amada Hana, os prognósticos do Dr. Mühlschläger estão pouco a pouco se confirmando. O câncer de pâncreas é inapelável nesse estágio. Posso ter de entrar em sedação mais acelerada já nos próximos dias. A maior prova de amor que você me deu, entre tantas, foi a de respeitar esse momento derradeiro e me deixar morrer em paz. Martina me perguntou se era para lhe avisar quando eu morresse e respondi que não, que já tínhamos feito nossas despedidas e que a morte é quase uma formalidade que banaliza tudo o que vivemos de sublime. Esta é a última carta que escrevo e me perdoe essa caligrafia malbaratada. Ter acompanhado a superação de Boris desde Nova York, lá se vão 12 anos, foi uma experiência tão marcante quanto ser pai postiço com ares de avô. Quero que você dance na festa dele e que tire da cabeça todo pensamento sombrio que meu fim iminente possa lhe causar. Durante todos esses anos, você só me deu alegrias. Aonde quer que vá, levarei os momentos que passamos no parque da Água Branca, no restaurante chinês, e até vendo a zebrinha na televisão. Tive minha cota, obrigado, mas olhe para os lados. Dispenso a fidelidade post mortem, *se é que a valorizei quando em vida. Quando passar por Hamburgo, venha visitar Martina que tanto lhe quer bem. Ela sempre soube de nosso envolvimento como eu sabia do dela com um de nossos amigos. Se meu povo lhe infligiu um mal atroz – o de tê-la privado de sua própria mãe –, espero que nossos momentos tenham reparado um pouco dessa cicatriz que a Alemanha deixou no coração da humanidade. Você foi toda amor, ternura para com este que de você se despede, Sempre seu, Martin.*

Capítulo 15

A VOCÊS QUE ME ASSISTEM POR ESTE CANAL YOUTUBE PELA PRIMEIRA VEZ, queria informar que sou candidata a deputada estadual e que preciso do seu voto. O momento pede que a gente combata de frente o fascismo. Ele é um inimigo perigoso e vai tomando conta de nosso organismo pouco a pouco, como uma doença maligna – dessas que, quando a gente desperta para a gravidade, já é tarde para tratar. Não vamos deixar que isso aconteça ao Brasil e ao nosso estado. Aos 60 anos, companheiras e companheiros, venho de uma luta longa. Fiz do combate à direita minha missão e não me arrependo. Continuar essa peleja até meu último dia de vida é o que mais quero. Nosso país corre perigo. Por conta de fatos estranhos à política e ao debate de ideias, um incidente de rua, envolvendo uma pessoa com transtornos psíquicos, poderá levar à presidência um homem que não tem o menor preparo para enfrentar os desafios de nosso tempo. Ausente dos debates e impulsionado por uma manada digital que quer transformar uma facada numa conspiração, se ele chegar lá, estaremos face a face com o mal em estado puro. Muitos elegerão alguém que faz a defesa pública de torturadores. Isso não é mais política. Não sou perfeita. Não acredito em pessoas perfeitas. Não sou uma intelectual dessas de dar aula e orientar alunos. Eu gosto da ação. Do cheiro do povo, como se dizia na minha juventude. O sofrimento sempre esteve em mim quando eu nem sabia em que parte ele se escondia e que cara tinha. Antes mesmo de eu nascer, ele já estava presente na minha história de vida. Meus pais são judeus. Sou judia – o que não quer dizer israelense ou sionista. Sou brasileira antes de tudo, e de confissão judaica – secundariamente. Da mesma forma que alguém é evangélico ou kardecista. Ser judeu hoje não significa mais o que significava há um século, lá onde meus avós nasceram. Pelo contrário, na maioria dos países, os judeus hoje integram as classes privilegiadas. E tem uma minoria deles, infelizmente, que nem sempre se lembra de que já esteve do outro lado, do lado perdedor, do lado daqueles para quem nada dava certo. Houve tempos em que meus ancestrais, a começar pelo meu pai, saíam de casa sem saber se iam voltar. Como acontece nas ruas do Brasil de hoje, só que por outras razões. Minha avó paterna, que morreu num campo de concentração, teve de costurar uma estrela amarela no casaco para que meu pai pudesse circular na cidade dele. Quando eu era menina aqui, no Recife, percebi que, para a maioria das pessoas nascidas nessa parte do planeta, ninguém precisava costurar estrela alguma. Essas pessoas já integravam o bloco dos perdedores na corrida para uma vida digna. Da mesma forma que meus avós iam dormir com medo de batidas à porta, que podiam significar a morte, milhões de brasileiros também tremem só de pensar nas balas perdidas, na repressão sistemática da polícia aos pretos, pardos e pobres. Quero ser deputada para olhar por essas pessoas. Para que algumas delas, todas se possível, tenham a sorte que tive. No meu caso, meu pai conseguiu pegar um navio para recomeçar a vida no Brasil. Trabalhou duro, é verdade, e aqui estou eu. Nunca me faltaram condições para comer três vezes ao dia. Para frequentar uma boa escola privada. E até para não fazer nada, se me desse na telha. Fiz minha cota de besteiras, e até presa eu já fui. Tentei outros rumos, mas a gente só se acha de verdade sendo o que foi desde sempre. E minha opção é por vocês que me ouvem agora. Um perigo enorme paira sobre nossas cabeças. E aqui não falo só de um homem cujo tamanho minúsculo vai ser engolido pela própria mediocridade, mesmo se chegar lá. Falo da força *viralizada das ideias. E nenhuma delas é tão enganosa quanto a noção liberal do mundo. Para os liberais, uns caras bem vestidos que parecem ter acabado de sair do barbeiro, e que usam expressões em inglês até para pedir o que comer, todo mundo está livre para escolher o caminho que quiser. Isso parece lindo. Eles fazem de conta que acreditam que o dilema da humanidade se assemelha ao deles. Qual foi o drama da vida deles? Foi decidir se iam cursar Medicina ou Engenharia. Economia ou Administração. Direito ou Ciência Política, o que quer que seja isso. E, depois, se iam fazer uma pós em Londres ou em Paris. É por isso que é fácil para eles dizer que o Estado tem de ser mínimo. Para eles, só deveria haver Estado onde houver uma sirene: sirene de polícia, de ambulância ou de bombeiro. E olhem lá. O resto, eles privatizam e cobram. E quem tem dinheiro, vai ficar com mais dinheiro. Assim, de repente, 5% da população tem 50% da riqueza, e para eles isso é normal. Pois foi para isso que estudaram, vão dizer. Acomodados no lado ganhador, congratulam-se e jogam confete uns nos outros, alegando que se prepararam para vencer. Que sacrificaram muita festa com champanhe para fazer o Ph.D. Pode existir discurso mais cínico nesse mundo? Nessas horas, eles vêm falar de meritocracia, uma espécie de balança viciada que reduz a gramas as toneladas do esforço do pobre e remunera em toneladas o ofício de pilotar startups e aplicativos. São eles que lançam um exército de gente nas ruas para entregar comida, homens de 40 anos equilibrando uma caixa nas costas. São eles que lucram e nada perdem quando o motorista do Uber trabalha de sol a sol, apesar das tromboses que podem matá-los ao volante. E ai de quem acorde um dia com uma dor nas costas. E ai de quem não puder fazer a entrega da pizza para uma madame porque precisou ir ao enterro da mãe. Se isso acontecer; naquele dia, ele não terá dinheiro para comer. Enquanto isso, os tais liberais, os defensores do Estado mínimo e da meritocracia, acham tudo normal. Da mesma forma que é normal a vidinha difícil de quem lhes serve café, limpa suas latrinas, tira o lodo do fundo de suas piscinas, ou conta história para seus filhos dormir. É normal que essas pessoas não possam se dar ao luxo de poupar, embora eles possam. De se divertirem, embora eles se divirtam todo dia. Para eles, há uma espécie de lei não escrita que determina que sempre haverá ricos e pobres; além de alguns, talvez muitos, que ficam a meio caminho entre os dois, a classe média, que, na primeira oportunidade, sonha em se juntar aos ricos do clube e engrossar o cordão dos que esnobam quem está no andar de baixo. Pergunto: isso é justo? Tem gente que só enxerga o que quer e como quer. O pacto social brasileiro é todo estruturado em torno de pagar uma miséria a quem nos presta serviços vitais. Até quando ficaremos assim? Que castigo precisa se abater sobre o mundo para que a gente pense de maneira diferente? Que catástrofe virá para que a gente estenda uma mão a quem precisa, em vez de lhe bater a porta na cara e viajar para Miami? Preciso de seu voto. Quero ser deputada. Tenho do que me sustentar. Graças ao trabalho de muitos de vocês, meu pai me deixou o suficiente para ter uma vida confortável. Essa segurança, foram vocês que me deram a um custo imenso. Na hora que peço seu voto, peço um passe para ir para a frente de luta. Em memória de todas as Ritinhas e todos os Firminos que morreram cedo feito moscas – sem nunca ter entendido por quê. Para eles, coitados, é porque a vida era assim. Pois digo que a vida pode ser diferente. Deem voz a quem acredita nisso. Eu sou Anita e conto com você. Viva a esperança.*

I

A temporada de Anita em Safed transcorria bem, por razões que a muita gente pareciam inverossímeis.

Foi conversando com o pintor Zé Cláudio, que encontrou, à porta do correio, que Brenda ouviu a explicação mais convincente.

"Minha amiga, deixa eu te dizer uma coisa. Radical de esquerda e radical de direita são exatamente a mesma coisa. E olhe que já fui a uma reunião do Partidão para deliberar sobre a construção de casamatas na Albânia, para fortificar as defesas militares de Tirana. Já pensou no ridículo? Difícil foi conter o riso.

Agora veja bem. Quem, como Anita, dizia que ia botar uma granada no bolso de Geisel, é perfeitamente capaz de se render aos caprichos dos religiosos. Observe aqui, em Pernambuco. Agora que tudo do porão tem vindo à baila, a gente vê que todo militar tinha um comunista de estimação. Aliás, não há quem admire mais uma farda do que um marxista de papel passado. O que era Lamarca? Militar. E Prestes? Idem. E quem é que Cordeiro de Farias afagava? Prestes, a quem ia visitar na cadeia. Os opostos se atraem, é lei da natureza. Até esse Golbery falou da tal teoria da ferradura. Difícil mesmo é ser de centro, especialmente em Pernambuco, onde isso é tido como antipovo. Deixe Anita lá com os rabinos dela. Eles se merecem. Vamos ver só até quando vai durar."

Brenda acabara de mandar uma longa carta para a filha. Na verdade, sem tirar a razão do amigo, não a queria nem tanto à terra nem tanto ao mar. Sugeriu-lhe viajar um pouco pelo país, desanuviar o espírito, aproveitar um dia livre em Jerusalém e ir ao mercado de Mahane Yehuda, que tanto encantara Fanny, quando da única vez que fora a Israel.

"Sua avó passou a vida dizendo que foi a melhor experiência que teve por aí. Disse que lembrava o mercado de São José numa versão babelizada."

Como os fatos de juventude impregnam os espíritos pelas razões mais fortuitas, também impressionou Brenda ver as pequenas transações acontecerem em hebraico moderno naquele mercado. Quantas línguas não se ouviam ali? Ficara surpresa em acompanhar conversas inteiras em castelhano, que provavelmente era o ladino dos judeus sefarditas. O iídiche ainda estava em pleno vigor, e a mãe lhe dissera que já distinguira em poucos metros falas em romeno, búlgaro e francês. Era essa experiência que ela queria que Anita vivesse, muito mais do que aprender a ser uma judia exemplar – perspectiva que a fazia sorrir de descrença.

Brenda temia que a filha, confinada num seminário do norte, não sentisse as boas vibrações do país, sem se deixar paralisar pelos fantasmas que acuaram Boris alguns anos antes. Para o filho, só o controle ostensivo de sacolas à entrada de lojas e cinemas já era insuportável. Nada nem ninguém o convencia de que não era uma questão pessoal. Era como se a aspereza do convívio interpessoal israelense tivesse lesionado um tendão.

Que Anita não fosse tampouco bater em Mea Shearim, reduto de religiosos, onde nem sequer israelenses ousam passear pelas ruas ornadas de avisos murais, sem estar adequadamente vestidos. Turistas de ombros descobertos eram enxotadas pelas crianças que lhes atiravam pequenas pedras nas pernas e gritavam: *shiksa, shiksa*.

Não, Brenda por certo não sabia. Mas intuía que a devoção de Anita a *Hashem* talvez estivesse mesmo por um fio. E não durasse muito até que, como um elástico esticado, arrebentasse.

II

Ora, quando soube por outra residente do internato que Debby Talerman passaria duas noites na região, Anita não sossegou até descobrir onde estaria a amiga que fizera havia alguns anos num programa da juventude judaica em Florianópolis. Alegando um emaranhado de razões de cuja veracidade dificilmente convenceu a *rebetsim*, Anita tomou um táxi que a deixou na frente do refeitório do kibutz Ayelet HaShahar.

Diante do olhar de estupefação de dois adolescentes face àquele traje pouco convencional naquelas bandas – saia jeans abaixo do joelho, blusa branca de manga comprida e sapatos de borracha –, Anita foi informada de que o hotel ficava perto da piscina: "Siga a placa".

A temperatura era fresca e a tarde chegava ao fim. Quando as cigarras dispararam a chiar, Anita sentiu uma ponta de remorso por ter viajado sob uma alegação mentirosa. Ocorre que amava Debby, que até já passara um Carnaval em Olinda, no ano em que à emoção da festa se somavam as perspectivas políticas de redemocratização.

Anita pediu com simpatia ao rapaz da recepção que não interfonasse para a amiga para não estragar a surpresa que pretendia lhe fazer, e caminhou pé ante pé pelo corredor até estar de frente para a porta. Faria o melhor susto que Debby já levara na vida. Àquela altura, Anita não sabia se pretendia voltar para o seminário. Talvez nem mesmo as poucas roupas que ficaram para trás lhe fariam falta. Sem conseguir concatenar as ideias, deixaria que a amiga desse as cartas.

Quando Debby abriu a porta, reconheceu-a de imediato: "Ah, sua louca, você não imagina o quanto pensei em você! Vamos entrando. Menina, que roupa é essa? Virou um *frum* agora? Pra cima de mim, não."

Então caíram nos braços uma da outra e ficaram se balançando, como se dançassem uma música inaudível.

"Agora me diga como você me descobriu. Quem me entregou? Ah, deixa eu adivinhar. Acho que sei quem foi." E acenderam um baseadinho para celebrar o reencontro.

"Esse vem do Líbano, sua tonta, é do Vale do Bekaa. Como entra em Israel, não pergunte a mim."

Ouvindo o barulho da água no chuveiro, Debby lhe piscou um olho.

"É o Nadav, um pedaço de mau caminho, um *sabrinha* ternura, o único da espécie."

Ato contínuo, com um sorriso debochado, fez com as mãos um gesto de quem mostrava o tamanho de um peixe médio. Anita não tirou por menos.

"*Sabra*, é? Ora, desse tamanho dá para nós duas." E riram como se tivessem se visto na véspera, e não há anos, lastro que só a amizade de juventude dá.

Nadav saiu do banheiro enrolado numa toalha. Parecia simpático e Anita se sentiu envergonhada daquelas roupas. Tirou a touca que enrolava os cabelos, e eles lhe caíram até o começo das costas, espalhando-se como se estivessem de há muito querendo espaço. Nadav sugeriu em inglês telegráfico que ela colocasse uma roupa de Debby.

"Venha comer com a gente. Ou você quer jantar o *of mevushal* do kibutz? Eles têm o mesmo gosto no país inteiro."

Anita se trocou e bastou uma mudança simples para que sentisse que se apropriava de sua identidade. Era como se Safed tivesse ficado para trás há muitos anos, e ela nunca na vida tivesse botado os pés no *Machon*.

Nadav sentou-se ao volante e Debby, obedecendo a um comando pactuado entre eles, acendeu mais um cigarro. Fumariam uma guimba para abrir o apetite. Ele ligou o rádio. Pink Floyd, nada mau. O restaurante ficava na beira da encruzilhada de Kiryat Shmona.

"Querem comer bem? Peçam o hambúrguer de cordeiro. Vem com pedacinhos de pistache. É o melhor do país, acreditem. Depois do inferno da campanha de Chatila, eu sonhava com ele."

Nadav era da Galileia e tinha voltado de uma temporada de dois anos na Índia. Ainda não sabia bem o que fazer da vida.

"Essa louca está querendo me convencer a ir para São Paulo. Ela acha que trepar é tudo o que conta na vida. Como vou pagar minhas contas? Conte-me de Recife. Gosto de praia."

Anita ainda pensou em ligar para a *rebetsin*, mas não valia a pena.

"Fique com a gente hoje, que amanhã vamos para Jerusalém. Te deixamos onde você quiser."

A noite custou a acabar. De madrugada, embaixo das cobertas, os três dormiam nus sob o céu mais estrelado do Oriente Médio. Anita se especializara em não pensar muito nas consequências do que fazia.

Felizmente que ali não havia muito do que se arrepender.

III

Para os muitos visitantes que Israel recebe ano após ano, o ponto alto do passeio é Jerusalém, a Cidade Dourada, sagrada para três religiões. Indiferente aos dramas hierosolimitanos, a moça de estatura entre média e alta, cabelos refratários ao pente e andar desengonçado chutou um pedregulho na altura da Porta dos Leões, enquanto carregava uma mochila com um saco de dormir às costas. O que faria? Por que não antecipar em umas semanas a volta ao Brasil? Como aguentara tanto tempo no *Machon*? Se chegasse ao Recife mais cedo, poderia se poupar de aborrecimentos se ficasse em casa de alguém, sem que os pais soubessem. Poderia ir a Igarassu e ficar na casa de Ritinha, brincando com a afilhada.

Por enquanto, era provável que pernoitasse no YMCA, onde conseguiria, a bom preço, uma cama no dormitório feminino. Mas se fosse, logo ficaria sem dinheiro. Em outras circunstâncias, poderia se alojar numa espelunca da parte árabe da cidade, mas no país só se falava da adolescente judia que fora assassinada em Bayta, na Cisjordânia, há poucos dias. O que fazer? Não era mais uma menina. Mesmo assim, os tempos pediam cautela. Como justificar depois, perante os pais, os edulcorantes e a purpurina de quando escrevia à família? Onde fora parar a virtude da Anita religiosa?

Não teria sido mais fácil evitar marolas e simplesmente sair de Israel com as mesmas boas intenções com que chegara? Não fora isso que se prometera quando desembarcou em Tel Aviv, há pouco mais de seis meses? Será que a *Rebetsin* ia escrever a seus pais dizendo que ela estava sumida do seminário? Ou a regra já não se aplicava a uma mulher feita?

Às vezes, Anita achava que a vida lhe deixara marcas. Sofria de uma espécie de encarceramento interior, como se não pudesse se permitir gostar do que de fato gostava e mais parecia que precisava ser o que não era. Seria essa obsessão com o controle uma herança dos meses que passara no Talavera Bruce, onde partilhara a vida com a carioca Elza, e dera às detentas noções de marxismo, judaísmo e até de economia? Será que, inconscientemente, Anita Neuman estava pouco a pouco cavando seu caminho de volta ao lugar onde mais se sentira útil em seus 30 anos de vida? Tudo era possível. O certo é que, bem ou mal, ela estivera surpreendentemente a gosto na escola religiosa. Mas quando o diabo quer tentar, ele bate com ousadia e insistência às portas mais escondidas. E agora?

IV

Hana lhe dera o telefone de um aparentado dela por parte da mãe.

"Eu já estive uma vez com ele. É um porre de chato, mas fique com o número, se precisar de alguma coisa." Aquela lhe pareceu a ocasião adequada para recorrer ao tio da meia-irmã. O que é Israel senão essa colcha de retalhos, uma imensa teia de vasos intercomunicantes que, muitos anos antes de a sociedade se ligar em rede, já conseguia identificar quem estava entre um fabricante de sapato de Vancouver e um relojoeiro de Timisoara? Podia haver conceito de aldeia global mais poderoso do que os escaninhos do *Yiddishland*?

"Meu inglês não é muito bom, mas acho que ainda é melhor do que o seu hebraico. Fale mais alto porque os telefones neste país estão sempre chiando. Há muita escuta cruzada, se é que você me entende. Vou te dar um endereço e a indicação de como chegar aqui de ônibus. Você é bem-vinda, mas saiba que sua meia-irmã, como você diz, foi muito grossa. Espero que você seja um pouco melhor do que ela. Bom, esperar a gente sempre pode, não é? Está com lápis e papel aí? Então, anota com cuidado, que não gosto de repetir."

Anita passou o caminho até Kiryat Arba pensando em desistir. Mas precisava de um lugar para dormir, de preferência bem longe de Safed. Dentro de uns dias, antecipava o regresso em algumas semanas. Mas ao tio de Hana, contaria sobre si própria o mínimo possível, se é que conseguiria. Já conhecia bastante do mundo para entender quando se deparava com um rematado dono da verdade, desses que falam de dedo em riste e estão convencidos de que lhes sobram bom senso e sabedoria. E este parecia ser o caso dele.

"Bem, agora você já tem onde ficar. Amanhã saio cedo e só volto à noite. Infelizmente para você, e felizmente para mim, não posso contar sobre minhas atividades profissionais, entende? O que espero que você tenha entendido, o que quer que tenha vindo fazer aqui, é que este país não é como os outros. E nós também somos um povo como os outros. Muita gente fica querendo nos comparar aos armênios, que tiveram sua gente chacinada, e depois viraram uma nação. Pois bem, não procede, não se iluda. Mesmo que eles venham um dia a ter um país fora da órbita soviética, o monte Ararat permanecerá na Turquia, e para eles será só uma visão. Aqui não é assim. Desde que entramos em Jerusalém, na Guerra dos Seis Dias, voltamos a ter controle sobre o Muro das Lamentações. Dia chegará em que povoaremos a Judéia e a Samaria, e os últimos beduínos baterão em retirada rumo aos desertos da Arábia Saudita, onde seus camelos beberão petróleo."

Anita não conseguiu acompanhá-lo no sorriso.

"Não está gostando? Então, ouça. Quando os nazistas transportaram nossa gente em vagões de gado, ninguém quis saber de nosso destino. Saiba que foi por milagre que minha irmã Eva, a primeira mulher de seu pai – ou segunda, como queira –, não morreu de sede. No meio daqueles solavancos do trem, as pessoas até que conseguiam resistir à fome. Mas não resistiam à sede. Especialmente à segunda, que vinha depois de uma semana, quando o organismo entrava em colapso. Isso te basta? Por que então vamos dividir nossa pouca água com os sedentos camelos dos beduínos?"

Em Safed, as meninas, a essa hora, deviam estar passeando no Centro, tomando a fresca da noite.

V

"Um sujeitinho de merda, Hana. Muitas vezes pior do que você disse. Eu ainda queria ficar uns dias no país, queria bater perna, mochilar um pouco, me livrar daquela sensação de tempo perdido naquele claustro. Acho que na cadeia eu me senti em segurança, sei lá. Por isso optei por aquela espécie de retiro, numa cidade cheia de gente mística. Mas depois de teu tio, achei melhor voltar mesmo. Obrigada de qualquer forma."

Hana escutou divertida aquele relato sobre um encontro que nada tinha para dar certo.

"Passou, Anita, ficou para trás. Agora vá fundo na direção que quiser. Você já é uma balzaquiana a essa altura, não esqueça. E antes de ter a próxima ideia maluca, converse aqui com sua irmã."

Anita ficava meio sem jeito de falar de certos temas com Hana, especialmente quando já havia espinafrado as pessoas no passado e precisava rever conceitos.

"Brenda me contou da morte daquele teu amigo alemão. Não sei o que dizer, Hany. Sei que não deve ter sido fácil. Bem-vinda ao clube dos viúvos da família. O primeiro foi nosso pai, quando tua mãe morreu. Depois foi minha vez com Firmino. E agora, você. Tomara que arranje alguém aí em São Paulo. Ficar só deve ser uma barra, não é? No Nordeste é mais fácil porque você nunca está só. Já ter amigo paulista e nada são a mesma coisa."

Hana agradeceu, mas disse que a frase era exagerada. Devagarzinho, o tema confluiu para a área nevrálgica da família.

"Já é tempo de você saber de uma vez por todas, Anita, que Boris não será nunca como eu ou você. Temos nossos defeitos, nossas manias e nosso jeito de ser. Mas querendo ou não, a gente tem certo domínio sobre as coisas, a gente só vê o que não existe se quiser fantasiar. A fantasia não se impõe de fora para dentro. Ou de dentro para fora, como você quiser. Já ele vê coisas, sente cheiros, ouve vozes, sei lá, tudo isso numa escala muito branda, mas que está lá, não vai sair nunca. O que menos importa é o nome, nem eu sei direito. Nem a ciência sabe como definir isso. Só te garanto que dificilmente vai chegar o dia em que a gente vai poder dizer que Boris está curado e vai viver como todo mundo. Isso talvez, nunca."

Anita choramingou do outro lado da linha.

"Por outro lado, ele é um imenso sucesso terapêutico. Quem teve o que ele teve, na idade que teve e, bem ou mal, tem conseguido levar uma vida normal, merece que a gente tire o chapéu. Agora, quanto à sua nova cunhada, você vai tirar as conclusões com o tempo. O casamento foi legal, você fez falta. O tio Samuel estava muito engraçado e imitou o sotaque do rabino na frente do próprio. Sim, querida, nós judeus não vivemos num vale de lágrimas, contrariamente ao que pensam os que nos conhecem apenas de longe. Pelo contrário, nos divertimos bastante. Bem-vinda ao Brasil. Curta seu Recife e apareça."

Da varanda do edifício, Anita viu quando a jangada se aproximou da praia e os meninos rolaram troncos de coqueiro areia abaixo para trazê-la ao ancoradouro. No que dependesse dela, nunca mais sairia do Brasil.

Capítulo 16

Hany, Hany, Hany, parece mais que Nancy só pensa em money, money, money. *Pelo menos num ponto vocês formam uma rima. Em 19 dias de lua de mel – ô nomezinho babaca –, não houve um só em que ela não falasse de patrimônio, de segurança e de garantir o futuro dos filhos. Que filhos?, pensei. Que futuro?, calei. Sim, pensei, mas fiquei calado. Fico quieto, quietinho, Hany, fazendo o que mais aprendi depois de adulto: adiar o julgamento. Escoriel comparava o impulso ao primeiro copo de cachaça para o beberrão. Não tome porque de repente uma garrafa vai ser pouco para sua sede e você acaba de quatro. Portanto, não diga a primeira coisa que lhe vier à boca, Boris, porque depois isso vira uma torrente sem controle. Ítalo, meu amigo, também disse que é mais fácil fazer maquetes daqueles barcos de Paraty com palito de picolé do que entender a própria mulher, com quem já tem neto. Então adio, adio, adio. Melhor adiar do que adieu, não é? Estou no hotel e Nancy está dormindo. Ela dorme com o queixo pontudo apontando para cima, e a boca fica meio aberta por um tempo, até que resseque e ela feche para lubrificar. Ela me disse que é para não enrugar a pele. Não tinha percebido esse queixo de ponta. Mas acho que se tivesse observado antes, talvez não tivesse me casado com ela. Amanhã viajamos para a Tailândia e, de lá, começamos a voltar para casa. Aqui, em Tóquio, faz um silêncio que você não pode imaginar. Nem no fundo do mar, de que você gosta tanto, deve imperar uma calma dessa. Hirohito, o Imperador, dedicou a vida à biologia marinha, como você. Daqui do 32º andar, vejo o palácio dele. E as luzes vermelhas que piscam no alto de um paliteiro de prédios. Vamos ver o que Nancy vai querer comprar hoje. Acho que ela está testando meus limites, declarando intenção de compra para ver se eu boto a mão no bolso. Quando digo que pode embrulhar, que vou pagar, ela desiste. Mas o que eu queria te dizer é mais importante do que essas bobagens sobre ela, que gasta tempo para ficar pronta e depois fica sem jeito quando vê que adormeci na cama enquanto esperava. O que eu queria te dizer é que você deve estar triste com o que aconteceu a Martin. Eu também fiquei, mas no casamento a gente não pôde conversar. Estou pensando ultimamente muito nas pessoas de quem eu gostava e que morreram. Isso vem lá de trás. Desde o soldado Shavitt, que não conheci pessoalmente, mas que se tornou um amigo, você sabe como. A ele devo só coisa boa, apesar de tudo. Depois veio Herman que falava muito da Coreia, e em quem pensei semana passada, em Seul. Acho que ele tinha razão e a Coreia será um grande país, mesmo em guerra com o vizinho. E agora morreu Martin, que sempre foi legal comigo e, acho eu, com você. Não sei o que posso fazer para que você não sofra, Hany. Eu não queria lhe dizer coisas que você já sabe, mas sei que de vez em quando não faz mal repeti-las. Pelo contrário. Aquela vez que conheci Martin, mais parece que foi em outra vida. Foi na primeira viagem para fora com você, e é claro que eu não estava muito confiante. No começo, achei que ele tinha prestado tanta atenção em mim porque gostava de você e, cuidando de mim, ele mostrava a você que te queria bem. Não sei se está confuso, mas é assim que vejo as coisas. Depois, vi que ele queria me ajudar de verdade e que funcionou como uma espécie de Szymon paralelo. Fique bem, Hany. Você tem amigos e amigas e gosta tanto de São Paulo. Não precisa ficar só. Se quiser, você pode vir morar com a gente, se bem que eu acho que você adora as Perdizes, sua casa e seus livros. Não pense que vou lhe dizer, aqui, que já estou arrependido de ter me casado. Na verdade, não sei se vai mudar muita coisa na minha vida. Eu me casei porque não dava mais para continuar só namorando, pelo menos para ela. Ela é uma pessoa meio chatinha, mas talvez você até que não ache tanto, quando a conhecer melhor. Tenho vontade de parar de tomar o remédio porque acho que não preciso dele, mas Ítalo é contra e disse que os comprimidos podem ser grandes aliados do casamento. Não dá para viver com medo o resto da vida. Sei que o mundo vai enfrentar momentos terríveis. Neste 1988, já estamos vendo coisas que parecem o prenúncio de um terremoto. Afinal, estou no Japão. Você sabia que antes de a terra tremer, as cobras começam a sair das tocas e os cachorros, mesmo que sejam amigos, começam a latir uns para os outros? Pois esses próximos tempos vão ser assim, Hany. Observe bem a China. Lá acontecerão coisas difíceis de imaginar. E também na URSS, não posso te dizer quem me disse. Ítalo falou que quem me diz essas coisas, sou eu mesmo. Logo, a fonte não podia ser mais confiável. Até no paisinho onde você nasceu, de que tanto fala Szymon, as transformações serão grandes. Só espero que vocês não decidam voltar a morar lá. Hoje você tem 44 anos, dez a mais do que eu. No nosso tempo de vida, tenha certeza, vamos ver uma espécie de Apocalipse talvez mais de uma vez. Escoriel dizia que é da vida e que o máximo que a gente pode fazer é evitar que ele nos esmague. O que pode acontecer de pior? Morrer. Mas como você sabe, antes de nascer, passei séculos morto, muitos milênios, e não senti nada de especialmente ruim. Por que seria muito diferente agora? Hany, não chore por Martin. Não chore por ninguém. Nem por sua mãezinha. Não sofra. Muito beijos, Boris.*

I

O consultório do Dr. Rodolfo ficava na parte baixa da Vila Mariana, praticamente chegando à avenida 23 de Maio. Uma conhecida de Nancy dera boas referências sobre aquele profissional que, engenheiro de formação, era psicanalista e desenvolvera caminhos diagnósticos e clínicos muito peculiares. Para ela, como para muita gente, era inconcebível que um homem abdicasse da primazia de construir viadutos e pontes para percorrer os túneis do psiquismo humano. Mas até por isso, ele poderia ser uma grata surpresa.

Nancy houve por bem comparecer sozinha para, segundo o que achasse do terapeuta, trazer Boris para uma conversa a três e começar a terapia de casal. Na Comunidade, creditava-se ao Dr. Rodolfo o renascimento do casamento de uma conhecida liderança que entrara em colapso. De quase não poderem se olhar, marido e mulher agora dançavam a noite inteira nas festas e trocavam beijos apaixonados em público, depois de mais de vinte anos de relação a baixíssima temperatura. Que feitiço era este que o Dr. Rodolfo desenvolvera?

Nancy deixou um cheque com a atendente e já escurecia quando foi chamada para entrar. Prático e bastante direto, quase seco e impessoal, ele a cortou já nas primeiras frases.

"Nancy, se me permite tratá-la assim, faça-me o favor de vir até aqui."

Acompanhando-o até um vão que havia entre as poltronas e um janelão que dava para um jardim de inverno, ele apontou uma enorme pilha de peças de brinquedo, depois uma mesinha baixa, e pediu-lhe para que montasse ali como via a dinâmica de sua casa paterna.

Nancy engoliu em seco, tentou ganhar tempo, pediu explicações sobre a finalidade daquele exercício, tergiversou e chegou a dizer que não era para aquilo que estava ali. Dr. Rodolfo se manteve imperturbável.

"Tudo o que temos a falar vai decorrer daí. Quanto mais rápido você fizer o que estou pedindo, mais elementos nós teremos sobre o que conversar. Recomendo que se apresse porque nossas sessões são de rigorosamente 45 minutos e ainda temos muito a fazer."

Nancy se ajoelhou ao lado da caixa e começou a escolher as pecinhas. Compôs uma sala, escolheu uma grande poltrona e ali sentou uma bonequinha de cabelos claros, do tamanho do dedo indicador, como se fosse Fela, sua mãe. De pé, ao lado dela, posicionou o que lhe pareceu ser a figura elegante do pai e espalhou as duas irmãs em cadeiras em volta. Rivka era uma bonequinha pequenina e Mordechai, o cunhado, era pelo menos duas vezes maior do que a esposa. Já Vivian estava de braços abertos, de pé, e brincava com dois cachorros.

"Pronto, até nossos dálmatas estão representados. Está feito, veja bem, não está perfeito, mas..."

Dr. Rodolfo a interrompeu com um gesto e, para horror de Nancy, flexionou os joelhos e, com uma máquina fotográfica na mão, fez várias imagens do cenário inocente que ela acabara de montar. Aonde ele queria chegar?

"Se eu soubesse que ficaria documentado, teria caprichado mais". Ele não lhe deu bola: "Muito bem, agora quero que faça a mesma coisa mostrando sua casa, seu marido e quem mais tiver por lá. Se formos rápidos, ainda teremos tempo para estabelecer um cronograma. Vamos lá, Nancy, mãos à obra."

Então ela montou uma pequena cozinha, colocou uma figura feminina junto ao fogão: "Pronto, começamos com a Celina."

Na sala, um homem estava sentado à mesa onde ela colocou livros. No quarto, uma mulher estava sentada na cama. Procedendo da mesma forma, Dr. Rodolfo tirou igual número de fotos e fez sinal para que se sentassem.

"Agora me diga em um minuto o que está acontecendo."

Nancy se sentia mal, mas havia, sim, uma estranha motivação em falar já que aquelas eram as regras e a consulta não fora propriamente de graça.

"Meu marido e eu estamos casados há quase um ano. Mas por razões que me constrangem expor assim à queima-roupa, não tenho mais certeza se ele quer constituir uma família de verdade."

O Dr. Rodolfo tamborilou na mesa, colocou a tampa na lente da câmera e, como se estivesse com pressa, levantou-se e estendeu-lhe a mão.

"Voltem juntos aqui depois de amanhã e vamos conversar a três. Nesse intervalo, vou refinar minhas impressões e, com seu marido, a gente vai saber exatamente quanto tem de caldo no bagaço da laranja. Combinados?"

Nancy saiu aturdida, mas com a sensação de que dera um passo.

II

Rivka sugerira que a irmã e o cunhado fossem passar a lua de mel em Israel, onde residia com o marido. A casa estava livre já que eles tinham vindo para a boda e ainda ficariam umas semanas no exterior. Mas Boris estava determinado a ir ao Extremo Oriente, pois assim poderia aproveitar a oportunidade para prospectar uma nova fronteira de negócios, dos muitos que vinha estudando.

Se a ideia de Israel tampouco pareceu a Nancy muito tentadora, é certo que nada lhe ocorria de tão romântico quanto uns dias na Escandinávia, a começar pelo outono norueguês, na paz de um fiorde, culminando em Copenhague, onde veriam as últimas folhas espalhadas nas alamedas do parque que leva à Pequena Sereia.

Não era por nada, mas Nancy tinha uma resistência natural aos orientais, que se acostumara a ver como uma gente de muito valor, mas excessivamente cerimoniosa, ademais de comerem escorpiões fritos, miolo de macaco e beberem sangue de cobra, iguarias que não tinha a menor curiosidade de conhecer e que se confundiam com a mais pura barbárie.

"Não precisamos comer tudo o que nos servem. Não vamos procurar perigo além dos que a vida já tem de monte. Comida japonesa pode ser muito boa, vá por mim."

Foi mais uma vez Fela que a demovera das ideias prontas.

"Não se discute com o marido por pequenos problemas. Se começar a querer enquadrar tudo muito cedo, gasta-se à-toa o crédito para quando os temas realmente sérios chegarem. Não seja tola, eu mesma sonhei a vida toda em ir ao Japão. E você tem a chance de conhecê-lo já no começo da vida a dois. Cuidado que Deus castiga, viu?"

Se Nancy era racional demais para tomar suas decisões de acordo com a vontade divina, o primeiro argumento falou mais alto e ela começou a ler livros sobre cultura oriental como forma de se mostrar uma companhia à altura.

Passada a festa, o casal ainda ficou uma semana em São Paulo para as *Sheva Brachot*, pernoitando precariamente no apartamento onde viveriam, enquanto chegavam os móveis e algumas pequenas reformas eram finalizadas. Dos tempos em que vivera nas Perdizes com Hana, Boris se afeiçoara à Zona Oeste de São Paulo. Gostava de seu comércio diversificado e de boa qualidade, além de lugares como o parque da Água Branca, que ficaria para sempre associado a Martin, e a pequena praça Vilaboim, de cuja grande banca de revistas era frequentador assíduo.

Uma boa oportunidade de compra surgira num prédio na rua Pernambuco, cujo nome não podia lhe ser mais caro. Se não cogitava de voltar a morar no estado onde crescera, ali pelo menos se sentiria próximo dos desígnios do coração. A essa altura, Boris de há muito já não acreditava em meras coincidências.

Como ele haveria de constatar em pouco tempo, Nancy não ficou completamente satisfeita. Sendo dessas mulheres de índole difícil, ela botaria defeito num presente que lhe fosse dado pelas mãos do próprio Messias e, sabiamente, numa prova antecipada de sua capacidade diagnóstica, Boris jamais levou a opinião da mulher muito a sério. Mesmo quando estava certa em seus vaticínios, alguma coisa na forma de ela se expressar enfraquecia seus argumentos. Seria essa a primazia primeira e última das pessoas chatas? Certamente.

Por um desses fenômenos que não se explicam a pleno na cabeça de um homem, Nancy parecia alimentar uma expectativa de que algo de fundamental mudaria na relação deles quando estivessem alojados em Higienópolis. Era parte de sua mentalidade esquemática. Engenheira de informática, o hábito dos comandos binários tinha deixado um espaço curto para o livre uso da intuição, para usufruto daquilo que a humanidade consagra como bom senso.

Quem a visse tão discretamente convicta de suas forças, mal poderia imaginar o choque que seria um dia ter de buscar auxílio externo para ver o que a maioria das mulheres percebia, qual seja, que a água molha e que o fogo queima. A tradição enviesada do que Boris chamava de "talmudistas de secos e molhados" fazia com que Nancy dissesse sempre um irritante *será* sobre tudo o que o senso comum já consagrava; quando não, às leis mais óbvias do universo.

O desabafo de Boris era um clássico que, por tal, não diferia segundo o interlocutor. "É uma mulher que não brilha em nada. Ela se sustenta pela mediana.

Tira sete e meio em tudo e passa de ano. Não é uma grande amante, mas faz um trivial inspirado e tenta agradar. Não é grande cozinheira, mas não é de carbonizar omelete. Nunca será uma gerente, mas o chefe que ela atender no trabalho estará em boas mãos. É uma *yekke* dessas que choram com Mozart e para quem o mundo acaba em Viena. Não me iludo."

III

Chegado o dia da consulta, Dr. Rodolfo abriu a porta e lá estava Nancy sozinha.

"Ele, hoje, talvez não possa vir, Rodolfo. Pelo menos foi este o recado que me deu a secretária. Se aparecer, vai ser no finalzinho. Mas ele ficou muito interessado, especialmente depois que eu disse que as caixas de brinquedo eram fotografadas. O que não quer dizer que tenha gostado da ideia. Ler Boris não é para amadores."

Rodolfo disse que podiam ir conversando.

"Tanto melhor se ele chegar. Se não der, já vamos nós adiantando nossa parte." E fez um gesto de quem lhe diz que era todo ouvidos.

"Veja bem, não sei se isso lhe diz alguma coisa, mas nós somos judeus. Como você talvez saiba, não se trata de uma questão teológica. Aliás, a grande maioria dos judeus que se vê mundo afora, inclusive em Israel, só bota os pés numa sinagoga um par de vezes por ano e olhe lá. O que vem ao caso é que temos valores compartilhados e um deles é justamente a manutenção da tradição e dos laços comunitários. Nada tem uma simbologia tão grande quanto os filhos. São eles que nos ligarão a outras famílias em quem queremos nos espelhar ou com quem gostaríamos de conviver, entende? Investi muito tempo numa relação errada e já ia fazer 30 anos quando me casei, há exato um ano este mês. Boris já vai fazer 34 e vem de uma corrida de recuperação, como ele gosta de dizer."

Como era mortificante atacar a parte seguinte. Mas alguma coisa na atitude do terapeuta encorajou-a.

"Ora, desde a lua de mel já percebi Boris meio ausente, falando comigo como se eu fosse uma espécie de amiga, e não a esposa dele. O pior é que sexualmente, digamos assim, embora eu não tenha maiores queixas, Boris tem tido preferências que não facilitam a procriação, se é que você me entende. Como ele morou no Nordeste muitos anos e, depois, alternou São Paulo com alguns países, achei que talvez ele tivesse adquirido certos gostos, e que era meu papel atendê-los. Mas do jeito que as coisas vão, acho que ele não quer ver nossa família crescer. Mais do que uma tara, parece até sabotagem. Minha irmã que mora em Israel, mais nova do que eu quatro anos, já teve duas crianças. Veja que situação."

Rodolfo pediu que ela fosse à caixa e que projetasse com os bonequinhos disponíveis como seria a família Neuman dentro de dez anos. Normalmente, pessoas neurastênicas perguntariam: "É para colocar como eu acho que estará ou como eu gostaria que estivesse?" Mas Nancy já estava imune à tristeza e ao dilema. Logo, passou direto à tarefa como quem toma um remédio amargo.

Quando Rodolfo a fotografou por quatro ângulos, ouviu-se uma batida na porta. Era Boris.

"Então aqui temos o Dr. Rodolfo, o homem que vai botar juízo na cabeça de minha mulher."

O terapeuta não era homem de se deixar seduzir pelo charme de quem quer que fosse. Mas talvez aquele minuto inicial com um sujeito treinado para ser expansivo desse os elementos de que precisava para fazer um balanço.

"O que vejo é uma relação ainda muito recente em que pode estar havendo algum desencontro de expectativas. É bom dizer que isso acontece com a imensa maioria dos casais, concordam?"

Rodolfo pareceu perceber um traço de riso em Boris.

"Pela minha filosofia de trabalho, e até por formação, não sou o profissional adequado para terapias que se arrastem por anos. Pelo contrário. Aqui a resposta virá em um mês, talvez dois. Portanto, é rápida. Queria cinco sessões individuais com cada um dos dois, e cinco coletivas, como estamos fazendo hoje."

"Por mim, tudo bem." Boris não se fez de rogado.

"Se há uma coisa de que tenho prática é de consultório. Preferia não vir, mas gostei da ideia da caixinha de areia. Fui muito à praia na infância. É só dizer quando começo. Mais adiante, vou dizer ao senhor o que acho disso tudo."

"Vejam bem, quanto mais rápido terminarmos, mais cedo saberemos o que se pode esperar. Nesse intervalo, sugiro que vocês se respeitem, não se provoquem, sejam solidários um com o outro e saibam que tudo pode estar por um fio. É parte do processo. Vocês podem marcar pelo telefone com a secretária. Perguntas?"

Boris fez menção de se levantar da cadeira.

"Nenhuma, doutor. Mas se quiser um nome para o processo, pode batizá-lo de a *yekke* e o esquizofrênico", e riu como se aquilo fosse um grande achado. Nancy baixou a cabeça e Rodolfo não parece ter achado graça.

"Então até breve".

Nancy ficou surpresa com a atitude de Boris quando saíram do consultório. Falaram da Anistia e de Anita. E nem sequer no jantar na Cantina Roma, Boris, em momento algum, insinuou que Rodolfo fosse um charlatão.

"Vivemos numa economia de nichos. Cada um tem de achar o seu. Burro ele não é".

IV

Se o Japão a deixou relativamente indiferente, não foi o caso de Hong Kong. Excetuada a obsessão de Boris pela reunificação da ex-colônia à China continental, Nancy gostou do toque britânico que sobrevivia no Hotel Peninsula e elegeu como passeio favorito o trajeto marítmo entre Tsim Sha Tsui e o Almirantado, perto do hotel Mandarim.

Amados pais e querida Vivi,

Vivendo e aprendendo, não é? Hong Kong é uma ilha e um verdadeiro paraíso para as compras. Compramos toca-fitas para os carros e eles têm muito bom gosto em tudo. A gente sempre esquece que a herança inglesa dá um charme especial. Em

Kowloon, do outro lado da baía, vi muita sujeira. Todo mundo come na rua e faz um barulho ensurdecedor ao tomar sopa. Todos chupam o macarrão da tigela. Boris vai bem e tem sido atencioso. Quando terminar, estou louca para cair na vida real porque nem só de festa vive o homem. Obrigado por tudo o que me deram na vida. Estou levando duas lindas gravatas para o papai e um jarro (chinês, é claro) para a mamãe. Quanto à Vivi, será presente surpresa. Beijos, Nancy.

Por fim, as belezas de Bangkok ficaram obliteradas pelo entusiasmo que Boris demonstrou em Patpong, cujos cabarés e salões de massagem parecia conhecer, o que levou Nancy a ter uma espécie de bloqueio que durou até o fim da viagem. Como é que se casara com alguém sem lhe pedir o exame sobre aquela doença terrível que vinha cobrando milhares de vidas mundo afora, e que era sabidamente transmitida sexualmente?

Querida Rivka, amada irmã.
Espero que vocês estejam bem e que você, Mordechai e as crianças ainda estejam em São Paulo quando voltarmos. Com um pouco de sorte, passaremos Chanuka juntas. Essa imagem que você vê é quase a que temos do nosso quarto de hotel. O calor é de outro mundo, as frutas são lindas, embora sem sabor, e é divertido navegar pelo rio e sentir a água salpicar o rosto. Meu marido tem se revelado um cavalheiro surpreendente. Hoje fomos ao templo do Buda Dourado e amanhã vamos ao mercado flutuante. Beijos, Nancy. PS: Vou te levar um chapéu que é tua cara.

Muitos anos depois, quando revirou uma imensa gaveta e folheou os pequenos álbuns em que a lua de mel estava rigorosamente documentada, Nancy teve a estranha sensação de que certa versão de felicidade até então estivera ao alcance da mão. O que lhe faltou foi perpetuar o caráter fugaz da experiência. Como diria um dia sua filha Estela: cachorro só é feliz porque não sabe o que é planejamento e porque não se preocupa com o que vem.

"Se quiser te dou um, mãe. Quem não aprende com eles, não vai aprender com ninguém."

Mas isso seria bem mais tarde.

V

Se tivesse sido mais explícita nas sessões que teve com Dr. Rodolfo, talvez Nancy definisse o drama fundador de suas angústias numa fórmula. Nada tinha contra o fato de Boris tirar pouco prazer do sexo vaginal. Ela não se opunha à prestação de outras modalidades, desde que não envolvessem o concurso de terceiras pessoas, como ele chegara a insinuar na Tailândia; nem a projeção simultânea de filmes pornográficos vulgares ou práticas que envolvessem vibradores ou objetos estranhos aos que já traziam de fábrica. Afora isso...

A melhor amiga recomendou que desencanasse quanto às doenças infecto-contagiosas, já que a imensa maioria dos atingidos era de homossexuais, tendência que Boris era insuspeito de nutrir. O que Nancy não podia admitir era que ele retirasse o pênis sempre que estava para gozar e, especialmente, quando sabia que ela estava em período fértil, sobre o que perguntava fortuitamente, como se a intenção fosse a de engravidá-la, quando, na verdade, era todo o oposto.

Não obstante a relutância em revelar essa última fronteira da intimidade do casal, Dr. Rodolfo foi hábil o bastante para entendê-la quando disse que havia, sim, algum suco a se tirar da laranja, e que tocassem a vida em frente. Não era oráculo nem adivinho, mas intuía que eles tinham bons anos pela frente.

"O momento de engravidar vai chegar quando você menos esperar."

Efetivamente, foi numa ocasião em que estavam entregues a mais uma tentativa, no lusco-fusco de um quarto avarandado de Cunha, que as tentativas de Boris de frustrar-lhe as expectativas foram por água abaixo quando, à hora de gozar, no exato instante em que costumava tirar o pênis e despejar o sêmen nas nádegas brancas de Nancy, um movimento do pé acionou o controle remoto.

Na tela, apareceu a imagem de um jovem chinês que parecia executar um passo de dança diante de um imenso tanque de guerra, em plena praça da Paz Celestial, sob o olhar de Mao Tsé Tung, no pórtico da Cidade Proibida. Sentindo que o momento chegara, Nancy ritmou os movimentos para frente e para trás, e sussurrou o que nunca tinha ousado dizer até então, e que um dia valeria ao filho a confidência de que para tê-lo, incorrera nos maiores sacrifícios a que uma mãe pode chegar.

Tratou-se de caprichar na voz mais lúbrica que podia fazer:

"Venha, continue, meu macho nordestino, meu garanhão safado, o fodedor de Bangkok, coma essa sua puta, e jogue aqui dentro esse mingau quente."

De olho na televisão, mas agora embalado por aquele palavrório inesperado, Boris gozou com uma intensidade tal, a ponto de cair quase desfalecido nas costas dela enquanto a reportagem rolava na tela. Levou cinco minutos para que dissesse:

"A China vai mudar depois disso. Oxalá se abra ao mundo. E que do Império do Meio, o dragão não cuspa maldades."

Ao que ela rebateu: "Eu queria que ele se chamasse Carlos. Carlinhos Neuman". Nove meses mais tarde, ele veio ao mundo num dia de calor de 1990. Boris, por fim, era pai. E Szymon e Brenda viveriam para ver crescer o neto.

Desde então, embora não pudesse contar todo dia com um evento daquela magnitude para ter os filhos que planejara, ela já sabia como capturar todo o fogo do marido. Mas temendo ser mal interpretada a ponto de Boris pensar que ela era na vida real o que dizia ser na cama – uma puta – e querendo preservar o recurso supremo para a hora adequada da fertilidade, poupando-o de banalização, ela só o acionaria na hora certa. Mais tarde, Boris diria que, de alguma forma, seus três filhos seriam resultado de um fato histórico.

"Mas isso todo mundo é, meu filho. Todo dia fabricamos passado", disse Szymon na virada do milênio. Boris pensou, mas não teve como desdizer o pai.

Capítulo 17

Posso chamá-lo de você, não é? Pois então, sou o Carlos Neuman, que todo mundo na família chama de Carlinhos. Foi minha mãe que me recomendou essa visita. Ela já esteve aqui com meu pai quando eram recém-casados, acho eu. Ela até falou do janelão que dá para o jardim e de uma caixa de brinquedos que deve ser aquela ali, não é? A vida mudou pouco para você, pelo jeito. Minha mãe é bem legal, mas daquele jeito dela, que nem todo mundo entende. Não é fácil mesmo. Ela parece se perguntar todo dia se a vida teria sido diferente se não tivesse se casado com meu pai. "É claro que seria, mãe" – é o que digo. Isso não significa que seria melhor ou pior, mas que teria sido diferente, teria. Aí, ela começa a se desculpar, dizendo que não era bem isso que queria dizer. Que se não fosse o casamento deles, eu e minhas irmãs não teríamos nascido e, então, ela fica se desculpando por ter pensando nisso, porque nós somos a melhor coisa que aconteceu na vida dela; e, aí, vêm aquelas choradeiras que você pode imaginar como são, se é que se lembra de dona Nancy, como a gente a chama por gozação. Não sei se você sabe, mas eles se divorciaram quando eu não tinha nem 10 anos. Hoje estou com quase 28, portanto é só fazer as contas. Apesar disso, muitas vezes foi como se eles não estivessem separados, o que teve um lado bom e outro ruim. O bom foi que ele não se distanciou muito da gente. E o ruim foi também este: ele ficou perto demais. Sendo meu pai um cara meio diferente, a gente sofre até hoje um pouquinho por essa química desregulada deles. Eu não quero ficar mexendo nisso, minha mãe disse que você é rigoroso com o tempo e acho que é assim que tem de ser. Afinal, sou engenheiro. O negócio é o seguinte. Estou namorando firme há um bom tempo, e a gente está pensando em se casar. A Bruna não é judia, mas isso não é problema nem para a minha família nem para a dela. É claro que minha mãe não gostou no começo, e minha tia Rivka disse que eu seria riscado das festas da família se me casasse com uma goy. Depois que conheceu a Bruna, minha mãe está mais conformada, apesar de torcer lá no fundo para que eu ainda mude de ideia. Não sei se para aliviar essa barra, Bruna disse que quando chegarem nossos filhos, ela quer que eles tenham uma educação judaica e que a gente preserve as tradições em casa, o que eu não acho ruim. A questão é outra e desculpe se estou dando muita volta. É porque, para mim, é difícil dizer o que vou dizer. Não se trata de ter filhos judeus ou não, trata-se de tê-los no geral. Quero jogar limpo, é de minha natureza. Tenho medo da hereditariedade. Especialmente da parte de meu pai, é óbvio. Meus avós eram pessoas normais. Meu avô vem lá da Europa, parece que de Bucareste, Belgrado, não tem mais ao caso. Chegou aqui com a tia Hana, que nasceu na guerra. Ele conheceu a avó Brenda que era do Recife, bem nordestina, pessoa muito legal, e casou-se com ela. A primeira mulher dele morreu no campo de concentração, acho eu. Então eles tiveram a tia Anita, que é até bem co- nhecida lá no Nordeste porque gosta muito de política, e tiveram o meu pai, é óbvio. E aqui que vem o difícil, sabe? Eu gosto muito de meu pai, quer dizer, eu o admiro demais e acho que ele tem uma inteligência supe- rior. Talvez não tão grande quanto ele diz, mas é muito elevada. Basta ele falar para a gente ver que é um cara que sabe das coisas, que leu tudo, e sei, por experiência própria, que ele enxerga longe, que vê coisas que os outros não veem — tanto para o bem como para o mal. Mas sei que meu pai toma remédio há muitos anos. Não sei se isso tem a ver, mas meu tio Mordechai disse uma vez que, do jeito que as coisas iam, ele ia terminar *na cadeia e que, da próxima, ele ia mofar por lá, que não seria como da outra vez. "Como assim?", perguntei. Todo mundo desconversou. Mas terminei sabendo por minha avó de um incidente envolvendo meu pai quando ele era muito jovem, lá no Recife, que parece que teve a ver com uma enchente, um assalto, não sei bem. De qualquer forma, não preciso ser um gênio para ver que ele se formou muito tarde, mudou de cidade e que, dentro do guarda-roupa dele, mora um fantasma, como diz minha mãe. Minha pergunta hoje está ligada a uma decisão importante que quero tomar quanto ao meu casamento. Afinal, essa doença de meu pai, essa coisa que ele tem, pode se transmitir de uma geração para outra? Ele nasceu com ela ou ele a adquiriu? Isso tem a ver com droga que ele tenha consumido, maconha ou parecido, ou pode ter vindo de algum trauma, de alguma coisa ligada à educação? Se ele tivesse ficado aqui em São Paulo, poderia ter sido diferente? O bom mesmo seria que você me dissesse o que ele tem, se isso é alguma síndrome, se há um tratamento preventivo. Para mim, é uma decisão difícil essa dos filhos porque tenho medo de comentar com a Bruna e, sinceramente, de ela desistir de mim. Sei que ela me ama, mas isso não basta. Meu pai é meio delirante, a gente sempre teve dificuldade de ver onde terminava a verdade e onde começava a invenção, ou vice-versa. Mas aconteceu muitas vezes de a gente ver que algumas coisas que pareciam mentiras, eram verdadeiras. A gente achava que ele fazia fanfarronice quando contava às pessoas que era futurólogo. "Menos, pai, menos", a gente dizia. Afinal, o que era isso? O que é ser futurólogo? É uma espécie de vidente? Então, um dia ele me pediu para mandar por correio expresso um envelope com uns documentos para Londres, para uma amiga dele, que é uma espécie de arquivista e secretária. Como precisei colocar tudo num envelope da DHL para expedir, terminei dando uma olhada em vários papéis. Fiquei bobo de ver que ele de fato foi amigo de um tal Herman Kahn e que trocou mais de 30 cartas com ele. Xeroquei algumas delas antes de mandar e garanto que eles discutiam ideias de igual para igual, quando ele ainda tinha mais ou menos a idade que te-*

nho hoje. Quando ele falava Herman para cá, Herman para lá, a gente achava que fosse uma brincadeira fantasiosa, mas não era. Até de um amigo meio imaginário que era o tal soldado Shavitt, a gente ficou sabendo pela tia Hana que o cara existiu, e que, indiretamente, integrou a experiência de kibutz dele. Agora as manias estão crescendo e nos assustam. Quando ele montou a fábrica de álcool-gel, eu ainda era criança. É normal que a pessoa se empolgue com seu produto e que queria promover o uso dele. A gente ficava com vergonha quando ele chegava à pizzaria e desinfetava a mesa. De brincadeira, borrifava álcool nas mãos do garçom e todo mundo achava isso divertido, dizia que ele era bom vendedor. Minha mãe dizia que ele transformava qualquer lugar em camelódromo. Então, a depender do dia, ele fazia uma tese sobre o mundo dos micróbios e das bactérias. Era tudo meio descabido e a gente ficava aliviada quando as pessoas riam. Não era todo mundo que gostava. Do começo do ano para cá, ele ampliou a fábrica a tal ponto que precisou vender parte da herança para colocar a grana lá dentro. Desde que surgiram uns vírus na Ásia, dizem que por causa dos animais nas feiras livres, não sei bem, ele vem pregando que o mundo pode acabar, que os germes ainda vão paralisar o planeta, que ameaçam a humanidade, que podem fazer com a gente o que a carga viral dos brancos fez com os índios do Xingu e o escambau. Uma vez, brinquei: "É o soldado Shavitt quem te diz essas coisas, professor Boris?" Chamei de professor para fazer ironia. Ele não riu nem ficou bravo. Só disse que o tal soldado previu há anos que teremos epidemias e sei lá mais o quê. Semana passada, a gente foi jantar numa cantina de Higienópolis onde ele vai há anos. Lá os garçons já estão acostumados com o gelzinho e não estranham que ele fique até dez minutos lavando as mãos. Mas aí veio a gota d'água. A gente já estava sentado quando ele entrou. Para não variar, com uma surpresa. Tinha tirado a barba e estava com uma máscara cirúrgica. Disse que barba tem que ser banida porque pode ser refúgio de vírus, e que um dia o mundo vai entrar em guerra por causa das máscaras. Disse que, se tivesse dinheiro, ia comprar as *fábricas que encontrasse à venda. Essas coisas cansam, sabe. Meu pai é paranoico, isso está fora de dúvida. Paranoico no sentido comum que a gente dá à palavra, a essa gente que tem mania de perseguição. Além de tudo, ele é misantropo, como diz a tia Anita, talvez sociofóbico, todo o contrário dela. Mas isso até eu sou um pouco, um semiautista do bem, segundo minha irmã. Agora parece que não vai ficar por aí, não. Sei que psiquiatras não gostam de falar, mas minha mãe disse que sua formação é de exatas, e isso me deu confiança para vir aqui. Pergunto: a esquizofrenia pode ser transmitida por hereditariedade? O medo que tenho dos tempos que a gente vive hoje é normal? Desde a eleição de Trump, venho achando que o mundo está meio degenerado, que estamos nos desumanizando, e que essa onda pode chegar ao Brasil, se é que já não chegou. Só me falta dar razão à maluca da tia Anita. Pergunto: você acha honesto casar num mundo desse? E ter filhos – é ou não um ato de irresponsabilidade? A sessão vai acabar e você não fala nada? É assim mesmo que funciona?*

I

Samuel Novinsky tinha acabado de voltar da Ilha do Retiro onde assistira a um empate sem gols entre o Sport e o Grêmio, naquela noite de 1989. Tirou os sapatos, afrouxou o cinturão e foi até a varanda do apartamento onde morava com Miriam e o filho Leo, talvez ainda sem suspeitar de que fazia aquele trajeto pela última vez. Já vinha se sentindo mal desde que saíra do estádio, mas o autoengano o impedira de ir ao Hospital Português, o que teria sido o lógico. A ciência jamais responderá a contento se o enfermo, inconscientemente, opta por morrer em casa, ou se acha que a visão de sua sala e dos porta-retratos de família terá um poder curador miraculoso sobre o organismo em colapso.

Foi assim que sentiu uma terrível e derradeira zonzeira ao se apoiar no parapeito para ver a avenida Beira Rio. Ofegante, ainda tentou refazer o caminho até o sofá, onde aterrissou, trôpego, e fechou os olhos para sempre. Enquanto mandava o filho chamar a ambulância e trazia-lhe um copo de água com açúcar,

Miriam também quis atribuir o mal-estar ao futebol. Mas era tarde, e o infarto levou a melhor, antes da chegada do atendimento. Aos 67 anos, falecia o irmão gêmeo de Brenda.

O olhar diligente do rabino não permitiu que se envolvesse o caixão ornado com a Estrela de David no pavilhão de seu clube do coração, como muitos achavam que teria sido seu desejo. A diretoria e alguns torcedores, contudo, compareceram em peso ao cemitério do Barro. Dos presentes, talvez ninguém estivesse tão desolado quanto Szymon.

"O que posso dizer? Se me tivessem cortado um braço a cru, a dor não podia ser maior."

Perder o cunhado era perder um irmão. Para quem não os tivera, Samuel fora desde o primeiro momento o amigo providencial, o que o estimulara a vir para o Recife; quem lhe abrira a agenda de contatos e nunca lhe faltara com uma palavra de estímulo, como se fosse eternamente responsável pelo sucesso do cunhado em Pernambuco.

Nos momentos cruciais da vida dos sobrinhos, tanto a de Boris como a de Anita, fora exemplar no apoio à irmã. Professor da Escola Politécnica, deixaria também uma lacuna entre os pescadores de Tamandaré, com quem costumava se aventurar mar adentro numa jangada à moda antiga, para longas jornadas de quase um dia, das quais voltava com beijupirás reluzentes e cavalas prateadas, que ele mesmo se esmerava em fritar para a família. Tudo aquilo acabava ali.

Szymon compareceu a todos os dias de *shiva* e lembrar-se-ia para sempre da mão firme do amigo Leão.

"Qualquer hora pode ser a nossa. O que podemos fazer? Ir ao médico, transformar as obrigações em prazer e contar com a sorte. Se ela nos faltar, paciência, não há remédio. Que nos encontremos agora nas nossas festas."

Como acontece em respaldo ao mais odioso dos ditos populares, Samuel estava vivo, condição bastante para que pudesse cair morto num átimo. Naqueles dias, Szymon e Brenda decidiram cancelar os planos de visitar a Hungria em janeiro, para marcar os 40 anos da partida dele e de Hana de Budapeste, para onde nunca mais voltara. Foi Miriam, a viúva, quem insistiu para que não mudassem a viagem.

"Samuel seria o primeiro a ficar triste se soubesse que vocês a suspenderam, minha gente." Brenda estava irredutível: "Que graça pode ter um programa desse, cunhada? Éramos unha e carne, você sabe disso."

Szymon observava tudo desolado, imaginando que fora uma ironia que justamente tivesse sido Samuel a levá-lo para o hospital quando ele próprio estivera doente e que, na vez do cunhado, ele nada tenha podido fazer. Miriam não recuava.

"Até por isso, Brenda, você sabe que, de onde estiver, ele queria ver as pessoas felizes, curtindo as coisas da vida. Não se lembra dele no casamento de Boris, imitando o rabino? Este era o seu irmão. Um dia vou achar um cantinho onde guardar minha dor."

II

Se alguma vez Brenda achara que conhecia frio, a chegada a Budapeste mostrou que estivera equivocada. O que era aquilo?

Foi Guita quem a demovera em definitivo da ideia de cancelar a viagem.

"Não vou remanchar o que já se sabe, Brenda. A gente fica mesmo sem graça, sem estímulo para nada. Sou da tese de que nem remédio ajuda. Dê graças que Fanny tenha partido mais cedo e em paz. Tudo o que ela não merecia era enterrar um filho. Samuca se foi como queria, saindo do futebol dele. Jairo e Leo são excelentes rapazes, Miriam vai ficar bem amparada. De seu nucleozinho de partida, só resta você. Pense em Szymon, que planejou essa viagem com tanto carinho, coitado. Ele já vai sentir uma falta enorme de Samuca. Você tem de ir também para cuidar dele. Se me permite, até para ajudá-lo a fechar um ciclo na vida. Pense bem, quantos dos nossos têm coragem de encarar os fantasmas? Quantos daqui você conhece já tiveram *beitsim* de enfrentar aquelas ruas onde nossos pais e avós já sofreram tanto? Em Kishinev, Varsóvia, Kiev, sei lá mais onde. E depois, você também vai gostar. Queria eu estar em forma para fazer um programa desses. E tem Paris no meio, sua boba."

Brenda saiu renovada daquela conversa. Viviam em indigência completa os que não tinham amigos.

Szymon também ganhou alma nova quando soube que os planos estavam mantidos.

"Obrigado, meu amor. Pouco a pouco, você está voltando a sorrir. É assim mesmo, devagarzinho. Na minha infância, a gente dizia: *A nyavalya lóháton jön, gyalog megy el*. A má notícia chega a cavalo e vai embora a pé."

Szymon parecia se divertir com a temperatura polar.

"Agora você vai conhecer de verdade o que um húngaro teimoso é capaz de aguentar."

Estava aberta uma temporada a que tampouco faltaram sorrisos.

"É uma língua que pode ser divertida, Brenda, tem expressões boas. Se você quer dizer que um lugar é muito distante, você diz *Az Isten háta mögött*. O que significa? Que o lugar fica atrás das costas de Deus. *Lófasz*, por exemplo, você diz quando está com raiva, quando uma pessoa diz uma bobagem. É como dizer: Anita, pare de falar tanta merda."

Brenda pediu que Szymon escrevesse no guardanapo de papel frases inteiras para ver se discernia pelo menos uma palavra. Mas nada se parecia com coisa alguma conhecida.

"É tudo grego para mim, meu bem."

"Ah, também temos um ditado parecido aqui. Só que é com uma língua mais complicada. *Ez nekem kínai* – isso para mim é chinês".

Admirador da patrícia Eva Todor, divertiu-o contar uma de suas histórias favoritas.

"A Eva era Eva Fodor, não era Todor. Mas *Fodor* no Brasil ia ser complicado, não é?" Brenda sempre ria, como se escutasse o chiste pela primeira vez.

De resto, as marcas do império Austro-Húngaro temperavam as águas do Danúbio naquele trecho que ia de Viena a Belgrado. O lado monumental de

Budapeste exsudava a altivez dos Habsburg – com seus bastos bigodes brancos e enormes chapéus de pena de ema.

"Tem uma pompa de Viena no ar, não nego. Mas ainda pode melhorar muito. Os prédios têm muita fuligem, estão mal zelados."

"Se você observar bem, tem parede com furo de bala. Não sei se elas são da Segunda Guerra, de meus tempos, ou se já são de 1956, quando os russos entraram com tudo."

Nessa época, Szymon já vivia no Brasil.

"Lembra-se da festinha de Bat-Mitzvá de Hana, com ela fazendo careta? Foi naquele dia que soube da invasão. Mas as pessoas aqui são especiais. Apesar do sofrimento, gostavam de frequentar as termas, beber seu copinho de Tokaji e comer um goulash."

Filho de romenos, Szymon troçava, lembrando-se dos pais.

"Os húngaros dizem que é seu produto mais nacional, depois de Liszt. Os romenos dizem o mesmo. Meu pai dizia que os dois tinham razão. A diferença era que o gado do goulasch romeno era roubado."

Para um homem de quase 73 anos, viajar em pleno inverno do Leste da Europa, não pareceu ao médico a mais prudente das decisões. Ao que Szymon retrucou: "Sei que não vou voltar mais lá. Se é para rever a cidade, que seja numa estação diferente daquela em que já vivo de janeiro a dezembro, não é? De sol, estou com a cota cumprida, doutor. Depois, não esqueça que na Hungria tem velho também. O inverno não mata ninguém que se agasalhe e esteja com o estômago bem forrado."

Reencontros com paisagens marcantes são tão perigosos quanto facas afiadas nos dois gumes. Tanto podem propiciar alegrias como causar melancolia. Até os monumentos parecem intimidadores e, sob o peso do passado, trarão à baila amarguras nunca apuradas na extensão devida. Mas essa teoria só se prova no terreno – daí serem as viagens imprescindíveis. A contemplação de fotos só virtualiza, sem dar à experiência os cheiros ou as memórias dos resgates cinestésicos, como diria o professor Franca.

Hana o prevenira quanto ao momento concreto.

"O ambiente está conturbado, estamos na vanguarda da redemocratização. Só se fala na *rendszerváltás*, na mudança, na transição. Temos de tirar o chapéu para Németh. Foi ele quem arrancou de Gorbachev uma piscada de olho, garantindo que não haveria repressão, que cada um cuidasse de si. Ele desativou a cerca elétrica da fronteira com a Áustria justamente quando os alemães do Leste estavam de férias no Balaton. E mandou avisar a eles que a passagem estava liberada. Já pensou? Foi uma debandada. Os alemães abandonaram até os Trabant, aqueles carrinhos que parecem de brinquedo."

Szymon se divertia.

"Numa dessa, a história acaba, minha filha. Só vai sobrar comunista em Pernambuco."

Hana gostava de ouvir as tiradas do pai, sinal de que estava feliz.

"Você vai gostar, vá bem tranquilo, o hotel é ótimo, fica bem no coração da ilha. Nos seus tempos por lá, você mal passava pela porta. Agora vai chegar por cima, quem diria? Só tenha cuidado para não escorregar na neve, viu? Leve sapato de sola de borracha."

E, no entanto, o único peso que Szymon trazia no coração era que Samuel Novinsky não estivesse ali para lhe mostrar a rua Gogol, onde tinha vivido, para que pudessem passear de braços entrelaçados pela ilha Margit, para atravessar a ponte Árpád e contar-lhe umas tantas confidências dessas que os homens gostam de contar uns aos outros.

"Faz falta o Samuca, Brenda. Não vou esquecê-lo nunca. Nem no dia em que cair neve vermelha, como dizemos aqui."

No Mercado Central, Szymon se esbaldou num prato de coxa de ganso com repolho roxo.

"Como tudo é barato, não é? Nos meus tempos, só os ricos podiam comer isso aqui no Gundel. Muita gente vai ter as propriedades de volta, *possa* escrever. O país vai se recuperar. O socialismo era a negação da aritmética e a consagração da mentira, como diz o professor Franca, naquela maneira de falar. Vamos agora ver de perto o prédio do Parlamento, faço questão de te mostrar lá dentro."

Mas ela não queria.

Se Brenda estava feliz por vê-lo na cidade de sua juventude, sentia que era hora de temperar a fervura da água.

"É mesmo um lugar encantador. É como se já o conhecesse, de tanto ouvir falar. Mas sossegue, marido. Arranje um tempo para você. Não se preocupe tanto em me mostrar as coisas."

Szymon olhava a mulher com ar de quem não sabia aonde ela queria chegar. E talvez não soubesse mesmo.

"O que há de errado, Brenda?"

Ela sorria.

"Nada, pelo contrário, só quero que você se sinta livre para visitar seu coração, para sentir uma vibração que é só sua. Por mais que você me conte o que se passou aqui, a história que nos interessa é a sua, a de Hana, a de seus pais e a de Eva, que você teve por tão pouco tempo. A de Edith, por que não?" Szymon pensou em responder, mas alguma coisa o fez calar. A mulher lhe acariciou a mão enquanto olhavam as árvores desfolhadas do cais do Danúbio.

"Sei que para você as coisas não devem ser tão simples quanto aparentam."

Quando entravam na confeitaria Gerbeaud, começou a nevar.

"Tem certeza de que quer voltar aqui? Adorei, mas podemos curtir a neve do quarto, se quiser."

Nessas horas, o coração de Szymon confirmava o quanto amava Brenda.

III

Na tarde da chegada de Viena, eles já tinham estado ali.

Para desolação de Szymon, a jovem Zsófia Todt não morava mais em Budapeste. Assim, a possível meia-irmã de Hana, Boris e Anita, de cuja concretude só agora Brenda se dava conta – sem nenhum ressentimento –, tinha emigrado para a Alemanha. Se Szymon quisesse vê-la, teria de tomar outros caminhos. Se não agora, quando estaria com essa moça? Nunca. E pensar que lhe trouxera uns dólares. Como fazer para que chegassem a ela?

Onde quer que ela estivesse, teria uns 40 anos. Dizer que se sentia obrigado moralmente àquela possível filha seria um exagero. Um pai biológico não manterá proximidade emocional dos filhos de quem esteve separado por uma vida, e muito mal conheceu. O que o movia era mais a curiosidade do que qualquer outro sentimento. Depois, quem lhe garantia que ela não fora criada por um companheiro de Edith, a quem tivesse considerado pai a vida toda? Quem era Szymon para chacoalhar as bases de um pacto em cujo centro não houvera lugar para ele? O único benefício da guerra é o de imunizar o ser humano contra a pieguice. "Voltei a ter um envolvimento com Edith quando Eva morreu e Hana era pequenininha. Eram tempos tão confusos, os judeus estavam de moral baixo, era como se Deus nos tivesse abandonado e havia muita acusação na Comunidade. Tivemos alguns suicídios de sobreviventes. Alguns que a gente nem imagina estiveram bem perto disso."

Por um instante, Brenda percebeu os olhos de Szymon marejarem.

"Uns acusavam os outros enquanto Eichmann, o grande canalha, já estava longe. Quem tinha sido responsável pelo fuzilamento dos judeus no Danúbio? Quem tinha cooperado com os alemães? O pior era ouvir das pessoas que tínhamos de esquecer o passado e olhar para a frente, como se nada tivesse acontecido. Para mim era difícil."

Brenda lhe acariciava a mão e de vez em quando lhe massageava o lóbulo esquerdo porque sabia que ele gostava.

"Quando Hana veio aqui, a essa confeitaria, viu a filha de Edith. Hana disse que as duas ficaram se olhando como se vissem um espelho. Antes que ela achasse que eu queria negar a paternidade, eu disse que era possível, sim, que ela tivesse uma irmã aqui. Por que não? Mas se Hana está viva, devemos isso a Edith. Ela era de pouco sorriso, uma húngara de cara fechada, mas solidária."

Brenda tirou um lencinho da bolsa e assoou o nariz.

"Será que me resfriei? Se continuar assim, vou tomar um conhaque. Meu pai dizia que não há receita melhor."

Szymon parecia em transe.

"Edith me deu uns docinhos para eu levar naquela noite em que deixei as duas sob a guarda dela. Então, cheguei à casa de meus pais com um pacotinho. Nunca imaginei que aquela seria a última vez que ia estar com minha mãe. Meu pai já estava num campo de trabalho."

— *Cadê a pequenininha, Szymonek? Você acha que sou uma avó diferente das outras? Não sou, queria ficar com ela um pouquinho também. Seu pai sempre que escreve pergunta dela. Já nem sei o que dizer.*

— *Não se preocupe, mamãe, tudo logo vai voltar ao normal. Eva e Hana estão em segurança, em casa de amigos. Logo, todos estaremos juntos, eu garanto. Importante é seguir as ordens, usar a estrela, não chamar a atenção, ficar perto dos amigos que têm influência e acreditar que não há mal que dure uma vida.*

— *Não vá você morrer bobamente. Antes de passar por esta porta da última vez, seu pai disse que ele e eu já vivemos muito. Nossa família vai continuar com você. Com seus filhos, e os filhos de seus filhos. Tome cuidado.*

"Coitados, Brenda, meus pais eram tão bons. Papai era forte, comia um tacho de polenta, tinha passado a infância no plantio, montava cavalo em pelo, o que não era comum para um judeu. Minha mãe era de família religiosa, mas muito alegre. Ficou doente depois do meu nascimento e não teve mais filhos, o que era uma raridade. Ninguém tinha um filho só. Eu ainda achava que o pior não ia acontecer, eu confiava na capacidade dele de protegê-la. Será que eu sabia que estava me enganando? Minha mãe tinha sempre um sorriso quando me via. Só esteve com Hana poucas vezes, quando Eva a levou à casa dela. Andar de uma quadra para a outra já era um perigo de vida. As pessoas não imaginam o que seja uma guerra. Só sabe quem viveu. Guerra não é só avião jogando bomba. Guerra é decepção com os amigos, é terror, é bandidagem, mas também uma certa grandeza. Saí da guerra muito menor do que entrei. Tenho dúvidas se não poderia ter feito melhor. Não fosse por Hana, não sei se teria achado muito sentido em continuar vivendo, penso que ia me deixar levar, esquecer que existia, vagar como um fantasma por aí."

Brenda serviu-os de chá e adoçou-o mais do que o normal. Ela também divagava, sentindo cada palpitação daquele homem essencialmente bom, às vezes de grande sagacidade, outras de grande candura de alma.

— *Posso te fazer uma pergunta? Só responda se quiser, sei que não é assunto adequado ao momento, mas nossa intimidade autoriza. Como é o teu marido? Quer dizer, que pessoa ele é? Tenho boa impressão dele.*

Brenda ficou calada, emudecida pela tensão, não esperava uma pergunta daquela do Homem Sem Nome. Mas pelo tanto que já tinham atravessado, como se furtar a umas palavras?

— *É difícil dizer por que estamos aqui, entende? Não é fácil falar do próprio marido quando a gente não tem uma peça de roupa no corpo, e está deitada com um homem que não é ele.*

Ele afagou-lhe o cabelo.

— *Deixe para lá, desculpe.*

— *Não, não. Agora que você perguntou, vamos até o fim. Se nós estamos aqui, é uma questão pessoal minha; se duvidar, não é nem sequer nossa. Sou eu comigo mesma, são atrações que não se explicam. Isto nada tem nada a ver com ele. Ele não me falta em momento algum. Apesar de ser um comerciante com formação rude para nossos parâmetros, é um homem de muitos mundos. A impressão que me dá é que o que se passa no Brasil tem para ele um sabor de coisa já vista, como se ainda fôssemos adolescentes e precisássemos da supervisão de um adulto. Mas ele nunca é soberbo, nunca fala mal de alguém, gosta de verdade das pessoas. É o melhor pai que as circunstâncias permitem. Sabe Deus e só ele o que viveu na Hungria daqueles anos. Vamos voltar mais cedo para o Recife? Estou um pouco resfriada.*

Szymon, falava baixo, muito baixo.

"Então, veio aquela tarde na frente da Ópera, Brenda. Foi a última vez que vi Eva, ali na Andrássy. Ela tinha um ar divertido, sabe? Era como se a gente estivesse brincando de se esconder. Primeiro, nos cruzamos uma vez na calçada. Diminuímos o passo, para durar o mais que pudesse. Depois, cada um atravessou a rua de onde estava, e, de novo, a gente voltou a se cruzar na outra calçada. Ela tinha o vestido pelo joelho, uma cara de quem vinha dormindo pouco e o cabelo preto, da cor dos olhos. Acho que a estrela amarela que usava estava meio descosturada. É uma pena que as pessoas morram cedo assim, sem entender o que se passava. Quem deve saber de coisas sobre o fim dela é Imre. Não sei se vou ter coragem de pedir a ele que me conte."

Brenda sentiu que Szymon continha a emoção à base de soluços, ora fingindo um acesso de tosse, ora parecendo engasgado. Tudo para abafar alguma coisa que podia estar calada num desvão da alma tão remoto e mal iluminado quanto aquelas profundezas de que falava Hana quando contava histórias para Boris. As lendas marinhas em que, como ela já percebera, volta e meia uma baleia surgia para logo sumir.

Sorvendo um gole de pálinka, Szymon continuou.

"Tinha um cara em Balatonfüred que eu conhecia daqui da cidade. Era um homem grande, com 20 anos a mais do que eu, que pedia para ser tratado como irmão, como ele dizia. Não era nem boa alma nem má pessoa. Éramos todos gente comum, com altos e baixos. Ele gostava de nadar e eu também, e dizia abertamente que não gostava de judeus. Dizia isso sorrindo e eu admirava essa franqueza. Eu não me sentia incluído porque tínhamos uma amizade. Antes de ser judeu, eu era húngaro. Ou pelo menos era assim que pensava. Era a mesma coisa de dizer que não gostava de cerveja, e sim de vodka. Ou que marreco era melhor do que carneiro. O que importava?"

Era curioso, quase divertido, fossem outras as circunstâncias, o quanto o sotaque nordestino tomava conta do português de Szymon. Até ela ficava surpresa com as palavras que ele escolhia. Seriam as conversas com o professor Franca?

"O nome dele era Varga István. A gente o chamava de o Gigante de Tötkomlös, e ele bebia bem. Nunca tinha se casado, não tinha filhos e diziam os colegas que gostava de outros homens. Mas e daí? Ele não era bom em mecânica, mas era hábil lanterneiro, cuidava dos jipes amassados e sabia vulcanizar pneu. Gostava de criar cachorro e teve vez de deixar de comer para alimentar um pastor-alemão. Ele sabia que eu era judeu, mas eu achava que me via mais como amigo do que como judeu. Que era capaz de mentir para me proteger, se fosse o caso. Acho até que não estava errado."

Szymon também tomara gosto pelos longos relatos, à moda nordestina. Mas ali, Brenda percebia que ele fazia uma recapitulação que vinha de uma camada mais profunda da alma, como se não tivesse visitado o episódio há décadas, se é que já o fizera uma só vez com todas as letras. Então, fez-se um longo silêncio.

"Quando quiser ir embora, é só dizer."

"Não, meu amor, continue, está se vendo que essa história não acabou aí."

"Então me dê licença um minutinho." Szymon passou tanto tempo no banheiro que Brenda já ia pedir ao garçom que fosse verificar se ele estava bem. Com o rosto úmido de quem friccionara água fria, ele voltou e sentou-se. Logo os olhos ficaram marejados.

"Se você não falar, Szymon, só vou pensar coisa ruim. E se você não confiar em sua mulher, vai confiar em quem, meu bem? O que quer que tenha sido, já foi."

"Eu tinha 27 anos, era um rapaz bonito, sabe? Ele sabia que eu tinha mulher e uma filhinha. De vez em quando ele falava do fim da guerra. Que pensava em voltar para a terra dele, que só queria ter tranquilidade. Que a garagem do Exército não era mais um bom emprego, que a frota tinha acabado, que queria plantar e viver da terra."

"E depois?"

"Perguntou uma vez se eu queria ir com ele, dizendo que uma menininha ia gostar de crescer no campo. Eu não respondia nada, só ficava rindo com aquela loucura. Eu dizia que gostava mesmo era da cidade, da piscina, do cinema, que não era camponês. Assim, sabe, falando para dizer alguma coisa. Na guerra, mesmo quem não está na frente de batalha, fica pensando na infância, no que queria ter feito, no que vai fazer se escapar vivo."

"Você acha que ele estava gostando de você, assim, de uma outra forma?"

"Depois de bêbado, ele vinha com abraços, tentava beijar os homens, não só eu, fazia carinho no cabelo ou vinha pedir para dormir na minha cama por causa do frio. Eu só o empurrava e dizia que a bebedeira ia passar. De fato, não se falava mais disso no dia seguinte, e ele até acordava com vergonha. Mas de vez em quando falava do partido da Cruz Flechada, de Horthy, de um bocado de porcaria que ele sabia que eu não gostava. Acho que era vingança psicológica, sabe?"

Pela primeira vez Brenda percebeu que Szymon parecia um pouco asmático. Anotaria isso para programar uma consulta quando voltassem para o Recife.

"E isso foi tudo?"

"Foi. O que mais, Brenda? Não era ruim o bastante?"

"Meu bem, a gente não veio tão longe para brigar, pelo contrário. Mas como sua mulher, mãe de seus filhos, vou ficar muito sentida se você não me contar essa história até o fim. Só você não vê que isso te sufoca. Até a mim, está sufocando."

Szymon juntou as pontas dos dedos, como fazia quando se preparava para dar uma explicação, para lutar com o português, como ele dizia.

"Numa noite em que a gente foi nadar, antes de ele voltar para Budapeste, no fim da licença, pedi que levasse uma encomenda para Eva. E dei o endereço da casa de Edith. Foi uma fraqueza minha, foi um erro, foi uma burrice. Eram uns pasteizinhos que eu tinha conseguido. *Somlói galushka*, como a gente chama, e uma ou duas latas de *halászlé*, uma sopa de peixe em conserva. Eu via nisso só um gesto, uma lembrança, um sinal de que estava vivo e de que me preocupava com elas. E para ele, eu queria dar uma prova de que apesar do antissemitismo, eu acreditava em nossa amizade, que não tinha medo de correr riscos, que confiava nele, que continuava tendo boa opinião sobre ele. Varga István morava com um amigo de regimento aqui perto, em Budapeste, na rua Honvéd. Quase na esquina com a rua Alkotmány, que era a de Edith."

Brenda sentia que o essencial da conversa estava quase desnudado. Vendo-o sofrido, sugeriu que fossem, que não tomassem a terceira pálinka, mas por uma vez ele insistiu em beber a última. Até nisso se transformara num autêntico nordestino.

"Edith nunca recebeu o pacote, Brenda. Nunca. Mas disse que quando Eva ia virando a esquina naqueles dias, o comando a pegou. Depois, ela ficou sabendo por um Cruz Flechada que frequentava a Gerbeaud que Varga chegara com uma informação que levou a uma judia clandestina. Quando a vida recomeçou, fiquei sabendo que ele tinha saído da garagem. Pensei que tinha ido para Tötkomlös, e até pensei em ir lá, fiquei com a tentação da vingança. Mas alguém falou que ele estava em Moscou, que tinha se ligado aos russos, que tinha ido fazer treinamento." Enfim, pensou Brenda, era mais um absurdo dos tantos que deveriam permear as histórias de guerra.

"Um dia eu o vi com o cachorro ali mesmo, perto de onde a gente morava. Ele agora estava todo vestido de soldado, com casaco bonito, caro, uma chapka militar. Alguma coisa aquele canalha tinha conseguido. Só sei que ele terminou colaborando com os russos em 1956. A gente o chamava também de Dente de Ouro. Naquele dia, quando cheguei em casa com Hana, disse a Edith que ia tomar uma medida em memória de Eva. E para o bem de todos nós, decidi ir para o Brasil. Só não podia levar Eva. Mas aqui eu não podia continuar vivendo."

E, então, um grande soluço lhe explodiu na garganta. Os olhos de Brenda também estavam úmidos.

"Pronto, pronto, pronto…" Szymon só sentia uma fricção vigorosa nas costas.

Capítulo 18

Nunca me importei muito com as infidelidades de Boris, se é que são verdadeiras as insinuações que todo mundo faz, inclusive minhas filhas. Nós nos casamos em 1988, quando Boris se convenceu de que ficar em São Paulo era o melhor para ele. Disse que gostava de ver o Dr. Ítalo uma vez por semana, como se falasse de uma visita a um amigo, mas também não escondeu que se tratava de um psiquiatra. Falou en passant que já tinha pagado um preço alto por pensar na frente das pessoas comuns, e que o médico o ajudava a ser tolerante com a burrice alheia. Fiquei meio sem graça, sem saber o que dizer. Mas ele falou isso com tanta segurança que, no fundo, achei que era uma brincadeira, que ele estava me submetendo a um teste de humor. Aí, ri amarelo, como fazia na época. Eu nada entendia de doenças psíquicas, graças a D´us, e lembro que achei aquela confissão uma excentricidade, com quase nada de real. Se fiquei com um pé atrás, foi por puro instinto. Depois, mulher que acha que vai mudar um homem não é ainda uma mulher, é apenas uma iludida. Decidido que viveríamos em São Paulo, e descartada a chance de ele me carregar para o Nordeste, haveria um acordo. Primeiro, porque gostei dele. Estava um pouco fora do peso, é verdade, mas tinha altura, um nariz semita, e dentes alvos. Segundo, porque eu queria, sim, ter filhos, apesar das cautelas com respeito à hereditariedade que, na verdade, só surgiriam mais tarde, depois do nascimento do primeiro. Foi assim que chegaram o Carlinhos em 1990, a Estela no fim de 1991 e, por fim, a Diana em 1994. A mamãe sempre disse que três filhos em 5 anos era o ideal. Bem, não me perguntem a qual dos três sou mais ligada porque não teriam resposta alguma. Cada um é um mundo e o importante para mim é que se deem bem entre si. Preferiria morrer a ver na minha casa o padrão de convívio que têm Boris e Anita, a irmã mais nova dele. O que tem ele de carinhoso com Hana, tem de estourado com a caçula. Desde o casamento e até antes, Boris nunca me disse que queria ter filhos, mas tampouco pareceu desgostoso quando engravidei. Um dia conto mais sobre as circunstâncias da gravidez. Quando o nosso primeiro nasceu, ele ficou contemplando-o alguns dias sem ousar pegá-lo. Era como se temesse que Carlinhos fosse uma empada que se esfarelaria na sua mão por falta de jeito. Quando perguntei para quando iríamos marcar o briss, Boris disse que isso podia esperar. Fui firme e disse que não admitia negociações em torno disso. Não estávamos no Nordeste, onde tudo pode ficar para amanhã. Éramos judeus e não se concebe um menino que não seja circuncidado com poucos dias do nascimento. Ele foi obrigado a ceder. Boris, nessa época, tinha se juntado a um grupo de meditação e, de vez em quando, ia à Argentina escutar os ensinamentos de um tal Maharaj. Eu não me opunha a seita alguma, mas não queria que os modismos espirituais de meu marido comprometessem os pilares de uma vida familiar judaica. Estivemos casados até 1998, quando ele começou a surtar com o que chamou de preparativos para o novo milênio. O comunicado da separação foi bizarro, mas nada incomum em se tratando dele. Foi como se estivesse me intimando a sair de uma festa. Durante o período em que estivemos juntos, fomos ao Recife algumas vezes ver meus sogros — Szymon sempre doce e Brenda meio alheia às conversas, me olhando como se eu fosse uma personagem do folclore. As crianças curtiam a praia e isso me bastava. Gostar mesmo, eu não gostava. Achava que a cidade não fazia bem a Boris, logo a nós. Parece que quando che-

gava lá, ele visitava fantasmas. Ou era visitado por eles. Mas isso já são outros quinhentos. Boris proveu bem o sustento da família e as limitações dele, digamos assim, fizeram com que meu sogro estivesse sempre atento a nosso bem-estar, embora não precisássemos de sua ajuda. Pela parte que me toca, obrigada, mas sei que vou ficar de mera coadjuvante nessa história, serei a eterna ex de Boris, a chata que não emitia luz própria. Boris nunca foi de gastos muito extravagantes, apesar de ser exigente à mesa, coisa de quem sempre teve uma mulher cuidando dele, inclusive a famosa Terezinha, espécie de babá eterna. As esquisitices mais difíceis de aturar eram as ligadas à tal espiritualidade. Da primeira vez que fomos ao Recife, Boris me levou a um terreiro de umbanda, dançou, fumou charuto e, de barba ruiva e bata branca, parecia entrar em transe. Fiquei horrorizada. Meu avô, que descanse em paz, foi um rabino de prestígio em Vitebsk, e Boris disse certa vez que o candomblé era o mesmo que uma celebração hassídica. Coisa de herege, de apóstata. Hana me contou que, na juventude, ele era metido com espiritismo e que, quando foi a Paris, fez questão de visitar o túmulo de Alan Kardec, onde só aparecem brasileiros. Aqui mesmo em São Paulo, de vez em quando, ele ia às igrejas evangélicas e, uma vez, disse de brincadeira, quero acreditar, que ia abrir uma para ele próprio, já que os tais pentecostais veneravam os judeus. Tanto quanto possível, achei mais inocentes as incursões dele pelo chá de huasca do Santo Daime e pelos grupos da tal roda xamânica. Só não gostei quando ele ficou amigo de uns muçulmanos do bairro do Pari e cumpriu até a metade um ciclo do jejum do Ramadã. As crianças achavam engraçado e ainda bem que, entre os pais dos alunos, Boris não era o único amalucado. Mas logo percebi que, contanto que ele tomasse os remédios e se mantivesse ocupado, estava tudo bem, tínhamos lastro para salvar as aparências, cuidar das crianças e, a nosso modo, curtir a vida. Só que com ele ninguém nunca saberá de onde virá a próxima surpresa. Por isso, saí do casamento como se tivesse carregado água numa cesta de vime. Enchia, enchia, mas logo ela ficava vazia.

I

Quando Szymon chegou ao Café Szabadság, lá estava o homem que ele não via há mais de 40 anos. De constituição robusta, Imre levantou-se para recebê-lo com um aperto de mão e um arremedo de abraço, que nem de longe imitava a técnica brasileira a que, bem ou mal, ele se acostumara. Nos olhos rasgados que riscavam o rosto redondo, pareciam morar uma dúvida e uma surpresa, mal escondendo um esforço de memória. Neles, via-se mais o magiar do que o hebreu, pensou Szymon, reiterando o que sempre achou, detalhe que já caíra no esquecimento, mas que agora ressurgia. Afinal, os pais de Imre eram nada observantes dos ritos judaicos.

Pela primeira vez, Szymon se sentiu inseguro quanto a seu húngaro, que vinha desenferrujando naqueles dias. Era bem possível que não estivesse à altura de uma conversa com aquele homem letrado, 12 anos mais jovem, a quem ele levava, quando criança, para passear ao ar livre, antes que fosse mandado para o internato. "Coitadinho, como podem os pais se separarem tendo uma criança de 5 anos?", dizia sua mãe.

Agora era diferente. Teriam temas sólidos a tratar, que iam muito além das amenidades trocadas com recepcionistas de hotel, da tradução de manchetes de jornal para Brenda e do pedido de pratos em restaurantes – em que as habilidades linguísticas são menos desafiadas.

"Se faltar uma palavra, você me ajuda. Você foi o irmãozinho que não tive. Seu pai foi tão amigo do meu! Como é bom que a vida nos dê a chance desse reencontro."

Imre foi sincero.

"Quando você ligou, fiquei meio perdido. É claro que lembrava dos Neuman, mas foi só depois de desligar que sua figura ficou mais nítida. Como vem acontecendo ultimamente, foi mais fácil lembrar o que vivemos antes da Guerra do que depois dela."

Szymon achava todo o contrário, mas tentou entender aquilo.

"Passei muito tempo sem lembranças da Budapeste de 1945 em diante, de quando voltei de minha *experiência*, se podemos chamar *aquilo* assim. Elas pertenciam mais ao mundo da escrita, não ao da memória cotidiana. Depois é que fui reavivando as brasas."

Imre tinha um pequeno copo de bebida ao lado da xícara. O que tomara?

"Mas lembro do dia em que você falou que ia embora com sua criança para um país da América do Sul, que até ontem eu jurava ser a Argentina ou o Peru. Aqueles tempos eram cheios de não-ditos, não é?"

Isso era verdade. Dizer o que e para quem, se quem sobreviveu se sentia no dever de explicar por que estava vivo, como se admitisse uma falha?

"Você também quase não falava da viuvez, mas sei que doía. E onde está sua nova mulher? Ela é brasileira? O escritor Amado ainda vive? Se um dia puder, queria ir à Bahia."

Como começar aquela conversa tão ansiada? Imre já achara um caminho. Agora era a vez dele. Deveria lhe contar da vivência com a gente boa do Brasil, ou isso seria banalizar o reencontro?

"Ela é brasileira do Nordeste, o ponto mais perto da Europa, onde o Atlântico é mais curto. Não, não. A Amazônia fica longe ainda. Fica como daqui à Sibéria. Acho que ele está vivo, sim. A Bahia é perto do nosso estado, fica entre nós e o Rio de Janeiro. É a África do Brasil. Em São Paulo, tem húngaro, mas tem também japonês. Levei um susto. Na verdade, tem tudo lá. Quando cheguei, meu vizinho era lituano. E o dono da padaria italiano. Eu perguntava: mas quem é brasileiro de verdade aqui? Todo mundo, eles diziam. Era engraçado."

Szymon falava, mas não se convencia. Não estaria sendo frívolo, quando tinha um passado de trauma a explorar? Não seria mais indicado inteirar-se do ocorrido desde que fora embora? Estaria evitando revolver o fundo da panela? Seria o tema da guerra ainda um tabu também entre patrícios e amigos, ou, por fim, estavam liberados para exorcizar o terror e falar claramente dos anos em que os judeus húngaros entraram numa escandalosa máquina de guerra sem se dar conta, até entender que uma catástrofe estava em curso? Não era hora de encarar os fatos?

"É claro que estou gostando de tudo o que está acontecendo agora. Confesso que não pensei que veria o fim do regime tão de dentro e tão de perto. Quando se é escritor, a liberdade é a chuva que rega o pomar, não é? O que não sei ainda é se vou ficar aqui ou se vou para o exterior. O que quer que faça, a gente jamais agrada a todo mundo, nem sequer em casa. Ainda não estamos acostumados a ter escolhas nessa parte do mundo."

Szymon ainda não o lera, mas imaginava que a obra do amigo falava do Holocausto.

"É claro que a *Shoah* está lá, mas não da forma como as pessoas esperavam. Nem sequer gosto da palavra, romantiza muito o que foi um genocídio programado. Aliás, tratar disso é como oferecer a perna a um cão hidrófobo. Você não sai igual. As pessoas se tornaram melindrosas e maldosas. Fingem sentimentos irreais e manipulam a audiência para receber aplausos insinceros. É um faz de conta. São comediantes de terceira. Bastou que me referisse aos momentos de felicidade em Auschwitz para que me massacrassem."

Até Szymon ficava desconcertado.

"Como assim, Imre? Não me lembro de você ter me contado que tinha sido feliz lá. Pelo contrário. Você ficava tão calado que eu, às vezes, achava que você nem tinha passado por aquilo, que tinha ficado como eu, escapando de cidade em cidade pelo interior."

Fazia muito frio. Deveria convidá-lo para jantar mais tarde, ou era melhor que esgotassem o assunto sem Brenda, em cuja presença, por deferência, não poderiam falar húngaro?

"É claro que não foi nesse sentido que escrevi. Pelo contrário, a experiência tanto lá como em Buchenwald acabou com toda a possibilidade de eu ser o escritor que sonhei ser um dia. Como é que posso associar isso tudo à felicidade? As pessoas fizeram questão de não entender."

Szymon sempre teve dificuldade confessa de falar com pessoas complexas, com quem não pudesse ser mais direto e claro.

"O que eu disse foi outra coisa, Neuman. Disse que, no meio do inferno, você pode ter um minuto de paz e até sorrir. Lembro-me de uma manhã de sol na Polônia em que não estava nem tão frio que enregelasse, nem tão quente que os mosquitos nos comessem. Estávamos sem vigilância por causa de um incidente na barraca ao lado. Então, fui à calçada, o que era raro, e senti o sol bater de cheio no rosto. Aquilo me deu uma enorme vontade de viver. Foi essa a felicidade de que falei: era acreditar num amanhã, no meio de tanta morte. Era sentir-me feliz por ter escapado de um castigo naquele dia. Era saborear o privilégio de ter sido esquecido pelo *kappo*. Era ganhar uma concha de sopa do fundo do caldeirão, talvez com um pedaço de cenoura ou um naco de sebo. Mas as pessoas quiseram distorcer."

As palavras, sempre elas. Na família de Szymon, elas eram diferentes de um para outro. Brenda falava como se usasse lápis de cor. Anita gostava de palavras fortes, que cortassem tanto o ar que as pessoas as entenderiam mesmo sem conhecê-las. Hana falava simples, mas não gesticulava, os braços ficavam quase sempre imóveis. Boris gostava de testar palavras, mas os olhos é que diziam o que se passava pela cabeça. Assim era o mundo. O que dizer de inteligente a seu amigo intelectual? Melhor beber.

"Tenho muito a fazer ainda, sou mais lido na Alemanha do que aqui. Você deve imaginar, não é? Gosto de Berlim, talvez vá passar mais tempo lá. Quando a conheci, quase esqueci por completo que era a capital do Reich. Depois, a língua nada tem a ver com o acontecido. Foi por saber um pouco de alemão que acrescentei 2 anos à minha idade na rampa de triagem. E assim escapei de morrer."

Szymon lhe contou da falecida Edith Todt e da filha, que parece que fora viver na Alemanha.

"Desconfio que a moça possa ser minha filha. Depois que Hana esteve aqui, pelo olhar dela tive a confirmação."

Imre não demonstrava impaciência, mas Szymon percebeu que estava diante de um homem que tinha pressa. Nada o indicava no não verbal, mas é normal que os mais velhos sejam sensíveis até à respiração de quem tem muita vida pela frente e, mais ainda, quando ganharam do destino um presente com que não contavam; no caso, a liberdade de ir e vir.

"Você teria como achá-la em Berlim para lhe dar uma coisa?" Imre aquiesceu.

"Acho que tenho alguma lembrança disso. Se era sua filha, não sei, mas essa história correu em algum momento. O meio húngaro de Berlim é bastante rastreável, posso achá-la sem dificuldade, mas prefiro te comunicar de lá. Por enquanto, você não me dê nada."

Se havia uma ocasião para saciar uma curiosidade que sempre o movera, ei-la.

"É tudo ainda muito recente, mas as pessoas já falam do comunismo como se ele tivesse acabado há muito tempo. O que ficou disso?"

Imre respondeu como se tivesse certo treino em achar a fórmula simplificada de explicar a situação.

"Goebbels dizia quem era judeu e quem não era. Nós quase não éramos. Mal me lembro de uma sinagoga na infância. Nosso judaísmo foi imposto de fora para dentro porque isso estava no script da Guerra. O que os comunistas fizeram? A mesma coisa, ora. Todo empenho era para castigar os que tinham um passado burguês. Ai de quem tivesse um traço de nobreza, de dinheiro ou tradição. Conheci filósofos entregando caixas de verdura no mercado e embaixadores como ascensoristas de prédios públicos. Muitas vezes, por causa de um avô que eles nem conheceram, mas que tinha terras no interior, cavalariças, um pavilhão de caça abandonado, que já tivesse tido criados – nem que fosse há um século. Por causa do dinheiro que minha família tinha, passei 20 anos escrevendo na cozinha do meu apartamento. E assim foi no Leste todo. Por isso que os regimes estão ruindo. Aqui tomamos a dianteira. Viu o que aconteceu a Ceaucescu e à mulher mês passado? Tudo isso ainda vem da Guerra. Quantos anos você tem hoje?"

Szymon acompanhou Imre à parada do bonde. De lá, ficou contemplando a ponte Széchenyi. Parara de nevar, mas os leões que a adornavam tinham a juba coberta por um manto branco que resistia ao bronze. Então lembrou-se da fonte da praça Maciel Pinheiro, que também tinha leões em tamanho menor. Era inevitável pensar no cunhado Samuel. Szymon atravessou a ponte pela última vez, vendo lá embaixo as placas de gelo encardidas. O que é o acaso na vida de um homem?

Quantas palavras podiam definir *destino* em húngaro?

II

Na sacada do apartamento do Hotel Westminster, contemplando o passo rápido das francesas que percorriam a rue de la Paix, Brenda só podia concluir que a felicidade e a melancolia são vizinhas de porta. E que o que as separa no interior é apenas um frágil tapume que deixa passar ao vizinho os brindes de um e as lágrimas do outro.

Felicidade, na verdade, é tudo o que ficou para trás. Não seria já madura o bastante para entender que nem a realeza britânica conhece o enredo verdadeiro de um conto de fadas? Mesmo assim, por que quisera o destino que Samuel não estivesse com eles ali em Paris? Brenda podia vê-lo na pessoa do senhor encapotado que olhava a vitrine da joalheria e balançava a cabeça em sinal de reprovação, como se procurasse à volta testemunhos de um ultraje. Era justo que tivesse morrido às vésperas de dias tão felizes em que ela própria seria avó? Por que não ter ali tampouco seu querido Boris, que, àquela altura, estava ao lado de Nancy, visto que o nascimento do bebê era esperado para qualquer momento, se é que já não tinha acontecido?

Hana chegou de surpresa, num raríssimo movimento não anunciado. Enquanto flanava com Szymon no Marais, Brenda sorriu ao pensar em Anita. Não deixava de ser um milagre que ela tivesse aceitado encontrar-se com eles em Paris. Milagre maior seria se tivesse se hospedado no Westminster, alternativa de que nem sequer cogitou, mal viu a fachada engalanada, com o característico toldo vermelho e as letras douradas. Relanceando o luxo das instalações, esbravejou.

"Eu teria vontade de me suicidar se ficasse aqui. E o andar do quarto, convenhamos, é muito baixo para garantir a morte."

Brenda sorriu. Mas pelo menos se veriam todos os dias.

Naquele mesmo momento de devaneio agridoce, Anita respirava outros ares. Pois ela sabia, do instante que entrara na comunidade da Goutte d'Or, um bairro dito sensível, onde quem não é vulnerável tem tudo para se tornar, que ali estava em seu elemento.

Por outro lado, ouvir a preleção que fazia a pernambucana Bia sobre os perigos da aids e a necessidade de se erradicar pouco a pouco a droga fez Anita lamentar não ter aprendido francês, apesar das muitas chances que tivera. Bem que poderia ser ela ali, falando sem intermediários nem tradutores à fina flor da tribo humana: dependentes químicos da Argélia, toxicômanos da Tunísia, sem-teto da Costa do Marfim e traficantes do Mali.

Conhecera Bia no Rio de Janeiro, quando esta fora dar uma palestra no presídio. Pouco tempo depois, quando Anita ainda cumpria a condicional, a mentora se mudou para a França.

Mais tarde, naquele dia, um pouco contrafeita diante das toalhas de linho do La Coupole e tendo bebido um pouco além da conta, Anita não perdoaria a irmã.

"Você deveria conhecê-la, Hana. Deve ter mais ou menos a tua idade cronológica, mas está cheia de energia. Talvez, com ela, você entenda que há vida fora do fundo do mar. Bia trabalhou no Chile, viu a miséria das periferias de perto. Aqui, em Paris, nunca botou os pés nos Champs-Elysées. Paris para ela não é diferente do que foi o Rio ou Santiago. Na Goutte d'Or, todo dia ela pega uma barra pesada. Até o primeiro-ministro a ouve. Vou ficar com ela de voluntária até março. A aids está fazendo um estrago fenomenal, precisamos de braços e pernas."

Tomando mais um copo de Chablis, sob o olhar divertido de Szymon e Brenda – os mais novos avós de Paris –, Anita continuou.

"Só sei que nessa vida cada um tem uma perspectiva, não é? O que vale mais: dar duro ao lado de quem precisa ou, não me entendam mal, passar um ano no Calypso, mergulhando com o comandante Cousteau? Francamente, não é?"

Hana só olhou para Brenda, que se desculpou com um meneio pela inconfidência que cometera.

"Ainda não decidi nada, Anita, tenho meus compromissos acadêmicos em São Paulo, estou em banca de teses, tenho meus orientandos, tudo isso também é uma forma de ser útil ao mundo."

"Você não me engana, Hany. Sempre achei que você tinha até uma simpatia pelos homens bonitos. Ou você não acha que não vejo como você olha para aquele garçom? Nada contra, esse aí, até eu traçaria. Mas desconfio também que a oceanografia seja só o pretexto. Você gosta mesmo é de um velhote gringo, hein?"

Hana disfarçou como pôde a irritação.

"E se for?"

Szymon apertava a mão de Brenda. Quem se importa com as rusgas dos filhos quando se acabou de ganhar um netinho?

A caminho do hotel, tendo deixado Anita no metrô, Hana matutava sobre as lacunas imensas que deixa a falta de educação formal, e sobre como a tentação das fórmulas reducionistas são dieta inevitável para os incultos, não importa quão inteligentes sejam. Era certo, porém, que àquela altura da vida, a família passara a gostar de Anita como ela era e sentiria falta dos modos se eles um dia mudassem.

Na esquina da rue de Rennes, Hana parou um instante e disse ao casal.

"Seja como for, ela paga o preço da vocação precoce, de saber desde novinha de que lado estaria. Faltou só um pouco de cimento para escorar as vigas. Mas ela não faria feio na vida pública, muito pelo contrário. Será que um dia a veremos num parlamento? Não duvido."

E entraram num táxi bem diante da horrenda torre Montparnasse.

Como estaria em São Paulo o indômito Boris, pai pela primeira vez, aos 36 anos? Era essa a pergunta que todos se faziam. Brenda tinha a bolsa cheia de moedas para ligarem de um telefone público.

"Aqui já tem 130 francos. Deve dar para uns dez minutos."

III

Antes do previsto, Anita voltou para o Rio, a conselho da própria Bia.

"Tem muito trabalho a ser feito lá, minha querida. Não esqueça: se Brizola for eleito governador, teremos uma microrrevolução. Procure Darcy Ribeiro e trate de perder essa ojeriza aos livros. Esse é meu único reparo. Quanto à bronca daqui, vá sossegada, que seguro a onda. Conheço Khadidja de anos, vou me entender com ela. Mas saiba que isso foi gravíssimo para os códigos locais, não se perdoa facilmente um deslize desses. Na Goutte d'Or, não estamos numa *casbá* de Timbuktu. Aqui, as mulheres podem ser sensíveis a uma rasteira. Quando o sangue oriental ferve, a reação é ocidental. Vai do lençol à adaga."

O problema todo começou quando Anita passou a visitar diariamente Abel, um jovem dependente químico de grande beleza e cheio de ódio no coração. Poucos sabiam o que ele trazia, na retina, das montanhas marroquinas. Khadidja, a mulher, era taxista e fazia corridas sobretudo no Norte de Paris, na região de Clignancourt. Tendo se sentido indisposta ao deixar um passageiro em Aubervilliers, a magrebina resolvera voltar mais cedo para casa para tirar um cochilo que lhe debelasse a dor de cabeça. Ao entrar na sala na mais imprevista das horas, viu que Anita se aplicava a massagear Abel, em cujas costas estava sentada, só de calcinha e sem sutiã.

O grito lancinante de *sharmoota* ecoou por toda a comunidade. A muito custo, Abel conseguiu tirar uma enorme faca da mão de Khadidja, enquanto ela, que era uma valente líder comunitária, e grande aliada de Bia, urrava de indignação. *Garce, petite bourgeoise brésilienne, communiste de merde, salope, sale pute, ordure.*

Desde o regresso ao Brasil, o mundo de Anita no Rio de Janeiro vinha gravitando em torno do Circo Voador. Na corte de Perfeito Fortuna, divertia-se com Regina Casé. Mas era com as referências pernambucanas que se sentia em seu elemento. Frequentadora do Luna Bar, passava horas conversando com o amigo Alceu. Em dado momento, apaixonou-se por Júlio, o escritor pernambucano, e era com ele que subia os morros. Por outro lado, como resistir a Romulo, que lhe fora apresentado por Bia?

À melhor amiga, àquela que mais admirava, costumava dizer: "Martinha, acho que tem lugar de sobra para os dois. Julinho durante o dia. Rominho à noite, no chope da Urca ou petiscando em Vila Isabel. Isso é o melhor lugar do mundo. Quase voltei esfaqueada de Paris, minha filha. Pelo menos saí com fama de puta, o que me envaidece. Nem a princesa árabe do cortiço foi páreo."

Mas também havia espaço para dias de melancolia. Na saída do enterro de Cazuza, ainda rouca de tanto cantar, e pensando na força da imagem de uma piscina cheia de ratos, Anita foi encontrar a amiga Cristiana, no Arpoador. Há quanto tempo não ia ao Recife? Será que Boris a deixaria um dia ver o sobrinho, se fosse a São Paulo?

No ônibus, por uma vez na vida, Anita Neuman entendeu que seu lugar não era nem no Nordeste, nem em Israel nem na França. Era ali onde estava, no Rio de Janeiro, cidade em que, no próximo verão, mais do que nunca na sua história, a temperatura iria muito além dos 40 graus da música. Do rádio do ônibus, vinha música que a alimentava. *Ideologia, eu quero uma pra viver...*

Anita chorou a primeira lágrima pelo amigo que acabara de deixar no cemitério.

"Porra, caralho", gritou.

Os passageiros olharam em sua direção, mas ela baixou a cabeça e desculpou-se com um gesto vago que riscou no ar.

IV

"Não se engane, não, seu Simão. Isso vai ser um voo de galinha lascado. Nós conhecemos bem o homem daqui, do estado. Melhor a gente ir comer um sururu de capote como o senhor gosta e esquecer essa resenha. Collor vai fracassar, homem."

Szymon não confessava, mas gostava de política. A queda do Muro de Berlim, no finzinho do ano anterior, o deixava cheio de entusiasmo pela História. Parecia que certa esperança renascia no mundo. No íntimo, congratulava-se de que o "lado de Brenda" tivesse perdido, embora não fosse de seu feitio tripudiar.

Importante para ele era que o Brasil desse certo. Tivesse o pessoal da loja de Maceió acompanhado sua conversa com Imre, saberia do que ele estava falando.

"Estou vindo do mundo, meninos. Estava no coração da Europa. Não quero me gabar, mas o fim do comunismo começou pelo meu país de nascimento. Não se esqueçam disso. Sou de antes da Guerra. Saí dela inteiro. Ou quase. Não é possível que não tenha aprendido alguma coisa. O presidente vai botar o Brasil no bom caminho. E vai ser bom para nosso ramo."

Os gerentes gostavam do patrão. Era um homem com quem podiam falar de igual para igual, com o devido respeito pela idade, por certo, e cuja trajetória de vida não podia ser ignorada. Ademais, como negar que ele juntava como poucos o humanismo dos experientes com o gosto do lucro?

"Quem viver verá, seu Simão."

Pediram uma cerveja e a jarrinha de água de coco do chefe enquanto o almoço não chegava. Uma brisa abençoada varria Pajuçara. Szymon pensava no que estaria fazendo Imre àquela hora. Talvez viajando para Berlim. Quem dera um dia pudesse visitá-lo ali e comer sururu com farinha e limão. "A gente tem muito respeito pelo que o senhor diz. Faz todo o sentido para quem é de fora daqui acreditar que Fernando vai fazer e acontecer. Mas não é só uma questão de ser uma pessoa difícil. Não é implicância nossa por causa das arengas que a gente já teve com o homem de confiança dele, não. Lembra-se dele? Aquele careca do bigode de piaçava que a gente encontrou aqui mesmo um dia desses e que fez ao senhor um bocado de pergunta. O problema de Fernando é que ele é muito estourado e não vai ter com quem governar. Uma hora vai faltar base no Congresso. Se ele não pagar o preço, o governo afunda, o parlamento o encurrala e o derruba."

Szymon contemporizava.

"Pelo menos não vai roubar. É bem nascido. Foi criado com dinheiro. Isso já é alguma coisa."

Eles não se conformavam.

"Não se iluda, seu Simão. Uma coisa é ter dinheiro em Maceió, tocar seu jornalzinho, rolar as dívidas, fazer uns cambalachos miúdos para bancar a pose e pagar a lagosta da namorada. Outra bem diferente é ter um talonário de cheque do tamanho do Brasil. Não é que a gente esteja torcendo contra ele, não. A gente tem até certa amizade. Cleto vive lá em casa, enfim, isso aqui é uma grande família. Alagoas, além de sururu, é uma grande suruba, as famílias estão todas ligadas. Mas aqui tem um ditado que diz que quem nunca comeu mel, quando come se lambuza. Esse pessoal tem olho muito grande. Vai terminar se enrolando, pode escrever. O Brasil vai deslumbrá-los. E, depois, quando estiverem bem confiantes, vai devorar um por um do time."

Szymon estava cismado. Será que tanta torcida do contra não era porque o presidente era bonitão e atraía os ciúmes de seu pessoal?

"Ele diz que vai fazer e acontecer, não é? Fala que vai prender marajá e o pessoal do Sul se empolga todo. O senhor sabe por quê? É porque lá, no Sul, eles têm medo de um cabeça chata daqui de Garanhuns, do seu estado. Não é que Lula seja páreo. Um cara não pode ser presidente sem um mínimo de preparo, por melhor que seja a história de vida. Quem sabe um dia não surpreenda? Em política, isso acontece. Mas Fernando vai ser uma decepção. E tome nota: vai ter rolo de família pela frente. Numa cidade dessas, a gente sabe de tudo, homem."

Szymon estava feliz da vida. Voltara mais sereno da Hungria, com o coração mais leve. Toda noite, no intervalo da novela Pantanal, falavam com Boris, em São Paulo, para saber como ia o netinho.

"Vamos comer antes que o prato esfrie. Vocês são jovens demais para ter tanto pessimismo."

Era uma pena que Boris nunca tivesse se interessando pelos negócios da família. E não haveria tempo para passar o bastão direito para Carlos Neuman.

É da vida.

V

"É claro que a gente pensou nele o tempo todo, querida. Era como se você e Samuel estivessem ao nosso lado. Eu queria agradecer a força que você deu para a gente manter a viagem. Engraçado, Miriam, quando voltei, bateu aquela depressão de novo, aquela tristeza, acredita? Viagem anestesia, não é? Mas quando chegamos em casa e abri o janelão da varanda, a primeira sensação que me deu foi de que não veria mais meu irmão."

Miriam sabia o quanto havia de verdade em cada sílaba do que dizia a cunhada. Dobrou o *foulard* de seda que Brenda lhe trouxera de Paris e abriu um sorriso.

"Uma relíquia, muito obrigada. Vou precisar de uma bela festa para estreá-lo. Vamos em frente, Brenda. Já retomei as aulas de música, o que é bom sinal. Os meninos estão sempre presentes e eu disse às noras que elas agora me devem um neto. Assim ficaremos quites, eu e você."

Os olhos de Brenda se iluminaram.

"Ontem mesmo chegaram as fotos novas. Uma graça, o Carlinhos. A Fela parece que só esteve na maternidade uma vez e lá mais não voltou. Eu, se morasse em São Paulo, acho que ia vê-lo todo dia."

Outro diapasão tinham as conversas com Teresa e Guita, que também desfilaram com seus presentes para a apreciação da anfitriã.

"Achei tua cara. É um cardigan que vai cair bem em junho, em Gravatá, Teca, você que é serrana. Já para você, minha querida, não resisti a essa *Hamsa* que vi no Mercado das Pulgas. Achei a pedra linda."

Guita era da tese de que ninguém devia viver aquém de suas posses. Que Deus só devia dar dinheiro a quem soubesse e *quisesse* gastá-lo. Brenda serviu-as de um copo de suco de abacaxi com hortelã.

A amiga atualizou-a.

"Por aqui, estamos na expectativa, não é? O socialismo acabou lá, mas começou aqui. Com o confisco das contas e da poupança, estamos todos numa só pindaíba. Coitada dessa Zélia. Não torço pelo Collor, mas torço por ela. Logo, temos de acertar. Diz ele que tem mira de caçador. Que vai dar um tiro no meio dos olhos do tigre."

"Sei não, Teca. Isso me cheira esquisito."

"Mas conte da Hungria e sente-se um pouco, mulher. Parece que voltou acelerada. Bem-vinda aos trópicos."

"Budapeste foi mesmo impressionante. Não falo só do desmonte da ordem antiga. Sou das que têm certeza de que o socialismo não está morto. O que morreu foi uma forma espúria de poder que usava o nome de socialista. Mas isso por muitos anos vai soar como uma questão semântica. Não estou aqui para ter razão. Mas Szymon, ele sim, precisava tanto fazer essa viagem, minha gente. Como pôde passar pela minha cabeça cancelar tudo? Meu lugar era lá mesmo, perto dele. Teve coisas que eu só saberia se estivesse com ele debaixo da nevasca, bem ali à beira do rio. Agora que mal o pergunte, onde já vi um penteado desses como o seu, Guita?"

"Juma Marruá. Isso te diz alguma coisa?"

E riram como se ri nos reencontros do Recife.

Capítulo 19

Não sei até hoje como aguentei aquela yekke por tanto tempo. Não lamento por ter tido filhos porque aí eu seria um desnaturado, Hany. Eles podem até não ser grande coisa, mas não pediram para nascer, como se diz por aí. Tenho todos os defeitos do mundo, mas esse não. Posso também não ser um exemplo de pai como o meu foi para mim, que descanse em paz nosso Szymon, mas pelo menos dou a eles o bem maior que um pai pode dar aos filhos que é, depois de certa idade, dizer a verdade nua e crua. Eles enxergam se quiserem e estão livres para errar à vontade. Carlinhos se engana e acha que engana os outros com esse esquerdismo de fachada, de quem se arvora de revolucionário, mas que tem o frigobar do quarto atulhado de Toddynho. Ficou puto quando eu disse, dia desses, que revolucionário que se preza toma vodca, e não achocolatado. Que esquerdista que se preza não vive com a mãe em Higienópolis nem vai comer coxinha na padaria Barcelona. Já de Estela, não gosto nem de falar. Quando penso nela, a imagem que me vem é a do desperdício de talento e sinto a fedentina insuportável daqueles cachorros que ela cria. Como é historiadora, pelo menos no diploma, encomendei a ela a história de nossa família. Quero que ela vá conversar com todos, e que pesquise até em Yad Vashem nossas origens. Fiquei curioso de saber a quando elas remontam, tanto dos Neuman como dos Novinsky. Se você quiser, boto seus Klein no rolo também.

Se um dia ela quiser ir àquele pedaço onde tudo começou, você vai com ela, eu banco. Não a vejo indo sozinha à Romênia, Hungria, Moldávia e sei lá mais aonde. Quem sabe você não escreve a continuação do seu livro que terminou dando tanta alegria? Sem essa de ser gênio por uma noite, artista de obra única, como o autor de A Marselhesa. Você pode bem mais, Hany. Caso se mantenha ocupada, talvez Estela esqueça aquele namorado mentecapto, um abestalhado em flor, como dizia mamãe, que se recusa a crescer e acha que acompanhar seriado de TV já justifica uma vida. Se duvidar, ele não sabe nem sequer trocar um pneu. Quanto a Diana, que está com uma banda da cabeça raspada e o corpo todo perjurado de brinco, agora começou a dizer que é lésbica, para disfarçar que, na verdade, é uma assexuada completa, e que só quer um pretexto para não pregar um prego em barra de sabão. Gastei uma sessão toda com Italo só falando dela. Ele veio me dizer que só se fala com raiva de quem se gosta. Isso é o que chamo de ganhar dinheiro no mole. Mas aguentar Nancy foi uma dessas provações que o sujeito só encara à base de muito remédio e, mais adiante, é que ele vai perceber que esteve o tempo todo dopado e não sabia. Isso é passado, é claro, e se fiz algumas besteiras na vida, por que não no terreno sentimental também, um clássico de minha geração? É o mesmo que cantar Help. Bem fez você, Hany, que ficou no mercado avulso, e não vai aqui nenhuma ofensa, pelo contrário. Uma coisa é certa: se eu bular a fogueira que tenho pela frente, e o médico confirmar que já não há perigo de ter nas tripas aquele caranguejo infame, aquele pólipo que andou querendo me levar para o túmulo mais cedo, vou me casar com uma oriental, acho eu. O engraçado é que foi um velho que me abriu os olhos para uma dessas verdades que todo homem de meia-idade devia ouvir. A gente estava em Hong Kong, depois de passar uns dias rodando a China. Então, perguntei de chofre ao velho Alfredo o que ele faria se tivesse mais 20 anos pela frente. Sem hesitar um só minuto, como se não esperasse outra pergunta, ele disse: "Eu abriria uma fábrica na China e me casaria com uma oriental". Tive vontade de me levantar da cadeira, contornar a mesa e ir *até o velhote plantar-lhe um beijo na testa. Mas, aí, todo mundo ia pensar que eu estava surtado e ia esquecer que isso já não acontece há muito tempo. Então, ele disparou: "Abriria uma indústria em Shenzen, com o melhor da tecnologia alemã e da mão de obra intensiva, que eu recrutaria em dois tempos por aqui a muito bom preço, sem as peias trabalhistas do Brasil. Quanto à parte que mais deve lhe interessar, eu me casaria com uma japonesa porque não há mulher mais devotada ao homem do que a asiática". Gostei do velhote. Você pode perguntar, Hany: mas por que não uma filipina, uma tailandesa ou mesmo uma chinesa? Porque as chinesas mais bonitas são as de Xangai, e dizem que pedem presentes caríssimos, que se interessam muito pela vida financeira do marido e não dão ponto sem nó. Em caso de litígio, deixam o homem com a roupa do corpo e olhe lá. As filipinas são excessivamente subservientes e combinam mais com o ofício de ser cuidadoras ou enfermeiras. Tailandesas são outro departamento, só as vejo dando massagem. Mas as japonesas têm um algo mais. Já nasceram numa sociedade desenvolvida. Puta que o pariu, achei que aquela foi uma das conversas mais iluminadas que tive e registrei-a por uns tempos até que conheci Audrey, uma inglesa que estava de mudança de Hong Kong para Londres. Eu tinha acabado de fazer meus 60 e ela era uns 20 anos mais nova. Sei que tem muita gente dizendo que ela me pegou pela cama. E se foi, qual é o problema? Com ela, acordo com um copo de água quente com limão espremido. Então, ela traz uma fatia de pão integral com mel e um chá verde. Pede que me deite de bruços, sobe nas minhas costas e dá a melhor massagem que já recebi na vida. Praticamente não me deixa mais tomar remédio, salvo os que ela não sabe que tomo, ou faz de conta que não sabe, e reduziu as porções do almoço e do jantar à metade. Se me queixo de fome, ela manda que me deite e, então, vem mais uma sessão de massagem seguida de uma transadinha. O que mais posso querer? A família só fala sobre minha noiva inglesa. Vou trazê-la um dia a São Paulo para ver se a cidade lhe agrada. A firma dela tem escritório aqui. Tudo menos Nancy, Hany, ela decididamente não nasceu com boa mão para o casamento, e já nem falo para criar filhos. Até que ponto pode um pai educar os filhos se eles moram com a mãe e passam o dia ouvindo maledicências sobre ele próprio? Mais na frente, ela vai se arrepender e será tarde. Já avisei. Não que eu seja rancoroso, mas é que o cimento afetivo se corrói e, depois, não tem diabo que dê jeito. Mas isso só entende quem tem juízo . E ela veio ao mundo com pouca bunda e zero de bom senso.*

I

Muitos anos mais tarde, recordando aqueles dias de janeiro de 1990 com o Dr. Ítalo, Boris haveria de lembrar que até o psiquiatra sorriu com a descrição que ele fez de Nancy nos primeiros meses de vida de Carlinhos.

"Foi a única mulher nos anais da medicina para quem a maternidade em nada realçou os pontos bons. Pelo contrário, só lhe aumentou a chatice. Uma combinação daquelas…" Para o psiquiatra, atender Boris era quase divertido, se não soubesse estar diante de um paciente de algum risco.

Nancy começara por inventar moda ao não querer a enfermeira prevista para os primeiros meses de vida do bebê. Em algum lugar, lera que a relação mãe-filho se beneficiava se não houvesse uma intermediária para limpar os fundilhos daquele menino tão feioso quanto chorão. Como a maioria das mulheres com a cabeça muito cheia de caraminhola e o coração meio vazio de amor, Nancy teve dificuldades em amamentar, todo o contrário da irmã, que o fazia conversando com as pessoas, como se os mecanismos operassem com total autonomia e não num todo nervoso. Isso daria a Rivka uma vantagem psicológica sobre Nancy que se espraiaria sobre vários terrenos durante anos.

Até por isso, atribuiu-se todas as culpas do mundo, sucumbindo a crises de choro, noites em claro, e subterfúgios que só terminaram quando, afinal, aceitou ajuda externa, regularizou as horas de sono e certificou-se, depois de mil apalpadelas e verificações, que a Carlinhos não faltavam nem sobravam dedos, que os dois olhos aparentemente funcionavam em sintonia, que pelo narizinho saía aquele catarro ralo de toda criança, e que um eventual estado febril não justificava que se levasse o menino para a emergência do grande hospital, mesmo porque até para o ridículo havia limite.

Dilacerada por remorsos por ter dito ao obstetra que faria de bom grado uma cesariana, agora se culpava por ter sido egoísta ao ver que tudo correra tão bem, conforme ele havia previsto. Sentindo Boris indiferente simultaneamente a ela e ao bebê, ligou para Rodolfo para saber se ele poderia lhe fazer um atendimento em domicílio para que ajudasse a esclarecer alguns pontos.

"Nancy, pelo amor de Deus, curta seu filho, relaxe, deixe de ver chifre em cabeça de cavalo, que não tem nada fora da normalidade. Se você não parar de querer exercer controle sobre todas as variáveis à volta, você vai prejudicar essa criança."

O moto contínuo de suas confabulações com a mãe, a visitante ocasional, era sobre uma questão que lhe parecia transcendente, ou seja, se deveria ou não se aplicar em perder pelo menos parte dos 20 quilos que ganhara, ou se resultaria em equação custo-benefício mais sensata se partisse já para a segunda gravidez, de modo a que a diferença de idade entre os filhos não se espaçasse em demasia.

Se tivesse um segundo filho, ia sugerir o nome de Samuel a Boris, como forma de homenagear o tio do marido. Mas nem isso pareceu animá-lo além da medida.

"Primeiro você precisa me provar que tem equilíbrio para cuidar de um", disse ele com o sotaque nordestino que ela achava tão grosseiro.

"Você quando quer ser rude, está para nascer quem seja páreo."

II

Carlinhos completou 1 ano quando estavam no hotel Toriba, em Campos do Jordão. Pouco a pouco, a vida sexual do casal voltava ao de antes, com direito a alguns dos desencontros de praxe. Boris sempre encontrava uma fórmula de frustrar uma ejaculação vaginal normal, especialmente quando a sentia fértil.

Nancy dissera à mãe, para logo se arrepender, que se tivesse o dom de engravidar pela boca, ela já teria uma creche.

"É que ele te acha bonita, filha. Muito homem tem essa tara de ver o sêmen se espalhar na língua da mulher. É só fazer isso muitas vezes que sempre vai ter mais. E uma hora vai para o lugar certo. Seja esperta", dizia Fela.

Nancy se surpreendeu com a preleção serena da mãe e por um momento pensou em perguntar se o velho Elias fora adepto dessa modalidade.

"Teu pai sempre preferiu brechas bem mais apertadas, garanto. Que também não serviam para bebês. Mas na vida de um casal tem de ter lugar para tudo."

No quarto do hotel, Carlinhos dormia no berço ao lado da cama. Nancy sentiu a mão de Boris que procurava a sua, indício de breves, mas decididas preliminares. Quando começaram a se beijar daquele jeito atabalhoado que era o deles, ela franziu o cenho para sinalizar que ele cuidasse para não despertar o bebê. O volume da televisão estava cortado, mas as legendas da CNN eram claras na barra da tela.

Certo é que Bagdá estava sob bombardeio. Nancy bem sabia o quanto essas pautas mobilizavam Boris e algo lhe disse que as palavras da mãe poderiam ter sido mais oportunas do que pensara. Na sequência daquela noite de 17 de janeiro de 1991, enquanto sentia o marido excitado dentro dela, na única posição que realmente lhe agradava, que era tê-la de quatro, Nancy começou a gemer, embora mantivesse os olhos bem abertos. Sentindo chegada a hora em que ele fatalmente tirava o pênis e ejaculava fora, ela sussurrou.

"Goze, goze meu cangaceiro, pode encher tudo de porra. Amanhã acordo você te chupando até gozar na minha boca. Mas agora goze, venha."

Boris, então, viu na televisão que um míssil Scud fora disparado sobre Israel pelos iraquianos. Então, resfolegante, murmurou.

"Amanhã, sem falta, quando eu ainda estiver dormindo." Ela repetia: "Chupo, chupo todinho, engulo tudo". Boris gozou e voltou-se para a tela.

Prostrado ao lado da mulher, que agora parecia sussurrar uma reza, Boris aumentou o volume enquanto tomava água no gargalo da garrafa, que a duras penas laçou na mesinha de cabeceira. Foi com um choro histérico e prolongado que Carlinhos viveu o momento da concepção de sua irmã.

Em Tel Aviv, o alerta era total e as baterias antiaéreas riscavam o céu de mísseis Patriot. Na manhã seguinte, Boris estava cansado porque praticamente não dormira. Mas para Nancy, promessa era dívida. Cumpriu a prestação prometida ao marido e, depois de tirar o jornal do capacho e arremessá-lo sobre a cama, desceu para levar o filho para tomar banho de sol no caminho juncado de hortênsias. Que tudo continuasse assim, era o que podia desejar.

Na vida de um casal, pensava ela, alguns movimentos se equiparam aos do xadrez. Há de se estabelecer um padrão de jogo que defenda o rei, libere a rainha, avance bispos e cavalos e posicione com alguma vantagem os peões no centro do tabuleiro. Com as torres, procede-se ao roque para proteger o soberano e, então, espera-se que o adversário cometa um erro.

Para Nancy, uma trinca de filhos seria o ideal. Era possível que a irmã estacionasse no segundo e, se ela tivesse mais um, no máximo empataria. No mais, não adiantava combinar com Boris. O jogo tinha de acontecer à sua revelia. Nessas horas, Nancy pensava que algo lhe ficara da caixa de brinquedos de Dr. Rodolfo.

Ou teria sido da ordem binária tão cara às engenheiras de informática?

III

Nos 75 anos de Szymon Neuman, portanto no septuagenário de Brenda, ela decidiu que as comemorações seriam discretas.

"Gêmeos têm uma forma mais intensa de sentir essas perdas, meu marido. Sei que isso parece uma bobagem, mas é como se eu não tivesse direito a comemorar nada. Veja só, estamos tão bem por aqui, podemos ficar em casa tranquilos e acompanhar essa bagunça toda pela televisão, na paz de nossas poltronas."

Brenda se referia ao Brasil. O ramo de autopeças clamava por uma reinvenção e a indústria automobilística fora etiquetada pelo novo presidente como fábricas de carroças, como um símbolo candente do atraso nacional. Szymon era um elo pequeno no gigantismo da cadeia, mas até por isso ele entendia que uma renovação era necessária.

O momento, contudo, pedia outras prioridades e ele soube lê-lo a contento. Com um neto e uma neta em São Paulo, preocupado com os estados melancólicos de Brenda, que já não sorria tanto como no passado, ele estava convencido de que fizera muito bem em vender o negócio por um gordo dinheiro para um grupo da Bahia, que ambicionava desdobrar a rede para além das fronteiras do Nordeste. Pois que tivessem muita sorte, mas essa etapa para Szymon já não se coadunava com os planos de futuro. Na televisão, dia como noite, inquérito após inquérito, o tempo do presidente que chegara ao poder na esteira de tanta bravata, parecia estar contado.

"Esse rapaz teve tudo na mão e está perdendo. E pensar que acreditei que ele fosse um trator."

Szymon agora passava muito tempo diante da televisão e Brenda dizia para que não descuidasse das caminhadas. Mas como desgrudar de tudo aquilo que parecia sinalizar a volta da barbárie? Com que palavras qualificar aquele massacre de presidiários no Carandiru, em São Paulo? Uma voz no íntimo sussurrava para Szymon que eliminar mais de cem bandidos era quase um favor que se fazia à sociedade brasileira. Quantas vidas não estavam sendo poupadas com o fim daqueles homens embrutecidos e perigosos? Por outro lado, eram pessoas que estavam sob a custódia do Estado. É claro que aquilo teria consequências ruins mais adiante, que ninguém se iludisse.

Dias depois, morreu o velho Ulysses Guimarães num desastre de helicóptero. Será que o país que lhe parecera tão promissor quando chegara, que tinha até presídio em ilha de coqueiro, agora sumia no obscurantismo?

Anita jamais esqueceria aquele fim de ano. Primeiro, era capaz de jurar que a morte do ex-presidente do Congresso com um ex-ministro fora obra de certa Comissão Trilateral, empenhada em eliminar líderes mais identificados com as correntes nacionalistas. No front dos "caras pintadas", pedia a renúncia de Collor e irritou-se com Brenda quando insinuou que ela não tinha mais idade para se fantasiar todo dia. Mal sabia a mãe que Anita estava convicta de que dessa vez achara seu verdadeiro amor, pouco importava que fosse 15 anos mais jovem. Foi com ele que começou a redigir um documento que pretendia endereçar ao Comitê de Direitos Humanos da ONU, denunciando o Estado como genocida, por conta do massacre dos presidiários.

Era 29 de dezembro quando Anita e Jaiminho acordaram no quarto dela no edifício Jacarandá, no Recife, firmemente determinados a se acorrentar ao portão da Universidade Católica em greve de fome, e assim romperem o ano, se Collor não caísse. Foi então que o ex-prefeito de Maceió assinou a renúncia. Szymon só comentou.

"Eu fiz muito negócio no passado com o sócio dele, esse tal Farias. Era bom amigo, bem informado."

Anita e Jaiminho resolveram que fumariam um baseado na praia, a caminho da comunidade de Brasília Teimosa, onde ela tinha amigos. Já não precisavam se acorrentar e passariam na loja de ferragens onde tinham comprado a corrente e o cadeado para tentar reaver o dinheiro, ou trocar os apetrechos por outra mercadoria.

IV

No último dia daquele ano fatídico, por certo que Brenda não contava receber logo cedo um telefonema de Guita que, pelo tom, deixava prenunciar algo de muito pesaroso. A notícia do falecimento de uma pessoa tão amada quanto o do Homem Sem Nome veio se somar à chaga aberta do irmão gêmeo. Em voz baixa, Brenda não continha o choque. Estava quase indignada, como forma de camuflar a tristeza.

"Diga que você está brincando, Guita. Não consigo acreditar." A amiga estava tão mortificada quanto ela.

"Foi ontem à noite, estava em Gravatá e pretendia vir hoje cedo para cá para romper o ano. Caiu fulminado no estábulo. A ambulância, quando chegou, ele já tinha se ido."

Brenda soluçava baixinho. Guita reforçou.

"Para você, ele foi algo a mais, uma pessoa especial. Mas a cidade toda está arrasada, tinha tantos amigos."

Brenda se consumia.

"O pior é que nem devo ir ao enterro como gostaria. Já pensou dar de cara com aquela mulher do deputado e ter de ouvir sarcasmos da infeliz?"

Então desligou, dissolveu duas colheres de açúcar na água e levou o copo até a varanda. A praia estava cheia e a maré alta comprimia os banhistas na faixa de areia. Os sorveteiros tocavam suas cornetas. Para ela, eram as próprias trombetas do Apocalipse. Durante o almoço, comentou com Szymon o sucedido.

"Ah, sei quem é. O dermatologista amigo de suas amigas. Mas que pena. O garantido é que todos nós já temos essa passagem comprada. Uma hora chega a convocação. Não foi ele que cuidou de Anita quando a bochecha estourou?"

Brenda confirmou. Szymon comeu com apetite a peixada com legumes, arroz branco e um ovo cozido. A esposa se contentou com uma xícara de chá.

Já iam se levantar quando Anita e Jaiminho chegaram de mais uma noitada.

"Que cara é essa, mamãe? Quem morreu?"

Antes que Brenda pudesse dizer alguma coisa, Szymon falou do médico. Anita não se fez de rogada.

"Ah, lembro muito. Meus pêsames, dona Brenda, imagino sua dor."

Szymon adorava pirão, e a nada mais parecia atentar quando se servia.

"Devagar, pai, não encha a concha, meia basta."

O que mordera Anita? Por que voltar ao assunto naquele tom?

"No *high society*, esses caras que atendem por apelidos graciosos e cobram um salário mínimo por consulta são muito prestigiados. Estamos com uma fome de outro mundo. Pegue lá uma cerveja, amor, e vamos traçar esse peixe. Sem esquentar, frio é ainda melhor. Odeio micro-ondas. Por mim, tocava fogo na fábrica. E você, pai, lembra-se do doutor? Aliás, ligou para seu amigo de Maceió para desejar feliz Ano Novo? Sabia que Szymon é amigo do PC Farias, camarada? Diga mesmo se eu não sou demais…numa casa dessas, eu tinha tudo para ser maluca. E, na verdade, sou a única a ter juízo. Hum, como é bom esse peixe…"

A noite já começara e muita gente ia se reunir no salão de festas para uma comemoração entre moradores e parentes. Brenda não quis ir e chegou a tirar o telefone do gancho para evitar a insistência alheia. Quando se sentiu mais tranquila, depois que a filha saiu com o namorado para um clube em Afogados, discou o número de Hana. Então conversou longamente com a enteada, como se soubesse desde sempre que o pai não fora o único homem na vida dela.

"Sei como você está se sentindo, Brenda. Meu Martin também deixou um buraco sem fim, uma cratera no coração, por mais que eu esteja numa fase de rever alguns conceitos. Felizmente, você tem meu pai e essa história já tinha ficado para trás. Mas sei bem o que é isso. Venha passar uns dias aqui em janeiro. A gente sobe a Serra e vai curtir o Sul de Minas. Fica tão lindo nessa época."

Aquela é que era sua filha, pensou.

V

O novo ano chegou. Szymon já dispensava as longas caminhadas matinais de outros tempos e agora se contentava com um banho de sol mais ameno, no terraço de seu prédio. Talvez o espaço em que mais caminhava fosse mesmo o supermercado, onde gostava de ir com Brenda duas vezes por semana. O ar era refrigerado e ele tinha prazer em ver o fatiador de frios em ação, em examinar as frutas e gostava da prosa eventual com um conhecido. Na saída, só para ocupar o tempo com mais uma tarefa estruturada, pedia que lhe engraxassem os sapatos enquanto Brenda ia às compras. Se ela demorasse, fazia um jogo na lotérica.

Boris quase não aparecia e Szymon se ressentia dessas longas ausências do filho. Achava acintoso que Nancy lhe dissesse que a distância era a mesma e que o apartamento da rua Pernambuco estava às ordens. Ocorre que nem sempre era agradável pegar um avião, enfrentar a longa viagem e driblar as crises sucessivas de depressão de Brenda. Uma coisa era ela ficar indisposta e de olhar baço no Recife. Não faltava gente para paparicá-la. Já o padrão de cortesia de São Paulo impunha o dever de ostentar uma cara animada mesmo quando o panorama por trás dos olhos estava turvo e sombrio. Numa cidade de gente elétrica, afinal, o indivíduo não pode ser reativo. Os outros dirão que está doente. E quem está doente, não produz. Logo, o que tem a fazer em São Paulo? A verdade é que queria estar um pouco com Carlinhos, e achava que a presença de Estela podia fazer bem a Brenda. Mas eram tantos os obstáculos.

O que o casal ignorava até bem perto do fim do ano era que a família Neuman ainda cresceria um pouco mais em seu tempo de vida. E isso porque, confirmando as expectativas que Nancy insinuara a Brenda ao telefone, efetivamente ela engravidou pela terceira vez em setembro.

Escolada nas fixações do marido, percebeu-lhe a sofreguidão em comprar jornais e trocar telefonemas excitados com seus amigos de origem palestina que moravam no Pari. Com o advento dos canais a cabo, Boris se tornara telespectador tão assíduo da CNN que, por um bom tempo na sua vida, a figura de Ted Turner se transformara numa ideia fixa, como fora Herman Kahn no passado.

"O Ted toma lítio, como eu. A cabeça é muito acelerada e como as pessoas não o acompanham, ele tem de diminuir o ritmo com remédio para não se tornar um sociopata. É uma pena porque é também um gênio. O que não dizer de um sujeito que nunca perdeu um só minuto na vida vendo noticiário, e que tem a sacada de criar uma televisão que transmite notícias 24 horas por dia?"

Nancy não sabia o que dizer nessas horas. "O homem brilhante é aquele que inventa coisas que caem na medida para a maioria, embora ele próprio pouco se lixe para aquilo. É como cortar e vender smoking quando o próprio alfaiate passa o dia de short."

Mal chegava em casa, já acionava da porta o controle remoto e a vinheta da emissora se espalhava até o quarto das crianças.

Na segunda-feira, 13 de setembro, Nancy estava feliz. O velho Elias vendera a metalúrgica havia algum tempo, mas ainda não se falara de como ficaria a situação patrimonial das filhas, caso viesse a faltar. Todos sabiam que ele estava bem assessorado por um escritório de advocacia para fazer a repartição justa de seus bens. Mas, na verdade, nenhuma família pode ficar totalmente tranquila até que seja comunicada a modalidade adotada. Tanto quanto sua parte, importa saber se não houve favorecimento indevido a terceiros.

Nesse ponto, Nancy se consumia. Rivka e Mordechai viviam em Israel e a vida religiosa dele dava pouca margem para empreender e fazer negócios, que, aparentemente, não eram mesmo seu ponto forte. Era óbvio que eles vinham sendo aquinhoados já há alguns anos com uma mesada generosa. Não tardaria muito para que as cartas fossem postas à mesa. E Nancy se veria herdeira de uma pequena fortuna imobiliária que lhe garantiria uma vida tranquila, independentemente de Boris.

Foi nesse diapasão que tomaram vinho branco no jantar e, chegando ao quarto, Nancy estreou uma lingerie da *Intimissimi* que comprara na última viagem. Diana foi concebida sem sobressaltos na noite em que a televisão mostrou o histórico aperto de mão entre Rabin e Arafat, sob o olhar de Bill Clinton. Na cabeça de Boris, até o amanhecer, ressoou o estribilho: *Evenu Shalom Aleichem*. Será que a paz agora chegara para ficar? Um dia, quem sabe, diria a Rabin o quanto o admirava.

Na noite de São João do ano seguinte, nasceria a última neta de Szymon e Brenda Neuman. Ela seria a favorita da tia Anita.

"Soube que você tinha nascido quando a gente voltava de um forró no sindicato dos portuários. Quando sua avó me disse seu nome, te amei de imediato. Como o meu, tem cinco letras, duas vezes o 'a' e uma vez 'i.'"

Mas esse afeto só floresceu bem mais tarde.

Capítulo 20

O PAPAI AGORA CISMOU QUE TENHO DE PROCURAR UMA TAL MULHER DE *Londres, mãe. Deve ser um desses rolos que ele andou tendo por aí, sei lá. Ele disse que já gravou para ela uns depoimentos sobre a família, que ela guarda documentos top secret das empresas, e até a tal correspondência dele com Herman Kahn, de que ele morre de ciúme. Fui franca e disse que não me sinto à vontade para ficar amiguinha de alguém de fora da família, de uma estranha total, de uma não judia além de tudo, acho eu, de quem só sei que trabalha para um desses megaescritórios de advocacia. Então, ele disse que vai chamá-la aqui, que ela pode me ajudar de mil formas, que se ele morrer amanhã eu deveria estar pelo menos a par dos negócios. Em que isso me interessa, pai? O que quer que você tenha na próstata ou no estômago, todo dia ele acha que tem uma coisa diferente, você vai ficar bom, basta não se angustiar tanto e se cuidar. Se alguma coisa ruim acontecer, se você morrer, ela me manda os arquivos pela internet, não é? Em que época ele vive, mãe? Não sei se é uma forma indireta que ele tem de me fazer pagar pela ajuda que ele dá para o aluguel da casa e a manutenção dos cachorros. Seja o que for, quero que ele saiba que não estou disposta a abrir mão do meu estilo de vida. Quer que eu escreva a história da família? Posso fazer, se bem que tem gente por aí muito mais capacitada do que eu. Se pelo menos ele me tratasse melhor, não fosse tão estúpido. Bom, mas vamos deixar isso de lado, mãe. Porque, na verdade, eu te liguei mesmo para falar dos cachorros. Estou preocupada com o Roni. Que Roni, mãe? Acorda, poxa, hallo! É claro que é o labrador. Está mancando, coitadinho, e passa a noite gemendo. O veterinário está me saindo uma fortuna, acredita? Os outros vão bem, e acho que a Talita vai logo me dar um monte de filhotes. Vou ser avó, ou quase isso. Você vai querer ficar com um, mãe? Diz que sim, vai. Ôba, ôba. Todo dia, repito para mim mesma diante do espelho que fiz bem em optar por eles. Para que filhos humanos? Eles são para mim o que foi a ciência para a tia Hana. Sabe o que meu pai disse da última vez que esteve aqui, aquele grosso? Que sou uma espécie de alienada de minha própria vida, e que meu amor pelos cachorros é pura sublimação – essa foi a palavra que ele usou, e fiquei muito pê da vida quando fui ao dicionário e vi que isso de sublime mesmo nada tem. Que cavalgadura, que grosso. Coitadinhos deles, mãe. Tão inocentes. E olhe que ele disse isso assim de graça, não tinha nem bebido nem estava naqueles dias, sabe? Foi insultar por insultar. Disse que o bolivarianismo do Carlinhos – veja só que palavra, mãe – é a prova viva do fracasso da vida dele como educador. Acho que ele não devia politizar tudo, embora o mundo todo esteja fazendo isso. Depois, não acho que o Carlinhos morra de amores pela Venezuela, se foi isso o que ele quis dizer. Tem gente que é mais sensível ao social, de natureza mais frágil. Vejo isso muito lá em casa. O Lothar tem aquele tamanhão todo, tem gente que pensa que é um bezerro porque ele é todo malhado e porque o dogue alemão não é tão conhecido assim, não é? Pois então, ele é mansinho de tudo e deixa o Miltinho, que é um vira-lata de terceiro grau, coitadinho, roubar tudo dele, até a comida. Acho que o Lothar fica com dó, mãe, é como se ele soubesse que o Miltinho foi achado numa rua da Lapa, enquanto ele veio da nobreza, de um canil super de Sorocaba. O Carlinhos é assim. Não somos milionários, mas ele sabe que, comparado à maioria das pessoas, nasceu em berço de ouro. E isso faz mal a ele, ele quer ter um papel na vida que compense as imperfeições do mundo. Se meu pai pedisse as coisas com jeito, eu até ajudava. Depois ele começou a falar da Diana. Disse que ela é tão inútil que virou lésbica por preguiça. Um horror, mãe, um horror. Você acha que gosto daquelas amigas dela? Zero. Mas é uma orientação pessoal, pronto, e depois ela é fofa com os cachorros. Quando ela dá uma passada lá na Vila, é uma farra, eles ficam excitados. Uma vez ela me disse que é porque deixou de usar desodorante, que eles se sentem mais próximos da natureza. É a cara da Di, não é? Tomara que ela ache uma garota fixa para zoar menos, mas cada um tem seu tempo. Depois que o papai foi embora, aquele monstro, chorei o que pude e nem sei de onde tirei tanta lágrima. Mas aqui vem o melhor: você acredita que meus peludinhos entenderam tudo, mãe? Até o Roni ficou enroladinho a meus pés, me olhando nos olhos. Sabe o que eu achei hoje? Uma cartinha da avó Brenda de 2004, ano de meu Bat-Mitzvá. Acho que deve ter sido a última coisa que ela escreveu porque morreu pouco depois, não foi? Num trecho, ela diz: "Não queira mal a seu pai. Uma separação conjugal é sempre um evento de responsabilidade compartilhada. Não o julgue. Boris teve de superar problemas que eclodiram no melhor período da vida dele. É um vencedor. Aproveite bem sua festa e demonstre o quanto gosta dele. Não vou poder ir a São Paulo porque preciso fazer uns exames. Mas venha me visitar aqui no Recife assim que puder". Não é fofa, mãe? Eclodir... é a cara da avó Brenda essa expressão. Não era mais fácil dizer "acontecer"? Adoro o jeito pernambucano de falar, mas às vezes é meio... como é que digo? Meio barroco... Aliás, vocês se davam bem? Engraçado, você nunca me falou sobre isso. Mas acho que, no fim, vocês ficaram bem amigas, não foi? Já li que as pessoas quando são desequilibradas mentalmente, severamente, como se diz hoje, a família se une. Mas quando fica ali na fronteira, um dia vai bem e em outro está meio surtada, a família se separa, cria duas torcidas – os que amam a pessoa e os que odeiam. A gente tem de tomar cuidado com isso. Lá em casa, sempre digo: toda visita tem de ser bem tratada. Com muitas lambidas, mas com humildade, sem folga demais. Sei o que você vai me dizer sobre a avó Brenda, nem precisa responder. Carlinhos te imita direitinho, mas acho que tem vergonha de fazer na tua frente. Sua resposta é que você, Nancy Bin, ex-Neuman, se dá bem com todo mundo e com ninguém em especial, não é? Mãe, você tem ido ao médico? Entendo, entendo, mas é melhor não descuidar. Se o pai morrer mesmo, acho que vou me desesperar. Na verdade, não posso nem imaginar a vida sem essa cota de pontapés que ele me aplica. Mas o que posso fazer se ele não se ajuda? Diga, o que posso fazer? Acho que este ano ele não dormiu aqui em São Paulo nem sequer 3 dias diretos. Até falei: pai, por que você não desocupa o imóvel e não fica só com o apartamentinho do Recife? Ele falou que é por causa dos livros. Livros? Livros de papel? Era o que faltava. Então, perguntei: com que direito você fala de meus cachorros? Falei assim, só de brincadeira. Ou seja, se ele tinha suas manias, por que eu não podia ter as minhas? Ele disse que eu precisava era conhecer um homem de verdade, não um hermafrodita, e que eu estava gorda como um tonel, que logo ia ter problema para passar na porta e caber no boxe do chuveiro. Francamente, mãe, o que é que você viu nele, hein? Mas eu o amo mesmo assim. Quase igual ao tanto que gosto dos cachorros. Por que tudo para ele tem de ser mais complicado? Mãe, preciso ir. O Roni e o Lothar estão latindo no portão, deve ser o passeador que chegou. Um beijo.*

I

À medida que o milênio se encaminhava para o fim, Szymon passou a exigir como nunca a presença de Brenda a seu lado. Foi Marcela, a fisioterapeuta, quem apontou, divertida, os arrulhos do patrão.

"Seu Simão é um chamego só com dona Brenda. Pelo gosto dele, ela fica de plantão no sofá até o fim da novela. Isso é que é amor, viu? Quem dera o meu fosse assim. Lá em casa, só chega perto quando a fome bate. Nem para botar um prato no forno ele presta. Ô desgraça."

Brenda gostava dela. A intimidade que propiciava o contato físico dos movimentos logo transformava essas profissionais em pessoas da família.

"Pois então, seu marido está doido, Marcela. Com uma uva dessas como você em casa, ele tinha mais era que lhe beijar os pés. Quanto a esse aqui, ultimamente é que ficou chameguento desse jeito. Acho que foi desde que vendeu a firma."

Szymon não gostava de se desviar da série de exercícios e deixava para conversar com Marcela na saída, quando se acostumara a lhe dar um prolongado abraço.

"Obrigado. Se este velho aqui ainda está bem, é por sua causa, minha filha."

Uma vez, ao dizer isso, as lágrimas escorreram pelas bochechas e, desde então, a fisioterapeuta soube que algo de perturbador se passava na alma de Szymon. À noite, comentou com o marido.

"O corpo fala. Cada flexão daquelas que faço nas pernas dele é uma frase que o coração dele me diz. Ele está começando a se derreter por qualquer coisa. Chora até com propaganda na televisão. Qualquer hora dessas, ele entra no mundinho dele e não vai mais sair de lá vivo. Já vi o filme."

Mesmo assim, a rotina do casal tinha seus momentos de prazer. Boris lhes fazia visitas relâmpago quando passava pelo Recife, e parecia não ter muita paciência para lidar com os pais. Será que eles o irritavam? Eram muito redundantes?

"Pergunte menos e ouça mais, Szymon. Boris gosta de contar os feitos dele e pouco importa que sejam meio exagerados. Se são a pura verdade, isso é o de menos. Não o aperte como se quisesse pegá-lo em contradição. E, depois, a separação dele está muito recente. Deixe que ele conte sobre os casos amorosos só se quiser."

Szymon se desesperava.

"É melhor então eu ficar *calada*. Diga a ele que perdi a língua. Você não acha normal que eu queira saber da tal mulher de Londres? Não imagino Boris com uma inglesa."

Brenda se divertia.

"E o que sabe você das inglesas? Parece mais que teve muitas." Ele coçava a cabeça.

"Não, nenhuma. Mas já vi muito filme, Brenda. E, depois, que história é essa de ter aulas de chinês? O que ele faz tanto em Hong Kong e sei lá mais onde? Ser pai é ouvir essas coisas e ajudar a pensar. *Oy vey*, não é fácil ficar velho. Está deixando de valer a pena viver, viu?" Brenda suavizava: "Deixe de tragédia, não é para tanto. É que ele está numa fase sensível, por qualquer besteirinha se sente sob pressão."

Para desviar o foco no filho, Brenda se queixava da nora.

"Falei a ela de coração: Nancy querida, você pode até ser ex-mulher de nosso filho. Mas nós não somos ex-avós. A gente sente falta das crianças. Especialmente de Carlinhos, que sempre gostou tanto do Recife. Qualquer hora dessas, ele vai fazer Bar-Mitzvá e a gente mal terá convivido."

Szymon não perdoava.

"'Sempre achei aquela mulher um pouco doida, coitada. Parece que não relaxa. No começo, como Boris tem um temperamento especial, pensei que fosse dar mais certo. Agora, acho que ele merecia outra mulher. E o que ela responde? 'Ah, ela fica com aquelas birras, não é? Diz que aqui tem tubarão à beira-mar, que o sol é muito quente, que a gente não dá limite às crianças, que deixa elas comerem pão branco, que o mar tem sargaço, e que sargaço é sujo. Tome ignorância. Até Hana deu uma aula sobre isso. Nem assim ela se deu por achada. Desconho que ela quer levar os meninos para morar fora do país. Só não foi porque deve ter esperança de voltar para Boris. Cada vez menos, mas ainda tem."

Olhando para o marido, viu que ele cochilava. Na hora do noticiário, ele acordaria para tomar os remédios, arrastaria os pés até a varanda e iria à cozinha beber um copo de leite. Szymon dormia a cada dia mais cedo e Brenda ia se deitar frequentemente de madrugada, à espera de que o remédio fizesse efeito. Não era raro que ele estivesse se levantando alguns minutos antes de o sol nascer, à mesma hora em que ela se recolhia para salvar umas poucas horas de sono.

"Não é bom trocar a noite pelo dia. Você devia tomar seu comprimido mais cedo."

Mas ela sempre tinha um bom argumento.

"Até que tive sono, mas o filme estava tão bom. Preciso aprender a gravar em vídeo cassete."

II

"Você precisa entender, Anita, que a fórmula de seu pai foi muito sábia. Não me queira mal por isso, mas é assim que as pessoas sensatas fazem. Quem deu duro para ganhar dinheiro, enxerga com clareza quando ele vai fazer mal ou bem ao herdeiro. Dinheiro, para quem não se preparou para ter, pode ser uma fonte de infelicidade, acredite."

Anita não se conformava.

"Como é que você, um homem que se diz da lei, quase meu contemporâneo, pode concordar com um desmando filho da puta desses? Que espécie de filha eu sou?"

Szymon instruíra Rubens Masur havia algum tempo sobre como distribuir os bens.

"Quero que minha filha menor tenha a possibilidade de fazer tudo o que quiser. Mas não que ela possa ficar sem fazer nada. Ou que corra perigo de esbagaçar tudo o que tem por impulso. Tem de se ocupar, é o melhor para ela. E manter um patrimônio para a velhice. Assim morro tranquilo."

Anita coçava o piercing no nariz, uma espécie de tique adquirido que denunciava nervosismo.

"E você ainda me cita essa merda como se fosse um salmo do rei David, Rubens? Isso é pura sacanagem. Ou o dinheiro é meu ou não é, caralho. Não tem meio termo. Você devia dizer isso a ele. Ou, então, rasgar seu diploma, me desculpe. Por que ele não me deserdou de vez?"

Não entrava na cabeça de Anita que Szymon lhe tivesse fixado uma mesada generosa, mas que lhe vedava o direito a saques extras ou a vender um imóvel. Nada, enfim, que pudesse comprometer a estabilidade futura.

"O que seu pai fez, Anita, foi puro amor. Trate de entendê-lo."

Ela estava odiando Rubens Masur.

"Amor uma pinoia, cara. No mínimo, foi você quem o aconselhou a isso, não foi? Você sabe que meu irmão tem um parafuso a menos e nem por isso Szymon criou travas para ele. Por que para mim? Depois, se você quer saber, Boris é quem menos precisa de todos nós porque com toda a maluquice dele, ganha o que quer e foi casado com uma dessas princesas judias de São Paulo que mijam Chanel 5 – dessas que acham normal confinar os palestinos numa lata de sardinha e ganham menção de honra pela mesa de *Pessach* mais bonita. Manja o tipo? Vou resolver essas coisas à minha maneira. Alguns dos nossos já disseram que tem gente que só entende a linguagem da força."

Rubens queria ser contemporizador.

"Não faça nada do que possa se arrepender, prima. Sua situação é ótima, não seja injusta." Ela rebatia: "Fodam-se você e todo mundo! E não me chame mais de prima, por favor. Até um dia desses, eu te considerava um irmão, apesar de você ser um puta reacionário. Agora é você lá com eles e eu aqui."

Anita pegou uma cerveja e nem ofereceu ao advogado.

"Quanto a Hana, vive enfurnada naquela universidade e é bancada pelo contribuinte para rodar o mundo. Até livro de viagem escreve. E nem família tem. Já eu tenho de segurar a onda de Jaiminho, pagar apartamento no Rio e, porra, fazer minhas coisas, sacou? Tem gente que depende de mim, tem gente que precisa de mim. Caixão não tem gaveta, caralho. Sei lá eu o dia de amanhã. Do que me vale ter uma fortuna de que não posso dispor, porra? Você fala de um dia mais adiante. Quando? Você quer dizer que tenho de torcer para Szymon morrer? Veja só a que ponto chegamos. O velho sobrevivente de guerra pede, por vias tortas, que a filha reze pelo fim dele para sair do cativeiro e da privação. Amanhã vou fazer uma visitinha lá. Eles que se preparem. Só volto para o Rio com tudo resolvido e essa grana transferida. Pensar no amanhã... era só o que me faltava. Já te ocorreu que esse tal pensar no amanhã é um luxo psíquico puramente burguês? E quem tem que trabalhar de sol a sol para poder comer à noite, como se vira? Onde Szymon acha que está? Isso aqui é o Recife. Não é Estocolmo, cacete."

Quando estava em Pernambuco, Anita gostava de ficar em Olinda.

"Se um dia eu voltar a morar aqui, quero viver perto da Sé. E dar uma bola todo dia quando esse sino tocar. Não há sensação que se compare. Já falei para o babaca do Jaiminho que a gente pode fazer muito mais aqui do que lá. Se ele não vier, foda-se, venho só."

Naquela manhã de setembro, foi a amiga Rosa quem lhe emprestou o carro para ir a Boa Viagem.

"Quero chegar lá logo cedo, quando o tarado de meu pai estiver esfregando os pés nos peitos daquela fisioterapeuta que eles escravizam, coitada. Vou chutar o balde com força. Eles que se preparem para ouvir umas verdades."

Depois de ter estacionado na garagem do subsolo, Anita ainda resolveu fumar a guimba que dormia no cinzeiro do Gol. Então suspirou, colocou uma bala de hortelã na boca e subiu determinada.

Mal abriu a porta, berrou seu brado de marca.

"*Salam*, pessoas." Mas ninguém respondeu. Isso porque Szymon, Brenda e Marcela pareciam hipnotizados pela televisão. O que estava acontecendo?

"Isso é lá hora de verem filme?", disse Anita tentando brincar.

Mas então viu na tela grande o que parecia ser um avião se espatifando contra um edifício envidraçado. Que cena estapafúrdia era aquela?

III

Desde que estivera nos Estados Unidos pela primeira vez, ainda no final dos anos 1970, quando Hana lhe apresentou a Martin Schulte, aquela viagem sempre fora uma lembrança agradável para Boris.

"Eu sabia como eles operavam lá, Hany. Sei como gostavam de contrabandear cérebros, mas depois passei a ver o lado bom disso. Eu me senti seguro lá, não sei explicar a razão. Primeiro, você pode ser quem você é e como é, ninguém liga. Parece que o passado não importa, o que conta é o de hoje em diante. E era assim que eu queria viver."

Tão marcante tinha sido a primeira estadia que ele se empenhou durante um par de anos em superar as próprias limitações para, à sua maneira, viver um pouco do sonho americano. O acadêmico Martin, na verdade, vinha de uma fértil tradição mercantilista em sua Alemanha natal. Sendo de Hamburgo, tinha grande fascínio pela Liga Hanseática e orgulhava-se de conhecer os principais portos do Atlântico e do Báltico.

"A vida quis que me tornasse cientista, meu jovem. Mas minha vocação primeira era o comércio. Nunca vou exercê-la, mas de tanto ver navio atracando no cais e sumindo no horizonte, tenho esse fascínio. Pode ser um bom caminho para você. Um judeu do Recife será sempre um mascate global em potencial."

Martin gostou do irmão de Hana. E, até por apego a ela, solidarizou-se com a angústia de Boris que insistia em lhe dizer querer recuperar o tempo perdido. Os amigos de escola já eram formados, muitos tinham se tornado profissionais liberais, e ele ainda estava pendente da mesada de Szymon.

"Se estiver se sentindo bem com você mesmo, venha para os Estados Unidos. Vá atrás de uma formação não convencional em negócios com foco na mundialização da economia. Logo não haverá lugar para carta, telegramas ou telex. Eles ficarão tão obsoletos quanto são os pombos-correios hoje. A informática promete surpresas. As pessoas operarão em redes. Rotary, Lions ou Maçonaria parecerão acampamentos de escoteiros. Prepare-se para esse momento pragmaticamente. Aposte na Ásia, se quer uma dica, mas deposite aqui também umas fichas. Na Europa, nós somos sábios, filosóficos, profundos... e algo imodestos. Os americanos são simples, inteligentes e muito rápidos. Tudo conspira a favor."

Se a primeira viagem a Israel nada tivera de propriamente iniciático nos caminhos da vida real, até pelo contrário, aquela aos Estados Unidos lhe abrira portas, o que levou o trio formado por Martin e os irmãos Neuman a soldar laços que se arrastariam por uma década, a bem dizer até o casamento de Boris, quando o professor sucumbiria ao câncer de pâncreas. Naquela ocasião, se a identificação com Nova York fora completa, o ponto alto da viagem seria Chicago. Naquela cidade de inverno crudelíssimo, Boris sentiu de imediato que algo os aproximava. E que o teto baixo do céu seria um aliado para que se tornasse o bom estudante que decidira ser, sob a orientação à distância de Herman Kahn, praticando o autodidatismo dos reclusos e os vetores de motivação que o isolamento espicaça. Para almas como a de Boris, nenhum isolamento chega a ser completo e radical. Pois a ele assistem, alternadamente, plateias imaginárias, e aparecem confidentes de feição turva, dotados de comandos de voz cristalinos.

Embora tentado a seguir os conselhos de Escoriel e, eventualmente, cursar arte dramática na Universidade DePaul, visto que o terapeuta considerava o teatro a maior forma de libertação já concebida pelo homem, o mundo dos números e das abstrações lhe pareceu mais adequado ao que ele passaria a chamar de "grande plano". Foi assim que, em 1981, quando a DePaul ofereceu o curso de ciência da computação no campo de Exatas, Boris cumpriu créditos em algumas disciplinas, fazendo-o mais por curiosidade do que propriamente por conseguir se ver no futuro naquela área. A DePaul não tinha o prestígio de Harvard ou de Princeton, mas isso não o incomodava. De mais, Martin soubera angular bem a questão de olhar a vida dali em diante. Era como se Hana lhe tivesse feito confidências de bastidor. Efetivamente, da última vez que falara com Escoriel, ela ouvira que "importante é que ele aprenda a desdramatizar. Isso pode fazer com que pare de ver o que não existe ou, melhor dizendo, o que só existe para ele."

Naquele setembro de 2001, tantos anos depois que lá vivera, Boris passou uma semana com a inglesa Audrey no campus de Fullerton, em Chicago, confabulando com velhos professores que queriam lhe apresentar uma possibilidade de cooperação com centros de pesquisa da China, na área de biotecnologia, em resposta às sondagens de Boris nesse campo.

"Quem está aqui é o homem de negócios, quero deixar isso bem claro."

Um discurso desses no Brasil junto à academia poderia parecer herético, mas nunca nos Estados Unidos. Era setembro e o tempo estava excepcional. Terminados os trabalhos, Boris foi com Audrey para Nova York e hospedou-se no mesmo Shoreham onde ficara com Hana e Martin na primeira vez nos anos

1970. "Conheci esse hotel nos tempos em que a diária era cinquenta dólares", brincou na recepção.

A irmã chegaria de São Paulo na manhã da terça-feira, depois do Labor Day – o Dia do Trabalho americano – e encontrar-se-iam à noite, no hotel.

"Vai ser ótimo. E quero ver essa sua inglesinha. Depois da cunhada que você me deu, francamente, já sei que vou adorar a Audrey. Não que não goste da Nancy. Mas parecia que não era mesmo para você."

Boris estava eufórico.

"Você sabe que todas as mulheres se parecem, mas uma mudança até que faz bem." Hana tinha pressa de concluir: "Brenda me ligou e disse que a Anita está aprontando pelo Recife, brigando com o advogado, enfim, nada de realmente novo para quem conhece a peça, não é? Brenda está preocupada com o papai. Ele devaneia com a Hungria o tempo todo e não estou lá para traduzir. Bom, chega de brincadeira. A gente fala sobre tudo isso na noite da terça."

Pela manhã, Boris resolveu descer em direção a Wall Street para mostrar à namorada a região de Tribeca, onde estava morando seu amigo Mark Freedson. Era com ele que se encontrariam para um sanduíche depois de visitar as Torres Gêmeas de onde Audrey queria tirar fotos.

A caminho dos dois edifícios imensos, primeiro eles viram que havia fumaça em um deles. Mas nem bem comentaram a estranheza da cena, eis que o fogo surgiu do meio de um dos prédios, como se uma lâmina diamantada tivesse seccionado um bloco de cristal. Segundos depois, ouviu-se um barulho cortante e gritos dos passantes que olhavam para o alto. Ao lado de um hidrante, onde buscou apoio, Boris parou e tirou do bolso do blazer um frasco. Colocou um comprimido sob a língua. Audrey encostou a cabeça no ombro dele, sem entender o que era aquilo.

Holy shit – foi tudo o que ele conseguiu articular.

IV

"Nunca vi um negócio daquele, menino. A gente tinha terminado a série de pernas. Percebi que seu Simão queria que a gente encerrasse a sessão para poder me dar aquele abraço que ele adora. Brinquei e disse que só ia ter abraço depois de completar a sequência respiratória. Até lembrei a ele que devia estar usando as meias de compressão porque ultimamente ele vinha passando muito tempo sentado. Tudo isso a gente faz numa sala que fica perto da varanda, que eles mandaram envidraçar para proteger da chuva. Dona Brenda estava tomando um café e lia o jornal na mesa da copa. Acho que ela foi deixar a xícara suja na pia quando se assustou com alguma coisa que viu na televisãozinha. Ela só dizia: "Não pode ser, não pode ser". E eu: "O que foi dona Brenda, o que aconteceu, o que é que não pode ser, pelo amor de Deus, criatura?". Ela pegou o controle remoto e ligou a TV de tela grande, justo aquela de que seu Simão tem um ciúme danado. Ninguém sabia direito o que era aquilo, mas era notícia ruim. A gente, então, parou o que estava fazendo para ver quando um avião entrou de cheio no meio do prédio. Parecia um filme. Dona Brenda disse que aquilo era Nova York e que seu Boris tinha chegado lá na véspera. E que a Dra. Hana, que é o mesmo que ser irmã dela, também devia estar lá. Aí, começou aquele inferno de telefonar para um e outro, e nada de se ter resposta. Você está ouvindo o que estou dizendo ou estou falando para as paredes?"— Marcela inquiriu o marido.

"Estou ouvindo, continue. Passei o dia vendo o replay da cena", disse Gleyson enquanto terminava de passar graxa nos sapatos da família.

"Mas como desgraça pouca é besteira, apareceu Anita, a filha mais nova deles, aquela do Rio, que é meio amalucada. Quando chega, beija até o zelador do prédio. O cheiro de maconha entrou junto, mas ninguém ligou. Quando ela entendeu o que estava se passando, o olho dela começou a brilhar e, prestando bem atenção, acho que ela estava era rindo. Pensei que fosse reação do fumo, como é que eu ia saber? Foi, então, que o prédio começou a cair. Corri para dar uma espiada pela janela. Vai que vinha um avião também colidir com o edifício Jacarandá. Mas não, a praia estava tranquila, com sorveteiro e gente deitada na esteira. Seu Simão olhava a tela com um ar meio abobalhado. D. Brenda não largou mais o telefone. E foi aí que Anita danou-se a falar. Até seu Boris deve ter ouvido lá de onde estava. É uma família boa, mas parece que falta um parafuso geral. Será que todo judeu é assim? Tem vez que seu Simão fala que mais parece que está tendo um troço. Mas dizem que é a língua de menino dele, lá da Hungria."

Apesar de poliglota, um desafio estava além das possibilidades de entendimento de Hana: compreender uma frase inteira daquela algaravia falada pelos motoristas do Bangladesh e da Índia que varavam as ruas de Manhattan. A identidade plastificada no console assinalava: Vinod Balakrishna, sob uma foto igual à de centenas de milhões de nativos dessa parte do mundo.

Geralmente silenciosos e entretidos na escuta de programas de rádio em hindi, dessa vez Hana dera azar. Isso porque Mr. Balakrishna falou o que pôde entre o aeroporto Kennedy e Manhattan. Entre reverberações e ruídos de estática, e a voz que era modulada e articulada na ponta de uma língua dura como a de um papagaio, ele tentava lhe dizer alguma coisa. As palavras vinham esparsas e desconexas. Aqui e acolá ela discernia *WTC, twin, crash, smoke, rumors, plane* e pouco mais do que isso.

Efetivamente, segundo a direção que apontava seu dedo, havia um imenso rolo de fumaça que subia da parte baixa da ilha. Sem conectar os fatos, ela não lhes deu maior importância até julgar ter entendido que ele falava de um atentado terrorista.

"Nas Torres Gêmeas? Tem certeza?"

De repente, o inglês do motorista lhe pareceu tremendamente inteligível.

"Parece que outro avião bateu no prédio. Foi sorte sua poder desembarcar. Ou azar, não sei direito. Parece que há uma ordem para que os aviões desçam onde estiverem. Todos, inclusive cargueiros. Tem coisas estranhas acontecendo em Washington também. Vou deixar a senhora e voltar para casa, se tiver acesso pelas pontes e túneis. Será que é guerra, senhora?"

Hana não tinha certeza. Mas algo lhe dizia que o irmão tinha planos de ir ao WTC para apresentar a namorada inglesa a Mark Freedson.

"Dá para acelerar mais? Estou com um pouco de pressa."

Ele a olhou pelo retrovisor, estranhando o pedido.

"Isso é bem ocidental, permita dizer, senhora. O mundo está acabando e as pessoas querem chegar logo a um encontro que talvez nem aconteça."

Então, acelerou enquanto aumentava o volume do rádio. Boris, seu *bubaleh*.

Era só no que Hana conseguia pensar.

V

Pessoas que nadaram à contracorrente toda uma vida podem ter reações muito desconcertantes para os não iniciados nos desvãos da solidão de espírito.

"Eu sabia, eu sabia que esse dia ia chegar. Quem quer que esteja fazendo isso, deve ter motivos fortes. Não podem ser julgados antes de serem ouvidos", bradava Anita. "Vocês conhecem bem a história. Quem com ferro fere, um dia vai se dar mal. A CIA está começando a pagar pelos pecados. Como diziam lá em Safed, que *Hashem* se apiede de meus irmãos. Tenho certeza de que eles estão a salvo. O tal soldado deve ter avisado a Boris sobre isso. Mas que um dia Nova York ia viver seu dia de Bagdá, eu não tinha dúvida. Que Bush se foda!"

Para Anita Neuman, a manhã de 11 de setembro de 2001 vinha de alguma forma em confirmação a tudo em que ela acreditara a vida toda.

"Se sobrar mundo depois disso, eles vão ter de baixar a crista. Quero ver americano de rabinho entre as pernas. Eu era capaz de apostar minha herança, que aliás me negaram, que isso aconteceria um dia. Dessa merda toda, só posso garantir que amanhã a humanidade desperta melhor. Podem escrever o que estou dizendo", pregava entre idas e vindas à varanda.

Hoje, repetia, ninguém negava que ela merecia ser ouvida. Com uma garrafa de cerveja e um cigarro minúsculo quase a lhe queimar os lábios rosados, de repente a compostura serena, condizente com o paradeiro ignorado dos irmãos, dissipou-se velozmente, e lá se foi a condescendência.

"Antes de vocês se preocuparem com os fascistinhas Boris e Hana, que devem estar refestelados em seus hotéis estrelados, vocês têm de pensar na simbologia de tudo isso. Há quanto tempo digo que do jeito que estavam as coisas não dava para continuar? Que a exclusão tem limite, caralho? Quem quer que esteja fazendo isso, estará fazendo mais pelo ser humano do que todos os deuses e todas as divindades já inventadas nos terreiros, nas sinagogas, no Vaticano, nas mesquitas e o escambau. Amanhã o mundo já será outro."

Brenda atalhou.

"Cale essa boca, menina, deixe de falar tanta asneira. Isso é lá momento... A gente mal sabe o que está acontecendo e você fica fazendo pregação política. Pense nos seus irmãos. Se não consegue ter um pouco de compaixão, respeite pelo menos essas pessoas que estavam pulando das alturas, desesperadas."

"Não gaste suas lágrimas, Brenda. Szymon não está nem aí com o basquete. Acho que deve estar pensando nos tempos da guerra na Hungria, ou em como escondeu o dinheiro com que poderia ter salvado a família. Contra quem é esse ataque? Contra o símbolo da podridão. Quantos advogados não deviam estar trabalhando ali, ensinando seus clientes a sonegar a herança aos filhos? Quanto dinheiro sujo não era lavado diariamente nessas torres? Sabem a música que deviam tocar agora na televisão? *Se gritar pega ladrão, não fica um meu irmão...*"

A um olhar de Marcela, suavizou.

"Não pensem que não estou chocada. Ninguém gosta de ver gente saltando da janela. Mas esse é o desagravo que se faz a Valmir, a Barata, a Biu, a Zefinha, a Ritinha, a Terezinha, enfim, a todos a quem vocês já trataram mal um dia. Que fique aqui o alerta de que há movimentos de conscientização. Que há, sim, gente pronta para ir à luta onde menos se espera. Se querem saber, nunca vivi um dia tão sereno na minha vida. Agora, sim, terão de nos consultar."

Szymon mal prestava atenção às palavras da filha. Pediu a Marcela que lhe trouxesse uma quipá que ficava guardada na gaveta do aparador, para as ocasiões festivas. A filha não dava trégua.

"Fica também uma lágrima pelos palestinos que são todo dia oprimidos pelos judeus que usurparam suas terras. Se eles tiverem mil, cinco mil, cem mil mortes hoje, que se lembrem de cada uma das vidas perdidas no Líbano, em Sabra e Chatila, todas pelas mãos de Ariel Sharon e seus sanguinários."

Brenda passava o tempo ao lado do telefone e tinha um olhar de preocupação para Szymon que, de olhos fechados, murmurava o *Shemá Israel*.

O telefone tocou. Era Nancy, que estava em São Paulo.

"O Carlinhos me confirmou que ele já tinha chegado a Nova York, sim. Só não me falou com quem, mas isso não me interessa. Mandei buscar as crianças na escola e estamos todos aqui, na casa de meus pais. Mordechai ligou de Israel. Rivka disse que o comentário lá é que foi terrorismo muçulmano. Em Holon, eles estão em alerta máximo. Quem tiver notícias primeiro, liga para o outro. Nessas horas, união é tudo. Já deve ter gente jogando a culpa em nós. Mas não se preocupem com as crianças."

Brenda não desgrudou do telefone até saber, horas mais tarde, que Boris e Hana iam bem. Então, chorou.

Capítulo 21

Nosso casamento começou a afundar no finalzinho de 1995. Como minha irmã mora perto de Tel Aviv, convenci Boris de que podíamos, em outubro, passar as Grandes Festas em família. Diana ainda era um bebê, mas os outros já tinham 3 e 5 anos. A certa altura, aceitamos a sugestão da Rivka de viajar no carro dela, e fomos só nós dois para o Norte, respirar o ar puro na Galileia. Até Tiberíades, ele não disse palavra e achei que estava ruminando seus velhos tempos de voluntário de kibutz, que não deixaram marcas lá muito positivas. Mas depois que passamos a costear o Kineret, ele ligou o rádio e senti que foi relaxando. Boris sempre teve uma ideia fixa com a guerra do Yom Kippur e, depois da primeira noite em Safed, me levou a uns vilarejos drusos nas montanhas. Num deles, paramos para conversar com um velho de bigode branco que o olhou desconfiado, o que me pareceu bastante lógico. Onde já se viu? A maioria daquela gente, com ou sem razão, nos vê como ocupantes. Mas Boris parecia ignorar esse detalhe, como costuma fazer com tudo o que não se encaixe nas suas crenças. Ele adorava falar sobre o futuro do Golã, como se tivesse alguma autoridade para isso, como se entendesse da questão militar da região mais do que a maioria das pessoas: "Sou pela paz, mas o Golã não pode ser negociado, Nancy. É tão estratégico quanto foi até dia desses o Passo de Fulda, na Guerra Fria. Por ali, os tanques russos chegariam ao Reno e a Europa estaria morta. Você certamente nunca ouviu falar do Passo de Fulda, não é? Sobre o que vocês conversavam no almoço, hein? Teu pai não tem jeito de que se interessava por alguma coisa que não fossem os negócios. Por isso vocês são assim, meio bitoladas, você e suas irmãs. Por isso ela terminou casando com um fanático, com quem não dá para falar de quase nada sem que ele puxe Hashem *pra cá,* Hashem *pra lá". Nessas horas, eu inventava outro assunto. A atmosfera em Israel era muito tensa e tudo o que eu e Rivka evitávamos era que Boris começasse a falar de política com Mordechai, que é também, por natureza, um cara muito opinativo, apesar de dissimulado. Ficamos mestras em pisar em ovos naqueles dias. Até as crianças entenderam e cooperaram, coitadinhas. A viagem foi boa, teve mais momentos bons do que negativos. Ele parou para molhar os pés no Jordão, me obrigou a fazer o mesmo e avançou até ter água pela cintura no embarcadouro de um* moshav *do Kineret, onde ele quis ver uma cultura de banana. Na volta para Holon, sabendo que Yitzhak Rabin iria falar ao lado de Shimon Peres num comício em Tel Aviv, Boris sugeriu que fôssemos até lá. Na verdade, estranhei porque sei que ele detesta multidão, mas fiz o possível para que Mordechai nem suspeitasse da intenção para evitar uma discussão em casa à hora da saída. Nada me deprime tanto quanto ver um judeu brigando com outro, independentemente de serem meu marido e meu cunhado. Pois, para isso, já nos basta a humanidade em geral que nos deseja o mal, não é? Importante era evitar provocação. A política em Israel sempre foi um ponto sensível, e naquela época nem se fala. Bem, a festa foi linda, Boris cantarolou o refrão e até chorou. Dizia que, quando ouvia cantar em hebraico, lembrava-se da perna que quebrou no kibutz, da entrada desleal de um tal Ariel, enfim, logo fazia uma daquelas associações mentais que são tão dele. Quando tudo terminou, ficamos um pouco desorientados sobre a direção certa a seguir. Como sei que a multidão pode deixá-lo aflito, sugeri que ficássemos quietinhos, que andássemos até o fim da praça Reis de Israel, onde tinha menos gente, até que as pessoas se dispersassem mais. Sempre tive medo de que ele voltasse a martelar aquela história de contaminação por vírus em aglomerações que o atormentou durante tanto tempo e que, pelo jeito, ultimamente tinha voltado. Foi, então, que, por um desses acasos, vimos Yitzhak Rabin a uns 3 metros de onde estávamos. Boris ficou maravilhado, acho que estava doido para ter alguém importante com quem conversar sobre o Golã, Gaza, sei lá eu. Por outro lado, ele sabia que não era prudente se aproximar muito, mesmo porque a segurança não permitiria. Mas naquela noite, que nunca mais vou esquecer, Rabin papeava com as pessoas enquanto esperava o carro, aparentemente. E aqui vem o pior, o que mais me deixa confusa. Boris viu quando um rapaz de quipá se aproximou do Primeiro-Ministro pelas costas. Por uma dessas sacadas que a gente nunca vai saber se deve atribuir ao brilho ou à paranoia, ele olhou fixamente a cena e murmurou: esse cara vai atacar Rabin. Só esse verbo me apavora. Nunca falei do assunto em família, mas sabendo do incidente dele com arma de fogo e da tomada de um refém no Nordeste, quando houve o tal alagamento, eu me coloquei entre ele e o moreninho suspeito, empurrando-o para trás: "Vamos sair daqui". Então ouvimos uma detonação. O resto da história, a gente conhece. Por segundos, é o que Boris diz isso até hoje, por segundos, repete, ele poderia ter se jogado em cima de Yigal Amir e evitado a catástrofe. Quem foi a culpada? Eu, é lógico. Naquela hora, mudei o curso da História. Para pior, é claro. Estou no mesmo patamar que Assad, Idi Amin, enfim, sou uma homicida indireta. Rabin não morreu na hora, mas quando chegamos a Holon encontramos o Mordechai todo sorridente, falando palavras misteriosas. "Cadê a pombinha da paz?", disse. Por pouco, Boris não bateu nele e até eu tive ódio, mas só conseguia chorar. Estávamos em choque e a coitada da Rivka tinha de ficar solidária ao marido. Saímos da casa deles no dia seguinte com as crianças e fomos para Gezer, onde Boris tinha amigos. Ele quis ir ao enterro e fiquei vendo pela televisão. Até a separação, ele me jogou na cara que eu vinha de uma família de fascistas. "Não deixe de ir ao médico, Boris", foi a última coisa que eu disse quando ele saiu de casa.*

Bem, é isso, falei aqui como ex-esposa. Quanto ao lado de Boris como pai, prefiro que falem meus filhos. A idade não muda ninguém para melhor. Só espero que ele se cuide e que se libere dessa ideia de que vai morrer a qualquer momento.

I

Nenhuma sensação preenchia tanto Nancy quanto a de deixar os filhos no colégio. Se Boris estava em São Paulo ou não, isso pouco importava, mesmo porque tanto casados como separados, a rotina obedecia a regimes atípicos. Noctívago assumido, por conta de suas tratativas com a China, às 3 da manhã ele podia perfeitamente decidir tomar um banho e ir até a sala onde lia um pouco até desfalecer na poltrona. Muitas vezes, só ia para a cama quando ouvia os barulhos do despertar das crianças e a casa se colocava em movimento. Então, ainda passava na copa, servia-se de uma torrada com requeijão, tomava um caneco de chá e brincava com elas antes da segunda soneca.

"O que você aprendeu de importante ontem? Não sabe? Veja lá, se você não chegar com uma boa resposta amanhã, não vamos ter PlayCenter no fim de semana." Nancy detestava ver os filhos sob pressão.

"Diga para o papai o que você aprendeu, Estela. O que foi que você me falou ontem no carro? Que quando crescer quer estudar mitologia, não foi?"

Carlinhos era sempre o último a ficar pronto. Ora porque se esquecia de colocar um caderno na enorme mochila, ora porque cismava de ir ao banheiro já à hora da saída.

"Parece a minha tia Miriam. Meu tio Samuel só faltava enlouquecer com a mania dela de tomar um copo d'água e dar uma mijada quando o elevador já tinha chegado. Morreu cedo de tanta contrariedade. Depois concluíram que ela era diabética e que o corpo estava se caramelizando. Será que é o caso desse menino?"

Nancy ficava indignada.

"*Este menino* é o seu filho. *Urinar* é uma forma mais polida de dizer o que você disse. Aqui não estamos entre companheiros de quartel. Estamos em família. E depois, não tem nada de mais normal do que ir ao lavabo na saída, meu Deus. Eu mesma cumpro esse ritual."

Boris não perdia a deixa.

"Se ele quer te imitar, então a coisa é pior do que eu pensava."

Para Nancy, o trajeto em si era uma alegria e rendia-lhe os dividendos que projetara para a maternidade.

"Mãe, pede ao meu pai para me levar ao jogo do Palmeiras", dizia Carlinhos ao passarem na frente do estádio do Pacaembu, a caminho da escola. Já na avenida Sumaré, era a vez de Estela: "Mãe, por que é que a gente não passa naquela rua onde tem um pé de pau-brasil? Fiquei de levar uma foto para a *morá* Lia".

Carlinhos atalhava: "Deixa de falar besteira, já estamos atrasados. Mãe, não quero ir hoje à tarde ao *moré* Nelson. Meu pai falou que, pelo gosto dele, eu nem fazia Bar-Mitzvá".

Nancy se desesperava: "Deixe de dizer bobagem, você adora as aulas do moré Nelson. O papai só diz isso para te testar, para ver se você está determinado a ser um bom judeu."

Diana cochilava no banco traseiro e escorava o cotovelo na mochila de Estela:

"Mãe, a Di está amassando meu material. Pede para ela sentar direito". Carlinhos também se queixava: "Mãe, abre os vidros, por favor. A Di soltou um pum de quem comeu um urubu."

Uma forma de pacificar os ânimos que Nancy encontrara era cantar a música de "Os cavaleiros do Zodíaco".

Faça elevar
O cosmo no seu coração
Todo mal combater
Despertar o poder
Sua constelação
Sempre irá te proteger
Supera a dor e dá forças pra lutar
Pégasus Fantasy

Já perto do colégio, Diana dava a última investida: "Mãe, acho que não estou passando bem. Talvez tenha sido uma coisa estragada que comi na casa da vovó. Fela. Acho melhor voltar com você porque estou com vontade de vomitar."

Carlinhos atalhava: "Todo dia você tem uma história. Todo mundo aqui comeu na casa da vovó e ninguém está se queixando de nada. Como é que pode acontecer só com você?"

Nancy intervinha: "Pois eu acho que você está bem, filhota. Vou falar com a *mora* Kátia quando chegar e pedir para ela ficar de olho. Se houver alguma coisa, venho te buscar."

Sem querer tomar partido, Estela reagia: "Mas será possível que os faróis estejam todos vermelhos hoje? Como pode isso? Vamos, mãe, não precisa dar passagem a todo mundo."

II

Boris trabalhava na região da avenida Brigadeiro Faria Lima. Normalmente, já passava bem das 11 horas quando descia a Rebouças e chegava ao prédio de esquina onde batia o coração corporativo da BEM, a Balaton Empreendimentos Mercantis. Quando as pessoas perguntavam a que se dedicava, ele escarnecia: "Compro e vendo, como todo mundo. O segredo do negócio está em vender mais caro do que comprei. Isso vale para tudo. Inclusive na Bolsa, que se resume a comprar na baixa e vender na alta. Faça o contrário, e não vai se segurar por muito tempo."

Socialmente, essas evasivas insolentes eram interpretadas como sinal de que ele não se aplicava em cativar as pessoas, em atrair clientes ou, especialmente, em descortinar os bem guardados segredos de sua atividade.

"É normal que as pessoas tenham certa curiosidade, Boris. Não sei por que você não encontra uma forma mais simples de responder a perguntas tão naturais. Não me diga que no Nordeste é diferente e que isso é coisa de paulista. Depois, nunca esqueça que seus filhos são paulistas e você próprio nasceu aqui."

Boris implicava com o que ele chamava de lado institucional da cidade.

"Fico de birra com essa gente que mal te conhece e vem logo perguntando o que você faz. Pior ainda quando me perguntam com o que eu *mexo*. Que verbo infame. No Nordeste, se *mexem* as cadeiras, como no samba. Isso me irrita." Nancy não se dava por vencida: "Mas uma forma de as pessoas saberem quem as outras são passa por saber o que elas fazem. Isso me parece tão lógico."

Havia manhãs em que ele estava impossível.

"Aliás, diga à sua mãe que aprenda um pouco de português com a minha, já que elas se falam tanto por telefone. Ontem mesmo, no jantar, ela disse que o câncer de seu primo era uma coisa muito *chata*. Nunca vou entender esse conceito. *Chato* é o sujeito pegar uma gonorreia, é arranhar o carro na coluna da garagem, é perder um avião. Isso é *chato*. Mas um câncer de pâncreas é tudo menos *chato*. É catastrófico, é uma tragédia. As coisas têm de ser chamadas pelo nome."

A verdade é que Boris diversificara tanto o escopo da Balaton, que já ficava difícil definir a que se dedicava. O conceito de empresa de participações e consultoria parecia demasiado vago à maioria dos profissionais liberais. Mas sendo ele notoriamente bem-sucedido, alguns costumavam fazer pequenas provocações: "Quando você souber de um negócio interessante, Neuman, avise. Nem sempre os patrícios são confiáveis, mas você é dos bons. Todo mundo tem um dinheirinho parado para as oportunidades do momento."

Boris sorria e desconversava. Sabia que uma coisa é anunciar uma intenção e outra bem diferente é colocá-la em prática. Nessas horas, dizia a quem estivesse por perto que o Talmude ensinava que não havia percurso maior no mundo do que o compreendido entre o coração e o bolso. Depois, era inteligente o bastante para saber que as pessoas o olhavam com alguma reserva. Os mais iniciados nos meandros do noticiário econômico sabiam que ele detinha participações em indústrias de material médico-hospitalar na China, que tinha uma fábrica de álcool-gel no Nordeste, sobre a qual mal falava para os muito íntimos.

Hana era de longe quem mais sabia de seus planos.

"Meu negócio é encontrar uma alternativa ao carbopol, Hany. Preciso achar um espessante mais barato para gelificar o álcool. O caminho é um não acrílico, entende? Imagino que possa ser uma celulose microfibrilada de madeira. Pensei também em línter de algodão, que tem bom material celulósico. Estou testando. O segredo aqui é tudo. Se a nanocelulose der certo, lavo a égua. O Brasil tem muita conífera, é sustentável. No dia em que o mundo parar, Hany, e vai parar, todo mundo vai correr atrás disso. Quero ter um produto que seja barato e que garanta a hidratação das mãos, que não resseque. Milhões morrerão, mas de mãos limpas. Aliás, estou precisando conversar com sua amiga Clara. Vou dar uma passada para vê-la qualquer hora. Depois ela vai te explicar o por quê, Hany."

A irmã ficava atônita diante de tanta clarividência e, ao mesmo tempo, intrigada com o quadro sinistro que ele pintava como se só tivesse certezas. Mais preocupada ficou quando Clara Ganz, a amiga-irmã, lhe disse certa tarde no restaurante do Largo do Arouche: "Seu irmão vê coisas que fazem todo o sentido. Oxalá esteja errado. E faz muito bem em esconder o pulo do gato. Uma coisa é a visão científica. Outra coisa são os negócios em que é importante ficar amoitado. Mas como você sabe, nem na ciência se divide conhecimento de graça. É jogo renhido, minha cara."

Hana acompanhava com fascínio o trajeto do irmão.

"A base dele é o Nordeste e a China. Dizem que tem domicílio fiscal em Luxemburgo, mas nada há de ilícito nisso. O único problema é que é meio maluco", foi o que ela ouviu de professores da USP antes de uma rara palestra que Boris aceitara dar a estudantes de virologia, a convite da própria Clara. Ela preferiu não comentar com o irmão.

À hora do almoço, Boris fazia como se estivesse no escritório de Mark Freedson, em Manhattan.

"Gosto de comer um sanduíche com meu pessoal e tomar um chá gelado. Do meio-dia às 4, a Bolsa de Nova York está a todo vapor e não me vejo batendo perna na rua ou aguardando mesa em restaurante de shopping."

Sem confessá-lo abertamente, o certo é que lhe agradava pegar Carlinhos e Estela na escola para levá-los à natação, nas imediações do escritório. Muitas vezes, sentava-se na arquibancada e folheava o jornal enquanto os filhos davam braçadas naquela casa da rua Grécia, que, durante anos, ele associou aos melhores momentos da vida de casado. Quando não havia grande urgência em voltar para o escritório, ele ainda podia levá-las até o Parque da Mônica, isso se Estela não estivesse impaciente para ver *O mundo da lua*, que Nancy tinha o cuidado de gravar no videocassete para quando ela chegasse.

No caminho, quando os astros estavam bem alinhados, eles davam boas risadas e Carlinhos imitava o professor Tibúrcio, personagem do programa televisivo preferido. "Olá, classe", Boris brincava. "Parece que esse cara estudou com tua mãe." As crianças rebatiam: "A gente sabia que você ia dizer isso, pai". Uma vez foi Carlinhos quem disse: "Você às vezes parece que é maluco."

Estela olhou muito feio para o irmão.

III

Mesmo nos melhores anos do casamento, Nancy nunca conseguiu relaxar e viver a felicidade dos momentos sem aquele traço de angústia que tanto exasperava o marido. E, o que era pior, os conselhos da mãe surtiam efeito por muito pouco tempo. Fela chegara a fazer mestrado em psicologia e lamentava não ter retomado a vida de consultório depois que as filhas nasceram. Elias Bin, indiretamente, não lhe dera muita opção.

"Você é meio amargurada, filha. Você não é a primeira da família a ser assim. Perfeição não existe em nada na vida, muito menos no casamento. Importante é a gente saber encadear momentos bons para que, mesmo que tudo venha a acabar um dia, os filhos tenham boas recordações. Se não for assim, o naufrágio é inevitável. Criar família é construir uma narrativa de felicidade. Ou pelo menos de alegria. Os fatos objetivos são os que menos contam. Só se forem muito ruins como guerras e essas coisas."

Nancy sabia que a mãe tinha razão, mas isso em nada ajudava. A mãe não dava trégua.

"Nós, hoje, somos um povo que tem tudo para ser feliz. Temos famílias bem estruturadas, filhos em boas escolas e Israel, que o mundo admira."

"Não é bem assim, mãe. Muita gente critica."

"E daí? De nossos problemas, sabemos nós. Nós, judeus, trazemos uma marquinha no coração, que muitas vezes é difícil saber onde começou. Na Polônia, na Babilônia, na escravidão do Egito, quando construímos as pirâmides. Tudo isso passou, mas deixou cicatrizes. Ainda bem que nasci prática e direta. Tive de cuidar de você, de suas irmãs e de seu pai, que deu mais trabalho do que as três juntas. Mas tem vezes que o intelecto não ajuda, sabe? Feliz é a Vivi, com a cabecinha de ervilha dela. Já a Rivka é esperta, mas não tem metade de seu preparo. Não chore. *Oy vey...*"

Certa vez, Nancy disse a Hana, em raro desabafo com a cunhada: "Acho que o meu temor maior era que a mamãe contasse a meu pai que eu não estava feliz. Isso daria a ele grande desgosto. Você sabe que, apesar de Boris ter sido bem aceito, as expectativas eram outras desde o começo."

De vez em quando, Nancy incorria em condutas que para ela não se explicavam. Como da vez que entrou num imenso videopôquer nos Jardins e ficou diante de uma máquina caça-níqueis até tarde da noite. Só ousou contar o ocorrido à cunhada.

"Eu tinha a tarde livre e resolvi bater perna como nos velhos tempos em que subíamos e descíamos a rua Augusta com a mamãe. Então, passei por aquela casa enorme, perto da galeria. O mais estranho é que era como se eu já soubesse de antemão o que funcionava lá, entende? Comprei um monte de fichinhas e, de repente, me senti bem naquele ambiente impessoal. E disse para mim mesma que era ali onde eu deveria ir toda vez que sentisse aquele buraco, aquele vácuo de certeza que em parte se devia a Boris, em parte às crianças e em parte a mim mesma, não é? ? Perdi todas as fichas e fui comprar mais, sem um pingo de remorso. Foi quando a mocinha do caixa disse: amanhã funcionamos normalmente, vá descansar. Sorri meio sem graça e só então me dei conta de que não tinha urinado uma única vez. Quando o manobrista trouxe o carro, já era tarde para ir ao banheiro. Só esperei me sentar no banco para me aliviar ali e empapar tudo. Foi horrível, fiquei com vergonha de mim mesma. Mas depois disso, voltei lá muitas vezes. Eu dizia a Boris que estava aprendendo *ikebana* e ele apenas sorria. Mal sabia que depois viria o pior. Nunca vou te agradecer o bastante, Hana."

Hana balançava a cabeça: "Já esqueci. Todo mundo já esqueceu. Só Clara ficou sabendo porque não tive como evitar. Mas ela é um túmulo."

IV

"Sei que ela adora dizer isso e talvez tenha mesmo um pouco de razão, Brenda."

Foi com a sogra, nas semanas que sucederam a implosão do casamento, que Nancy testou aquela que lhe pareceu ser a melhor versão para que as aparências ficassem a salvo.

"Boris se envolveu muito com as tais privatizações. Durante certa época, ele só falava de minério de ferro. Ele achava que podiam ser estratégicos para os negócios dele na China. E olhe que ele nunca foi de trazer esses assuntos para casa. Por um lado, eu estava contente. Primeiro, porque ele passou a viajar bem menos. Mesmo quando ia à China, voltava rápido. Disse que tinha medo de ficar doente. Depois, porque eu sabia que ele vinha apostando pesado nesses negócios e brincava que dali poderia construir a aposentadoria de duas gerações dos Neuman. Quando estava muito ocupado, ele implicava menos com as crianças e parecia suportar melhor a vida doméstica. Quando ele deu por cumprida a missão e começou a falar de *bug* do milênio, parece que a única coisa que queria era se ver livre de nós."

Brenda balançava a cabeça, mas tentava soar firme ao telefone.

"Não coloque as crianças nisso, minha filha. Assuma o que é problema do casal e preserve seus filhos. Se vocês têm diferenças, paciência. São adultos e ainda podem resolver tudo a contento. O mundo dá voltas. Mas não diga que ele fez isso ou aquilo contra as crianças porque não é verdade, e elas podem crescer precavidas contra o pai. Se isso acontecer, todos perderão. Desculpe dizer, mas esse é o grande erro de sua geração."

Nas idas esporádicas que fazia ao Recife nesse período, Boris demonstrava entusiasmo e parecia até que as brumas que embaçavam a cognição de Szymon se dissipavam diante do entusiasmo do filho.

"Essa agenda de privatização é o que de melhor pode ocorrer ao Brasil, papai. Não tire por Pernambuco o que está acontecendo no País."

O pai concordava, mas tinha um pé atrás.

"Algumas coisas precisam sair da mão do Estado, concordo. Mas o Brasil precisa achar um jeito também de não entregar a riqueza nas mãos dos empresários. Porque, aí, quem vai querer eletrificar o Piauí? Na Hungria, eles acharam o socialismo goulash, não é? Aqui tem de fazer igual. Ainda pode vir muita crise pela frente. Quem vai amparar quem não tem amparo?"

Boris balançava a cabeça e, como era de seu feitio, levantava da cadeira e assumia um tom discursivo.

"Aí falou um velho comunista europeu." Szymon levantava a vista.

"Isso nunca. Agora, se você disser humanista, eu aceito."

O filho se exaltava: "Não tire as coisas por Pernambuco, papai. Aqui só se fala de Suape, o resto está muito estagnado. Ipojuca virou uma cidade-estado, do tipo de Cingapura. Um porto ainda é um ativo pobre para um Estado de certa tradição. O resto da economia parece que enxuga gelo. Só se salva quem é funcionário público. Isso é um absurdo."

Szymon era sensível a que se falasse de Pernambuco: "Não esqueça que essa é sua terra de verdade, filho. Foi essa cidade que nos deu o que temos. Quando saí de São Paulo com você pequenininho, todo mundo disse que era loucura. Como é que eu podia deixar a maior cidade do continente para viver aqui? Se o Brasil tem problemas, eles não começaram aqui."

Boris tinha dificuldade quando contestado. Mas à custa de treinamento, como Ítalo dizia, tentava se segurar:

"Quem está falando mal de Pernambuco? Onde é que tenho a fábrica de álcool-gel? Aqui. Poderia ter aberto em São Paulo? Sem nenhuma dificuldade. Mas foi aqui que decidi apostar. Ocorre que as coisas em São Paulo e no mundo estão mudando e, aqui, estão marcando passo."

Brenda, por outras razões, fazia fileira com o marido, em rara oposição ao filho: "Acho tudo isso meio estabanado, Boris. Não pode acontecer aqui o que aconteceu na Rússia. Seu xará Yeltsin entregou tudo a preço de vento, não foi? O que será dos mais desfavorecidos: vão ficar pagando pedágio a bilionário para se locomover? Daqui a pouco até cemitério será privado."

Boris faiscava.

"E deveria. Às vezes acho que sei a quem Anita puxou. A gente não pode tolerar esses mamutes estatais servindo de cabide de emprego para afilhado de político, mamãe. Melhor que deem lucro e paguem impostos. Aí ganham todos. Sei do que falo. Estou vendo o que está rolando na China. Ou você achava certo esperar 2 anos por uma linha telefônica?"

Szymon balançava a cabeça: "Isso aqui não é Europa, filho. Mesmo lá, na Hungria, muita gente vai ficar na miséria e uns poucos vão ficar milionários. Tem de ter critério."

Boris brincava: "Pelo jeito, você anda conversando muito com Anita. Não me diga que você dá razão a esses pelegos. Mas fiquem tranquilos que a hora vai chegar em que o Estado vai voltar com força. Não sei se estarei vivo daqui até lá, mas tenho certeza absoluta de que uma hora a ordem liberal vai dar um passo atrás. De todo modo, para isso acontecer, vamos precisar de alguma coisa terrível.

Um choque com um asteroide que tire a Terra do eixo ou um micróbio assassino. Não descartem isso, tomem cuidado."

Mais tarde, a sós com Brenda, com a mão sobre a dela, Szymon divagou: "Boris arrancou com algum atraso, mas vai bem. Para o pai imigrante, que chegou com pouco, isso vale muito."

Ela aquiesceu: "Só lamento pelas crianças, coitadinhas. Boris também sente falta delas, mas não é de dar o braço a torcer. Esse é o problema."

V

O Recife podia estar estagnado. Mas era lá que Boris se encontrava mais a gosto. Num longo bate-papo com o primo Jairo, que a cada dia mais se parecia com o finado tio Samuel, ele abria o coração: "Sei que pode parecer uma baita sacanagem impor uma separação a três crianças. Mas eu me casei com a mulher errada. Um erro é um erro. A gente tenta fazer de conta que não, mas as crianças percebem."

Jairo tomava um copo de cerveja. De tão próximos, não precisava se apressar para responder: "Quem sabe, mais adiante, vocês não voltam, primo? No momento, você está com a cabeça muito nos negócios. O que quer que ela tenha de defeito, importante é que é uma boa mãe. Isso, eu nunca vi você negar."

Boris gostava de papear no Recife. Havia mais proximidade de alma entre as pessoas.

"Carlinhos está com 8 anos e fareja que tem alguma coisa que não vai bem. Nancy o protege demais e uma parte da birra que está levando à separação é porque não suporto ver como ela o paparica. Ela quer ser a *yiddish mame* da música. Isso não cola mais. No fundo, é só uma histérica e sei que a cabeça dela não anda nada bem. Do que você está rindo?"

O entardecer era de longe o melhor momento do dia. Boris lembrava quando, àquela hora, a cidade era tomada pelo cheiro de biscoito da Pilar, que chegava à loja do pai.

"Todo mundo dizia que era exagero meu, mas eu sentia. Já Estela é até bastante meiguinha comigo, e talvez ela seja minha maior dor nisso tudo. Mas ela é tão ajuizada e certinha que talvez não vá achar isso o fim do mundo. Diana é um bebê, nem se toca com a situação. Aluguei um baita apartamento perto deles, ali no Pacaembu. Tem quarto para todo mundo e eu já disse que vamos viajar nas férias. Carlinhos só fala em voltar ao Chile. Quando perguntam se a mãe pode vir, digo a verdade: que venha, se quiser, enquanto o espaço da cama não está ocupado."

Jairo percebia certa voracidade de Boris à mesa.

"Estou, sim, comendo um pouco além da conta. Mas é especialmente quando venho aqui, ao Recife. Começou depois que suspendi o betabloqueador porque vinha provocando asma. Mas essas coisas daqui têm sabor de infância. Qualquer hora dessas, vou me internar em Sorocaba para perder um pesinho antes que saia do controle. Sobre o casamento, bicho, acho que ainda aguentava bem uns tempos porque sempre fui muito ocupado. Mas quando ela começou a dizer que estava insatisfeita, então percebi que aquilo não fazia mais sentido. Se ela não estava bem, a troco do que eu ia aguentar a situação e deixar a vida passar pela janela?"

Quando Boris foi dizer aos pais dela que tinham chegado ao consenso de que o casamento estava esgotado, Nancy não quis estar presente:

"Eu me sentiria rebaixada, Hana, eu não podia nem pensar em ver a expressão de meu pai numa hora dessas". Já Fela diria a Brenda, quando veio a São Paulo, que não pensava só nas crianças: "Sabe, querida, a gente sempre achou que Boris era, assim, um pouco original, não é? E minha Nancy também é humana, tem suas inseguranças. Mas eu jamais quis tanto bem a meu genro como naquela noite em que ele chegou aqui e foi tão carinhoso conosco. Primeiro, disse que nada faltaria nem a ela nem aos filhos. Depois disse que saía de casa para que as crianças não sofressem. Quem sabe do futuro, não é?"

Brenda, agora, começava a ter mais simpatia por ela.

"Cá entre a gente, meu outro genro, Mordechai, foi dizer a meu marido que se acautelasse quanto aos bens e que tomasse cuidado com a partilha. Elias ficou furioso e disse que não admitia que se questionasse a honestidade de Boris. Que ninguém precisa viver numa yeshivá para ser honesto, muito pelo contrário. Mas à noite, ele não conseguiu dormir, Brenda. Dizia que era como perder um filho. Muitas vezes, eu disse a Nancy que marido não é amigo, que marido só é marido enquanto a gente estiver fazendo com ele o que não faz com nenhum outro homem. Pena que a escola não ensine certas coisas."

Fora a Hana que Nancy mais se afeiçoou naqueles anos que ela própria definiria, um dia, como turvos.

"Não posso me queixar de ausência do pai, por mais que essas crianças nunca tenham sido um projeto concreto de Boris. Mas, de fato, ele está sempre por perto e, mesmo quando some, telefona quase todo dia e não esquece um presentinho."

Hana não piscava, olhava-a no fundo dos olhos, tentando entender aquele universo diante do qual o fundo dos mares era tão simples e legível.

"O que ainda precisa ser acertado é um regime de chaves, se é que você me entende. Gosto que ele tenha a chave de casa e apareça aqui para conversar e até para cochilar na sala. Até hoje tem funcionado. Mas essa proximidade de endereços dá muitas vezes a sensação de que ele ainda mora conosco. Venho dizendo, já há algum tempo, que é hora de parar com essa liberalidade porque eu também tenho o direito de ter alguém. Mais cedo ou mais tarde, isso vai acontecer. Quando digo isso a ele, ele só responde: "Quero ser o primeiro a conhecer para aprovar ou não". Eu não achava, Hana, que existia judeu com alma de coronel. Boris não é um judeu nordestino. É um nordestino que por acaso é judeu."

Desta feita, Hana riu com gosto.

Capítulo 22

Ítalo, rapaz, sei do que estou falando. Diana fede desde pequena, acredite em mim. Imagine uma menina suja, uma adolescente meio desregulada, de mau hálito permanente. Me disse a mãe dela que até para menstruar foi um inferno. Sei que você vai dizer que me ligo nos cheiros porque isso é delírio esquizofrênico, mas você não é de abraçar o lado fácil das associações, e acho que é por isso que ainda venho aqui. Tenho certeza de que você talvez até duvide, aí dentro, de que eu seja tão doido quanto sempre quiseram me fazer acreditar. Mas voltando ao ponto, essa menina exala tanto mau cheiro que eu soube que, das vezes que ela foi dormir na casa de Hana, a pré-condição foi a de que ficasse meia hora de molho embaixo do chuveiro, tirando aquele grude entranhado que escorre com a água encardida. Imagino o desespero de minha irmã, tão zelosa com o apartamento, onde até já morei, pois bem, imagino o quanto ela deva ter fechado os olhos e o nariz para aqueles viragos que andam com Diana, aquelas figuras horríveis que não desgrudam de um cigarro de maconha nem na hora de comer. Nessas horas, só posso achar que é castigo pelos tantos baseados que eu mesmo fumei. Vou contar uma coisa porque entre nós não preciso ter peias na língua. Pouco antes de mamãe morrer, quando improvisamos uma festinha de aniversário, sabendo de antemão que era provavelmente a última, você não imagina o pessoal que chegou com

Diana. Era mulher de cabeça raspada, negro com um ninho de arapuá pixaim que tapava o brilho do sol, um casal de obesos mórbidos de maus bofes, um veado irreverente metido a cômico com o cabelo todo pintado de verde, e umas tantas figuras sinistras que qualquer cego notaria que são o rebotalho da casa delas, a fonte de desgosto dos pais, a dor de cabeça dos professores. É essa chusma que tempo desses aprovou um regulamento interno na própria universidade onde você ensina, proibindo que professor dê aula de pé. Alegam, tanto eles como elas, que a genitália fica muito aflorada. Os sapatões acham isso acintoso. As bichas certamente gostariam de chupar e não podem. Tinha de tudo naquele grupo que Diana trouxe para casa. Acho que só faltava quem andasse de marcha a ré ou que caminhasse sobre as mãos, com as palmas no chão. Digo isso a você porque, mais do que ninguém, você sabe que não está em mim discriminar quem quer que seja por conta das formas de gozar. Fui e sou um escravo do prazer, ora essa. Um dia, eu te conto de meus tempos de kibutz. Só não gosto que se propague isso como cartilha de vida. E aqui vem o pior, Ítalo. Essa canalha de parasitas fica dizendo que é contra as reformas do Estado. Fala como se soubesse fazer uma conta e como se estivesse preocupada com alguma coisa, fora o próprio rabo. Todos, invariavelmente, largaram os estudos no meio. Você sabe por que eles se dizem contra as reformas? Porque seriam incapazes de se sustentar. Portanto, quanto mais os andaimes e as muletas do Estado vão caindo, mais eles temem pelo dia que o mesmo vai acontecer em casa e que eles vão, aí sim, ter de trabalhar. E eles abominam isso. Essa geração de 1990 para cá não tem causas, só interesses. São algoritmos vivos. Não há mais o que temer na Inteligência Artificial. Eles já são o pior fruto dela. Hana sempre me falou que, no tempo dela, tinha o chamado estudante profissional, aquele que nunca terminava os estudos e levava 12 anos para tirar um diploma de Sociologia porque preferia o ativismo oco do entra e sai das salas de aula para pedir um minuto ao professor e pregar o tabelamento dos preços do guaraná na cantina. Pois hoje você tem os desajustados profissionais, os que se valem da não sexualidade para justificar o horror ao banho, a ojeriza a acordar cedo, o vício em internet e o gosto pelo get together *de infelizes. A bancada do "ai que horror". Tudo é "ai que horror". Por que não decidem dividir as vidas miseráveis num apartamento só para eles, desses em que o aspirador de pó não entra? É simples. É porque querem massacrar os pais, ter material fresquinho para falar mal deles, curtir as comodidades de uma casa confortável sem botar a mão no bolso, fazer ameaças de suicídio e se divertir nas nossas costas com as reações que pessoas apalermadas como Nancy têm. Aposto que se divertem contando uns aos outros quem fez mais medo aos pais, mostrando aqueles cortes nos braços que gostam de se infligir. Um amigo me falou que periciou um caso em que os cortes de gilete eram tão superficiais e de padrão tão simétrico, que seria impossível a própria pessoa fazer. E tome dinheiro, e tome terapia, e tome chantagem. Para todos os efeitos, o que são? Veados, lésbicas e trans alguma coisa, como se tivessem a mínima noção do que seja trepar. Ou você acha que eles trepam, Ítalo? Não, não trepam, pois isso dá muito trabalho e suar não é com eles. O que os une, não tenha dúvida, não é a sexualidade torta porque ela não incomodaria ninguém. O que os une é a absoluta inutilidade, a inépcia total para acordar cedo. Como não foram enquadrados em tempo devido, a preguiça fica invencível depois de certo tempo. Se eu soubesse, teria adiado a separação, juro. Então, eles se juntam para manifestar, para ficar trocando chupões em cima de trios elétricos e fazendo disso bandeira. Quando essa merda de país guinar para o lado de um mentecapto que diz que minoria tem de se comportar como minoria, e que é inconcebível que duas bichas fiquem trepando num banheiro químico da rua diante de crianças, então a inútil da minha filha me virá falar de fascismo, mesmo achando que se escreve a palavra com cedilha. Faça-me o favor. Foi por liberalidade fora de contexto que o Xá morreu feito um cão sarnento e os aiatolás tomaram conta do Irã até hoje. Acaso você ficava bolinando suas namoradas no Trianon? Não. Faltava vontade? Não. O que sobrava era um pouco de limite, de pudor, de decência. Ora, esse lixo de gente fica com a sexualidade encruada por qualquer razão durante uma década, duas, três, sei lá. Então acha que, depois, todo mundo tem de tolerar dois elefantes trocarem um beijo de língua indecente dentro da livraria. Já rodei um bocado de mundo, Ítalo, e toda cidade tem hoje suas paradas gays. Mas não me lembro de ter visto casais de mãozinhas dadas enquanto caminhavam na rua. Isso não é ser gay. Isso é querer camuflar a inutilidade absoluta desses millenials que até para dar o cu têm preguiça. Pode rir, Ítalo, pode rir. A imbecil da Nancy fica achando que vai haver um clique a qualquer momento e Diana vai chegar em casa com um homem normal. Eu já disse a ela: fique contente se Diana não quiser que você passe a chamá-la de Abelardo ou Otto. De minha parte, posso ficar sem vê-la pelo resto da vida. Remorso zero,* null, efes. *Uma vez abri a porta do quarto de Diana. Você não imagina a pestilência. Nancy quer que eu tenha tolerância com isso. Vem me falar de alteridade. Alteridade, um cacete! Tenho pena é do cachorro que vive zonzo de fumo e vê o que nem eu, com essa idade toda, vi até hoje. A própria Nancy, que vive querendo acobertar o sol, diz que ela raramente aparece na sala de jantar. A única coisa que os enxota do quarto é quando chega o entregador de comida ou quando cai a conexão internet por algum motivo, e aí eles vão verificar o roteador em desespero. Para eles só existe o virtual, Ítalo. Eles só acreditam na placa "Churrascaria" diante dos olhos se o celular confirmar que, efetivamente, ali existe uma churrascaria. O digital dá a chancela de tudo, e não o mundo concreto. Em favor dessa tribo nefanda, escreva uma coisa para dizer a seus alunos. No dia que uma peste trancar todo mundo em casa, e é só uma questão de tempo até que isso aconteça, essa turminha vai estar apta para esse momento. Sem querer, e sem saber, nossa geração já vem criando o cidadão do amanhã. Que, aliás, ninguém sabe consistentemente o que vai ser. Mas para essa geração que vive trancada num quarto, a vida futura parece normal, quase auspiciosa, meu caro. O que não é aplicável a nós, a geração anterior. Afinal, o que é uma vida sem toque, sem experimentação, sem ousadia, sem sexo, sem cinema, sem tea-*

tro, sem estádio, sem gargalhadas? Sei o que é isso. Mas fui atrás de um pouco mais. Para o cidadão normal de hoje, que sentido fará acordar cedo, ganhar dinheiro, fazer planos, moderar-se à mesa, cuidar da saúde, planejar? Muito pouco. Já para Diana e os amigos dela, que só conhecem o mundo virtual, essa turma que ignora a luz do sol, não sabe sorrir, não toma banho e não transa, a merda é uma bênção. Esses são os homens e mulheres do amanhã. Além do mais, podem até se tornar consultores... online, of course. Sem saber, já estávamos criando essa supercasta em casa quando nossas mulheres pariram assexuados. Como é que você chama? Pois então que seja desejo hipoativo. Eles não se juntam para fazer uma suruba, como a gente imagina. Eles se juntam para fazer bolo de chocolate. Quando a merda acontecer, ninguém diga que não tivemos evidências à volta. Mas são outras as coisas que me preocupam, sinceramente. Vou te contar uma. Quando desperto, passo pelo menos uns 5 minutos na cama me espreguiçando. Esses alongamentos são o que de melhor o médico recomendou, mais importante do que a parafernália farmacopeica. Deles dependerá entrar em forma logo pela manhã, sem sofrer com as dores nas juntas ou nos músculos. Depois, vou até a janela e vejo a árvore que fica lá embaixo. Em torno daquele tronquinho magro, todo dia tem um tapete de folhas secas. Acompanhar esse espetáculo bisonho para mim é divino, fascinante. Quanto outonos vivi? Dezenas. Uns continuados, outros quebrados. Mas nunca o olhar se assemelhou ao que tenho hoje. O que isso significa, Ítalo? Que estou pelas últimas? Que um vírus está chegando para me levar para o túmulo? Do que é que você ri, se posso perguntar.

I

Certo dia, Nancy confidenciou a Hana que nunca teve certeza de que a paternidade era uma meta sonhada pelo marido.

"Só eu sei de meus pequenos truques para que a família crescesse. Você ia ter muito do que rir se eu contasse. Quem sabe um dia? Mas lembro de uma vez, num *Shabat* na casa dos Nigri, quando Boris disse para quem quisesse ouvir que ter filhos não constava nem sequer das dez prioridades de vida dele. Que trocava de bom grado um varão por uma viagem pelo Nilo." Nancy se entregava ao relato imitando como podia o sotaque híbrido de Boris.

"Tinha razão quem disse que perdeu a primeira metade da vida por causa dos pais e a outra metade por causa dos filhos. Qual o sentido da continuação? Pode ser muito poético ouvir o *Ledor Vador*, mas antes de pensarem em povoar o mundo, é melhor avaliar o que vem pela frente. O mundo pós-2000 vai ser tremendo. E olhe que isso nada tem a ver com o *bug* do milênio, que é só aperitivo. Falo de grandes atentados, de ataques cibernéticos, de vidas totalmente desconectadas da realidade como a gente conheceu na infância. Até que um dia, doenças terríveis vão nos lembrar por anos a fio de nossa finitude. Quem puder esperar, que tenha seus filhos depois disso. Será quando o mundo irá à lona e será aberta a contagem. Quando se levantar disso, aí podem procriar à vontade. Por enquanto, não contem comigo."

"Eu desconfiava, Hana, que aquilo podia ter um pouco de verdade, mas que era bazófia. Nesse dia, vi o Edy Nigri que tinha com Joia seis filhos e mais um a caminho, fechar a cara. Coincidência ou não, nunca mais nos chamou para comer o cuscuz que nós adorávamos. Foi uma pena."

Mesmo nessas horas, quando confrontada com o irrefutável, Hana jamais faltava ao irmão, por mais que soubesse que não havia grande reparo a fazer ao que acabara de ouvir.

"Ele tem um coração enorme, Nancy. E depois, como você sabe, meu irmão tem certas dificuldades para lidar com os sentimentos. Já foi muito o que ele conseguiu fazer na vida, e você teve um papel importante nessa superação. Nunca vou esquecer isso, acredite."

Tinha alguma coisa em Hana que fascinava Nancy. Além das credenciais acadêmicas, da dedicação às viagens e do livro que lhe valia tantos elogios, a cunhada parecia firme sem ser prepotente.

"Acho que isso de se mostrar indiferente aos filhos tem mais a ver com certo choque de gerações. Tudo tem acontecido muito rápido e não há tempo de nem sequer desenvolver uma linguagem em comum às famílias, aqueles pequenos códigos de antigamente. Eu mesma chego a desconhecer meus alunos. E depois, não esqueça que Boris já estava com 36 anos quando o Carlinhos nasceu. Das meninas, então, ele é pai-avô, não é? Ou quase isso."

Qualquer que fosse a raiz dos dilemas de Boris naquele momento, a verdade é que ele pareceu bastante transtornado quando entendeu que Szymon estava perto de morrer. O patrimônio genético do húngaro era vigoroso e em dados momentos ele se levantava da poltrona com alguma leveza e quase graça e não dava um só gemido na hora de se dobrar para pegar o jornal que jazia sobre o capacho ao amanhecer. Mas era inegável que as ideias começavam a se esfumar, e as referências à juventude se tornavam uma constante.

Hana tornou as visitas ao Recife mais frequentes e vez por outra se divertia em traduzir o que o pai dizia, sentado na varanda ventilada, olhando o horizonte.

"Ele está falando do lago Balaton e das trutas, acho eu. Meu vocabulário em húngaro não é essas coisas, vocês sabem. E agora ele cismou de falar de minha mãe, de me chamar também de Eva, de querer tomar esse tal de *fröccs*, que era mais uma bebida da oficina do Exército. Até brinquei: papai, como você pode nos confundir se hoje tenho mais de duas vezes a idade dela quando sumiu?"

Nessas horas Szymon enxugava uma lágrima e voltava a falar de coisas muito concretas.

"Lembra que foi você quem disse há muitos anos que um dia a gente ia voltar a ter tubarões aqui na praia do Recife? Você tinha razão. E eu que pensava que você só queria um pretexto para não ficar de maiô e entrar na água. Como é mesmo o nome daquilo que você estuda? *Krill*, um nome lindo, soa escandinavo, sei lá."

Com a morte iminente de Szymon, Boris começava a temer a virtual desertificação de seu universo afetivo, já tão restrito.

"A primeira grande perda foi o tio Samuel, que me levou para o estádio logo que a gente veio morar no Recife. Depois Martin, que foi importante enquanto durou. Agora é o velho Szymon que se prepara para ir embora. Mais adiante, será a vez de Brenda. Nessa pisada, Hany, a que vou ficar reduzido? A você e a quase ninguém. Prometa que não morre antes de mim. E não me venha falar desses filhos inúteis. Nessas horas, penso que ainda preciso achar a mulher perfeita. E seguir aquele conselho que ouvi uma vez de que não há mulher que se equipare à oriental. Ainda vou à Ásia atrás dela, Hany. E só volto de lá casado com uma chinesa. Pelo menos vai ser boa para os negócios."

Na paz do edifício Jacarandá, Szymon cochilava na poltrona, assistia a um filme, acordava para os remédios e tinha sempre sobre si um olho atento. A decrepitude não acontecia mais por degraus, senão por patamares:

"Veja para não se engasgar, seu Simão. Eu já disse a dona Brenda que farofa é perigoso. Quando o senhor quiser muito, me chame para botar um molhinho por cima que desce melhor. Cenoura crua, nem pensar. Dá um engasgo que o senhor nem queira saber".

Brenda ficava sentada a seu lado, e muitas vezes também adormecia com a televisão ligada, ambos com as mãos entrelaçadas. Vendo a cena, por ocasião das rápidas escapadas que dava ao Recife, Boris se lembrava daquele dia em que Szymon ficara internado na clínica cardiológica da rua das Creoulas e ele fora lá espreitar pela janela. Nunca sentira tanto a vulnerabilidade da vida quanto ali. Agora era diferente.

"É, Hany, é desgaste de material mesmo. O pior é que dificilmente vamos conseguir viver tanto quanto essa geração deles. A nossa está fadada a viver menos, mesmo com os avanços da medicina. Não sei se você já percebeu, mas essa turma mais velha, se chega aos 70 sem sequelas, emplaca os 90 com mais facilidade do que se imagina. Vejo isso por todo lado. Até a senilidade deles é mais branda do que a demência fulminante de quem tem Alzheimer aos 50. O que eu mais temo na minha própria morte é desmerecer o tanto que eles lutaram por mim. Mesmo que eles não estejam mais aqui."

Boris achava a morte por vezes libertadora, mas essencialmente vergonhosa.

II

Hana tinha tirado um ano sabático. Em dado momento, pensou em convidar a ex-cunhada para uma viagem à Europa. Por 2 semanas que fossem, as crianças poderiam se virar sem ela e era possível até que ficassem agradecidas em ter uma trégua. No fundo, Nancy lhe inspirava certa dose de piedade, por mais que o irmão fosse cáustico quando se referia a ela.

"Não faça isso. Seria a pior viagem de sua vida. No primeiro dia, ela se mostra gentil e quase cooperativa. Você faz as contas e diz: mas que pena que a viagem seja tão curta. Ela bem que poderia durar mais uns dias, do tanto que essa mulher consegue ser agradável e aliviar as tensões. Então, a chave vira. Ela começa a remoer tormentos miúdos que tiram dela mesma qualquer possibilidade de sintonia com o ser humano. Daí, ela só vai pensar no casaquinho de Estela, na camisa do Manchester United de Carlinhos, na chuteira de Diana, na logística da partida, nos horários dos trens e na arrumação da mala com 3 dias de antecedência. Então, se você quer saber, a xoxota seca, ela fica imprestável, é incapaz de limpar um copo sem se fazer de rogada e fica pensando só em se safar da viagem com o máximo de benefício e o mínimo de ônus. Ou do que ela considera ônus, porque será sempre a grande perdedora. No final, você fica tão aliviado em vê-la pelas costas que mal consegue esconder a alegria."

Hana tentava cortar: "Acalme-se, Boris, foi só uma ideia". Ele rebatia no ar, sem esperar que a poeira assentasse: "Aí, ela percebe que pisou na bola e vai naturalmente lhe atribuir toda a culpa do mundo pelo que não vingou. É uma pessoa condenada, Hany. A doidinha da irmã dela que mora em Israel é mil vezes mais gente, apesar de casada com um amalucado, desses que são de direita até a medula óssea e que, se pudessem, lançavam *napalm* na Cisjordânia. Mas a empatia desta irmã dá de cem a zero na dela."

Hana muitas vezes se pegava pensando se Boris era realmente esquizofrênico. Não podia ter sido só síndrome do pânico seguida de depressão? Como era possível que tivesse tamanha precisão diagnóstica, ainda que pudesse estar equivocado, com respeito aos mistérios da mente alheia?

"Aquela lunática da Anita ainda vai se dar muito mal na vida. Nunca achei que fosse má pessoa e nunca torci pelo pior, acredite. Para mim, essa questão ideológica é quase uma perversão de caráter, uma necessidade de aceitação, uma culpa por ter nascido bem de vida, e outra bem maior por ter jogado todas as oportunidades fora. Nesse ponto, a culpa é um pouco sua também, apesar de você ter passado sua vida em São Paulo. Mas se você tivesse pelo menos carregado essa louca nas suas andanças pelo Leste, e se ela tivesse visitado as masmorras da Stasi e conversado com búlgaros, tchecos e com os próprios húngaros, talvez tivesse voltado convertida ao bom senso e topasse trabalhar de faxineira na casa de Roberto Campos, só para se redimir de tanta merda que pensou. Mas sei também que se as viagens me ajudaram a moldar a cabeça, nem todo mundo reage do mesmo jeito. Uns até pioram, o que no caso dela é praticamente impossível, mas sabe-se lá..."

Boris era decididamente um homem de afetos soltos ao vento, pensava Hana. "Se quer companhia para viajar, Hany, faça isso com Clara, que saca longe a vida. Aliás, preciso vê-la."

III

Com a chegada do seu partido ao poder, Anita vinha conseguindo pela primeira vez na vida ganhar algum dinheiro, além da mesada do fundo paterno que lhe era depositada mensalmente.

"Bia, adivinha onde estou trabalhando, amiga? No Ministério da Saúde. Estou ajudando a coordenar um programa que reúne todos os secretários estaduais. Nem todo mundo está com a gente, mas política é assim mesmo, a gente vai costurando compromisso, fazendo de conta que não vê umas coisas, tratando todo mundo numa boa. Estranhei um pouco, mas estou gostando." A amiga não podia estar mais feliz: "Estou contente por você. Deixe a miudeza política de lado e veja a grandeza de sua tarefa. Na ponta final, é o contribuinte brasileiro que está lá, muitas vezes totalmente dependente de uma ação sua." Anita concordava.

"É por aí mesmo, é assim que o processo evolui. Brasília está me fazendo um puta bem, apesar de ser uma cidade cheia de vícios, uma suruba de interesses cruzados. Precisa ver as pessoas que aparecem. Mas é como o Ministro diz: é nossa obrigação receber, e nossa prerrogativa negar. Por mim, eu diria não a tudo, mas não dá, né?"

"O cobertor é curto em todo lugar. Tua família também deve estar feliz da vida." Aquele era um ponto nevrálgico: "Isso tem me preocupado, amiga. E muito. O velho está no fim. A verdade é que começo a ter saudades do húngaro. Com todos os defeitos que aquele muquirana tem, ele até que segurou bem a onda. Quando me compliquei com o filho da puta do traficante e fiquei numa masmorra no Rio, ele funcionou legal. E, para ser sincera, nunca me passou na cara o que quer que fosse. Deu a maior força para eu ir para Israel, para ficar contigo em Paris, para morar no Rio."

Naquela noite de maio de 2004, na semana em que Szymon se despedia deste mundo, Anita tinha acabado de se deitar quando o interfone tocou na cozinha do apartamento na Asa Norte. Ainda era quase noite lá fora e ela pensou que o paraense Armando tivesse esquecido alguma coisa no quarto. O jovem estudante de economia vinha sendo o regra-três de Jaiminho, que pouco saía do Rio de Janeiro, e para quem ela vinha tentando conseguir uma colocação numa agência reguladora para ver se o puxava para a capital. Nua, enrolada num lençol para se proteger da friagem, Anita se arrastou até o interfone, evitando os cacos de louça do prato que quebrara na cozinha, quando improvisara uma omelete para o visitante.

"Doutora, tem um pessoal na porta da senhora. Acho melhor abrir".

Pensando se tratar de uma brincadeira de algum amigo notívago do Ministério, ela nem sequer se preocupou em verificar pelo olho mágico de quem se tratava. Nessas horas, levava os trotes na esportiva. Ao abrir a porta, porém, com um seio totalmente descoberto e as melenas espalhadas pelos ombros sardentos, Anita deparou-se com um homem de terno e gravata que lhe pareceu excessivamente cordato para estar à frente de um aparato tão hostil quanto ameaçador, formado de agentes encapuzados e armados.

"Anita Neuman? Bom dia, minha senhora. Temos aqui um mandado de busca e apreensão a efetuar em sua residência e no gabinete de trabalho. Se nos der licença, gostaríamos de entrar. A policial Marlene pode acompanhá-la ao quarto, se a senhora quiser se compor."

Recordando aquele dia, Anita não se cansava de repetir o quão um sentimento podia mudar tão rapidamente em curto espaço de tempo. Pois horas depois de ser liberada, desabafou na casa de um amigo, entre goles de cerveja e comprimidos de rivotril.

"Sei o que é repressão, cacete. Estou acostumada às injustiças do mundo. Mas acho que não vou esquecer aquela cena nunca mais. Este dia vai ficar marcado. Ainda no carro da Polícia Federal, eu pensava que aquilo só podia ser armação da direita, dos tucanos e das multinacionais. E continuo achando, porra. Porque o que fiz, te juro, nada tem de errado. A turma lá de cima já tinha dito que sempre que a conversa envolvesse altos interesses, grana, autorização de despesa, essas coisas, que eu encaminhasse o babado a quem de direito, entendeu? Se alguém queria ajudar o partido, por exemplo, era só encaminhar à direção nacional. E lá ficava eu no meu quadrado, dando conta do recado e cuidando das chamadas doenças negligenciadas e subnotificadas, que é minha área de interesse, porra. Então aconteceu essa merda toda."

Nem o telefonema dando conta do agravamento do estado de saúde do pai tirou Anita da órbita do sucedido apenas 24 horas antes.

"Aqueles caras para mim nada tinham de corruptos ou corruptores. Conheço bandido, já estive em cana, caralho. O que eu fiz? Atinei para o bom senso, entendi que eles viam a venda dos medicamentos como negócio, e não sou ingênua a ponto de não saber que a grana ainda move o mundo. Se gosto, é outra coisa. Se um deles me acenou com uma cota de simpatia pelo partido, como posso achar isso ruim? E o que fazer se as informações que eles queriam estavam ao alcance de um clique? A gente sabe que a luta contra a direita é renhida e que essa turma joga sujo. Cá entre nós, por que não tentar fazer igual, se for por uma boa causa? Caralho. E logo agora que eu achava que tinha acertado, que estava fazendo um trabalho legal."

E tomava mais um copo de cerveja.

"O que eu fiz? Fiz o encaminhamento interno para os canais devidos, de que agora estou proibida de falar, e fui tocar a vida. A Polícia Federal me perguntou sobre ajuda para campanha. Eu só disse a verdade. Um dos caras chegou a me dizer que fazia questão de me ajudar se eu um dia tivesse um projeto político. Ele não disse que queria me comer, porra. Ele falou de ideias, entende? Que mal pode haver nisso? E que mal haveria se quisesse também me comer? Que porra de tanto controle é esse? Não se faz política sem algum combustível e eu sei bem o quanto é difícil tocar a vida mendigando dinheiro."

Acendeu um cigarro no outro.

"E logo agora que eu estava querendo parar com essa merda. Vou sair do Ministério, sim, mas a luta não termina aqui. Podem me chamar de tudo que não me lixo para essas coisas. Mas quem repetir essa fórmula de sanguessuga, vai ouvir um sonoro vá tomar no cu. Já ser chamada de vampira, não me desagrada. Meus avós vinham da terra de Drácula, sou mesmo chegada a um sanguinho."

Então, os acontecimentos do Recife assomaram com força.

IV

Num dia de chuva fina e persistente, Szymon cumprira os ritos matinais na sequência de sempre. Folheou o *Diário de Pernambuco* sentado no vaso, deu uma olhada nas fezes em respeito a uma velha praxe, entrou no boxe do chuveiro apoiado nas alças do corrimão, que Brenda mandara instalar por recomendação de Hana, e deixou que a água morna lhe escorresse pelo rosto.

No final da manhã, Eudes viria lhe fazer a barba, missão que já não podia confiar às próprias mãos que tremiam em excesso, e faziam com que se cortasse. Então, o ramal telefônico do quarto tocou uma, duas, três, dez vezes, o que significava que alguém tentava lhe fazer uma transferência interna de chamada. Afobado, com os pés nadando em sabonete líquido, Szymon saiu do boxe para o chão de mármore às pressas, e antes mesmo de chegar à soleira da porta, escorregou de lado e caiu em silêncio, levando uma forte pancada na cabeça. Foram 2 semanas sofridas na clínica até que fosse autorizado a voltar para casa.

Brenda providenciou uma cama hospitalar e contratou duas enfermeiras que se revezavam para assisti-lo nas mil pequenas necessidades que afloravam daquela gemedeira incontida. Mas então, uma pneumonia tomou de assalto o organismo já debilitado. Faltando 1 mês para a celebração de Pessach, a Brenda só ocorreu ligar para as amigas: "Foi uma parada cardíaca, Guita. Avise a Teca e venha assim que puder".

Marcela, a fisioterapeuta, estava ao lado de Brenda quando o pequeno monitor cardíaco começou a apitar continuadamente. A equipe de reanimação nada pôde fazer e o relógio marcava pouco mais de 10 da manhã quando Szymon morreu. Um homem corpulento da Chevra Kadisha – a Sociedade Funerária Judaica – chegou pouco antes do meio-dia. Constatado o óbito, enrolou o corpo de Szymon num enorme lençol, acendeu uma vela e cobriu de tecido todos os espelhos da casa.

Gleyson ficara curioso com o rito. Marcela explicou ao marido.

"Eu ainda quis perguntar por que ele fazia aquilo, mas nem precisei. Com o nariz vermelho, D. Brenda me explicou que o espírito do morto ainda está muito perturbado. Ele não pertence mais ao mundo daqui, mas ainda não chegou ao outro. Não entendi o resto, mas acho que é porque se alma se ver no espelho pode pensar que ainda está viva, sei lá. Coitado dele, que Deus o guarde. Era um homem tão bom e alegre."

Hana já estava no Recife quando o pai morreu. Foi ela quem falou com os irmãos. A reação de Anita a surpreendeu: "A ficha só vai cair quando eu chegar aí, Hany. Estou indo para o aeroporto, vou deixar que o mundo por aqui exploda. Na verdade, já explodiu, como vocês já devem estar sabendo."

Já com Boris, o silêncio ao telefone foi pesado.

"Ele só soluçava, Brenda, não conseguia falar. No final, disse que também estava a caminho."

De certa forma, Boris teve a estranha sensação de que já vivera aquela situação.

V

Boris praticamente não precisou de ajuda para entoar o *Kadish* em honra ao pai no cemitério Israelita do Barro. Foi o velho amigo Escoriel quem lhe deu o abraço mais prolongado da tarde-noite pungente.

"Ele fica em você, cara. O que ele legou está aqui dentro", disse o terapeuta enquanto lhe apontava o dedo para o coração.

Durante o velório de caixão fechado, em torno da pedra de mármore que jazia sobre a bancada de alvenaria embaixo de uma enorme Estrela de David, Brenda ficou de mãos entrelaçadas ora com Guita, ora com Hana. Durante a maior parte do tempo, manteve os olhos secos, mas soluçava quando era abraçada pelos amigos de uma vida.

"Não se preocupe, Zé Cláudio. Estou bem, meu filho. Mas se quiser aparecer no shiva. Passe para comer um bolinho e dar um abraço aqui na sua velha amiga. Não vai ser fácil, mas tenho muita coisa boa pra recordar."

O pintor mais tarde comentaria com o amigo Arão: "Bicho, não sei se vocês sabem viver. Mas sabem morrer com categoria e o mínimo de sofrimento."

O caixão foi retirado do carrinho. No trajeto até o túmulo, o rabino comandou as sete paradas da tradição, que simbolizam os seis dias da criação mais o *Shabat* do descanso.

Yitgadal v'yitkadash sh'mei raba b'alma di-v'ra chirutei, v'yamlich malchutei b'chayeichon. De paletó preto, camisa branca e uma gravata preta que rasgou na vertical, segundo a tradição, Boris puxou a reza quando o caixão baixou à sepultura.

Instados pelo coveiro a cobrir a urna, Anita foi a primeira a aceitar a pá e removeu um monte da terra avermelhada e úmida que bateu na tampa fazendo um barulho surdo que a fez tremer. Então, num ato espontâneo que a ninguém causou estranheza, disse em voz alta.

"Lá se foi um resistente do Nazismo. Um sobrevivente de Hitler." Já quando Boris gritou "Adeus, meu pai, obrigado por tudo. Perdão por ter feito você sofrer", Hana afagou-lhe as costas.

No apartamento do edifício Jacarandá, o luto foi observado durante 1 semana e Brenda fez as honras que encomendara por ocasião da morte dos próprios pais, junto ao irmão Samuel. As almofadas foram retiradas dos sofás, todos passaram a se sentar o mais próximo que podiam do chão, e aboliu-se o uso de sapatos em casa. Circulando de meias, ela acolhia as visitas que lotavam o elevador no começo da noite. Boris deixou a barba crescer e encobria cada pedacinho de espelho que porventura ficasse descoberto. As visitas trouxeram comida e Brenda chegou a brincar com Guita.

"Dá vontade de pedir que não tragam mais nada para amanhã. Só de torta de palmito, já recebemos o bastante para alimentar a torcida do Santa Cruz."

Anita voltou para Brasília mais cedo, mas Brenda, Hana e Boris esperaram o transcurso da primeira semana para, de acordo com o costume, sair pela primeira vez à rua. Juntos, foram de carro até a praça Maciel Pinheiro para tomar a fresca do entardecer.

"Ainda consigo vê-lo aqui, conversando com Samuel. Estava tão bem em São Paulo, coitado. E eu o arrastei para cá, quase por capricho. Fico feliz que ele tenha gostado do Recife, que aqui tenha sido feliz. É bom saber que ele vai descansar pela eternidade nessa terra cheia de injustiças, é verdade, mas que tem tanta beleza e gente tão boa. Minha vida se arrastava para um grande vazio quando nossos caminhos se cruzaram em São Paulo."

Certa noite, foi Hana quem traduziu o telegrama em alemão que chegou de Imre.

Lamento muito a morte do querido amigo Neuman. A ele devo boas recordações de infância e manifestações de camaradagem e carinho ao longo dos anos difíceis. Fico feliz que tenhamos podido recapitulá-las quando tudo já estava mais amenizado. Espero que a carta que lhe mandei ano passado tenha apaziguado o coração. Que tenha a merecida paz no descanso eterno.

Em Budapeste, ninguém tomou conhecimento do fim de Szymon Neuman. Mas fazia um lindo dia no cais do Danúbio, ao pé da ponte Árpád.

Capítulo 23

Querido Chanceler e amigo, felicito-o pelo aniversário. Espero *que no próximo ano possa coincidir de estarmos no Tour d'Argent, bem mais adequado à celebração da data do que Brasília, onde o dever o chama, e do que esta Pequim que pulsa lá fora, do outro lado das sebes que nos protegem da poluição rampante. Por exuberante que seja a culinária local, admito que saturam o paladar línguas de colibri açucaradas, iscas de pangolim no chop suey, intestino revirado de baiacu e testículos de capão macerados no Maotai. Mas* hélas, *bem sabíamos que outro não seria nosso destino e que, para temperar as desditas do exotismo, sempre haverá Paris. De minha parte, confesso que a interinidade do posto não me desagrada de todo. Por oportuno, dispenso-me de dizer que se for seu desejo que eu assuma a titularidade desta Embaixada, será com grande honra que a aceitarei, na hipótese de, pelas razões que a ambos nos entristecem, nosso amigo houver por bem optar pelo desligamento do posto para se cuidar. No mais, a rotina segue em consonância com as vibrações deste país que,* en effet, *virou a fábrica do mundo, como você bem vaticinou, quando a imprensa só tinha olhos para os Tigres Asiáticos, passando ao largo do Dragão. Tenho recebido levas de governadores, secretários de estado, empresários, apaniguados e lobistas; quase sempre, me obrigo a acompanhar alguns deles ao Mercado da Seda, a copiosos jantares de pato laqueado e a safáris fotográficos na Cidade Proibida. Desse tropel de visitantes, os piores são os governadores nordestinos que ora tentam me dar lições sobre a China, ora me pedem para interceder para que a pasta de caju prensada, de que sua família é produtora, entre na merenda escolar chinesa. Nessas oportunidades, e perdoe-me o amigo se sou laudatório, nunca será demais agradecer-lhe aquela preciosa lição que me deu quando ainda éramos Conselheiros, qual seja, a de fazer de conta que escutamos, quando, na verdade, o pensamento vagueia. Semana passada, tivemos bom exemplo disso quando todos em torno da mesa só queríamos que a reunião acabasse para nos dedicarmos a outros afazeres. Na posição de mediador, acompanhei as explicações do industrial chinês que, ademais do hálito pestilento e dos perdigotos indomáveis que lançava à meia-luz, se saía a todo momento com as cifras faraônicas de sua produção. Lutando contra o sono, mas disposto a me mostrar expedito, usei de nossa técnica. Quando o chinês aludia a 1 milhão de bacias sanitárias ao mês e dizia não ter dificuldade de passar ao dobro, entrei na liça: "Ouvi bem? Um milhão, podendo passar para dois?* It is impressive". *E, então, era como dar corda no relógio e ligar a conversa no automático até o próximo ponto morto. Todos saem contentes. E assim as estações vão se sucedendo num diapasão que nos permita sonhar com dias melhores e, quem sabe, em comprar a casa de um banqueiro caído em desgraça, idealmente em Itaipava. Mas antes de fechar esta carta de votos pessoais, queria falar sobre uma visita inusitada que recebemos. Semana passada, informaram-me da chegada intempestiva de um empresário brasileiro de nome Boris Neuman, que pedia para me ver. Diante do inesperado, me disseram que os chineses cobrem-no de rapapés, especialmente os da Zona de Processamento de Exportação de Shenzhen. No Brasil, é empresário em São Paulo e industrial no Nordeste, ou vice-versa. Instruí para que o conduzissem ao gabinete e me deparei com um homem de barba ruiva, aparentando 50 anos e que, estranhamente, recusou-se em me estender a mão, sugerindo que esfregássemos as pontas dos cotovelos um do outro, rito que dispensei. Na sequ-*

ência, sem se preocupar com os preâmbulos que recomenda a praxe, disse que já passa da hora de o Brasil pavimentar uma política de cooperação sanitária com Pequim. Que o Planalto e Zhongnanhai deviam trabalhar em sintonia, e que deveríamos mandar para a China uma equipe de infectologistas para aprender sobre o estado da arte do confinamento e da segregação de populações às dezenas, senão às centenas de milhões, em caso extremo. Expliquei que a Embaixada não era lugar adequado para digressões dessa natureza, visto que trabalhamos em cima da realidade tangível. Sereno, disse que o dia chegará em que a água mineral vai custar o dobro da gasolina; as escolas e as universidades vão fechar sine die *e vamos todos trabalhar online, de olho numa tela de cristal líquido. Ademais, num tom de profeta, falou de praias e restaurantes fechados, de torneios suspensos, de templos religiosos lacrados e de festas anuladas. Perguntei-lhe a que se deveria tamanha catástrofe. Bizarramente, disse que tudo pode se esperar de uma população que come bichos de pelo em mercados públicos, além de répteis, quelônios e batráquios. O Sr. Neuman tem participação em fábricas de máscaras buconasais. Acrescentou que os chineses cometem abusos alimentares de toda ordem e que a afluência econômica está só começando. Daí que uma crise sanitária é possível. Quando falou de petroleiros vagando feito navios-fantasmas nos mares do mundo, de aviões sem autorização para decolar e de fronteiras fechadas, eu já tinha desligado a atenção. Isso dito, Chanceler, mando informe classificado sobre as instalações que vêm sendo alvo de* joint-ventures *e de compra direta do referido senhor, segundo pudemos apurar. Não vou eu tomar iniciativas junto a organismos sanitários daqui ou daí, nem tampouco protocolar o que quer que seja junto ao Ministério da Saúde ou ao da Defesa. Imagino que o inusitado do quadro vai divertir o amigo. Receba meu abraço e manifestações de carinho pela data com que me subscrevo.*

I

Em tempos idos, mal voltavam do cemitério após enterrarem seus maridos, as viúvas abriam contagem regressiva para a própria morte. Se não para o inexorável fim biológico, ali estava dada a senha para uma espécie de luto permanente, visível no trajar sóbrio e numa expressão de desalento, a cada menção ao nome do falecido.

"Pois não é... foi-se tão cedo. E tinha tanto amor à vida. Mas é assim mesmo, a gente põe e Deus dispõe." A verdade é que depois os costumes mudaram, e a dinâmica da vida encurtou os ciclos de pesar. De certa época em diante, entrou em voga uma leva nova de viúvas menos sombrias, digamos assim.

A amiga Teresa esposava deslavadamente certa tese.

"Brenda, minha querida, toda mulher devia ter direito a pelo menos 5 anos de viuvez. Devia ser uma espécie de garantia previdenciária. Homem de nossa geração, vamos combinar, ainda dava muito trabalho. E o machismo devia valer adicional de insalubridade, se houvesse justiça na Terra. Especialmente aqui no Nordeste. Do meu, até que não me queixo tanto. Era meio água parada, mas de boa paz. Morreu como viveu: manso feito um passarinho."

Brenda assentia, divertida: "Lá isso é verdade. De Szymon também, o que ficou foi uma grande ternura. Minha tese é a de que esses europeus de nascimento já chegam aqui um pouco melhorados. Mesmo que venham das brenhas da Hungria, já servem. Não precisam ser de Paris, não. Pelo menos já sabem fritar um ovo, lavam um prato, descascam uma fruta, e não se sentem explorados se têm de distrair uma criança enquanto a gente cozinha. Já os daqui, não servem nem para esquentar água."

Quando ficou viúva, Brenda não aparentava os 82 anos que tinha. Aos que perguntavam de onde vinha tanta vitalidade, a resposta era invariável.

"Eu me casei tarde, meus caros. Vinte e seis anos naqueles tempos eram muitos anos. Quem chegava solteira a essa idade, já estava desesperançada, fadada ao caritó. Mas quem começa depois, desgasta-se menos e vai mais longe. Vida é maratona."

Para ninguém ela abria tanto o coração como para Guita e, mais tarde, para a enteada, quando esta passou a vê-la mais.

"Hana, minha filha, não se iluda comigo. Amei muito seu pai, mas minha vida sentimental não começou com ele, não. Aliás, quando vim aqui para São Paulo, foi para fugir de uma paixão proibida. Judia, louca por um homem de teatro não judeu e, ainda por cima, 5 anos mais novo – isso era um escândalo. Minha mãe foi quem sugeriu que eu viesse passar uns tempos com as primas do Sul, que moravam aqui no Bom Retiro. E foi então que apareceu Szymon, tão diferente do outro. Ah, mas me lembro do casamento com tanta nitidez. Você bem lindinha, toda séria, falando o português com um restinho de sotaque."

Anita, que também era interlocutora ocasional da mãe, gostava dessa passagem.

"Diga logo quem era o *love*, dona Brenda. Não era o tal Aloísio de que você agora fala um dia sim e outro também? Esse aí parece que tinha pegada." Brenda suspirava: "Pois era esse mesmo, minha filha. Um pedaço de mau caminho, como se dizia. Um pão. Quando esse homem morreu, ainda tão jovem, fiquei triste de chorar. Até Szymon me consolou, coitado. Que homem bom foi meu marido."

— Esse seu Magalhães deve ter sido mesmo importante para você, Brenda. Você sempre gostou de artista, não é? Não sei o que viu num mecânico de mão lambuzada de graxa como eu. Ele era pintor também? Por que morreu na Itália? Morava lá?

Eu nem achava o que dizer:

— Ele era um pouco de tudo, meu bem. Quando o conheci, ele fazia teatro de bonecos aqui, no Recife. A gente não chegou a ter nada, não, era só um flerte bobo, como se dizia na época. Não podia dar certo, foi um devaneio.

Szymon balançava a cabeça, condescendente:

— Não sei o que é devaneio. Mas deve ser fantasia, não é? Tesão de mocinha. Pois eu tive a mesma coisa pela irmã de Zsa Zsa Gabor, minha vizinha de bairro.

E, então, complementava com uma história que nunca o deixou:

— Sou viúvo desde 1945, Brenda. Se o senhor Magalhães morreu ontem, estou com 37 anos de vantagem sobre você. Espero que D'us dê paz a seu amigo. Bem-vinda ao clube dos viúvos de juventude.

II

Boris tinha ficado bom tempo com Brenda no Recife, dividido entre a dor da perda do pai, a necessidade de dar suporte emocional à mãe e o dia a dia da fábrica de álcool-gel de Suape, onde raramente ficava por muito tempo.

A expressão dele era de tristeza resignada naqueles dias.

"Seu pai foi um homem feliz ao modo dele, meu filho. Gostou da infância que teve. Seus avós eram gente simples e amorosa, e a boa estrela dele só se apagou por uns tempos durante a Guerra. Ele nunca se conformou com a forma como morreram os judeus húngaros. E aqui já nem falo da mãe de Hana. Depois que a gente foi lá e ele conversou com o Imre, acho que ficou mais pacificado embora ainda tenha guardado umas dúvidas. Pelo menos foi essa a impressão que tive. Mas dali em diante, ele passou a entender que o Holocausto era uma espécie de tragédia que não podia mesmo ser evitada e que ele talvez nada tivesse feito de errado quando buscou refúgio no interior. Nessa cadeira em que você está sentado, ele me contou muitas vezes a mesma história, como se quisesse revirá-la por todos os ângulos para que ela parasse de atormentá-lo. Acho que não me enganei.

Tinha muita gente na nossa Comunidade que pensava assim, Brenda: muito bem, os alemães não gostam dos judeus; é um direito deles, afinal, não é mesmo? É coisa da política. Seria essa a primeira vez na história que um povo não gosta de outro? Não. Será a última? Também não. Isso acontece. Sabíamos também que tinha muito húngaro que não gostava de judeus. E não só húngaros. Chegavam até nós histórias de outros povos que nos odiavam. Poloneses, russos, ucranianos. E daí? Imre me contou que, em Budakalász, quando era rapazinho, e ainda não estava entendendo direito o que acontecia, um médico que fazia tijolo disse aos prisioneiros que eles deveriam admirar os alemães apesar de tudo. Acaso os judeus gostavam dos ciganos? Nem sempre e nem de todos. Acaso não tinha judeus que não gostavam de judeus? Logo, que as pessoas da roda não fossem tão duras ao julgá-los mesmo porque aquilo, do jeito que estava, não podia durar. Além disso, se todos tivessem de ir para um campo de trabalho, não era má ideia porque em tempos de guerra era difícil ter uma perspectiva. Os alemães podiam dar um norte. Quem podia negar que os alemães são um povo trabalhador, limpo, ordeiro, honesto e pontual? Ninguém, ora. Os que sabiam alemão, o que era o caso dele, o do doutor que fazia tijolos e o de Imre, se sentiam mais protegidos. Importante era jogar com franqueza e encarar a tarefa sem fazer perguntas. Passei muito tempo me arrependendo de não tê-los acompanhado e de ter fugido para o Balaton com nome falso. Mas tinha gente do Exército me ameaçando. Queriam pegar nossa propriedade. Como eu imaginava que tudo ia passar rápido, achei melhor ficar quieto e cuidar da segurança de meus pais e de Eva à distância. Eu me viraria só, um camarada da oficina me convenceu de que era o melhor. Quando voltei para Budapeste, nem as pontes estavam lá. Do meu passado, só tinha um último traço que era Hana, e mais uns poucos conhecidos que pareciam ter culpa de ter sobrevivido, como eu. O mais difícil era mostrar que a gente não pode começar uma vida nova, apenas seguir a antiga. Os que tinham ficado na cidade queriam mostrar também que tinham sofrido muito. Ainda hoje, não sei se foi mesmo aquela minha encomenda que revelou o endereço onde Eva estava. Talvez não. Ela era um pouco imprudente. Edith depois me contou que de vez em quando ela esquecia de usar o casaco onde tinha a estrela bordada. Numa dessas, chamou a atenção.

Boris gostava de ficar sentado com a mãe. Ao lado da televisão, porta-retratos mostravam a família em vários momentos.

"Seu pai nunca foi de religião. Depois da guerra, quem era religioso dizia que o Holocausto tinha sido um lembrete de Deus para que os judeus se unissem, para que se voltassem para a fé. Ele não acreditava nisso. Preferiu encarar a vida e veio começar uma página nova. Graças a ele, estamos aqui. Seu pai tinha muito orgulho de todos vocês. De Hana, nem se fala. Você, para ele, era o máximo, não podia haver pessoa mais inteligente. Ele sempre achou que você estava à frente de seu tempo, que você era uma espécie de gênio. E nem queira saber o quanto ele admirava Anita. Com toda a doidice, ele conseguia ver o coração dela, o amor pela justiça, a defesa de quem vinha comendo da banda ruim da vida."

Boris acariciava a mão da mãe e chegava a cochilar na almofadinha indiana que fazia parte da mobília da família desde a sua adolescência.

"Como avô, ele também se sentia realizado. A gente estava em Paris quando Carlinhos nasceu. Lembro que tomamos champanhe e tivemos uma de nossas melhores noites em família. Ele ficava imaginando quem Carlinhos seria um dia. Talvez um engenheiro, que era uma profissão que ele admirava. Teria um neto brasileiro que mostrasse com o trabalho, duas gerações depois, a gratidão do avô pelo país que ele considerava o melhor do mundo. Eu ainda provocava: como é que você sabe que é, se não conheceu os outros? Ele dizia que bastava provar um sorvete de mangaba para tirar a prova dos nove. Que outro lugar fazia uma maravilha daquelas? E pensar que o aperreei tanto com minhas coisas de política. Ele nunca foi de direita, mas do socialismo só gostava do espírito. Na prática, ele dizia que era uma forma de exploração igual às outras. Nisso a gente nunca se entendeu, mas era só um detalhe no meio de tanta coisa boa."

Nesse tema, por outras razões, Boris abraçava mais a posição do finado pai e não embarcava cegamente no otimismo de Brenda. Para quem vivera as três quartas partes do século anterior do Brasil e acompanhou o que ela chamava de "escalada da desigualdade social", o começo do século XXI a empolgava.

"Guita, minha querida, quem diria que eu ainda ia viver para ver isso? Resta, sim, uma esperança. Em qualquer outro país, o camarada nasce filho de metalúrgico, e metalúrgico será. Quando muito, será chefe dos metalúrgicos. No nosso, não. Ele vira presidente da República. Já pensou no que isso representa? Vá lá no Coque, na Macaxeira, e imagine como um fato desse repercute na cabeça de uma família que não sabe o que é esperança, que teme perder os filhos para as drogas ou em tiroteio com a polícia? Imagine o que não representa poder apontar alguém na televisão e dizer ao filho: 'está vendo aquele lá? Pois bem, ele veio de um meio mais pobre do que você. E veja aonde chegou. Hoje ele é recebido por homens poderosos, por reis e rainhas no mundo todo'. Estamos mostrando que tudo é possível. Só falta os Estados Unidos um dia terem um presidente negro, e as mulheres chegarem ao comando aqui, na Alemanha, no Chile, no Irã, sei lá eu. É querer muito? Pode ser. Sonhar, só vale se for demais, como diz a música, não acha?"

Naquelas semanas em que Boris saía cedo para a fábrica, e ela ficava futricando ao telefone, a vida lhe parecia especialmente bela, apesar de sentir falta do marido. Nem sequer o desassossego de Boris a contaminou, quando ele já se preparava para voltar para São Paulo, depois dos feriados de fim de ano. Em dado momento, entrou assustado no quarto e disse num tom que ela há muito não ouvia.

"Mamãe, precisamos sair daqui. Ou bem vamos para o exterior ou para Gravatá. Um tsunami está a caminho de vários países. Não estamos na rota, mas ele pode chegar aqui."

A reação do filho a abalou mais do que o fenômeno em si.

"Fique calmo, Boris. Vi na televisão. Entre o terremoto e a gente, tem a África para nos proteger. As ondas vão bater lá primeiro e lá mesmo vão morrer."

Brenda tremia quando Boris falava de trombas de água de qualquer espécie.

"Foi um terremoto tão violento que deverá mexer no eixo da Terra, mamãe. Isso pode dar início a um ciclo de maldições."

Boris repetiu isso diversas vezes na noite insone. Depois, serenou.

III

Nancy insistiu para que a ex-sogra, sempre que pudesse, fosse passar temporadas em São Paulo na nova vida.

"Venha ficar com seus netos, vai lhe fazer bem. Normalmente, vou levá-los na escola logo cedo. Você pode ficar descansando até mais tarde, depois dá uma caminhada nos jardins do edifício. Posso chamar a mamãe para vir um dia almoçar com a gente. Entre uma viagem e outra, Boris sempre aparece e, como você sabe, Hana mora pertinho."

Brenda agradecia: "Vou, sim, minha filha. Mas é que ando mesmo meio preguiçosa para sair daqui. Uma velha não troca sua casa por nada nesse mundo.

Aqui tenho o mar, os coqueiros e minhas amigas, não é? Sinto falta de todos vocês, mas São Paulo é sempre uma tensão. Nem que você esteja quietinha no seu canto, parece que vem aquela vibração da rua. Mas vou ai, sim. Se achar que estou lhe dando trabalho, fico na casa de Hana. Aquela amiga dela é também gente boa, e pelo menos formamos um time de uma velha e duas idosas. Assim eu a atrapalho menos."

Quando foi a São Paulo pela primeira vez depois da viuvez, Brenda aderiu com prazer à rotina dos netos. Se para Nancy relaxar em sua presença era difícil, Brenda fazia o que podia para deixá-la à vontade. Mesmo assim, a ex-sogra percebia o que lhe parecia uma conduta forçada, artificial, toda ela feita para agradá-la.

"Minha filha, sou a avó de seus filhos e tenho imenso orgulho disso. Mas você é a mãe deles. E pela hierarquia, cabe a você determinar o que funciona melhor na rotina de sua casa. Sou só uma hóspede ilustre."

Nancy parecia desconcertada.

"Só não quero que eles incomodem, sei que podem ser meio chatinhos, que nesse ponto podem ter puxado um pouco a mim." Brenda rebatia: "Você não é chata, Nancy. Não dê bola para o que os outros acham ou deixam de achar."

Das vezes que saíram para almoçar fora, Brenda percebeu que ela evitava os lugares elegantes, que eram de seu feitio em outros tempos. Agora preferia cantinas anônimas ou restaurantes de comida a quilo em Pinheiros. Até Ela se queixou da filha.

"Por que você nos convida para um lugar *schleper* desses, Nancy? Brenda vem de tão longe para comer essa massa empapada com molho de tomate industrial? Onde já se viu? Onde você aprendeu isso? Nem a *shiksa* aceitaria vir comer aqui." Brenda suavizava: "Para mim tudo em São Paulo é uma beleza. Até a comida mais sem graça, o que não é o caso desta, tem seu encanto. Isso me chamou a atenção desde que vim aqui pela primeira vez. Lembro que na rua Três Rios..." E, então, enveredava por uma ladainha para aliviar a pressão sobre a ex-nora, pobrezinha.

Um dia, num entardecer de outono, numa daquelas raras vezes em que Boris pegava as crianças para fazer um programa só deles, Nancy contou a Brenda como se sentia.

"São mais de 6 anos de separação a essa altura. Como você vê, de certa forma continuamos a ser uma família. Bem ou mal, avançamos. Mas preciso admitir que nem sempre as coisas são fáceis para mim. Mesmo na casa dos meus pais, eu me sentia muito insegura. Também não me sinto à vontade em ambientes fora da comunidade. É como se, para mim, as amizades com não judias fossem ilegítimas. Falta alguma coisa. Parece que não passa a mesma corrente. Meu pai dizia que eu era uma menina de *shteitl* sem nunca ter conhecido um."

E então Brenda percebia um certo tremor no lábio inferior de Nancy.

"Boris não tem culpa, mas sonhei a vida toda com um judeu mais tradicional, não necessariamente religioso, mas menos anárquico, não é? Eu sonhava em me casar com um desses que fretam um avião para levar os amigos para o Bar-Mitzvá do filho em Jerusalém, sabe? É ridículo? É, eu sei. Mas meu projeto de futuro passava por aí. Eu queria um marido que ganhasse muito dinheiro comprando terrenos e construindo prédios. Se assim tivesse sido, Brenda, acho que Carlinhos seria menos angustiado. Não roeria tanto as unhas. A Estelinha seria menos implicante, mais fácil para comer, e a Diana choraria menos. Só posso dizer que estão todos com suas terapias, e sei que mais adiante as coisas melhoram."

Brenda colocava a mão sobre a dela e nada dizia.

"Fui meio preconceituosa com vocês, admito. Na volta das férias no Nordeste, quando eu pegava o Carlinhos cantando em vez de falar, eu dizia para ele parar de imitar baiano, coitado. Eu os queria falando *normal*, como as pessoas daqui, sabe? Acho que a mamãe sempre quis que integrássemos certa aristocracia judaica. Mas não sei se isso existe, e muito menos se me sentiria bem ao lado de mulheres de banqueiros, de barões do aço, não sei. Estou saindo com uma pessoa ultimamente, e a terapia sempre ajuda. Tenho um problema com jogo, Brenda. Igual a alguns têm com a bebida. O terapeuta falou que são compulsões. Mas a gente vai aprendendo a lidar com elas, entende?"

Brenda estava bem a par do ocorrido porque Hana lhe segredara alguma coisa. E ela sabia que receber olhares enviesados era o que mais mortificava Nancy, cuja fama corria na comunidade.

"Todo mundo sabe que perdi um carro novo no jogo. Que passei noites em claro jogando e que depois de deixar as crianças na escola, eu ia direto para a sala de vídeo-poker. E outras coisas que dá até certa vergonha de confessar, Brenda."

A ex-sogra ajeitava o cabelo e limpava a garganta antes de falar: "Quem não tem seus fantasmas, minha filha? Vou lhe contar uma coisa que nunca vai sair daqui, que deve ficar entre nós duas porque talvez lhe conforte um pouco saber. Teve uma época, lá no Recife, em que me deu certo tédio de vida. Eu tinha sido uma jovem normal. Nem tão séria quanto Hana nem tão agitada quanto Anita, mas muito mais sorridente do que as duas juntas. Tive uma paixão toda desencontrada, mas tive a felicidade de encontrar Szymon. Horas tantas, conheci uma pessoa. Veja, não faltava nada ao meu casamento. Nada de que eu me apercebesse de qualquer forma. Mas devia faltar, e eu não sabia, só pode. Então dei uma fraquejada e comecei a ver alguém. Assim, como homem e mulher, você entende?"

Nancy não parecia especialmente surpresa.

"Isso durou o tempo que tinha de durar e meu segredo ficou restrito a uma ou duas amigas. Mas para que você não pense nunca que só você atrai a maldade humana, saiba que um belo dia a mulher de um deputado veio me dar a entender que sabia tudo a respeito. Não pense você que ela exalava enxofre e tivesse chifre. Não. Era tida como uma pernambucana inglesa, dessas que falavam francês em casa e enganavam meio mundo. Diziam que tinha um casamento infeliz, e que o ódio dela a mim é que eu tinha tido um flerte com um homem que ela tinha cobiçado na juventude. Mas por diversas vezes, ela veio falar comigo com a expressão mais angelical do mundo, com aquela bolsa italiana no braço, sempre dando a entender que sabia de algo mais. Até nos momentos mais dramáticos de minha vida, quando tive os apesseios que toda mãe tem, ela aparecia. Quando me diziam que ela estava ao telefone, a sensação que eu tinha era a de estar exposta a uma chantagem. Passei uma vida me perguntando o que levava uma mulher a ser assim. Desamor, ódio, rancor? Hoje sei que era só maldade mesmo, que aquilo tinha nascido com ela, aquela triste figura. Onde colocou as mãos, deixou a marca da infelicidade. E sempre soube posar de vítima. Pouca gente sabia o quanto podia ser tão diabólica, tão nefasta. Pois assim é a vida, minha filha. Sossegue e siga seu caminho. Estou perto do fim e sei que, da vida, o que fica são esses momentos de cumplicidade. Trate de tê-los com seus filhos quando crescerem mais um pouco. E lembre-se de nossa conversa de hoje. A perfeição tem morada desconhecida. Nenhum carteiro a achará. E desconfie dos muito virtuosos. Não acredite em gente de plástico."

Então Nancy pagou a água de coco e elas foram caminhando lentamente do fim da avenida Higienópolis até a rua Pernambuco.

"Não tem entardecer como esse daqui. É impressão minha ou a primeira semana de maio é sempre fria, minha filha?"

Capítulo 24

APESAR DE TRABALHARMOS NA MESMA UNIVERSIDADE, FOI GRAÇAS AO MEU marido que nos conhecemos, Hana e eu. Estávamos no cinema, num salão do Conjunto Nacional, quando um alemão fez um comentário sobre a forma brasileira de desobedecer às filas. Concordando com ele, Adolfo acrescentou mais uma pitada à brincadeira e foi ali mesmo que aqueles dois homens sóbrios e tão germânicos quebraram o gelo. Quando fomos apresentadas, percebi que conhecia Hana de algum lugar, mas naquela hora ela me pareceu filha de Martin, e não sua amante, como se dizia nos meus tempos. No fim do filme, voltamos a nos encontrar no café do cinema e, então, já era coincidência demais para que ignorássemos que ali se esboçava uma aproximação. Meses mais tarde, quando Martin voltou para passar uns dias no Brasil, convidamos o casal à nossa casa e tivemos um jantar agradável em que Hana chegou cautelosa, trazendo flores do campo e sentando-se na poltrona como se a almofada fosse um porco-espinho em alerta. Tínhamos ali uma judia que, como nós, não parecia religiosa, ao lado de um alemão da gema, provavelmente luterano, e talvez até vagamente antissemita. De alguma forma, os homens encontraram um terreno de interesse comum entre as elipses orbitais de Adolfo e o fitoplâncton de Martin, ao passo que eu e Hana simplesmente gostamos uma da outra, o que era de se esperar, sendo ambas ligadas à mesma instituição e conhecendo dezenas de pessoas em comum. Nem sequer o jeitão recatado dela me intimidou. Eu sabia que ele podia ser só uma defesa contra os olhares enviesados que o casal recebia, quem sabe por ele ser casado, quem sabe pela discrepância de idades, quem sabe porque esta era simplesmente a natureza dela, como vim a descobrir com o tempo. Tem vezes que a gente deixa o óbvio para o último lugar da fila. É para não estragar a brincadeira. Quem não gosta de adivinhar, de tatear no escuro? O que permanece intacta é a admiração que tenho por ela até hoje, especialmente depois de conhecer o lado mais ferino da personalidade. Dizia minha mãe que uma viúva sempre consegue se virar sozinha. Depois de perder o marido, logo se acomoda a uma nova rotina, diminui as porções das refeições, toma muito chá e faz amizades na vizinhança com as pessoas que, enquanto o homem da casa vivia, ela só cumprimentava de longe. Já um viúvo, a menos que tenha uma disciplina férrea, está fadado à rápida deterioração. Esquece os remédios, abusa da comida, toma uma cerveja a mais e deixa que o ambiente doméstico se degrade a ponto de se tornar irrespirável. Tendo ficado ela própria viúva cedo, sabia bem do que falava. Observo isso porque quando meu Adolfo se foi, apenas 2 anos depois da morte de Martin, foi que percebi o quanto de verdade havia no que mamãe dizia. Embora vivesse bem com a solidão, mesmo porque a universidade ainda me absorvia, aceitei com alegria a proposta de Hana. Ter com quem conversar à noite torna a vida mais prazerosa. Tenho 2 anos a mais do que ela, logo sou de 1942. Quando nos aproximamos, o judaísmo nunca chegou a ser um tema relevante entre nós. Nem sequer podíamos fazer como as velhas judias que trocam receitas de torta de queijo e bolo de nozes porque este não era o meu mundo e tampouco o dela. De nossas famílias, falamos, sim. De ambos os lados, havia a marca da dor que integra a história deste povo que sempre relutei em ver como o meu até estágios mais avançados da vida. No caso de Hana, a mãe embarcara num dos comboios da morte quando ela não tinha 1 ano, na esteira das deportações de Eichmann, em Budapeste. Só depois vim a saber que Hana estivera na Hungria ainda recém-formada para rastrear os últimos passos da mãe. Contrariamente a mim que perdi meu pai cedo, o de Hana faleceu com mais de 80 anos, no Recife. Não sei até hoje se o que Hana sentia por ele era amor incondicional, ou se havia um travo nessa relação. Ter nascido em 1944 numa cidade sitiada deixou marcas permanentes, embora discretas, em minha amiga. Isso não é incomum entre os nossos. Não precisamos ter vivido os sofrimentos de nossos antepassados para captar certa angústia no ar. E se há verdade quando se diz que até a vida uterina nos deixa marcas, o que não dizer de um bebezinho que foi de braço em braço enquanto lá fora as pessoas se caçavam como animais? Hana mede cada passo antes de ter uma conversa fortuita de saguão de teatro. É introspectiva, mas sempre foi considerada excelente professora. Seus orientandos de mestrado a têm como uma sumidade e dizem que ela pode até ser uma pessoa divertida, o que comprovei depois. Eu abraço desconhecidos, manifesto interesse pela vida dos outros e não hesito em dar meu telefone ou o endereço do Facebook a quem se sentou ao lado numa viagem de ônibus entre as Perdizes e a avenida Paulista. É da minha natureza. Meus alunos ainda aparecem de vez em quando com suas famílias na chácara de Ibiúna e tenho o maior prazer em fazer churrascos à beira da piscina. Pelo menos foi assim até uns poucos anos, antes que a idade começasse a me entrevar a coluna, embora não a cabeça. Já da parte de Hana, nunca soube de um aluno de quem tenha sido mais próxima por muito tempo e não consigo imaginá-la descendo da cátedra e imiscuindo-se na vida alheia sem ser chamada. Talvez pelas ligações dos irmãos com o Recife, tenho a impressão de que ela se solta mais com nordestinos e até se diverte com o jeito deles. Que Adolfo tenha tido suas aventuras amorosas, acho que é compreensível. Se não tive as minhas, é porque estava muito feliz em tê-lo como marido, mesmo porque respeito intelectual em nosso meio conta mais do que afinidade de costumes. Mas, contrariamente a Hana e Martin que viajaram bastante, eu e Adolfo sempre gostamos de nossa vidinha em São Paulo. Até para ir à Bahia foi um sacrifício e ele nunca deixou de falar que achou Salvador uma cidade suja, mote em que se apoiou para nunca mais querer ir ao Nordeste. De Montevidéu, ele curtiu bastante e chegou a dizer que poderíamos ir viver lá, mas isso não passou de um arroubo. Quanto a mim, o que ele quisesse estava bom. A bem da verdade, adoro pegar uma contramão e jamais gostei tanto de estar em São Paulo como no período de férias. Portanto, Hana achou uma amiga sedentária. Ambas gostamos do conceito de competências complementares. Sou boa para fazer massas; ela, para saladas e alguns assados, especialmente os festivos como o cordeiro que leva todo ano para o jantar de Pessach *com a família do irmão e sobrinhos, a que compareci ano passado. No mais, nós duas nutrimos genuíno respeito pelo saber alheio. O mundo de Hana é o das profundezas abissais. Como ela mesma diz, é o universo onde vagueiam peixes horrendos que ela acha lindos, e que têm uma lanterninha dependurada numa haste à frente dos olhos para enxergar no último minuto o predador que vem engoli-los. Mas também sei que Hana navega por outras águas, e aqui não falo das viagens que fez tanto na companhia de Martin – um homem visceralmente chato, cá entre nós – como sozinha, ainda jovem, à procura de si mesma e do espectro da mãe. Como dizia, a Hana é mais do que todas essas dimensões juntas. É uma mulher admirável que, desconfio, ainda viverá muito.*

I

Sempre que chegava à China, Boris se sentia inebriado por tanta grandeza. Eufórico, falava de seus estados de alma até à recepcionista do hotel.

"Se há um povo que merece a denominação de filho do Império do Meio, este só poderia ser o chinês."

O *concierge* sorria amarelo enquanto o conduzia ao quarto. Então, lá pelo terceiro dia, os ventos mudavam visivelmente.

"Há tribos inteiras de predadores nesse mundo. A começar pelos judeus israelenses. Em poucos anos, passaram de coelhos assustados a lontras. E, é claro, os turcos, que são cruéis por natureza. Nasceram assim. Que o digam os armênios. Agora os piores são os chineses. Ultimamente, eles veem o mundo como um grande quintal."

Lá pelo quinto dia, quando geralmente decidia ir embora, não importando para quanto tempo estivesse prevista a temporada, vinha um novo diagnóstico.

"No que depender de mim, passo uma procuração para o escritório de Hong Kong e não volto a botar os pés nesse país. Quem come pata de tigre e bebe esperma de urso pardo de aperitivo, brinca de feiticeiro. Dia vai chegar em que vão parar a Terra. Mas não comigo aqui dentro, isso não. Pulo fora do carrossel antes que ele engasgue, isso sim. Quando procurarem por mim, já terei saltado a Muralha."

A sorte de Boris era que, como acontece à maioria dos orientais, os chineses não entendem as metáforas. O normal é que se assustem com a força figurada da representação, se tanto, mas raramente se sentirão atingidos diante de mais uma irreverência de um *gweilo*.

Nos últimos dias de cada temporada, Boris quase sempre ficava recluso no hotel, e não era raro que ligasse para Dr. Ítalo.

"Estou fazendo um intensivo local para o dia em que o isolamento for de lei no mundo, camarada."

Quando saía para uma reunião, caminhava pelas calçadas driblando as marcas de cuspe no chão e irritava-se com os hábitos locais de arrotar, assoar-se, escarrar e dar livre curso às flatulências.

"Você viu que aquele cara peidou no elevador?"

Rupert Lo, o advogado de Guanzhou, tentava aliviar: "Para nós, tudo o que o corpo tem de estranho, precisa ser expelido, Boris. É uma forma de não acumular doenças dentro do organismo."

Eis um argumento que o exasperava: "Não as trazem para dentro, mas espalham para fora, não é? É coisa de Império, convenhamos. E depois vocês ainda nos chamam de bárbaros do nariz grande."

Por fim, quando já voava para o Ocidente, Boris pensava com saudades na China. Certa feita, ainda sobrevoavam o deserto de Gobi quando confidenciou a Audrey: "Amo esse país. Cada vez que saio, sonho com o dia da volta. Nada se compara à beleza dos velhos fazendo *tai chi* nas madrugadas das praças. E que potencial imenso eles têm de gerar riqueza. A China é uma bênção para o mundo."

Como disse Estela a Diana: "O papai é assim mesmo. Uma hora ele sopra, outra ele apedreja. Vale para humanos, bichos e até para povos inteiros."

II

No grande pavilhão da Feira, os problemas muitas vezes eram recorrentes, como se ele tivesse se esquecido de que certas questões já tinham sido objeto de longas discussões. Mas sendo a implicância algo que raramente prescreve, ele perseverava.

"Então me digam vocês: como vou agora ficar sozinho no meio de tanta gente? Quem de vocês duas vai me levar ao hotel, se eu precisar."

Boris estava quase fora de controle, como costumava acontecer quando se via engolfado pelas multidões.

"Mas, Mr. New Man, já é meio-dia. É hora de toda a China parar para almoçar. É glorioso para a saúde comer na hora certa. O senhor deveria fazer o mesmo."

Boris não se conformava com aquele resquício da ordem comunista.

"É ótimo para vocês. Mas o que dizer de mim, que pago duas intérpretes para não ter nenhuma, justamente na hora em que mais preciso? E se aparecer alguém no estande? Como vou me virar em mandarim? Por que não vai uma de vocês almoçar, e a outra fica aqui comigo?"

As meninas ficavam desarvoradas: "É só por uma hora, Mr. New Man. O senhor pode descansar numa cadeira num local ventilado. Ninguém vai aparecer para pedir informação porque todo mundo pára para comer a essa hora".

Boris não aceitava o argumento: "Milhares de pessoas não têm um relógio na barriga. Estrangeiros iguais a mim, podem comer um pouco antes ou um pouco depois. Gente que não depende de uma ordem do Partido para se sentar à mesa". As meninas enrubesciam: "*No poritics, prease, Mr. New Man*. Por que não vem com a gente, mesmo que não queira almoçar? Estarmos juntos é glorioso". Boris rebatia: "*Glorious*? Onde vocês aprenderam essa? Com o ministro da Propaganda? Não é que eu não queira almoçar. Mas não posso comer essas coisas de vocês. Trouxe melão em cubinhos, lichia e banana. Posso comer até enquanto caminho pela feira para não perder tempo."

Elas sorriam: "Mas a mente também precisa de descanso, relaxe um pouco, Mr. New Man. É mais fácil repor o tempo do que a saúde. Venha conosco. O Hunan Garden tem comida muito boa. Chegando lá, talvez mude de ideia. O senhor já come fruta o dia todo. Precisa também comer arroz. O senhor é muito grande. Precisa de combustível. Dentro de uma hora, recomeçamos o trabalho."

Boris gostava delas: "Então vou lá ficar com vocês, mas só vou comer o que levei."

Elas assentiam: "Não tem problema, eles não se importam. O senhor é muito engraçado, Mr New Man."

"Eu, engraçado? Engraçados são vocês que não saem da linha e são todos iguais. Parece mais que foram produzidos em série. Não é cansativo ser igual a todo mundo?"

Elas se entreolhavam:

"É glorioso sermos todos um só povo, Mr. New Man. A madeira só é lisa quando nenhum prego pede para sair."

Ele balançava a cabeça, incrédulo. *Glorious, glorious...* cada vez que chegava à China, havia uma nova palavra em voga.

Ano após ano, as estudantes de Literatura Ocidental de Cantão faziam um bico lucrativo por ocasião da grande Feira. Já era o terceiro ano consecutivo que Boris as recrutava. Ling, alta e pálida, atendia pelo nome de guerra de Alice. E Wu, uma gordinha de bochechas coradas, gostava de ser chamada de Cindy. Ambas falavam bem inglês e o acompanhavam em visita aos fabricantes de material médico-hospitalar, que eram os que mais o interessavam. Agora, acomodados à mesa, Boris via com certa inveja como elas se deliciavam com seus pratinhos coloridos, de que eram servidas no grande bufê por uma brigada de dezenas de assistentes de cozinha.

"Como tudo aqui é grande, não é? E olhe que venho de um país gigantesco."

Alice não gostava de falar enquanto comia. Ele sabia disso, mas não se intimidava: "O que é essa iguaria do País das Maravilhas, Alice?" Mesmo assim, ela sorria: "É pato ao gengibre com arroz branco e brócolis. Muito saudável."

Cindy era mais loquaz: "Mr. New Man é um homem feliz. Aqui, na China, dizemos que quem tem barriga grande tem a felicidade dentro de si. E ganha muito dinheiro. É o Buda da alegria."

Todo ano eles tinham as mesmas discussões, e todo ano ele ia embora lá pelo quarto ou quinto dia, quando lhes dava uma gratificação maior do que os honorários que pagava à agência.

"Mr. New Man é o melhor *business man* da feira. Pena que só compre material médico. Sua loja não tem interesse em outras coisas? A feira de Cantão tem de tudo."

Boris falava com vagueza deliberada: "Não tenho loja. Eu atendo as lojas, o que é bem diferente. E vendo para os governos, o que é muito mais lucrativo. E por quê? Porque nossos governos, por uma misteriosa razão, preferem pagar mais caro pelos produtos. Não é engraçado que justamente quem teria o maior poder de compra, queira pagar o valor unitário de quem adquire uma ninharia? Por que será?"

Elas fingiam admiração: "Mr. New Man deve ser um homem muito importante."

Então, aflorava o Boris paternal: "Ninguém precisa ser bom em tudo. Mas numa coisa a gente tem de ser o melhor. Aprendam isso para a vida. Pena que os tontos dos meus filhos não me ouçam. E isso aqui, o que é Cindy?"

Ela pousava os pauzinhos: "Quer um pedaço? É bochecha de porco agridoce."

Boris salivava, mas tentava pensar em outra coisa. Não achando o que dizer, divagava: "Será que sua xará Cindy Crawford também comeria isso?"

Ela não se dava por achada: "É muito saudável para os ossos e o cabelo."

Na China, achava-se explicação para tudo.

III

No grande salão da municipalidade, a Dra. Wei recebeu Boris para um banquete oficial para 30 pessoas. Ele relutou em aceitar.

"É grande honra, Mr. New Man. Ela é muito ocupada e importante. É autoridade alta no Partido."

Boris devaneava: "Devia ter trazido aqui uma irmã minha que é comunista. É comunista de linha chinesa, diga-se."

As meninas o olhavam com desconfiança.

"Prega o fim da riqueza e só se hospeda à beira-mar, toma uísque em bares de luxo. Já morou em Israel, de vez em quando vai a Paris e vive montada num avião. É como se almoçasse em Xian e jantasse em Wuhan."

Alice mostrava curiosidade: "Então ela já veio à China também?"

"Não, não é isso o que estou querendo dizer. É no sentido figurado. *Abstraction, do you understand?* Quero dizer que ela viaja muito, como fazem as pessoas que têm muito dinheiro. E isso porque ainda é só aspirante. Deve ser fácil ser comunista assim, só no discurso."

As meninas ficavam apreensivas.

"No banquete, é importante comer nem que seja um pouco porque haverá brindes a Mr. New Man. É bom aceitar todos e emborcar o drinque todo. É parte da tradição. Por favor, mostre gentileza. Como costuma fazer o panda quando acasala."

Boris franzia o cenho: "De que panda vocês estão falando?"

Ambas rebatiam: "*It is just abstraction. Do you understand, Mr. New Man?*"

Até ele ria: "Vocês copiam como ninguém."

Cindy era quem ficava mais à vontade para dar conselhos pessoais: "A Dra. Wei é quem decide sobre parcerias com estrangeiros nesse setor. É muito importante ter bom *guanxi* com ela. No seu discurso, Mr. New Man, pode falar da boa relação entre a China e o Brasil. Da amizade de nossos povos. Do futuro dos negócios entre países grandes. E pode contar um pouco sobre sua família, se quiser. Todo mundo gosta disso. Mas sem falar de política, por favor. Muita gente ali entende inglês. Então, nem sempre poderemos filtrar sua fala. Por favor, beba para brindar, mas fique sóbrio, se podemos sugerir."

A Dra. Wei recebeu Boris no gabinete onde cada um ocupou uma poltrona grande. Na mesinha do meio entre ambos, dois copos de chá. Num segundo plano, um pouco mais atrás, Cindy se encarregava da tradução.

"Dra. Wei diz que Mr. New Man é um importante sócio do projeto World Masking e que o comitê vai aceitar o pedido de três milhões de unidades de máscaras nasobucais como sua cota de acionista."

Boris não sorriu, descumprindo a praxe: "Mas diga a ela que não temos como distribuir para as farmácias uma máscara com o nome que ela sugeriu. Com esse nome, os hospitais e as farmácias não vão querer comprar."

Era um tema delicado. O suor porejava na testa da jovem tradutora.

"A Dra. Wei diz que *ordinary* é uma palavra muito boa aqui na China. Torna a marca muito popular e bem aceita. Significa que todos podem ter uma."

Boris espumava: "Aqui ela pode vender pelo nome que quiser. Para minha cota, vou sugerir outro nome fantasia, mas *ordinary*, lá, vai parecer que a máscara não tem qualidade. É como se fosse uma confissão de culpa. Explique isso a ela e abrevie o rito."

Cindy olhava com aflição para Alice: "A Dra. Wei sugere que passemos à sala do banquete. Comer todos juntos é glorioso. Disse que vai considerar sua sugestão. Mas, francamente, ela ainda não entendeu a razão de sua recusa. Na verdade, nem eu."

Todo o comitê administrativo do distrito industrial estava lá, como se o ritual estivesse há muito incorporado à vida protocolar deles.

Nos fundos do salão, uma enorme caixa d´água atraía a curiosidade e o entusiasmo dos comensais.

"A Dra. Wei quer mostrar o que temos para o jantar em honra a Mr. New Man." Boris relutou em ir até lá. "É preciso pelo menos dar uma olhadinha, Mr. New Man. São só carpas vivas e uns moluscos. Os caranguejos e as vieiras ficam separados. No terceiro tanque, temos um viveiro de lagostins. No jantar, vamos ter também camarão bêbado."

Boris não acompanhou as explicações da Dra. Wei até o fim, mas sorriu como suas instrutoras de protocolo tinham sugerido.

Mal se sentaram, chegaram as travessas de pirex, uma côncava e a outra convexa. Dentro da primeira, os camarões vivos de uma polegada a unidade esperavam sua boa hora.

"Aqui cultuamos a tradição de comer produtos frescos, Mr. New Man." Despejando meia garrafa de uma bebida forte nos camarões, a garçonete ateou fogo e colocou a tampa vazada para que os bichos não escapulissem. Em desespero, os camarões começaram a se retorcer, e os primeiros que morriam mudavam de cor, indo do cinza ao coral.

A Dra. Wei pegou um com a ponta dos dedos experientes e levou-o à boca para ensinar a Boris a forma de comê-lo.

"Diga a Mr. New Man que o segure pelo rabo e leve-o à boca. Alguns ocidentais não gostam da cabeça porque é onde está o sistema digestivo do camarão. Mas diga a ele que é a parte mais nutritiva. Melhor levá-lo à boca enquanto ele ainda está semivivo, com os movimentos inerciais preservados. *It is very delicious.*"

Boris colocou um camarão no prato e aceitou o brinde proposto pelo delegado do Partido que, de pé, fez a saudação de praxe: "Que este banquete seja o primeiro de muitos."

Ele contornou a mesa enorme para tocar o copo cheio no de Boris, olhos nos olhos. Alice via com inquietação as rodadas que se sucediam. Todos fingiram não perceber que Boris tinha jogado o camarão no chão e que o espezinhara.

Enquanto beliscava legumes, Alice sugeriu-lhe que falasse alguma coisa antes que fossem mais longe nos brindes sem fim.

"A tradição chinesa diz que ficar bêbado é dar prova de confiança e amizade ao outro." Boris rebatia: "Eu já sei. Encher a cara é *glorioso*."

Vely good, Mr. New Man, vely good.

Quando na China, Boris não se esquecia de rememorar, com as perplexas Alice e Cindy, suas agruras familiares. Elas o olhavam com imenso estranhamento. Pior era traduzir suas diatribes no banquete.

"À Dra. Wei, meu obrigado pelo jantar. Estar aqui é como celebrar em família. Nossos países têm muito que se ajudar mutuamente. Um precisa do outro como a agulha não funciona sem a linha. Espero que possamos fazer muitas costuras. Da próxima vez que vier aqui, talvez traga meu filho para ele ver desde cedo que o pai dele gosta de aprender com um dos povos mais antigos do mundo. Venho também de um povo antigo. Meu povo não tem tantos sábios quanto o de vocês. Mas tem muito mais profetas que me dizem que as crises do futuro nos trarão oportunidades – como vocês gostam de dizer. Vejo aqui vocês celebrarem o fim da política de um filho por casal para quem pode suportar maiores impostos. Mas pensem bem antes de terem muitos. Tenho um filho meio apavorado, uma que tem medo de gente e outra que odeia água. O que..."

Alice o atalhava: "*Prease*, Mr. New Man, permita algum tempo para a tradução."

E, então, cortava a última parte da fala de Boris e adornava-a com exortações à paz e à cooperação, que lhe valiam aplausos que ele não conseguia explicar.

"Certeza de que você traduziu certo?"

Cindy e Alice sorriam em assentimento.

"*The Chinese way*, Mr. New Man."

IV

No começo da tarde, Cindy e Alice chegaram a bordo da van para levar Boris ao aeroporto. "Mr. New Man agora só volta na Festa da Primavera. Verdade?"

Boris estava melancólico vendo as árvores desfolhadas de Xangai, para onde as meninas tinham se deslocado para acompanhá-lo em visita às últimas fábricas do périplo.

"Pode ser. Em todo caso, depois do Ano Novo de vocês." Olhando uma para a outra, elas falaram quase ao mesmo tempo: "Obrigada pelo envelope generoso, Mr. New Man. O senhor tem grande coração. Tenha um feliz Natal com sua família."

Boris ficava sem jeito quando recebia elogios: "Obrigado, mas não celebramos Natal na nossa família. Não somos cristãos. Judeus não celebram Natal, só quando há casamentos mistos."

Cindy parecia surpresa: "Judeu? Mas Mr. New Man não pode ser judeu. Um *Youtai* é diferente. Não dá gratificação grande e tem orelha vermelho-sangue."

Boris virou o rosto para ver a orelha no retrovisor: "É, acho que a minha está mais para amarela do que para vermelha. Mas se quiser, posso pegar o dinheiro de volta. De onde você tirou essas coisas?"

Foi Alice que atalhou: "São os ocidentais mesmo que dizem isso. Mr. Fei Guin, de Oliver Twist, é um *Youtai* muito ruim. Mr. Schi Rock, de Shakespeare, também é malvado. Mr. New Man não tem sangue na orelha nem rosto redondo. E dá dinheiro para que a gente compre presente de Ano Novo para nossos avós. Então, como pode ser judeu?"

Boris se divertia: "Mas tem judeu de todo tipo. Até negro". Elas estavam incrédulas: "E como judeu preto pode ter orelha vermelha?"

"É que nem todo judeu tem orelha vermelha, ora essa."

"Como é o Deus dos judeus, Mr. New Man?"

"De mentira, como todos os outros."

"Mr. New Man sempre brinca."

"Não, é sério, já esqueci. Uns dizem que Ele gosta muito da gente, que somos seus filhos favoritos. Outros já disseram que teve época que Ele nos esqueceu por completo. Mas para os judeus, o que menos importa é a religião. Ela é simples demais para que eles acreditem nela. O truque de ser judeu está no comportamento, na forma de ver o mundo. Deus vem a reboque. Um dia, alguns dirão que Ele nos esqueceu a todos – judeus e não judeus, chineses e africanos, brasileiros e russos. Seja Ele como for, deve ser muito ocupado. Só aqui vocês são mais de 1 bilhão de pessoas. Como achar tempo para cuidar de cada um e ainda do resto da humanidade?"

Elas pareciam pensativas: "Mr. New Man, em chinês, nós dizemos que quem faz a lei precisa ser severo. Quem a aplica, precisa ser generoso. Mr. New Man a aplica com bom coração. Deus deve gostar muito de Mr. New Man. Como a gente gosta."

Boris não conseguiu dizer nada. Limpou os óculos no lenço e elas ficaram em silêncio. "Peçam para Ele aumentar o ar-condicionado. Estamos torrando aqui dentro."

As meninas pareciam desacorçoadas. Uma delas deu uma garrafinha de água para Boris: "Precisa beber mais água, Mr. New Man. No próximo ano, nós o queremos aqui. A mãe dos filhos de Mr. New Man não é Miss Audrey, não é?"

Boris riu: "Vocês acham que Audrey tem cara de quem tem três filhos? Não, a mãe deles é brasileira. Chama-se Nancy. *Bloody Nancy* – daria o nome de um drinque bem amargo."

Elas não entenderam bem. Foi Cindy quem perguntou: "Por que Mr. New Man se separou dela se ela lhe deu família e tem a mesma religião?"

"Porque ela era muito chata e não gostava da China."

"Mas e seus filhos, eles gostam da China?"

Boris balançou a cabeça e virou-se para atrás para falar para elas: "O rapaz acha a viagem longa e tem medo de ficar longe da mãe. A menina mais velha não gosta de gente, só de cachorro, e acha que vocês os comem no jantar aqui todo dia. E a mais nova, bem, a mais nova aí é como camarão."

"Como camarão?"

"É, como camarão. Tem merda na cabeça."

Elas não sabiam como agir.

"Aliás, acho que vou me casar com uma chinesa."

360

"Com uma chinesa, Mr. New Man? Mas tudo de Mr. New Man é grande. Aqui na China, temos tudo pequeno."

Estavam chegando ao aeroporto. Boris só disse *small is beautiful* e foi pegar a mala atrás do carro.

"Da próxima vez, me apresentem uma noiva chinesa. Mas tem de ser vegetariana e ter bunda."

E deu as costas sem se despedir.

Capítulo 25

Ah, quer dizer que vocês acham que já nasci com essa idade toda? Pois estão os três enganados, fiquem sabendo. Essa velha coroca que está aqui já foi menorzinha do que Diana, viu, Di? E eu tinha uma babá que era uma pretona dos dentes bem brancos e que também me contava histórias para dormir, como estou contando hoje aqui para vocês. Minha babá era assim, digamos, muito doce e engraçada. Ela pegava meu cabelo ruivinho, que ela achava lindo, e ficava penteando com uma mechinha de algodão que ela botava nos dentes do pente. Se dente tem pente? É claro que tem. Ah, desculpem, quem tem dente é o pente, vocês me confundem toda. O que são os dentes do pente? Ora, aquelas garrinhas, não é Carlinhos? Só sei que meu cabelo ficava macio que era uma beleza. Uma seda, como ela dizia. Aqui vocês são três, mas lá, no Recife de antigamente, éramos só nós dois, eu e meu irmão Samuel, que todo mundo chamava de Samuca, vocês não conheceram, e que está vendo a gente se divertir aqui daquela estrelinha que brilha bem ali no céu, atrás do saco de areia de boxe. Samuel fazia uma pergunta atrás da outra porque era tão curioso quanto Estelinha, que nesse ponto deve ter puxado a ele. Só nesse ponto, viu, Estelinha? Porque o tio Samuel comia de tudo e você só come batata frita e aquele franguinho em cubinho do McDonald's. Pensa que não vejo, não? Aquilo é apara de carne prensada, minha querida. A vovó aqui pode estar caduquinha, mas vê tudo, viu? O nome da minha babá? O nome dela era Joana e ela vinha de um interior lindo, lá onde o pessoal plantava muito inhame e batata doce. A família dela toda trabalhava na roça. Toda noite ela contava um pedacinho da vida. Foi assim que eu e Samuca ficamos sabendo que ela vinha de uma cidade muito pobre, mas muito bonitinha e que, apesar de terem pouco dinheiro, não faltava nem comida nem alegria. Eles, lá, não tinham essas camas quentinhas que vocês têm, nem esses brinquedinhos chineses porque o pai deles não viajava como o de vocês. Aliás, ele nunca tinha saído da cidade até ir visitar a Joana uma vez lá, no Recife, quando meu pai o levou para ver o mar pela primeira vez. Mesmo assim, eles tinham uma vida animada, com banhos de açude e passeio de carona no carro de boi que rangia, rangia, rangia, preguiçoso, para subir as ladeirinhas de paralelepípedo. Quem sabe repetir o palavrão sem errar? Cada um de uma vez, começando por Carlinhos: paralelepípedo. Estelinha, separe bem as sílabas, minha linda, que aí fica mais fácil. Vocês hoje não separam mais sílaba na escola, não? Vamos lá: pa-ra-le-le-pí-pe-do. Quando era menina, lembro que a gente não tinha carro, mas meu pai e minha mãe pegavam a gente pela mão e nos levavam até a beira do rio, toda iluminada. Ali a gente tinha direito a uma gasosa — que era um refrigerante daquele tempo —, cada um pegava a sua, e eu gostava de pera e Samuca, da gasosa de maçã. Um tinha direito a dar um gole de canudinho na do outro, mas tinha de ser um gole curtinho, só para provar. Quando eu já era uma mocinha assim como Estelinha, com meus 12 ou 13 anos, minhas amigas saíram do Recife e foram morar no Rio. Passei uns dias bem triste. O nome delas eram Elisa e Clarice e elas moravam na praça onde tem aqueles leões na fonte, que já mostrei uma vez a vocês, mas acho que só Carlinhos deve estar lembrado porque era o maiorzinho da tropa. Sim, é verdade, o vovô também foi a esse passeio e Estelinha ficou dizendo que ele tinha uma fala engraçada porque de vez em quando ele cometia um errinho. Sim, Diana, o vovô não pode mais vir visitar vocês porque ele também virou uma estrelinha que está bem ao lado daquela do tio Samuca. No dia em que a vovó for para junto deles, vai ficar olhando vocês lá de cima para saber se tudo está correndo direitinho aqui embaixo, na vida de cada umzinho daqui. Ih, parece que já tem gente dormindo, mas não se preocupem porque daqui a pouco chamo Nancy e, aí, cada um vai para seu quarto. Não? Não estava dormindo, Di? Então foi só impressão da vovó, e vamos em frente que atrás vem gente, como vocês gostam de dizer, não é assim? Do que a vovó mais gostava? Das festas, não é? A bisavó Fanny preparava uma chalá *deliciosa e tinha gente que vinha pegar em casa por encomenda para a gente ganhar um dinheirinho extra, já que o biso era meio pobrezinho. Eu adorava me sujar de farinha de trigo para fazer a massa e depois jogar umas passinhas secas. A gente botava pouquinho porque a passa era importada da Argentina, era muito cara. Lá, no Recife, tinha também uma festa de Carnaval bem animada e as pessoas jogavam talco e confete umas nas outras. Tinha gente que jogava água também, mas meu pai não gostava desse costume porque as pessoas podiam ficar resfriadas e gastar a roupa que era cara. A gente tinha um medo danado dos fantasiados que apareciam na janela e eu e Samuca nos escondíamos no corredor. Mas a gente adorava levar um susto, especialmente do homem mascarado de urso que sempre levava um dinheirinho, senão ele chamava a gente de pirangueiro. O que é pirangueiro? Quem sabe? Muito bem, Estelinha, é sovina, pão-duro. No São João, as ruas da vizinhança ficavam cheias de bandeirinhas e era lindo. Uns amigos da família achavam que minha mãe, a bisa, não devia levar a gente para ver as quadrilhas na rua porque era festa de* goy, *e que judeus não deviam comemorar essas festas, o que era uma grande besteira. Quanto mais a gente vai às festas uns dos outros, menos briga. A mamãe também é assim? Pois conversem com ela e expliquem que ela tem de deixar vocês irem às festas juninas porque vocês têm sangue nordestino, não é mesmo? Digam já que querem passar o São João em Caruaru, que aí ela vai deixar vocês irem à casa dos amiguinhos. Mas não digam que fui eu quem sugeriu, hein? Segredo nosso. Não esqueçam:*

ser judeu é tentar fazer o bem. Nem sempre a gente consegue porque a gente tem as mesmas falhas que todo mundo tem. Mas vamos dizer que ser judeu é tentar mais. Lembrar que a gente já esteve em situação muito difícil, e que sempre teve alguém que nos estendeu a mão. Nossos pais e avós chegaram todos a este país maravilhoso no porão dos navios, lá embaixo, na terceira classe, onde tinha até ratinho. Como? Ora, Di, eles subiam pelo cordame da atracação. Estelinha explica depois. Faça um desenho que é melhor, minha filha. Então, não tem essa bobagem de povo escolhido por D'us porque Ele tem muita gente com quem se ocupar e, muitas vezes, com gente em situação tão ruim ou pior do que a que nosso povo já viveu. A vovó teve uma vida feliz, quer dizer, tem uma vida feliz, obrigada Estelinha, também graças a vocês que são uns amores. Não, não, o vovô nessa época ainda estava longe, era um rapazinho que morava numa linda cidade da Europa e eu não o conhecia. Eu só o conheci aqui pertinho, ali pelo Bom Retiro e, aí, eu me casei. Tia Hana era menor do que Diana hoje, e depois nasceram seu pai e a tia Anita. Por que no Recife? E por que não? Eu disse ao vovô que a gente fosse lá só para matar as saudades, mas aí ele gostou e a gente resolveu ficar lá, menos a tia Hana. Aí, depois o pai de vocês quis voltar para cá, e assim é que é bom porque vocês têm casa lá e têm casa aqui. Já pensaram? Ah, sim, em Holon também, é verdade, na casa da tia Rivka e do tio Mordechai. Isso mesmo. E quando quiserem ir lá, para Boa Viagem, a vovó vai ficar feliz porque ela está começando a ficar velhinha e é meio cansativo pegar avião. Mas basta vocês pedirem para a mamãe que eu vou estar lá esperando vocês para a gente se divertir muito. Não, não, Joana já virou estrelinha há muitos anos, mas de vez em quando eu a vejo da janela da varanda quando tem noite de lua. Ainda sei fazer, sim; podemos todos fazer uma *chalá* para treinar para as festas de Rosh Hashaná, quando vocês tirarem férias no Bialik. Aí podem vir passar comigo no Recife, não é mesmo? Bom, por hoje é só, vamos dormir agora que a vovó amanhã precisa viajar e ainda quer acordar cedo para dar um beijo em cada um antes de irem *para o colégio. Mas olha só quem está ali... a Nancy estava escutando nosso papo todo. Venha para cá você também, minha filha, e enxugue essas lágrimas. Perdoe as conspirações dessa velha sem eira nem beira, como a gente diz lá.*

I

Sempre que Boris passava na casa da ex-esposa, ambos se trancafiavam na salinha que fora seu escritório. Ocorre que as expectativas de terem a tal conversa civilizada que sugeria o bom senso logo iam ralo abaixo. Bastava que ele abrisse o colóquio com o tom de voz errado, o que facilmente acontecia, para que Nancy se colocasse na defesa e começasse a fazer o que de melhor sabia: a tradução literal das palavras, o que impedia a conversa de evoluir.

"Neurastênica, eu? Olha só quem fala. Vamos ao dicionário nesse instante mesmo para ver quem é neurastênico aqui. Me poupe, Boris, se enxergue."

Mais arrumada do que o costumeiro, com a boca pintada de batom chamativo e um colar de pedras semipreciosas que dava sete voltas em torno do pescoço longo e esparramava-se sobre o colo alvo, Nancy sofria com a implicância de Boris.

"Entenda que você está estragando Estela. Ela, aliás, até que estava no bom prumo. Eu gostava do tempo em que ela nadava, mexia-se. Mas de tanto mimá-la, cedendo aos caprichos mais evitáveis, você criou uma abestalhada que só se sente à vontade num universo canino. Ou, então, quando está cercada de debióides arrogantes que se comportam como maníacos e só sabem falar de série de televisão. A que horas esse pessoal vive, se eu posso saber?"

Nancy se desesperava mais ainda.

"Pois saiba que muitos deles são filhos de nossos amigos. Ou pelo menos, de meus amigos do Peretz. Não tenho culpa se você estudou nos cafundós de Pernambuco. Essa turminha que vem aqui que você vê com ela é um pessoalzinho que convive há séculos, que era da colônia de férias de Campos do Jordão, e que não tem vícios. Tenho o maior orgulho de vê-los aqui fazendo pipoca, tomando refrigerante, comendo biscoito de polvilho. Você é que é intolerante, e não dá tempo ao tempo."

Boris bufava.

"Por que você, quando fala da Estela, sempre se refere às coisas no diminutivo, hein? Já não basta de tanta regressão?"

Vendo que ela optava pelo silêncio como defesa, ele arremetia: "Uma menina que nunca comeu um bife na vida e que só sabe o que é comida processada é óbvio que não está pronta para o mundo. Já Diana é imunda, não há outra palavra que a defina. Eu não posso fazer isso, mas você bem que podia enfiá-la à força no chuveiro e pegar um escovão desses de lavar girafa de circo e esfregar nas costas dela até a água sair clara. O que você faz? Prefere mandar para o terapeuta. Ora, o que ela precisa é de hidroterapia. Em português de gente, ela precisa de H_2O e só. E outra: além de choramingas, não há uma só história dela que se sustente de pé. Zero."

Então, ele entrava no âmago da questão. Nancy já o conhecia bastante: "Agora, francamente, impedir que Carlinhos tenha uma experiência com o próprio pai na China, aí é exagerar na dose. Seu pai esteve lá uma vez e morreu falando da Ásia. Todos tinham orgulho em mostrar aquela foto em que ele sorria com todos os dentes da dentadura na Grande Muralha. Agora eu, que vou sempre, que até mijo na Muralha, que sou bem recebido e tenho negócios lá, não tenho o direito de levar meu próprio filho porque você o joga contra mim. Quem disse que há idade mínima para ir à China? Esse garoto não desgruda de você. Nem o *Taglit* quis fazer. E quando foi para Israel, trocou a barra de sua saia pela saia comprida de Rivka. Grande vantagem. Fiquei com medo de que Mordechai quisesse fazer dele religioso. Era o que me faltava."

Nancy nada dizia e isso o irritava.

"E vá tirar esse batom que você parece que tem uma Ferrari na boca. E para que tanto colar a essa hora da manhã? Quando eu frequentava terreiro de candomblé, você se queixava. Agora me chega aqui vestida de Mãe de Santo."

Nancy se desesperava e pegava o lenço do bolso. Medicada, porém, aprendera a desmontar os argumentos sem se exaltar.

"Você está na minha casa e eu me visto como quero. Não fale assim de suas filhas porque você jamais quis atinar sobre sua cota de responsabilidades nisso tudo. São boas meninas, ótimas netas, porém imperfeitas. Desculpe, isso acontece. Talvez a gente não tenha sido o melhor exemplo, eu e você. Mas sempre haverá tempo de corrigir os rumos. Agora daí a você dizer que impeço o Carlinhos de viajar com você, já é um absurdo. O que você não vê é que você próprio faz medo a ele. E quem vê de fora, jura que faz de propósito. Onde já se viu chamar alguém para um lugar que você mesmo descreve como um mundo hostil, indecifrável, cheio de códigos estranhos? O Carlinhos é sensível, já nasceu sem estômago para certas extravagâncias. Ele gosta de ir pela sombra. Que eu saiba, ele é ótimo aluno. Por que jogá-lo na água fria pelo prazer sádico de vê-lo sofrer?"

Aquilo não deixava de ser uma confissão de culpa: "Então você admite que está por trás da decisão dele? Porque até as palavras são as mesmas, minha cara. O que quero é que ele presencie a História em ação. Que esteja preparado para falar sobre a China do futuro. Não a de hoje, mas a China de mais 10 anos – a China de 2020, 2030, 2040. Nenhum país terá tanto impacto no mundo, para o melhor e para o pior, quanto ela. Isso deveria bastar."

Nancy assacava o argumento crítico, o que ele mais detestava: "Você não respeita os limites alheios e, ao mesmo tempo, detesta que alguém devasse os seus. Dois pesos, duas medidas, seu Boris. Para você, é uma posição muito cômoda. Você devia se lembrar da visita a Auschwitz. Eu não fazia a mínima questão de ir lá ver aquele horror. Nem sequer à Polônia eu queria ir. Mas você tanto insistiu que fomos. O resultado é que terminei desenvolvendo um trauma. Tudo ficou associado na minha cabeça. Aquela plataforma horrível, aquele vagão de gado, os fornos, as barracas. Aonde você queria chegar, hein?"

Aquele era o indício de que a tentativa de conversa chegara ao fim: "Fale o que quiser. Quem teve parentes mortos lá fui eu, não você. Os seus já estavam aqui no bem bom. Só não venha atribuir a um campo de morte as estripulias que você andou fazendo depois disso. Isso já é outra coisa. E não precisa me vir com explicações rebuscadas, falar de constelações e dessa metafísica de vigarista. Estou cheio de você e de seus gurus."

Nancy então cortava: "Vá embora, Boris, me deixe em paz. Sempre que você vem aqui, minha expectativa é toda outra. E você me chega com os mesmos insultos e patadas. Somos sócios em partes iguais de nossos filhos. Quer você goste quer não."

Boris, então, fechava a porta da rua com força. Ele nunca aprendera a fechá-la com um mínimo de delicadeza.

II

Nas madrugadas na China, vendo ao longe o grande pagode de Wuhan, Boris ficava insone até os primeiros raios de sol. Sendo plena tarde no Brasil, disparava os telefonemas que respondiam por metade de suas contas de viagem. Contrariando todos os prognósticos que podiam fazer os parentes e conhecidos, uma estranha cumplicidade vinha selando um novo pacto entre Boris e Anita.

"Que horas são aí, seu maluco? Quatro e quinze? Por que não tomou uma bomba para dormir?"

Boris preparava um chá e apoiava-se na janela para ver o pessoal que começava a se juntar na praça para fazer ginástica.

"Para quê, se já viajo de volta amanhã? Para ter de fazer outra adaptação ao fuso quando chegar ao Ocidente?"

Ela ria: "Fique aí brincando de bacurau. O que você quer, gordo?"

"Não, nada, papear só. Olha, fiz um cheque graúdo para teus amigos comunistas ontem, viu? As coisas por aqui estão deixando de ficar baratas. Mas nada como uma ditadura para fazer o povo trabalhar, não é?"

Ela rebatia: "Pois espero que eles façam bom uso de seu dinheiro e que a China não caia de novo na exploração colonialista. Você só está aí porque os salários são uma miséria e tem mão de obra disciplinada para seus experimentos."

Ele tomava fôlego: "Jogo é jogo, Rosa de Luxemburgo. Venha morar aqui e comer guabiru no espeto que aí digo que você é autêntica mesmo. Mas deixa eu te perguntar uma coisa. Essa chamada está saindo cara para a gente falar só abobrinha. Como vão os contatos com a turma do Ministério? Você ficou muito queimada ou ainda tem umas pontes?"

Ela foi tocada pela curiosidade: "Estou limpa. Se for para o bem do povo e a felicidade geral da Nação, e não somente para seu bolso, desembuche logo, rapaz."

Nessas horas, Boris perdia o medo das escutas telefônicas. Para ele, tanto melhor que o ouvissem: "Deve ter uma bancada da Saúde no Congresso, não tem? Não estou falando de lobistas nem fraudadores de licitação, como alguns dos que você já conheceu. Falo dos homens de bem."

Anita não perdoava: "As mulheres não servem?"

Ele continuava: "Não fale bobagem. Homem, mulher, veado, sapatão, isso pouco importa. Estou pensando em, quando voltar para o Brasil, levar a Clara, a amiga da Hana, até Brasília para a gente fazer uma campanha de alerta contra pestes, essas coisas. Ela é do ramo, sabe do que fala. Acho que um dia pode vir coisa feia pela frente, micróbios que podem se originar na Ásia e parar o mundo."

Anita sabia da ideia fixa do irmão, mas sabia também ponderar nessas horas, para não agudizar sua sensação de isolamento. Boris não batia cem por cento. Era o que mais a fascinava nele.

"O que porra você propõe, cara? Não posso marcar uma reunião em cima do nada. De uma alucinação, desculpe dizer. Escapou."

Boris não se deixava abater: "Por que vocês não pegam uma agência de publicidade dessas que ganham fortunas para dizer o que todo mundo já sabe, e não desencadeiam uma campanha para que as pessoas lavem as mãos? Lembra-se do tio Leão, que quando vinha almoçar lá em casa passava 5 minutos se lavando até os cotovelos? Lembra-se de quando a gente ia ver aquele desperdício de espuma? Pois então, por que não fazer uma campanha assim em escala nacional?"

Anita se preocupava com o irmão: "Boris, vai dormir, cara. É legal essa ação, mas isso não pode ser prioritário no único país do mundo onde as pessoas ainda morrem de dengue. Vamos ver. Você tem tomado seus remédios direitinho?"

Ele se enfurecia: "Um dia você vai me dar razão. Você só não gosta da minha ideia porque ela é simples, e não gera superfaturamento para os camaradas."

Aí ele tocava a corda sensível: "Na boa, Boris, sem ofensas, por favor."

Ele não sabia recuar: "Você sabe que a turma só arregala o olho quando é para comprar equipamentos milionários que depois ficam mofando ao sol. Você sabe do que estou falando."

Anita suavizava: "Deixe a xingação para um amistoso encontro de família, meu caro. A gente não vai jantar com a mamãe na próxima semana lá, em São Paulo? Aí, a gente conversa. Aliás, ela está meio fraquinha, viu? Vá dormir e me ligue quando chegar. Acho que tenho umas pessoas que vão gostar de falar contigo. Deixa eu ir. E traz um boné Mao para mim. Calha de rolar uma festa fantasia por aqui."

Dia claro, era comum que Boris descesse até a praça diante do hotel. Das vezes que o acompanhou à China, Audrey aderia ao *tao chi*, estimulada por aquelas senhoras em trajes caseiros que, no fim, ainda executavam com graça uma dança com um par de leques. Quando só, Boris era poupado da cantilena da inglesa que, ao sair da sessão, sempre dizia que vida era, essencialmente, movimento.

"Quem fica parado, cai, *darling*."

O que será que vira nela?

III

Boris estava numa daquelas noites em que era todo afeto, como se a doçura lhe fosse uma segunda pele. Sob pretexto de homenagear Brenda, cuja saúde estava bem debilitada, juntou-se a Anita, Hana e Clara no apartamento das Perdizes, e foi em pessoa para a cozinha fazer a massa ao pesto que dizia ser sua especialidade.

"Dizem que se Pavarotti fosse arruivado, seria minha cara. Azar o dele que não é. Mas tenho certeza de que ele aprovaria minha receita."

Por um minuto, Brenda enxergou nas névoas da memória e pensou no prazer que Szymon teria em estar ali.

"Sabe, mamãe, adoro vir conversar com essas duas. Quando penso na época em que morei nesse endereço, percebo o quanto devo às minhas irmãs."

Magnânimo, Boris indultou Anita: "Aliás, Anita, esse escândalo de refinaria poderia ter acontecido com qualquer partido, viu? Ninguém ali tem o monopólio da virtude, não. É claro que ninguém aparelha o Estado impunemente. Não venha me dizer que eram santos. Mas digamos que os meus são só um pouco melhores. É só atravessar a avenida Pacaembu para achar muito ninho de tucano à paisana."

Hana se divertia com a situação, mas pedia moderação: "Poupem a Brenda dessa discussão bizantina. Hoje, não. Se alguém quiser vinho, é só se servir. Brenda, sei que gosta, mas não deve. Mas é a única que vou servir de um cálice aqui."

Vendo a mesa posta, Boris exagerou.

"Se tivessem chamado Nancy, eu não teria achado ruim. Para mim, ela não é uma inimiga, pelo contrário. Não se passa um cheque parrudo todo mês para um inimigo. Aliás, depois do jantar preciso sair, não posso ficar para o bate papo, amanhã vou receber uns asiáticos no escritório. Mas enquanto a gente come, eu queria saber de Clara uma coisa importante. E é até bom que Anita esteja por aqui porque, bem ou mal, ela é do ramo."

As mulheres se olhavam entre divertidas e curiosas.

"Esse nunca pregou prego sem estopa", disse Brenda com um fiozinho de voz.

"Clara, Clarinha querida, bote todo esse seu charme para convencer Anita, nossa Anitita, nossa Rosita de Luxemburgo, que se ela tem a este país, a esta pátria-mãe-gentil, o amor que diz ter, ela podia falar com aqueles políticos com quem toma seus porres lá em Brasília para instituir uma campanha de saúde pública dedicada a quê, a quê, a quê? À lavagem de mãos nas escolas, nos locais de trabalho. Parece louco? Parece pouco? Coma, mamãe, coma, e me diga por que está rindo. Hana sabe, já falamos aqui mesmo nessa mesa sobre isso, D. Anita, e não pense que pirei, pois raras vezes falei coisa tão séria. Por que lavar as mãos? Porque é fácil, não custa nada e evita contaminação. Só tem uma desvantagem. É barato, é simples, não tem equipamento a comprar, a superfaturar. Além do mais, poderíamos estar, indiretamente, homenageando um primo distante. O velho Szymon ficaria contente."

Hana já sabia do desenrolar da história fascinante, pois já a ouvira de Clara.

"Quer dizer, não sabemos se foi primo, primo, primo, mas sabemos que, se não for, é quase, porque é também húngaro, como nós, e também judeu, como nós. De quem falo? Do médico Semmelweis que foi escorraçado pelos colegas quando sugeriu que lavassem as mãos entre a mesa de dissecação de cadáveres e os partos que faziam na sala ao lado. Como é que nós, os médicos vienenses, vamos ter de nos submeter a esse ritual vil de lavar as mãos para atender parturientes? Quem é esse judeuzinho de merda, que fala alemão com esse sotaquezinho magiar para dizer como nós, que integramos a fina flor da medicina europeia, logo mundial, devemos proceder? Quem é ele para dizer que essas pobres desgraçadas estão preferindo parir na rua, com medo de morrer pelas nossas mãos? O que temos a ver com essa maldita febre puerperal que acomete essas infelizes? E que história é essa de lavar as mãos com hipoclorito de cálcio? Será que temos de comprar na farmácia de um patrício dele?"

Boris teatralizava. O fato é que se sentia muito bem entre mulheres, como já tinham argutamente observado Cindy e Alice, na China: "Mr. New Man *roves* women."

"Não sei se vocês vão querer, mas vou repetir porque esse pesto aqui não é um qualquer. Mamãe merece, todas vocês merecem, porque amo manjericão, e esse aroma só me faz pensar em coisa boa. Pois bem, um dia veio Pasteur, o Dr. Pasteur – é assim mesmo que se pronuncia, Clarinha, fazendo boca de cone? –, e mostrou na lâmina do microscópio que aqueles bichinhos existiam e matavam. Ora, se os médicos depois disso começaram a se cuidar, imitando o tio Leão que, na casa dele, até escovinha embaixo das unhas passava, o bom seria que todo mundo adotasse a prática, não é mesmo?"

E, então, arrematava, na tentativa de ter a palavra final: "Por que não decretar o 13 de agosto como o dia oficial da Lavagem de Mãos, pelo amor de D'us? O dia em que o coitado de nosso primo Semmelweis morreu tido por doido, trancafiado num asilo onde trocava sopapos com os internos que diziam que ele se gabava de ser diferente dos outros, e de esquecer que era só mais um doido entre doidos, e que tinha de se submeter aos mesmos eletrochoques que todos os outros doidos. Vocês imaginaram que tragédia?"

Com o prato ainda pelo meio e servindo-se de mais um copo de vinho, foi sentencioso: "A isso se chama, minha querida Hana, ter razão antes da hora, estar à frente do seu tempo. Essa é a pior das solidões, a mais cruel. Porque a gente passa uma vida falando para as paredes, como aqueles infelizes da Bíblia que pregavam no deserto para a audiência isolada de um dromedário preguiçoso que, ainda por cima, dormia durante o discurso."

Contente consigo próprio, limpou a boca: "Vou deixar você aí, mamãe, faça boa viagem, telefone dizendo que chegou. Hana sabe o caminho do aeroporto e te deixará lá. Não aceite carona de Nancy porque ela está tomando umas bombas e, quando você menos espera, ela passa a entrada e vocês vão parar em São Miguel Paulista, ali no Bairro dos Pimentas, que é um perigo só. E aí você vai perder voo, sua carteira e sua paz de espírito. Anita, se ficar em São Paulo mais um dia, dê uma passada no escritório ou lá em casa para a gente conversar. Porque se você não quer saber da ideia, tem muita gente que vai querer porque vou botar a boca no trombone e falar com ministro, embaixador, secretário, o que der. E só não procuro a Presidência porque vou preferir mil vezes que ela mesma me telefone".

IV

Tia Hana, Tudo bem com você? Tinhas três coisinhas para registrar por aqui. A primeira é que meu pai voltou da China mais alterado do que o normal. Ele acha que esses surtos de gripe que aconteceram lá podem ser o gatilho de uma espécie de peste no mundo. Imagine que ele tem falado com a embaixada do Brasil em Pequim, e parte do pessoal já fica assustada quando ele aparece. Acham, como eu, que ele está delirando. O que importa é que hoje uma jornalista telefonou para cá. Como eu disse que ele não falava com a imprensa, ela quis saber de coisas sobre ele e até sobre sua amiga Clara. Só você pode sossegá-lo um pouco, falar com Dr. Ítalo, sei lá. A segunda coisa é que ele está ganhando bom dinheiro com essas conexões na China e tem investido numa empresa com sede num paraíso fiscal, que não sei bem qual é. Não quero vê-lo com problemas na

Receita Federal e, sobre isso, você podia sondá-lo com jeito. Diz ele que é para contornar a burocracia e pagar menos imposto. Até aí está legal, todo mundo tem quase obrigação de fazer isso pelo seu negócio. Só não sei se ele não está pegando esse dinheiro para fazer doações à memória daquele soldado israelense de que ele sempre falou ou à fundação Herman Kahn. Ultimamente ele começou a falar de Bill Gates e de Soros como quem se refere a gato e cachorro. Isso me preocupa. Por favor, converse com ele. Por último, tia, queria te dizer que minha mãe parece que afinal começou a ver alguém, como ela diz. Não sei quanto tempo isso ainda vai durar, mas não tenho nada contra. Quanto ao cara, parece que ela foi comprar coisas para os cachorros com a Estela e conheceu-o lá. Parece que ele também vê a mesma líder religiosa e os dois só falam de OVNI's, de horticultura urbana, de ceder a cama aos cachorros e dormir no chão, de uma tal dinâmica de papéis invertidos, enfim, modismos dos tantos que minha mãe inventa. Como ela te ouve muito, peço que converse com ela. Obrigado, titia, me quebre mais essa. Desculpe o textão pelo WhatsApp, mas pelo menos é seguro e rápido. Beijo, Carlinhos

V

Quando Brenda chegou à sua casa no Recife e ligou para Guita, as primeiras coisas que disse divertiram a amiga: "Minha querida, você já ouviu falar de saudades aliviadas? Pois é o que estou sentindo. Foi muito bom passar esse mês fora, mas no fim eu já estava desesperada para voltar para os meus cantos e ficar diante desse marzão abençoado. De Pernambuco, não pretendo mais sair, no que depender de minha vontade. Aeroporto, agora, anda que é um inferno, cheio de controle de segurança. Se você não é bandido, acaba se sentindo um do mesmo jeito. E por aqui, como vai tudo? Quem nasceu e quem morreu, como perguntava meu pai? Pois olhe, depois de certa idade é uma beleza não ter novidades. O nosso tradicional *tudo na mesma* é só o que queremos ouvir."

Na tarde da sexta-feira da mesma semana, Brenda estava falante, embora Teresa a tenha percebido um pouco ofegante.

"Sou uma avó bisavó, não é? Me casei tarde e Boris também. Onde se viu uma mulher da minha idade ter neto adolescente? Mas gostei de ficar com os bichinhos, acho que levei um pouco de alegria a eles. É um povo meio diferente,

Teresa, acho que falta carinho, falta chamego. Nancy nunca deve ter contado uma história para eles dormirem. A preocupação com a verdade factual seria capaz de fazer com que ela interrompesse uma história no melhor só para fazer uma verificação de data. É uma gente sem fantasia, faltou essa mitologia infantil que aqui a gente tem de sobra. Falo pelos meus, pelo que ouvi".

Conversar em Pernambuco obedecia a outro diapasão.

"Não era Nelson Rodrigues que dizia que a forma de solidão mais completa era a companhia de um paulista? Pois ele tinha toda razão, o danado. Os netinhos? Ah, aquelas criaturinhas me preocupam muito. Preocupam mais ainda por eu achar a mãe deles um pouco desencontrada. Por incrível que pareça, Boris está se saindo um pai mais centrado do que eu achava que pudesse ser. A mais nova chora o tempo todo e Nancy cede a todas as chantagens. Ô moça sem psicologia! Tanto curso para nada. Onde já se viu uma mãe que assume uma espécie de culpa universal só porque tem falhas como todas nós? Eu já disse que fosse mais indulgente consigo mesma, que assim ninguém se salva. A do meio é mimada demais, a empregada só falta botar a colher na boca da menina, e nunca vi uma criaturinha tão chata, coitada, que Deus me perdoe pelo que digo. Espero que o tempo ajude. Depois, a pobre está mesmo naquela idade ingrata. Não é nem carne nem peixe, já não sabe se veste um sutiã ou uma camiseta, e Nancy parece tão perdida, tão sem norte. Para tudo na vida, essa criatura precisa de um orientador, de uma conselheira, de uma medicação. Acho que tem uma junta médica em torno dela. Uma hora é a suadeira, noutra é a libido, noutra é a pele que pipoca, sei lá, menina. Tempo desses Nancy chorou 2 dias porque não sabia de que cor deveria comprar uma bacia sanitária."

Teresa disse depois que percebia Brenda excessivamente acelerada, nem parecia aquela mulher meio alquebrada que vinha sendo nos últimos meses.

"Já Boris está empolgado com os negócios, mas tem vezes que sofre uma recaída. Agora a onda dele é botar as pessoas para lavar as mãos. Acho eu que ele é muito do esperto. Szymon sempre disse que ele via longe. Ora, como ninguém tem tempo para ficar se lavando o dia todo, ele quer que as pessoas andem com um frasquinho de álcool-gel no bolso. Tudo daqui, da fábrica dele. Boris me deu muito mais alegria do que aperreio. Que D'us cuide dele e de sua boa estrela..."

Silêncio.

Quando Marcela entrou na sala, encontrou Brenda deitada no sofá, o telefone no chão. Em minutos, uma sirene já cortava os ares da soalheira do Recife. Os olhos dela pareciam contemplar uma aquarela de Guita que retratava uma fachada de casa de campo, com um cavalo pastando perto da cerca. Na dedicatória que Hana encontraria no verso, uma frase enigmática: "Para minha amiga B, uma lembrança de certa morada do HSN". Ninguém entendeu, mas Hana sim. E sorriu ao pensar que cara teria o Homem Sem Nome.

Brenda tivera a dádiva de desfrutar de oito anos de viuvez.

Capítulo 26

"Conhece o cara da foto? Se você pensou que era Pavarotti, não foi o único. Até eu me assustei. Não tivesse esse cabelo afogueado, seria igualzinho. É ele que está na sua agenda amanhã." E esse bacana quer o quê, afinal? "Ele quer simplesmente o dobro do espaço que já tem no porto. Diz que o mercado de exportação vai crescer uma barbaridade. Que não descarta abrir uma fábrica ali por Pontezinha ou Ipojuca. Já disse que sei quem tem terreno, entendeu? O homem é treloso." Sei, sei... "Eu já soube também que ele está alugando mais espaço alfandegado para estocar material médico-hospitalar. Parece que é da China, mas ele, nessas horas, desconversa. A gente termina sabendo porque na cervejada da noite, qual a informação que não corre, não é?" Aliás, cuidado com suas carraspanas por lá. Lembre-se bem: duas orelhas e uma boca. Por alguma razão há de ser. "Claro, Secretário." Não vá beber e falar de negócios. São coisas que não andam juntas nos dias de hoje. Deixe os outros encherem a cara, se quiserem. Até estimule. Mas fique você sob controle. Uma língua destravada é uma arma de suicídio. Conheço gente graúda que ainda vai cair do cavalo só por confiar demais em assessor boquirroto. "Deus que me livre, Secretário. Desde o meu acidente, virei bebedor social mesmo. É um uísque, dois no máximo." Estou sabendo. Por aqui também se sabe tudo, viu? Ele fabrica o que mesmo? "Não é o fabricante de álcool-gel, homem?"

Ah sim, sim. Agora caiu a ficha. E que apito esse cara toca, hein? Ele está sabendo que isso aqui é gestão nova, que tem de haver um realinhamento de parcerias, uma comunhão de filosofia? "É você quem vai dizer, Secretário, sua palavra tem mais peso do que a minha, é lógico. Não sei qual era o esquema dele na gestão passada, não. Alguma composição deve ter havido, alguma manifestação de boa-vontade. Eu só disse que não estava na minha alçada atender o pleito assim, que a gente tinha uma hierarquia a respeitar. Que isso passava por uma conversinha com o Secretário, que levaria o caso ao Governador. Era para ele baixar a pancada e não achar que o maná ia cair assim do céu." *Fez muito bem.* "Tem de ser bom para todos, senão não será bom para ninguém – aprendi isso com alguém." *Bom professor, esse seu. Venha cá, não entendi ainda uma coisa. Ele é daqui, do estado, ou é de São Paulo?* "É daqui, mas tem negócio lá também. Não sei se você está lembrado de uma rede de autopeças chamada Neuman, que ficava na rua da Palma e depois se expandiu…" *É claro que lembro, meu pai conhecia o seu Simão, o dono. Era um velho que falava engraçado. Deve ter morrido já. Era ou não ele?* "Sim, o velho já tinha passado o negócio adiante, morreu tem uns 2 anos, se tanto. Esse cara é o filho dele." *Ah, acho que sei quem é. Ele tem irmão?* "Não que eu saiba. Com certeza tem uma irmã, uma meio amalucada que de vez em quando cria encrenca. Parece até que andou meio enrolada em Brasília com umas coisas na Saúde." *Acho que me lembro, sim, de um rumor.* "Uma agitadora que está sempre marcando presença nessas ocupações, onde houver um pé de briga. Dizem que é gente boa, inofensiva. Já foi bonita. Era namoradeira que só ela." *O que é que você não sabe, seu amarelo? Conte mais que está ficando bom.* "Ele também tem umas esquisitices, olha meio enviesado para você, como se alguém estivesse escondido atrás da cortina. Pede café e não toma, e traz a própria água. Mas aí parece que se toca da munganga que está fazendo e melhora. Então, fala normalmente." *Vai ver que fumou maconha vencida. Isso não é problema, não estou procurando genro.* "Ele tem duas coisas boas, Secretário. Primeiro é um vencedor. Depois, acho que é *homem de diálogo, entendeu?"* Claríssimo. Estava aqui pensando... Você se lembra de um problema que aconteceu no Recife, quando teve aquele boato do estouro de Tapacurá, lá pelos anos 1970? Lembra de um cara que começou a berrar que o mundo estava acabando e que tais? *"Nos anos 1970, desculpe a franqueza, eu ainda estava nascendo, Secretário. Lembro não, mas posso apurar."* Não precisa, não precisa. Tenho quase certeza de que já sei quem ele é. Se for quem estou pensando, é sim meio zureta. Mas todo mundo é um pouco, não é? Escuta, esse cara não é judeu? *"Pode ser, Secretário, também não sei. Só sei que se o senhor apertar um pouquinho, judeu ou não, ele pede água. O homem está necessitado e não é de querer esperar, entende? Acho que o senhor pode dizer o de praxe e ver para que lado ele pula. Que o próximo ano é um ano eleitoral, que todos nós temos um projeto político, essas coisas."* Essa é boa. Você está querendo agora me ensinar a fazer política, seu cabra? Mas, menino, veja só. E eu que achava que já tinha visto de tudo nesse mundo. Seu pai vai gostar de saber que recebi uma aula magna. *"Não, Secretário, nesse ponto sei que estou falando com um craque, longe de mim querer ensinar um Padre Nosso ao cardeal, não é?"* Vou recebê-lo, sim, mas acho bom você vir junto. *"Fico honrado, Secretário."* Venha junto porque se ele for meio maluco como imagino que seja, e se quiser botar na minha boca por aí o que eu não disse, a gente teria você para desmentir a versão, entendeu? Diga a ele que é de praxe não entrar na sala com celular. *"Mas é para isso que estou aqui. Para servir a seu projeto político e ao do Governador que, se Deus permitir..."* Primeiro ao meu. Do Governador, cuido eu. Se aquele sacana fizer por onde merecer. Cabra esperto está ali, viu? Qualquer hora dessas te conto qual é a dele na tal Pauta 2050. De besta, não tem nada. Quer todo mundo grande bem representado no Estado. Haja obra para agradar esse povo todo. E a madame ali, de olho em tudo. *"É o leão voltando a rugir."* E a leoa. *"Não me faça rir, Secretário."* Mas prepare o bicho para que o clima aqui seja só de amenidades, entendeu? Se ele for Náutico, melhor ainda. Se não for, dá na mesma. *"Vou apurar."* Diga que tem muita gen-

te querendo uma área naquele terminal, o que é uma verdade, e que, em tempos de expansão, as pessoas têm de ser solidárias umas aos pleitos das outras, não é? Se não for assim, se não houver senso de parceria, ninguém cresce. Diga que atuamos como uma grande família. Tudo isso para que o dinheiro mude de mãos. Pronto, ele vai gostar disso. Senão, quando a gente abrir o olho, os ricos do Estado vão continuar sendo os mesmos que já eram ricos há um século. "Acho que ele entende bem essa lógica, Secretário. Só se com judeu for diferente." *Judeu é bom para esse tipo de conversa. Geralmente veio de baixo, não tem no Brasil um judeu que já fosse rico há duas, três gerações, lá nas brenhas de onde chegaram.* "Isso é verdade. Não tem Rothschild no Brasil, não é?" *Não, esses ficaram na França bebendo vinho e comendo porco.* "Não se pode dizer que não seja bom, Secretário." *Olha, aquele amigo de São Paulo que está aqui na minha frente e lhe manda um abraço, está me fazendo sinal de que esse Boris Neuman é mesmo muito quente. E que até o Embaixador do Brasil na China já falou dele. Diz que os chineses carregam o bicho em bandeja, que é tratado feito mandarim por lá.* "Não falei que é rochedo?" *Ele está dizendo que só não é mais doido porque não come merda nem queima dinheiro. Mas que é um gênio.* "Falando na China, Secretário, aquela missão vai sair ou não?" *Depois falamos sobre isso. Deixei vazar para a imprensa para ver quem se habilita. Todo mundo fica ouriçado para saber se o Governador vai. Por enquanto, para quem nos consultar, é para dizer que não vai. Assim, a gente vê quem está com a gente para o que der e vier, entendeu?* "Entendido, que o Governador cuide de São Paulo, que é de onde a sorte pode sorrir, não é? Estão falando muito de seu nome para a sucessão. Tendo ou não ele sucesso em voar mais alto. Não digo nada, só pergunto: o que vocês acham? Devolvo uma pergunta com outra." *Você está ficando é muito do ladino, preciso manter você na rédea curta porque senão você vai querer minha cadeira.* "Deus me livre, Secretário, se há um preceito sagrado no meu credo é a lealdade. A história de nossas famílias vem de longe. É mais concreta do que o chão em que a gente pisa." *Hum... sua mãe melhorou? "Melhorzinha, sim. Mas tem cabeça boa. Pai fica mais aperreado do que ela." Aquilo é um cabra arretado. "A estima que ele lhe tem não cabe num estádio, Secretário." Dê um abraço nele. "Darei. Ele vai ficar arrepiado quando souber que você pensou nele. Aliás, falando nisso, posso levar aquilo para o gabinete quando passar amanhã por aí com o seu Boris?" Deixe para me entregar depois. De tarde talvez vá dar uma olhada na terraplanagem e não quero deixar produto perecível no gabinete. "Que perecível, Secretário?" Oxente, não é o pitu? "Não, Secretário, o que tenho não perece, não. Pode até desvalorizar, mas em princípio não fede não." Ah, que assunto para falar por telefone, hein? Procure nosso amigo Polivalente que vou instruir direitinho. O Carcará deu tudo? "Metade, só. Mas disse que queria saber se o senhor não podia aceitar um carro bom, zero bala, pela metade faltante. Anda meio ruim de liquidez, aquela coisa." Arroste sem piedade quando ele vier com essa conversinha. Não tenho mais onde botar carro. E urna não é bomba de gasolina. Urna precisa é de voto. Quem dá voto é o eleitor. E eleitor não roda sem gasolina especial. "Entendido. Até amanhã, Secretário."*

I

Tempos idos, Hana não se permitiria nem sequer pensar em dar um cochilo depois do almoço. Mas agora, especialmente quando as temperaturas baixavam, era um pequeno luxo com que ela se presenteava, vendo na singela transgressão à disciplina uma espécie de prêmio complementar de aposentadoria. Será que aprendera a ser assim com Clara? Não será que ainda era tempo de, em vez de cochilar, fazer natação no começo da tarde e dormir mais cedo à noite?

Naquela tarde, nem bem tinha coberto as pernas para uma sesta na *bergère* da biblioteca, o telefone tocou.

"Diga, minha querida, a que devo essa honraria?", perguntou desconfiada.

"A nada de bom, titia, desculpe incomodar. A mamãe foi presa. Meu pai está em Londres; Carlinhos, no Recife; e Diana, no mundo. Me ajude. Já tenho o endereço da delegacia onde ela está."

E disparou a chorar, intercalando soluços.

"Passe por aqui em 20 minutos que vou com você até lá. Essas coisas normalmente são só mal-entendidos."

Sob pretexto de comprar presentes para o Ano Novo judaico, Nancy fora pilhada roubando objetos caros numa loja dos Jardins. Sentada diante da delegada, ela tinha um sorriso mais triste do que amarelo. Hana tentou dar a entender com o olhar que a situação estava sob controle. Que, se quisesse, a delegada poderia liberá-la, nem que fosse sob fiança.

"É melhor a senhora falar com a lojista, não depende só de mim, dona. Como sua cunhada é reincidente, não sei se ela vai querer retirar a queixa."

Hana falou mais baixo do que o normal, segurando o braço de Nancy como se o acariciasse: "Ela está fazendo tratamento. Leve isso em conta, por favor. Esses medicamentos têm efeitos cruzados..."

A comerciante foi chamada à sala. Era uma mulher de meia-idade, de nariz adunco e olhar nervoso. Hana jurava que já a vira na televisão, no chamado colunismo social eletrônico.

"Sabemos que ela tem posses. Já ouvimos de outros lojistas da rua que tínhamos de ficar de olho bem aberto com ela. No comércio de bijuteria, não temos escala para colocar detectores. Mas bastou um descuido da vendedora para que ela colocasse um brinco na bolsa. E, o pior, que engolisse um anel. Então fechei as portas da loja e chamei a polícia."

Hana temia que a história logo se espalhasse pela comunidade, e que era até possível que fosse bater em blogues em tom malicioso. Alguém poderia postar uma foto de Nancy entrando no camburão, o que seria ruinoso para o moral dos filhos. A banalização das conduções coercitivas distinguia bem os crimes ligados às altas finanças dos delitos menores. Estes ainda eram vistos com muito mais severidade do que aqueles. Embolsar um porcentual de uma obra pública está metabolizado na ordem natural das coisas e, frequentemente, vale à família do indiciado uma onda de solidariedade. Amigos ligam para hipotecar simpatia e apontar a criminalização de tudo o que se faz neste país, a começar pela política. Todos fingem que acreditam. Já um furto menor, trazia opróbrio à casa. A depender do valor, significava desprestígio para um lar que se supunha endinheirado. Era como se o pacto nacional sobre que se fundara o Brasil consagrasse o delito no atacado, nas esferas altas. Para o pequeno varejo, só cabia o desprezo. Ou medicação.

Enquanto Hana fazia um cheque, Estela falava ao telefone com o irmão: "Ela já devia ter iniciado essa terapia há tempo. Desde que começou a urinar na roupa no pôquer."

A caminho de casa, Nancy, que tinha tomado água com açúcar, ficou sentada no banco traseiro com a filha enquanto Hana dirigia.

Parecendo em transe, exalava um cheiro azedo de bebida.

"Mãe, você precisa comer. Isso é bafo de cerveja? O Franz vai perceber na hora. A Milu também. Eles não gostam quando você chega em casa cheirando a álcool, mãe."

Mas Nancy não parecia prestar atenção.

Foi só na semana seguinte, quando Hana lhe fez a costumeira visita do fim de tarde, que ela soltou uma torrente que deixaria Estela, Carlinhos e a ex--cunhada, atônitos.

"Tenho uma mãe narcisista. Ninguém imagina o inferno que é isso para uma criança. A vida inteira Fela competiu comigo. Ela tinha de estar linda, arrumada e chamar a atenção. Eu me contentei em ser a que passava despercebida. Ela já acordava toda arrumada. E eu fui o patinho feio de casa. Tudo o que a Rivka botava, ficava bem. Tudo o que a Vivi dizia, era engraçado. Eu me apaixonava pelos garotos da escola, mas ninguém ficava sabendo. Que chance eu teria? Na adolescência, que é o pior inferno na vida de alguém, eu era desengonçada. Tinha mais peito do que as amigas e tentava esconder me curvando, fazendo uma corcunda. E assim foi por décadas. Eu me destacava pela cabeça. Vocês nasceram. Parecia que eu não tinha nem tempo nem vontade de ser mulher. Me concentrei em criar vocês e consolidar um patrimônio. Depois, sumiu aquele Boris que era apenas desligado, talvez disléxico, e apareceu o Boris queixoso, rabugento, catastrofista. A separação, para mim, foi o reconhecimento de um fracasso. Deixa eu falar, deixa eu falar, pare de falar desses cachorros idiotas, por uma vez na vida."

A catarse prosseguia, extravasando o leito do recalque.

"Vocês precisam saber. Mesmo depois da separação, nunca permiti que vocês fossem os coitadinhos que ficaram sem o pai e fiz questão de que tudo continuasse como antes. Deu trabalho, todas as decisões importantes eram minhas porque Boris vivia na órbita pessoal dele. Febre de madrugada, e lá ia eu ficar acordada, sem ter com quem dividir as preocupações. Brenda morava no Recife e a mamãe não podia ficar sem dormir porque é prejudicial à saúde. Na adolescência, só eu sei o que passei aceitando que era feia, peituda, alta demais. Minha saída era tentar ser a engraçada, a divertida, mas nem isso eu sabia ser. Às vezes, riam justamente da minha falta de jeito. O terapeuta disse que eu vivia num gueto interior. Fui a um cirurgião plástico e mandei diminuir os seios. Eu falava: tira o máximo que puder. Mas ele disse: você é alta, tem que ficar proporcional. A volta dessa cirurgia foi uma alegria. Antes de abrir os olhos, coloquei as mãos sobre os seios. Que maravilha. De repente descobri que minha mãe tinha de ir ao salão três vezes por semana porque o cabelo dela era uma bosta. O meu, eu lavo, ele seca sozinho e fica perfeito. Minha mãe tinge o cabelo há décadas. Nunca tive cabelo branco, nunca tingi. Não tenho estrias nem varizes. Tive um fracasso sentimental, mas não foi o fim do mundo. Então, apareceu Boris. Comecei a me arrumar e me olhar. Cada olhar que eu recebia na rua aumentava minha autoestima e até achei que eu era bonita, sim. Mas eu era uma respeitável mãe judia que evitava a amizade de estranhos. Família para mim era tudo, tudo. Mas em casa, nada de reconhecimento. Boris é uma pessoa diferente, sei lá. Toma os remédios dele, vive numa bolha. Eu tinha sido boicotada pela minha mãe, depois eu mesma me boicotei. Achava que não estava à altura dele, de meus filhos, da vida, um inferno. Foram anos de terapia para eu me entender e me aceitar um pouco mais. Senti muito a partida de Brenda. Agora, já não sei mais o que é ternura. Estou fichada como ladra, como gatuna."

II

Foi uma época de provação para Hana, e agora ela entendia o sentido do que dissera um rabino quando aludiu à invisível coroa de diamantes que levam os saudáveis, e que só as pessoas que perdem a saúde têm condições de ver.

Ora, quando o ano ia chegando ao fim, ela percebeu que sua amiga Clara Ganz estava bem pior do que queria deixar transparecer. Se eram contumazes as queixas de dores nas costas, as pinçadas da hérnia de disco se resolviam bem ou mal com os exercícios que ela fazia na cama com as bolas suecas que comprara pela internet.

"Ah, que achado, Hana. Se eu soubesse que poderia ter evitado tanto sofrimento com três inocentes bolinhas e um pouco de paciência..."

Mas agora havia algo mais a derrubá-la. De luminoso, o olhar de Clara vinha se tornando triste e sombrio. De bem humorados com os desconfortos dos 70 anos, os comentários evoluíam para a apreensão estampada e concluíam-se com um sorriso nervoso. Por uma vez, a perda de peso não a empolgou e o alerta vermelho soou certo domingo quando Hana a viu deixar pela metade o pato com laranja com que se regalava no restaurante favorito.

Elas vinham morando juntas havia quase 15 anos. Mantinham uma certa distância em casa, fora do horário das refeições, por mais que a comunidade acadêmica jurasse que mais do que um teto, também dividiam a cama.

"Pena que a gente não tenha a mínima vocação, querida. Seria um arranjo que nos teria facilitado a vida." Foi assim que Clara respondeu a uma ativista bisbilhoteira num debate na universidade, quando ela perguntou sobre o que era assumir as preferências sexuais em idade provecta: "Não veja heroísmo onde ele não existe. Somos só duas amigas solitárias que amaram ternamente os homens de suas vidas. Lamento desapontá-la."

A espontaneidade sempre foi sua arma preferida.

Recentemente, Clara lhe pedira para acompanhá-la ao clínico.

"Venha comigo ao médico, se não for atrapalhar seu cochilo. Se você não souber o que eu tenho, quem saberá?"

A consulta transcorreu bem. O Dr. Castro, que já tinha examinado as tomografias e ressonâncias, optou por um tom tranquilizador, no possível.

"Diagnósticos, nesse campo, nunca são tão simples quanto gostaríamos que fossem. Que se trata de uma neuropatia, está fora de dúvida. Daí esse desconforto motor, o talher que cai, o formigamento nos pés, a tampinha da garrafa que a gente não consegue torcer com facilidade."

Clara não continha a ansiedade.

O médico recomendou que acompanhassem o caso sem afobação: "Vou querer vê-la a cada 3 ou 4 meses daqui para frente. Não vou submetê-la a uma peregrinação médica sem fim porque essas coisas podem ter evolução lenta. Vamos apostar numa deficiência de vitaminas, vou receitar umas injeções. Ao menor sinal de limitação motora, se for o caso, nós tomaremos juntos algumas medidas. Agora é hora de trazer à tona os velhos sonhos, de se ocupar com o que lhe dê prazer e de esquecer esses nomes feios que a medicina adora. Eis a melhor resposta que você deve dar à doença."

Hana gostou dele e disse-o a Clara: "No dia em que levar um susto, já sei a quem recorrer."

À saída, ficou claro que ela estava mais aliviada: "Quer saber? Vou viver o autoengano. E depois, o que sabemos da vida?"

Certo é que a elegância e a empatia do médico a deixaram em bons espíritos. Clara fora casada com Adolfo Ganz por mais de 40 anos, mas não teve filhos. Clara descendia de judeus poloneses, de Lódz. Contrariamente a Hana, que vasculhara os passos de seus ancestrais, Clara jamais se interessou pelos seus. Com a morte de Adolfo, elas se aproximaram. Clara ocupava a suíte que fora de Boris. Ademais, manteve a biblioteca em Ibiúna, onde tinha uma casa agradável. Com esse arranjo, podiam ter uma à outra, e assim tinham sido os últimos anos.

A Clara, Hana dizia que nunca pensou que sentiria tanto a falta de Brenda: "Ela foi uma espécie de mãe postiça, de quase irmã mais velha, de confidente. Ainda bem que ela morreu em seus domínios, aconchegada pelas boas fantasias de quem chegou bem aos 90. Custei a conceber que estivéssemos juntas até pouco antes. Fui eu quem a devolveu para morrer na terra a que tanto queria. Esse visgo com o chão de nascimento é uma coisa que me intriga".

E, por um momento, Hana ficou matutando sobre as próprias palavras. "Quem sabe dos caprichos da vida, Clara?"

III

Durante o período crítico do tratamento psiquiátrico de Nancy, sempre sujeito às ingerências da mãe e às admoestações do próprio Boris, as crianças – como ainda eram chamadas – passaram a frequentar mais a casa da tia Hana. Carlinhos era cada dia mais introspectivo, parecia que vinha perdendo pouco a pouco a habilidade de sorrir. O único ponto de ancoragem era a namorada, de quem falava a ponto de chamar atenção.

"Prefiro que a Bruna não vá, titia. Meu pai até que a trata bem, mas é tratar bem ao modo dele, não é? Meio elefante em casa de louça, como dizia a vovó Brenda."

"Você é que sabe. Mas não veja problema onde não existe. Se seu pai chama você para conhecer a amiga inglesa, significa que ele quer que vocês continuem participando da vida dele. Não vejo onde está o problema."

Diana acompanhava tudo, com o polegar esquerdo enfiado na boca. Estelinha advertiu-a: "Se o papai te pega chupando dedo, você vai passar por uma desinfecção que não quero nem ver. Bastou o Horácio cheirar assim de leve a barrinha de cereais dele para ele jogar tudo fora. E estava embrulhada, viu? Eu falei: pai, cachorro é mais limpo do que a maioria dos humanos que a gente conhece."

Arregalando os olhos, com uma voz que nem parecia ser a de uma jovem de quase 20 anos, Diana fez um esgar de quem estava sendo queimada a ferro em brasa e esganiçou: "Eu também não quero levar a Paula para esse jantar. Aliás, meu pai nem a convidou. Se ele quer tanto que a gente sinta que continua sendo uma família, por que ele deixou que minha mãe virasse ladra?"

Carlinhos se indignou: "Deixe de falar bobagem, Di. Será que tudo o que é ruim você tem de transformar em pior?"

Diana escancarou uma enorme boca vermelha e todos custaram a entender quando, ao cabo de 5 segundos, ela começou a chorar.

"Quero ir ver minha mãe. Quero ir para Recife ficar com a tia Anita."

Estela resolveu chamar para si maior responsabilidade: "Se vocês não quiserem ir, eu vou só. Numa boa. Ele quer que eu conheça essa tal Audrey há um bocado de tempo e já me botou para fazer videoconferência com ela. Para mim, ela já é mais familiar."

Quando tia e sobrinha ficaram a sós, Hana ponderou:

"Sei que não é fácil para você lidar com os registros que seu pai manda para essa inglesa, escancarando os particulares da família. Mas para Boris, às vezes, é como se o mundo fosse uma nau comum, como se a humanidade fosse uma única grande família, e quanto piores forem as coisas, mais a gente tem o dever de revelá-las. Ele se vê como um decorador. E o mundo é uma casa desarrumada, mal mobiliada."

"Titia, acredite em mim. A Audrey é um porre. Até chinês fala. Vá ver que come cachorro, sei lá. É uma mulherzinha de nariz arrebitado e cavilosa, como dizia a vovó. É dessas que levam uma majestade no ventre, para ser elegante. Menos mal que as coisas dos Audrey's Files, como meu pai diz, são quase todas gravadas. Isso vai me facilitar o resgate de tudo mais adiante, no dia em que eu tomar coragem para escrever essa tal história da família, como ele encasquetou de fazer. Tomara que daqui até lá ele desista. Aliás, estou esperando sua parte, tia. A avó Brenda terminou enrolando a gente e não gravou a parte dela."

Hana sorria: "Quanto a mim, minha filha, como não tenho jeito para a tela ou o microfone, vai por escrito qualquer hora dessas. Sou convencional e vou escrever de próprio punho, como se fazia quando cheguei ao Brasil, e por muito tempo depois. Quero só que você me prometa que vai tomar cuidado para que suas feras caninas não estraçalhem as pastas com seus dentinhos ameaçadores."

Estela franziu o cenho: "Até você fala dos meus cachorros, tia Hana? Meus filhotes são uns fofos. Quero ser como você, tia. Não quero ter filhos. Você com suas anêmonas e eu com meus pequerruchos. Está decidido."

IV

Aposentadas e afastadas da academia, tanto Hana como Clara se ressentiam dos solavancos que provocaram no meio universitário os desencontros da política brasileira. Olhando em retrospectiva, Hana sabia que aquilo machucava a sensibilidade de Clara mais do que a dela. Mais ligada aos núcleos de esquerda, a amiga passava noites em claro às voltas com discussões em redes sociais.

"Vá dormir, menina, não será rebatendo os apupos desses histéricos que você vai resolver a vida nacional. Pelo menos é o que eu acho."

Mas não adiantava. Muitas vezes, ela só se recolhia quando o sol raiava, e Hana já pegava a coleira de Klimt para o passeio na avenida Sumaré.

Um dia, Clara, chegou com uma ideia.

"Não me diga! Você, querendo viajar?"

Clara sorriu, mas rebateu num tom lacrimoso: "Não sei por quanto tempo estarei por aqui. Está na hora de pensar na transcendência, já que o concreto ficou muito sem graça. Se você tiver planos de ir à Europa, dessa vez topo ir ver essa Polônia de que tanto ouvi falar na infância. Pode parecer surpreendente. Nesse ponto, sempre fui como a Anita. Nada é tão palpitante quanto o Brasil, Ouro Preto me emociona mil vezes mais do que Coimbra. Mas agora, alguma coisa mudou". As duas ficaram se olhando.

Clara sentiu que envelheceu uma década no momento em que disse: "Mas queria que você me deixasse pagar. Sei que sou um fardo nessas condições. Queria uma viagem confortável, naquelas cadeiras grandes do avião. Nós judeus trazemos uma certa rusticidade, por endinheirados que alguns sejam. *Yiddishkeit* das antigas não combina com black-tie. Mas vamos fazer o que de melhor der. Deixe seu cartão de crédito em São Paulo, por favor."

Hana a abraçou, o que era raro: "Isso é detalhe, Clarita. Só quero que saiba que sou fiel ao planejamento. Quinze dias talvez sejam de bom tamanho."

Desde a morte de Brenda, São Paulo passara a sediar o convívio dos Neuman.

Anita, que sempre fora mais afeita ao Rio de Janeiro quando se tratava do Sudeste, se acostumou a vir à sede nacional do partido, e era presença constante na casa da irmã. Clara se animava com ela:

"Você, Anita, é uma pessoa divertida. Na próxima eleição, vai emplacar. Foi pouco o que faltou. Eu mudaria meu domicílio eleitoral para Pernambuco, se fosse mais jovem, e ia votar em você. Vou te dizer uma coisa. Quando você fala, diferença de sotaque à parte, você parece os velhos judeus do Bund, os amigos de meu pai da rua da Graça, nos anos da Guerra."

Anita ria com a comparação: "Tudo boa gente esses aí."

Clara parecia sonhadora: "Você sabe o que o levou a optar pelo Brasil quando saiu de Lódz? Foi saber que o 1° de Maio aqui era feriado. Para ele era um sinal de que se tratava de um país progressista."

Anita assentia: "Por tudo o que ouvi, acho que os judeus poloneses e russos tinham um elã mais transformador. Eram mais universalistas. Acho os húngaros de nosso lado mais reacionários. Igual a romenos e lituanos. Pode ser só uma impressão, mas nem por isso é menos verdade."

Hana foi tomada pela necessidade de ir até a estante e de tocar com o indicador na lombada dos livros, como forma de eludir a provocação da irmã. Hana achava que era um subterfúgio dela para não ter de prestar muita conta da vida no Recife, onde ela dispunha, pela primeira vez, de bastante autonomia, inclusive financeira, e onde se desenrolava uma vida sentimental para lá de enrolada.

"Por aqui vai tudo direitinho, Anita. E aquele seu processo lá do Ministério? Prescreveu ou ainda está meio pendente?"

Anita percebia que a manobra não tivera êxito, mas voltaria a tentar.

"O pessoal tem dito que essas coisas não acabam nunca, se for pensar bem. É como doença crônica. Acostume-se a ela, viva com ela e ligue o foda-se. Mais adiante, um dia, sabe-se lá quando, você vai ver que não valeu ter perdido as noites de sono. É mais fácil doar as cestas básicas e fazer os trabalhos comunitários. Que, aliás, a justiça fascista acha que é um castigo, mas que não é nada grave para quem não fez outra coisa a vida toda, certo? E Boris, qual é a dele com esse tal jantar? Ele nunca foi disso."

Hana era estruturada em tudo, até na forma de falar das trivialidades. Será que era traço herdado da mãe? Não será que tinha ali no gestual um pouco daquele tio lazarento que Anita conhecera em Israel, e que era o epítome de tudo o que um judeu não deveria ser?

"Diz ele que quer fazer um Shabat. Deve ser por causa da Audrey, o que acho justo. Ele quer apresentá-la às crianças, que estão meio apavoradas. Carlinhos não queria levar Bruna, mas parece que ela faz questão de ir. Boris não está nada satisfeito com a aproximação do filho com o tal tio Mordechai. O negócio dele agora é levar evangélicos para a Terra Santa, e Boris não quer que ele use o menino para fazer ponte com esses pentecostais, que ele abomina."

Nesse ponto, Anita estava com o irmão: "São mesmo uns vigaristas. Soube que são os principais turistas dos tais batismos no Jordão. É a turma do tal Evangelho da Prosperidade. Querem ficar ricos à base da economia solidária... a eles. Coitado do pobre que vem por último na fila. Volta para a casa a pé, sem o passe de ônibus."

Não era todo dia que convergiam num ponto.

"E as meninas?"

"Assim, assim. Estela ainda anda mortificada com o que aconteceu com Nancy. Acho que o medo dela é que botem uma tornozeleira na mãe. Eu já disse que não é para tanto. Ela está cismada com Audrey porque Boris está confiando demais nela. É normal que role um ciuminho, não é? Ah, e ela acha que a inglesa come cachorro porque já morou na China."

Anita piscava o olho para Clara:

"E quem garante que não é verdade? E o que ela está fazendo mais de bom?" Hana balançava a cabeça: "Estelinha não está trabalhando, nem se interessa por coisa alguma do mundo adulto. Até eu que não me meto nessas coisas, acho que o namorado também só a bota para trás, é bobo demais, sem fibra, sei lá."

Anita escapou.

"Nesse terreno aí, a coisa é meio lotérica. Mas não há mal que sempre dure. E Di?" Hana suspirou: "Dessa nem me fale. Está gagá, vive com um dedo na boca, e agora cismou que tem uma namorada."

"E que mal há nisso?"

"Que mal há nisso, Anita? Uma moça que já podia estar na faculdade, que largou os estudos no segundo grau, que não sabe articular duas frases, faça-me o favor! O que sabe essa desmiolada de relacionamento, de mundo ou de qualquer coisa? Ela acha que viver é juntar um monte de desocupados por trás de um arco-íris e encher a cara no Baixo Augusta."

Anita encarou-a com ar de incredulidade:

"Às vezes, acho que o seu lugar é na terra de Viktor Orban. Sempre achei húngaro potencialmente fascista. Você só me confirma. Desculpe dizer isso aqui na frente de Clara, mas acho que estamos em família, não é? Não vou deixar a Di com as feras. Nem estava com vontade de ir, mas agora decidi que vou para esse jantar na casa de Boris. A súdita de Sua Majestade não vai humilhá-la. Vou dar um pega lá fora para espairecer. Dá a coleira do Klimt que eu levo ele. A gente se vê lá."

Era raro Hana se inflamar. Mas acontecia.

"Sou da tese de que primeiro você se forma, constrói uma base teórica sobre uma disciplina e com ela você se lança no mundo para ganhar a vida. Depois, se quiser mudar de rumo, fica a gosto do freguês. Você não sabe como foi difícil para mim ver o Boris pegar uma estrada vicinal e abdicar do ensino formal. Mas ali foram circunstâncias excepcionais, não é?"

Clara suavizava.

"É geracional. Hoje as bandeiras não são mais a distribuição da riqueza, a alienação do trabalho, a solidariedade universal. Eles só querem saber de se agruparem por direitos de existir como minoria."

Então, Hana contou-lhe pela segunda vez a história que a chocara.

"Eu vi a Di conversando com a tal Paula aqui, nesta mesma sala. Eu tão cedo não vou esquecer aquela conversa bem na minha frente, aquele tom horrível, repulsivo. Eu nem sequer saberia reproduzir. Mas era tão miseravelmente chulo."

Hana tomou fôlego.

"Elas conversavam como dois meninos desbocados dos anos 1980, Clara. Nunca ouvi tamanha banalização de sexo. Naquela hora, tive pena de meu pai, da Brenda, de Boris, coitado, e até da louca da Anita, acredite se quiser. Como pode uma menina que frequentou boas escolas sair assim? O problema não está em ser homossexual. O problema é a atitude, esse viés promíscuo, infeliz. Isso torna a vida tão desgraçadamente sem sentido."

"Eu me lembro da história."

"Com toda a porra-louquice, Anita é uma romântica inveterada. Em tudo o que faz, ela é só coração. Você acha que ela não sofre com esses processos na Justiça? Sofre muito, e sei que ela morre de medo de ficar com os bens indisponíveis. Mas nunca a ouvi falar do jeito mineralizado dessas garotas, isso não. O que não quer dizer que, para certas coisas, não seja igualzinha."

Clara certas horas se decepcionava com o rigor de Hana, mas não deixava transparecer indício algum no olhar terno.

"Desculpe esse desabafo. Você não merece. Estou ficando cansada disso tudo, inclusive do Brasil. Essas operações policiais não dão trégua, toda hora vem a decepção com mais alguém. Onde isso vai parar, menina?"

Clara ficou em silêncio.

"Tenho horror a parecer palmatória do mundo. Nada me dói tanto como ouvir de Anita que eu sou uma espécie de fascista dos Cárpatos, transplantada para os trópicos. Isso me dá uma sensação de inadequação, de ingratidão ao Brasil. Mas tenho por esse país, que é o meu, o amor do mundo todo. Sempre estudei em instituições públicas e sempre fiz questão de dar as melhores aulas, de premiar os mais esforçados, de convencer as pessoas a se superarem. Dá muita pena ver o que está acontecendo."

Clara decidiu inverter os papéis e ela mesma foi preparar o chá, apesar dos pés um pouco pesados.

"Pode continuar, deixe que eu faço. Entendo tanto o que você está dizendo. Parece filme repisado, mas nem por isso é menos horroroso."

"A Anita não pode dar o braço a torcer. Mas cada um desses dirigentes do partido dela que prendem é um lembrete de que ela pode ser a próxima. E de que há certa destruição das utopias, coitada. Nessas horas, mais ela fica radical e desesperada com tudo."

V

Bruna estava acelerada.

"Não vi nada de errado com ela, pelo contrário. E quanto a você, se me permite, acho que passa da hora de perder esse medo de seu pai. Sei lá se é só medo mesmo, mas alguma coisa em você provoca uma irritação nele, parece que desperta um instinto perverso. O que custava a você pegar a dica de Audrey e embarcar na conversa de negócios? Ficar emburrado a maior parte do tempo não ajuda, Carlos. Desculpe, mas a gente tem um plano, não tem? A gente se gosta, coisa e tal, mas também tem metas financeiras a alcançar. E até uma sociedade com o velho não está descartada, está? De minha parte, adorei a Audrey. E acho seu pai um cara muito charmoso, se quer saber. Ele só não quer ser igual a todo mundo, no que está certo."

Carlinhos não sabia o que pensar. Esticado na cama com o cobertor chegando aos ombros, pela primeira vez atormentava-o a possibilidade de ficar impotente. De não estar à altura de uma vida sexual mínima com a futura esposa. Como seria? Será que ela o trairia com algum conhecido seu? E se, de repente, ela se encantasse por outra mulher, como vem acontecendo tanto ultimamente? Deveria levar no bolso um remédio para disfunção erétil? Ou o desânimo da noite passada se devia às tensões do jantar na casa do pai?

Bruna não aliviava nem na hora de se vestir.

"Sua mãe é sua mãe, eu já te disse. O lugar dela, ninguém tira. A Audrey não veio aí para substituí-la. Seu pai pode até ter as esquisitices dele, mas é um cara ligado no mundo. E, pelo que dá para ver, bastante vitorioso."

Carlinhos puxou o cobertor até quase os olhos.

"A Audrey deu a entender que vem por aí muita coisa boa. Não esqueça que ela é advogada de um megaescritório. Minha amiga que trabalha com eles, em São Paulo, disse que ela é superfera, que é uma tremenda entendida em direito societário na China. Até mandarim fala. Ontem, havia um monte de gente na palestra dela. Bobagem sua não ter ido. O que poderia haver de mais importante? Fisioterapia? Francamente, você fala como um velho, meu amor. Já a Nancy, repito, é muito boa gente, curto muito ela como sogra. Você sabe que hoje em dia a gente se dá bem. E não é porque ela está na merda, não, desculpe dizer assim. Antes disso, a gente já estava se ligando. Aprenda a separar as coisas que tudo vai ficar mais fácil."

Ele precisava dizer alguma coisa. O olhar dela parecia exigir.

"Meu pai está sempre falando de calamidades, sempre dizendo que a gente deve se preparar para o pior, e sempre leva tensão aonde ele vai. Tenho direito de me sentir desse jeito, não tenho? Não devo ser tão fora do padrão. Eu queria que ele fosse assim feito seu pai. Acaso já tive alguma desavença com seu pai? Não. As coisas rolam numa boa entre nós, não é? Eu queria isso na minha casa. É pedir muito?"

Bruna se sentou na cama, apoiando-se numa nádega enquanto enfiava os pés nos sapatos.

"Vou dizer uma coisa. Meu pai é acomodado demais, Carlinhos. Goste dele, sei que é um fofo, mas não queira ser igual e ele. A grana ali veio toda de minha mãe, da família de meu avô. Nos Estados Unidos, seria um *loser*, um perdedor de marca, não queira ser parecido, nunca mais diga isso. Nessas conversas que rolam de mãe e filha, sei que ele tem pouca pegada, entende? Testosterona lá embaixo... preciso dizer mais? Isso dito pela mamãe. Sabe, não quero ser uma dessas que se contentam com uma viagem ao exterior por ano e uma casinha num condomínio em Itu. Estou pronta para ajudar em tudo, mas reaja. Não basta ser um gato assim, todo lindinho. Quero mais, mais e mais... Até mais tarde. Melhoras, viu? Ficou devendo, estou com crédito."

Carlinhos pensou em pegar o termômetro na gaveta, mas o frio não deixou.

Capítulo 27

Era uma tarde de sábado e eu estava em clima de despedida de Hong Kong, sabendo que sentiria falta de lá. Não que me desagradasse a ideia de me instalar em Hampstead, de retomar a vida na City e, é claro, de conciliar trabalho e lazer em alguma capital europeia num feriado mais longo. Mas no fundo, eu estava mais ligada a Hong Kong do que imaginava. Naquele dia, eu dava um até logo aos meus locais favoritos. Era um ritual supersticioso: marcando presença neles, um dia voltaria lá. Estava no Captain's Bar e me distraía com a linda vocal do conjunto filipino que, sempre que me via, atacava de Sweet Love, minha favorita, que ela cantava imitando a voz quente de Anita Baker. Quase 3 anos antes, fora ali mesmo que eu tinha celebrado meus 40 anos e, desde então, estava com dificuldade de assumir a idade nova. Sei que pensam que só me sinto atraída por homens que tenham o mesmo credo de poder e sucesso. Não que me fascinem os perdedores – não tenho tempo nem alma para eles. Mas tanto para homens como para mulheres, tenho uma queda natural pela inteligência, pelo pensamento original. Durante muitos anos me relacionei com o Dr. Weng, que não era um Pierce Brosnan, mas conversava sobre as vinícolas da Borgonha como falo da lei que rege as sociedades de capital misto de Shenzen. Como não cair de quatro por um homem desses, um sujeito que fumava numa piteira de madrepérola e cultivava a unha *mindinha esquerda a quatro centímetros? Foi o mesmo que me arrebatou em Kyoko Komatsu. Ela falava um francês sensual, quase ronronante. Não sosseguei até convencê-la de que se deitássemos na minha cama ouvindo Debussy, vendo as torres de aço e luz de Ginza, conheceríamos o sublime, e Proust em pessoa bateria à nossa porta. Não sei se era nisso que eu pensava naquela tarde ou era em outra dessas coisas excitantes com que me distraio, quando percebi a meu lado, na esquina do balcão, um homem meio ofegante que falava inglês com sotaque latino, e que insistia com alguém para vir encontrá-lo no hotel. Continuei tomando minha taça de Deutz enquanto ele esbravejava com o tal Rupert, que devia ser seu advogado. Quando ele desligou e acalmou-se, trocamos um olhar e arqueei as sobrancelhas. Acho que devo ter dito uma dessas coisas que nós, os ingleses, dizemos o tempo todo uns para os outros. "Ainda bem que um mau dia no bar é melhor do que um bom lá fora, não é?" Ele respondeu tão naturalmente que me desarmou. Acho que disse que o advogado não poderia vir ao encontro dele no fim de semana e que sua tradutora tampouco estava autorizada a acompanhá-lo por não ter visto para Hong Kong. Não sei bem por que lhe dei o cartão do escritório. De meu nome, risquei à caneta o Pearl e ficou o Audrey.* Call me Audrey. *Então, o homem deu uma olhada nos dizeres do cabeçalho, meneou a cabeça, passou a mão no rosto largo – onde eu já vira uma versão parecida de fisionomia? –, e segurou uma barba arruivada com a ponta dos dedos. Olhou-me com ar divertido e apresentou-se, dizendo que era muito jovem para ser Boris Goudonov, muito galante para ser Boris Karloff, muito sóbrio para ser Boris Ieltsin e pouco treinado para ser Boris Spassky. "Mas sou um Boris Novo. Mr. New Man, como me chamam na China. Boris Neuman, muito prazer.* Call me Boris." *Tomamos mais um drinque e trocamos superficialmente algumas ideias sobre o contrato que o tal Rupert estava preparando. E aí veio o mais interessante. Gosto de envolvimento lento e sedutor. Mas as regras estão aí para ser quebradas. Boris foi tão cândido, tão desconcertante. "Posso te propor uma coisa? Vamos tomar um drinque no meu quarto. Juro que você só tira a roupa se quiser. Mas podemos tirar os sapatos e ficar descalços na varanda vendo o movimento da baía." Eu já tinha tomado esse tipo de iniciativa sem constrangimento e se tivesse que ouvir um "não", seria só um "não". Mas admito que, talvez por intimidar as pessoas, ainda não tinha eu sido o objeto de nada parecido. O incrível é que ele falou com uma doçura, com tal falta de malícia ou de subtons que aceitei prontamente. Pode não ter sido uma grande noite de amor. Mas tampouco foi uma trepada dessas que morrem como micróbios, com a primeira claridade de sol que entra no quarto. Por um coquetel de razões que nunca entendi bem, Boris entrou na minha vida, fazendo vibrar até uma inesperada corda maternal. Que, é claro, até hoje tento exercitar nas formas como ele pede. Digamos que esse trabalho em progresso nunca acabou, se é que vai acabar um dia. Mas quando ele me fala das crianças, mostra fotos, pinta cenários nem sempre muito divertidos e ri da própria sina, como ele gosta de dizer, alguma coisa nos conecta. Sabendo hoje o que sei de sua vida e tendo vivido ao lado dele, tanto quanto possível, a perda de seus pais no Brasil, o amor às irmãs, os sentimentos meio truncados com respeito ao filho e, ainda assim, os anseios mirabolantes que ele tem para consertar os rumos do mundo, percebi que ele tem muito do que meu velho avô dizia ser a marca inerente aos judeus:* Tikun Olam. *Quando o provoquei para ver a que ponto ele estava familiarizado com a expressão, ele disse algo assim. "É para isso que estamos aqui. Vivemos pra consertar, como dizia uma canção de minha juventude." Boris é um adorável maluco universal.*

I

O vagão de primeira classe da viagem entre Viena e Budapeste talvez não fosse exatamente o que Clara esperava encontrar, depois das mordomias vienenses de que tanto falou na última noite: "Nem o wi-fi funciona, Hana. E eu que estava louca para mandar umas fotos desses campos brancos."

"Clara, quem viaja regride um pouco, admito, volta até a ser meio adolescente em alguns casos. Mas essa sua nova paixão pela vida online, francamente...".

Hana tinha a impressão de que a amiga fazia caretas, como se quisesse afugentar a dor.

Na parada de Hayershalom, a tranquilidade então reinante foi sacudida por uma família israelense. Mal o trem partiu, começaram um verboso jogo de cartas – os pais e os três filhos, de talvez 6, 8 e 10 anos –, e o que era paz virou um autêntico *balagan*. Clara arqueou as sobrancelhas.

"Eles estão se tornando uma unanimidade em maus modos. O *mish mash* do Oriente-Médio pode até ser divertido, cria uma cultura híbrida, mas já não se fazem judias sóbrias como nós duas. Onde mais você tem uma búlgara casada com um iemenita?"

E voltou a fechar os olhos como se sentisse uma pontada.

"Tomara que seja só a coluna mesmo", aquiesceu quando ficou difícil disfarçar.

Hana fechou os olhos. Logo estaria de volta a Budapeste. Lá, parecia que as pernas a levavam por conta própria até a Ópera – onde supostamente seus pais se viram pela última vez. Enquanto Clara cochilava, Hana lhe examinava as feições. De uns anos para cá, ela tinha se tornado parecida com a atriz Eva Tudor, de quem Szymon tanto gostava. Ao passo que Clara dizia que Hana, quando sorria, lembrava Berta Loran, que era polonesa.

"Somos uma só moeda de faces invertidas. Uma judia de origem polonesa que parece uma magiar e uma judia húngara raiz que lembra uma polaca. Não é demais?"

Bochechuda, o que logo deixaria de ser no decurso da doença, sempre bem penteada – hábito que manteve enquanto pôde –, Clara Ganz, naquela hora, parecia uma criança desprotegida. No trecho final do percurso, parecia mais aliviada da dor.

"Não foi só Adolfo que teve uma segunda família. É destino. A mamãe sempre disse que meu pai tinha outra mulher. E ele debochava da coitada, dizendo que era puro delírio. Ela, então, ficou com fama de maluca quando, na verdade, a outra estava bem ali ao lado, a dois passos da rua da Graça. A minha concorrente pelo menos morava no fundo do Vale, lá em Taubaté."

Hana permaneceu em silêncio.

"Chegaremos lá com noite fechada."

Sorrindo para a amiga, Clara tocou num ponto que a intrigava:

"Sempre te achei tão europeia. Você está tão à vontade aqui. Onde fica o Brasil nisso tudo?"

Hana não repudiava mais esse tipo de pergunta. Pelo contrário, até gostava.

"Eu me sinto brasileira, uma paulistana de corpo e alma. E com um pé no Nordeste, o que nem todo sulista pode dizer que tem. Mas a verdade é que me encontro também quando venho aqui. Isso não quer dizer que você vá sentir a mesma coisa na Polônia e, por favor, não se sinta obrigada. Afinal, nossa viagem não é uma expedição espiritual. Mas é bom você ver de onde veio. Meus avós paternos vinham da Romênia. Minha mãe, coitada, tão mocinha, poderia ter sobrevivido com apenas um pouco de sorte, morreu perto do fim da Guerra. Ela já tinha passado pelo mais difícil, mas, aí, o tifo a pegou. Para mim, foi uma proeza ver a Europa como um palco de alegrias, e não como o cemitério que muitos dos nossos enxergam."

Contrariamente a Hana, Clara pouco pesquisara sobre as circunstâncias da chegada de seus pais ao Brasil. Mas à medida que a viagem avançava, muito do que ouvira há meio século parecia voltar no tom de voz da própria mãe.

"Eles chegaram a Santos antes da Guerra. Parece que meu pai quase não embarcou por conta de uma suspeita de escarlatina. Tinha manchas em torno dos olhos e isso poderia ter sido fatal. Quase foi reprovado na inspeção médica. Recém-casados, ficaram uns dias na rua Krochmalna, de que a mamãe falou até morrer. Já o papai dizia que tinha sido delicioso passear pelos bairros elegantes, mas que eles se sentiam bem mesmo nas ruas judaicas, apinhadas de aguadeiros, relojoeiros, comerciantes e hassídicos. Quando caminhávamos pelo Bom Retiro, nos anos 1950, de vez em quando ela dizia que as ruas estavam cheirando a Varsóvia – uma forma de identificar o *cholent* ou o aroma da gordura frita."

Era para isso que funcionavam as viagens.

"Nunca fomos de muita reza e a família só botava os pés na sinagoga uma vez ao ano e olhe lá. Mas depois que ia, o papai gostava. E repetia que nunca mais perderia uma chance de celebrar com patrícios o privilégio de estar vivo. Mas no ano seguinte, podia esquecer a promessa. Lá em casa, falar do antissemitismo polonês era comum. Sem você, eu não ousaria ir lá. Para mim, eles são ameaçadores. Podem me repetir mil vezes que Chopin era polonês. E veja que eu não tenho essa sinistrose de ver um antissemita nos emboscando em cada esquina, como a gente lê na internet. As redes sociais são um esgoto, escorre muito ódio ali."

O táxi tomou a direção da Andrássy.

"É a primeira vez que te ouço falando húngaro. Parece mesmo que estou diante de outra pessoa, quem diria!" Hana assentiu: "Ora, quando a gente fala outra língua, a gente é de fato outra pessoa."

A conversa evoluía como se elas estivessem num carro em São Paulo, dissociadas do lugar.

"Admiro esse teu destemor, Clara. Entre os altos e baixos dos últimos meses, você age como esses toureiros que dão as costas para o touro e levam a arena ao delírio. Você está me ensinando um bocado."

Clara ficou em silêncio. Depois se animou a considerar: "Não é que não tenha medo, imagina. Mas em que ele vai ajudar? Em nada. Depois, quando a gente vive com uma espada dessas sobre a cabeça, 1 dia vira 1 mês; 1 mês, 1 ano e é melhor nem pensar no que representaria 1 ano. Por isso, prefiro olhar essas pontes. Cá está de volta o Danúbio".

II

Quando Boris acordou, Audrey já estava pronta na sala.

"Levantei cedo para dar uma caminhada no bairro. Não senti perigo algum no ar. As pessoas do escritório dizem que São Paulo é fantástica e ninguém até hoje foi assaltado."

Boris examinou-a dos pés à cabeça.

"E aonde você vai agora?" Audrey não estava acostumada a certas coisas. Mas um sorriso de Boris suavizou a pergunta incisiva.

"Bem, Mr. Neuman, se eu tiver a permissão de Vossa Alteza, vou passar numa galeria de arte com nossa associada local. Mas volto para o almoço. Meu voo é só no fim da tarde. Tudo bem para o sultão?"

Boris queria saber mais da véspera.

"Não sei como você consegue fazer gracejo quando acorda."

"Digamos que seja o espírito indômito britânico."

Ele pegou o jornal sobre a mesa.

"Gostou da noite de ontem?"

"Gostei de todos, apesar do espumante *demi-sec*. Já te disse que odeio bebida adocicada. Na caminhada hoje, estive pensando. Não sei se foi o sucedido à mãe, mas alguma coisa abalou muito os jovens Neuman, estou certa? Ou então são apenas introvertidos, não é? O que é demais para minha cabeça, que vai bem além da imaginação, é como suas irmãs são tão diferentes. Tem certeza de que são filhas do mesmo pai? Que cara é essa? Não posso brincar? Porque nunca vi três mundos tão díspares, meu Deus. Quem sabe nossas famílias no Reino Unido sejam mais homogêneas…"

Boris não encontrou o que dizer, mas achou-a insolente.

"Adultos também podem ser diferentes. Qual é o ponto? Alguém tinha um olho no meio da testa que eu não tenha percebido?"

Audrey riu.

"Hana seria na Inglaterra uma daquelas meninas de Oxbridge que se apaixonam pelo professor e, quando morrem, a gente descobre um caderno de apimentados versos eróticos que ninguém acreditaria que uma pessoa tão perfeita pudesse escrever. Fala um inglês bem razoável. Isso eu já tinha percebido desde a primeira vez, na noite do 11 de Setembro, no Shoreham. Você nota uma pontinha de sotaque germânico? Mas diga a ela, com toda a sutileza do mundo, que na próxima ela pode relaxar, que não estamos numa arguição oral para falar de Rei Lear ou das descobertas de Stephen Hawkings sobre a criação do mundo. Posso perfeitamente vê-la comendo uma omelete sem gema na Fortnum & Mason com uma amiga. Não vou chegar à idade dela tão bem conservada, isso é certo, mas certamente estarei menos travada. Tudo isso para dizer que gostei muito dela, seu bobo, não faça essa cara. Ou será que alguma coisa se perdeu na tradução que faz você me olhar desse jeito?"

Boris pela manhã gostava de fatias de melão gelado e de café expresso. Não de conversas profundas.

"Está bem, não é? *Enough is enough.*"

"Se comecei, agora deixe eu terminar. A amiga dela também é *cool*, lembra uma tia dessas que todo mundo quer ter, que recebe para o chá em Winchester e depois vai dar um passeio por aquelas paisagens com cara de romance de Jane Austen, sabe? Só achei que a cor dela não estava muito boa. Lembrou minha mãe quando adoeceu. Já Anita é difícil de definir. Lembra as fotos de Virginia Woolf de perfil numa alma de Janes Joplin no palco. Que pessoa. Lamento certas horas não ter tido uma educação mais mundana para identificar melhor o que sobrou das tribos hippies de Ladbroke Grove ou Notting Hill. Mas gostei muito dela, acredite. Adorei aquela hora em que ela me encarou e soltou o verbo. Apesar do sotaque bizarro, muito mais do que o seu, adorei a parte em que ela disse que eu canto *God save the Queen* no chuveiro. Eu? Logo eu... Seu pai deve ter deixado um bom dinheiro para ela. Conheço bem o que está por trás dessas formas de independência, de provocação."

Boris olhou o relógio.

"Desça e espere o carro na recepção. Está quase na hora."

Audrey estava acelerada.

"Positivamente, achei sua norinha muito clara, quase uma das nossas. Um dia o coworking dela vira start up. Não precisa ser unicórnio, mas poderá valer boa grana. As mulheres têm de ter ambição, não acha? Carlos vai acompanhá-la, fique tranquilo. Ficaram para trás os tempos em que só o marido puxava a fila. Melhor para vocês. Quando ele olha para ela, há admiração, mas também um pouco de censura. Onde será que já vi isso antes? Quanto a Estela, se ela vier um dia a Londres, vou apresentá-la a Victoria Stilwell, a adestradora de cães da realeza. Viu como os olhos delas brilharam quando falei que a conhecia? E se ela se tornasse a Victoria daqui? É a chance de ser *alguém* que ela tem, vá por mim. Quanto a Diana, trate de convencê-la de que dizemos *lorry* e não *truck*. E da próxima vez, direi que o projeto londrino dela está com 40 anos de atraso. Só não falei para não desprestigiar a bancada feminina. Posso ir? Até mais tarde."

Boris preferia ele mesmo falar mal dos seus, se fosse o caso. Em que momento dera aos outros esse direito? Ou seria Audrey simplesmente espaçosa?

III

O pior para Carlinhos ainda estava a caminho.

Foi quando, tendo tomado um antitérmico e um ansiolítico, cruzou com Diana na copa, que, ao lado de uma moça de cabelos cortados rente ao couro cabeludo, lambia o dedo melado de calda de bolo de chocolate. A amiga baixou a cabeça ao vê-lo entrar e saiu com ar zombeteiro.

"Licença, licença, que eu vou à varanda fumar."

Carlinhos olhou a irmã nos olhos.

"Você tem de dar um tempo nessas coisas que você fuma, meu. Você vai terminar diabética, Di. Olha o que estou falando."

A reação dela foi como sempre desproporcional, no mínimo mal calibrada. Era como se uma maldição tivesse se abatido sobre aquela casa desde o sucedido a Nancy.

"Quem é você para me dar conselhos? Você acha que não percebi ontem que você passou a noite me fuzilando com seu olhar de Wolverine? Tudo o que eu fazia ou dizia, você balançava a cabeça. Quem você acha que é, seu bunda?"

Aquilo era demais para ele.

"Não me faça perder a paciência. Você não sabe por que eu fazia cara assim ou assado? Você ainda me pergunta, sua louca? Por que caralho você tinha de falar da mamãe para aquela mulher?"

Diana enrubesceu de raiva.

"Pois saiba que ela gostou de saber. E falou que tem tratamento por hipnose para cleptomania na Inglaterra. Ela mostrou muito interesse."

As coisas só pioravam.

"É claro que ela ficou curiosa. Mas saiba que até o papai que não é de ficar incomodado, ficou sem graça. Você não percebe nada, é incrível."

Diana não queria deixar barato.

"O papai tinha dito que a gente estava livre para conversar sobre o que quisesse. Não é todo dia que ele está assim. Vá se foder, que você não manda em mim..."

O irmão estava no limite.

"Você podia pelo menos ter tomado um banho. A fedentina atravessava a mesa. E que conversa sem pé nem cabeça foi aquela sobre sexo? Será que você tem de falar do seu projeto de virar lésbica para todo mundo, porra? Só para ser a diferente, só para puxar o saco da tia Anita. Na frente dela você se mete a querer ser a menina alternativa. Quando na verdade, você esquece que não é nada, não é porra nenhuma."

Diana fazia cara de choro, mas as veias lhe saltavam do pescoço.

"A Audrey também é gay, tenho certeza. Precisa de uma para reconhecer a outra, entendeu? E não me chame de menina. Isso é imposição de gênero, seu fascista. É tirania de gênero. Sou só uma pessoa, sou xis. Não faço planos de me assumir. Sou gay cem por cento, não pela metade."

Carlinhos odiava aquele tema.

"Deixe de falar tanta bosta. Ninguém é completamente gay. Até Cássia Eller teve filho. Se a Audrey fosse lésbica, o que ela estaria fazendo com o papai?"

"E por que não? A Paula, minha mulher, também já foi bi. Quer que eu chame aqui? Ela já fez até aborto depois de um estupro. O corpo era dela. Qual é o problema? A Audrey gostou de mim."

Cansado, Carlinhos lembrou que prometera ligar para Nancy na clínica na hora do almoço. Diana não parava.

"A gente está pensando em morar em Londres. Lá eu me desenrolo. A Paula disse que a gente podia abrir um *food truck* de falafel, entendeu? Parece que não tem muitos por lá, e é legal para quando a galera sair com fome da balada. De repente, a Audrey vai indicar uma esquina legal, que tenha movimento. A tia Anita falou que me libera uma grana, se eu precisar. Seu homofóbico..."

Carlinhos saiu batendo a porta com força, como aprendera com o pai.

IV

Em Budapeste, Hana nunca conheceu uma trégua do destino.

Tão logo o médico chegou para visitar Clara, ela o atalhou no corredor: "Bom dia, Dr. Fülöp. Desculpe ter telefonado tão cedo, mas ela teve uma noite agitada. Queixou-se de longos sonhos, que não a deixaram dormir. Ora sonhava que estava doente, ora que a mãe a esperava na Polônia, imagine. Não sei se é o caso de sedá-la para que cochile durante o dia. Enfim, é só um palpite."

"Deixe que eu lhe diga em húngaro. Meu alemão talvez não dê para tanto. Não sou psicanalista, mas o que sua amiga teve foi o que se chama de um sonho lúcido. Isso acontece numa fase intermediária do sono. A pessoa sabe que está sonhando, mas deixa-se levar por ele."

"Não sabia que isso existia..."

"É bastante comum. As pessoas elaboram os cenários que mais desejam. Dizem que *Sonho de amor*, de nosso Liszt, nasceu assim."

"Meu pai dizia que era a peça favorita de minha mãe."

"De nove entre dez húngaros, talvez. Tem quem se veja recebendo homenagens ou ganhando uma prova olímpica. É a semiconsciência em ação."

Hana ficou pensativa, tentando adivinhar a última expressão que ele lhe disse e que seu húngaro não alcançou.

"Já no caso de sua amiga, ela sabe que está doente. Ela visita a doença em sonho. Como eu disse, não é minha especialidade, mas aprendi com colegas."

"O que ela teve, afinal?"

"Foi o que chamamos de um acidente isquêmico transitório. Ela pode voltar a ter um desmaio a qualquer momento. Inclusive mais grave."

"Ela é médica e andou meio adoentada ultimamente. Alguma medida que o senhor recomende?"

"Aquilo que já disse. Apoiar-se numa bengala, por mais que ela ache ruim. Evitar alturas ou situações que possam provocar vertigens ou labirintite. Caminhar por superfícies lisas e, tão logo possa, fazer uma investigação mais profunda. Eis o mais importante. A senhora sabe que nosso corpo é todo interligado, uma coisa pode ser consequência de uma outra menos visível. Somos o resultado de uma longa história fisiológica. Um ditado nosso diz que Adão comeu a maçã e nossos dentes ainda doem."

Hana sorriu.

"Meu pai dizia a mesma coisa. *Köszönöm*."

O Dr. Fülöp era talvez um pouco mais novo do que ela.

"Brasil. Deixe-me dizer uma coisa. Todo mundo dá um sorriso quando se fala de lá. Não podemos dizer o mesmo da Hungria, que muitos mal sabem onde fica. Sou de 1952, era um bebê na Copa de 1954, mas me lembro do entusiasmo do meu pai com nossa equipe lá na Suíça. Depois perdemos as chances e todo mundo passou a torcer pelo Brasil. Sempre imaginamos um país alegre."

Hana assentiu: "Acho que já foi mais. Mas ainda vale muito a pena conhecer".

Ela fez menção para que entrassem no quarto, mas ele pediu um minuto: "Uma pergunta, se me permite. A senhora já morou aqui?"

Hana já dera essa resposta outras vezes, mas agora lhe parecia mais solene: "Nasci aqui, durante a Guerra. Fui pequena para o Brasil com meu pai. Só com meu pai".

"Entendo. Seu húngaro é bem razoável, tem a sonoridade da cidade. Guarde meu cartão. Se precisar de alguma coisa, avise. Moro perto do hotel onde estão. Se ela estiver bem, vou assinar a alta."

Perto do meio-dia, Hana foi liberar a papelada e pegar a amiga que já estava pronta, sentada na poltrona do quarto e bem agasalhada.

"Então, nada de estripulias daqui para frente, não é?"

Tudo começara nas termas de Széchenyi. Hana queria mostrar à amiga os húngaros em seu elemento.

"Mas que maravilha. A gente vai ficar só olhando eles se deliciarem aí dentro?"

"Só descobri esses banhos quando estive aqui nos anos 1970. Mesmo assim, não frequentei, achei-os meio sinistros. Mas da segunda vez em diante, me apaixonei pelas piscinas gigantescas. Eles passam o dia."

Clara era dada a impulsos: "E por que não entramos? Vamos ali, a gente compra os maiôs na lojinha. Vamos fazer como eles e jogar uma partida de xadrez aquático."

Hana ainda relutou: "Está muito frio, Clara. As bordas estão cheias de neve. Será que não é afoiteza demais?"

Ela não desistia: "Que nada! O choque térmico mata os germes, se quer saber. Não tem tanta gente lá dentro? Tem muito velhinho feito a gente."

Tudo foi muito rápido. Num minuto conversavam na borda, na parte mais rasa, com só as cabeças para fora. Hana traduzia discretamente para a amiga uma conversa que travavam duas mulheres ao lado, sobre qual das duas tinha uma nora pior. De repente... Clara sumiu.

Um senhor que fazia flexões ritmadas nos braços percebeu algo de errado e resgatou-a à baixa profundidade. Clara parecia desorientada à medida que abria os olhos. As primeiras palavras foram desconectadas, como se soltas, até começar a fazerem algum sentido. A ambulância veio rápido.

"A pressão se estabilizou logo, a glicemia estava dentro de seu normal, querida. O doutor só recomendou um pouco de moderação para evitar outro susto."

Apesar de médica, Clara não queria entender.

"Eu estava bem. De repente, sua voz ficou distante e eu senti os pés escorregarem como se eu estivesse num tobogã. Depois não lembro de mais nada."

"Vamos aproveitar esse dia hoje e curtir o hotel, o crepitar da lareira e descansar. Acho que Viena terminou sendo mais puxado do que imaginávamos. É a síndrome da primeira escala. É o efeito torta Sacher."

Hana só voltaria a ficar alarmada no dia seguinte, quando foram ao Vásárcsarnok.

"Um palavrão desse para dizer Mercado Central? Nunca ia conseguir memorizar isso."

Elas tinham almoçado no mezanino e Clara tinha pedido para que dessem um passeio na seção de frutas e especiarias.

"Tão belo quanto esse, só o da Bessarábia, em Kiev, e olhe lá."

Clara comera com apetite os canapés de fígado de ganso.

"Ah, Hana, começo a te entender. Eu bem poderia ter viajado mais."

Clara ainda reforçou.

"Por que não compramos um salame de javali?"

Foi então que tropeçou nas próprias pernas e, por sorte, caiu num cesto de mangas que acabava de chegar ao boxe. Do nada, apareceu uma cadeira das mãos de um comerciante.

"Sente-se, senhora, sente-se. Vou pegar um copo d'água."

Capítulo 28

OBRIGADO PELO CONVITE. NÃO SE TRATA DE SER DISCRETO OU NÃO SOBRE *sua própria vida. Não queiram ver excentricidade onde ela não existe. Trata-se de ter um senso de propósito ou não e de precisar encontrar tempo para servir a ele. A essa altura, não vou me desviar desta missão de vida para falar de mim, de minha família, nem muito menos para alimentar as colunas de* gossip *de quem gosta de perguntar como as pessoas que têm muito dinheiro o gastam e como passam seus dias do momento que acordam até quando vão dormir. Sinceramente, com toda a minha aversão às palavras duras, acho isso completamente idiota. Que diferença faz ter um bilhão ou cinquenta, se seu corpo o obriga a fazer como todo mundo? O que posso ter de relevante a dizer sobre isso? Esteja em casa ou em qualquer lugar, como cereais no café da manhã – que, talvez nem todo mundo saiba, é um hábito enraizado em nós, americanos. Pode haver coisa mais trivial? Durante a semana, cavo um tempo para jogar uma partida de tênis porque, gastando um pouco de energia, estou mais a gosto para comer sem culpa um cheeseburger à hora do almoço. Leio quatro ou cinco colunas noticiosas e, é claro, me debruço sobre os rumos da Fundação, que é a cabeça de ponte da ação social que toco com minha mulher. Adoro, ou deveria dizer adorava, fazer programas com meus filhos, que envolviam aventuras – de preferência, ligadas à descoberta científica e da natureza.*

Se eu contar, vocês não acreditam. De hidrelétricas a usinas nucleares, já visitamos muita coisa. Como em todos os lares, também nos ressentimos de que eles tenham crescido, e Oxalá encontrem seus rumos, possivelmente bem diferentes dos que nos guiaram, a mim e à minha mulher, até aqui. Como não poderia deixar de ser, recebemos milhares de pedidos de ajuda e temos gente habilitada para triá-los. Desde muito cedo, percebi que o mundo precisa de uma ação concertada. Ela deve se originar naqueles que têm comparativamente muitos recursos, em benefício dos bilhões de pessoas que não têm o direito nem sequer de pensar num futuro. Dito de outra forma, estamos todos pedindo uns aos outros o tempo todo. O que as pessoas e as entidades me encaminham ecoa na Fundação. E são esses pleitos que me levam a bater à porta dos que podem doar dezenas de bilhões de dólares para fins que, em última instância, salvarão a humanidade da ruína, da desesperança e, eventualmente, da catástrofe. Sou, portanto, um abridor de portões — sina que tenha talvez do Gates que trago no nome, embora prefira ser simplesmente Bill. Sou um global trump, engajado numa espécie de mendicância planetária. Querer e saber distribuir sua riqueza deve ser visto como inerente ao processo de construí-la. Quem soube fazer dinheiro e não desenvolveu, ao mesmo tempo, a habilidade de doá-lo, será sufocado por ele. E ele lhe fará mal. O que fez a América o que ela é muito da crença de que a construção da riqueza não pode ser um fim em si próprio. Para que exemplo melhor do que essa Universidade onde hoje nos encontramos, que irradia conhecimento para o mundo, financiada por doadores que, na maioria das vezes, ocuparam esses mesmos bancos escolares onde vocês estão sentados? Ousar é preciso. Urge sonhar. E hoje quero falar de ousadia, de coragem, de desprendimento. Foi para isso que me convidaram, e foi por essa razão que aceitei vir. Ora, amigos, tudo isso passa pelas pessoas. Em última instância, é para servi-las que eu e Melinda trabalhamos dentro da Fundação e fora dela. Se pudesse, dedicaria mais tempo a conversar com cada um de vocês. Ocorre, porém, que sou um homem comum — ao contrário do que se pensa. E como preciso

414

encontrar tempo para as trivialidades de que falei no início, não posso ver todo mundo que nos procura. Aonde quero chegar? Ora, não faz muito tempo, fomos apresentados pelo bom amigo Jack, em Pequim, à advogada londrina Audrey Pearl. E foi dela a ideia de que incorporássemos ao acervo de Herman Kahn a correspondência de um jovem brasileiro com o grande futurólogo e cientista. Quando nos encontramos pessoalmente, ele me disse que é exatos 420 dias mais velho do que eu, o que me fez rir bastante. Sendo contemporâneos, ele e eu dividíamos a mesma admiração por Herman. A diferença é que eu jamais teria ousado trocar uma ideia com Herman àquela época. A distância que me separava do grande guru me congelava. Já nosso homenageado não se deixou paralisar pela grandeza e trocou extensa correspondência com ele, cartas estas que a Fundação entrega hoje a Yale. Elas rendem tributo à iniciativa dos jovens, à ousadia dos cientistas de garagem, à sua chutzpah, *como ele prefere chamar. Por uma decisão que credito à timidez, ele me delegou a tarefa de expressar o sentimento de mundo que o move a respeito da realidade que vivemos. Eu queria dizer a meu novo amigo que comungo plenamente de algumas das noções que ele tão bem fundamentou quando de nosso encontro na China. O mundo de que viemos, ele e eu, cresceu sob a égide da destruição pelas bombas termonucleares. Eu tinha medo. E meu medo tomou diversas formas no bulício de minha garagem. Ele teve medo. E o dele o levou a abrir janelas para o mundo, lutando contra um instinto perverso que pedia para que as fechasse. Não é todo mundo que aguenta essa dicotomia. São poucos os que conseguem transformá-la em energia criativa. Quem não tem medo, pouco pode ajudar o mundo. Quem só tem medo, não sai do lugar. Ele transformou o seu medo em material de rico e profícuo debate com Herman. Quando o conheci, vi muito de mim nele, e espero que o oposto tenha sido verdadeiro. Assim como abandonei Harvard, ele tampouco optou por uma educação convencional. No meu caso, era só uma questão motivacional. Para ele, outros eram os apelos. Desde a eclosão do Ebola, na África, que ficou contingenciado a poucas zonas geográficas, tenho dito que um vírus altamente contagioso pode matar muitos milhões de pessoas – mais do que um conjunto de armas atômicas. Querem me atribuir pioneirismo ou clarividência. Longe de mim. Das cartas que este então menino mandava da América do Sul para Herman, destaco as seguintes linhas com que encerro essa saudação: "Não, esqueça, Mr. Kahn, que tanto seus pais como meus avós devem ter perdido muitos entes queridos para a gripe espanhola. Quando minha irmã mais nova estava nascendo, não faz tanto tempo, a gripe de Hong Kong matou um milhão de pessoas. O que virá? Nápoles, Veneza, Sevilha, Londres e Viena são cidades que as pessoas visitam, sem imaginar quantos já não morreram naquelas ruas. E no dia em que um vírus poderoso se instalar em pessoas que viajam de avião para todos os cantos da Terra? Como haveremos de evitar que as mortes se contem aos milhões?" Oxalá, ele esteja errado! Oxalá, eu também esteja! Bravo para nosso homenageado. Obrigado a todos.*

I

"Ai, mãe, agora que você está bem, eu queria tanto te contar o que tem acontecido com minha família de verdade. Não me pergunte como, mas adivinha com quem estou trocando mensagens agora? Dicas? Ela é linda, tem super bom astral, vive numa espécie de paraíso e mora num país onde tem uma monarquia. Quem pode ser? Pensa bem."

Nancy olhava a filha e tentava transformar tédio em maravilhamento: "Ah, filha, agora você me pegou. Sua mãe anda tão desmemoriada. Não seria a Madeleine?"

Estela parecia que fora espetada: "Quem? Que Madeleine, mãe? Quem é essa? E eu lá sei quem é essa rainha Silvia, mãe. Muito menos a filha dela. Não, não é da monarquia sueca. Pense em outro país muito, muito mais interessante."

Nancy sentia saudades da clínica.

"Máxima? Que Máxima o quê, mãe? Quem é essa agora? Nunca imaginei que tinha uma argentina na casa real da Holanda. Aliás, eu já tinha esquecido que eles têm uma rainha lá. Desiste? Você anda desistindo fácil assim, dona Nancy? Mais uma chance, vai."

Nancy tentava sorrir da brincadeira da filha. Mas não conseguia achar graça naquela moça cada vez mais graúda e desengonçada: "Não sei, filhota. O que posso dizer é que deve ser alguma coisa relacionada aos cachorros, para você falar com tanto entusiasmo. Acertei?"

Estela fez um muxoxo: "Acertou errando. Tem, sim, a ver com o bicho cão. Mas é maldade sua dizer que só me interesso por eles. Também curto as lojas que vendem as caminhas quentes onde eles dormem. Os ossinhos de plástico que eles roem. Os andadores para quando estão doentinhos ou fazem uma cirurgia. O que mais eu amo? Ah, as reprises do *Marley* e do *Beethoven*. Como você vê, não são só os cães. São eles e sua ecologia, como minha nova guru diz."

Nancy, nessas horas, sentia as pálpebras pesarem. Talvez fosse por conta do donaren. Mas não podia deixar na filha a impressão de que tudo aquilo lhe parecia tão idiota. Onde errara? Admitia que a tinha superprotegido. Assim como protegeu Carlinhos, por temer que ele herdasse os traços de personalidade do pai, ela queria que Estela fosse uma síntese das irmãs Bin. Que dela, Nancy, tivesse herdado a sensibilidade; de Rivka, a esperteza; e de Vivi, o desprendimento. Mas cada vez ficava mais claro que esse coquetel jamais faria sucesso até por incompatibilidade dos ingredientes. Já Diana fora o que a sogra chamava de raspa do tacho e já pegara a família em processo de desmonte. Mas Estela tivera todas as condições de se desenvolver. Tinha feito uma boa faculdade e o pai lhe dava a atenção que se devota à favorita.

"Não sei mesmo, filhota. Dá um tempo!"

Se ela nunca quis morar no exterior, ou fazer programas fora da bolha, talvez Nancy tivesse apenas uma pequena parcela de culpa. Nem participar da Marcha pela Vida a interessou: "Comer comida de campo de concentração, mãe? Não é um cenário dos mais convidativos. E depois, eu não queria perder a ninhada da Sasha."

Nancy tinha vontade de dizer que ela fosse viver a vida, que mudasse o disco. Por que Estela não fazia uma terapia mais séria? "Será que sou a única responsável por essa regressão? Ou Boris também dera sua cota?", perguntava-se.

"Fale de uma vez por todas, filhota. A mamãe precisa dar um cochilinho. Esses remédios deixam a gente meio chapada. Quem é ela?"

Então, fazendo uma coreografia que imitava um cachorro sentado com as patas dianteiras dependuradas em sinal de obediência, Estela disse.

"Minha mais nova correspondente é a Victoria Stilwell, a melhor treinadora de cachorros da Inglaterra. Ela está tão empolgada com nossa parceria que estou pensando em trazê-la ao Brasil para levá-la a uns *talk shows* sobre adestramento. Não é o máximo?"

Nancy assentiu e, resignada, foi dormir.

II

Já era quase manhã da sexta-feira quando Anita resolveu que podia dormir com tranquilidade. A sensação de desassossego só crescia e ela tinha começado a ver os fins de semana e feriados com grande alívio. Pois, até então, ninguém ouvira falar de prisões ou conduções coercitivas nesses dias. Jaiminho tinha ido dormir cedo e ela ficara na sala vendo filme e trocando mensagens cifradas com amigos: "A coruja só levanta voo no fim da tarde. Vamos torcer para que não desabem telhados até Jingle Bells, quando as togas vão para a lavanderia. Depois do Elefante de Olinda, a luta continua até o cordeiro pascoal."

Quando foi apagar uma guimba no cinzeiro que ficara na varanda, um movimento chamou-lhe a atenção diante do prédio ao lado. Três carros da Polícia Federal estavam parados. E dois outros de uma televisão estavam postados do outro lado da rua, onde os câmeras pareciam estar à espera de alguma coisa. Apoiada nos cotovelos, Anita viu quando duas pessoas saíram cercadas por policiais armados, e só então os cinegrafistas se aproximaram.

Remexendo o saquinho de remédios, ela tomou um rivotril e, agora que a paz voltara a reinar por completo na avenida Boa Viagem e os primeiros caminhantes tomavam conta da areia, ela voltou ao telefone: "Peixe graúdo morreu na areia mal o disco raiou no horizonte. Acho que era gente que se servia do tabuleiro de acarajé do alemão. Saúde intacta. E você? Dormir agora. Uma hora no lugar de sempre para abrir os trabalhos?"

Anita gostava cada vez mais de ir ao mercado da Boa Vista. Nos últimos anos de vida de Brenda, quando ela passou a fazer referências recorrentes à rua Leão Coroado e aos tempos em que viveram na Manoel Borba, a região do Pátio de Santa Cruz passou a ser o epicentro das referências de Anita fosse para a militância e a boemia. Que, no fim, frequentemente, viravam uma coisa só.

"Quando a gente não junta debate com prazer, Selminha, tem alguma coisa de errado. Companheiro que não bebe cerveja não é boa coisa. E pior ainda é companheiro que bebe vinho francês, mesmo que presenteado. É por isso que estamos nessa merda. Não dou muito tempo e até a turma do Instituto vai cair. Eles estão fechando o cerco. Os fascistinhas de Curitiba não estão para brincadeira."

Denílson era um bom amigo. Conhecia o ritmo da freguesa, sabia como a mesa dela pulsava.

"Anita chega de mansinho, meio jururu. Pede uma cerveja e um pratinho de bode assado. Antes de começar a segunda, chega a doutora Selma. Lá pelas 3 da tarde, vem a turma do hospital. Lá pelas 5, antes de escurecer, ela dá o recado. Ela é danada."

De fato, as confraternizações no mercado não fugiam muito deste padrão.

"Vamos nessa, pessoal, vamos trabalhar que a reação está terrível. E vamos sossegar no fim de semana, recarregar as baterias, nos apoiar. Logo eles entram em recesso e, aí, a gente pode pensar em se organizar nacionalmente. Se pintar *impeachment*, que é o que o grande capital está querendo para enfiar goela abaixo as reformas, a gente tem de denunciar isso como um golpe. E criar uma onda de comoção internacional. Teve erro? Teve. Alguém abusou? Sim. Mas se abusou, reproduziu um esquema que foram eles que criaram. A gente pode dizer: se eles podem, por que a gente não? É cínico? É. E por que o que eles podem a gente não pode? É porque Higienópolis lava mais limpo do que o Alto do Jordão. É justo?"

Alguns aplaudiam.

A caminho de casa, depois de uma tarde de garrafas alinhadas ao pé da mesa, Anita se sentia quase feliz. Não, não tinham razão para encostar um dedo nela. O que fizera de errado? Desde quando é crime apresentar uma pessoa à outra? Ensaiava uma postura épica: "Meritíssimo, se querer trazer justiça social aos mais desassistidos é crime, pode me prender. Aliás, eu já deveria estar presa há muito tempo. E não me solte nunca porque vou reincidir."

Esse estado de alma, que incluía longos ensaios diante do espelho e a descoberta das frases que causassem o maior impacto, se esvaía na noite do domingo, ao som do *Fantástico*, na TV, cuja vinheta ela odiava. Um dia leu que um poeta já dissera que, aos domingos, todo homem pensa na morte. Há quanto tempo não lia um livro? E se fosse presa, o que mudara desde os tempos do Talavera Bruce? Teria direito a um regime especial de presa política?

Apalpou o bolso para ver se a cartela de rivotril estava à mão. Jamais gostara de Curitiba.

"Bregas, reaças, góticos, luteranos…", resmungava no elevador. Nem a correligionária de lá ela suportava.

III

"Não faz mal, Hana, para mim já estou no lucro. Não era para ser. Lódz ficará para a outra vida."

Que Clara estava desolada, não dava para esconder.

"Até tinha sonhado em ir a Baluty, imaginar meus avós saindo dali para trabalhar nas fábricas de tecido. Se você não conseguiu convencer o Dr. Fülöp com esse seu húngaro azeitado, o que conseguirá meu alemão iídichizado e mal polido?"

O médico a olhava com simpatia e falou com voz branda, em entonações melodiosas a que a língua de Goethe nunca foi afeita, pelo menos na Alemanha.

"Frau Neuman me falou que é um projeto caro a seu coração a visita à terra de seus parentes."

Clara sorriu: "Tive décadas para ir. Não vou estragar o pouco que tenho de vida pela frente colocando tudo em risco. Cancelamos."

O Dr. Fülöp tinha empatia: "Bravo, é assim que se fala. O que a senhora teve pode ter sido um derrame muito pequeno, mas que convém acompanhar. A rigor, a viagem de volta requer precauções que vou lhe prescrever."

Clara não perdia o hábito tão dela de ir um pouco além: "Desculpe perguntar, mas o senhor já viveu no exterior?"

"Sim, tive meus tempos na Áustria, como todo bom húngaro. E no começo da carreira, estive na Rússia. Mas não quero que leve uma má impressão de nosso país por conta do sucedido, Frau Ganz."

Ela foi enfática: "Pode me chamar de Clara. Somos colegas, como Hana deve ter dito. Budapeste é linda. Gostei de tudo. É nas horas difíceis que a gente vê o valor das pessoas."

Ele agradeceu meio sem jeito. Clara continuou: "Mas sei também que poderia ter tido um susto grande, e por aqui mesmo ficar. *Kaputt*."

Ele voltou a balançar a cabeça.

"Tenho uma curiosidade. Como era trabalhar até 1990 e depois do fim do comunismo? O que havia de diferente?"

O Dr. Fülöp tocou o bolso com o reflexo natural dos fumantes, mas viu que ali não era hora nem lugar.

"Eu era menino quando os russos entraram em Budapeste. Tinha 4 anos e meu pai se lançou de corpo e alma na revolução. O irmão dele, a quem tinha sido muito ligado, esteve o tempo todo com os russos. Depois, participaria da armazenagem, no país, de parte do arsenal nuclear de Moscou. Papai foi preso e não voltou o mesmo. Morreu cedo e, não posso negar, foi graças ao poder de influência desse meu tio, que guardou as afinidades pessoas com a família, que pude cursar medicina. A formação aqui sempre foi muito boa, e o lixo ideológico costumava ficar da porta para fora, se é isso o que quer saber. Pelo menos, quase sempre. Já as promoções e afins, pediam as conexões certas."

À noite, conversaram no hotel.

"Fiquei com uma impressão boa do povo."

Hana estava pensativa: "Não é um país comum. Tive essa sensação desde que voltei aqui nos anos 1970. Nunca vi meu pai falando mal dos húngaros em geral. Não que não fossem antissemitas. Havia muitos e, como sempre, notórias exceções. Acho que o peso do Holocausto foi insuportável para o velho Szymon, para dizer o mínimo. Os que sobreviveram saíram arranhados."

A percepção de Clara a respeito das próprias origens era ligeiramente diferente: "O que sei é que meus pais tinham horror à Polônia. Quer dizer, aos poloneses. Sempre que alguém tentava atenuar a culpa deles, meu pai subia nos tamancos. Ele tinha dificuldade até de reconhecer que as paisagens eram bonitas, que o estilo de vida podia ser prazeroso, que a Polônia representou para muito judeu o paraíso na Terra."

Para Hana, aquela idealização podia ter sido fatal. Como ser judeu e não desconfiar?

"Avalie que um tio dele tinha sobrevivido a Treblinka, o que parece que era feito raro. Pois bem, terminou morrendo no pogrom de Kielce, em 1946. Ele esbravejava quando falava nisso. Lembro-me dele gritando num debate: 'Para que prova maior de antissemitismo, se apenas 1 ano depois da liberação dos campos, você tinha um massacre em pleno coração do país?'"

Hana pouco falava quando o assunto dizia respeito aos Campos.

"Acho que minha principal motivação em ir a Lódz era justamente ver se desenvolvia com a cidade uma relação parecida com a que você tem com Budapeste. Mas isso seria difícil. Primeiro, porque você é nascida aqui. Depois, porque você fala a língua. Terceiro, porque apesar da história de sua mãe, seu pai nunca foi propriamente contra o país."

Hana concordou: "Tudo isso é verdade. Não é que tenha sido fácil para mim. Mas já que cheguei aqui como visitante ainda na casa dos 20 anos, deu para me reintegrar à paisagem, abafando os maus sentimentos. Seus pais nunca foram à Polônia?"

Clara tinha uma vaga reminiscência de quando essas discussões aconteceram em sua casa: "Houve uma época em que o pessoal do sítio onde a gente passava fim de semana resolveu viajar para o Leste. Acho que alguém esteve na Ucrânia e gostou. Outro foi à Lituânia e, apesar de ter achado meio deprimente, disse que se sentiu melhor depois da viagem. Que se libertara de uns fantasmas. Então, meus pais se animaram a viajar com os Klieger, que também eram de Lódz. Foi aí que caíram na besteira, ou não, de assistir ao *Shoah*, de Lanzmann. A reação da mamãe foi tão extremada que o papai desistiu ali mesmo de pedir o visto. Agora ficou tarde para exorcizar tudo isso."

Hana afagou-a no braço.

"Quem sabe no próximo ano?"

Então, Clara esboçou um sorriso único. Nunca a tristeza e a gratidão se fundiram tão bem numa só expressão: *My brave Hana*, ela cismou de dizer em inglês.

IV

O escritório de Mark Freedson ficava num andar alto o bastante para que de lá se avistasse o rio East.

Boris não se sentia muito a gosto num lugar onde os carros pareciam menores do que uma unha. Enquanto o amigo terminava uma reunião, ele foi se servir de mais água. Do alto, acompanhava a trajetória, ao longe, dos aviões que se revezavam entre os aeroportos da região. Só quem estivesse muito próximo perceberia os pequenos sons que ele tirava dos lábios, como um baterista que se exercitasse sem o instrumento.

"Desculpe o atraso, meu amigo. Podemos pedir uns sanduíches com chá gelado ou você prefere que desçamos para comer alguma coisa na rua?"

Boris aprovou a primeira ideia.

"Já vou encomendar por aqui. E, então, está indo ou voltando?"

Boris gostava de Mark. Fora talvez a melhor herança que os Estados Unidos lhe deram, além do que ele chamava de seu instinto matador.

"Nem indo nem voltando, se é que você está falando da China. Na verdade, cheguei de Londres e já volto para São Paulo amanhã. O momento do Brasil pede um pouco de foco, bastante cuidado. Sorte de vocês não terem essa montanha russa por aqui."

Mark puxou os suspensórios coloridos e estalou-os: "Mas continua tudo de pé na China?"

Boris falava com Mark com uma abertura que não tinha nem sequer com Audrey: "Gosto da área de saúde em geral, como você sabe. Se fosse uns 20 anos mais novo e se tivesse o capital que tenho hoje, apostaria numa *start up* em biotecnologia, em hemoderivados a partir de recombinantes, desenvolvimentos em nanotecnologia, coisas assim. Na falta disso, invisto no básico."

À frente de um pequeno fundo, Mark tinha diversificado os negócios a ponto de poder parar de trabalhar e sustentar três gerações dos Freedson: "Bom, isso tudo é muito bom. Quanto a mim, Sheyla me pergunta todo dia quando pulo da cama para onde vou com tanta pressa. Por que sacolejar num trem durante meia hora, saltar em Grand Central e começar a disparar telefonemas para os gerentes daqui? Toda vez, digo que isso, para mim, é uma parte sagrada da vida; que chego aqui, ao coração de Manhattan, com a mesma sede com que o bêbado pega uma dose de uísque ou o jogador chega ao cassino. É pura adrenalina. Desculpa, acho que não fui feliz na comparação..."

Boris desdenhou: "Tenho saudades dos tempos em que tudo se resumia ao jogo. Mas acho que agora Nancy bateu no fundo. Uma coisa foi levando à outra. Imagino agora que vá melhorar."

Na hora das evasivas, Boris tinha reflexos parecidos aos de Anita: "E sua menina?"

"Ainda em Chicago, vamos lá na primavera para a formatura. Já tem convite para escritórios grandes. Esses advogados são os novos mandarins. Não sei se vou tê-la aqui comigo. O varejo não é o negócio dela. Está fadada às elites, à Ivy League. Se há uma coisa que temos nesse país é a mobilidade, e não falo só da social.

Aos 25 anos, Iris já morou em cinco estados. É certo que daqui, deste andar, a gente vê três deles. O que tem uma menina dessas a ver com um avô que vendia *schmattes* na Romênia? Não digo nada para que não pareça pressão, mas estou louco que volte para casa para dar um pouco de cor aos fins de semana. Sheyla sente falta. E eu também. Já nem quero pensar no dia que ela se casar. E as suas?"

Boris tirou um lenço para enxugar a testa: "Estão bem, obrigado." E mais não quis dizer.

Mark pegou os sanduíches e trouxe pratos e guardanapos da copa: "Aqui estão. Pegue essa mostarda aqui que é melhor do que a que eles mandam."

Enquanto comiam, o amigo esperava que Boris, no próprio tempo, falasse o que o trouxera ali.

"Estou com franquias de material esportivo, calçados, perfumes, bijuterias e, agora, entrei na minha primeira empreitada de alimentação. Vamos ver. É uma pequena cadeia de 16 lanchonetes voltadas para o *fine dining*, que está muito em tendência. É uma coisa que se toca sozinha, tenho um bom executivo à frente e vamos comer num deles qualquer hora dessas para provar o tempero. Não tinha como perder dinheiro e posso passar adiante para outro fundo na hora que quiser. Não são coisas de dono, são só ativos de base. São negócios maduros, bem enraizados na cultura do americano médio, à prova de sustos. Mas será que você veio de tão longe só para me ouvir falar?"

Mark não esperava ouvir o que ouviu: "Você está aqui, na capital financeira do mundo, Mark. Quem sou eu para lhe dar conselhos? Por trás de cada pontinho amarelo que a gente vê lá embaixo, vai um táxi. Ao volante, um cara que veio das zonas mais pobres do mundo. No banco traseiro, vão as bundas mais ricas. O que um desses banqueiros gasta por ano em vinho nos restaurantes sustentaria o clã inteiro de um cara de Bangladesh por 4 anos. E falo aqui de um banqueiro moderado no consumo de bebidas."

Mark adorava aquelas digressões de Boris. Quem mais tinha em seu círculo que falasse daquele jeito, naquele tom?

"O que a gente tem de Tóquio a São Paulo é uma máquina eficiente baseada no consumo, no mundo em funcionamento, nos aviões que sobem e, de preferência, descem. Nos vagões de metrô que a gente não vê daqui, mas que vão rasgando a terra por dentro. Quantos milhões de invisíveis agora atravessam Manhattan para ir ao Queens? E entre o Bronx e o Brooklyn? Quantos judeus húngaros, vagamente aparentados meus, não estão ali em Williamsburg? Incontáveis. Eles podem até achar que a economia de mercado nada tem a ver com a chegada do Messias. Mas se enganam. Nem sequer estão imunes a solavancos, a freadas bruscas."

Mark olhava-o com uma expressão divertida e tirou os óculos para enxergar o amigo sem filtros.

"Até aí, estamos de acordo. *So what*?"

Muitos anos de convívio faziam com que soubesse que agora vinha a estocada.

"Responda honestamente. O que você me diria de sua robusta carteira de negócios se o mundo parasse? Em quanto ela se desvalorizaria? Qual deles se sustentaria se todo mundo tivesse de ficar em casa, proibido de sair à rua? Pergunto mais: teria sentido comprar jóias e perfumes, ou seria melhor negócio entregar comida nas casas?"

Mark não resistiu.

"E por que as pessoas haveriam de ficar em casa, meu caro? Acaso seria consequência da islamização do mundo? Uma espécie de *Sharia* que nos pegasse a todos? Como se as mulheres tivessem de usar burcas e os homens se esconderem? Que mundo é esse?"

Boris quase sorriu, mas logo se inflamou. Nessas horas, não conseguia ficar parado.

"Vamos dizer que haja um vazamento nuclear, uma Chernobyl amplificada, uma superbactéria resistente a todos os antibióticos ou o disparo acidental de um míssil coreano. Ou um surto de febre provocado por ratos. Se acontece uma merda dessas, tenho certeza, a economia vai para um buraco sem fundo. E então, os negócios não valerão uma fração do que valem hoje, entende? Salvo alguns. Quais? Ora, as coisas ligadas à tal catástrofe passam a valer horrores. Pouco importa que você não vá fazer grande coisa com a grana que vai ganhar porque a Terra parou de girar. Pelo menos por um tempo. Mas quem sobreviver, será muito forte."

Mark segurava um riso interno. Será que tinham voltado os delírios dos tempos em que Herman Kahn era o assunto preferido de Boris?

"É nisso que você tem de apostar. Venda o que estiver desalinhado com esse cenário e bote o dinheiro no banco. Seja conservador. E aposte em máquinas de diálise, respiradores, equipamento de monitoramento, desfibriladores. Ou se una a fabricantes que produzam coisas bem básicas, bem tangíveis, da economia real: gaze, álcool, seringas, luvas cirúrgicas, máscaras antigás, dipirona, corticosteróides, paracetamol. Acredite em mim, a China é boa nisso."

Muitos anos de conversa com banqueiros de investimento ainda não tinham preparado Mark para um desenho daquele. De onde lhe vinha um estranho sentimento de que deveria, em certa medida, levar em conta o que Boris dizia? O amigo limpou os dedos suados no guardanapo e tomou um copo inteiro de água.

"Faça um favor. Ligue para o Carlinhos qualquer hora dessas. Chame-o para trabalhar uns tempos com você, preciso desgrudá-lo de Nancy. E daqui ele vai poder me ajudar a mediar os negócios da China."

Fechando a cara, Boris ainda disse: "A má notícia, meu amigo, é a de sempre. Precisamos perder peso. Mais uma coisa: você quer ir a Yale amanhã comigo e uma amiga? Fiz uma pequena doação. Você nem imagina quem vai fazer o discurso de boas-vindas. Pode ser?"

"É claro, é claro...", disse Mark.

V

Relendo o posfácio da autora à quinta edição de *Rua Gogol 48*, o livro de viagens ao Leste da Europa que Hana Neuman escreveu na juventude e que, décadas depois, a crítica ainda aclamava como *vintage* no gênero, Clara sublinhou de vermelho um longo parágrafo. Aquilo dizia muito da amiga, embora certamente não tudo.

Não cabe a um escritor explicar o seu livro. Muito menos a um arremedo de escritora como eu, que nunca se viu em outro papel profissional que não fosse o de cientista, oceanógrafa e professora. O que eu trouxe para este livrinho que, em parte, talvez justifique sua longevidade, foram a concisão e a sobriedade. Apesar da vastidão temática que encerra uma das regiões mais belas e sofridas do mundo, não cedi à tentação de me alongar indevidamente, esmiuçando detalhes que, no meu entender, não fizeram falta à narrativa. Nesse ponto, é deplorável que alguns dos nossos romancistas não atentem para esse mandamento básico, o que faz com que o leitor desista do livro por pura exaustão, quando até suas energias físicas já se exauriram por conta de segurar um cartapácio que esgota a força dos tendões e a capacidade de absorção dos bibliófilos mais devotados. Reconheço, ainda assim, que pode acontecer de um autor reservar para o quinto final de sua obra algumas das passagens mais trepidantes de uma história, por mais que elas pareçam a continuidade natural do que já se sabe desde o começo. A criação literária e o fundo do mar são zonas de mistério. Nelas a vida é inescrutável. No negrume abissal, ter sorte é fundamental para que se assegure a sobrevivência. Na literatura, se o autor pede aos leitores um crédito derradeiro para que o acompanhem até o fim, é bom que a história esteja à altura. Desejo-lhe sorte, visto que não me aventuro a navegar por essas águas. É bom, ademais, que ele consiga cumprir o que prometeu. Sem isso, o pacto estará fraudado e a literatura perderá o crédito inicial que os leitores lhe concederam, o que seria uma pena. Que tenhamos todos, leitores e autores, o fôlego em dia para o quinto final.

Quem dera eu tivesse um quinto pela frente, pensou Clara.

Capítulo 29

László, permita que responda à sua carta em alemão. A essa altura, meu húngaro lhe soaria um tanto ridículo, embora eu o tenha praticado recentemente e até não tenha me saído tão mal. Se ele ainda me serve para ler e falar, já não posso dizer o mesmo para escrever. Sua sugestão de que tente redigir em hebraico, "como fazem os bons judeus", só posso entender como uma provocação. Em nossa família, essa língua só esteve presente duas ou três vezes ao ano, na repetição meio mecânica das Brachot das Festas. E o que quer que você entenda por "boa judia", acho que tenho tudo para não ser uma delas. Às vezes, penso que se não fossem as circunstâncias de 1944 e o emparedamento dos húngaros entre alemães e russos, Szymon e Eva teriam ficado em Budapeste. Lá era possível que eu tivesse ganhado um irmão ou uma irmãzinha, e certamente teríamos uma discreta vida comunitária. Minha mãe teria concluído seus estudos, meu pai teria continuado seu trabalho no Exército e, talvez, depois se estabelecesse por conta própria com uma oficina mecânica. Se tantos aguentaram a provação da presença soviética de certo momento em diante, por que haveria de ser diferente conosco? Ser ou não judeu seria secundário à identidade magiar. A menos, como aconteceu frequentemente, que outros nos viessem lembrar o que éramos a seus olhos. Alguém já disse que os judeus são uma criação dos antissemitas. Imagino o horror que uma *verdade tão desconcertante provoque em você. Seja como for, a questão de pertencimento nem sempre está em nossas mãos arbitrar. Primeiro, já não me deixaram ser simplesmente uma húngara. Depois, e aqui chegamos ao ponto nevrálgico, se tivesse de me colocar sob uma bandeira qualquer no mundo, esta seria a do Brasil, o país a que devo tudo o que sou. E não sob a de Israel. Às vésperas de meus 70 anos, tio László – não sei por que não é muito óbvio para mim tratá-lo dessa forma, mas vamos lá –, fico me perguntando se meu pai poderia ter feito melhor escolha do que a que fez. Pouco antes de falecer, nas longas conversas que tivemos sobre os anos do pós-guerra, ele me contou que estivemos a ponto de ir para o Canadá, mas que nenhum país lhe teria proporcionado as alegrias que o Brasil e sua gente lhe deram. Aqui ele se casou, teve filhos, abriu empresas, empregou pessoas, e a candura de seu olhar amoleceu o coração dos mais duros e embrutecidos. Nem tudo foi fácil em seu caminho até porque, por aqui, também tivemos alguns desses azares políticos. A natureza benevolente do brasileiro também conheceu seus momentos de treva, mas isso pode não ter durado muito para a escala de opressão desencadeada pela URSS. Amo o Brasil. É um país que me enternece, onde nunca me desvencilhei de certo olhar estrangeiro, é verdade. Mas me pergunto se não o teria mantido em qualquer lugar onde fosse. Nesse ponto, sou uma judia. Estou bem em toda parte, fazendo o melhor que posso. Ao mesmo tempo, não pertenço a lugar nenhum. Talvez só ao universo dos silêncios submarinos pelos quais me apaixonei ainda menina, na longa viagem que nos trouxe da Itália ao Brasil. Naquele chão de longas pranchas de madeira da terceira classe, onde se espalhavam imigrantes que amamentavam filhos remelentos e chorões, lá ia meu pai puxar conversa com os patrícios, tentando explicar por que estava indo para o Brasil, e não para a Argentina ou Israel. Minha vocação, acho, nasceu do fascínio pelos peixes voadores que davam rasantes, e cuja trajetória eu tentava adivinhar para flagrá-los no próximo pulo. Mais de uma vez sonhei depois de adulta que, daquela mesma balaustrada, via emergir uma imensa baleia e, bem diante de mim, ao abrir a bocarra a ponto de lhe ver as cavernas internas, não era Jonas que estava lá, senão minha mãe tal como me lembro dela. Ornada por um halo salgado e hipnótico, ela acenava para mim, antes que o bicho rumasse de volta às profundezas geladas e, na cauda gigantesca que cortava o mar, eu via um último rastro dela, que sempre aparece e some, e some para aparecer mais adiante, no inferno sem fim de minhas dúvidas sobre como agonizou, com que delirou e em quem pensou. Teve, afinal, um pensamento derradeiro para mim? É a este mundo que eu talvez pertença perenemente. Israel, a gente admira. O Brasil, a gente ama. Ou deveria mudar os tempos verbais? Talvez. O Brasil certamente já foi mais amoroso. De tão grande, mal cabia num imenso abraço, que é uma coreografia social consagrada aqui. Desculpe-me, mas perdi para a morte minha melhor amiga há pouco tempo, e talvez por isso esteja tão verbosa. Lá se foi outra judia cujo amor incondicional a este país nos contagiava. Tenho certeza de que uma ponta de desgosto e de desassossego derrubou-lhe as imunidades combalidas. De Israel, afora alunos que aí foram viver, restou-me você. Não nego que pelo fato de tê-lo conhecido pessoalmente aí mesmo, há mais de 40 anos, ambos se fundem num só, você e o país, que a todo judeu compete amar. Israel deixou no limbo um projeto de redenção por força de ser um peão avançado da geopolítica internacional. E saiba você que, no plano individual, embora se empenhe em ser tão bom judeu como diz que é, sei que não hesitou em dar as costas à filha de Edith Todt, sua Zsófia, que você não pensou duas vezes antes de abandonar, mesmo quando teve oportunidade de reconhecê-la e ampará-la. Você e Israel para mim fraudaram princípios comezinhos de inclusão e humanidade. Mas o que posso fazer? Sou judia e sua sobrinha. Como renegar um e outro? Quanto à sua carta, agradeço seu empenho em me dar em herança a pequena propriedade familiar da Hungria. Declino do legado, porém, e sugiro que vá atrás de sua filha. No mais, desejo-lhe pronto restabelecimento da saúde. Sei que a hemodiálise é um procedimento penoso. Mas também é verdade que você é grande felizardo em morar num país onde* imagino que o Estado ampare bem os que precisam de tratamento, especialmente se forem "bons judeus". Não sei se eu própria vou voltar a Israel um dia. Se nosso encontro nos anos 1970 não foi dos mais amistosos, saiba que não lhe guardei nenhum ressentimento e agradeço que tenha acolhido minha meia irmã Anita, de quem está certamente lembrado. Tivesse vindo ao Brasil, nós o teríamos tratado bem. Despeço-me e desejo-lhe sorte e paz nesse estágio de sua longa vida. Tempos atrás, recebi um passaporte húngaro e um pequeno cheque. Mais do que uma regalia de trânsito pelo espaço europeu, vejo nele uma ponta de reparação pelo monumental esfacelamento de vidas que culminou, em 1944, com a deportação massiva dos nossos. Tivesse minha mãe saído de casa 5 minutos antes, era possível que escapasse da Blitz que a prendeu para deportá-la. Imagino-a dizendo que tinha uma filha pequena para cuidar, tirando do bolso um certificado de trabalho com nome falso. Como é que os guardas chegaram com precisão tão cirúrgica até ela, a ponto de saber seu nome verdadeiro? Terá ela tido tempo de pegar uma muda de roupa? Tudo o que aconteceu a meu irmão, minha irmã e meus sobrinhos snds decorre deste ponto de ruptura em que vários universos entraram em convulsão e virtual colapso. Quando apalpo, no fundo do bolso, meu passaporte húngaro, penso numa reparação à possibilidade negada à minha mãe para ser uma mulher comum. Se um dia eu tivesse de voltar a viver na Hungria, retomaria a vida de onde a dela foi descontinuada. E ajustando-me a ela, vou eu viver meu Tikun Olan, ajudando os meus a reencontrar equilíbrio e paz interna, o que não tivemos muito em nossa família, apesar da sensação geral, senão de felicidade, mas de conformidade que prevaleceu. Fique bem, tio László.

¶

Quando Nancy chegou, Clara resolveu sair do quarto e ir à sala juntar-se a ela e a Hana, tão logo presumiu que a longa conversa das ex-cunhadas já tivesse esgotado a parte mais sensível da vida familiar.

"Mas que surpresa boa. Menina, como você está linda, que cabelo gracioso".

Nancy se levantou para abraçá-la e escondeu o choque de vê-la debilitada e esquálida: "Vejo que você também vai bem melhor, Clarinha. Não precisava ter vindo até aqui, eu já tinha dito a Hana que ia te ver no quarto." As três se sentaram.

O entardecer nas Perdizes no outono sempre tem um toque de espetáculo.

"Não, preciso mesmo me mexer, não devo ficar deitada o tempo todo. Esses são sempre os piores dias. Hoje entendo quando se dizia que você pode até não morrer *da* doença. Você morre *com* ela, mas não *dela*. O que mata é o tratamento. Quem nunca passou por isso, minha filha, não consegue imaginar. Mas chega de falar dessa chatice. Conte as novidades."

A própria Hana estava surpresa com a pele da ex-cunhada. Visivelmente tinha feito algum tratamento: "Teve, sim, uma ajudazinha da química, não vou negar. Mas o que me fez bem mesmo foi o ar da serra. De manhã, eu via as hortênsias e falava com elas. Tomava um longo café da manhã e lá pelas 10 começava a meditação. Era como se uma nuvem de paz me abraçasse. Acho que era o ponto alto do dia. Daquela hora em diante, eu estava imunizada contra qualquer atropelo. Estou convencida do poder curador da natureza."

A palavra "cura" naquela casa tinha virado uma constante.

"Você sabe, Nancy, quando eu ia com meu marido lá para as bandas da Mantiqueira, de vez em quando a gente parava numa cidadezinha daquelas para comer um tutu com bisteca. Tanto ele como eu gostávamos de dar um passeio depois do almoço para prosear com as pessoas, tomar um cafezinho, ver de perto as casinholas de porta e janela, com as mulheres de olho na calçada. Ah, como era bom! Como ouvir aquele sotaque caipira me fazia bem! Agora que você falou das flores, tudo isso me voltou."

Hana queria evitar que revolvessem o passado. Mas Nancy conseguiu fazê--lo até com certa graça.

"Tudo é cíclico na vida, a gente sabe. A sensação que tenho é que o ocorrido até hoje tinha de acontecer como foi, sem tirar nem pôr. Como eu poderia ser quem sou, se não fui aquela Nancy angustiada, que precisava de um salão de jogo para fugir da vida? Ou que, de certa forma, chegou até a fazer pior? Depois, do que me valia jogar a culpa de tudo o que acontecia de ruim nos meus pais, no meu ex-marido?"

Tudo isso era dito sem nenhuma afetação, e as duas amigas se entreolharam, cúmplices.

"Não, eu preciso é estar forte para ajudar meus filhos, isso sim. E quem mais precisar. A vida é curta. A tradição para mim sempre teve um peso enorme. Ela não me foi passada de uma forma saudável. Era como se os judeus fossem membros de um clube e obrigados a ter sucesso."

Hana, na verdade, já se dava por bem satisfeita em constatar alguns progressos. Se Nancy assumisse as rédeas da família, a vida ficaria também um pouco mais leve para ela, que já andava assoberbada pelos cuidados que, querendo ou não, a saúde de Clara pedia.

"Nós, judias, já caímos há muito tempo no folclore do mundo por mimarmos demais os filhos. E por, mais adiante, chantageá-los emocionalmente. Ainda vou provar que isso pode ser diferente."

A preocupação maior de Nancy não era coincidente com a de Hana que, por sua vez, não coincidia com a de Clara. Mas foi Clara quem começou: "Se você me permite, deixa eu te dizer uma coisa. A Diana podia fazer um curso técnico, seguir um programa que combine com ela. Ficaram para trás os tempos em que a gente tinha três grandes domínios na faculdade e fora disso não havia salvação."

Nancy concordava: "Eu já disse que não vai faltar dinheiro para ela se achar. Se quiser estudar confeitaria em Paris, eu banco. Numa dessas, ela se descobre. Só não gosto daquela Paula a tiracolo, que tem ares e atitude de sanguessuga. Mas não digo nada porque sei que seria pior. Quem mais me aflige é a Estela. Essa fixação nos cachorrinhos não me perturba em grande coisa. Mas desconfio que haja uma sublimação, sei lá. Ela tem aquele namoradinho meio desanimado. Temo que seja um desses namoros que quando acabam mais adiante, a pessoa fica com raiva de si, do ex e do mundo."

Hana concordava, enquanto servia a ex-cunhada de mais água: "Isso do namoro pode ser mesmo meio regressivo. Mas confesso que me preocupa mais a situação do Carlinhos. Dia desses veio aqui, estava mais magro, não vem jogando o futebol das quartas-feiras que era sagrado, e sou capaz de jurar que as coisas com a Bruna estão meio abaladas."

Nancy estava sabendo mais do que aparentava: "A Bruna me falou que o Mark Freedson convidou-o para passar uns tempos em Nova York. Disse que a mesa de Carlinhos no escritório já estava reservada e que Manhattan era o lugar certo para estar na idade dele. É claro que tem o dedo de Boris nisso. Com Estados Unidos ou não, acho que eles tiveram já dias melhores, coitados."

Hana foi taxativa: "Acho que é válido que o Boris queira internacionalizá-lo, prepará-lo até para tocar os negócios que, pelo jeito, vão bem. Só não acho que se possa forçar a natureza dele. Os meninos hoje estão numa situação mais delicada do que as meninas. Carlinhos precisa é de carinho, da pequena redoma dele bem cuidada. Se a Bruna não for essa mulher, vai aparecer outra. Ou não."

Clara não se levantou para acompanhar Nancy ao elevador.

II

Carlinhos releu a mensagem do tio Mordechai, mas nada mudou no seu ânimo.

Sobrinho querido,

Hashem sabe o que faz. Se foi vontade Dele que você terminasse o namoro com a schikse, *saiba que as portas de Eretz Israel estão abertas para você e nossos clientes. Turismo para grupos pode render bom dinheiro. Nossa equipe faz uma conta bem simples. Cada peregrino daí gasta em média U$195 ao dia entre hospedagem compartilhada, comida, ingressos e compras. Temos controle sobre todas as parcelas do processo em Jerusalém, Nazaré, no Mar Morto, na Galileia (para batismo no Jordão, o ponto alto da programação dos* goyim*) e ainda ganhamos participação nos lucros dos guias de Belém, Hebron, Nablus e até de Petra e de Sharm-el-Sheik. Isso significa que em dez* *dias de média, cada turista gasta mais ou menos 2 mil dólares. Como os grupos-padrão são de 50 pessoas, estamos falando de cem mil dólares por excursão. Nosso lucro será de 15% sobre o pacote. Podemos receber até 20 grupos ao mês. Se a gente ganha 15 mil dólares por grupo, é só fazer a conta. Multiplique por 12 e terá o faturamento do ano. Tire 20% para os pastores e, do novo líquido, tire 5% para você. E tem mais. Se emitirmos as passagens por nossa agência da Conde de Sarzedas, ainda temos a comissão da parte aérea, afora a bonificação dos seguros de vida, de saúde e de extravio de bagagem. Bom* kessef, *não é? Descontando o custo do home office, você terá pouca despesa e vai fazer um salário gordo. Bem casado, com a moça certa, a gente vai ter muitos anos de alegria e quero ver seus filhos brincando com meus netos em* Sukot. *Até seu pai, que sei que não gosta de mim, vai achar bom. Você fica no caminho da virtude, sob as bênçãos de* Hashem *e vai educar seus filhos como judeus, como filhos de uma boa mãe judia. Precisa de adiantamento? Podemos pensar, posso falar com meu sócio. Vamos trabalhar. Sua comissão não inclui as igrejas que já são nossas freguesas nem os grupos que nos visitam todo ano. Queremos público novo, novas seitas, gente do interior do Brasil. Responda logo porque temos muitos outros interessados.* Drishat Shalom, *tio Mordechai.*

A muito custo, Carlinhos saiu da cama e caminhou até o banheiro. Não tinha vontade de fazer a barba. Tampouco conseguia se separar do celular. Faltava pouco para que se completassem 2 dias sem que trocasse uma única palavra com Bruna. Era a primeira vez que isso ocorria em 4 anos. Mal entrou no chuveiro, uma chamada. Limpando o visor com o dedo, viu que era de Nova York. Agora lembrava que Mark Freedson tinha combinado de ligar. Enxugando os dedos, ele teclou: *I am taking a shower right now, Mark. I'll call you back later. Sorry.*

Por que as pessoas tinham tanta dificuldade em respeitar a vontade alheia? Por que os chamados privilégios de sua vida cobravam um preço tão caro? Já lhe ocorrera de se perguntar na Paulista, especialmente naqueles domingos em que a avenida fica fechada para veículos, por que não podia ser mais uma pessoa daquelas, um rapaz comum? Em vez de morar em Higienópolis, que morasse num sobrado da Casa Verde. Para ter aquela liberdade de andar ao sol sem camisa com uma lata de cerveja na mão, pagaria o preço que fosse: não teria carro e usaria o metrô. Continuaria torcendo pelo Palmeiras, mas não iria mais para as cadeiras.

Ficaria nas arquibancadas, saltando na laje, vibrando com entregadores, frentistas, pequenos comerciantes. Se não tinha queixas a fazer dos poucos amigos, muitas vezes prevalecia a sensação de que todos eram elos do mesmo complô para que sua vida fosse vivida em conformidade com os estatutos do clube de que sua mãe ultimamente vivia falando. Queriam vê-lo com o gabarito de um ex-aluno da Politécnica de onde saíra com um diploma que o habilitava, em tese, a construir casas. Qual o sentido daquele atestado se uma casa de verdade se faz de elementos estranhos ao seu repertório?

Ainda nu e agora com o corpo úmido, deitou-se na cama e ficou contemplando o teto. Por que não tivera um pai como os demais – um publicitário desses que fumam um baseado na varanda, vivem e deixam viver? E por que não tivera uma mãe que dividisse seu tempo entre os filhos e uma loja de roupa para crianças num shopping badalado, que chegasse em casa exausta, furibunda com um processo trabalhista movido por um funcionário? Por que, pelo contrário, lhe coubera ter um pai delirante, um permanente desassossegado que vagava pelo mundo à procura de coisas que só ele via? E por que tinha uma mãe que amava, mas que o envergonhara, fazendo com que evitasse as pessoas?

Como se não fosse o bastante, tinha duas irmãs de que se sentia cada dia mais distante, que ele não conseguia admirar. Pouco à vontade com a tia Anita, embora ela fosse a única que o fizesse rir de verdade com suas irreverências, o tempo se encarregara de fazê-lo parar de sonhar com a tia Hana. Deveria ter falado sobre isso com o terapeuta? Melhor não.

Fechando os olhos, sentiu o coração bater em ligeiro descompasso. O que explicava que tivesse se sentido tão atraído por ela durante anos? Mais do que certeza, tinha evidências de que o mesmo filme se desenrolava na cabeça dela. Sempre que trocavam aqueles longos abraços quando ele era adolescente, era óbvio que ela deixava que eles se prolongassem muito além da medida. À vontade em casa, muitas vezes sem sutiã por baixo da blusa de malha, ou recebendo-o de chambre decotado, a tia mais de uma vez deve ter sentido a ereção que ele não conseguia conter. E foram dezenas, senão centenas, as vezes em que trocavam vários beijos de chegada e de despedida, quando sós, deixando que os cantos dos lábios se tocassem.

"Está quase um homenzinho, as meninas não vão resistir, dê cá outro abraço." Nessas horas, ela exalava um cheiro diferente, como se tivesse uma calcinha enrolada no pescoço.

Carlinhos mudou de posição e ficou deitado de bruços, flexionando os joelhos como se os quisesse desentrevar. O corpo se mexia em resposta. Nova mensagem no visor do telefone. *Take your time, don't hurry, Mark.*

Acaso ele não tivera a sensação de que ela lhe tocara deliberadamente no pau com a mão direita, enquanto dirigia? Voltavam do cemitério do Butantã num domingo ao meio-dia, depois do enterro de um professor seu que tinha sido colega da tia. Tinham combinado de ir juntos à cerimônia. Na volta, ela apontou um motel.

"Hoje em dia vocês não frequentam mais esses lugares, não é? Eu já não sei o que é isso há muito tempo."

Percebera certo tremor na voz da tia, normalmente tão clara? O silêncio pesou, pairava uma energia tão densa no ar que por pouco Hana não atropelou um carroceiro, dando um susto nos três. Será que interpretara aquilo como um mau presságio, como se tivesse sido um aviso de que havia limites que eles não deveriam transgredir?

A verdade é que, desde então, a temperatura baixara um pouco entre eles. Como estava, não podia ficar. Era como se o bom momento tivesse ficado para trás e nunca mais fosse voltar. O carroceiro lhes livrara de um passo que poderia ter criado problemas em todas as direções. Como poderia esconder um fato desses de Bruna e da própria mãe? Se um dia escapasse da boca de uma delas, como ficariam as relações familiares? E se Boris desconfiasse e, com aquele sotaque nordestino que era tão dele quando estava irritado, gritasse para todo mundo ouvir: "Ora, vejam só quem está comendo minha irmã."

Se pudesse dar um dinheiro ao carroceiro anônimo, abriria a carteira com prazer. Mas será que tinha sido bom ficar com aquele desejo reprimido? Seria ele o responsável por aquele olhar ressentido que julgava flagrar no fundo dos olhos da tia? Uma vez se irritara com Bruna.

"Essa tua tia deve ter dado adoidado lá na USP. O que a impedia? Solteira, interessante, bem de vida. Não há virgens na zona, isso todo mundo sabe."

Isso provocou desassossego prolongado em Carlinhos em que, alternadamente, teve raiva da tia e vontade de que o carroceiro não tivesse cruzado o caminho naquele dia.

"Saiba você que minha tia é professora titular", disse por dizer. Bruna era rápida: "É sinal de que vem deixando boas recordações desde a graduação. Eu não disse nada de mau, acorda."

Agora vinha Mark Freedson em seu encalço e, o que era mais constrangedor, o tio Mordechai, com uma abordagem que lhe parecia sinistra, como tudo o que fazia. O que fizera para que ele lhe devotasse tanta atenção? Afinal, eram tão tênues as relações com os familiares da mãe. Até o avô Elias sempre lhe parecera frívolo, artificial. O que tinha o avô Szymon de ser aquele homem que ria com os olhos, tinha o outro de ser de plástico, como se apenas fingisse carinho. No quesito das avós, não havia termos de comparação. A avó Brenda podia até tratá-lo como uma criança de vez em quando, mas isso nunca chegou a irritá-lo. Ela sabia acolher as transições da idade e as limitações de cada um. Não tinha nenhuma dúvida de que nunca conheceria alguém igual a ela. Quando ela falava das estrelinhas a que correspondiam Szymon e o tio Samuel, parecia que reservava uma lá no céu da cidade para que ele pensasse nela. Sempre que olhava para a mais cintilante do anoitecer, pensava na avó. Outra vez, ficara sentado com Bruna. Ao lhe confiar o pequeno segredo da estrela-morada, ela rebateu.

"Ué, se ela era nortista, a estrela dela deve estar brilhando por lá, e não aqui." Ele não conseguiu dizer coisa alguma, só sentiu um nó na garganta. Ela compreendeu: "Desculpa, amor, desculpa. Tem vezes que sou tão pouco romântica."

III

Boris ia ao Recife todo mês. Desde a morte dos pais, a viagem deixara de ser prazerosa. Quando passava pela portaria do edifício Jacarandá, as saudades tomavam conta dele e abatiam-no. Tinha vezes que pensava em fazer o trajeto pela rua de trás. Fugindo da orla, escaparia da tristeza inevitável. Mas não conseguia. Diante do prédio alto, parecia ver no terraço o vulto de Szymon, de braços dados com a fisioterapeuta, tomando o banho de sol. Se olhava para os andares da esquerda, era a mão de Brenda que lhe acenava, apontando algum ponto distante no oceano, como se ele devesse procurá-la ali sob forma de uma rainha do mar e fazer-lhe oferendas. Lembrava-se dos dias em que tomavam o café da manhã juntos e do cheiro de cuscuz com ovo que perfumava a sala, misturando-se ao da salinidade. Nunca tivera um momento parecido com os filhos. O que faltara à sua mesa em São Paulo? O carisma suave da mãe? A luminosidade do Nordeste? A bonomia do pai? A brisa que varria para longe a modorra do despertar? E agora, a que ficara reduzida a casa que encerrava tantas recordações?

Hana tinha um diagnóstico: "Boris, não sei se faço muita questão de voltar lá. Recife, agora, só pretendo ver do avião. Acho que a Anita deveria ter feito aquilo que você sugeriu. Em vez de transformar o apartamento numa espécie de república dos desvalidos e de gerar queixa após queixa do condomínio, teria sido melhor alugá-lo para um consulado, para um alto executivo em trânsito, enfim, ter uma renda extra e mudar-se para um apartamento menorzinho."

Boris balançava a cabeça, em desalento.

"Ainda pensei em ficar com o apartamento na partilha. Mas seria um trambolho, um elefante branco. Melhor teria sido vender e dividir o dinheiro."

Hana concordava: "Dinheiro é sempre uma arma na mão de Anita. É bem típico da tribo política dela. A venda do meu terreno terminou sendo um ótimo negócio. Coloquei o dinheiro numa poupança de que espero nunca precisar. Vou deixar em testamento para o Carlinhos. O que vou fazer com o dinheiro pelo tempo de vida que me resta? E depois, ele vai precisar mais do que as meninas."

Boris tentava manter o otimismo: "Não fale como se a vida fosse acabar amanhã, Hany. A sua pelo menos, não vai."

No Recife, ele ficava num flat que comprara perto da casa dos pais, e jamais se animava a dar uma caminhada na areia ao despertar, como recomendava a boa norma. O motorista passava logo cedo e, então, iam para Suape onde Boris inspecionava a fábrica e tratava dos temas administrativos. Muitas vezes, chegava de volta ainda com a luz do dia. Era o momento de que menos gostava porque quase sempre envolvia um encontro com gente ligada de forma direta ou indireta aos órgãos do governo.

O assessor do Secretário o desconcertava em especial. Sempre sugeria uma reunião num restaurante do Pina e, invariavelmente, pedia um uísque depois do outro.

"O senhor é um dos raros pernambucanos que não gostam de um scotch, já percebeu? Não vai tomar nem um vinhozinho?"

Boris olhava o relógio e rebatia: "Sou um pernambucano fajuto porque nasci em São Paulo. Quanto à bebida, de droga já basta a vida". O outro não se dava por achado: "Doutor Boris, doutor Boris, o senhor é uma fortaleza. A conversa que corre lá no polo é que sua indústria é modelo. Processo simples, poucos funcionários, matéria-prima na fonte, margem boa, clientela fiel, exportação regular. O seu álcool-gel é coisa de gente inteligente. Não é à toa que dizem que os judeus enxergam longe. Que já eram globais antes da globalização. Pai me conta que quando teve a guerra com o Egito, Israel abateu a Força Aérea inimiga ainda no chão. Mas tome pelo menos uma caipirinha, homem. Eu aqui puxando o saco de Israel e o senhor com essa cara de boi brabo, todo emburrado."

Boris sabia que aquilo era prenúncio de um invariável peditório. O assessor tomava dois uísques em 20 minutos e, então, destravava a língua. Naquele dia, o assunto prometia ir além dos padrões convencionais porque havia algo de diferente no tom daquele homem que ele aprendera a conhecer razoavelmente bem. E a bebida, ao contrário de lhe avivar as feições, reforçava um tom que lhe pareceu azulado com a pouca luz do anoitecer.

"Então, vamos ao tema, rapaz. Não vou poder ficar muito tempo, mas vou deixar a garrafa paga para você beber com seus amigos."

"Agradecido, mas não precisa, Dr. Boris", disse o assessor.

"Agora já que o senhor falou de amigo, posso fazer uma pergunta?" Boris respondeu com um grunhido.

"O que o senhor acha de mim?"

Ele certamente esperava qualquer coisa daquela tarde, menos aquela pergunta.

"O que eu acho de você? Mas que pergunta sem pé nem cabeça! Você me parece esperto, preparado e deve sonhar com um futuro político, como todo mundo aqui. Ou me equivoco? O resto, não sei. Imagino que tenha uma namorada ou que seja casado e tenha filhos. Por quê?"

O rapaz se serviu de mais uma dose.

"Só isso?"

Boris começou a se irritar: "O que mais poderia ser? Em outros tempos, essa conversa me deixaria nervoso."

"Desculpe, Dr. Boris, a intenção não é essa. Veja bem, acho até que o senhor pensa, sim, tudo isso de mim. Mas essa, Dr. Boris, é a camada de cima. Lá no fundo, sei que o senhor me acha mesmo é um leva e traz do Secretário, um camarada que está onde está por causa dos interesses de seu grupo político. É verdade ou não? Agora eu falo que nem o senhor: pode desembuchar."

O que dizer?

"Não sei aonde você quer chegar, rapaz. É claro que isso faz sentido. Mas foi você quem se chamou de leva e traz, não eu. No fundo, todo mundo serve a alguém nesse mundo, e é normal ter sonhos. Melhor ter do que não ter. Que problema há nisso?"

"O problema é que não quero que o senhor pense que sou um achacador, um chantagista, um zé-mané que cria dificuldades para vender a solução. Não tenho nada a ganhar dizendo o que vou lhe dizer, mas eu queria que o senhor soubesse que minha posição não é fácil. Pelo contrário, ela é muito complicada. Só quem está dentro sabe."

Boris percebeu que, decididamente, tinha algum elemento novo no ar. Será que ele estava preparando terreno para lhe dar uma má notícia, tipo quebra de contrato ou a aplicação de uma multa qualquer?

"Tenho de servir a dois senhores, senão a três, Dr. Boris. Primeiro, à minha consciência, à de um gestor público querendo fazer o melhor para seu Estado. Só eu sei o que foi nascer em Belém do São Francisco, fazer dois vestibulares até passar no terceiro e, bem ou mal, chegar até aqui. Mas isso é problema meu, o senhor deve estar pensando."

Será que queriam lhe impor um seguro extra, a ser contratado junto a uma corretora de algum correligionário?

"O segundo senhor a que devo servir, claro, é o nosso grupo político. Aqui, nesta terra, a gente tem de ter lado. Um projeto político que começa no governo do estado vai descendo para o andar de baixo, degrau a degrau. Disso, o senhor sabe. Cada município vai obedecer à mesma lógica, e vai ser das mãos dessa turma que virão as nomeações de um pelotão de secretários, de assessores e dos demais cargos de confiança."

Boris pediu uma Coca-Cola com gelo.

"Continue, rapaz, hoje você acordou com alma de professor."

"Espere só um pouco que já estou chegando lá, Dr. Boris. Vamos ser francos. Sei que para o senhor, eu mal tenho nome. Mas eu queria que o senhor soubesse que, de todas as ajudas, vamos dizer assim, que o senhor deu para uma campanha política aqui e outra ali, nada disso veio bater no meu bolso. Estão falando que logo a gente pode ter uma operação da Polícia Federal na Secretaria e em alguns órgãos do Estado. Não duvido. Só lhe pediria que, se o senhor for intimado a falar, se houve alguma escuta inconveniente, que faça justiça a mim e não me bote nessa corriola que manda e desmanda, nessa turma para quem o público é bem privado. Meu pai está doente, não quero que ele tenha um desgosto."

Boris esvaziou a garrafa de Coca-Cola. Não conseguia se ver numa operação da Polícia Federal. Afinal, se fizera uma doação, fora com recursos privados. Ou haveria algum dolo nisso?

"Vou manter minha fidelidade ao Secretário não porque tenha medo dele, mas em consideração ao meu pai. A gente não pode ser alguém nesta terra se ficar longe dessas estruturas de poder. Infelizmente."

Boris estava entre a curiosidade e o constrangimento.

"Só não entendi por que você está me dizendo tudo isso, rapaz. Isso é tão óbvio."

Ele se serviu de uma dose escura, a que quase não acrescentou gelo. Então, arremeteu.

"Óbvio, vírgula, Boris, me permita chamá-lo assim. Óbvio um caralho, desculpe o palavrório. Para mim, não é óbvio nem confortável que você ou qualquer outra pessoa fique me tomando por um achacadorzinho de merda a serviço do Governador e sua turma."

Boris estava desconcertado. Seriam lágrimas aquilo que via no canto dos olhos de Agamenon?

"Saiba que me realizou muito ter conseguido um lugar para você junto à área de atracagem, como tinha me solicitado. Fiz isso porque achei que era o certo. Muito mais feliz do que vê-lo ajudando meu chefe e pagando esses pedágios de regra, eu teria trocado tudo isso por um agradecimento. Por um *muito obrigado, Agamenon*. Que, de sua boca, aliás, nunca ouvi. Você age como se o mundo lhe devesse homenagens. E como se esses acordos secretos, essas conversas cifradas, já dissessem tudo o que precisa ser dito. Sei que cada um tem seu jeito e você tem o seu. Ninguém é perfeito da cabeça aos pés e eu também não sou, senão não estaria aqui dizendo tudo isso. Mas uma palavra de gratidão teria sido bem-vinda. Técnicos também choram, Boris. Agora quem vai embora sou eu, se você me dá licença. Sua Coca-Cola hoje é por minha conta. Seu merda."

Capítulo 30

Nós, abaixo identificados, conclamamos todos os que se sentirem diretamente atingidos pelos fatos a seguir relacionados para se pronunciarem sem tardança a respeito do que passamos a relatar. Estão vendo esta senhora? O nome dela é Hana Neuman. Trata-se de uma aclamada professora de uma de nossas mais prestigiosas universidades. Infelizmente, as revelações que temos a fazer dizem respeito a um lado obscuro da eminente bióloga. Vale esclarecer que se abrimos esta página ao público é porque estamos reivindicando na Justiça uma reparação que nos parece adequada, não importa que um pouco tardia, por danos morais e traumas duradouros por ela perpetrados, que se arrastam até hoje. Outra razão, quiçá a principal pela qual damos publicidade a esta denúncia, deve-se a nosso empenho em mostrar que, por trás das reputações mais insuspeitas, pode se esconder uma pessoa capaz de ferir as normas mais comezinhas que regem as relações em sociedade, inclusive entre educadores e alunos, caracterizando violação, abuso de autoridade e assédio. O primeiro dos abaixo assinados, Diego Roman, argentino, radicado no Brasil desde a década de 1960, aluno da aludida mestra em 1976, foi sucessivamente abordado por ela com palavras doces e modos gentis, o que não era seu normal com os demais alunos. Como consequência da intimidade que se formou entre ambos, tiveram relações íntimas em motéis da rodovia Régis Bittencourt, para onde ela o levava em seu veículo. Ressalte-se que a docente já contava na época 32 anos, e a vítima exatos 10 anos menos. Se esta já tinha atingido a maioridade para fazer uso do livre-arbítrio, é importante salientar que temia sobremodo negar-se à prestação de afagos sexuais à professora por ter elevado senso de hierarquia, por temer que uma recusa pudesse ser prejudicial às avaliações que receberia, por ser estrangeiro e temer a deportação para um país afundado em sanguinária ditadura e, por fim, por gostar das refeições servidas nas alcovas, onde iam quase sempre à hora do almoço, o que era um complemento bem-vindo à sensaboria das refeições do assim chamado bandejão. O segundo abaixo assinado, que prefere identificar-se apenas como o Potiguar, foi vítima da professora Hana no ano letivo de 1982, quando ela já se aproximava dos 40 anos, e tinha ele tão somente metade de sua idade. Tendo a mestre lhe oferecido uma carona, e tendo ambos descoberto no trajeto que eram admiradores da recém-falecida cantora Elis Regina, a professora convidou-o à sua residência, nas Perdizes, para ouvirem música. Respeitosa a princípio, ela houve por bem, a certa hora, depois de ingerirem bebida alcoólica, convidá-lo para dançar o bolero "Dois pra cá, dois pra lá", número que foi repetido quando ela achou que a cadência dos passos estava por fim ajustada entre ambos. Nessa hora, beijou-o sofregamente, a que se seguiram cenas que começaram a acontecer no sofá da sala e que continuaram no quarto, de cujos detalhes pouparemos o leitor. Por alguma razão, a matinê não voltou a se repetir, o que também provocou descompassos à vítima, que serão relatados na sequência deste inventário, depois de periciarmos o terceiro caso dessa natureza, tido possivelmente como o mais grave dos três até aqui já arrolados. O salto no tempo nos leva ao ano de 1994, quando, num congresso de Biologia Marinha e Ambientes Costeiros, realizado na cidade de Itapema, em Santa Catarina, a professora Hana levou o então mestrando Andreas Zart até seu quarto de hotel, a pretexto de mostrar-lhe fotografias de um Argyropelecus aculeatus *e de seus órgãos bioluminescentes. Mesmo sendo ele casado e pai de duas filhas, a professo-*

ra ignorou esse primado cristão, talvez até por conta de sua confissão hebreia, e, não contente em forçá-lo a uma noite de sexo, ainda reprovou-o, sadicamente, apenas meses mais tarde, sob a alegação de que estavam deficientes as pesquisas de fonte apresentadas à banca examinadora. Ademais de ter, alegadamente, encontrado o que considerou excesso de empirismo em algumas premissas acadêmicas do mestrando, caracterizando, no mínimo, uso arbitrário da própria razão. Neste contexto, e aqui a palavra volta para este escritório que cumpre o dever ingrato de representá-los, talvez ajude registrar que Hana Neuman não é brasileira nata, e sim húngara, da cidade de Budapeste, também conhecida como Buda-Sex ou a Bangkok do Danúbio, dada a indústria da pornografia que grassa por lá, coincidência que talvez explique, embora não justifique, esses pendores pervertidos que deveriam ser estranhos ao ensino superior. Antes de finalizarmos este documento para efeitos de acolhermos os demais queixosos, o não mais tão jovem Roman, agora com 54 anos, alega que teve à época sensíveis danos de aproveitamento e, como a uma fatalidade segue-se frequentemente outra, não teve como evitar séria desavença com sua noiva, uma conterrânea de abastada família de Mar del Plata, que desistiu de se unir a ele, ao saber por terceiros do envolvimento com uma mulher muito mais velha, fato que pareceu à jovem especialmente ultrajante, libertino, logo desabonador. Tanto a professora Hana reconheceu que incorrera em conduta delituosa que passou meses dando à vítima uma pequena compensação material, a pretexto de que ele deveria se alimentar melhor, visto que Roman tinha notória vida esportiva nas piscinas, o que o obrigava a comer com fartura. Em dado momento, caprichosamente, alegando não reciprocidade de sentimentos, ela suspendeu o estipêndio, o que causou transtornos pontuais, além da explicável sensação de desamparo. Mais brusca ainda foi a ruptura de uma relação mal iniciada com o Potiguar, para quem a recusa da professora em continuar a vê-lo trouxe-lhe dano duradouro à autoestima, levando-o a abraçar, mais adiante, o homossexualismo, fato que este não deplora, mas cujo marco detonador foi a conduta no mínimo obtusa da professora. Segundo o reclamante, foi a partir dali que passou a nutrir dúvidas sobre sua própria virilidade, para não falar da preocupação com seu calibre anatômico, o que o convenceu a submeter-se a demorado, oneroso e infrutífero tratamento de alongamento peniano. Quanto ao ex-representante comercial Andreas Zart, hoje aposentado por invalidez devido ao alcoolismo e consequente desenvolvimento de uma agressiva cirrose hepática, conforme certificação anexa, seu casamento não foi o mesmo depois do que qualifica como o assédio do balneário de Itapema, e ele está convencido de que foi a arguição excessivamente contundente da professora que teria predisposto os integrantes da banca a negar-lhe o tão sonhado título de Mestre, com o qual sua vida teria tomado outro rumo. Sendo assim, conclamamos os homens que se sentirem identificados com os pungentes depoimentos supracitados para que também percam a vergonha e façam-se ouvir. Não é privilégio só feminino denunciar por certa torpeza a conduta de alguns dos nossos que envergonharam o sexo forte com sua truculência, que o tisnam com seu machismo mal dosado e sádico, ao manipular moças sequiosas de uma careira, de um futuro ou de uma estabilidade. Se você quer denunciar esta Messalina, entre no site e veja seu percurso acadêmico. Talvez você tenha cruzado caminhos com ela. Este apelo também vale para todo e qualquer rapaz – e talvez moça, nunca se sabe – egressos (as) ou não dos ambientes universitários. Só publicaremos sua história aqui com sua anuência por escrito. Por oportuno, vale registrar que nada cobramos dos peticionários, estando nossa remuneração totalmente enquadrada na cláusula de sucesso. Convém dizer aos que têm pouca fé nas consequências práticas desses pleitos e acham que não vale a exposição ostensiva de sua dor que a professora Hana tem vastas posses em dois estados brasileiros, e que estamos investigando se não teria bens na Hungria ou, até mesmo, em Israel, o que é bem provável, dada a sua já aludida condição confessional. Junte-se a nós e não cale sua dor. Rebele-se e peça uma reparação. Assinam: Diego Ro-

man, "Potiguar" e Andreas Zart, por procuração. #Elaeperigosa #PervertedNeuman

I

Quando Estela voltou para casa, quase não reconheceu o sobradinho da Vila Leopoldina onde tinha morado nos últimos 4 anos. Não que 20 dias de ausência tivessem feito tanta diferença na fachada pintada de branco e nas janelinhas azuis. O telhado continuava meio encardido, mas o jardim do recuo estava visivelmente mais bem cuidado, como se uma mão providencial tivesse disparado ordens ali enquanto ela convalescia.

Por um átimo, Estela teve a sensação de que estava sendo observada. Virando-se bruscamente para flagrar quem a estava bisbilhotando, não havia ninguém na casa de frente, e tampouco na vizinha. Que espécie de namorado era aquele que não se dignara nem sequer a acompanhá-la num momento de reencontro tão difícil? Será que Boris tinha razão quando dizia que ele era um bivalve escondido sob um chumaço de alga marinha? Ou teria ele sido instruído por alguém a agir assim, para que ela pudesse viver a dor em toda sua extensão, em total liberdade, até para chorar ao voltar ao ninho vazio? Estaria Estela maquiando o cenário para justificar a decepção que isso lhe causava ou, pelo contrário, só queria ser racional e justa? Aliás, seria este um binômio feminino por excelência? Havia tanta contradição.

Tudo estava igual, mas talvez não por muito tempo.

Bastou que olhasse à esquerda para perceber que, no caminho estreito que levava aos fundos, onde uma porta de madeira carcomida separava a garagem do pátio, as caminhas de três cores da Cobasi já não estavam ali. A rosa, da Talita; a preta, do Jimmy; e a marinho, onde Jeffrey e Horácio disputavam espaço. Tampouco jaziam espalhados no chão da garagem os *goodie bones*, as bolas mamonas, os frangos de borracha, a girafinha de PVC ou a corda Sticker.

Para não dizer que nada restara de seus amados cães, cuja lembrança, estranhamente, já não conseguia enternecê-la de todo, alguém se esquecera de levar um milho de borracha que ficou escondido atrás das avencas. O mais estranho, quase desesperador, era o silêncio absoluto que a acompanhava naquele trajeto. Até pouco tempo, bastava que abrisse o portão e gritasse "Oi, cachorrada!", para que uma algaravia a saudasse com latidos superpostos que ela saberia distinguir, entre milhares de outros, a quem pertenciam.

Agora, onde achar coragem para abrir a porta e para subir até o salão dos fundos, onde o terror aconteceu? E se algum deles tivesse sobrado da faxina em regra, será que poderia saltar sobre ela, saindo do guarda-roupa como num filme de terror? Naquele momento, ela resolveu que nunca mais dormiria ali.

"Tudo é possível, Estela; por enquanto, não tenho uma explicação plausível para isso. Prefiro achar que houve uma reação de pânico cumulativa, um raro efeito em cadeia, que só costuma acontecer em matilhas de rua. Depois, como era de se esperar, você se assustou com a mordida do Horácio. E, então, seu medo desorientou todos, que, nem preciso lhe dizer, não fizeram o que fizeram por mal. Eles apenas se sentiram inseguros. Não, não se force a falar porque você não deve ainda se mexer. O que posso dizer, se está correto o que leio nesse seu olhar, é que o Horácio foi sacrificado em paz, com aqueles olhinhos de quem finge pedir perdão. Foi melhor assim, lindinha, não pode haver possível quebra de confiança nesse pacto. Em mais de 20 anos, eu ainda não tinha visto um cão doméstico perder um caninho ao morder o tutor. Não se mexa, não se agite. Tome um lencinho. Quer que eu chame a enfermeira? Não? Então se acalme. Nenhum colega com quem falei tinha precedentes dessa escala com cães em cativeiro. Nem na Romênia, onde você costuma ter descendentes direto de lobos. Tome mais um pouquinho de água, meu anjo."

A Nancy, a veterinária deu uma explicação mais frontal.

"Morro de pena, juro. E não é só porque era minha melhor cliente, dessas de aparecer praticamente todo dia na clínica. É porque ela realmente amava a turminha. Mas cinco pontos na panturrilha foram um pouco demais. Lacerou a carne, coitada. Quando aconteceu a primeira mordida, Pierre, o pitbull, que vivia com uma dermatite nervosa permanente, entrou na disputa por atenção. Eu já tinha dito à Estela que ele era alfa, que tomasse cuidado, que o enquadrasse.

Uma vez ela me contou que ele estava se jogando contra a parede, batendo com a cabeça, rosnando esquisito, sem motivo aparente. Na confusão, ele atacou para matar a coitada da Talita, irmã do Horácio. Quando Orlando, o pastor, se aproximou dela com os dentes arreganhados, a Estela já estava apavorada. Ao bater no focinho dele, ele interpretou o gesto como uma permissão para continuar aquela brincadeira estranha. Então mordeu Estela no rosto. Acho até que ela foi muito serena, tudo podia ter sido muito pior. Só o fato de chegar à porta e batê-la, deixando que eles acertassem contas entre eles no salão, foi prova de muito sangue frio. Nancy, eu há muito tempo dizia a ela que cachorro precisava de comando, não de paparico. Que cachorro não era gente, mas ela tinha uma dificuldade enorme de ver isso. Terminou aprendendo da pior maneira."

Primeira a sair do apartamento da mãe por entender que ali não dava para criar uma dúzia de cachorros, Estela vivera naquele sobradinho momentos de aconchego com sua família de eleição. Nas noites de inverno, depois de agasalhá-los todos com coloridas mantinhas de lã, ali ela sentia preenchidos os instintos que algumas de suas conhecidas só supriam com bebês chorões e voluntariosos. Sentada ao computador, varava a noite postando fotos dos momentos intramuros e dando dicas por Skype. Com milhares de visitas ao blogue, talvez fosse um motivo a mais para se isolar do convívio humano.

"O que tem de errado, mãe? Sou mais útil às pessoas dando orientação sobre como lidar com seus bichinhos do que saindo por aí de bar em bar. Você acredita que eles acompanham minisséries? O Rolf é um que adora *Game of Thrones*."

A mesada do pai lhe garantia o aluguel. E o enxoval dos cachorros vinha de sua loja favorita, que a patrocinava em permuta. Estela agora, porém, sentia que falhara em seu próprio terreno. Era como se entrasse numa casa abandonada e percorresse um salão mergulhado em silêncio, bem ali onde já se ouvira um piano. Era o próprio avô Szymon entrando na casa da rua Gogol, como lhe contou um dia.

Foi tão duro, Estelinha. Hana era pequeninha e a gente tinha ido passear na ilha Margit. Então, como ela estava disposta e fazia um tempo lindo, eu a levei até a casa onde tinham morado meus pais antes da deportação. Falei bobagens, do tipo: vamos ver vovô e vovó, eles estão loucos para te dar um beijo. Mesmo sabendo que eles não estavam lá, não é? Enquanto a gente caminhava à beira do rio, eu quase acreditava que ia mesmo encontrá-los, que praticamente não tinham podido conhecê-la. Então, a gente parou na frente da casa que tinha sido nossa até tão pouco tempo. Uma mulher estava na janela. Fumava e tinha um lenço colorido na cabeça com aqueles rolinhos que se botavam antigamente. Ela me olhou esquisito, sabe? Nem uma brincadeirinha com Hana ela quis fazer. Acho que sentiu por que estávamos ali. Aí, jogou a ponta do cigarro na calçada e bateu a janela na nossa cara. Sem saber o que dizer a Hana, fiquei pensando em como estava agora o interior daquela casa onde a gente tinha sido uma família feliz. Lembrei-me de meus pais falando romeno, do velho Kertész que ia lá com a segunda mulher, de minha mãe que era bonita e doce, como toda mãe da Guerra. Nada tinha sobrado. De igual, só o número da porta: 48. Foi tão duro. Mas hoje estou bem, viver renova.

Viver renova – ela ficou pensando.

Talvez fosse hora de desocupar a casa. Rescindiria o contrato de aluguel, voltaria para o apartamento da mãe de quem, ultimamente, se tornara boa amiga. Podia até mergulhar mais fundo no projeto da história da família que o pai lhe pedira. O que a impedia agora? Não descartava nem sequer um mestrado, como sempre insistira sua tia, e podia até pensar em fazer uma viagem. Por que não com Boris, que de vez em quando ia ver Mark Freedson, em Nova York? E, agora se perguntava, como uma historiadora com a formação dela tinha podido ficar tão indiferente às ofertas que recebera para conhecer a China? Desmobilizada do destino dos cães, ver os Guerreiros de Terracota, que tinha sido um sonho antigo, poderia virar realidade. O namoro era o que era, mas era possível que o namorado fosse só uma peça de um universo onde havia pouco lugar para humanos de carne e osso. Deveria ir ver a monja de que tanto falava sua mãe? Se seus mortos tinham virado estrelinhas ou não, preferira acreditar que sim porque isso reavivava a lembrança dos avós. De resto, que seus cãezinhos estivessem bem.

Nem quando viu o mordedor em forma de porco de borracha, Estela se emocionou. Sem hesitar, jogou-o na lata de lixo da calçada e acenou para o vizinho da frente.

"Estou bem, sim, obrigada."

II

Eram quase 4 da tarde quando Paula saiu do quarto e foi à cozinha pegar comida.

Aquela era uma hora boa porque a faxineira já tinha ido embora, Nancy saíra para o ensaio do coral e Carlinhos estava fora. Assim, ela escolhia na geladeira com o que matar a fome, esquentava rapidamente no forno de micro-ondas, e levava os pratos mornos para o quarto onde tinham talheres.

Naquele dia, Diana estava combalida, com dores no corpo todo. De cortinas fechadas, as duas gostavam da penumbra e de passar o dia à luz das telas de computador. Um aparelho na cama e outro numa mesinha que dava para a janela. No chão, cabos de celular, adaptadores e benjamins se misturavam a meias de lã usadas, fezes da Cássia, restos de ração, um pênis de borracha acoplado a um cinto e pacotes de bolacha esfarelada. As guimbas de maconha e o cheiro de sexo saturado davam ao ar uma pestilência azeda.

"Vocês vão ter de deixar que a Leoni entre aqui um dia, meninas. Qualquer hora dessas, basta acender um cigarro desses aí que vocês fumam e isso aqui vai voar pelos ares. Não estou brincando", comentava Nancy.

"Tudo bem, mãe, tudo bem. A gente vai limpar, sim. E deixa de papo sexista, por favor. Aqui não tem nem menina nem menino, está bem?"

"Meu, agora deixa eu te dizer. Foi pesado, foi muito pesado, não precisava ter pegado o cara daquele jeito. E depois a garota foi estúpida."

Diana tinha chorado e os olhos ainda estavam inchados. Tudo começou numa festa num sobrado da Pompéia, onde elas foram prestigiar a Dandara que estava de mudança para Londres. Cercadas de amigas, começaram tomando as cervejinhas de praxe e puxaram uns cigarrinhos de maconha que rolaram desde a chegada. A certa altura, quando já estava se sentindo meio chapada, Diana resolveu subir a escadinha em caracol e ver o que estava acontecendo no terraço.

Uma garota especialmente bela dava tapinhas na mão de um rapaz alto e sedutor que, pelo jeito, tentava arrancar um beijo dela, segurando-lhe ora os pulsos, ora os braços. Seria uma reconciliação? Seria um ritual de acasalamento estranho aos códigos do mundo de Diana? Era justo que um cara tão mais forte submetesse a moça a seus caprichos? Se ela o quisesse beijar, já teria beijado, porra. O que fariam os bons ativistas em seu lugar?

Diana não sabe quanto tempo ficou na contemplação da cena. Depois de arremessar o que restou da guimba da janela, esvaziou a lata de cerveja, amassou-a e jogou-a na mesinha baixa onde as pessoas tinham deixado malhas e bolsas. A moça era simplesmente deslumbrante com seus dentes alvos, cabelos quase azuis de tão pretos, os olhos verdes, e as costas nuas, só pontuadas pela tatuagem de um pinheirinho por trás do ombro esquerdo. Nem parecia que era quase inverno. Já o rapaz era uma versão mais encorpada de Carlinhos, sendo narigudo e arrogante, enfiado num blazer folgado – detalhe que a irritou e que só agravava um ar de insolência que ele nem sequer tentava camuflar. Cadê a humildade, *brother*?

"Larga ela já, meu", berrou Diana enquanto se metia no meio do casal, dando as costas à moça em proteção, e encarando o rapaz.

"O que lhe dá o direito de forçar alguém a fazer o que não quer? Quem você pensa que é, seu engomadinho de merda? Se ela não quer nada com você, não força a barra, seu bosta."

Quem viu a cena disse que, num primeiro momento, a garota tinha um ar divertido, e que ficou fazendo sinais de gozação às costas de Di. Já ele, o grandalhão Luiz Felipe, olhava aquela pessoa surgida do nada com incredulidade, como se examinasse um inseto multicolorido na lâmina de um microscópio.

"De onde você saiu? Puta que o pariu, de onde saiu esse estrupício? Por que você não vai lavar essa boca antes de falar comigo, sua doente?"

O que ele via era uma moça que chegava à altura de seus ombros, enfiada numa espécie de parca verde-abacate, o cabelo arruivado raspado em toda a banda esquerda do crânio, um *piercing* no nariz, vários na orelha e uma esfera na língua. O que mais o assustou, quase amedrontou, foram os olhos vermelhos saltados das órbitas e uma escumação que se acumulava no canto dos lábios finos, pálidos, quase sem cor. Como é que dentes tão saudáveis, quase bonitos, combinavam com aquela pestilência que saía de sua boca, pensou o estudante de odontologia?

Sem atentar para que Diana estivesse ou não adivinhando seus pensamentos, Luiz Felipe só sentiu quando um tapa lhe ecoou no pavilhão auditivo, e a orelha esquerda ferveu como se tivessem acendido o lóbulo com um isqueiro.

"Fascista filho de puta. Estrupício é você, seu violador. Seu estuprador de merda. Vou mandar te filmarem, escroto."

A performance até teria sido convincente se a garota não tivesse reagido como fez. Laçada pelo pescoço, Diana sentiu a força sufocante de uma gravata e a forte joelhada por trás da coxa que lhe aplicou Yasmina.

"Sai daqui, seu sapatão, quem te chamou? Vai procurar tuas negas, degenerada, *sharmoota*..." Foi a essa altura que a própria Dandara se acercou da moça e puxou-a pelos cabelos: "Eu te falei que você estava na festa errada, patricinha com cara de cu. Eu te falei que isso aqui não era Beirute, sua perua. Eu te falei que você não tinha o que fazer aqui". Entre sopapos vindos de todos os lados, um transgênero, que em outra encarnação fora capoeirista, entrou na roda com uma voadora que pegou Diana na bacia, jogando-a no chão.

Comendo macarrão chinês na caixa do delivery com um garfo de plástico, Diana acusou o golpe: "Foi mal, foi bem mal". Paula riu: "O mauricinho estava com uma cara! Passou, deixa de lado. Mas você precisa se conter. Vamos dormir mais um pouco que ainda estou zonza". Diana queria saber mais.

"A que horas você chegou? Você ficou com a Dandara?" Paula retrucou. "Desencana, Didi, vamos dormir, meu. Não chora de barriga cheia. Lembra que fiz teu número favorito quando cheguei? Ou você nem se tocou?"

Diana sorriu, sem convencer. "Mais tarde a coisa vai ferver, Didi. Tem tempo que não encaro um forró. Vai dar para matar as saudades da Bahia, beber um pifão de Netuno, como a gente fazia por lá."

A tarde estava naquele momento em que as pessoas vazias se sentem mineralizadas.

No banheiro da suíte, Diana ficou sentada no vaso, zapeando na internet. Ultimamente, andava com prisão de ventre, apesar da recomendação das amigas de que um baseado em jejum regulava a função intestinal. Quase não via mais a página do Facebook, onde agora tinha um perfil falso para navegar, só para acompanhar as postagens de sua turma, depois que sua própria página fora invadida pelos misóginos.

Estava fuçando nas favoritas, as que hospedavam as postagens engajadas, quando se deparou com uma foto da tia Hana. De quando seria aquela imagem? De muitos e muitos anos, antes de Diana nascer. Mas apesar da armação de óculos antiquada, lá estava ela com suas feições de professora bem comportada. O texto que acompanhava a foto era muito grande, e devia ser alguma homenagem das tantas que a irmã do pai recebia.

Sonolenta, Di colocou um coraçãozinho e escreveu embaixo: "Puta gata. Essa eu garanto." Então, fotografou o longo post e mandou a chamada pelo WhatsApp da família, um grupo que não incluía nem Boris nem o tio Mordechai.

Quando ela acordou, estava quase escurecendo. Era a tia Anita que chamava do Recife: "Como vai, minha linda? Quer dizer que hoje caiu a máscara de alguém, hein? Eu não dizia que até sua majestade peida?"

Diana custou a entender o que estava acontecendo.

III

"O que custa passar 1 semana lá e varrer essa dúvida de uma vez da cabeça, meu filho? A gente não pode ficar parada numa encruzilhada sem saber que placa seguir, você não acha? Encare como um passeio. Tome um avião aqui e faça de conta que foi fazer uma visita à tia Rivka, a seus primos, enfim, que foi só matar saudades de Israel, dar uma nadada na praia, como você gostava tanto. Tel Aviv é uma Recife sem tubarão. O resto está igual, até em gente esquisita. Tudo anda tão pesado por aqui, filho. E chegando lá, você conversa ao vivo com seu tio Mordechai e vê se a proposta dele combina com você ou não. Boris não tem por que achar ruim, pelo contrário. Quem é ele para se queixar das viagens alheias? E depois, é uma forma de você se valorizar, de passar um sinal a Bruna, ou a quem quer que seja, que você toma conta do seu destino."

Mordechai se animou com a chegada do sobrinho: "Amanhã podemos passar o dia na agência, *chaver*. Lá te apresento meu sócio. No momento, estamos com dois grupos aqui. Um de peregrinos russos e outro de brasileiros, de uma igreja evangélica de Goiás." Sem muito jeito para conversar, o tio alegou compromisso e saiu mal o visitante chegou chegou.

A sós com a tia, o sobrinho tentou ser comedido nas confidências, mas foi arrebatado pelo jeito inquisitivo de Rivka, que sabia interrogar com técnicas de delegacia.

"É isso mesmo, tia. Acho que a mamãe está muito bem, que é outra pessoa." Ela o perfurava com o olhar: "Quer dizer que ela ia ruim assim a ponto de ter que virar *outra*?" Carlinhos escapava, cada palavra tinha de ser sopesada: "Já o meu pai não vai mudar, mas agora pelo menos ele está feliz porque a Estelinha está com ele no escritório."

Rivka chupava uma pedra de gelo: "Não repare, estou com deficiência de ferro. Mas diga uma coisa: ela está lá como filha do dono ou como funcionária? Quer dizer, ela recebe salário ou trabalha de graça? E aquela cachorrada toda? Verdade que ela precisou fazer uma plástica no rosto? Nunca mais vi uma foto dela."

"Ela é outra que acho também que está recuperada, tia. Desencanou da bicharada. Aquilo foi só uma fase."

"Fase? Aquilo era sinal de uma coisa bem mais grave. Uma menina que não olha nos olhos. Que quando vê as pessoas, vai para o outro lado da sala. Que a gente mal podia tocar. Sei não."

Carlinhos tentava puxar a conversa para as coisas locais, para os bombardeios que vinham da Faixa de Gaza, mas ela era mais rápida: "E minha querida Didi Lelé?" Ele não riu.

"Da Diana, sinceramente, sei muito pouco, titia. Ou ela está na rua ou está trancada no quarto com a amiga."

Rivka sabia arrancar o que queria.

"Se *Hashem* permitir, seremos avós antes de *Rosh Hashaná*. Reitzele já está com a barriga pela boca. Vamos ver. Tomara que venha logo um menino. Então, Mordechai sossega em saber que vai ter alguém para rezar o *kadish* dele. E aí que venham quantas netinhas eles quiserem, para eu papariçar bem muito. Aliás, me conte de você, aquela *goy*... terminou terminado ou ainda tem volta?"

Carlinhos ficava sem graça. Por que aceitara a sugestão da mãe? Que dificuldade era aquela em dizer "não"? O que era pior: não conseguir dizer "não" ou não conseguir dizer "sim"?

"Fiquei de levar um papo sério com a Bruna quando voltar, titia. A gente se gosta, mas nem sempre é fácil. Ela está nos Estados Unidos a negócios."

Rivka balançava a cabeça: "Viajou em família ou com mais alguém? Olhe lá, hein? Aqui a gente é tida como retrógrada. Mulher de ortodoxo é considerada meio tapada pelas sabras liberais. Ah, é uma *frum*? *Meschugge*. Pois digo uma coisa: de burras, nós não temos nada. Temos maridos dedicados, sem vícios, ótimos pais e que nos deixam viver. Tem umas que se envolvem com negócios, não se iluda, ou que são excelentes conselheiras de estratégia. Mesmo usando saia jeans, peruca e tênis nos pés. Eu mesma não sou ruim de *gesheft*. Acho até que sou melhor do que Mordechai, que ele não nos ouça."

Rivka foi pegar mais um copo de limonada caseira.

"É boa mesmo essa bebida, titia. Não tem limão como esses daqui."

"Pode beber a jarra toda que num instante faço mais. Você acredita que tem até religioso gay agora? As coisas estão mudando muito. Não só em Israel como país, mas nas comunidades também, sabe?"

Carlinhos olhou-a com um pouco de apreensão. Aonde queria chegar?

"Já ouvi falar, tia."

Ela continuou, aparentando desdém: "Até na Tsahal e, se duvidar na Força Aérea. Sempre digo a Nancy, quando ela vem me falar da Diana, que não há família de três filhos em que um deles não seja gay. É uma espécie de cota. Não sei se é modismo. Talvez seja, porque antigamente não tinha tantos. Sua mãe fica uma arara comigo quando digo que na casa dela a contribuição da família já está dada com a Didi. Mas olhe que o raio também cai duas vezes no mesmo lugar. Só fico com pena das moças porque quem é sapatão fica impedida de exercer as funções femininas, não é? Não falo de criar por criar porque criar, a gente cria até cachorro. A Estela está aí para não nos deixar mentir, coitada. Não, não é disso que falo. Falo de parir, de amamentar, dessas coisas. Desculpe falar assim, filho, esqueço que você é um homem, que não se interessa por essas coisas. Pelo menos os homens daqui são assim. Ou me engano?"

Carlinhos simulou um bocejo, mas ficou constrangido em fingir que se espreguiçava. Não vendo resistência, Rivka avançou. Ela sabia aonde queria chegar.

"Espero que sua tia Hana esteja melhor. Afinal, o que foi aquilo?"

Carlinhos baixou a cabeça para deixar o copo na mesa e levantou-se: "Acho que vou desfazer a mala e tomar um banho, tia."

Já de pé, olhando para o teto, foi o mais evasivo que pode: "Aquilo foi coisa do Facebook, titia, de gente que queria tirar uma grana dela. Já passou". Rivka não queria deixar por menos:

"Mas olha, filho, sou tão tua tia quanto ela é, senão mais. Sou da linhagem materna, você sabe que vale mais. Não há fumaça sem fogo. Você já tinha percebido alguma coisa esquisita assim com ela?"

Pela segunda vez, Carlinhos se arrependeu da viagem.

"Você se incomoda se eu tirar um cochilinho? Quase não dormi no avião."

No sono leve da tarde, Carlinhos sonhou com o avô Szymon. Era sobre uma história que ele contava de um velho judeu que circulava no Bom Retiro, logo que chegou ao Brasil. O comerciante comprava roupa velha, sapatos e quinquilharia. E gritava na rua *Alte sache, alte schuhe, alte schmattes*. E então jogava a mercadoria que comprava numa carroça. Numa enorme carroça.

Carlinhos despertou assustado.

IV

Selminha não estava conseguindo abordar Anita pelo lado certo, na sede do partido. Já tinha levado um fora após outro. Era como se a amiga fosse uma montanha, e ela a alpinista a estudá-la para ver por qual caminho chegaria mais rápido ao topo, sem correr muitos riscos na escalada.

"Você bem dizia que Hana era uma dissimulada. Tucana demais para ser verdadeira." Anita não gostou da solidariedade forçada: "Calma lá, também não é assim. A gente tem nossas diferenças, mas no fundo é minha irmã, caralho. Uma puta cientista e pouco importa agora que seja meio reacionária. Quem teve a história de vida que ela teve, a gente não pode apedrejar por esporte. Parece que você não aprende nada com a história, não é? Não é a primeira vez que percebo isso." A amiga ficou desacorçoada.

"Depois, nada tem de errado o que ela fez com aqueles marmanjões. A questão aqui não é essa. Não seja você moralista. Aliás, quem é você para cagar regra, minha amiga? Acaso você não traçou a ala jovem do partido todo? Preciso dar os nomes? Você era especializada nos diretórios de Olinda e Recife, eram seu arcebispado, mas sua fama hoje já chegou ao Sertão." Selminha engoliu em seco.

"Não é assim também não, companheira. Não vamos nós agora brincar do sujo que fala do mal lavado. Eu não estava falando por moralismo. Você sempre disse que ela te oprimia com o perfeccionismo, o autoritarismo silencioso, que é o pior. Agora vem e desdiz tudo. Era só uma forma de me solidarizar a você, mas esqueça." Anita estava irascível, quase convulsionada: "Se é para ser solidária, porra, seja a ela. Você pode imaginar o que é perder a mãe num campo de concentração, crescer em outra língua, carregar o peso da maior violência do século passado na pele, de sol a sol, um dia depois do outro?"

Selminha prometeu a si mesma que era a última coisa sobre a qual opinaria, nem que fosse só para desabafar.

"Posso ser franca? Um dia você vai fazer uma autocrítica e vai perceber que, no fundo, um israelita não gosta que se fale mal do outro. Ele pode, mas o não judeu, não. Já percebeu?" Anita olhou-a sem saber o que dizer.

"Hoje você tirou o dia para falar merda, Selminha. Vamos tomar uma no mercado que é o melhor que a gente faz. Vamos falar sobre o que nos une, certo?"

Na véspera, Anita ligara para a irmã.

"Hany, tudo bem? Deixa eu te falar uma coisa. Numa boa, certo? De *sister* para *sister*. O que esses caras querem é grana, isso é o que mais tem hoje em dia. Processe todo mundo, saia de circulação por uns tempos e, quando voltar, a fila vai ter andado. Você acha que a vida está fácil para o meu lado? Nem um pouco. Tem muita gente que saiu da página da política para a da polícia, e nem por isso o mundo vai acabar. Deixa eu só te dizer uma coisa, sei que você está doida para eu desligar, mas é rápido. O meu amor por você só aumenta numa hora dessas, viu? Você sabe que não gosto de gente certinha. Mas acho que todo dia a vida ensina à gente uma lição. E talvez tenha chegado sua hora, sei lá. Se quiser vir passar uns dias aqui, no apartamento, avise que boto aquela cambada na rua e ficamos só nós duas de papo com uma cervejinha. Qualquer coisa, me ligue. E olha: era lindo o argentino, viu? Aquele até eu pegava, sua gulosa."

No mercado, a Dra. Selma teve a sensação de que se tivesse puxado o assunto sobre Hana ali, e não na sede do partido, a receptividade de Anita teria sido outra.

"Pega leve, Selminha, acho que quem se excedeu fui eu. Foi mal. Você está certa. Judeus são mesmo meio tribais. E não nego que sofri demais com as comparações que ficavam fazendo entre nós duas, sabe?" A amiga levantou o copo para brindar.

"É bem feito para mim, para não ficar metendo o bedelho onde não fui chamada." Trocaram um beijo e, como Anita dizia, virava-se o disco. Então, a mesa cresceu.

"O cerco está se fechando. Se eu viver mil anos, não terei visto uma cena mais canalha do que aquela posse de Temer. Um ministro passando a caneta para o outro, aquele clima de ladrão em casa de madame, sem medo da chegada da polícia porque eles são a própria. Depois foi caindo um atrás do outro."

Denilson até que tentou puxar os aplausos, mas Anita acenou que esperasse um pouco.

"Obrigada, companheiro. Vejam bem, o que eles querem agora é trancar Lula lá em Curitiba. Se Temer não cair depois da denúncia do magarefe, aí não sei mais em que acreditar. O momento é de limitar os estragos, baixar a bola e nos prepararmos para o médio prazo. No curtíssimo, estamos ferrados. Mas eles também estão. Essas horas são perigosas. Em política, a pior hora é aquela em que você acha que bateu o fundo do poço. É nessas horas que surge um Adolfinho, entenderam? Ainda bem que por aqui só temos projetos de Adolfos. Mas é tempo de ficar ligado."

V

"Boris telefonou, Hana. No fundo, queria mesmo era saber de você. Mas a gente sabe como ele é. Queixou-se de que Carlinhos esteja viajando. Até mais do que ele, e sem finalidade alguma. O que isso significa na gramática de Boris? Que está feliz com o filho. Depois se queixou de Estela, dizendo que ela é arrumadinha demais, pontual demais, atenta demais. Isso significa que está no céu com ela lá, no escritório, tão realizado quanto nunca. Então elogiou Diana, dizendo que não sabia que ela tinha pendor para o boxe. Era ironia, só pode. Entender essa cartilha não é para qualquer uma." Hana sorriu pela primeira vez em dias: "E de mim, ele quis saber o quê?"

Nancy olhou-a com firmeza: "Fique tranquila. Seu irmão é impermeável a qualquer coisa que se possa dizer contra você. Duvido que ele tenha tido sequer a curiosidade de ler aquela infâmia. Se começou, não passou da terceira linha." Nancy percebeu um sinal de alívio no rosto da ex-cunhada.

"Entendo, mas ainda assim ele quis saber o quê?"

Nancy custava a acreditar que Clara não fosse sair à porta, aparecer ali perfumada para uma prosa de entardecer. No aparador da entrada, havia uma foto dela com Hana no saguão do Municipal, cada uma com um copo na mão, brindando a algum bom momento. E pensar que ela já morrera há mais de 1 ano.

"Ele disse só que estava sem tempo para vir aqui agora, mas que eu procurasse sondar para ver se você estava precisando de alguma coisa. Disse que se quiser um advogado, ele tem um bom para recomendar. E que ele paga a conta." Hana estava visivelmente mais magra.

"Agradeça a ele, Nancy. Estou bem tranquila. Esse tipo de linchamento é horrível, não desejo isso ao pior salafrário. É como se você fosse caçada na escuridão no fundo do mar. Você dorme, mas não relaxa, fica o tempo todo alerta. No dia seguinte, a informação apócrifa que você achou que abateu com um míssil, ressurge em outra região do Brasil. É um tumor. Você o aniquila aqui com radioterapia, ele surge em outro órgão."

Uma semana depois do sucedido, Hana alternava depressão com euforia.

"Os colegas foram bárbaros. Muita gente queria vir aqui me fazer uma visita, prestar solidariedade, essas coisas. Não me iludo, sei que tem muita maledicência por trás, mas a gente vai levando. Até para a televisão me chamaram, mas não quero ficar revolvendo isso. Tem coisa melhor a tratar, depois que o advogado me disse que vai conseguir indiciar esses crápulas. Se é que isso progride no Brasil."

Tomando fôlego, como se tivesse para dar um passo além, Hana continuou: "Vou te dizer uma coisa, Nancy. Nem a Clara sabia disso. Ou, se sabia, nunca me disse nada, nem nos nossos momentos mais irreverentes. Mas tinha já uns 2 anos que o Zart me chantageava com essas coisas. Ele mesmo, o tal do mestrado. Foi ele que nunca me perdoou por tê-lo desaconselhado à banca. Ele achou que era só dar uma transadinha com a orientadora e que estaria com a vida ganha. Aqui ó... Então, pegou um advogado de porta de cadeia qualquer para fazer aquilo. Só me arrependo de não ter dado um dinheiro de cala boca àquele miserável. Mas se tivesse feito isso, quem garante que ele não ia pedir mais? Vou ter o maior prazer do mundo em deixá-los de tanga. E ainda vão pagar as custas de minha defesa."

Mas depois do chá, vinha a rebordosa: "Todo mundo tem o direito a seus namoros. Quem quisesse achar que eu era santa, azar. Mas dá uma dor mortal acordar com o nome enxovalhado. Fico arrasada. Se o papai fosse vivo, eu preferia morrer. Você sabe o que me ampara muito numa hora dessas? Uma mão amiga como a sua. E a voz de Brenda, ecoando lá de longe, dizendo que eu fique tranquila, que esse mundo anda mesmo muito careta. Que para as coisas do coração, as fronteiras são *porosas* – palavra que ela adorava. Aos 72, minha cara, a gente tem de ser um pouco cínica, senão pira."

Nancy foi chegando ao ponto onde estavam antes que aquela tempestade se abatesse a duas quadras da avenida Pacaembu.

"Que mal pergunte, notícias de Budapeste? Como anda nosso doutor?" Hana levantou a almofada e tirou o celular de baixo: "Lá minha reputação ainda está por cima. Não sei por quanto tempo, mas nunca foi tão reconfortante ler um pouco de prosa açucarada. E eu que nunca pensei que Budapeste me daria bombons no lugar de bombas. Posso te traduzir um trechinho?"

Nancy se perguntou se mais adiante, quando tivesse a idade de Hana, conseguiria, por alguma razão, ela própria ter o brilho que adivinhou no semblante da ex-cunhada. Trocando de óculos, Hana leu lentamente, operando a quente uma tradução que devia ter feito para si própria com o mesmo rigor semântico.

Sei que vocês aí estão para entrar no inverno. Você mesma me disse que ele costuma ser brando, mas que em São Paulo a sensação de frio pode ser pior do que a da Hungria por falta de equipamento para aquecer as moradas. Não me tome por um galanteador de bulevar porque isso é tudo o que não sou. Sou só um médico desajeitado, que não chegou a ser bonito nem sequer quando era jovem. Mas me permito sugerir que não passe frio neste inverno. Lembro que me falou que seu pai teria vivido dias difíceis na região do Balaton. Venha conhecer o lado bom e feliz dessa parte do país. Lá podemos nadar até as 9 da noite, comer bom peixe no braseiro e nos refrescarmos com um branco seco dos Cárpatos. Se você aprovar meu tempero, vou ficar tão feliz que vou apresentá-la à nossa poesia, uma das maravilhas deste pequeno país que é também o seu. Então lhe recitarei de cor tudo de Endre Ady. Você já ouviu falar de Recordações de uma noite de verão?

Quando Hana levantou a vista, os olhos de Nancy refulgiam, empoçados por duas enormes lágrimas.

Capítulo 31

Eu tinha passado para a Audrey uns vídeos e uns documentos do tal banco de memória que meu pai quer que eu organize. É ela quem guarda tudo em Londres, mãe, num cofre de banco, pelas tais questões de segurança que ele acha tão importantes. A gente nunca chegou a conversar direito sobre ela, não é? Eu não queria te magoar descendo a detalhes, mas ela é isso mesmo que você está dizendo. Empinado? Empinado é pouco. Empinadíssimo. Bem, aí nós falamos uns minutos pelo vídeo, relacionei os arquivos que tinha escaneado, conferimos a numeração, e a gente já ia acabar o call *quando ela resolveu dar uma de empática, de fofa, coisa que não é nem um pouco na prática. Disse que lamentou meu incidente, que Victoria Stillwel tinha ficado muito triste, e que esperava que eu mudasse de ideia. Porque se até humanos tinham uma segunda chance, por que não os cachorros? Enfim, essas coisas cosméticas dos ingleses. Quando vi que o papo estava levando à tia Hana, comecei a cortar a conversa. Não sei como uma infâmia que ficou só umas horas no Facebook pode chegar tão longe. Vai ver que foi gente do escritório dela daqui que passou o link. Ela se tocou e foi aí que, para mudar de assunto, pedi que ela me mandasse os comprovantes de autenticidade dos quadros húngaros que meu pai tinha comprado em Londres. Disse a ela que, sem eles, a gente não podia contratar o seguro. Ela deve ter se atrapalhado com a papelada de tantas que* foram as vezes que atendeu o telefone. Parecia uma operadora de Bolsa. Então, certamente por descuido, me chegou também na pilha de anexos o diagrama das participações societárias. Tudo abreviado, mãe, e cheio de expressões financeiras difíceis. Pesquisei um tempão no Google para entender certas coisas e consegui montar o quebra-cabeça. Finalmente, meu curso de História serviu pra alguma coisa! Só para você ter uma ideia, a Balaton pertence a uma tal LuxMagyar, uma sociedade de participações sediada em Luxemburgo. Depois de decifrar as setinhas, entendi que as cotas eram todas de uma holding de Hong Kong que, por sua vez, controla as participações nas fabriquetas em Shenzen e em outras partes da China. No pé da página, tinha uns números correspondentes às transferências delas entre si. Levei um susto, mãe, especialmente nas unidades de materiais de saúde. Acho que meu pai teve o cuidado de ser pequeninho em vários lugares, mas nem os chineses devem saber que ele é minoritário em tantas indústrias. Ele fica invisível atrás das sociedades, o que pode ser bem esperto. E como se a fábrica de Suape, que é pequena, fosse replicada vinte vezes lá fora, sob forma de pequenas participações. O que me chamou mesmo a atenção foi o nome do papai num quadradinho pontilhado ao lado do nome da Audrey. Logo abaixo dizia 50%-50%, o que quer dizer que os dois valem o mesmo nos empreendimentos dele. Ao lado do nome deles tinha VI, o que só podia ser Ilhas Virgens. Esta empresa é dona de tudo, se duvidar até do carro dele aqui. E a Audrey tem procuração de meu pai para gerir um pequeno império. Estamos falando de mais de cinquenta milhões ao ano — de dólares, entenda bem. Fiquei boba, de repente achei-o tão sozinho, tão desarmado para lidar com o mundo. Tão forte e tão fraco. Será que ele não se associou a ela por solidão? Por conta de nós mantermos longe dele? Achei meigo o nome fantasia da companhia-mãe: Escadin Incorporated. Essa eu matei rápido: Estela, Carlos, Diana e... Nancy. Eu vim em primeiro lugar, viu? Juro que naquela hora tive certo orgulho do meu pai. A gente imagina que não foi fácil para ele superar algumas limitações, vamos dizer assim. Não sei, mas *acho que ele está gostando que eu vá à Balaton todo dia e bote um pouco de ordem na casa. Até falei que se ele sentisse que eu estava atrapalhando, era só falar que eu não iria mais. Não vou dizer o que ele respondeu, mas não foi com palavras lá muito publicáveis. Às vezes, fico com a impressão de que ele nem sabe direito o que tem. Foi aí que eu disse que ele estava correndo riscos demais. Primeiro porque tinha dado poderes excessivos a uma estranha. Sabe-se lá que travas tem esse esquema para que ela não dê um golpe no próprio escritório e não suma com o dinheiro no oco do mundo, como dizia a avó Brenda. Os cachorros nesse ponto me ensinaram muito, a gente tem de ter um lado instintivo. Meu pai ficou bem alerta quando eu disse isso. Depois, falei do mais delicado. E perguntei se ele não estava lendo jornal. Com todas essas operações policiais que estão acontecendo, com o presidente da República tendo de responder criminalmente, como pode ele ficar escondendo dinheiro aqui e acolá para pagar menos imposto? Pode até ser lícito, mas precisa? Vale a pena? Sempre achei que quem tem muito dinheiro gasta muita energia, e mais dinheiro ainda para protegê-lo. Falei bem assim, como estou falando agora, sem nenhum medo dele. Disse que pagasse uma multa, se fosse o caso, mas que legalizasse perante o Fisco quanto quer que fosse, aproveitando essa anistia para repatriar a grana dele. Como é que a pessoa está em tantos paraísos fiscais e ainda dorme em paz? Até a fábrica de Suape pertence a uma empresa de Cayman. Eu brinquei: será que a pessoa precisa fazer essa engenharia financeira toda para ficar rico? Acaso os avós Szymon e Elias precisaram disso? E eles não eram considerados homens ricos? Meu pai estava num bom dia. Ele disse: não, Estelinha, para ficar rico, de fato não precisa fugir dos impostos. Mas para ficar* muito *rico, sim. Aí é que está a diferença. Depois, fiquei pensando se aqueles probleminhas que ele teve na juventude e que atrapalharam os estudos não criaram assim uma necessidade de compensação, de estar na frente de todo mundo. Ele sempre diz que está na natureza dos judeus ser competitivos. Uma vez até brinquei, falando sério: console-se, pai, sou formada na melhor uni-*

versidade do país e sou uma nulidade. Ele arregalou os olhos e disse para eu nunca mais repetir isso. Estranhei, pensei que ele fosse achar bom, era apenas o reconhecimento de que ele sempre esteve certo. Fui ré confessa, por que não? Ele não diz sempre que ser judeu é, antes de tudo, não se levar muito a sério? A reação dele me surpreendeu. Vamos dizer que tem sido um período de descobertas, mãe. Participar da vida dele me fez ver algumas coisas. De vez em quando, converso pelo telefone com o antigo advogado de Hong Kong, o Rupert, que negocia o pagamento das cotas, geralmente em mercadoria, que a Balaton distribui aqui. Uma em cada três cirurgias que se fazem no Brasil deve ter material trazido por ele. Se não for mais. Gosto muito de falar com o gerente de Suape, que vive me dizendo para eu aparecer no Recife, que tenho sangue pernambucano nas veias, enfim, aquele bairrismo todo deles que você conhece. Dá uma saudade de meus avós. O nome dele é Agamenon, e é o maior fã do meu pai. Só de ouvi-lo falar, já tenho vontade de rir. Invejo meu pai pela amizade do Mark. Quem tem um amigo como aquele, não precisa de dois. Eles se ouvem muito e nunca imaginei que se falassem tanto. Sabendo agora que passo quase o dia todo na Balaton, ele me telefona direto. Convida para aparecer, diz que a filha está de volta de Chicago, que o verão vai ser lindo, e chama meu pai de "o Mestre" – meio na brincadeira, meio a sério. Pena que você não tenha ficado amiga da Sheyla que parece ser uma doce pessoa. Mas o que eu mais curto é conversar com duas chinesas mais ou menos de minha idade que já trabalharam como tradutoras dele na China e que hoje são uma espécie de faz-tudo por lá, uma espécie de secretárias virtuais. Elas não topam muito com a Audrey e agora também vivem insistindo para que eu um dia acompanhe meu pai até a feira de Cantão. Até na escrita elas botam lá Mr. New Man, e não Neuman, o que me fez ver meu pai com outros olhos. Como um homem novo mesmo. Será que se elas te conhecerem um dia, você seria Mrs. New Woman? Renovada, você já está, mãe. Ah, ontem à noite fui fazer uma troca de presente no shopping. E, adivinha: fui sozinha.

I

Na volta de Israel, Carlinhos não pôde se recusar a acompanhar o pai ao Recife.

"Bruna, a gente conversa na volta. Desencanei de Israel, viu? Depois te conto o que rolou, mas não era bem o que eu pensava. Meu pai está impaciente, parece que a fábrica em Suape vai a mil, e minha irmã acha que a gente deixa ele muito largado, que ele queria sentir os filhos mais próximos, sei lá. O tempo passa para todo mundo e ele já não é menino, talvez seja a hora de encostar, de ser útil, não sei. No fim de semana, estou de volta."

O telefone não dava trégua. Colocou-o no modo silencioso e desceu para esperar o pai na portaria. Em parte, ele entendia que o convite era uma forma de Boris mostrar contentamento com o rumo das decisões: "Só o fato de você ter tirado do caminho aquele fanático, já foi um bom começo. Eu não conseguia imaginar você percorrendo igrejas evangélicas Brasil afora, convencendo as pessoas a organizarem viagens bíblicas. Aquele oportunista dessa vez bateu na porta errada. E olhe que acho que as intenções dele iam além. Dê-se por feliz se ele não lhe pediu dinheiro. Nunca vi aquele camarada dar ponto sem nó." Carlinhos não gostava daquele tom: "Por favor, pai, não fale assim dele. O negócio pode mesmo ser muito bom, muita gente vive disso. A questão é que, como você diz, tem de levar jeito para a coisa". Boris ia além: "Ainda bem que você não leva. Religião já é um problema. Quando misturam religião com dinheiro, a merda fica completa. Para ela feder a quilômetros, então junte as duas ao poder. No dia que isso acontecer a qualquer país, seja Irã, Vaticano ou Israel, fuja para bem longe. Prefira a China. Lá pelo menos o namoro é só entre o poder e o dinheiro. E ai de quem falar de religião."

A temporada em Israel tivera o grande mérito de ser breve. E os últimos dias, feéricos.

"O seu tio teve de sair cedo, mandou dizer que mais tarde vocês combinam a reunião. Aconteceu um problema chato." Alguma coisa refreava Carlinhos de fazer perguntas à tia Rivka. Era como se tudo o que ela dissesse tivesse a intenção de provocar um efeito: "Não devia, mas vou te dizer. O grupo de evangélicos está tendo problemas, alguns estão hospitalizados. Acho que não se deram bem com o clima do deserto." Carlinhos só tomou uma xícara de café com metade de um bagel. "Não quer queijo? É tudo kasher, pode ficar tranquilo." Este não era o problema. "Eu sei, tia, obrigado. É que pela manhã como pouco mesmo, mas vou tomar um iogurte com mel." Rivka foi pegar o pote na prateleira. "Este é silvestre, vem de Hebron. Já chega abençoado. O problema foi que ontem os peregrinos saíram do controle do guia e comeram falafel no mercado de camelo de Beer Sheva. O guia instruiu que era para tomarem muita água e só comer fruta seca. Resultado: teve muita gente com diarreia e desidratação. Mordechai disse que vai demitir esse cara, um sujeito sem pulso. Você quer entrar mesmo nessa sociedade ou está só sendo gentil?"

Carlinhos tinha dificuldade de entender como gente que tinha sangue de seu sangue podia ser tão grossa. Como se explica que Rivka, que até fora uma tia amorosa quando ele era pequeno, podia fazer uma pergunta fechada daquela com tanta naturalidade? Isso lhe causava um desconforto que não sabia como botar em palavras, mesmo porque a pergunta em si, apesar de obtusa, não era ofensiva. Mas o tom inquiridor, de comissário de polícia de Holon, este o desconcertava. Era o mesmo jeito que perpassava um simples controlador de passaporte no aeroporto, ou um agente de segurança. O que dera de errado com aquele experimento social de que judeus no mundo inteiro deviam se orgulhar acriticamente, mas que se traduzia em modos tão bruscos, que tantos estranhavam? Teria Eretz Israel o condão de azedar a alma de imigrantes sofridos, cujos descendentes faziam da insolência e da aspereza uma forma de ser?

"Sinceramente não sei, titia. Mas vim aqui justamente para tirar a dúvida, não é? Fique tranquila que não é por gentileza, não. Eu até ainda sei o que é ser gentil, mas não chegaria a tanto." Até ele se espantou com o tom, que também subira uns decibéis. Rivka recuou: "Enfim, vocês conversam, vocês são homens, vocês se entendem. Eu sou uma *frum*, meu papel é alimentá-los e aguardar os netos. Mas vamos falar por hipótese. Se você precisasse fazer um investimento, você tem recurso próprio ou teria de pedir a seus pais?" De novo, aonde aquilo poderia chegar? "Depende, titia."

Foi só na tarde do segundo dia que foram a uma galeria comercial em Bat Yam onde funcionava a agência em que Mordechai tinha uma sociedade. Ou será que não era bem assim? O homem em cujo cartão estava escrito *Chairman* era um judeu de São Paulo, que morava em Israel desde os anos 1960. "Vim rapazinho para cá. Morava na rua Guarani, conhece? Não importa. Mordechai é seu tio, então? Soube que é engenheiro. *Iofi*. Temos guias que vieram do Technion, gente que viu no turismo evangélico uma boa chance de ganhar dinheiro. Você entendeu o que a gente espera de você? Viu os números do negócio?"

Carlinhos olhou à volta e viu folhetos em várias línguas sobre as mesinhas baixas. Viu copos de chá espalhados no balcão de uma espécie de cozinha, muitos com os saquinhos no fundo, à espera de água e sabão. O sócio do tio era quase escarlate, devia ser diabético, usava quipá preta e transpirava bastante, apesar do ar-condicionado. "Sim, meu tio me mandou os números. Eles são mesmo bem animadores." Mordechai atalhou: "Noah vai te contar agora a contrapartida, o investimento que o licenciado tem de fazer. Essa parte é sempre melhor que ele explique." Onde e de quem ele já ouvira que não há maior catalisador de aprendizado do que uma viagem? Quando vivido a pleno, até um truísmo resplandece como uma verdade bruta. Ele não sabia se a regra se aplicaria àquela também ou se seria uma exceção. "A Halleluja não chegou aonde chegou fazendo caridade. Fui guia durante muitos anos, saindo cedo daqui, almoçando em Afula, mostrando Cafarnaum a gente de toda nacionalidade, pernoitando em Safed, muitas vezes indo até Metula, para depois atravessar meio país ao anoitecer. Hoje temos 30 guias cadastrados e estou do outro lado da mesa." Carlinhos aceitou o chá que o tio trouxe. Por um momento, achou que o tio estava evitando ficar ali, naquele momento da reunião. O gordo Noah continuou.

"Seu tio me falou de você e, então, pensei em te dar uma chance. Para você ser nosso franqueado no Brasil, pedimos um adiantamento de U$50 mil, que para você deve ser mixaria. Então, te damos um cartão de sócio-gerente e o mercado será seu. O Brasil tem, só de evangélicos, umas cinco vezes a população de

Israel. Como se diz lá, você pode nadar de braçada numa piscina olímpica. Em pouco tempo, você recupera o investimento. Trabalha a maior parte do tempo em casa mesmo. Mas tem de ralar no campo de vez em quando. Nossa experiência mostra que a melhor forma de conseguir a simpatia deles é participando dos cultos. Só não vá virar *goy*, esse é o único perigo. Eles gostam de judeus, nos respeitam muito, alguns querem orar como nós fazemos. São o contrário dos nazistas e arrecadam muito, muito dinheiro. O que você me diz?" Mordechai transpirava. "Quer água, sobrinho? Esqueci de pegar."

Naquela mesma noite, na esticada que deu ao Shpagat com Arão, um ex-politécnico de quem era amigo desde criança, o amigo arregalou os olhos maquiados e quase berrou quando Carlinhos lhe contou a proposta que ouvira. "Picaretagem, cara, pura picaretagem. Antes eles lhe tivessem pedido de cara *tsedaká* ou o que o valha. Sabe quando você vai ver esse dinheiro de volta? *Never*. Ou, então, você vai ter de trabalhar como escravo para recuperar o que já botou lá dentro. Vamos para a pista dançar, é melhor negócio." Carlinhos tivera medo de magoar a tia. Em São Paulo, Nancy parecia já esperar aquilo.

"Passei as últimas três noites com uns amigos em Tel Aviv, mãe. Apesar de eu não ter dito na hora que estava fora do negócio, acho que eles entenderam que não havia entusiasmo. Especialmente depois que eu soube que teria de pagar para trabalhar. Para investir esse dinheiro, era melhor botar um pouco mais e abrir uma franquia de alguma coisa, sem ter a preocupação em captar a atenção de uma gente que não tem nada a ver comigo." Nancy complementou: "Rivka devia ter jogado mais claro comigo. Mordechai é um ingênuo para negócios. E a distância entre o ingênuo e o esperto é muito curta. Ela já perdeu uma parte da herança e disse que ia endurecer as coisas para ele, que não ia deixá-lo dilapidar o restinho. A sorte é que são bem casados, mas ele simplesmente ainda não aprendeu que dinheiro merece respeito, que só gosta de quem zela por ele." Carlinhos assentia: "Ele é meio infantil. Aquela arrogância é para esconder a insegurança." Nancy sabia de mais: "Quando ele foi morar em Israel, já tinha deixado rabo de palha por aqui. Meu pai tinha dado um aval a uma empresa dele com um religioso, e o negócio desandou já na partida. Nunca deu lucro, não teve nem sequer faturamento. Um dia, meu pai recebeu a visita de um oficial da justiça. Para quem era todo certinho, foi um baita choque. Pagou tudo, inclusive as dívidas previdenciárias e não ouviu nem sequer um obrigado. Quando eles se casaram, Mordechai disse a Rivka que jamais teria como sustentar o padrão de nossa família. Como toda apaixonada, ela disse que isso não era importante. Por causa dessa sinceridade, ele se acha no direito de se permitir tudo. Meus pais os bancaram a vida toda. E não era pouco, não. Achei que, na partilha, fossem deduzir o valor da parte dela, mas a mamãe não deixou. Agora que aguentem. Essa dúvida, você não tem mais, meu filho. E o resto da viagem, que tal?"

Pousando no Recife, foram direto para Suape. Boris mudava um pouco quando chegava à sua terra de adoção. Até o sotaque se alterava.

"Diga uma coisa. Você tem falado com Mark ou continua fugindo dele? Você, quando quer, sabe ser um cabra escorregadio." A visão dos canaviais o inspirava: "Um dia volto para cá e não haverá quem me faça pegar um avião de novo. Como é, falou com ele ou não, rapaz?" Carlinhos não tinha motivo para evasivas: "Nunca me recusei a falar com ele, pai. Sempre dei retorno. Adoro ele, é um cara atencioso, gente fina. Toda vez, ele me pergunta como vai a vida. É um desses sujeitos com quem a gente sabe que pode contar. É bom ter amigos antigos assim." Boris queria que o filho fosse ao ponto, mas ele entendeu antes que o pai o cutucasse: "Só não sei se quero encarar Nova York. Gosto de minha vida no Brasil."

Chegando à fábrica, Boris fez um aceno geral para o pessoal administrativo e deu a entender que logo estaria de volta para cumprimentar todo mundo.

"Venha aqui à minha sala. Entenda uma coisa, não acho ruim que você goste de sua vida. Só acho que sua geração fica ensebando demais. Não fode nem sai de cima, entende? Uma vez, sua mãe veio me dizer que você tem inveja das pessoas comuns que você vê na rua. Você pode ser uma delas quando quiser. É facílimo. Para elas, é que é difícil serem iguais a você." Boris tinha uma mesa funcional pequena, onde havia uma ampulheta e um frasquinho de Tylenol.

"Vocês, engenheiros de hoje, são todos planilheiros profissionais. Metade da razão de viver de vocês se resume a simular situações numa tela de Excel. Você já deve ter feito as contas de quanto você vale em investimento. Por outras razões, custei mais para o meu pai do que você deu em despesa a mim. Mas ninguém chega ao ponto de ter as escolhas que você tem sem um investimento pesado em cima. Converse com Agamenon um dia sobre isso. Lá está ele com o capacete verde, daqui a gente vê. Quer um café?"

Alguém tinha deixado uma garrafa térmica perto das xícaras.

"Você sozinho custou a formação de cinco daqueles caras que estão à nossa espera lá embaixo. Além de tudo, você estudou numa universidade pública. Você deve alguma coisa a eles, entende? Sacudir o marasmo e fazer alguma coisa, nem sempre é fácil. Para mim foi difícil, mas é preciso avançar. Chega de masturbação mental. Vamos descer. Pega um capacete."

A caminho da escada, Carlinhos sentiu uma vontade incontida de perguntar ao pai o sentido do que fazia: comprar, vender, investir, empregar, demitir, negociar. Aonde levaria tudo aquilo?

Mas por alguma razão, preferiu silenciar.

II

"É uma droga de impregnação. Leva um tempinho para você perceber as alterações, mas quase não se observam efeitos colaterais. Não resista a ela e ela vai fazer bem. No mais, a gente mantém nossa sessão semanal que está de bom tamanho. Se você ainda quiser uma segunda janela, posso recebê-la às 7 da noite às quintas-feiras. Fica a seu critério."

Hana gostava de chegar àquele prédio alto, atrás do shopping, onde quase todos os conjuntos eram ocupados por médicos. O Dr. Pedro, entre outros pontos, tinha a vantagem de não ser judeu.

Necessitada de uma ajuda pontual, Hana só não esperava que fossem navegar por águas não mapeadas desde a primeira conversa. Quando viu, as sessões a levavam para remansos adormecidos, que ela jamais achara que voltaria a percorrer. Muito menos a bordo de um submarino, ela que apenas os sobrevoara de helicóptero.

Hana gostava do divã com motivos indianos, dos perfumes daquele ambiente elegante, dos badalos de vaca suíça que via na prateleira dos livros, como se fossem uma primeira linha de proteção e alarme a um ataque de mãos intrusas a eles.

"Martin tinha quase 25 anos a mais do que eu. Era um homem bonito, metódico, cheio de certezas, meio aristocrata. Nunca falamos sobre o que ele fez durante a Guerra. No fim dela, quando nasci, ele já não era tão menino, mas nunca foi além de dizer que Hamburgo sofreu danos graves, que perdeu o irmão que amava e que o Nazismo fracassara. Nunca tive coragem de explorar a pergunta que terminou calando: o Nazismo fracassou por que era um escândalo, uma bestialidade – e ainda bem que tenha fracassado - ou fracassou em seus intentos supremacistas, na tentativa de exterminar os judeus? Para mim, o Nazismo não fracassou. Ele triunfou durante tempo bastante para causar a infelicidade de muitos. Nem todos estavam em Nuremberg, mas os que estiveram, eram a face visível do mal."

Nessas horas, Hana entrava num capítulo que já discutira por alto com Brenda, mas que agora ganhava outro peso.

"É claro que já brinquei muito com essa analogia. Martin desconversava, dizia que era só coincidência. Mas hoje levo a sério a ironia dessa sorte. Hannah Arendt se reaproximou por iniciativa própria de Martin Heidegger, apesar do passado nazista dele, depois de terem tido um namoro de juventude. Muita gente não consegue explicar isso e, por conta desse deslize, dessa traição, despreza a mulher colossal que ela foi. Já ouvi de um professor a tese de que a Arendt faltava *amor aos judeus*. Talvez a mim também falte esse ingrediente genérico. Nunca tive essa cumplicidade maçônica que solda os judeus em geral. Pelo contrário. Por ser, em tese, meu povo, até o julgo com mais rigor. Não sou Hannah Arendt, mas sou Hana Neuman." A desvantagem do divã era que não dava para estabelecer contato visual.

"Em meu favor, doutor, desculpe, Pedro, não tenho nenhuma evidência das simpatias de meu Martin por isso ou aquilo. Mas me pergunto se não havia uma pulsão dentro de mim que me impelia àquele homem tão germânico, que tinha uma curiosidade apenas superficial para com nossa sorte como povo. Para mim, exercer algum tipo de poder sobre um alemão dava uma sensação de encarcerar um mito, de fechar a cadeado um fantasma. Indiretamente, eles tinham sido os algozes de minha mãe, de meus avós. E agora, mal ele dava as costas, eu profanava aquele nosso ninho de felicidade já no dia seguinte à partida dele, recebendo outras pessoas na cama onde a gente tinha dormido."

Hana tinha genuíno medo que seus propósitos soassem diabólicos ao psiquiatra. Mas agora a ordem era ir o mais fundo que pudesse.

"Era uma vingança, uma desforra. Da parte dele, o que lhe passava pela cabeça? Talvez o mesmo que movia Heidegger: eu também tenho minha judia de estimação. Se vou para a cama com ela, é porque ela foi um descuido de Eichmann. Cá estou eu para consertar o destino. Tudo isso era um grande, um imenso não-dito. Tínhamos nossa narrativa interior, mas cada um a via como queria. O mar é um espaço de rigor e liberdade. Foi o que disse Victor Hugo sobre o universo em comum que compartilhávamos. Tínhamos regras, mas também nos guiávamos por fantasias inconfessas."

Boris afinal foi lhe fazer uma visita.

"Estava mesmo querendo vir aqui, Hany, mas andei tão ocupado nessas últimas semanas. Primeiro, fui ao Recife com Carlinhos para ver se dava um pouco de noção das coisas a ele. Estela agora cismou de ir todo dia ao escritório, o que não me incomoda, sinceramente. Diana vai de mal a pior. Quando a gente acha que não vai dar para piorar, lá vem ela com uma surpresa. O que você acha da Nancy, hein?"

Agora era Hana quem estava surpresa: "Ótima, Boris. Tem sido uma boa amiga, tenho contado muito com ela desde que a Clara morreu. E você sabe que eu não era das dez simpatizantes mais fervorosas que ela tinha, não é? Brenda também não, aliás. Mas já no fim da vida, mudou de opinião. Hoje sou fã de sua ex. Por que você quer saber?"

Boris foi firme: "Por nada. Nada mesmo. É que, às vezes, fico achando que ela já fez o que podia por essas crianças, talvez queira viajar." Hana ficou em silêncio. "Ela tem alguém, Hany? Um amigo, alguma coisa assim?" A irmã sorriu: "Você quer saber se ela tem um namorado, Boris?" Ele reformulou a pergunta: "Não é que eu queria saber. Só pergunto por curiosidade. Se pensar bem, ela não é tão velha assim. E, de alguma maneira, parece que deu uma melhorada no visual, não foi?" Hana foi fazer um café de máquina. No fundo, não sabia se queria ou não que ele comentasse o caso que a levara aos jornais. "Adoçante?"

Antes que Boris se arrependesse de ter aberto o coração e fizesse uma de suas digressões habituais, ela resolveu ponderar: "Nancy é como eu, Boris, um pouco reservada. Não, não se assuste. Só que ela é muito mais jovem e bastante bela. Não foi fácil passar pelo que ela passou. Para te responder, não sei se ela ainda está namorando, mas deve dar umas flertadas lá no coral. Um dia, ela falou aqui mesmo que o homem da vida de uma mulher é fundamentalmente o pai de seus filhos, os outros são os outros."

Boris deixou o café pela metade: "Isso me dá insônia. Os outros? Que outros? Não é meio depravado falar desse jeito?"

"Nada tem de depravado aí, Boris. Quando ela diz os outros, isso não quer dizer que os homens façam fila na porta dela. Até posso não saber muito bem o que isso queira dizer porque nunca tive filhos, mas entendi a mensagem. O pai dos filhos é sempre especial."

Terminaram o café. Hana tentou ficar em silêncio, como fazia o Dr. Pedro. Mas resolveu dar mais uma palhinha: "Sabe, Boris, tem mulheres que não sabem ir a um concerto e olhar para os lados. Podem estar lindas, mas são incapazes de aproveitar o intervalo e aceitar com naturalidade que um homem que nunca viram apareça do nada e ofereça um drinque. Sei que nem todo homem entende isso". Trocaram olhares.

"O que foi?", ele perguntou.

"Nada, nadinha", disse ela sorrindo.

"Só não vá você pensar bobagem, Hany. Trata-se só de negócios, entende? Sei lá quanto tempo vou durar. Estive pensando ultimamente em mudar a estrutura societária das empresas, entende? Talvez precise ir à Europa assinar uma papelada, talvez mande trazer para cá os documentos. Mas lá seria melhor, seria mais seguro. De repente, vou chamá-la para ficar 1 semana comigo e assinar tudo. Em dois tempos, isso estará resolvido." Hana ficou séria: "Tenho quase certeza de que nada vai impedi-la de ir, Boris. Assina um papel, descansa 3 dias, depois assina outro e descansa mais 3. É assim? Até eu."

Na segunda sessão da semana com Dr. Pedro, aquela conversa veio à baila.

"Não sei se esse nosso exercício aqui vai fazer de mim mais feliz. Não sei o que esperar de felicidade aos 70 e alguns, sinceramente. Hoje sei que ter uma aposentadoria, um parecer médico bom e um nome limpo já é muita coisa. Até pouco tempo, era esse tripé que sustentava minha vida. Digamos que tudo volte a ser o que era antes. Tem lugar para mais? Não sei."

Ela sabia que era vão esperar o eco do sonar. O psicanalista nada diria.

"Meu irmão esteve em minha casa. Fez um interrogatório sobre a ex-mulher. Posso estar enganada porque com ele a gente nunca sabe. Mas fiquei com inveja dela. De repente, com todas as rusgas que eles tiveram, parece que ele está com saudades dela, armando um bote, sei lá. Já falei aqui. Tenho o Fülöp, que todo dia me escreve uma coisa doce. Tenho relações tão ambíguas com a Hungria, que parece que ele é quem paga o pato. Para cada dez linhas que recebo, respondo com uma. Tempos desses, ele me chamou para passar umas semanas lá, uns meses, uns tempos indeterminados, deu a entender. Eu disse que não, que minha vida era aqui. Mas depois fiquei pensando: o que me prende a São Paulo? O que me impede de dar uma chance a mim mesma? Por que tenho de achar que é tarde? Por que as relações têm de ser clandestinas? Eu não queria que ninguém encarasse minha viagem como fuga dos problemas que me trouxeram a este divã. Mas também não quero deixar que bandidos chantagistas pautem minha vida. Se os nazistas não conseguiram me matar, por que eles haveriam? Preciso resistir. Até minha irmã maluca diz isso. Você adormeceu, Pedro?"

"Estou ouvindo cada palavra, Hana. Espero que você também esteja ouvindo sua voz. Ficamos hoje por aqui?"

Hana sempre se sentia constrangida quando o ouvia falar assim. Era como se ela tivesse violado algum código, abusado da confiança, entrado no horário de outro paciente. Pela primeira vez, Hana ensaiou dar um abraço de despedida. Então, Dr. Pedro disse que se lembrara dela.

"Peguei na estante de casa o seu *Rua Gogol, 48*, que minha mulher já leu. Adorei a citação de abertura de Valéry: *O cérebro dos poetas é um chão de mares onde muitos cascos de navio repousam*. Presto muita atenção a tudo o que você diz. Nos vemos na terça-feira de novo?"

III

"Sei que sua intenção foi a melhor do mundo, Bru. Ainda assim, acho que você não deveria ter feito o que fez", disse Carlinhos, enfático.

"Coloque-se no meu lugar, pombas. Você tem um namorado, ou ex, sei lá mais o que sou, que está passando por um período difícil em que só quer paz para pensar, para descascar o abacaxi por partes. Você aproveita uma viagem privada sua para cutucar mais a ferida. O que já era difícil, ficou pior, só pode", exagerou ele. Ela não se conformava, mas batia pé: "Coloque-se agora você no meu lugar. Estamos passando pela maior crise. Ir morar em Nova York podia ser uma solução. Mark não me era nenhum estranho. Já tínhamos nos encontrado na casa de seu pai. Eu estava perto do escritório dele. O que me custava ir lá dar um oi? Não nasci em gueto, é um dever de civilidade, não sou uma qualquer. Pensei até que você ia achar muito bom."

Não, o ponto não era aquele.

"Essa história de querer me empregar em Nova York só deixou o Mark confuso. Ele entendeu tudo com o sinal trocado, como se você tivesse ido com uma procuração minha para decidir nossa vida, tipo uma missão pioneira."

Ela não se conformava: "Duvido que ele tenha achado isso. Lá vem você com sua imaginação negativa. De Israel, você já tinha dado a entender que tudo tinha sido uma bosta. Ir viver em Recife, quem não quer sou eu. Daqui só vou para um lugar melhor, é assim que penso. Em São Paulo, você fica sob a vigilância de seu pai. Então, pensei em conversar com Mark. E antes de entrar aqui, achei que tinha feito uma coisa bacana. Ele até me apresentou à filha, uma menina superfera e simpática, como todo americano. Até o gerente de vocês de Suape estava lá. Mark nos apresentou, e ele já foi me contando a vida. Como fala esse povo do Nordeste. Basta dar o primeiro 'oi' e a palavra é deles.

'Bruna, tem aqui alguém com quem você pode falar português. Conhece o Agamenon? Só não falem mal de mim.'" "Então o cara se soltou, bem espaçoso, mas legal. 'Ah, não sabia que Carlinhos tinha uma noiva. É bem da família esconder o ouro. Estou brincando. Cheguei há uma semana e já volto amanhã, graças a Deus. Aqui é bom, mas lá é melhor. Mr. Freedson deve ter explicado. Neste escritório, a gente faz a consolidação inteligente de tudo. É como uma torre de controle que coordena o tráfego.' 'Você é da fábrica de álcool gel?' 'A gente exporta de Suape para os Estados Unidos. A gente tem linha para a área médica, mas também para limpeza. E até para acender churrasco, fazer tocheiro – descobertas de seu Boris. É aqui que fica o transitário que despacha a importação da China para o Brasil. É essa cadeia que seu Boris pediu para eu aprender aqui com Mr. Freedson.' Mark passou com uma bandeja e três copos descartáveis: 'O que estão falando de mim aí? Já é a segunda vez que ouço meu nome. Vamos tomar um café aqui na minha sala.'

'Eu era do setor público, Bruna. Trabalhei com o Secretário de Governo, mas o Estado, às vezes, é um empregador perigoso. E eu sonhava mesmo era em vir para o setor privado. Cada um confia no taco que tem. Meu pai tinha alguma influência regional e umas terras, plantava inhame, um milhozinho, tinha mamona. Agora eu estou onde queria. No mundo privado, some esse negócio de não saber o que se pode dizer ou não. O que conta é o resultado. Para mim, não foi fácil deixar o Estado. Pai foi contra, o Secretário também, enfim, todo mundo. Mas aí eu disse que não tinha ido consultar, não, tinha ido era informar. Todo mundo teve de aceitar, não é?'"

"E isso foi mais ou menos tudo. Fiquei meio chocada de ver um carinha do Nordeste ocupar um lugar que podia ser o seu, sei lá. Mas também achei bacana que seu pai tenha a mentalidade de, devagarzinho, montar uma atividade mundial, de dar chances às pessoas. Você é o herdeiro maior de tudo isso. A Estelinha nunca será ninguém da linha de frente, esta já nasceu com cara de área de suporte, de apoio. E da Diana, já não vou nem falar. O Mark disse que o cunhado dele, irmão da Sheyla, vai passar 2 anos em Israel, como professor convidado do Technion. Ele tem um apartamento legal no Upper West Side, de onde você vê o Dakota. Então ele disse que se você..."

Aquilo estava ficando insuportável: "Bruna, chega. Pare de fantasiar. Pare de se fazer de desentendida. Onde isso vai parar? Você quer me enlouquecer? Nosso problema não é esse. Você está procurando a chave onde a rua é mais iluminada, e não onde a gente perdeu, porra. Nosso problema é outro. Você não está sendo parte da solução, pelo contrário. Desculpe, mas a gente topou com uma pedra."

Bruna sentiu o chão faltar: "Pois então vamos removê-la, amor. O que você decidir para nossa vida, está bem. Quer ir para o Recife? A gente vai. Prometo que até faço um jantar para aquela sua tia maluca. Desculpe. Não é para ficar nervoso." Ele balançou a cabeça, irônico: "Essa simplificação não convence, Bruna, nosso problema é outro. Você até sabe, mas não quer admitir..."

Ela foi condescendente: "Amor, meu amor, essas coisas acontecem. Às vezes *ele* está cansadinho, não está muito a fim de trabalhar. Da próxima vez, vou animá-lo com um carinhozinho especial. Ele vai reagir no mesmo instante, eu te prometo. Queixa nesse terreno, eu também não tenho nenhuma de você. Quer que eu mostre como posso fazer aqui mesmo?"

O que dizer?

"Bru, não é isso, sei que se fosse uma fase, a gente ia lá e superava." Bruna se sentia quase humilhada. Mas foi à carga com o que achou que fosse o argumento de fundo: "Eu sabia que isso ia pegar mais cedo ou mais tarde, por mais que vocês digam que não é importante. Sei que a Nancy até gosta de mim, que é grata por eu ter ficado ao lado dela quando ela comeu da banda ruim. Mas, lá no fundo, nunca me perdoou por eu não ser judia. Dizem que vocês estão melhorando, que há mais tolerância, mas, no fundo, eu sei que um judeu vai sempre preferir uma judia a uma *goy*, eu sei. Pois eu vou te falar duas coisas de que você vai gostar. *Ani lomedet ivrit... Ani ochelet aruchat boker besahhar sheva iom iom. Ani talmida.* Sim, estou tendo aulas pela internet com uma professora que é uma águia, uma sabra de verdade. Além disso, tenho uma amiga que se converteu. A família do marido exigiu que fosse o próprio rabino Schles..." Carlinhos não suportava mais aquilo: "Pare, Bruna, pare. Você está me enlouquecendo. Pare de dizer tanta merda, pelo amor de Deus. Falar bobagem em só uma língua já é demais. Uma babaca poliglota piora muito as coisas. Será que você não percebe, porra?"

Pela primeira vez naquela tarde, Bruna não achou o que dizer. Então, como se fosse em câmera lenta, pegou a bolsa e procurou um lencinho lá dentro enquanto as lágrimas desciam.

IV

Ainda sob o efeito do sonífero, Hana pegou o telefone. "Alô?"

Do outro lado, em meio a uma balbúrdia de vozes e batidas de música, uma voz alterada.

"Hany, desculpa ligar para o fixo. Tentei o celular, mas estava apagado. Você devia estar dormindo, não é?"

Hana levantou os ombros para encontrar melhor posição no travesseiro.

"Tudo bem, Anita, estou só um pouco grogue. Poxa, cinco e meia... o que aconteceu?" A voz de Anita estava entrecortada de soluços. Era como se ela estivesse fazendo um grande esforço para não chorar.

"Estou arrasada, Hany. Tantos anos de luta. E hoje a gente vê que errou, que errou feio. Eu queria me desculpar com as pessoas que julguei errado. Lembro que te tratei mal quando você falou da roubalheira nas estatais. Fui injusta, te chamei de fascista. Mas nunca imaginei que o Partido fosse fechar os olhos como fechou. Que ia entregar áreas inteiras em porteira fechada, escute isso, em por-tei-ra-fe-cha-da, aos maiores patifes do Congresso. Desculpa, Hany, eu acho..."

Hana tomou água para limpar a garganta.

"Anita, não sei onde você está. Seja onde for, já é tarde. Ou muito cedo, depende. Vá dormir. Não há motivo para se desculpar. Na vida de um país, quando erra um, erram todos. Bem ou mal, ainda somos uma nação. Tome um café forte e vá para casa." Mas a irmã não queria se dar por rendida: "Isso não significa fugir da luta, Hany, mas juro que nunca imaginei essa merda. Agora temos esse governo escroto. Quando não falam de refinaria nos Estados Unidos, falam de refinaria aqui no estado, que ainda pode feder muito. Cansei, Hany, estou sentindo falta de mamãe. Tenho saudade de antigamente, dos tempos em que a gente acordava pensando na luta e ia dormir motivada. De meus papos com D. Hélder. Das tardes na Livro 7. Da gazeta de aula no Carneiro Leão. Da rua do Riachuelo. Dos meninos do Esuda. Das malucas do Aplicação. Agora o mundo está se acabando. Perdoe, irmã, me perdoe. Você está com alguém em casa? Um gatinho daqueles... Você é voraz, cara."

Nunca Hana tivera tanta dificuldade de cortar uma conversa.

Quando desligou, tinha perdido o sono. O sol aparecia por trás dos contornos da Serra da Cantareira, lá no horizonte. A bruma do inverno se levantava rapidamente. Hana conhecia as bebedeiras da irmã. E quem haveria de se sensibilizar com aquele *mea culpa*? No dia seguinte, curada da ressaca, o mínimo que diria era que seus correligionários não tinham inventado nada; que esses vícios vinham de muito longe; que o poder sempre tivera dono; que só restava perseverar no caminho e denunciar os integrantes dos outros partidos, que estavam sendo indultados.

"Por que um ex-senador mineiro fica em liberdade enquanto um tesoureiro semianalfabeto vai em cana? O que está por trás disso?" E concluiria dizendo que a Justiça só funcionava para aqueles a quem faltavam uns dentes na boca. Esta era a verdadeira Anita. A do telefonema era a versão com aditivos no carburante.

Hana fez um café e foi até o quarto que era de Clara. Algumas coisas tinham mudado desde que a amiga morrera. Os livros foram doados, mas os quadros de estimação ficaram para uma sobrinha torta. Clara cogitou propor que ela ficasse com o usufruto da propriedade de Ibiúna. Mas Hana dera a entender que não teria nenhuma graça voltar lá sem ela. Onde era cama, agora havia uma mesinha com um computador e uma pilha de livros. Hana criara um perfil fictício para navegar pelas redes sem chamar atenção. Sua Maria Pipelette até agora não levantara suspeitas. Já quase não havia resquícios do caso no Facebook. O perfil de Andreas Zart fora retirado do ar e, no do escritório de advocacia, constavam só exaltações nacionalistas e telefones de contato. Se o advogado já dissera que o Zart estava à míngua, em Itajaí, e que não havia o que tirar dos demais difamadores, o que importava mais àquela altura?

Agasalhada, Hana foi à sala para receber os raios frios de sol. Onde será que Anita estava? No aparador, às costas da poltrona, suas fotos com os três sobrinhos em Campos do Jordão. Ela e Clara com Gal Costa. Os Neuman no Recife, com Anita fazendo chifres com os dedos na cabeça de Szymon. Ela e Brenda. O casamento de Boris, em que os noivos posam sérios, e Hana está triste, visivelmente abalada, com um sorriso crispado. Por fim, vê-se uma menininha encapotada que caminha com um senhor de paletó, mas sem gravata, numa ponta de ilha, com o Danúbio correndo atrás. No visor do telefone, a mensagem costumeira das manhãs, que Fülöp mandava nos intervalos de atendimento no consultório. Ela já estava se acostumando àquele ritual.

O verão logo vai bater e apagar todo vestígio de primavera. Hoje tive três pacientes e já dei o dia por encerrado. Estou pensando em ir às termas. Lá mesmo como uma salada e me preservo para o jantar. Obrigado por ter informado da impossibilidade de sair daí até o próximo mês. Mas julho é, sim, uma ótima data. Nossas águas estarão ainda mais agradáveis, já não tão frias quanto agora. Vou tirar 1 semana de férias para ficar com os dois netinhos, e quando você chegar, passaremos nossos dias no Balaton. Uma parte de você já mora aqui.

Então digitou de volta seus versos favoritos das *Flores do Mal*, que ela comprara em inglês para lhe levar de presente. *Durante muito tempo, morei sob os vastos pórticos que os sóis marinhos tingiam de mil fogos.* Será que ele entenderia?

Por que acordara pensando tanto em Diana? Já sabia: instinto em detectar quando um ente querido se distancia e está para sumir nas lonjuras.

V

"Para mim mesma, ele não falou nada de mau, Rivka. Primeiro, ele não é disso, você já devia conhecê-lo bem. O que ele me disse foi que ficou os primeiros dias aí e, depois, foi se encontrar com os amigos em Ramat Gan. Faz todo o sentido, não acha? Ele teve as reuniões com Mordechai, como previsto, e parece que o negócio não rolou como se esperava, mas isso é do jogo. Não, não, Rivka. Não acho que seu marido tenha o direito de ficar chateado com meu filho pelo que quer que seja. A coisa simplesmente não tinha o perfil dele e pronto. Aliás, eu já tinha conversado sobre isso com Boris antes, e ele, a seu modo, disse, com razão, que não via Carlinhos participando de cultos para aliciar peregrinos. Religião não é o forte dessa família, e aqui não vai nenhuma ofensa, viu? Pelo contrário, eu te invejo até bastante. Reze por todos nós porque o Brasil anda necessitado. Não, não, Rivka, eu de minha parte só tenho a agradecer a você pela hospitalidade. Aliás, ele disse que comeu aí o melhor mel do mundo. Onde vou achar isso aqui? Obrigada, pode mandar, sim; ela mora aqui pertinho, eu mando pegar. Estelinha vai bem, acho até que está ótima. Entre nós, nem com os cachorros na rua ela brinca mais. Deixa ela se entender lá na terapia. Por que excessivo? Não há nada de excessivo. Você queria que ela fosse ver quem? Um rabino? Não, nem todo mundo vê na construção de uma família um fim em si próprio, minha irmã. Se pensar bem, eu era um pouco assim. Mas naquela época, a gente ia com as outras, não é mesmo? Mas que ela está gostando do trabalho, não tenho dúvida. Quanto? Vou lá eu saber disso, Rivka? Boris nunca negou nada à filha e não seria agora. Não sei direito o que ela faz, mas o bom é que volta disposta a ponto de descer para fazer esteira. Está até mais magra. Acho que ela o vê ainda, mas sem grande entusiasmo. Não deve ser uma relação homem mulher convencional, se é que isso ainda existe no mundo de hoje. Mas uma amizade legal, cheia de confiança, já é alguma coisa, não é? Ah, agora você foi maldosa, Rivka, isso não se diz. *Oy vey*, que alma de *yachnes* você tem. Não, não, não adianta, não conserte, eu te saco de longe. Mas já que você falou, eu vou te dizer. Boris topou. Ela vai ficar 1 ano na Austrália. Nesse ponto, ele consegue ser bem pragmático. O que menos nos está preocupando é o currículo, Rivka. Não, não vai, a *fulana* não vai. Aliás, a fulana tem nome. É a Paula. Ela é de uma família pobre, vou pagar um curso de moda e modelagem para ela que um amigo daqui do Pacaembu recomendou. É uma forma de ajudar, não é? É uma *Mitzvá*, se você quiser. Não uma *Tsedaká*. A Di está empolgada porque vai para uma escola que tem um time de futebol famoso na liga universitária de lá. Ela viu uns vídeos e disse que vai chegar para disputar posição. Isso mesmo, titular, minha filha. Boris ainda disse: pior do que ela foi, não vai voltar. Ele é terrível, a gente termina achando graça nessas irreverências. Não, por quê? Porque eu disse que ele era engraçado? Ora, se você mesma me dizia, antes de eu me casar, que ele era engraçado. Engraçado no sotaque, engraçado na forma de se vestir, tudo nele era engraçado. Dizia, dizia, sim, senhora. Esqueceu? Você era até bem simpática com ele. Depois daquela maldita viagem que coincidiu com a morte do Rabin, você passou a cismar. Talvez porque ele não tenha querido cooperar com o Mordechai na recuperação dos túmulos da Ucrânia. Não tirei a razão dele. Não, menina, não está acontecendo nada, ele só está aparecendo de vez em quando. Às vezes, a gente dá um pulo aqui no cinema do shopping. Nunca fomos inimigos, aqui não teve nenhum *guet*, D'us me livre. Nesse ponto, se ele teve alguém, pelo menos nunca chegamos a pensar em formalizar um *guet*, para mim seria a suprema humilhação. Que eu saiba, nossos túmulos continuam lado a lado para um dia. Há muito tempo ele tirou da cabeça essa história de ser enterrado no Recife. É isso mesmo, também acho. Pois é, logo mais é *Shabat* para vocês aí, não é? Não, eles se veem por aqui. De vez em quando, a Bruna chega lá embaixo, mas já não sobe, não. Não me pergunte que eu não sei. Nem a Estelinha sabe informar, ela que é a maior confidente do irmão. Acho bacana isso, que os dois se gostem e preservem-se, não é? Parece que eles têm um pacto. Tomara que ela tenha um bom parto, adoro a sua nora. Da última vez que veio aqui, Reitzele estava tão linda, com aquelas bochechas coradas de *matrioshka*. Imagino ela agora com esse barrigão todo. Que nada, vai funcionar bem. Ela é uma *litvak*, não é? Tiro pela Ronit, a filha da vizinha. Eles são de Vilnius também, uns lituanos fortões, desses que derrubam madeira com um sopro. Ah, não Rivka, dela prefiro não falar porque sei que você implica com a criatura. Não, não é público coisa nenhuma. Foi muito sórdido, viu? Mas olhe, é como vocês dizem. *Hashem* fecha uma porta e abre um portão. Quando ela esteve na Hungria com a Clara, aquela professora que morou com ela tantos anos, pois bem, a Clarinha passou mal, talvez já por conta daquela doença maldita. Então, a Hana conheceu um médico que a atendeu, até para traduzir aquela língua tremenda, não é? Pois é, lembra-se dos Ferenczi falando? Eu me lembro. Era *egan* para lá, *egan* para cá. E por aí ficava. Resumindo: ficaram amigos, e parece que o tal cara é o próprio gatão de meia-idade. Agora está que manda mensagem para ela todo dia, é poema e poesia, umas coisas até bem lindas, que, se não são, a tradução de Hana torna bonitas, e o fato é, minha filha, que ela vai fazer uma visitinha ao tal doutor. Parece que ele tem um chalé à beira de um rio ou de um lago, e eles vão se conhecer melhor. Hana já veio me perguntar se posso passar na casa dela para aguar as plantas e virar o motor do carro. Falei de coração: que fique entre nós, Hana, mas eu, se fosse você, ia com a passagem de volta em aberto, doava as plantas e vendia o carro. Quando você voltar, se voltar, você anda de Uber, minha filha. Ela ficou me olhando com uns olhos arregalados como nunca vi e desconfio que gostou da ideia. O quê? Mas era só o que me faltava. É claro que gosto mais de você, sua boba. Mas é claro que nem se compara. É que você mora longe e ela mora aqui pertinho. Não fosse tanta construção, daria até para ver o prédio dela. Olha, Rivka, eu nem ia falar da mamãe, não. Mas como você puxou o assunto, vamos lá. Ela cismou porque cismou de ir a Porto Alegre visitar esse senhor. A Vivi disse que vai com ela, que é uma questão de respeitar as vontades, e que uma pessoa de 90 anos tem direito ao amor. É, amor, foi essa a palavra, não estou inventando, foi a palavra que ela usou. Mas a coisa é mais simples. Ela leu no jornal que um senhor lá do Rio Grande do Sul, um judeu dos velhos tempos, tinha ficado viúvo. Saiu num obituário desses daí, não sei se da *Wizo*, da *Shalom*, enfim, ela ficou sabendo. Então ligou para dar os pêsames, fazia mil anos que não falava com o cara, desde que tinham participado de um programa para quem ia fazer *Aliá*, essas coisas. Parece que rolou muita emoção, até em iídiche conversaram, disseram que queriam se ver, e aí os netos combinaram depois com a Vivi. Disseram que davam a maior força, mas que ele tinha tido não sei o que lá no cérebro, um derrame talvez, que não podia vir a São Paulo, mas que ela podia ir a Porto Alegre. Disseram que o velhinho tinha ficado tão entusiasmado que eles queriam pagar as passagens para a mamãe ir com a Vivi. A Vivi disse imagina, esse não é o problema, grana não falta, é mais uma questão de logística. Agora a mamãe só fala nesse homem. É Lejbus o dia todo, porque Lejbus era lindo, era simpático, tinha espírito pioneiro, tinha pedido ela em casamento, mas a vovó achava que ele era muito pobre, que não era um judeu *racé*, se é que isso existe. Resumo da ópera, antes que você viole o *Shabat* e Mordechai te apedreje: ela vai para Porto Alegre passar o fim de semana. Já imagino a desilusão, os dois com 90 e lá vão tantos, mas, enfim, é lindo de qualquer jeito. E estou numa fase de me emocionar muito com isso porque acho que tem momentos na vida de algumas famílias, senão do mundo, em que as energias se destravam e tudo começa a se encaixar. Isso foi o que de mais belo e verdadeiro disse a Monja dia desses, que teu marido não saiba disso, senão vai me cobrar uma multa pecuniária. Foi mal, foi mal, desculpe. Estou, sim, estou meio pilhada mesmo. Não, pirada, não. *Pilhada*, de pilha nova, recarregada, é gíria nova, não é de seu tempo, *slichá*. Pois é justamente nos momentos em que os países parecem que vão se dilacerar de ódio que o melhor entre as pessoas acontece. Aqui, minha filha, já tem família que não fala com família, almoço de domingo é uma guerra campal, todo dia um grupo de WhatsApp voa pelo espaço e outro já se forma – só juntando quem pensa igual. Se um diz que uma tangerina é uma laranja, o outro vai dizer que é limão. A moda manda se xingar de fascista e de comunista. A gente tem cada candidato a presidente que dá pena de ver, quer dizer, pena do país, não é? Mas nem quero me meter nisso porque uma família que tem Anita não precisa de mais encrenca, não é? Enquanto a discussão é por ideal, acho até tudo válido porque o mundo todo está assim. Chato mesmo é a ladroagem desenfreada. Boris disse que o problema de se vender para os governos é que você não pode oferecer a mercadoria barata. Ele paga uma merreca na China por uma luva cirúrgica. Pois bem, na hora do leilão do governo, preço muito baixo fica sem chance porque eles querem o valor gordinho para dali pegar um naco e comprar um jipe, a pretexto de ajudar o partido. Todo dia vai um em cana e não é só pé de chinelo, não. Aqui no bairro tem uns graúdos, viu? Pode sobrar até para aqueles do bico grande. Eu sei, eu sei que estou falando demais, minha filha, preciso ir, agora deu minha hora. E hoje ainda tenho ensaio do coral. Não, o *Shabat* pode esperar. Fique bem, me conte de Reitzele depois, quero ser a primeira a saber. Beijos, beijos. *Shabat Shalom.*"

Capítulo 32

Foi como se eu estivesse chegando à cidade pela primeira vez. Em algum lugar dentro de mim, senti-me como naquele dia de inverno dos anos 1970, quando a matrona do aeroporto me recomendou uma água-furtada em Peste por um punhado de forints. Eu tinha 27 anos, e ela, um broche da Ibusz pregado no coletinho azul-marinho, que lhe espremia os seios enormes. Olhando-me por cima dos óculos de armação de chifre, disse que meu húngaro não estava lá tão mal e sorriu mostrando um dente de ouro, marca distintiva da odontologia local. Será que foi exatamente assim? Ao chegar agora, tive a sensação de que, desde então, nunca mais tinha saído daqui, como se não houvesse pontinhos esgarçados na linha que costurava cada uma das temporadas que passei na Hungria. Registrar essas reminiscências neste caderno, que um dia talvez eu mande para Estelinha, é uma forma de me reconectar comigo mesma. Agora minha vida cabe toda no sorriso benevolente de Fülöp, tão alheio aos demônios que eu trazia, alguns dos mais virulentos deles oriundos daquele mesmo chão forrado de águas quentes que eu voltava a pisar depois de idosa. Quando cheguei aqui, no verão de 2018, esqueci que até as Américas existiam. Foi como se, remotamente, delas continuasse a pulsar tão somente o país de cores vivas dos adultos-quase-crianças que sorriam sem motivo aparente, aqueles que conheci ainda menina, quando as pessoas nos abor-

davam nas ruas perfumadas, e qualquer um se sentia à vontade para me beliscar as bochechas, apiedando-se de minha condição de órfã que perdera a mãe na Guerra. Foi diante da candura daquela gente doce que a voz cálida de meu pai sussurrou a meu ouvido que, dali para frente, o Brasil passaria a ser o meu país. Meu único país. Agora é como se o mundo lá fora terminasse em Viena e, pelo menos para mim, começasse na praça onde está a estátua de Liszt, cujas costas vejo todo dia quando desperto. O que me faltou no Brasil? Tudo e nada. Mas o que quer que tenha ficado a meio caminho, foi aqui nessas lonjuras – ironicamente numa terra de rio e sem mar –, que vim buscar o rastro da baleia que ora sumia, ora ressurgia, na nossa travessia rumo à esperança. Era da balaustrada do navio que eu a via abrir a bocarra e, lá dentro, bem na campainha da garganta gigante, no meio do halo âmbar que se formava, era de lá, repito, que minha mãe me acenava. Se, por absurdo que seja especular, a baleia voltar a aparecer no Balaton, saberei desta feita que o aceno de Eva Klein será de júbilo. Aqui estou, na cidade onde nasci, mamãe. Aqui estaremos mais próximas. E que recado quis ela me mandar quando saudou no meio do Atlântico a menininha que eu era? Talvez quisesse só me desejar boa viagem, augurando um retorno definitivo para um dia, mesmo que não fosse para breve. Pois eis que aos 74 anos, afinal, voltei. Dar uma chance a mim mesma e a Budapeste foi como se a vida luminescente das escuridões tivesse afinal ecoado Nietzsche, no que ele disse de mais verdadeiro e belo: "Se você olhar por muito tempo o fundo das regiões abissais, elas também vão enxergar as suas profundezas." Hoje vejo que tudo se combinou para que eu mergulhasse na biologia marinha: o mistério da baleia, Nietzsche, o amor ao silêncio, o gosto pela escuridão, o prazer do frio enregelante e a busca do lume onde teria se aquecido minha mãe, nas trevas dos campos. Tudo se mistura no interior da baleia. Atribuamos o delírio, se quiserem, à emoção da chegada. Por temperamento, fui poupada do arrebatamento. Rememoro isso quando penso na menina calada que fui na escolinha da rua Bresser, quando só ousava dizer uma frase se tivesse certeza de que não cometeria erros de português, mesmo que Brenda me dissesse que eles davam cor à minha fala, que em São Paulo quase todo mundo falava errado, e que era mal visto quem falava o português correto. No Brasil, sou quase metálica, ou melhor, mineral. Já para os padrões daqui, sou uma latina. Para iniciados, sou mais judia aqui do que era lá. Húngara para os mais rústicos, embora não convença nenhum magiar de que sou uma deles, passados os ritos da abertura. No xadrez, o jogo começa depois do décimo lance. Nos idiomas, depois do segundo minuto. Não sendo pois arrebatada, cheguei em meu natural ao lago Balaton, confiante na voz íntima que me sussurrava que nada nos compelia a ir direto para a cama. Que eu não tinha dívidas a liquidar, contas a acertar, alguém de quem me vingar ou lençóis a conspurcar. Agora tudo pedia calma e volúpia. Era como se os fluidos corpóreos e os humores íntimos dessem uma longa volta em torno do próprio eixo e se escondessem de novo dentro de mim, à espera do bom momento. Para trás ficavam as carícias de Martin, o som do alemão vociferante que ouviram meus patrícios ao sumirem no Danúbio, depois de descalçar os sapatos na mureta da margem. Martin estivera em minha vida para me lembrar do equívoco que fora minha sobrevivência e para silenciar sobre sua certeza de que todo judeu, no fundo, nasce meio bastardo. E eu estava lá para lembrar-lhe, teimosamente, que nosso povo continuava vivo, seu filho da puta. Que embora bem comportada, toda graça estava, sim, em ser bastarda, em teimar em ser meio errante, meio schnorrer, *meio* metecos, *meio* outsider. *No Balaton, a primeira noite já foi de estrelas, centenas delas, e pensei que havia ali mais corpos cintilantes do que na Fossa das Marianas inteira. Adormecemos recostados em enormes espreguiçadeiras cujos preços ainda estavam colados na parte invisível dos apoios de braço, sob cobertores de lã de quadros vermelhos de rusticidade campesina. Isso me agradou. Fui levada em dado momento por braços bem treinados e, embalada por uma inconsciência autoinduzida, fui posta numa cama no centro do quarto onde eu desfizera a mala pequena. Acordei horas depois já mais refeita. Era como se o barulho da trovoada que abria todas as torneiras do céu fosse um contraponto àquele sorriso tímido que me tranquilizava à soleira da porta, que me dizia que era próprio do verão ali que chovesse assim, como se todos os verões no mundo não se assemelhassem nesse particular. Nossa relação nascia ali tão verdadeira que nada precisava ser dito. E em momento algum precisei dizer que tínhamos tempo, que nada me impelia a querer ver a cidadezinha onde Szymon Neuman se refugiara na parte final da Guerra, onde talvez até tivesse confiado demais em quem não devia. Do olhar mortiço de meu pai nos derradeiros meses de vida, depreendia-se que importante era driblar o ricochete das balas, armar-se de bondade, perdoar e talvez perdoar-se, apertando com força a mão que nos viesse em apoio, como ele fizera com a de Brenda. Então, eu me instalei neste país e não me lembro de momento mais reconfortante do que aquele em que ouvi Fülöp dizer que morava ali, que era só atravessar a Andrássy, diante da estátua de Mór Jókai. Ao passo que eu, para chegar à casa dele, tinha de passar diante de Ady Endre, nosso poeta favorito. E que ele, Fülöp, estava engastado num andar alto o bastante para de lá ver toda a esplanada, a ponto de saber se eu estava dormindo ou acordada. Foi entre as duas estátuas que passei as semanas que sucederam a temporada no Balaton, quando cuidamos da papelada. Lá pelo fim de outubro daquele ano, quando a temperatura afinal despencou, me veio a certeza de que não poderia estar em outro lugar no mundo. Meu amor pelo Brasil podia entrar em hibernação, e motivos para isso agora não faltavam. Podia fazer igual àquela natureza ao meu redor, que me ofereceria, dia após dia, um espetáculo singelo que se renovava diante da janela, e que eu apreciava tomando uma xícara de chá quente. Pois quanto mais eu achava que as castanheiras já tinham perdido todas as folhas, um milagre acumulava mais um montículo delas ao pé; e, três vezes por semana, o carrinho do jardineiro as recolhia, antes que o vento as espalhasse até a Király, que fixou os limites de minha geografia pedestre até as primeiras neves do inverno. Amar as folhas mortas é um traço de família. A passagem de volta ao Brasil já caducou. Nunca pensei que as delícias de uma vida simples combinassem tão bem com a Andrássy, onde meus pais dançaram pela última vez um minueto diante da Ópera, evadindo-se dos olhares indiscretos dos que, por muito tempo, conseguiram me alijar daqui. Mas que agora, não mais. Em mim, Hana Neuman, Eva Klein está viva na cidade que amou. Por inteiro, presente.*

I

"Mas afinal, esse gringo é ou não sócio de vocês? Que ele é amigo de Boris, eu já sei antes de vocês nascerem. Mas me digam: ele é investidor no negócio?"

Estela ficava um pouco intrigada com o tom da tia: "Tia Anita, agora que você é deputada, talvez tenha interesse em saber algumas coisas. O Mark tem acesso a dinheiro mais barato do que a gente. Isso é lógico, concorda? Então, ele abre em favor de nossa empresa uma carta de crédito. É uma garantia, só isso. Com essa grana, a gente compra os insumos, financia a produção e paga com mercadoria. Ou seja, a gente embolsa o adiantamento do contrato de câmbio, se você quer o termo exato. É simples."

Mas Anita não queria entender assim: "E o que ele tem a ver com a operação da China?"

Estela passou a deixa para Agamenon: "Data vênia, deputada, se me permite. Mark não tem nada a ver com a ponta chinesa. Ou quase. Ou seja, o trânsito de toda mercadoria que nós trazemos da China, onde seu Boris tem participação numas fabriquetas, é coordenado pelo escritório dele em Nova York. Ele é um transitário, um despachante. Agora, o que nós vendemos para Mark é o álcool gel, fabricado aqui, para nossa honra."

Anita se irritou: "Então, como ele já adiantou o dinheiro, quando a mercadoria sai daqui para lá, ela já é dele antes de chegar?"

Estela não queria soar desrespeitosa: "Mas é lógico, titia. É como uma bolsa que você compra na loja. Pagou, é sua. A gente embarca o álcool para os Estados Unidos. A mercadoria passa a ser do Mark, que de lá tanto pode vendê-la para o mercado americano como a exportar para onde quiser. Porto Rico, Haiti, Canadá, o que for..."

Anita tentava atacar por outro flanco: "Mas aí ele tem de vender mais caro para botar o lucro dele?"

Agamenon sorria: "Mas é lógico, deputada, se ele não colocar uma margem para se remunerar, vai perder dinheiro ou deixar de ganhar – o que no mundo dos negócios é a mesma coisa. Se ele quebrar, deixa de ser nosso cliente. Está fora do jogo, vai ser o elo fraco da corrente."

Agora ela achara um bom ponto: "Se o preço é justo para os dois, quem garante que seja para o haitiano, que come da mão dele?"

"Titia, quem regula isso é o mercado, não somos nem nós nem o Mark. Se alguém vender mais barato do que ele, ele perde o cliente. É mau negócio, não é? O segredo é todo mundo vender o mais caro que puder. Ou seja, atingir um preço que não desestimule o cliente a comprar quantidade. A gente precisa de escala, é assim que o mundo anda."

"Puxa, Estelinha, que salto, hein? Eu gostava mais de você nos tempos dos cachorrinhos. Você anda FIESP demais para o meu gosto. Agora me respondam só mais uma coisa, objetivamente: como faz quem não pode pagar esse álcool de vocês, se todo mundo quer vender o mais caro possível?"

Agamenon tomou a palavra: "Então, essa pessoa não compra, deputada, é simples. Não existe tanta coisa que a gente gostaria de ter e não tem? Eu mesmo, por mim, comprava um cavalo bonito desses que vejo na exposição. Mas não posso, logo não compro. Ou adio a vontade. Agora, se for coisa de primeira necessidade, por alguma razão, nessa hora o Estado vai lá e paga um naco da conta e subsidia a distribuição. Está resolvido. Não se aplica a nosso produto. Mas a outros, sim."

Anita balançava a cabeça: "Já entendi, gente, não sou burra também."

Agamenon aproveitou a deixa: "Deputada, o americano é só um cliente e um amigo da casa. É uma pessoa maravilhosa. Permita dizer que a senhora está procurando ilícito onde não existe. A senhora tem de acreditar mais na inteligência do mercado. Ele é um picadeiro de livre performance. Quem performa bem, é aplaudido e recebe dólares. Quem cai da bicicleta, é vaiado e não ganha nada."

"Muito bonito, Agamenon. Saindo um pouco daqui, da fábrica, cumpre-se bem a legislação trabalhista nesse polo? Pagam adicional de periculosidade? Esse álcool mesmo, entre nós, é perigoso. Ou não?"

Anita queria subsídios para fazer um discurso na sua estreia na Assembleia Legislativa. No cenário nacional, estava muito claro o que tinha de ser denunciado, depois do resultado da eleição presidencial, que lhe pareceu catastrófico. Por outro lado, queria apresentar uma denúncia de impacto ao estado, alguma coisa que ensejasse, de cara, uma comissão parlamentar de inquérito. Enfim, algo que lhe desse visibilidade.

"Deputada, venho da política. Meu velho pai era um sertanejo conservador, é verdade, mas tenho a paixão no sangue, como a senhora. Eu lhe daria com muito prazer uns tópicos para melhorar a performance econômica de Pernambuco. Especialmente agora que o país anda meio cansado do discurso da denúncia. Agora que anda precisando de uma pauta propositiva. Mas a senhora só quer atear fogo no circo, mulher."

Anita sorriu: "Puxa Agamenon, você está entrando para a família e já vem trazendo esse seu sangue reacionário, hein? Eu te conheço de outras baladas, viu? É claro que não vou botar vocês em nenhuma fogueira. É só para ilustração mesmo. Essas coisas que chegam da China, não têm similar nacional, não? Por que não trazer o trabalho para cá?"

Estela tomou a dianteira: "Similar até que tem, titia. Mas não tem preço tão bom nem quantidade. Meu pai e o Mark são superconservadores no comércio. Eles só se metem em coisas que acham essenciais. A margem pode até ser menorzinha, mas não é produto que encalhe. A gente não costuma fazer estoque estratégico. Sai muito caro, isso é para governos, para quem tem obrigação social. E os preços na China são bons, mas já não são o que foram, não se iluda."

Agamenon se empolgou: "O horizonte de seu Boris, deputada, é o de..."

Anita se irritou de novo: "Cacete, Agamenon, me chame pelo meu nome, rapaz... Isso aqui não é nenhum plenário. Aliás, minha primeira proposta ao regimento vai ser parar com esse tratamento ridículo. Vai ser João, Maria e José. Pode continuar" disse, suavizando a voz. Estela saiu da sala se abanando.

"Desculpe, Anita. O horizonte paralelo de Boris, sem desmentir Estela, é trabalhar a hipótese de uma emergência qualquer em que todo mundo corra para a China e ela não possa atender. A sacada dele foi se tornar acionista dessas empresas e ter uma preferência diante de clientes comuns."

A deputada se levantou: "Burro, ele nunca foi. E sempre contou com uma catástrofe. Desde os tempos de Tapacurá. Um dia pergunte a ele sobre o soldado Shavitt. Beleza, vou nessa."

Estela voltou à sala para as despedidas.

"Se precisarem, apareçam. Esse aqui é mais judeu do que a gente, viu Estelinha? Nem precisa cortar o bilau para se casar."

Agamenon admirava Anita embora soubesse que nunca lhe daria um voto. Quando ela saiu, ele deu a volta na mesa e, pegando Estela pelo braço, disse com um olhar divertido.

"Bote na sua cabeça paulista o seguinte. A política é feita dessa diversidade mesmo. Naquele edifício da Assembleia, a gente tem, certo ou errado, o espelho de quem transita pela calçada. Vamos retomar o gringo depois do almoço?"

Para Estela, aquela sabatina que começara antes de ela chegar não se explicava. Mas Agamenon estava ali também para isso: "Você não percebeu ainda não, Estela? Ela está louca para fazer uma denúncia. Para dar um tiro de canhão na estreia. O sonho de qualquer deputado novato é o plenário e as redes sociais. Ele esquece que o trabalho de verdade é nas comissões. Plenário é para depois. Mas as filmagens de celular distorceram isso. Ela teria mil coisas para levantar, para causar impacto, para dizer a que veio. Mas para ela, o Estado é um Deus, não pode ter defeito. O perigo tem de vir do privado, de quem quer ter lucro. O lucro para ela não tem função social. Só na distribuição. Ela só não se pergunta: e quando o último lucro acabar, quem vai bancar a farra? É geracional, minha linda. Pai ria era muito com esse pessoal, dizia que era o mesmo que pertencer a uma seita. É tudo gente boa, o problema era faltar a muita aula. Hoje vamos comer aquela moqueca?"

II

"É claro que fiquei chateada, Vivi. Mas o que você queria que eu fizesse? Que fosse laçá-la em Perth e a trouxesse a pulso para cá? Paciência, quem perde é ela. Bem que te chamei para vir comigo, mas entendo e até te agradeço, porque a mamãe merece toda a prioridade do mundo."

Sentada à sombra de um imenso guarda-sol, Nancy gesticulou para que o rapaz limpasse a mesa, dando a entender que já terminara.

"O lugar é muito bonito, cheguei meio moída por conta da troca de avião em Bangkok, mas ontem mesmo recebi uma massagem e consegui dormir cedo. Sei que esse negócio de fuso é cheio de truque, mas hoje amanheci bastante bem, viu? O hotel ajuda. Entre tantos bons, esse tal Rachamankha é dos melhores. O Carlinhos vai chegar à noite lá da Reserva, que fica fora da cidade. Disse que às 7 está aqui. E você, o que me conta? E sobre o velhinho de Porto Alegre, a mamãe está mais conformada?"

Nancy se perguntava se depois das facilidades de comunicação, viajar poderia um dia voltar a ser o que fora. Ainda na sua juventude, que não estava tão distante assim, ir à Tailândia já era uma extravagância para poucos. A Chiang Mai, na fronteira com Mianmar, mais ainda. E, como se não bastasse, poder falar com a família toda com nitidez de imagem, e tudo isso a custo zero. Semelhante cenário só passaria pela cabeça de lunáticos. Agora tinha Israel na linha, a imagem despenteada da outra irmã no visor.

"Menina, você viu fantasma? Ah, entendi. Eu sei, Rivka, a Vivi me contou. Fiquei sem saber se dava os pêsames ou se fazia uma gozação em cima da viuvez. Do tipo: puxa mamãe, nem pelo papai você sentiu tanto, conta essa história direito, essas coisinhas que toda mulher tem. Mas resolvi deixar quieto porque ela com certeza não ia gostar nada de um comentário desse tipo."

Em Holon, parece que nada ia muito bem.

"Que inveja de sua vida, minha irmã! Reitzele voltou a trabalhar. Fico eu preocupada agora com meu netinho naquela creche meio desnaturada. Não tive nem condições de dizer que ela ficasse em casa que eu bancava o complemento das despesas porque Mordechai está sempre metido em encrenca, não é? A última dele foi brigar com o Noah por causa de umas comissões. Depois se entenderam. Agora já pintou outra confusão por causa de um passeio a Nazaré. Parece que o Noah queria credenciar outro fornecedor de imagens de Nossa Senhora, depois de Mordechai ter encomendado não sei quantas mil na China. Falei que ele parasse de se meter com turismo de *goy*, que fizesse coisas para judeus, não quero um mau exemplo em casa para o meu neto. Ele disse que programa para judeu tem muita concorrência e o lucro não é tanto. E você aí, de pernocas para o ar, hein? Já soube que a Didi aprontou, não é?"

Nancy aprendera a não digerir qualquer coisa da irmã, que já exercera tanta ascendência sobre ela.

"Não é bem assim. Só foi pena que ela tenha dito de última hora. Mas ela é desse jeito. Agora também entendo que ela tenha medo de não poder voltar para a Austrália por conta do visto. Fiquei chateada, mas passou. O Carlinhos vem mais tarde aqui."

Rivka não dava o braço a torcer: "É engraçado, desculpe dizer, que ele não queira trabalhar com Boris. Com tanto negócio que ele tem, até entendo que não tenha querido vir trabalhar com o Mordechai. Mas deixar o pai de lado para ir viver aí? Onde já se viu um menino de quase 30 anos, engenheiro, passar o dia levando cocô de elefante para cima e para baixo numa pá? Porque é isso o que ele faz, não é?"

A irmã estava cada dia mais irascível: "Rivka, mesmo que seja para dar banho em elefante, não critico ninguém, sabia? É você em Israel, o outro aqui, a Diana naquele fim de mundo, Estelinha na ponte aérea para os Estados Unidos, e já nem falo de Boris. O mundo de hoje é assim mesmo."

"É assim para quem tem dinheiro, não é?"

Nancy sabia que ouviria isso.

"Dinheiro ajuda, mas não é tudo, Rivka. Depois, você sabe que judeus sempre foram grandes viajantes. Boris diz que fomos a primeira tribo global. Com dinheiro ou sem. Moisés não tinha Mastercard nem Abraão tinha Visa, minha filha. O que estou querendo dizer é que ficar longe do Brasil é um alívio. A política está uma confusão só."

Rivka reproduzia o que ouvia: "Pelo menos o tal presidente é amigo de Israel. A gente até mandou um grupo para ajudar numa catástrofe, mas parece que não tinha muito no que ajudar, não? O nosso aqui é esperto. E Hana? Continua procurando a mãe no Danúbio?"

"Preciso ir agora, Rivka. Aliás, no começo do ano, vou a Budapeste com o Boris para uma visita. Em um ano e meio que ela está lá, parece que não se arrependeu da mudança. Melhor assim. *Mazal Tov*. Mande vídeos do netinho que eu adoro. Sou uma tia avó coruja assumida."

Quando bateram à porta do quarto, ela levou um susto ao ver que cochilara. Já estava quase escuro. Imaginando que fosse a camareira, deparou-se com um Carlinhos que custou a reconhecer: "Filho, desculpe, nem vi a hora passar e adormeci." Abraçando-a, Carlinhos passeava o olhar pelo quarto e estava perplexo com o que via: "Nossa, mãe, e pensar que a Didi está perdendo uma mordomia dessas. Amanhã vou te mostrar meu quarto lá na Reserva." Nancy se aprontou rapidamente: "Certeza de que não quer jantar aqui? Parece ser muito bom". Ele piscou um olho: "Tem um lugar aqui perto muito legal."

Carlinhos deu um capacete à mãe e subiram na moto: "Não tenha medo, mãe. Segure-se firme na minha cintura, estou super acostumado e todo mundo aqui tem uma moto."

Chegaram a um local à beira do rio. A noite recendia a flores.

À mesa, Nancy viu que havia um lugar reservado.

"Vem mais uma pessoa, mãe. Mas falei para chegar só mais tarde, depois das oito. Aí a gente tem tempo bastante para botar a conversa em dia."

Nancy sempre estivera determinada a defender os filhos do que quer que lhes acontecesse de ruim; do que quer que dissessem de negativo sobre eles. Ela sabia que as pessoas adoravam colocar as outras na berlinda. O revezamento era permanente. Quando não era um, era outro. O mundo era um imenso tribunal formado por milhares de Rivkas.

"Quero saber é de você, filho. Tem coisas que só você pode contar. E só ao vivo." Carlinhos levou a garrafa de cerveja à boca.

"Minha vida hoje é o Babar, mãe. Ele é especial, você vai ver. Quando me vê, balança as orelhas de alegria. Só falta mesmo me abraçar. Ele tem minha idade, mas é um pouquinho mais pesado, posso garantir. No dia que eu deixar a Reserva, não sei como vou fazer. Acho que vou precisar ficar voltando à Tailândia todo ano, nem que seja para dar banho nele. Amanhã, vou te mostrar como a gente faz. Ele dobra o joelho, faz uma escadinha e eu subo pelo alto da tromba até a cabeça dele."

Nancy maturava sobre o que diria Boris do entusiasmo do filho por um elefante. Em parte, era bom que não tivesse vindo. Uma palavra mal colocada podia quebrar aquele enlevo. Carlinhos mexia no telefone: "Veja aqui, mãe. Esse é o Tantor. Dele, a gente cuida em conjunto para praticamente tudo. Se duvidar, ele tem a tua idade. Não que você seja velha, mas, passou dos 50, um elefante já viveu quase tudo. Essa é a Elsa, também está velhinha. A gente cozinha umas 50 abóboras do tipo verde que eles têm aqui. Depois, mistura com o arroz grandento que todo mundo come e, então, botamos na boca deles, coitados. Como eles não têm mais dente, precisa ser à base de papa mesmo. Soube de casos que eles morrem de inanição."

Nancy se divertia com aquelas histórias. Decididamente, as famílias de hoje não eram como as de antigamente.

"Os velhos também são assim, filho. Se duvidar, a vovó Fela está comendo só papinha também. Vou passar essa receita para a tia Vivi. Agora me diga: você está tão feliz quanto imagino ou mais ou menos?" Carlinhos pediu a segunda cerveja. A barba lhe caía bem, o nariz estava muito vermelho, ela lhe compraria um hidratante. Mas o sorriso estava magnífico.

"Mãe, o que é *feliz*? Feliz mesmo, não sei. Mas acho que a gente pode ir por partes. Primeiro, estou aliviado por não estar em São Paulo. Nem lá nem no Brasil, se é que você me entende. Essa histeria, essas brigas políticas, essa galera que vive plugada no Twitter, tudo isso vinha tirando meu tesão de viver. Sei que fazer o que estou fazendo aqui pode ser considerado frescura, como diz meu pai, mas para mim não é." Ela lhe pegou a mão sobre a mesa.

"Depois, tem também o desconforto de ser judeu – por uma vez na vida. Tem gente que nos associa ao *status quo*. No que depender de mim, eu só queria voltar para o Brasil quando tudo estiver mais pacificado. Muita gente acha que a Comunidade tem um lado só e esquece que a gente tem o mundo todo representado nela. O país do jeito que está não precisa de gente como eu. Não, mãe, deixa eu terminar, por favor. Outra coisa que me deixa aliviado foi o fim tranquilo, até certo ponto, da relação com a Bruna. Vou dizer uma coisa que talvez surpreenda. Mas ela foi bem bacana comigo. O que ela fez quando a gente namorava, aquela conversa com o Freedson lá em Nova York, tudo isso é do jogo. Não condeno. Você mesma me falou uma vez que laçou o papai assim, à base do pacote pronto. Se dependesse da iniciativa dele, a coisa talvez não rolasse. Comigo também seria assim. Ela estava no papel dela em querer avançar o sinal e eu estava no meu, infelizmente, de remar em outra direção. Acabou tudo bem, ficaram as portas abertas. Qualquer hora dessas, sei lá, ela vai morar em Londres, em Nova York. Fazer papa para elefante, decididamente, não era a praia dela. Respondendo, então, mãe. Feliz, não sei, mas aliviado, estou sim. Eu só queria que meu pai entendesse minha opção."

Nancy sugeriu que pedissem alguma coisa de aperitivo, enquanto não chegava a hora do jantar: "Tudo, menos curry, filho, ainda tenho uma cisma antiga, apesar de gostar do cheiro. Isso vem da lua de mel. Mas petiscar é bom. Deixa eu te dizer uma coisa. Não se preocupe com o Boris. Seu pai vai ser sempre o mesmo. Tenho o maior orgulho de ver hoje o quanto ele foi além, o quanto ele superou coisas que muitas vezes paralisam até as pessoas ditas normais. Avalie quem é meio especial. É claro que ele tem as visões dele. De algumas delas, ele não vai se libertar nunca. É óbvio que seu pai queira que os negócios cresçam, que vocês tomem gosto pelo que construiu. Mas acho que ele está mais sereno desde que Estelinha se interessou pela fábrica. A chegada daquele rapaz de Pernambuco à Álcool Gel também o deixou mais tranquilo. Ultimamente, ele não tem falado tanto de morte. Diz que tem uma preocupação que ele qualifica mais como planetária do que pessoal. À la Bill Gates. Relaxe, cuide de seus elefantinhos em paz que tudo vem a seu tempo."

A noite tinha baixado por completo em Chiang Mai e um barco iluminado passou pelo restaurante, navegando em festa. Uma sombra surgiu por trás de Nancy. Carlinhos sorriu. Apontando a mãe, disse em inglês.

Hi, welcome. Meet my mother, Nancy. Mum, this is Eden.

Por um instante, Nancy lembrou-se do pai quando o velho Elias dizia, rememorando a excursão que fizera à China, que não havia viagem perdida.

III

Meu amado sobrinho,

Sua mãe me contou que esteve com você aí em Chiang Mai. Achei divertidas as fotos suas com seus amigos elefantes, e saiba que a barba lhe caiu muito bem. Trate, pois, de mantê-la. Você está mais forte e bronzeado, o que me fez lembrar das imagens dos pioneiros que nos mostravam na escolinha do Brás, para exaltar os feitos de nosso povo em Israel e nos incutir orgulho de ser judeus. Espero que não tenha sido em vão. Fique na Tailândia o tempo que quiser porque não se deve ter pressa em abreviar as boas experiências. E sacuda essa inimiga silenciosa que é a acomodação. Não permaneça aí sequer um dia além, se acaso sentir que o cotidiano se banaliza, que as paisagens começam a perder a magia. Saia enquanto ainda estiver um pouquinho bom. É tão importante quanto levantar-se da mesa com um resto de fome. Se essa hora chegar, e é inevitável que venha, levante a âncora porque é nela que mora o perigo. Eu mesma deveria ter ousado mais nas minhas incursões de campo. Por muito que tenha viajado, sinto que deveria ter saído da cápsula de minha individualidade e, literalmente, poderia ter mergulhado mais fundo, atentando menos à sala de aula. Avalie que até um convite do comandante Cousteau, eu recebi, mas reconheço que, talvez devido à minha natureza, estive presa à questão formal e estruturada do trabalho, o que relegou a segundo plano percorrer os oceanos. Aristóteles dizia que há três tipos de homens: os vivos, os mortos e os que vão ao mar. Desconfio que preferi vê-lo da praia. A verdade é que, com a chegada da idade e de outras prioridades, a gente se acomoda e vai perdendo a curiosidade de descobrir outros mundos. É inevitável que paisagem alguma seja mais fascinante do que a que vejo da poltrona quando, bem agasalhada, fecho os olhos e viajo nas lembranças. Sei que você deve estar pensando que Budapeste me envelheceu. Tem um pouco de 'sim', mas muito de 'não' nisso. Longe de sentir o peso dos anos, vou tentar seguir a tradição das húngaras dispostas e destemidas, estirpe que identifico cada vez mais como a minha. Dia desses, perdemos Ágnes Heller, que foi paciente de Fülöp. Aos 90 anos, ela nadava no Balaton. Já pensou que morte gloriosa? Temos a natação no sangue e eu mesma voltei a dar minhas braçadas nas muitas piscinas públicas. Não, não devo ir a Chiang Mai te ver, mas você será sempre muito bem-vindo aqui, nesta terra onde começou a história recente de nossa família. Tenho muito a descobrir sobre nós, e me desanima ouvir as pessoas descreverem grandes deslocamentos para os quatro cantos do mundo. É claro que quero levar Fülöp ao Brasil e, quando isso acontecer, vou aproveitar para matar as saudades das pessoas, de São Paulo e do Recife. Seja como for, aqui achei meu lugar. A cada dia, estou mais à vontade com o idioma, e as pessoas do bairro são acolhedoras. Jamais terão a espontaneidade brasileira, mas isso é o que menos conta porque, no fundo, nunca fui um exemplo de descontração. Espero que nos intervalos entre um trabalho e outro na Tailândia com o elefante Babar, você ache tempo de olhar para dentro de você. Ontem li em algum lugar um provérbio chinês: quem vê o céu na água, vê os peixes nas árvores. Gostaria de dizer que você sempre foi um sobrinho muito especial. Eu estava em Paris com seus avós quando você nasceu. Depois vieram suas irmãs, mas para mim não havia dúvida de que você era único, o mais amado. À medida que cresceu, trocamos confidências, fomos ao cinema e, cada um à sua maneira, demonstrou o quanto era importante que tivéssemos um ao outro. Laborit, falando sobre o mar, disse que a evolução se faz pela ajuda cruzada das espécies. Foi o que nos aconteceu. Assim, queria que você não se culpasse pelos rumos delicados que começou a tomar essa relação de um momento em diante. Você já não era um menino e, de alguma forma, essa mensagem me chegou. O que senti é indescritível, e queria que você soubesse que nada tinha a ver com esses episódios sórdidos que uns vigaristas andaram alardeando. Não preciso negar o que havia ali de verdade, mas tampouco posso deixar que se misture tudo no mesmo balaio, como dizia sua avó. Tampouco me culpo pelo arrebatamento que quase nos levou para águas desconhecidas. De minha parte, se isso lhe trouxe algum transtorno, me perdoe. Mas acredite em sua tia, aquilo foi uma forma de amor tão legítima quanto qualquer outra, talvez apenas meio descalibrada. Um homem admirável chamado Alessandro Baricco, falando sobre o mar (sempre ele), disse uma coisa que sintetizou o que nos aconteceu. 'Onde começa o fim do mar? Do que falamos quando dizemos: mar? Falamos do monstro imenso capaz de devorar todas as coisas, ou dessa onda que se desfaz a nossos pés? Da água que pode caber em nossas mãos em concha, ou das zonas abissais que ninguém pode ver?' Troque o mar pelo amor e você verá que tia e sobrinho, determinada hora, também desafiaram as categorizações da genealogia e tiveram a sabedoria de saber que ele, naquele dia, era ameaçador demais para um mergulho. Nem que o aviso nos tenha chegado sob a forma de um homem suado e duas rodas. Tudo isso está gravado em mim como uma cálida lembrança. Espero que em você também, Carlinhos. Sejamos felizes, sejamos amigos. Hana.

IV

Boris tinha dificuldade em lidar com situações como aquela. Mark Freedson parecia inconformado, mas não queria constranger o amigo. "Não precisa dizer nada. Acho que ela já desconfiava de alguma coisa e não quis me falar para eu não vir para o Brasil preocupado. Mas ontem percebi um desespero na voz dela, entende? Amanhã, chegando a Nova York, vou abrir meu melhor sorriso, esconder o medo, e fazer de conta que vamos tirar isso de letra."

Boris batia no ombro do amigo. "Só não entendo por que ela deixou para ir ao médico justamente na minha ausência", repetia Mark.

Confrontado com a dor alheia, a reação de Boris era quase sempre confusa, a meio caminho entre uma afirmação autorreferente ou demasiado complacente.

"Nunca tive nada parecido, Mark. Mesmo porque não tenho ovário. Mas com os recursos da medicina por lá, o melhor da ciência e algum dinheiro, em meses ela vai estar bem." Foi a vez de Mark retribuir-lhe um tapinha no ombro.

"Nessas horas, eu queria ser um bilionário. Desses que pegam o jatinho e voltam na mesma hora para casa." A Boris, não faltou bom senso: "Não serão algumas horas que vão fazer a diferença, Mark. Guarde o dinheiro do voo solitário para o casamento de sua filha." Mark se preocupava também com Iris: "O que quero a partir de amanhã é que nada a perturbe. Sou homem de uma namorada só, meu amigo. Um judeu careta que teve a sorte de descobrir o que era o amor já na primeira rodada. Você nesse ponto fez mais tentativas do que eu." Boris fez um gesto de desdém: "Estamos no mesmo barco agora. Cada dia, vejo mais a Nancy. Depois de tanto rodar, virei animal doméstico. Quando ela vai ensaiar com o coral, fico ansioso para que volte. Quando vai para a Sala São Paulo, não vejo a hora que o concerto acabe. No fim de semana, tenho horror a quando Estelinha está aqui porque ela sempre monopoliza a mãe."

Mark nunca pensou que escutaria isso do amigo: "Nunca é tarde para descobrir. Sempre achei a Nancy uma mulher legal. Era só uma judia que não tinha quebrado a redoma. Mas quando isso acontecesse, eu sabia que ela ia desabrochar. Sorte sua de estar na área." Boris convidou-o para tomar um café no térreo: "Vamos esticar as pernas na galeria."

Mark não parou de falar nem sequer no elevador, contando com que ninguém entendesse o que sussurrava: "Amo aquela garota, tudo tem de dar certo." Boris piscou o olho para o economista que tinha escritório no mesmo andar que ele. Mal as portas se abriram, Mark despejou um jorro: "Estou nessa *vibe* há 40 anos. Se tivesse que recomeçar, se pudesse voltar ao comecinho dos anos 1980, seria com ela que eu queria ter vivido exatamente tudo o que vivemos. Eu me lembro daqueles primeiros tempos de dureza, quando o orçamento só dava para um espaguete cabelo de anjo e dois camarões uma vez por semana. Até irmos para a primeira casa, que existe até hoje, perto de meus sogros, em Prospect Park. Eu tinha 15 anos quando foi realizado o Woodstock, Boris. Eu não estava lá, é claro. Mas Woodstock estava em todo lugar, em algum lugar de todos nós. Passei uns anos pensando em fumar um Marlboro atrás do outro, ou coisa melhor, e filosofar nos bares do Village. Em tomar cerveja, ouvir Cat Stevens e berrar pelos direitos civis". Boris assentia, sem saber ainda aonde isso os levaria. Então, Mark levantou a voz, como se estivesse no teatro da faculdade: "A última coisa que me passava pela cabeça era como ganharia a vida. Pensava em viver encarrilhando bicos de verão. Não pensava em propósito de vida, se é que a vida tinha um. Então, chegou aquela menina dentuça dos Yonkers e me deu um norte, um senso de missão. Eu queria fazê-la feliz. Hoje penso: podia ter havido alguma coisa de mais revolucionário do que aquilo? É claro que tinha toda uma geração que voltava mutilada do Vietnã. Por pouco, não foi a guerra de minha geração. Como tinha sido a Guerra da Coreia para a geração de meu pai. Sim, acho que ele te contou um dia, o velho Calman lutou nas trincheiras de olho no avô do tiranete de hoje. Tive sorte. Escapei da convocação para o Vietnã, mas não escapei de Sheyla."

Boris nunca vira o amigo falar assim. Estava em seus planos perguntar sobre Estela, com quem Mark estivera na véspera. Cogitara até perguntar, indiretamente, o que ele tinha a dizer sobre a performance de Agamenon. Mas Mark nem parecia estar bebendo um simples cafezinho, e sim um litro de conhaque. Estaria chorando?

"Quando meu pai veio me perguntar se não era muito cedo para eu me casar, respondi que ia me casar, mas continuaria querendo transformar o mundo. Vou honrar o sangue de seus amigos que ficaram em Incheon. Mas a revolução de minha vida, e isso eu não disse a ele, chegou sob forma de uma menina meio desengonçada, de andar dez para as duas, dentes amarelados, sapatos altos brancos, vestidos floridos meio cafonas, que pareciam retalhos aproveitados de uma cortina. E que tinha uns seios enormes que eu adorava. Que duro foi aceitar mais tarde que ela quisesse fazer uma plástica para diminuí-los. Ela ainda olhou para mim e disse com aqueles olhinhos de súplica que eu tinha de entender, que era por causa da coluna, que os colegas já tinham lhe dado todo tipo de apelido."

Boris sugeriu que fossem até a praça Morungaba. Era ali que fazia suas reflexões, era ali que esperava que o remédio fizesse efeito quando estava especialmente agitado. Mark sabia fazer uso de cada minuto, como um jogador de futebol que ocupa todo o espaço do campo.

"Boris, ontem eu vinha no avião pensando nos negócios. Acho que é um condicionamento de todo filho de Nova York, para não dizer de todo americano. Gostei do que vi na sua fábrica. Que Carlos fique na Ásia pelo tempo que quiser. Deixe que Diana ache o caminho dela na Austrália. Não sei se por conta dessas trapalhadas daqui, vocês estão com uma rodinha nos pés, viajando como loucos. Até a Hana voltou para o Leste. Francamente, isso me espantou. Nunca vi um judeu voltar para viver tão perto da boca do lobo. Mas fiquei com inveja de você. Queria tanto que Iris viesse trabalhar comigo. Mas meu mundo é muito pequeno para ela. Ela prefere dividir uma visão de negócios com quem manja de algoritmos e quer dominar o mundo. Sou pequeno demais para ela. Já sua Estela, e aqui vem minha inveja, parece que outra coisa não fez a vida toda. De capacete na linha de envasamento, fiquei pensando na sua grande sorte." Boris sentiu os olhos marejarem: "Que nada. Qualquer hora ela vai ter uma recaída pelos cachorros e era uma vez fábrica."

Mark sorriu: "Não acredito. Ela chegou para ficar. Já me falou que está louca para ir à China. Sabe a grande vantagem da Estela? Não é só ser inteligente. É ter tido uma formação abrangente na área de Humanas. Você não imagina o quanto isso é essencial. Pegue um Zuckerberg, por exemplo. Ele recita a Ilíada em grego antigo como eu canto *Love me tender*. Jobs passou muito tempo fazendo trabalhos gráficos para pesquisa de fonte. Ela domina o novo universo de escolha como se a vida toda tivesse se preparado para isso. E também gostei dele, o rapaz que tem aquele nome complicado". Boris riu: "Pois é. Só fico com pena de Nancy. Quando a conheci, projetava casamentos para ela mesma e para as irmãs com a elite judaica de São Paulo. Ela se casou comigo, coitada. Uma ficou solteira, como babá da mãe gagá até hoje. E a que parecia ter ganhado a sorte grande, terminou numa periferia de Tel Aviv com um desses caras com alma de ratazana que querem se passar por santo. Entre uma *brachá* e uma *mitsvá*, te mete a mão no bolso. Coitado, não tem culpa. Nunca teve noção de vida prática nesse mundo." Mark atalhou: "É só ir a Williamsburg e temos milhares deles. Não sei se Israel fez bem em indultar essa gente do serviço militar, mas eles podem incendiar o país. Onde é que Nancy entra nisso?" Boris se perdera na digressão, o que acontecia cada vez mais: "Não, nada, quero dizer, os filhos também não vão fazer aqueles casamentos sonhados. Didi é meio carta fora do baralho, se bem que de vez em quando escreve dizendo que um dia ainda vai ter um filho. Já imaginou o coitadinho aguentando os peidos de Cássia? De Carlinhos, bem, parece que é possível esperar tudo, inclusive nada. Já Estela achou de namorar um pernambucano não judeu. Você imagina Nancy dançar forró no dia do casamento da filha, e não fazer uma *horá*?"

Mark quase gargalhou, imaginando o que fosse aquele ritmo: "Ainda não te contei a melhor. O meu futuro genro, se tudo ficar do jeito que está, é indiano. Já pensou a Sheyla viajando para Mumbai para ver o neto? Quando a apresentei a meus pais, eles a adoraram, apesar da reação abusada do velho Calman. Ser uma boa menina judia preenchia o ideário, as expectativas de uma geração que tinha sobrevivido a Hitler. A que ou a quem eles precisam sobreviver hoje? Só eles respondem, amigo. Mas eu já disse a Sheyla: Mumbai, aí vamos nós. E se a gente escapar, te juro que vai ser de primeira classe."

Boris, quando chegou à noite em casa, estava cansado. Nancy tinha ido ensaiar. Ele adormeceu na espreguiçadeira da sala com a televisão em volume baixo. Quando abriu os olhos, ela estava sentada a seu lado, fazendo um carinho suave no antebraço.

"Vamos para a cama?" — ela disse.

"Marque uma consulta no médico. Mantenha em dia seus exames. Você precisa viver muito."

Só no dia seguinte, ela juntaria as pontas.

"Deixe passar uns dias e ligue para a Sheyla."

V

"Eu preferia ter ficado mais perto do rio. Budapeste para mim só acontece perto da água, isso aqui me parece meio contramão."

Nancy não concordou: "Pois acho isso aqui lindo. Os hotéis que ficam perto da roda-gigante podem até ser mais bonitos, mas só essa vista já vale tudo. Lá está o apartamento dele. O dela, eu não consegui localizar. Deve ficar atrás das árvores, à esquerda."

Boris estava um pouco confuso: "Que inverno de sinal trocado. Sol, quase 10 graus, e nada de neve. O mundo anda que é uma fraude. Vai que esse Dr. Fülöp também é outra. É esmola grande demais para acreditar. *Too good to be true*, como diz Mark."

Nancy suspirou. Boris fizera uma oferta à irmã:

"Ainda bem que o mundo ficou pequeno, viu? Viajar não é mais o que era na nossa infância. Hoje tem passagem para todos os bolsos. Mas do que adianta, se ela agora não quer ir ao Brasil nem de visita? Falei que dou a passagem, mas ela nem piscou."

Nancy achava bom indício:

"Você é meio inquieto, Boris. Para você, as pessoas têm de estar sempre em movimento. Não dá para medir todo mundo pela mesma régua. Na idade de Hana, você também vai querer ficar mais quietinho. Eu achei-a muito bem."

Um ponto o incomodava:

"Veja se a convence a não vender o apartamento das Perdizes. Meu pai dizia que um judeu tem de ter um pé em cada barco. Sabe-se lá o que acontece aqui. Ela bem que devia saber do que falamos. E, depois, o cara pode morrer ou até mesmo querer ir morar lá, sei lá, inverter as mãos. O que ela vai fazer com o dinheiro? Deixar mofando no banco?"

Nancy preferia que a própria cunhada contasse, se quisesse. Boris desceu à praça.

Com o celular, tirou uma foto da estátua do escritor a que Fülöp tinha se referido. Por que será que não moravam juntos, se é que a relação era séria? Por que ter dois apartamentos, praticamente na mesma praça? Mas acaso ele não estava fazendo a mesma coisa com Nancy? É verdade que cada vez via menos sentido nesse arranjo. Tinha períodos que dormia até 1 semana inteira na casa dela. No começo, porque tinha medo da hipoglicemia. Depois, porque ela já não tinha do que se queixar, quando ele passou a usar a máquina contra a apneia e pararam os roncos. Será que o médico húngaro tinha outra família? A Boris, num inglês meio indigente, ele dera sua versão dos fatos: "Estou separado há quase 10 anos. Tenho duas filhas, e uma delas me deu os netinhos."

Boris tinha uma prevenção contra os indivíduos sem mácula. Sempre que estava no Recife, tinha longas conversas com Agamenon sobre isso. Com ele, ficava mais à vontade do que com Mark mesmo porque não havia o distanciamento emocional do idioma.

"É que a gente fica mesmo desacostumado a ver o bem em estado puro, Boris. Posso ter esse jeito meio gaiato de ser, mas vim de um mundo em que a gente tem de dar corda para ver aonde o caboclo quer chegar. Pode não parecer, mas sou um desconfiado da pior espécie."

Boris concordava.

"É importante mesmo a gente se fingir de morto para comer o coveiro. Mas não sei ser assim. Fico agoniado, prefiro abrir logo o jogo. É esperteza judaica. O Talmude diz que se você quer mentir, conte uma verdade." Agamenon tinha pela sabedoria dos antigos a veneração própria de quem fora criado por velhos, e que aprendera a respeitá-los: "Pai era homem de pouco estudo, Boris. Mas dava gosto de ver o tempo que ele ficava de prosa com todo mundo. Podia ser um deputado de passagem pela região, um presidente da República, como chegou a ter, ou um agricultor pequenininho de tudo. Com todo mundo, ele tentava aprender alguma coisa. É que no Sertão daqueles tempos, sem tanta distração, a faculdade era a conversa com o povo, o prosear sem olhar o relógio, a troca de experiência."

Boris se sentia reconfortado com aquele tipo de conversa. O velho Szymon não era muito diferente, apesar de não ser sertanejo. O problema de Agamenon com a palavra era o mesmo que tinha com o uísque. Quando começava, custava a parar:

"Meu avô, o pai dele, que todo mundo na região chamava de Coronel Abu, era mais proseador do que pai. O pessoal mais velho dizia que era porque tinha conhecido o tempo da peste, da gripe espanhola, como se dizia. Perdeu de cara dois irmãos. Apesar da dor, ainda ia de casa em casa com mais dois homens se oferecer para enterrar os defuntos, que ninguém tinha coragem de levar para o cemitério. De ter visto tanta desgraça naquele tempo, pai dizia que ele se saiu um homem diferente. Apesar de ser um coronel, abraçava o pobre como se ele fosse um barão. Perguntava pela mulher, pelos filhos, pelo roçado. Não tinha um que não se sentisse no céu. Já os ricos, ele tratava com humanidade, como se estivesse falando com uma pessoa sujeita a todas as dores de cabeça como todo mundo. Se não ia perguntar do lumbago alheio, falava do dele. O rico fica mexido com isso, pode escrever. Rico inteligente não gosta de ser tratado como semideus. Isso é coisa de rico burro. O rico esperto sabe que ser rico é ter amigo com quem falar do exame de próstata."

Boris não tinha uma conversa naquele diapasão em São Paulo. Por que seria? Por que o nordestino, em especial, sabia denominar as coisas com aquela clareza? Às vezes Boris achava que era por isso que no Nordeste se bebia tanto. A conversa rendia, uma coisa puxava a outra e, de repente, estavam pedindo outra garrafa.

"Nós, judeus, Agamenon, mesmo os desnaturados como eu, também gostamos de ver o mundo à nossa maneira. Judeu gosta de quem vem de baixo, de quem é simples, de quem bota as cartas na mesa e assume até seus defeitos. É claro que tem de todo tipo. Mas a maioria não vai sossegar enquanto não entender o que está por trás de muita bondade, de muita virtude. Sabe a história da galinha gorda de presente? A gente prefere ver se é ela que está doente ou se somos nós. Desconfiar é quase uma segunda natureza. Judeu é o mineiro do mundo. Acorda com uma pergunta e vai dormir com outra."

Nancy encontrou-o na praça:

"Quer que eu suba para pegar um agasalho para você? Essa malha não é muito leve?"

Boris levou um susto, de tão absorto que estava em seus pensamentos: "Você ainda me mata com essas emboscadas. Não, obrigado, está bem assim. Que graça tem vir para a Europa no inverno se não é para passar um friozinho?"

A tarde chegava ao fim. Como ainda tinham tempo, desceram a Király. Judeus de longos capotões apressavam o passo para o começo do *Shabat*. Na Vasvári Pál, Nancy apontou uma sinagoga.

"A Hana me falou que às vezes vem ao *Shabat* aqui. Disse que é de ortodoxos, mas que não se importa. Senta-se na bancada da esquerda, protegida dos olhares dos homens por um véu daqueles. Mal entende o que o rabino diz porque ele alterna o húngaro com o iídiche e fala muito rápido, mas diz que se sente bem. Pensa no seu pai, na Brenda e, é claro, na mãe dela."

Boris também pensava neles: "É claro que também penso em meu pai. Mas fico feliz que ele tenha conhecido a brisa da Praça Maciel Pinheiro. Que Szymon tenha se tropicalizado. Não foi uma vida ruim. Ainda custo a acreditar que quem tenha Pernambuco à mão prefira ser enfermeiro de elefante em Chiang Mai. É no que dá a prosperidade de uma família. Muita fartura, pouco juízo."

Quando chegaram de carro à frente do restaurante Rosenstein, Boris desafivelou o cinto no banco traseiro do carro de Fülöp. Vendo um jornal húngaro que estava entre os dois bancos da frente, pegou-o, apontou um desenho que lhe chamou a atenção. Era uma espécie de bolinha de borracha espetada, como aquelas que havia aos montes na casa de Estela, quando vivia cercada de cachorros. "Hany, o que diz essa notícia?"

Ela pediu ajuda a Fülöp na tradução que, virando-se para Boris, disse: "Nada de grave. É sobre a tal gripe chinesa. Diz aqui que tem muita gente internada em Wuhan. E que surgiu o primeiro caso fora da China, agora na Tailândia." E com um sorriso, completou: "Não é a primeira gripe que nasce na China nem será a última. Aqui pelo menos nós vamos comer bem. É um bom restaurante judaico, nada tem de chinês."

Naquele jantar, Boris mal tocou na comida. Nos minutos que se seguiram, ele sentiria ao seu lado o calor da presença do soldado Shavitt.

Posfácio

NUMA TARDE DE DOMINGO, FUI TOMAR UM CHÁ COM O FERNANDO DOURADO, com quem já havia conversado algumas vezes, virtual e presencialmente, para discutir o livro *Mazal Tov*, por ele traduzido e cuja autora eu conhecera na viagem de lançamento ao Brasil. Nessa ocasião, ele pediu-me que escrevesse a apresentação de uma obra sua cujos originais me prometeu enviar em poucos dias.

Eu estava com uma agenda carregada, mas acabei aceitando fazer a leitura, especialmente depois que ele me informou que o livro fora escrito a partir de algumas viagens e de muitas conversas que tivera na Hungria, terra de nascimento de minha mãe. Bem a propósito, informou-me também que a ideia de me pedir a apresentação viera da vez em que lera uma coluna na *Folha de S. Paulo*, intitulada "Uma menina húngara", em que eu homenageava Lidia Costin, refugiada de guerra, que saíra de Budapeste em 1944.

Foram semanas lendo a obra, já que não logrei parar de trabalhar ou de ter que ler outros textos no período. No entanto, o que ocorreu durante a leitura foi que, magicamente, minha casa ficou repleta de personagens com quem tinha vontade de discutir ideias ou de dar-lhes conselhos o dia inteiro. "Como você pôde ter esse comportamento"? dizia eu a um deles, ou "Não vá por esse caminho", advertia a outra.

O que me chamou ainda mais atenção no livro foram os espaços geográficos em que as cenas se passavam, locais sempre presentes nas narrativas de meus pais, um casal composto por habitantes de países inimigos - minha mãe húngara e meu pai romeno. Profundamente afetados pela Segunda Guerra Mundial e por seus desdobramentos, construíram suas vidas aqui, país a que se sentiam muito gratos. Assim, fizeram questão que conhecêssemos o Brasil antes de visitarmos parentes no exterior. Ainda criança, fomos em família conhecer o Norte e o Nordeste, com destaque para o Pernambuco, estado protagonista neste O Halo Âmbar.

Mais tarde é que nos levaram à Europa, em particular à Hungria e à Romênia - inclusive com os netos, para mostrar de onde tinham vindo. Ah, e antes mesmo de nós filhos sabermos que éramos judeus, eles nos levaram a Israel. Cada localidade a que o livro se referia, eu divagava: como pudemos trilhar caminhos tão semelhantes, os personagens e eu, embora fôssemos de personalidade tão diferente e movidos a ambições tão distintas umas das outras?

No entanto, nossas identidades se fundiam. Filha da primeira geração da minha família nascida aqui, os estranhamentos e deslumbramentos me uniram à rica narrativa de Fernando Dourado, configurada em uma forma criativa de lidar com os espaços e com o tempo, especialmente nas aberturas em itálico que anunciam a evolução de cada capítulo. Ao fazê-lo, ele introduz a perspectiva ou as opiniões de um personagem, antecipando alguns fatos que só serão desdobrados mais adiante.

Tive uma conexão forte com a Hana, a menina que acompanha o pai na fuga da Hungria para o Brasil. Ela parece entender e apoiar, mesmo em seus descompassos, vários membros da família, sem deixar de lado a identidade forte nem de construir para si um desfecho surpreendente, mantendo a forte identidade brasileira. Confesso que li a obra ansiosa para saber o que se passaria com ela e valeu a pena.

Tanto me prendeu a leitura, que cedi à tentação de sugerir ao autor desfechos diferentes para situações que apareciam no enredo, tão grande foi o meu envolvimento com a obra praticamente pronta. Temo não ter sido atendida.

Trata-se, evidentemente, de um trabalho de fôlego, que dialoga com situações que vivemos recentemente no Brasil, mas também com tudo o que nos trouxe até aqui, tanto no cenário internacional, como no que, internamente, representaram as lutas para construir instituições democráticas, num esforço travado por pessoas concretas - com suas limitações, neuroses, sonhos de grandeza e mesquinharias.

Afinal, a história se revela não só em grandes batalhas e nos feitos épicos, mas nas ações cotidianas de indivíduos imperfeitos que podem aprender a conviver e até a se respeitar, apesar das diferenças de opiniões políticas e dos ressentimentos que afloraram na vida familiar ao longo dos anos. É isso que o livro traz como tema: um diálogo intergeracional que envolve descendentes daqueles que, expulsos de suas terras, vieram para o Brasil com sonhos e medos, e aqui assumiram outras identidades, sem perder a de origem.

Vale muito a pena percorrer esse percurso com os personagens, no espaço e no tempo, e ler esta obra que conta a história de tanta gente como eu - primeira geração da família nascida no Brasil.

Claudia Costin

Glossário

Achshav – do hebraico, agora

Adonai – do hebraico, o Senhor, referência dos religiosos a Deus

Aliá – do hebraico, imigrar para Israel

Arbeit Macht Frei – do alemão, "o trabalho liberta", insígnia dos campos de concentração

Balagan – do hebraico, bagunça

Bar-Mitzvá – do hebraico, maioridade religiosa masculina que se celebra aos 13 anos

Baruch Abá – do hebraico, bem-vindo

Baruch Ata Adonai Eloheinu Melech Haolam – oração judaica em hebraico

Bat-Mitzvá – do hebraico, maioridade religiosa feminina que se celebra aos 12 anos

Beseder - do hebraico, tudo bem

Borscht – do russo, sopa de beterraba

Brachot – do hebraico, bênçãos

Bubaleh – forma carinhosa de se referir a uma criança em iídiche

Casbá – do árabe, labirinto

Chalá – do hebraico, pão trançado

Chanucá – do hebraico, Festa das Luzes

Chapka – do russo, gorro de lã de estilo russo

Chaver – do hebraico, camarada, amigo

Chevra Kadisha – sociedade funerária judaica

Chupá – do hebraico, pálio nupcial

Dobos torte – do húngaro, tipo de torta

Dybbuk – do hebraico, do folclore judaico, um zumbi

Éfes – do hebraico, zero

Ein Davar – do hebraico, não tem problema

Eretz – do hebraico, designação alternativa para Israel

Foulard – do francês, lenço grande

Frum – do iídiche, mulher religiosa

Gefilte fish – do iídiche, bolinhos de peixe

Gesheft – do iídiche, negócio

Goulash – do húngaro, guisado de carne da cozinha da Europa Central

Goym – do hebraico, os não judeus

Guet – do hebraico, divórcio religioso judaico

Hamsa – do árabe, amuleto

Hashem – do hebraico, o Nome, referência dos religiosos a Deus

Hélas – do francês, infelizmente

Hilula – do hebraico, celebração da morte do Tzadik de Meron

Hötröszeg – do húngaro, bêbado

Ichud Habonim – movimento juvenil judaico

Iofi – do hebraico, bacana, legal

Kadish – do hebraico, oração para os mortos

Kappo – do iídiche, capataz

Kasher – do hebraico, todo o alimento adequado para o consumo dos judeus

Kashrut – do hebraico, conjunto das regras dietéticas do judaísmo

Kessef – do hebraico, dinheiro

Ketsale – do iídiche, gatinho

Kibutz/Kibutzim – do hebraico, comunidade própria dos pioneiros que emigraram para Israel no século 20.

Köszönön – em húngaro, obrigado

Krav magá – do hebraico, arte marcial israelense

Lag Baomer – do hebraico, Festa das Fogueiras

Lager – do alemão, denominação de campo de concentração

Litvak – do iídiche, judeu lituano

Ma Nishtana Ha Laila Hazé Micol Ha Leilot – do hebraico, oração de Pessach

Machon – do hebraico, escola para meninas

Madrich – do hebraico, monitor

Matzeivá – do hebraico, pedra tumular

Menorah – candelabro judaico

Mensch – do iídiche, pessoa de grande virtude

Meschugge – do iídiche, louco

Metecos – do grego, estrangeiro, andarilho

Mish mash – do hebraico, no texto refere-se à inter-racialidade

Morá/moré – do hebraico, professora/professor

Moshav/Moshavim – comunidade agrária

Null – do alemão, zero

Of Mevushal – do hebraico, frango cozido

Ordure – do francês, lixo

Oy vey – do iídiche, um lamento

Pálinka – do húngaro, bebida alcoólica húngara

Pravda – do russo, verdade

Rabi Akiva – criador da Mishná

Rebetzim – do hebraico, esposa do rabino

Rendsznrváltás – do húngaro, transição

Rosh Hashaná – do hebraico, Ano Novo judaico

Rosh hodesh – do hebraico, primeiro dia do mês

Sabra – do português, pessoa nascida em Israel

Salam – do árabe, paz, saudação informal e amigável

Salope – do francês, ordinária

Schidur – do hebraico, encontro amoroso arranjado

Schleper – do iídiche, ordinário

Schmok – do iídiche, burro, idiota

Schnorrer – do iídiche, mendigo, parasita

Seder de Pessach – do hebraico, jantar cerimonial judaico em que se reconstitui a história do Êxodo e a libertação do povo de Israel

Shabat – do hebraico, dia do descanso

Shalom – do hebraico, paz, saudação informal e amigável

Sharmoota – do árabe, puta

Shein Kindale – do iídiche, criança bonita

Shikse – do iídiche, empregada (pejorativo)

Shimon Bar Yochai – um dos sábios mais importantes na história judaica, também conhecido como "o Tzadik"

Shiva – do hebraico, luto

Slichá – do hebraico, desculpe

Shofar – do hebraico, instrumento de sopro em forma de chifre de carneiro

Taglit – do hebraico, programa de intercâmbio da juventude judaica

Toda raba – do hebraico, muito obrigado(a)

Tov meod – do hebraico, muito bem

Treif – do iídiche, alimento ou conduta impura

Tsadik – do hebraico, um homem justo, correto, íntegro

Tsedaká – do hebraico, donativo para a caridade

Velehitraot – do hebraico, até mais tarde

Yachne – do iídiche, fofoqueira

Yekke – do hebraico, judeu de origem alemã

Yerushalaim Shel Shahav – *Jerusalém de ouro*, música de Naomi Shemer

Yiddish mame – do iídiche, mãe judia

Yiddishland – do inglês, zona de residência dos judeus na Europa do Leste

Yoch – do iídiche, caldo de galinha

Yom Hashoá – do hebraico, Dia do Holocausto

Yom Kipur – do hebraico, Dia do Perdão

Youtai – do chinês, judeu

Agradeço a Alberto Moghrabi, o primeiro a ler e comentar os originais. A Helen Nasser, em cujo apartamento da rue Cardinal Lemoine passei os melhores momentos possíveis em 2020, degustando os menus gourmets de Bianca. A Hélio Masur, pelos 40 anos de cumplicidade. A Homero Fonseca, amigo e orientador. A Jacques Ribenboim e Helena, pelo calor da amizade. A João Rego, o homem que arranja tempo para tudo e todos. A Judith Klein, que voltou para a Hungria à procura do amor e lá ficou. A Karen Szwarc, que ao ler estes originais, reacendeu em mim o entusiasmo que tive ao escrevê-los. A Lavínia Ferreira da Costa, cujo carinho é uma constante. A Luiz Eduardo Viana Coelho e Edna, com quem vivi emoções únicas em Budapeste. A Margot, que forma com Ernst o mais adorável dos casais. A Pascale Malinowski, minha anfitriã de Estrasburgo. A Pedro, que juntamente com Malu garante a retaguarda familiar. A Régina Jendt Hugi, pelo apoio em todas as frentes. À memória de Tamara Czeresnia, que nos deixou tão dolorosamente cedo. A Zé Ricardo, que me recebeu em Chicago, onde escrevi os primeiros capítulos deste livro. Aos comerciantes da rue Monge, no Vème de Paris, cujas delícias me deram combustível para escrever, quando uma boa mesa era decisiva para levantar o moral. À cidade do Recife da minha juventude, onde o mundo inteiro palpitava... e começava.

Este livro foi composto em papel Avena 70g
e impresso pela Gráfica Paym,
para a AzuCo Publicações.
Outubro de 2023.